The Empty Chair

링컨 라임 시리즈 Vol.3

JEFFERY DEAVER

The Empty Chair

곤충 소년

제프리 디버 지음

유소영 옮김

RHK
알에이치코리아

2001년 WH 스미스 섬핑 굿 리드 상 수상

"이번 링컨 라임 신작은 전작만큼 복잡하고 잘 쓰인 만족스러운 작품이다.
법과학적 디테일도 훌륭하거니와 진짜 실존하는 사람처럼 느껴지는
캐릭터들이 살아 숨쉰다. 하지만 디버의 소설이 다른 작가들보다
무엇보다 뛰어난 점은 플롯을 비틀고 또 비틀어서 독자들로 하여금
미로에서 벗어나려고 열심히 책장을 넘기지 않을 수 없도록 하는 능력이다.
하지만 이는 헛된 노력이다. 반전의 대가인 디버를
앞서 나가려다가는 독자들이 먼저 돌아버릴 것이다.
그냥 즐기시라. 이 소설은 탁월한 스릴러다."

_북리스트

"현재 활동하는 최고의 심리 스릴러 작가."_ 피터 밀러 (타임스)

"태너스코너라는 도시와 그 안의 기묘한 인간 군상.
디버의 스릴과 반전은 역시 훌륭하다."_ 퍼블리셔스 위클리

"제프리 디버가 최고의 솜씨를 발휘한 작품. 지적인 동시에 손에 땀을 쥐게
하는 오락물을 원하는 사람에게 단연 권하고 싶다."_ 반스앤노블닷컴

"링컨, 특히 이 소설의 심장이라고 할 수 있는
아멜리아의 캐릭터가 더욱 풍성해졌다."_ 라이브러리 저널

"법과학 수사와 정체를 알 수 없는 적, 반전, 살인, 폭력, 환경 범죄를
훌륭하게 결합시킨 작품…. 이 작품의 놀라운 결말은 독자들로 하여금
디버의 다음 작품을 손꼽아 기다리게 할 것이다."_스쿨 라이브러리 저널

"노련한 작품. 링컨 라임은 범죄소설 주인공 중에서
가장 탁월하면서도 가장 나약한 인물이다."_뉴욕 포스트

"숨막히는 추적극. 과학적인 두뇌와 심리적인 계략이 빛나는 작품."_뉴욕 타임스

"전작의 동지가 서로에게 등을 돌린다…. 플롯은 수십 번 꼬이고 뒤틀리며
최고의 충격적인 장면들을 선사한다. 관객들이 집에 돌아갈 차비를 할 때조차
끝없이 터지는 불꽃놀이처럼 마무리되는 결말."_커커스 리뷰

"범죄 현장에서 수집한 증거물에 대한 세밀한 과학적 분석과,
지구상에 존재하는 모든 유기물 및 무기물에 통달한 듯한 신묘한 지식을
결합하는 것이 라임의 특기다. 디버는 흡입력 있는 전개와 실체감 있는 캐릭터,
독자의 발밑에 깔린 밧줄을 끊임없이 빼내는 듯한 특유의 능력을 자랑한다.
링컨 라임이 다시 돌아왔다. 그의 모험은 이제 시작일 뿐이다."_아마존닷컴

"서스펜스의 대가가 쓴 교묘하고 숨 막히는 작품."_가디언

Contents

노스캐롤라이나

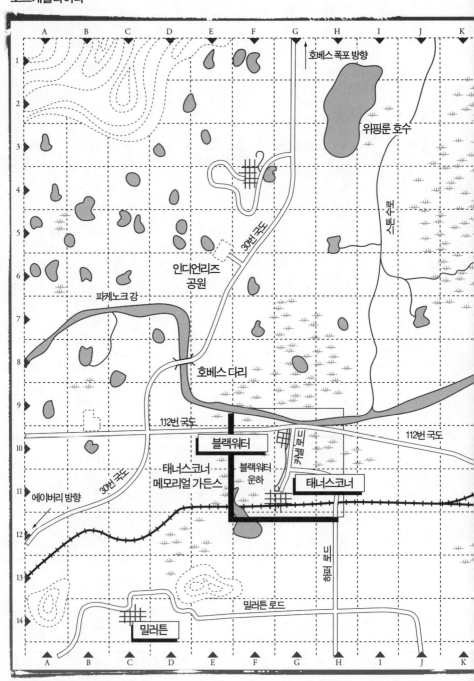

호베스 폭포 방향

위핑룬 호수

스톤 수로

30번 국도

인디언리즈 공원

파케노크 강

호베스 다리

112번 국도

블랙워터

캐널 로드

112번 국도

30번 국도

태너스코너 메모리얼 가든스

블랙워터 운하

태너스코너

에이버리 방향

하퍼 로드

밀러튼 로드

밀러튼

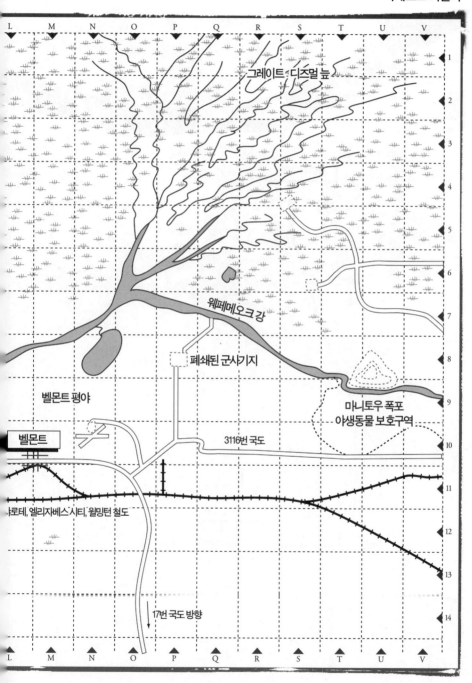

그레이트 디즈멀 늪

웨페메오크 강

폐쇄된 군사기지

벨몬트 평야

벨몬트

마니토우 폭포
야생동물 보호구역

3116번 국도

로테, 엘리자베스 시티, 윌밍턴 철도

17번 국도 방향

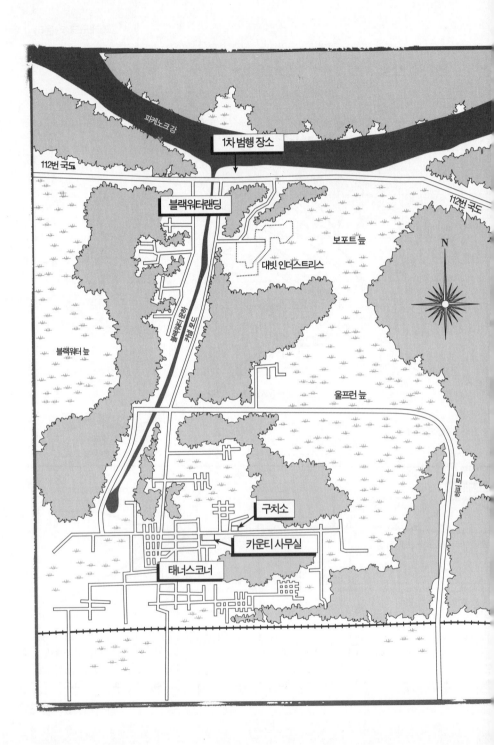

인간의 쾌락, 기쁨, 웃음, 농담은 물론
슬픔, 고통, 고뇌, 눈물은 모두 두뇌에서,
오직 두뇌에서만 나온다….
두뇌는 또한 밤낮으로 우리를 엄습하는
광기와 착란, 두려움과 공포의 원천이기도 하다.

_히포크라테스

제1부

블랙워터랜딩

죽음의 장소는 어째서 사람을 끌어당기는 것일까?

수많은 범죄현장을 수색하면서

아멜리아 색스는 종종 이런 질문을 자신에게 던졌다.

블랙워터랜딩 112번 국도 변에 서서 파케노크 강을 내려다보는 지금,

그녀는 다시 같은 질문을 떠올렸다.

유괴

그녀는 소년이 죽고 소녀가 유괴된 장소에 꽃을 놓아두기 위해서 여기 왔다.

그녀는 자신이 뚱뚱하고 곰보에 친구가 별로 없는 여자였기 때문에 여기 왔다.

오지 않으면 안 되었기 때문에. 오고 싶었기 때문에.

헝클어진 매무새에 땀을 줄줄 흘리며, 스물여섯 살의 리디아 조핸슨은 112번 국도 변에 혼다 어코드를 세워놓고 갓길 맨땅을 따라 걸었다. 그리고 조심스럽게 언덕을 내려가 블랙워터 운하가 뿌연 파케노크 강과 만나는 진흙 둑으로 향했다.

그녀는 이것이 옳은 일이라고 생각해서 이곳에 왔다.

두려웠지만, 그래도 왔다.

동이 튼 지 얼마 되지 않았지만 올 8월은 근년 들어 노스캐롤라이나 주 최고의 폭염이었고, 버드나무와 층층나무, 잎이 넓은 월계수로 둘러싸인 강둑의 공터를 향해 발걸음을 옮길 때쯤 리디아의 흰 간호복에는 벌써 땀이 송송 배어나오고 있었다.

이른 아침 특유의 소리들. 물새 울음소리, 근처 빽빽하게 우거진 덤불숲을 쑤석거리는 짐승, 사초(莎草)와 늪지 풀밭을 스쳐가는 뜨거운 바람소리.

무서워. 리디아는 생각했다. 늦은 밤 절친한 동무 '벤 앤드 제리' 한 파인트를 홀짝여가며 밤늦게 읽는 스티븐 킹과 딘 쿤츠 소설에 나오던 끔찍한 장면들이 생생하게 떠올랐다.

풀숲에서 계속 무슨 소리가 들려왔다. 리디아는 머뭇거리며 주위를 둘러보았다. 그리고 다시 발걸음을 옮기기 시작했다.

"어이."

남자 목소리가 들렸다. 아주 가까운 곳이었다.

리디아는 화들짝 놀라 돌아섰다. 꽃을 떨어뜨릴 뻔했다.

"제시, 놀랐잖아요."

"미안해요."

제시 콘이 낭창낭창한 버드나무숲 반대편, 주위를 밧줄로 둘러친 공터 가까이에 서 있었다. 두 사람의 시선은 같은 곳에 못 박혔다. 소년의 시체가 발견된 지점에 그려놓은 번들거리는 흰 윤곽선. 빌리의 머리가 있던 부분에는 검은 얼룩이 묻어 있고, 간호사인 리디아는 그것이 말라붙은 핏자국이라는 것을 곧장 알아챘다.

리디아는 중얼거렸다.

"여기가 바로 그 자리군요."

"네, 그렇죠."

제시는 이마를 닦고 붕 뜬 금발머리를 매만졌다. 파케노크 카운티 보안관국의 베이지색 제복은 구깃구깃하고 먼지가 묻어 있었다. 겨드랑이에는 땀자국이 검게 번져 있었다. 제시는 서른 살에 소년처럼 귀여웠다.

리디아가 물었다.

"언제 왔어요?"

"글쎄요. 5시쯤."

"다른 차를 봤어요. 길 저쪽 편에서. 짐인가요?"

"아뇨. 에드 섀퍼예요. 강 반대편으로 갔어요."

제시는 꽃 쪽으로 고개를 끄덕여 보였다.

"예쁘네요."

잠시 리디아는 손에 든 데이지를 내려다보았다.

"2달러 49센트. 푸드 라이언에서 간밤에 샀어요. 이렇게 이른 시간에는 문 여는 데가 없을 테니까. 음, 델은 문을 열지만 거기는 꽃을 안 팔잖아요."

무엇 때문에 쓸데없는 말을 주절거리고 있는 거지. 리디아는 다시 주위를 둘러보았다.

"메리베스가 어디 있는지는 전혀 모르나요?"

제시는 고개를 저었다.

"오리무중이에요."

"그 애 역시 그렇다는 얘기겠죠."

"그렇죠."

제시는 시계를 보았다. 그리고 검은 물과 빽빽한 갈대숲, 풀밭, 썩어가는 교각을 굽어보았다.

리디아는 커다란 권총을 찬 카운티 부보안관쯤 되는 사람이 자신처럼 초조해하는 모습을 보이는 것이 못마땅했다. 제시는 풀이 무성한 언덕을 올라 도로 쪽으로 가려다 문득 멈춰 서서 꽃다발을 바라보았다.

"2달러 99센트밖에 안 한다고요?"

"49센트. 푸드 라이언요."

"싸네요."

젊은 경찰은 빽빽하게 펼쳐진 풀밭을 흘끗 보며 말하곤 언덕 쪽으로 돌아섰다.

"순찰차에 가 있겠습니다."

리디아 조핸슨은 범죄현장 쪽으로 다가갔다. 그리고 예수님과 천사의 영상을 떠올리며 잠시 기도를 올렸다. 바로 이곳에서 어제 아침 피투성이 육신을 떠나간 빌리 스테일의 영혼을 위해 기도를 올렸다.

태너스코너에 찾아온 슬픔이 곧 끝나기를 기원했다.

또한 자신을 위해서 기도했다.

풀숲에서 다시 무슨 소리가 들렸다. 뚝, 사사삭.

날은 한층 밝아졌지만, 햇빛이 나도 블랙워터랜딩은 아직 어둑어둑했다. 이곳은 수심이 깊고, 강변에 늘어선 검은 버드나무, 두꺼운 삼목과 사이프러스 둥치―살아 있는 것도 있고 죽은 것도 있다―를 이끼와 칡넝쿨이 감싸고 있었다. 북동쪽 멀지 않은 곳에는 '그레이트 디즈멀' 늪이 펼쳐져 있다. 옛날이나 지금이나 파케노크 카운티 아이들이라면 다들 그렇듯, 리디아 조핸슨 역시 이곳에 얽힌 전설을 잘 알고 있었다. 호수의 여신이니, 목 없는 철도 신호수니 하는…. 하지만 지금 두려운 것은 그런 유령들이 아니었다. 블랙워터랜딩에는 이곳만의 유령이 깃들어 있었다―메리베스 매코넬을 유괴한 소년.

리디아는 손가방을 열고 떨리는 손으로 담배에 불을 붙였다. 마음이 약간 가라앉았다. 그녀는 강변을 따라 걷다 무더운 산들바람에 고개를 숙이고 있는 키 큰 풀과 부들 옆에 멈춰 섰다.

언덕 위에서 자동차 시동 거는 소리가 들려왔다. 제시가 가는 건 아니겠지? 리디아는 놀라 그쪽을 바라보았다. 하지만 차는 그 자리에 그대로 있었다. 에어컨을 켜려고 그랬나 보다. 리디아는 생각했다. 강쪽을 다시 돌아보니, 사초와 부들, 야생 벼 줄기가 아직 모로 누운 채 부스럭거리며 흔들리는 것이 눈에 띄었다.

마치 누군가 몸을 낮게 숙이고 폴리스 라인 쪽으로 가까이 가고 있는 듯이.

아니, 아니, 그럴 리가 없었다. 바람 때문이야. 리디아는 자신에게 말했다. 그리고 바닥에 그려진 음산한 시체의 윤곽에서 멀지 않은, 강물처럼 시꺼먼 핏자국이 튀어 있는 옹이투성이 검은 버드나무 둥치 아래 꽃다발을 경건하게 놓았다. 리디아는 다시 기도하기 시작했다.

강 건너편에서는 부보안관 에드 섀퍼가 반팔 제복 셔츠 아래로 팔뚝 언저리를 드러낸 채 윙윙거리는 모기를 무시하며 참나무에 기대고 있었다. 그는 소년의 흔적을 찾기 위해 쭈그리고 앉아 숲 속 땅바닥을 살펴보았다. 그러곤 나뭇가지에 기대 숨을 가다듬었다. 힘이 빠져 현기증이 났다. 카운티 보안관국 부보안관들 거의 대부분이 메리베스 매코넬과 그녀를 납치한 소년을 찾느라 스물네 시간 가까이 잠을 자지 못했다. 하나 둘씩 샤워를 하고 요기를 하기 위해 집으로 가는 와중에도, 에드는 아직 수색 중이었다. 그는 부보안관 중 가장 나이가 많고 덩치도 컸지만(쉰한 살에 몸무게는 대부분 쓸데없는 살로 이루어진 120킬로그램이었다) 피로와 배고픔, 쑤시는 관절에도 불구하고 소녀 찾는 일을 포기하지 못했다.

에드는 땅바닥을 다시 살펴보았다. 그리고 무전기 전송 버튼을 눌렀다.

"제시, 나야. 거기 있나?"

"말씀하세요."

에드는 낮은 음성으로 말했다.

"발자국이 있어. 생긴 지 얼마 안 된 거야. 기껏해야 한 시간."

"그 아인 것 같아요?"

"아니면 누구겠어? 이런 새벽에 강 이쪽 편에?"

"그렇겠네요. 처음엔 안 믿었는데, 당신 말이 맞는 것 같아요."

소년이 여기로 돌아올 것이라는 게 에드의 생각이었다. 범인은 범죄현장으로 돌아온다는 통념도 통념이지만, 블랙워터랜딩은 예전부터 죽 소년의 스토킹 무대였고, 어떤 곤란에 처하더라도 언제나 소년은 여기로 돌아오곤 했기 때문이다.

피로와 불편함 대신 공포가 밀려오는 것을 느끼며, 에드는 주위에 끝없이 일기실기 펼쳐서 있는 나뭇잎과 나뭇가시늘을 올려다보았다. 아, 그 소년은 여기 어디 있을 거야. 그는 생각했다. 그리고 무전기에 대고 말했다.

"발자국이 그쪽으로 향하고 있는 것 같은데, 단언할 수는 없어. 긴장 늦추지 말라고. 난 어느 쪽에서 왔는지 살펴볼 테니까."

에드는 삐걱거리는 무릎에 힘을 주어 일어선 뒤 덩치에 걸맞지 않게 소리 없이 소년의 발자국이 온 방향을 되짚어가기 시작했다―강에서 점점 멀어진 숲 쪽으로.

30미터가량 발자국을 따라가 보니 낡은 사냥용 움막이 나타났다. 사냥꾼 서너 명 정도는 충분히 들어갈 만한 회색 판잣집이었다. 총을 쏘는 구멍 안쪽은 캄캄했고, 요즘은 아무도 쓰지 않는 것 같았다.

그래. 에드는 생각했다. 그래… 저 안에는 없을 거야. 그래도….

에드 셰퍼는 가쁜 숨을 내쉬며 1년 반 동안 한 번도 안 해본 일을 했다. 권총을 총집에서 꺼낸 것이다. 그는 어디를 밟아야 소리 없이 접근할 수 있을지 움막과 땅바닥을 정신없이 번갈아 쳐다보며, 땀이 밴 손에 권총을 움켜쥐고 앞으로 나아갔다.

그 애가 총을 가지고 있을까? 문득 엄호물이 전혀 없는 평지에 상륙한 군인처럼 몸을 숨길 곳이 전혀 없다는 생각이 들었다. 라이플 총구가 금방이라도 움막 총구멍 사이로 나타나 자신을 겨눌 것만 같은 기분이었다. 공포가 와락 밀려왔다. 에드는 움막까지 마지막 3미터를 몸을 낮춘 채 달렸다. 그리고 닳아빠진 나무에 몸을 기대고 숨을 고르면서 귀를 기울였다. 안에서는 벌레가 윙윙거리는 희미한 소리 외에는 아무것도 들리지 않았다.

좋아, 한 번 보자. 빨리.

용기가 사그라지기 전에, 에드는 얼른 일어나서 총구멍 안을 들여다보았다. 아무도 없었다.

문득 바닥으로 시선이 향했다. 에드의 얼굴에 미소가 떠올랐다. 그는 무전기에 대고 들뜬 음성으로 말했다.

"제시."

"네."

"강 북쪽 4백 미터 지점의 움막에 있어. 아마 그 애가 여기서 밤을 보낸 것 같아. 빈 음식물 포장지랑 물병이 있군. 덕트 테이프도 있고.

그리고 또 뭐가 있는 줄 알아? 지도가 있어."

"지도요?"

"그래. 이 인근 지도인 것 같아. 메리베스를 어디 숨겨놨는지 단서
가 될 수도 있겠어. 어떻게 생각해?"

하지만 이 혁혁한 공에 대한 동료 부보안관의 반응은 들을 수 없었
다. 여자의 비명소리가 숲 속에 메아리쳤고 제시 콘의 무전기는 그대
로 끊겼다.

소년이 키 큰 사초 수풀에서 갑자기 뛰쳐나와 팔을 움켜잡는 순간,
리디아 조핸슨은 뒤로 비틀비틀 물러서며 다시 비명을 질렀다.

"아, 제발. 날 해치지 마!"

"입 다물어!"

소년은 작은 목소리로 격하게 쏘아붙인 뒤 적의에 가득 찬 눈으로
주위를 휙 둘러보았다. 캐롤라이나 소도시에 사는 대부분의 열여섯
살 소년이 그렇듯 키가 크고 비쩍 마른 몸이었지만 힘이 아주 셌다.
살갗은 울긋불긋했으며―옻독이 오른 것 같았다―서투른 솜씨로
직접 깎은 듯한 상고머리를 하고 있었다.

"난 그냥 꽃을 갖다놓으러 왔어…. 그뿐이야! 난…."

"쉬잇!"

소년의 길고 더러운 손톱이 아프게 살갗을 파고들어 리디아는 다
시 비명을 질렀다. 그는 화가 난 듯 손으로 리디아의 입을 막았다. 소년
의 몸이 리디아의 몸에 밀착되면서 씻지 않은 독한 체취가 풍겨왔다.

리디아는 고개를 틀면서 부르짖었다.

"아파!"

"입 디틀리니끼!"

소년은 서릿발 맺힌 나뭇가지처럼 내뱉었다. 침이 얼굴에 튀었다.
소년은 말 안 듣는 개 다루듯 리디아의 몸을 세차게 흔들었다. 몸싸움
을 하는 와중에 운동화 한 짝이 벗겨졌지만, 소년은 전혀 신경 쓰지

않고 리디아가 저항을 포기할 때까지 입을 다시 손으로 막았다.

언덕 꼭대기에서 제시 콘이 외쳤다.

"리디아? 어디 있어요?"

"쉬잇!"

소년은 광기어린 눈을 커다랗게 뜨고 다시 경고했다.

"한 번만 더 소리 지르면 정말 크게 다칠 거야. 알겠어? 알겠냐고?"

소년은 주머니에 손을 넣더니 칼을 꺼내 보였다.

리디아는 고개를 끄덕였다.

소년은 리디아를 강 쪽으로 끌고 갔다.

아, 거긴 안 돼. 제발, 안 돼. 리디아는 수호천사를 향해 말했다. 제발 거기로는 데려가지 않게 해주세요.

파코 북쪽으로는….

뒤를 돌아보니 제시 콘이 1백 미터 정도 떨어진 길가에 서서 한 손을 눈에 대고 햇빛을 가리며 아래쪽을 살펴보고 있었다. 그가 소리쳤다.

"리디아?"

소년은 리디아를 더욱 빠르게 끌고 갔다.

"이리 오라니까!"

"이봐!"

그제야 두 사람을 발견한 제시가 허겁지겁 언덕을 내려오기 시작했다.

하지만 두 사람은 이미 강기슭에 도착해 있었다. 갈대와 풀숲 속에 소년이 미리 숨겨놓은 작은 배 한 척이 있었다. 소년은 리디아를 보트 안에 밀어 넣고 출발했다. 강 건너편까지 열심히 노를 저은 뒤 배를 기슭에 대고 리디아를 끌어냈다. 그리고 숲 속으로 끌고 갔다.

"어디로 가는 거야?"

리디아는 속삭였다.

"메리베스를 만나러. 당신도 메리베스랑 같이 있는 거야."

리디아는 흐느꼈다.

"왜? 내가 왜?"

하지만 소년은 더 이상 아무 말도 없이 멍하니 손톱을 튕기며 리디아를 끌고 갔다.

"에드!"

제시 콘에게서 다급한 무전이 왔다.

"아, 큰일 났어요. 그 애가 리디아를 데려갔는데, 제가 그만 놓쳤어요."

"그 애가 어쨌다고?"

에드 섀퍼는 숨을 헐떡거리며 걸음을 멈췄다. 아까 그 비명소리를 듣고 강 쪽으로 달려가던 중이었다.

"리디아 조핸슨 말예요. 그 여자까지 납치했어요."

"빌어먹을!"

권총을 잘 뽑아들지 않는 만큼 욕설을 하는 법도 없는 뚱뚱한 부보안관이 내뱉었다.

"왜 그런 거야?"

"미친 애 속을 어떻게 알아요. 강을 건너갔는데 지금 그쪽으로 가고 있을 거예요."

"알았어."

에드는 잠시 생각에 잠겼다.

"아마 움막에 있는 물건을 가지러 이쪽으로 돌아올 거야. 안에 숨어 있다가 그 애가 오면 잡아야겠군. 총을 갖고 있던가?"

"모르겠어요."

에드는 한숨을 쉬었다.

"좋아, 그럼… 최대한 빨리 이쪽으로 와. 짐한테도 연락하고."

"벌써 연락했어요."

에드는 빨간색 송신 버튼을 해제하고, 풀숲 사이로 강 쪽을 내다보

23

왔다. 소년과 이번 피해자는 보이지 않았다. 에드는 숨을 몰아쉬며 다시 움막 쪽으로 달려가 문을 찾았다. 그리고 문을 발로 차서 열었다. 문은 우지직하며 안으로 열렸다. 에드는 얼른 안으로 들어가 총구멍 앞에 웅크리고 앉았다.

소년이 여기로 오면 어떻게 할 것인지 생각하느라, 에드는 검정색과 노란색이 섞인 벌 두세 마리가 얼굴 앞에서 윙윙거리는 것도 미처 의식하지 못했다. 목에서 시작해 등골을 타고 내려오는 따끔한 느낌도. 하지만 다음 순간, 어깨 위에서 불붙은 듯한 통증이 폭발하더니 팔과 겨드랑이를 따라 내려왔다.

"아, 이런!"

에드는 벌떡 일어나 살갗 위에 달라붙은 수십 마리 말벌을 쳐다보았다. 기겁을 하고 손으로 털었지만 벌들은 그 때문에 더욱 성이 난 모양이었다. 벌들은 손목과 손바닥, 손가락 끝을 연방 쏘기 시작했다. 에드는 비명을 질렀다. 그 어떤 통증보다 더 지독한 아픔이었다. 다리가 부러졌을 때보다도, 불을 켜놓았다는 걸 미처 모르고 달군 프라이팬을 집어 들었을 때보다도 더 아팠다.

문을 열 때 뭉개진 커다란 회색 말벌집에서 벌 떼가 구름처럼 몰려나오며 움막 안이 순간 어둑어둑해졌다. 수백 마리는 될 듯한 벌이 그를 공격하기 시작했다. 머리카락 속으로 파고드는 놈, 팔에 앉는 놈, 귓속에 들어가는 놈, 옷 위를 찔러봤자 소용없으니 피부를 찾아가겠다는 듯 셔츠며 바짓부리 속으로 들어가는 놈. 에드는 문을 향해 달려가며 셔츠를 찢었다. 튀어나온 배와 가슴에 벌 떼가 우글우글 달라붙어 있었다. 그는 벌을 떨어내는 것을 포기하고 아무 생각 없이 숲 속을 향해 뛰었다.

"제시, 제시, 제시!"

고함을 지른다고 질렀지만, 속삭이는 듯한 음성만 나올 뿐이었다. 목을 쏘여서 목구멍이 부어올라 막힌 모양이었다.

달리자! 그는 생각했다. 강을 향해 달리자.

에드는 달렸다. 한평생 그 어느 때보다 더 빨리 숲 속을 질주했다. 두 다리가 미친 듯이 폭주했다. 가자…. 계속 가. 그는 자신에게 명령했다. 멈추지 말고. 벌 떼보다 더 빨리 달려야 돼. 마누라 생각을 해봐, 쌍둥이 생각을 해봐. 빨리, 빨리, 빨리…. 아까보다는 적었지만 아직 삼사십 마리 정도가 피부에 달라붙은 채 침을 쏘려는 듯 꼬리 부분을 웅크리고 있었다.

3분이면 강에 도착한다. 물에 곧장 뛰어들어야 해. 그러면 벌은 빠져 죽는다. 그러면 난 무사하다…. 달려! 아픔으로부터 도망치는 거야…. 아픔…. 어쩌면 저렇게 작은 생물이 이토록 지독한 아픔을 줄수 있지? 아, 정말 아프군….

에드는 덤불 속을 뚫고 경주마처럼, 사슴처럼 달렸다. 눈에 눈물이 그렁그렁해서 모든 것이 희미하게 보였다.

강물로 들어가야지….

한데 잠깐, 잠깐! 뭐가 잘못됐지? 에드 섀퍼는 아래를 내려다보았다. 그는 달리고 있지 않았다. 서 있지도 않았다. 그는 움막에서 겨우 9미터 정도 떨어진 곳에 쓰러져 있었다. 두 다리는 달리는 것이 아니라 제멋대로 경련을 일으키고 있을 뿐이었다.

에드는 무전기를 찾아 쥐고 벌 독에 두 배는 부푼 엄지손가락으로 힘들게 전송 버튼을 눌렀다. 하지만 그 순간 다리에서 시작된 경련이 상체와 목, 팔을 덮쳐 무전기를 놓치고 말았다. 잠시 후, 제시 콘의 음성이 스피커에서 들려왔다. 제시의 목소리가 끊기자 귀에 들리는 것이라고는 말벌 떼가 낮게 윙윙거리는 소리뿐이었다. 그 소리마저 조금씩 희미해지다, 어느덧 정적이 찾아왔다.

02 방문객

오직 신만이 그를 치유할 수 있다.

신은 단지 그럴 마음이 없을 뿐.

하지만 신학보다는 과학을 믿는 링컨 라임에게 그건 중요하지 않았다. 그렇기 때문에 그는 루르드(프랑스 남서부 지방에 있는 성모 마리아 발현 성지 – 옮긴이)나 튜린(예수의 수의를 보관하고 있는 이탈리아의 도시 – 옮긴이), 혹은 신앙 치료인을 만나러 침례교인 집회 텐트에 찾아가지 않고, 완전한 인간은 못 되더라도 최소한 부분적인 신체 기능은 회복할 수 있지 않을까 하는 희망을 안고 여기 노스캐롤라이나의 병원을 찾았다.

라임은 조수인 톰, 아멜리아 색스와 함께 방금 맨해튼에서 여기까지 8백 킬로미터를 달려온 밴의 디딤판 위로 코르벳(GM의 스포츠카 – 옮긴이)처럼 붉은 스톰 애로 휠체어를 진입시켰다. 완벽한 입술로 조종기인 빨대를 물고, 라임은 전문가다운 솜씨로 의자를 회전시켜 에이버리의 노스캐롤라이나 대학 메디컬 센터 신경연구원 정문으로 이어지는 보도로 올라갔다.

톰은 휠체어 이용이 가능한 밴인 크라이슬러 그랜드롤스의 반질반질한 검은 발판을 다시 접었다.

"장애인용 주차 공간에 집어넣어."

라임은 이렇게 명령하고 픽 웃었다. 아멜리아 색스는 톰을 바라보며 한쪽 눈썹을 치켜 올렸고, 톰이 말했다.

"기분 좋으시네요. 한껏 누리세요. 오래 가지 않을 테니까."

"나한테도 들려!"

라임이 소리쳤다.

톰은 밴을 몰고 떠났고, 색스는 라임을 따라잡았다. 색스는 휴대전화로 이 지역 렌터카 회사와 통화하다 잠시 기다리는 중이었다. 톰은 다음 주 내내 라임의 병실에서 지낼 예정이었고, 색스는 혼자 자유 시간을 갖고 이 지역을 이곳저곳 돌아볼 작정이었다. 색스는 밴이 아니라 스포츠카 취향이고, 최고 시속이 두 자리수인 차는 피하는 것을 원칙으로 하고 있었다.

색스는 5분 동안 대기 상태로 응답을 기다리다 갑갑해서 전화를 끊었다.

"기다리는 건 괜찮지만 대기 중 음악이 쥐약이네요. 나중에 다시 걸어야겠어."

색스는 시계를 보았다.

"이제 겨우 10시 30분인데 이렇게 덥다니. 휴, 진짜 덥네요."

맨해튼의 8월 기후도 아주 쾌적한 것은 아니지만 그래도 노스캐롤라이나 주보다는 훨씬 북쪽에 위치하고 있다. 어제 홀랜드 터널을 지나 남쪽으로 출발할 때 기온은 섭씨 21도, 공기는 소금처럼 바싹 말라 있었다.

라임은 더위에 전혀 신경을 쓰지 않았다. 여기 온 용무만으로도 머리가 꽉 차 있었던 것이다. 자동문이 고분고분 열렸고(장애인 이용 시설 중에서는 최고급이라고 할 수 있었다), 일행은 서늘한 복도로 들어섰다. 색스가 안내를 받는 동안 라임은 1층을 둘러보았다. 빈 휠체어 대여섯 대가 먼지에 쌓인 채 한데 놓여 있었다. 타고 있던 환자들은 어떻게 되었을지 궁금했다. 여기서 받은 치료가 성공을 거두어 휠체어를 졸업하고 목발이나 보조 기구를 쓰게 되었을지도 모른다. 어쩌면 상태가 더욱 악화되어 침대나 전동 휠체어 신세가 되었는지도 모르는 일이지.

죽은 사람도 있을 것이다.

"이쪽이에요."

색스는 복도 저쪽으로 턱짓을 했다. 톰이 엘리베이터에서(출입문의 폭이 두 배이고, 난간이 달려 있으며, 바닥에서 1미터 높이에 번호판이 자리 잡고 있었다) 두 사람을 따라잡았고, 몇 분 뒤 그들은 목적지에 도착했다. 휠체어를 몰고 문으로 다가가 보니 핸즈프리 인터콤 장치가 되어 있었다. 라임이 "열려라, 참깨" 하고 유쾌하게 외치자 문이 활짝 열렸다.

일행이 들어서자 활달한 비서가 느릿한 남부 억양으로 말했다.

"그렇게 말씀하시는 분들이 많죠. 라임 씨죠? 의사 선생님께 도착하셨다고 전하겠습니다."

셰릴 위버 박사는 40대 중반의 단정하고 세련된 여성이었다. 눈빛은 민첩했고 외과의사다운 손은 힘이 세 보였다. 짧게 자른 손톱에는 매니큐어를 바르지 않았다. 박사는 책상에서 일어나며 미소를 짓고 색스와 톰과 악수를 나눈 뒤 환자에게 고개를 끄덕였다.

"링컨 씨."

"박사님."

라임은 책장에 꽂힌 수많은 책의 제목을 훑어보았다. 수많은 자격증과 학위증도—모두 좋은 학교와 명망 높은 기관에서 발급한 것들이지만—라임에게는 놀라운 일이 아니었다. 여러 달 동안의 자료 수집 결과 에이버리의 대학 부설 메디컬 센터가 세계 최고 수준의 병원이라는 판단을 내리고 왔기 때문이다. 종양학과와 면역학과는 미국내 병원 중에서 가장 환자가 많았고, 위버 박사의 신경과는 척추손상 연구와 진료 분야에서 권위 있는 곳이었다.

"드디어 뵙게 됐군요."

박사는 말했다. 박사의 손 아래쪽에는 8센티미터 두께의 서류봉투가 놓여 있었다. 아마 내 기록이겠지. 라임은 생각했다. 이 서류를 작성한 사람이 예후 기록 맨 윗줄에 뭐라고 썼는지 궁금했다. 희망적? 좋지 않음? 가망 없음?

"링컨, 이미 전화로 이야기했지만, 그래도 다시 한 번 절차를 밟고 싶네요. 우리 둘 다를 위해서."

라임은 가볍게 고개를 끄덕였다. 책임 회피를 위한 구실에는 인내심이 별로 없는 라임도 이번만은 귀찮은 절차를 감수할 준비가 되어 있었다.

"우리 기관에 대한 정보는 많이 읽어보셨을 겁니다. 우리는 새로운 척추 재생 및 구축 시술을 시도하고 있습니다. 하지만 다시 강조하고 싶은데, 이건 어디까지나 '실험적인' 시술이에요."

"알고 있습니다."

"제가 진료한 마비환자는 대부분 일반 개업의보다 신경의학에 대해 많은 것을 알고 있더군요. 당신도 예외는 아닐 테고요."

"과학이라면 좀 알지요. 약학도 좀 압니다."

라임은 오만하게 대꾸하고 특유의 어깻짓을 해 보였다. 위버 박사도 이를 눈치챈 모양이다.

"음, 이미 알고 계신 내용을 되풀이하는 거라면 죄송합니다만, 이번 시술이 어디까지 가능하고 어디까지 불가능하다는 것을 이해하시는 건 중요한 일입니다."

"네. 계속하시죠."

"우리 신경과의 접근 방식은 손상 부위에 대한 집중 치료입니다. 우리는 척추의 골격 구조 자체를 재생하고, 손상이 일어난 부위를 보호하기 위한 진동적인 감입술을 시행합니다. 그런 나음 손상 부위에 두 가지를 이식합니다. 하나는 환자 자신의 말초신경 조직. 다른 하나는 중추신경 배아세포인데, 이는…."

라임이 대답했다.

"아, 상어세포 말씀이죠."

"맞습니다. 청상어예요."

"링컨한테 들었는데, 왜 상어죠?"

색스가 물었다. 박사는 웃으며 말했다.

"면역학적인 이유 때문이죠. 인간세포와의 친화성 때문에. 워낙 큰 물고기라 한 마리에서 배아세포를 많이 얻을 수 있어요."

"왜 배아를 쓰죠?"

라임은 색스가 끼어들자 갑갑하다는 듯 무뚝뚝하게 말했다.

"중추신경계는 자연적으로 재생되지 않기 때문이지. 그래서 배아의 신경계를 자라나게 해야 해."

"바로 그겁니다. 그런 다음 감압 시술과 미세이식 수술 외에, 한 가지를 더 하죠. 바로 이 시술이 흥미로운 건데요, 우리는 세포 재생을 촉진시키는 데 상당한 효과를 발휘하는 약물을 개발해 냈습니다."

"위험도 있나요?"

색스가 물었다. 라임은 색스와 눈이 마주치기를 바라며 그녀를 쳐다보았다. 라임은 위험을 알고 있었다. 하지만 이미 결정을 내렸다. 라임은 색스가 의사를 신문하는 것을 원치 않았다. 하지만 색스의 주의는 위버 박사를 향해 있었다. 라임은 그녀의 표정을 읽을 수 있었다. 범죄현장 사진을 검토할 때의 표정과 똑같았다.

"물론 위험이 있습니다. 약물 자체는 그리 위험하지 않아요. 하지만 C4 환자는 폐 손상이 있게 마련이죠. 호흡기는 뗐지만 마취 상태에서는 호흡 장애가 올 위험이 있어요. 그리고 수술 스트레스로 인해 자율신경 반사부전이 와서 심각한 혈압 상승을 가져올 수 있고, 이미 잘 알고 계실 겁니다만, 이로 인해 뇌졸중이나 뇌 손상이 올 수도 있습니다. 원래 손상 부위에 수술 후 장애가 올 수도 있어요. 지금은 낭종(cyst)이나 션트(shunt)가 없지만, 수술로 인해 혈액이 고이면 압력이 증가해서 추가 손상이 올 수도 있습니다."

"지금보다 더 악화될 수도 있다는 얘기군요."

색스는 말했다. 위버 박사는 고개를 끄덕이고 기억을 더듬으려는지 서류를 내려다보았지만, 폴더를 펼치지는 않았다. 박사는 다시 고개를 들었다.

"지금은 왼손 약지를 움직일 수 있고 어깨와 목 근육도 잘 통제할 수 있지만, 그중 일부, 혹은 전체를 상실할 수도 있습니다. 자력으로 호흡하는 능력을 잃을 수도 있어요."

색스는 미동도 하지 않았다.

"그렇군요."

색스는 마침내 한숨처럼 짤막하게 말했다.

박사의 시선이 라임의 시선과 마주쳤다.

"당신이 얻고 싶은 것과 비교해서 이런 위험들을 가늠해 보세요. 혹시 다시 걸을 수 있게 되지 않을까 하시는 거라면, 그건 불가능합니다. 이런 수술은 요추와 흉추 손상에서 어느 정도 성과를 거두었습니다. 당신의 경우보다는 훨씬 낮은 부위, 훨씬 덜한 손상의 경우지요. 척추경부 손상의 경우에는 성공률이 극히 미미했고, C4 손상의 경우에는 성공 사례가 없어요."

"난 도박을 좋아하는 사람입니다."

라임은 얼른 대답했다. 색스는 걱정 어린 시선을 보냈다. 링컨 라임이 도박을 전혀 좋아하지 않는 사람이라는 걸 잘 알고 있었기 때문이다. 라임은 정량적인, 검증된 원칙에 따라 살아온 과학자였다. 라임은 짧게 덧붙였다.

"수술을 하겠습니다."

위버 박사는 라임의 결단이 반갑지도, 불만스럽지도 않은 얼굴로 고개를 끄덕였다.

"몇 가지 테스트를 해야 하는데, 몇 시간 걸릴 겁니다. 수술은 내일모레로 예정되어 있어요. 그리고 작성해 주셔야 할 서류와 질문이 아주 많습니다. 곧 서류를 가져오죠."

색스는 일어나서 방 밖으로 의사를 따라 나갔다. 색스의 목소리가 라임에게까지 들려왔다.

"박사님, 여쭤볼 것이…."

문이 딸깍 닫혔다.

라임은 톰에게 투덜거렸다.

"흉계야. 하극상이라고."

"당신이 걱정돼서 그러는 겁니다."

"걱정돼? 저 여자는 시속 240킬로미터로 차를 몰고 사우스브롱크스에서 총싸움을 하는 여자라고. 물고기 배아세포를 주입받는 건 '나'란 말이야."

"무슨 뜻인지 아시잖아요."

라임은 갑갑하다는 듯 고개를 휙 젖혔다. 시선이 위버 박사의 사무실 한쪽 구석으로 향했다. 쇠 받침대 위에 척수가—실제 척수 같았다—놓여 있었다. 너무나 연약해 보여서 한때 복잡한 인간의 생명을 지탱했다는 것이 믿기지 않을 정도였다.

문이 열렸다. 색스가 사무실로 들어왔다. 누군가 따라 들어왔지만, 위버 박사는 아니었다. 키가 크고 약간 배가 나왔지만 탄탄한 몸매에 카운티 보안관의 갈색 제복 차림이었다. 색스가 웃음기 없는 얼굴로 말했다.

"손님이 왔어요."

남자는 라임을 보며 스모키 베어 모자를 벗더니 고개를 끄덕했다. 그의 눈길은 처음 라임을 만나는 다른 사람들처럼 라임의 몸을 훑어보지 않고 곧장 의사의 책상 뒤쪽 받침대에 놓여 있는 척추 쪽으로 향했다. 그리고 다시 라임을 쳐다보았다.

"라임 씨, 짐 벨입니다. 롤랜드 벨의 사촌이지요. 롤랜드 말이, 여기로 오신다기에 태너스코너에서 차를 몰고 왔습니다."

롤랜드는 뉴욕 경찰 소속으로 라임과는 몇몇 사건에서 같이 일한 적이 있다. 지금은 라임과 오랜 친구 사이인 론 셀리토의 파트너였다. 롤랜드는 수술 차 노스캐롤라이나에 있는 동안 말벗이 필요하면 전화하라고 자기 친척들 몇 명의 연락처를 라임에게 줬었다. 짐 벨도 그 중 한 사람이었던 기억이 났다. 라임은 보안관 뒤쪽으로 자비로운 천사 위버 박사가 아직 돌아오지 않고 있는 문간을 쳐다보며 멍하니 말했다.

"반갑습니다."

벨은 딱딱하게 미소 지었다.

"솔직히, 용건을 들으셔도 제가 반가울지 모르겠군요."

o3 곤충 소년

손님의 얼굴을 좀 더 찬찬히 뜯어보니, 닮은 면을 찾아볼 수 있었다. 뉴욕에 있는 사촌 롤랜드와 똑같이 늘씬한 몸매, 긴 손가락과 숱이 적은 머리카락, 똑같이 태평스러운 인상이었다. 이쪽이 좀 더 볕에 타고 억세 보였다. 낚시나 사냥을 많이 하는 듯했다. 보안관 모자보다는 카우보이 모자가 더 잘 어울릴 것 같았다. 벨은 톰 옆의 의자에 앉았다.

"문제가 있습니다, 라임 씨."

"링컨이라고 부르시지요."

"계속하세요. 저한테 하신 말씀 그대로 해주세요."

색스가 벨에게 말했다.

라임은 색스에게 차가운 시선을 주었다. 고작 3분 전에 만난 사이면서 벌써 뭔가를 작당한 것이 분명했다.

"난 파케노크 카운티 보안관입니다. 여기서 30킬로미터쯤 동쪽이지요. 사건이 생겼는데, 사촌이 했던 말이 기억나서…. 침이 마를 정도로 칭찬을…."

라임은 성급하게 고개를 끄덕여 이야기를 재촉했다. 이렇게 생각하며—의사는 도대체 어디 간 거야? 서류를 얼마나 많이 찾아야 하길래? 그 여자도 혹시 공모한 건 아닐까?

"어쨌든 사건 때문에…. 와서 잠시 시간을 내주십사 부탁드려야겠다 싶었습니다."

라임은 유쾌한 느낌이라고는 손톱만큼도 없는 웃음을 터뜨렸다.

"난 곧 수술을 받아야 할 사람입니다."

"아, 알고 있습니다. 절대 방해할 생각은 없습니다. 그냥 몇 시간만이라도…. 큰 신세는 안 질 겁니다. 사촌 롤이 북부에서 당신이 수사한 몇 가지 사건 이야기를 해주더군요. 여기에도 기본적인 과학수사 장비는 있지만, 대부분의 감식 작업은 가장 가까운 주 경찰본부가 있는 엘리자베스 시티나 롤리 쪽으로 갑니다. 답변을 받기까지 몇 주가 걸리지요. 한데 지금 몇 주씩 기다릴 여유가 없습니다. 많아야 몇 시간이죠."

"뭘 하는 데 말입니까?"

"납치된 여자 두 명을 찾는데요."

"납치 사건은 연방 관할입니다. FBI를 부르세요."

"ATF(연방 알코올 담배 총기국)에서 밀주 영장을 들고 온 일을 빼면 마지막으로 연방 요원이 우리 카운티에 왔던 게 언제인지도 기억이 안 납니다. FBI가 여기 와서 수사를 시작할 때쯤이면 그 여자들은 이미 가망이 없습니다."

"자초지종을 이야기해 주세요."

색스가 말했다. 관심이 동한 표정이군. 라임은 냉소적으로, 불만스럽게 생각했다.

벨이 말했다.

"어제 고등학생 소년 하나가 살해당하고, 여대생 한 명이 납치되었습니다. 한데 범인이 오늘 아침 여자 한 명을 더 납치했습니다."

보안관의 얼굴이 어두워졌다.

"범인이 함정을 설치해 놨는데, 부보안관 한 명이 크게 다쳤습니다. 지금 혼수상태로 여기 메디컬 센터에 있지요."

손톱으로 머리카락을 헤집고 두피를 긁던 색스의 손길이 딱 멈추더니, 벨에게 온통 정신을 집중하기 시작했다. 흠, 공모한 사이는 아닌 모양이군. 라임은 관여할 시간이 없는 사건에 색스가 이렇게 관심을 보이는 이유를 잘 알고 있었다. 하지만 그 이유가 조금도 마음에 들지 않았다.

"아멜리아."

라임은 위버 박사의 사무실 벽에 걸려 있는 벽시계 쪽으로 차가운 시선을 보내며 색스를 불렀다.

"왜요, 라임? 나쁠 거 없잖아요."

색스는 흐르지 않는 폭포수처럼 어깨에 걸쳐진 긴 빨강머리를 밀어냈다. 벨은 다시 한 번 구석의 척추를 쳐다보았다.

"저희는 작은 조직입니다. 할 수 있는 일은 다 했습니다. 부보안관 전원과 몇몇 사람들이 밤새도록 수색을 벌였지만, 범인도 메리베스도 찾을 수가 없었습니다. 에드, 혼수상태에 있는 부보안관입니다, 아마 에드는 소년이 어디로 갔는지 단서가 될 만한 걸 봤을 텐데, 의사들도 그가 언제쯤 깨어날지, 깨어날 수 있을지 없을지도 모르는 상황입니다."

벨은 애원하듯 라임의 눈을 다시 쳐다보았다.

"우리가 발견한 증거물을 한 번 보시고 소년이 어디로 갔을지 생각나는 대로 말씀해 주신다면 정말 감사하겠습니다. 저희로서는 한계에 왔으니까요. 심각하게 도움이 필요한 상황입니다."

하지만 라임은 이해할 수 없었다. 수사관들이 용의자의 정체를 알아내는 것을 돕기 위해 증거물을 분석하고, 그런 다음 법정에서 증언하는 것이 범죄학자의 임무다.

"범인이 누군지 알고 있다면 어디 사는지도 알잖습니까. 유죄 판결을 받아내는 건 문제 없을 텐데요."

범죄현장 감식을 망쳤더라도—작은 동네의 사법기관은 이런 실수를 저지를 확률이 다분하지만—중죄 판결을 받아낼 만한 증거물이 잔뜩 있을 것이다.

"아니, 아니, 우리가 걱정하는 건 재판이 아닙니다, 라임 씨. 범인이 여자들을 죽이기 전에 찾아내려는 거지요. 적어도 리디아만이라도. 메리베스는 벌써 죽었을지도 모릅니다. 사건이 일어난 뒤 중범죄 사건에 관한 주 경찰 지침서를 훑어보았습니다만, 성적인 동기에 의한 납치 사건인 경우 보통 스물네 시간 안에 피해자를 찾아내야 한다고 되어 있더군요. 그 뒤에는 납치범의 눈에 피해자가 인간으로 보이지 않기 때문에 쉽게 죽이게 된다는 겁니다."

색스는 물었다.

"범인을 소년이라고 하셨는데, 몇 살이죠?"

"열여섯입니다."

"미성년이군요."

"법적으로는 그렇죠. 하지만 대부분의 이 지역 골칫거리 성인들보다 전과가 훨씬 화려합니다."

"가족은 만나보셨나요?"

색스는 라임과 자신이 사건을 맡는 게 기정사실인 양 물었다.

"부모는 죽었습니다. 양부모 밑에서 살죠. 그 집 소년의 방도 수색했습니다만, 비밀 문이나 일기장 같은 건 전혀 없었습니다."

그런 게 있는 경우는 절대 없지. 라임은 이 남자가 자기 골칫거리를 갖고 발음도 하기 어려운 자기 카운티로 돌아가 주기를 진심으로 바라며 생각했다. 색스가 말했다.

"해봐야 할 것 같아요, 라임."

"색스, 수술은…."

"이틀에 피해자가 둘이잖아요. 진행형인지도 몰라요."

진행형 범죄자는 준독가와 같다. 점점 더해지는 폭력에 대한 심리적 굶주림을 만족시키기 위해, 범죄 행위의 빈도와 강도가 점점 증가한다. 벨은 고개를 끄덕였다.

"맞습니다. 미처 말씀드리지 않은 게 있는데, 지난 2년 동안 파케노크 카운티에서는 세 건의 살인사건이 발생했고 며칠 전에도 의문의 자살 사건이 있었습니다. 그를 구금할 만한 증거가 없었을 뿐이지요."

하지만 난 사건을 맡지 않을 거야, 안 그래? 그런데 다시 이런 생각이 들었다. 나를 파멸시킬 죄악이 있다면 그건 바로 자만이겠지.

내키지 않았지만, 라임은 이 사건의 수수께끼에 자극된 두뇌가 돌아가기 시작하는 것을 느꼈다. 사고 이후 링컨 라임이 멀쩡한 정신을 유지할 수 있었던 것은—자살을 도와줄 잭 케보키언 같은 의사를 찾지 않게 된 것도—바로 이런 지적 도전들 때문이다.

색스도 압력을 가했다.

"수술은 내일모레잖아요, 라임. 그 전에는 테스트밖에 할 일이 없어요."

흠, 자네의 궁극적인 목적이 뭔지는 알고 있어, 색스….

하지만 색스의 말은 일리가 있었다. 수술까지는 무료한 시간이 많이 남아 있었다. 수술을 기다리는 동안엔 18년산 스카치도 즐길 수가 없다. 노스캐롤라이나의 작은 마을에서 마비환자가 뭘 하겠는가? 링컨 라임 최대의 적은 척추 환자를 괴롭히는 경련도, 환상통도, 반사부전도 아니다. 그것은 무료함이었다.

라임은 마침내 말했다.

"하루를 드리지요. 수술을 지연시키지 않는 한에서. 난 이번 수술을 받으려고 14개월 동안 대기자 명단에 올라 있었습니다."

"알겠습니다."

벨은 말했다. 근심어린 얼굴이 밝아졌다.

하지만 톰은 고개를 저었다.

"링컨, 우린 여기 일하러 온 게 아닙니다. 수술 때문에 온 거고, 수술을 받고 나면 떠날 거예요. 일하실 때 당신을 돌보는 데 필요한 장비는 절반도 안 가져왔습니다."

"여긴 병원이잖아, 톰. 자네가 필요한 건 대부분 여기 있을 거야. 위버 박사한테 말해봐. 기꺼이 돕겠다고 할걸."

흰 셔츠 차림의 톰은 갈색 바지와 넥타이를 쓸어내리며 말했다.

"분명히 말해두지만, 이건 좋은 생각이 아닙니다."

하지만 움직일 수 있든 없든 모든 사냥꾼이 다 그렇듯, 링컨 라임은 일단 먹잇감을 쫓겠다는 결단을 내린 다음에는 다른 아무것도 개의치 않는 사람이었다. 그는 톰의 말을 무시하고 짐 벨에게 캐묻기 시작했다.

"수색이 시작된 지는 얼마나 됐습니까?"

"겨우 몇 시간입니다. 저희가 발견한 증거물과 이 지역 지도를 가져오라고 하지요. 제 생각엔···."

라임이 눈살을 찌푸리며 고개를 젓는 걸 보고 벨의 음성이 잦아들었다. 색스는 미소를 억눌렀다. 링컨의 입에서 무슨 말이 나올지 알고 있었다. 라임은 단호하게 말했다.

"아니. 우리가 가겠습니다. 장소를 마련해 주시죠. 카운티 중심지가 어딥니까?"

"아, 태너스코너입니다."

"거기 어디에 우리가 일할 만한 곳을 마련해 주십시오. 감식 조수도 한 명 필요하고···. 경찰서에 실험실은 있습니까?"

보안관은 어리둥절해서 말했다.

"우리 경찰서에요? 그럴 리가."

"좋습니다. 그럼 필요한 장비 목록을 드리죠. 주 경찰에서 빌려주십시오."

라임은 시계를 보며 말을 이었다.

"30분 뒤에 그리 가겠습니다. 알겠지, 톰?"

"링컨···."

"일깼어?"

"30분요."

단념한 톰이 중얼거렸다.

아까 나보고 기분이 좋다고 그랬지?

"위버 박사한테 서류 받아서 갖고 와. 색스와 내가 일하는 동안 자네가 작성해 줘."

"알았어요, 알았다고요."

색스는 기본 실험실 감식 장비 목록을 적은 다음, 라임이 읽도록 들어 보였다. 라임은 고개를 끄덕였다.

"밀도구배 장비(D-G)도 써. 그 외에는 좋아."

색스는 목록에 그걸 추가한 뒤 벨에게 건넸다. 벨은 읽더니 애매하게 고개를 끄덕였다.

"해보죠. 하지만 너무 신경 쓰게 해드리는 건 아닌지…."

"짐, 격의 없이 말해도 되는지."

"그럼요."

라임은 낮은 음성으로 말했다.

"증거물 몇 개 들여다보는 것만으로는 아무 소용 없습니다. 제대로 하려면 아멜리아와 내가 수색 작업을 지휘해야 합니다. 전권을 가져야 합니다. 자, 솔직히 말해보시죠. 아무 문제 없습니까?"

"문제 없도록 하지요."

"좋습니다. 그럼 가서 장비를 가져오십시오. 우리는 움직여야 합니다."

벨 보안관은 잠시 서 있다가 한 손에는 모자를, 한 손에는 색스가 준 목록을 들고 고개를 끄덕이더니 문으로 향했다. 수많은 남부식 표현을 알고 있는 롤랜드 사촌의 표현 중에 지금 보안관의 얼굴에 딱 들어맞는 말이 있었다. 정확한 문구는 기억이 나지 않지만 '곰의 꼬리를 잡는다' 비슷한 말이었다.

"아, 한 가지."

색스의 말에 벨은 문을 나가려다 멈춰 섰다. 그리고 돌아섰다.

"범인 말예요, 이름이 뭐죠?"

"개릿 핸런. 하지만 태너스코너에서는 그냥 '곤충 소년'이라고 부릅니다."

파케노크는 북동부 노스캐롤라이나에 있는 작은 카운티였다. 카운티 가운데쯤 위치한 태너스코너가 가장 큰 마을이고, 그 주변에 블랙워터랜딩 같은 보다 작은 주거지 혹은 상업 구역이 여기저기 흩어져 있었다. 블랙워터랜딩은 카운티 중심부 북쪽에서 몇 킬로미터 떨어진 곳에 파케노크 강—지역민들은 대부분 '파코'라고 불렀다—을 끼고 있었다.

카운티의 주거지와 쇼핑 구역 대부분이 자리 잡고 있는 곳은 강 남쪽이었다. 남쪽 대지에는 완만한 습지와 숲, 평야, 작은 호수가 펼쳐져 있었다. 주민들 거의 대부분은 강 남쪽에 살고 있었다. 반면 파코 북쪽 땅은 믿을 수 없는 곳이었다. 그레이트 디즈멀 늪이 점점 확장되면서 트레일러 주차장과 집, 몇몇 공장과 제분소를 삼켜버렸다. 호수와 평지 대신 뱀처럼 구불구불한 수렁이 생겼고, 대부분 오래 된 숲은 운 좋게 길을 찾아내지 못하면 뚫고 지나가기가 불가능했다. 밀주업자나 마약 제조상, 몇몇 정신 나간 늪지 주민들 말고는 아무도 그쪽에 살지 않았다. 2년 전 야생 멧돼지들이 탤 하퍼를 덮쳤을 때, 멧돼지를 절반이나 쏘아 죽였는데도 결국 도움의 손길이 도착하기 전 속수무책으로 나머지 절반이 하퍼를 삼켜버린 사건 뒤로는 사냥꾼조차 그쪽을 피하게 되었다.

대부분의 카운티 주민들과 마찬가지로 리디아 조핸슨 역시 파코 북쪽으로는 거의 가지 않았고, 혹 가는 일이 있어도 절대 깊숙이 들어가지 않았다. 절망감에 사로잡힌 리디아는, 강을 건넘으로써 다시는 돌아가지 못할 어떤 경계선을 넘었다는 사실을 깨달았다. 단순한 지형적인 경계선을 넘어, 정신적인 경계선을.

이 짐승 같은 인간에게 끌려간다는 자체도 두려웠다. 자신의 몸을 바라보는 그의 눈길, 손길, 열사병이니 일사병으로, 혹은 뱀에 물려 죽을지 모른다는 사실도 두려웠다. 하지만 강 남쪽에 자신이 무엇을 남겨놓고 왔는지를 생각하면 그 무엇보다 두려웠다. 덧없고 평범하긴 하지만 편안한 생활, 몇 안 되는 친구들과 병동의 동료 간호사들,

파케노크는 북동부 노스캐롤라이나에 있는 작은 카운티였다. 카운티 가운데쯤 위치한 태너스코너가 가장 큰 마을이고, 그 주변에 블랙워터랜딩 같은 보다 작은 주거지 혹은 상업 구역이 여기저기 흩어져 있었다. 블랙워터랜딩은 카운티 중심부 북쪽에서 몇 킬로미터 떨어진 곳에 파케노크 강—지역민들은 대부분 '파코'라고 불렀다—을 끼고 있었다.

별 소득 없이 추파를 보내곤 했던 의사들, 피자 파티, 사인펠드(미국의 유명한 시트콤−옮긴이) 재방송, 공포소설, 아이스크림, 조카들. 힘들었던 경험조차 지금 생각하니 그리웠다―몸무게와의 전쟁, 담배를 끊기 위한 투쟁, 혼자 지내는 밤들, 가끔 만나곤 하는 남자에게서 한참 동안 전화가 없던 일(리디아 쪽에서는 '남자 친구'라고 불렀지만, 스스로도 이것이 희망 사항에 지나지 않는다는 것을 잘 알고 있었다)…. 이런 것들조차 그저 몸에 익은 생활이라는 점에서 미친 듯이 그리웠다.

하지만 지금 있는 이곳에는 편안함이라고는 조금도 없었다.

움막에서의 끔찍한 광경이 떠올랐다―말벌에 쏘여 팔과 얼굴이 끔찍하게 부푼 부보안관 에드 섀퍼가 의식을 잃은 채 땅에 쓰러져 있던 모습. 개릿은 이렇게 중얼거렸다.

"아마 벌을 건드렸을 거야. 말벌은 자기 둥지가 위험에 처했을 때만 공격하거든. 이 사람 잘못이야."

개릿은 물건을 챙기기 위해 천천히 안으로 들어갔다. 말벌은 그를 무시했다. 지금 개릿은 리디아의 손을 앞에서 묶은 뒤 숲 속으로 끌고 들어가 몇 킬로미터째 걷고 있는 중이었다.

소년은 리디아를 이쪽으로 홱 끌어당겼다 저쪽으로 끌어당겼다 하면서 이상하게 걸었다. 혼자 중얼거리기도 했다. 얼굴의 붉은 반점을 긁기도 했다. 한 번은 물웅덩이 앞에 멈춰 서서 뚫어지게 쳐다보았다. 수면 위에 있는 벌레인지 거미 같은 것이 지나갈 때까지 기다렸다 독이 오른 얼굴을 물에 대고 적셨다. 문득 자기 발을 내려다보더니 남아 있는 신발 한 짝마저 벗어던졌다. 그런 다음 다시 뜨거운 아침 숲 속을 걷기 시작했다.

리디아는 소년의 주머니에서 비죽 나온 지도를 보았다.

"지금 어디 가는 거야?"

"입 다물어. 알겠어?"

10분 뒤 소년은 리디아에게 신발을 벗게 하더니 얕고 오염된 개울을 건넜다. 개울을 건넌 뒤 소년은 리디아를 앉게 했다. 그리고 자기도 맞은편에 앉더니 가슴과 다리를 흘끗거리며 주머니에서 꺼낸 클리넥스 뭉치로 다리의 물기를 천천히 닦아주었다. 그의 손길에 리디아는 병원 시체안치실에서 시체의 조직 샘플을 처음 채취했을 때만큼 구역질이 일었다. 소년은 흰 신발을 다시 신겨주고 끈도 단단히 묶은 다음 필요 이상으로 오랫동안 종아리를 잡고 있었다. 그러곤 지도를 보더니 리디아를 데리고 숲 속으로 다시 들어갔다. 연신 손톱을 튕기고, 뺨을 긁으며….

늪지는 조금씩 더 복잡해져 갔고 물은 점점 검고 깊어졌다. 그레이트 디즈멀 늪으로 향하고 있는 것 같지만 이유는 알 수 없었다. 진구렁 때문에 더 이상 나아갈 수 없자 개릿은 넓은 소나무 숲으로 들어섰는데, 다행히 햇빛을 피할 곳이 없는 늪지보다는 이쪽이 훨씬 시원했다.

개릿은 또 다른 길을 하나 찾아냈다. 그 길을 따라가다 보니 가파른 언덕이 나타났다. 꼭대기까지 바위로 이루어진 언덕이었다.

"난 못 올라가. 손이 이렇게 묶여 있어서는. 미끄러질 거야."

리디아는 최대한 반항적인 목소리로 말했다. 개릿은 바보 천치 같은 소리 한다는 듯 짜증스럽게 쏘아붙였다.

"무슨 소리. 간호사 신발 신고 있잖아. 절대 안 미끄러져. 날 봐. 난 맨발인 데도 올라갈 수 있어. 내 발을 보라고. 한 번 봐!"

그는 발바닥을 들어올렸다. 누런 발바닥에는 잔뜩 못이 박혀 있었다.

"그러니까 빨리 올라가. 꼭대기까지 올라가면 아무 데도 가지 말고. 듣고 있어? 이봐, 듣고 있냐고?"

리디아의 뺨에 침이 튀었다. 황산처럼 뺨이 타버릴 것 같은 느낌이었다. 빌어먹을, 이 나쁜 놈.

리디아는 올라가기 시작했다. 절반쯤 올라간 다음 뒤를 돌아보았다. 개릿은 손톱을 튕기며 그녀를 빤히 쳐다보고 있었다. 혀끝으로 앞니를 문지르며 흰 스타킹 신은 다리를 쳐다보는 시선. 그 눈길이 좀 더 올라가 치마 속을 들여다보았다.

리디아는 계속 올라갔다. 개릿도 뒤따라 올라오는지 씩씩거리는 숨소리가 들려왔다.

언덕 꼭대기에는 공터가 있고, 빽빽한 소나무 숲으로 한 줄기 길이 이어져 있었다. 리디아는 그늘을 찾아 숲 쪽으로 걷기 시작했다. 개릿이 소리쳤다.

"이봐! 내 말 못 들었어? 움직이지 말라고 했잖아!"

"도망가려는 게 아냐! 덥잖아. 햇빛을 피하려고 그랬어."

개릿은 6미터쯤 떨어진 땅바닥을 가리켰다. 길 한가운데 소나무 가지가 두텁게 쌓여 있었다.

"거기 빠질 뻔했어. 그걸 망칠 뻔했잖아."

리디아는 찬찬히 바라보았다. 넓은 구덩이를 소나무 잎이 가리고 있었다.

"저 밑에 뭐가 있어?"

"저건 무시무시한 함정이야."

"안에 뭐가 있냐고?"

"우릴 쫓아오는 사람을 위한 깜짝 선물이지."

개릿은 얼마나 영리한 생각이냐는 듯 씩 웃으며 자랑스럽게 말했다.

"누가 거기 빠질지 어떻게 알아!"

"젠장. 여긴 파코 북쪽이야. 우릴 뒤쫓는 사람 말고 여기로 누가 오겠어. 그 사람들은 무슨 일을 당해도 싸. 계속 가자고."

개릿은 다시 숨을 씩씩거리며 리디아의 손목을 잡더니 구덩이 옆을 지나갔다.

"이렇게 꽉 잡을 필요는 없잖아!"

개릿은 리디아를 흘끗 보더니 손의 힘을 약간 늦췄다. 하지만 손길이 부드러워지자 오히려 더욱 신경이 쓰였다. 손목을 어루만지는 가운뎃손가락의 감촉이 파고들 살갗을 찾는 피둥피둥한 거머리 같은 느낌이었다.

04 장례식

롤스 밴은 태너스코너 메모리얼 가든스 공동묘지 앞을 지나쳤다. 장
례식이 진행 중이었고 라임과 색스, 톰은 엄숙한 행렬을 지켜보았다.

색스가 말했다.

"관 좀 봐요."

작은 아이용 관이었다. 문상객은 모두 어른이었는데 몇 명 되지 않
았다. 스무 명 남짓. 라임은 참석자 수가 왜 이렇게 적은지 궁금했다.
공동묘지 위쪽을 향한 라임의 시선은 묘지로 굽이치는 언덕과 그 너
머 펼쳐진 푸른 지평선 위로 사라지는 흐릿한 숲과 습지를 바라보았
다. 숲은 몇 킬로미터나 펼쳐져 있었다.

"나쁜 묘지는 아니군. 이런 곳에 묻히는 것도 나쁘지 않을 것 같아."

착잡한 얼굴로 장례식을 지켜보던 색스의 서늘한 시선이 라임을
향했다. 눈앞에 닥친 수술 건 때문에 죽음에 대한 이야기는 듣고 싶지
않은 모양이다.

밴은 김 벨의 피게노그 키오티 보안관국 경찰차 뒤를 따라 가파른
모퉁이를 천천히 돌았다. 그리고 직선도로에 접어들자 속도를 내기
시작했다. 공동묘지는 뒤로 사라졌다.

벨이 말한 대로 태너스코너는 에이버리 메디컬 센터에서 30킬로미

터 떨어진 곳에 있었다. '환영' 표지판에는 인구가 3,018명이라고 적혀 있는데, 이 말이 사실인지 어떤지는 몰라도 뜨거운 8월 아침 메인 스트리트 변에는 그중 극소수의 사람들만 눈에 띌 뿐이었다. 먼지투성이 마을은 유령 도시 같았다. 나이 지긋한 부부가 벤치에 앉아 텅 빈 거리를 쳐다보고 있었다. 동네 주정뱅이로 보이는 남자 둘이 라임의 눈에 띄었다. 비쩍 마르고 아파 보였다. 한 사람은 숙취 때문인지 두 손으로 지저분한 머리를 싸안고 도로 가에 앉아 있었다. 다른 한 사람은 나무에 기대 앉아 퀭한 눈으로 반질반질한 밴을 쳐다보고 있었다. 멀리서 봐도 황달인 것 같았다. 비쩍 마른 여자가 느릿느릿 약국 창문을 씻고 있었다. 그 외에는 아무도 보이지 않았다.

톰이 말했다.

"평화롭네요."

"그렇게 볼 수도 있겠죠."

색스는 라임과 마찬가지로 이 텅 빈 공간이 거북한 모양이었다.

메인 스트리트 변을 따라 오래 된 건물과 작은 상가 두 개가 권태롭게 늘어서 있었다. 슈퍼마켓 하나, 약국 둘, 술집 둘, 식당 하나, 여성복집 하나, 보험회사 하나, 비디오 대여점, 과자 가게, 미용실을 겸한 가게 하나가 눈에 띄었다. 에이오케이 자동차 판매점이 은행과 낚시용품점 사이에 끼어 있었다. 광고판 하나는 17번 국도에서 11킬로미터 떨어진 곳에 위치한 맥도널드 광고였다. 햇빛에 바랜 모니터 (Monitor : 남북전쟁 당시 북군의 철갑선-옮긴이)와 메리맥(Merrimack : 남북전쟁 당시 남군의 철갑선-옮긴이)이 그려진 광고판도 있었다. '철갑선 박물관에 와보세요.' 하지만 박물관 구경을 하려면 35킬로미터나 차를 몰고 가야 했다.

이런 소도시 풍경에서 라임은 범죄학자로서 자신의 한계를 깨닫고 낙심했다. 오랜 세월 살아온, 도시를 헤집고 거리를 걷고 역사와 식물상(flora : 특정 지역에 생육하는 모든 식물-옮긴이)과 동물상(fauna)을 연구한 뉴욕에서라면 증거물을 성공적으로 분석할 수 있다. 하지만 여기, 태너스코너와 인근 지역에 대해서는 토양이나 공기, 물, 주민들의 생활 습관, 무슨 차를 좋아하는지, 어떤 집에 사는지, 어떤 산업에 종사하는지, 어떤 욕망을 갖고 살아가는지 전혀 아는 바가 없었다.

NYPD 신참 시절 윗사람이었던 형사가 떠올랐다. 형사는 후배들에게 이렇게 설교했었다.

"누가 말해봐. '물을 벗어난 물고기'라는 표현이 무슨 뜻이지?"

젊은 경찰 라임은 이렇게 대답했다.

"활동 영역을 벗어났다는 뜻입니다. 혼란스럽다."

반백의 나이 든 경찰은 라임에게 이렇게 쏘아붙였다.

"흠, 물고기가 물을 벗어나면 어떻게 되지? 혼란스러운 게 아니야. 죽는다고. 수사관에게 있어 가장 큰 위협은 주변 환경에 대한 무지야. 기억해 두게."

톰은 밴을 세우고 휠체어 내리는 작업을 시작했다. 라임은 스톰 애로의 빨대 조종기를 훅 불어, 틀림없이 장애인법이 발효된 뒤 마지못해 건물에 덧붙인 듯한 카운티 사무소의 가파른 경사 진입로를 향해 굴러갔다.

작업복 차림에 접는 칼집을 벨트에 찬 세 남자가 경사로 옆에 자리 잡은 보안관국 옆문에서 나왔다. 그들은 포도주색 셰비 서버번 쪽으로 걸어갔다.

셋 중 가장 마른 남자가 땋아서 한 갈래로 묶은 머리에 턱수염을 기른 가장 덩치 큰 남자를 쿡 찌르더니 라임 쪽으로 턱짓을 했다. 세 사람의 시선은 거의 동시에 색스의 몸매를 훑었다. 덩치 큰 남자는 톰의 말쑥한 머리 모양과 늘씬한 체구, 흠잡을 데 없는 옷차림과 금귀고리를 훑어보았다. 그러곤 무표정한 얼굴로 보수적인 남부 사업가 같은 인상의 세 번째 남자를 향해 뭔가 소곤거렸다. 세 번째 남자는 어깨를 으쓱했다. 일행은 타지 사람들에게 관심이 떨어졌는지 셰비에 올라탔다.

물을 벗어난 물고기….

라임의 휠체어 옆에서 걷고 있던 벨이 그의 눈길을 알아챈 모양이다.

"덩치 큰 사람이 리치 컬보. 그리고 그의 친구들이죠. 비쩍 마른 쪽이 숀 오새리언, 그리고 해리스 토멜. 컬보는 겉보기처럼 무서운 사람은 아닙니다. 가끔 건달 흉내를 낼 때가 있는데 별 신경 안 써도 됩니다."

오새리언이 조수석에 앉아서 이쪽을 쳐다보았다. 보고 있는 것이 톰인지, 색스인지, 라임인지는 알 수 없었지만.

보안관은 빠른 걸음으로 앞장서 건물로 향했다. 하지만 장애자용 진입로로 올라선 뒤엔 한참 문과 씨름해야 했다. 페인트칠이 된 문은 잠겨 있었다.

"여긴 장애인이 많지 않은가 봅니다."

톰이 이렇게 말하더니 라임에게 물었다.

"기분 어떠세요?"

"좋아."

"좋아 보이지 않으시는데요. 창백합니다. 안에 들어가면 곧바로 혈압을 재겠습니다."

일행은 건물 안으로 들어섰다. 1950년대쯤 지어진 것 같군. 라임은 추정했다. 관공서풍의 녹색 페인트칠이 된 현관 벽에는 초등학교 학생들이 그린 손가락 그림, 태너스코너의 역사가 담긴 사진, 카운티 공무원들에게 알리는 공지사항 여남은 장이 붙어 있었다.

"여기면 되겠습니까?"

벨은 한쪽 문을 열며 물었다.

"증거물 보관실로 쓰는 방인데, 물건들은 비워서 지하실로 옮기면 됩니다."

열 개 남짓한 박스가 벽에 죽 놓여 있었다. 경찰 한 사람이 대형 도시바 텔레비전을 힘들게 방 밖으로 나르고 있었다. 다른 한 사람은 투명한 액체가 든 주스 병 두 박스를 날랐다. 라임은 그들을 바라보았다. 벨이 웃으며 말했다.

"태너스코너의 전형적인 범법자들이 이런 사람들이라고 생각하시면 됩니다. 가전제품 훔치기, 밀주 만들기."

색스가 물었다.

"저게 밀주인가요?"

"그렇죠. 30일 된 겁니다."

"오션 스프레이 브랜드?"

라임은 주스 병을 보며 장난스럽게 물었다.

"밀주업자들이 가장 선호하는 용기죠. 주둥이가 넓어서요. 술 마십니까?"

"스카치만 마십니다."

"그게 좋죠."

벨은 경찰이 문 밖으로 나르는 병 쪽으로 고갯짓을 해 보였다.

"연방과 캐롤라이나 국세청은 자기들 세수(稅收) 줄어들 걱정만 하지요. 하지만 우리가 걱정하는 건 시민들의 생명입니다. 저기 저 술은 그리 나쁘진 않아요. 하지만 포름알데히드나 페인트 용제, 농약 같은 게 함유된 밀주도 많습니다. 여기서는 나쁜 술 때문에 1년에 한두 사람씩은 꼭 죽지요."

"밀주를 왜 문샤인(moonshine)이라고 부릅니까?"

톰이 묻자 벨이 대답했다.

"예전에는 보름달 빛에 의지해서 한밤중에 술을 빚었거든요. 등불을 쓰면 단속반이 올까봐."

"아."

톰이 말했다. 라임이 알기로 톰의 취향은 생테밀리옹, 포메롤, 버건디 백포도주였다.

라임은 방을 둘러보고 벽에 붙은 유일한 콘센트 쪽으로 고갯짓을 했다.

"전력이 더 필요하겠군요."

"선을 연결해 드리죠. 사람을 시키겠습니다."

벨은 부보안관에게 이 일을 시키더니, 엘리자베스 시티의 주 경찰
서 연구실에 연락해서 라임이 원한 감식장비를 긴급 요청했다고 설
명했다. 한 시간 내로 도착한다고 했다. 파케노크 카운티 기준으로는
전광석화 같은 일처리라는 눈치였는데, 이로 미루어볼 때 이번 사건
이 얼마나 절박한지 짐작할 수 있었다.

"성적인 동기에 의한 납치 사건인 경우 보통 스물네 시간 안에 피
해자를 찾아내야 한다고 되어 있더군요. 그 뒤에는 납치범의 눈에 피
해자가 인간으로 보이지 않기 때문에 쉽게 죽이게 된다는 겁니다."

벨은 이렇게 말했었다.

부보안관이 끝에 콘센트가 여러 개 달린 굵은 전선 두 줄을 갖고
돌아왔다. 그리고 바닥에 전선을 설치했다.

"그 정도면 좋습니다."

라임은 이렇게 말하고 물었다.

"수사는 몇 명이나 같이 합니까?"

"상급 부보안관 세 명, 하급 여덟 명이 있습니다. 그리고 통신반 두
명, 사무직 다섯 명이죠. 보통 토지기획실과 행정실에서 함께 사용하
는 인력입니다만, 납치 사건도 있고 선생님도 여기 오셨으니 필요한
만큼 우리 쪽에서 다 쓸 수 있습니다. 카운티 감독관도 도와줄 겁니
다. 이미 말해뒀으니까요."

라임은 벽을 올려다보았다. 그리고 눈살을 찌푸렸다.

"뭐죠?"

톰이 대답했다.

"칠판이 필요하십니다."

"난 인근 지도 생각을 하고 있었는데. 아니, 칠판도 필요합니다. 큰
걸로요."

"낙찰(Done Deal : 그렇게 한다는 뜻 ─ 옮긴이)."

벨이 말했다. 라임과 색스는 눈빛을 교환했다. 짐 벨의 사촌 롤랜드
가 자주 쓰는 표현 중 하나였다.

"여기 상급 부보안관들을 만나볼 수 있을까요? 브리핑을 하게."

톰이 끼어들었다.

"에어컨도요. 좀 더 시원해야 합니다."

"알아보죠."

벨은 가볍게 답했다. 그는 아마 북쪽 사람들이 적정 온도에 집착하는 것을 이해할 수 없을 것이다.

톰은 단호하게 말했다.

"이런 더위에서 일하는 건 이분한테 좋지 않습니다."

"괜찮아."

라임이 말했다. 톰은 벨에게 한쪽 눈썹을 치켜 올리더니 분명하게 말했다.

"방의 온도를 낮춰야 합니다. 그렇지 않으면 호텔로 도로 데려가겠습니다."

"톰."

라임이 경고하자 톰이 말했다.

"선택의 여지가 없습니다."

벨이 말했다.

"걱정 마십시오. 제가 알아서 하겠습니다."

벨은 문간으로 향하더니 사람을 불렀다.

"스티브, 당장 이리 와보게."

보안관 제복 차림의 젊은 상고머리 남자가 들어왔다.

"제 매제입니다. 스티브 파."

키가 2미터는 족히 되어 보였다. 지금까지 본 부보안관들 중 가장 키가 컸고, 동그란 귀는 우스꽝스럽게 앞으로 툭 튀어나와 있었다. 라임을 처음 보고도 약간 놀랄 뿐, 두툼한 입술에 곧 자신감과 능력을 말해주는 느긋한 미소가 떠올랐다. 벨은 그에게 실험실에서 쓸 에어컨 찾는 임무를 맡겼다.

"당장 가져오죠, 짐."

스티브는 귓불을 잡아당기며 군인처럼 뒤돌아서서 복도로 사라졌다.

한 여자가 문간에서 고개를 내밀었다.

"짐, 3번에 수 매코넬이에요. 제정신이 아닌데요."

"네. 제가 직접 이야기하죠. 곧 간다고 전해주세요."

벨은 라임에게 설명했다.

"메리베스의 어머니입니다. 불쌍한 여자죠…. 겨우 1년 전에 남편을 암으로 잃고 또 이런 일을 당하다니. 정말이지…."

벨은 고개를 저으며 덧붙였다.

"나도 애가 둘 있는데 어떤 기분일지…."

라임은 말을 막았다.

"짐, 지도를 찾아줄 수 있을지. 칠판도 설치해 주시고."

벨은 불쑥 끼어든 라임의 말투에 애매하게 눈을 깜빡였다.

"그럼요, 링컨. 그리고 참, 우리 남부 사람들이 당신들 북쪽 양키들이 볼 때 좀 느리다 싶으면 재촉을 해주십쇼."

"아, 그러죠, 짐."

셋 중의 하나.

짐 벨 밑의 상급 부보안관 셋 중 한 사람은 라임과 색스를 만난 것이 반가운 것 같았다. 아니, 적어도 색스를 만난 것이. 다른 둘은 형식적으로 고개를 끄덕이는 품새가, 이 기묘한 한 쌍이 뉴욕에 그대로 박혀 있었다면 얼마나 좋을까 싶은 얼굴이었다.

우호적인 사람은 충혈된 눈을 한 제시 콘이라는 30대 부보안관이었다. 아침 일찍 범죄현장에 나갔던 사람으로서, 개릿이 자기 눈앞에서 두 번째 피해자 리디아를 납치했다는 걸 죄책감에 젖어 고통스럽게 털어놓았다. 제시가 강을 건너갔을 때 에드 섀퍼는 이미 말벌의 공격으로 빈사 상태에 처해 있었다.

차갑게 인사를 건넨 부보안관은 메이슨 저메인으로, 40대 초반의 키 작은 남자였다. 검은 눈, 회색 머리카락, 인간이라기에는 좀 지나치게 완벽하다 싶은 자세의 소유자였다. 기름을 발라 뒤로 넘긴 머리카락에는 빗질한 자국이 자로 댄 것처럼 반듯하게 나 있었다. 싸구려 머스크 향 애프터셰이브를 지나치게 뿌린 듯했다. 그는 라임과 색스에게 뻣뻣하고 절도 있게 고개를 끄덕해 보였다. 라임은 자신이 장애인이어서 악수를 하지 않아도 된다는 사실이 반가울 정도였다. 그나마 여자인 색스에게는 짐짓 겸손하게 '미스'라는 호칭을 썼다.

세 번째 상급 부보안관인 루시 커는 메이슨과 마찬가지로 손님들이 별로 달갑지 않은 표정이었다. 키가 큰 여자로, 훤칠한 색스보다 약간 작은 정도였다. 운동선수처럼 탄탄한 몸매에 길고 예쁜 얼굴이었다. 메이슨의 제복은 구깃구깃하고 먼지가 묻어 있었지만, 루시의 제복은 완벽하게 다림질이 되어 있었다. 금발머리는 단단히 틀어 올렸다. 부츠에 청바지, 털조끼만 입혀놓으면 L.L. 빈(스포츠 의류 업체—옮긴이)이나 랜즈 엔드(여성 전문 의류 쇼핑몰—옮긴이) 모델이라고 해도 손색이 없는 용모였다.

라임은 그들의 차가운 응대가 자기 영역을 침입해 들어온 다른 경찰에 대한 자동적인 반응일 거라는 것을 알고 있었다(특히 장애인과 여경, 게다가 북부인 아닌가). 하지만 라임은 그들을 이편으로 끌어들이는 데는 관심이 없었다. 납치범은 1분 1분 시간이 지날수록 더욱 찾아내기 어려워진다. 게다가 그는 절대 놓칠 수 없는 수술 약속을 받아놓은 상태였다.

단단한 체구의 남자—라임이 만난 유일한 흑인 부보안관이다—가 커다란 칠판과 반으로 접은 파케노크 카운티 지도를 카트에 싣고 들어왔다.

"거기 붙여주게, 트레이."

벨은 벽을 가리켰다. 라임은 지도를 훑어보았다. 아주 상세하고 좋은 지도였다.

"자, 상황을 정확하게 말씀해 주시죠. 첫 번째 피해자부터 시작해

볼까요."

라임의 물음에 벨이 대답했다.

"메리베스 매코널. 나이는 스물셋. 에이버리 캠퍼스의 대학원생입니다."

"계속하시죠. 어제는 무슨 일이 일어난 겁니까?"

메이슨이 말했다.

"음, 이른 시각이었습니다. 메리베스는…."

"좀 더 정확하게 말씀해 주시죠. 시간이?"

메이슨은 차갑게 답했다.

"음, 정확하게는 모릅니다. 영화 〈타이타닉〉처럼 딱 그 시간에 고장 난 시계가 있었던 것도 아니고."

제시 콘이 말을 이었다.

"8시 이전이었을 겁니다. 빌리는, 살해된 소년입니다, 조깅을 하고 있었고, 범죄현장은 그의 집에서 30분 거리였습니다. 여름학교 수강을 하고 있었기 때문에 8시 30분까지는 돌아가서 샤워를 하고 수업을 들으러 갈 예정이었습니다."

좋아. 라임은 고개를 끄덕였다.

"계속하시죠."

메이슨이 말했다.

"메리베스는 블랙워터랜딩에 파묻혀 있는 인디언 유물을 발굴하는 프로젝트에 참여하고 있었습니다."

"그게 뭐죠, 마을 이름인가요?"

색스가 물었다.

"아니요. 그냥 강변의 미개발 지구입니다. 가옥 서른 채 남짓, 공장한 곳이 있지요. 가게 같은 건 없고요. 주로 숲과 늪지입니다."

라임은 지도 가장자리에 숫자와 알파벳이 적혀 있는 걸 보았다.

"어디죠? 보여주십시오."

메이슨이 G-10을 가리켰다.

"추정하자면 이렇습니다. 개릿이 여기로 와서 메리베스를 붙잡습니다. 강간을 하려고 하는데, 빌리 스테일이 길에서 조깅을 하다가 그걸 보고 개릿을 막으려 합니다. 하지만 개릿은 삽을 들고 빌리를 죽입니다. 머리를 부쉈죠. 그런 다음에 메리베스를 끌고 사라집니다."

메이슨의 턱에 힘이 들어갔다.

"빌리는 좋은 아이였습니다. 아주 착했죠. 교회도 꼬박꼬박 다니고. 지난 시즌에는 올버말 고등학교와 비긴 게임을 종료 2분 남겨놓고 패스를 차단해서 다시…."

라임이 참을성 없게 끼어들었다.

"좋은 아이였겠지요. 그럼 개릿과 메리베스는, 걸어서 여기까지 갔습니까?"

루시가 대답했다.

"맞아요. 개릿은 차를 몰지 않았을 겁니다. 면허도 없으니까요. 아마 친부모가 자동차 사고로 죽어서 그런 것 같아요."

"찾아낸 증거물은 뭐가 있습니까?"

메이슨이 자랑스럽게 대답했다.

"아, 살인 무기를 찾았습니다. 삽이죠. 만질 때도 아주 조심했습니다. 장갑도 끼고. 그리고 연계보관법칙인가 하는 것도 책에 나온 대로 잘 지켰습니다."

라임은 잠시 다른 말이 나오기를 기다리다 다시 물었다.

"그 외에는?"

"음, 발자국하고."

메이슨은 제시를 쳐다보았다. 제시가 말을 이었다.

"아, 그렇지. 사진을 찍어놨습니다."

"그게 다예요?"

색스가 물었다. 북부 출신들의 암묵적인 비판에, 루시가 입을 꾹 다물고 고개를 끄덕였다.

라임이 말했다.

"현장 관찰은 안 했습니까?"

제시가 대답했다.

"했지요. 하지만 다른 건 없었습니다."

'다른 건 없었다?' 범인이 한 사람을 죽이고 한 사람을 납치한 현장이라면, 누가 누구에게 무슨 짓을 했고 등장인물 각자가 지난 스물네 시간 동안 무엇을 하고 있었는지 재구성해서 영화까지 충분히 찍을 만한 증거물이 나오게 마련이다. 적군은 둘인 듯했다. 곤충 소년, 그리고 법집행 기관의 무능. 라임은 색스와 눈을 마주쳤고, 색스 역시 같은 생각을 하고 있다는 것을 알 수 있었다.

"수색은 누가 했습니까?"

메이슨이 대답했다.

"내가 했습니다. 제일 먼저 도착했지요. 신고가 들어왔을 때 근처에 있었습니다."

"그건 언제죠?"

"9시 30분. 트럭 운전사가 도로에서 빌리의 시체를 보고 911에 연락했습니다."

그리고 소년은 8시 이전에 살해당했다. 라임은 탐탁지 않았다. 한 시간 반 동안—그것도 최소한—현장이 비보호 상태였다는 건 너무 길다. 많은 증거물이 도난당했을 수도 있고, 더해졌을 수도 있다. 소년이 소녀를 강간하고 죽인 다음 시체를 어디다 숨겨놓고 돌아와서 증거물을 챙기고 수사 방향에 혼선을 초래하기 위해 엉뚱한 것을 심어놓았을 수도 있다.

"혼자 수색하셨습니까?"

"처음에는. 그런 다음 세 명, 네 명의 부보안관이 나왔습니다. 인근을 샅샅이 살폈지요."

그리고 살인 무기밖에 못 찾았다? 맙소사…. 현장감식기법에 익숙하지 않은 경찰 네 명이 가한 손상은 제쳐놓고라도.

"개릿이 범인이라는 건 어떻게 아셨나요?"

색스가 물었다. 제시 콘이 대답했다.

"제가 그 아일 봤습니다. 아침에 리디아를 데려갈 때."

"그렇다고 그 아이가 빌리를 죽이고 여자를 납치했다고는 할 수 없죠."

벨이 답했다.

"아, 지문 때문입니다. 삽에서 찾아냈습니다."

라임은 고개를 끄덕이고 보안관에게 말했다.

"전과 때문에 지문이 기록에 남아 있었겠군요."

"맞습니다."

"그럼 오늘 아침 이야기를 해주십시오."

제시가 말을 받았다.

"이른 시각이었습니다. 해뜨기 직전. 에드 셰퍼와 저는 개릿이 돌아올지도 몰라 현장을 지키고 있었지요. 에드는 강 북쪽에, 저는 남쪽에. 리디아가 꽃을 놓으러 왔더군요. 저는 리디아를 혼자 두고 차로 갔습니다. 그래서는 안 되는 일이었는데, 갑자기 리디아가 비명을 질렀고, 두 사람이 파코 건너편으로 사라지는 걸 봤습니다. 강을 건널 만한 보트 따윌 미처 찾기도 전에 없어졌어요. 에드는 무전에 응답하지 않았습니다. 걱정이 돼서 가봤더니 벌에 쏘여 반쯤 죽어 있었습니다. 개릿이 함정을 놓았던 겁니다."

벨이 말했다.

"우린 범인이 메리베스를 어디로 데려갔는지 에드가 알 거라고 생각합니다. 그 친구가 개릿이 숨어 있던 곳에서 지도를 봤거든요. 하지만 벌에 쏘이는 바람에 지도에서 뭘 봤는지 우리한테 말할 사이도 없이 정신을 잃은 겁니다. 개릿이 리디아를 납치한 뒤 지도를 가져가 버린 모양입니다. 찾을 수가 없었습니다."

색스가 물었다.

"부보안관의 상태는 어떤가요?"

"벌에 쏘여 쇼크 상태입니다. 목숨을 건질지 아무도 모릅니다. 정신이 든다 해도 기억 못 할지도 모르고."

그렇다면 의지할 것은 증거물뿐이군. 라임은 생각했다. 어쨌든 이건 그의 장기였다. 증인보다 훨씬 낫다.

"오늘 아침 현장에는 단서가 있었습니까?"

"이걸 발견했습니다."

제시는 가방을 열더니 비닐봉투에 든 운동화 한 짝을 꺼냈다.

"개릿이 리디아를 붙잡을 때 잃어버린 겁니다. 그 외에 다른 건 없었습니다."

어제 현장에서는 삽 한 자루, 오늘은 신발 한 짝…. 다른 건 없다. 라임은 외톨이 신발짝을 속수무책으로 바라보았다. 그리고 테이블 쪽으로 고갯짓을 했다.

"저기 두십시오. 개릿이 용의자로 지목된 다른 사건 이야기를 해주시죠."

벨이 말했다.

"모두 블랙워터 주변에서 일어났습니다. 두 명이 운하에서 익사했죠. 정황상 떨어져서 머리를 부딪힌 것 같습니다. 한데 검시관은 누군가가 의도적으로 때린 뒤 물에 빠뜨린 거라고 했습니다. 죽기 얼마 전 개릿이 피해자들의 집 주변에서 목격되었고요. 작년에는 사람이 벌에 쏘여 죽었습니다. 말벌에. 에드와 마찬가지죠. 틀림없이 개릿이 한 짓입니다."

벨이 말을 이으려는데 갑자기 메이슨이 끼어들었다. 그는 목소리를 낮췄다.

"20대 초반의 여성으로, 메리베스와 같습니다, 아주 착하고 성실한 기독교인이었죠. 뒤뜰에서 낮잠을 자고 있는데, 개릿이 말벌집을 안에 던져 넣었습니다. 137방을 쏘였죠. 심장마비로 죽었습니다."

루시 커가 말했다.

"제가 출동했었죠. 정말 끔찍했어요. 여자 상황이. 천천히 죽었죠. 아주 고통스럽게."

"아, 그리고 오는 길에 본 장례식 있잖습니까. 토드 윌크스입니다. 여덟 살인데, 자살했죠."

벨이 말했다. 색스가 한숨을 쉬었다.

"맙소사, 왜요?"

제시 콘이 설명했다.

"몸이 많이 아팠습니다. 집보다 병원에서 지낸 시간이 더 많을 정도로. 그 때문에 갈등이 심했습니다. 한데 문제는, 개릿이 몇 주 전 토드에게 고함치는 걸 본 사람이 있습니다. 우리 생각에는 개릿이 자꾸 아이를 괴롭히고 겁을 줘서 못 견딘 것 같습니다."

"동기는요?"

색스의 물음에 메이슨이 내뱉었다.

"그 앤 사이코요. 그게 동깁니다. 사람들이 자길 놀려서 보복하려는 거지요. 단순한 겁니다."

"정신분열?"

루시가 대답했다.

"학교 상담선생들 말로는 그게 아니라, 반사회적 인격이라고 하더군요. IQ도 높아요. 몇 년 전 학교를 빼먹기 시작하기 전만 해도 성적은 대부분 A였죠."

"사진 있나요?"

색스가 물었다. 보안관이 서류철을 펼쳤다.

"벌집 사건으로 체포될 당시 사진입니다."

사진 속에는 돌출한 양쪽 눈썹이 가까이 붙어 있고 눈이 움푹 들어간 비쩍 마른 상고머리 소년이 있었다. 뺨에는 여드름이 나 있다.

"여기 하나 더 있습니다."

벨은 신문 스크랩을 펼쳤다. 거기에는 피크닉 테이블에 앉은 4인 가족사진이 있었다. 사진 설명은 다음과 같았다.

'태너스코너 연례 소풍에 나온 핸런 가족. 112번 국도에서 비극적인 교통사고로 스튜어트(39), 샌드라(37), 부부의 딸 케이(10)가 사망

하기 1주일 전의 단란한 모습. 사고 당시 차에 타고 있지 않던 개릿(11)도 있다.'

"어제 현장 보고서를 볼 수 있을까요?"

라임은 물었다.

벨은 서류철을 펼쳤다. 톰이 받아들었다. 지금은 페이지 넘기는 기계가 없기 때문에 조수가 대신 넘겨줘야 했다.

"좀 안 움직이게 들 수 없나?"

톰은 한숨을 쉬었다.

하지만 라임은 짜증스러웠다. 현장 관찰은 매우 서투르게 처리된 상태였다. 발자국을 찍은 폴라로이드 사진들이 있긴 했지만, 크기 비교를 위해 사용하는 자도 놓지 않은 채 찍었다. 게다가 각각 다른 사람의 발자국이라는 것을 알려주는 숫자 카드도 놓여 있지 않았다.

색스도 이를 발견하고 고개를 저으며 지적했다.

루시가 방어적인 목소리로 말했다.

"항상 그렇게 하세요? 카드를 놓나요?"

"물론이죠. 그게 표준 절차예요."

라임은 계속 보고서를 읽었다. 간단한 현장 묘사와 시체의 자세 외에는 적혀 있지 않았다. 시체 윤곽은 스프레이 페인트로 표시해 놓았는데, 이는 미량증기물을 망치고 현장을 오염시키기로 악명 높은 소재다.

시체가 있던 위치는 물론 빌리와 메리베스, 개릿 사이에 몸싸움이 있었을 만한 지점에서 미량증거물 분석을 위한 흙도 채취하지 않았다. 땅에는 담배꽁초가 떨어져 있었는데—이것 역시 많은 단서를 줄 수 있다—수거해 놓은 것은 전혀 없었다.

"다음."

톰이 페이지를 넘겼다.

지문 보고서는 약간 나왔다. 삽에는 전체 지문 4개, 부분 지문 17개가 찍혀 있었는데, 모두 개릿과 빌리의 지문으로 판명이 났다. 대부분

은 잠재지문이지만, 손잡이에 묻은 진흙에 나 있는 몇몇은 화학약품
이나 대체광원 없이도 육안으로 쉽게 볼 수 있을 만큼 뚜렷했다. 하지
만 메이슨의 부주의로 범인의 지문 위에 상당히 큰 라텍스 장갑 자국
이 나 있었다. 라임이라면 증거물을 이렇게 경솔하게 다룬 감식반을
해고했겠지만, 좋은 지문도 여러 개 있기 때문에 이 경우 대세에는 지
장이 없었다.

장비가 곧 도착할 예정이었다. 라임은 벨에게 말했다.

"분석과 장비 조작을 도와줄 감식 기술자가 필요합니다. 경찰이라
면 좋겠지만, 중요한 건 과학을 아는 사람이어야 합니다. 이 인근을
잘 알아야 하고요. 이곳 사람."

메이슨의 엄지손가락이 권총의 격철을 둥글게 쓸었다.

"사람을 찾을 수는 있지만, 당신이 전문가인 줄 알았는데요. 안 그
러면 뭐 하러 당신한테 부탁했겠습니까?"

"당신들이 나한테 부탁한 이유 중 하나는, 내가 언제 도움이 필요
한지 아는 사람이기 때문이지요."

라임은 벨을 쳐다보았다.

"떠오르는 사람 있습니까?"

루시 커가 대답했다.

"베니라고 우리 언니 아들이 있는데, 노스캐롤라이나 대학에서 과
학을 전공해요. 대학원생이죠."

"영리한가요?"

"장학생이에요. 그냥…. 약간 조용한 성격이고."

"난 말상대를 찾는 게 아닙니다."

"연락해 볼게요."

"좋습니다."

라임은 말을 이었다.

"자, 이제 아멜리아가 범죄현장을 수색해야겠습니다. 소년의 방과
블랙워터."

메이슨이 보고서 쪽으로 손짓을 하며 말했다.

"하지만 그건 우리가 벌써 했는데요. 샅샅이."

"다시 수색해야겠습니다."

라임은 짧게 대꾸했다. 그리고 제시를 보았다.

"당신이 지리를 잘 알죠? 같이 가주시겠습니까?"

"그러죠."

색스는 라임에게 얼굴을 찌푸렸다. 하지만 라임은 호감의 가치를 알고 있었다. 색스에게는 협조가 필요하다. 그것도 아주 많이. 루시나 메이슨은 색스에게 혹해 있는 제시 콘의 절반만큼도 도움이 안 될 것이다.

"아멜리아가 권총을 가져갔으면 합니다."

라임의 말에 벨이 대답했다.

"제시는 무기 전문가입니다. 좋은 스미스 앤드 웨슨 하나 구해드릴 수 있을 겁니다."

"좋아요."

"수갑도 주세요."

색스가 말했다.

"그러지요."

벨은 메이슨이 불만스러운 얼굴로 지도를 쳐다보고 있는 것을 보았다.

"왜 그래?"

"내 생각이 정말 궁금한 거야?"

키 작은 남자가 되물었다.

"내가 방금 물었잖아."

메이슨은 딱딱한 음성으로 말했다.

"자네가 최선이라고 생각하는 대로 해야겠지만, 짐, 내 생각엔 수색을 더 할 여유는 없을 것 같네. 강 저쪽은 넓어. 빨리 그 소년을 추적해야 해."

하지만 이 말에 대답한 것은 링컨 라임이었다. 지도 위 블랙워터랜딩 G-10 지점, 살아 있는 리디아 조핸슨이 마지막으로 목격된 지점으로 시선을 향한 채 그는 말했다.

"우리한테는 서두를 만큼 시간이 충분하지 않습니다."

05 양부모

"우리가 그 앨 원했소."

남자는 너무 크게 말하면 마녀가 소환되기라도 한다는 듯 조심스럽게 속삭였다. 그는 먼지투성이 앞마당을 불안하게 둘러보았다. 콘크리트 블록 위에는 바퀴 없는 트럭이 놓여 있었다.

"그래서 가족상담센터에 연락해 개릿을 딱 지목했던 거요. 그 애에 대한 이야기를 듣고 안됐다는 생각이 들어서. 하지만 솔직히 그 애는 처음부터 문제아였소. 우리가 데리고 있던 다른 애들은 하나도 그렇지 않았는데. 우린 최선을 다했지만, 솔직히 그 애는 그렇게 생각하지 않을 거요. 게다가 우린 무서웠소. 정말로."

그는 태너스코너 북쪽에 자리한 자기 집 앞 포치, 비바람에 낡아빠진 포치에 서서 아멜리아 색스와 제시 콘에게 말하고 있었다. 아멜리아가 여기, 개릿의 양부모 집에 온 것은 오직 개릿의 방을 수색하기 위해서이다. 하지만 급한 용무에도 불구하고 혹시 개릿 핸런에 대해 조금이라도 더 새로운 것을 알아낼 수 있지 않을까 싶어 헬 배비지가 끝도 없이 지껄이는 말을 듣고 있었다. 아멜리아 색스는 증거물만이 범인을 추적하는 유일한 열쇠라는 라임의 견해를 믿지 않았다.

어쨌든 이 대화에서 분명해진 것은 양부모도, 헬이 말했듯, 개릿이 자기들과 다른 아이들을 해치려고 돌아오지나 않을까 겁을 집어먹고 있다는 사실이었다. 남편 옆에 서 있는 아내는 빛바랜 빨강색 곱슬머리의 뚱뚱한 여자였다. 그녀가 입은 컨트리-웨스턴 라디오 방송국에서 나눠주는 티셔츠에는 얼룩이 져 있었다. 'WKRT 방송에 맞춰 탭 댄스를 추자.' 남편과 마찬가지로 마가렛 배비지의 시선도 개릿이 오지나 않을까 앞뜰과 주변 숲을 살피고 있었다.

남자는 말을 이었다.

"그 애한테 심하게 대한 일도 없소. 매질한 적도 없고, 주 정부에서 못하게 하니까. 하지만 단호하게 선을 그을 건 그었소. 식사 시간을 정해놓는다든가. 그런 건 엄하게 했지. 하지만 개릿만 식사 시간에 오지 않는 일이 많았소. 식사시간이 아닐 때는 음식을 어디 넣어놓고 잠가놨으니 배가 많이 고팠겠지. 가끔 아버지랑 아들이 같이 다니는 토요일 성경 모임에 데려가기도 했는데, 정말 싫어하더군. 그냥 가만히 앉아서 말 한마디 안 하는 거요. 솔직히 민망했지. 돼지우리 같은 방 좀 치우라고 닦달도 했고."

그는 분노와 두려움이 섞인 얼굴로 잠시 말을 주저했다.

"그런 건 아이들을 키울 때 당연히 하는 일이오. 하지만 그 앤 틀림없이 그것 때문에 날 미워할 거요."

아내의 증언도 뒤따랐다.

"우린 그 애한테 잘해 줬어요. 하지만 그건 기억 못할 걸요. 엄하게 했던 것만 기억하지."

아내의 음성이 떨렸다.

"그래서 복수하려는 거예요."

개릿의 양아버지가 포치에 놓인 못 더미와 녹슨 망치를 턱으로 가리키며 제시 콘에게 말했다.

"우린 우리 자신을 보호할 거요. 창문에 못질을 하고 있지만 그래도 그 애가 들어오려고 하면⋯. 우린 우리 자신을 보호할 거요. 아이들도 어떻게 해야 하는지 알고 있소. 산탄총이 어디 있는지 아니까.

사용법도 알려줬고."

개릿을 쏘라고 했단 말인가? 색스는 충격을 받았다. 아까 집 안에
서 방충망 너머로 훔쳐보는 아이들이 몇 명 눈에 띄었었다. 기껏해야
열 살 정도밖에 안 돼 보였다.

제시 콘이 먼저 엄한 목소리로 말했다.

"핼, 당신은 아무 짓도 하지 마. 개릿을 보면 우리한테 연락해. 아이
들한테도 총에는 손 못 대게 하고. 이봐, 알 만한 사람이."

핼은 방어적으로 말했다.

"훈련을 시켜. 목요일 밤마다 저녁을 먹은 뒤에. 애들도 총 다루는
법은 알고 있다고."

그러곤 정원에서 뭐가 보였는지 그쪽으로 눈길을 보냈다. 잠시 긴
장이 흘렀다.

"그 애 방을 보고 싶습니다."

색스가 말했다. 핼은 어깨를 으쓱했다.

"마음대로. 하지만 혼자 가시오. 난 거기 안 들어가니까. 당신이 보
여드려, 마가렛."

핼은 망치와 못 한 줌을 집어 들었다. 허리띠에서 권총 손잡이가
비죽 나와 있는 것이 눈에 띄었다. 핼은 창틀에 못을 박기 시작했다.
색스는 말했다.

"제시, 뒤쪽으로 가서 그 애 방 창문을 살펴줘요. 무슨 함정 같은 게
있는지."

아내가 말했다.

"안 보일 거예요. 검은 페인트로 칠해 놨으니까."

페인트칠을? 색스가 말했다.

"그럼 창문 쪽으로 누가 오는지만 봐줘요. 무슨 일이 생길지 모르
니까. 총격을 할 만한 곳을 찾아보고, 쉬운 과녁이 되지 않도록 조심
하세요."

"알겠습니다. 총격을 할 만한 곳이라…. 그렇게 하죠."

과장된 몸짓으로 고개를 끄덕이는 것으로 봐서 작전 경험은 전혀 없는 듯했다. 제시는 옆마당 쪽으로 사라졌다.

아내가 색스에게 말했다.

"그 애 방은 이쪽이에요."

색스는 개릿의 양어머니를 따라 세탁물과 신발, 잡지 묶음이 가득 찬 어둑한 복도를 지났다. 〈가족의 울타리〉, 〈기독교인의 삶〉, 〈총과 탄약〉, 〈광야와 시냇물〉, 〈리더스 다이제스트〉.

문 앞을 지날 때마다 목덜미가 스멀거렸다. 좌우를 바삐 살피고, 기다란 손가락으로 권총 손잡이의 참나무 판을 만지작거렸다. 소년의 방문은 닫혀 있었다.

"개릿이 말벌집을 안에 던져 넣었습니다. 137방을 쏘였죠….'

메이슨의 말이 떠올랐다.

"정말 그 애가 돌아올 것 같아 겁이 나세요?"

색스가 묻자 잠시 침묵이 흐른 뒤 여자가 말했다.

"개릿은 고민이 많은 아이예요. 사람들이 그 앨 이해하지 못하는 거죠. 난 그 애한테 햅보다는 정이 많이 가요. 그 애가 돌아올지는 모르겠지만, 혹시 돌아온다면 문제가 생길 거예요. 개릿은 사람들이 다치는 걸 아무렇지도 않게 생각해요. 한 번은 학교에서 남자애들 몇 명이 자기 라커를 자꾸 열어서 쪽지랑 더러운 속옷 같은 걸 넣어놓은 일이 있죠. 아주 심각한 건 아니고 그냥 장난 수준이었어요. 한데 개릿은 라커를 맘대로 열면 저절로 열리는 새장 같은 걸 만들어서 그 안에 거미를 넣어놨어요. 애들이 라커를 열었을 때 거미가 그중 한 애 얼굴을 물었죠. 눈이 멀 뻔했답니다…. 네, 난 그 애가 돌아올까 봐 겁이 나요."

부 사람은 침실 문 앞에 삼시 그대로 서 있었다. 손으로 만든 나무 표지판이 붙어 있었다. '위험. 들어오지 말 것.' 펜과 잉크로 서툴게 그린 독하게 생긴 말벌 한 마리가 그 아래 문짝에 테이프로 붙여져 있는 상태였다.

에어컨은 없고, 손바닥에서는 땀이 배어났다. 색스는 청바지에 땀을 닦았다. 그리고 모토롤라 무전기를 켜고 보안관국 중앙통신실에서 빌린 헤드세트를 썼다. 잠시 스티브 파가 할당해 준 주파수를 찾느라 시간을 지체했다. 수신 상태는 좋지 않았다.

"라임?"

"여기 있어, 색스. 기다리고 있었어. 어디 있지?"

개릿 핸런의 심리 상태를 알아보기 위해 시간을 잠시 지체했다는 이야기는 하고 싶지 않았다. 색스는 이렇게만 말했다.

"도착하는 데 시간이 좀 걸렸어요."

"그래, 뭘 찾았지?"

"이제 들어갈 참이에요."

색스는 마가렛에게 거실로 물러가라고 손짓한 뒤 발로 문을 차 열고, 복도로 다시 펄쩍 물러나며 벽에 납작하게 몸을 붙였다. 어둑어둑한 방 안에서는 아무 소리도 들리지 않았다.

개릿이 말벌집을 안에 던져 넣었습니다. 137방을 쏘였죠….

좋아. 권총 올리고. 진입, 진입, 진입! 색스는 안으로 들어섰다.

"맙소사."

색스는 자세를 낮추고 전투 자세를 취했다. 방아쇠에 압력을 가하며, 방 안의 형체를 향해 태산처럼 확고하게 총을 겨누었다.

라임이 불렀다.

"색스? 무슨 일이지?"

"잠깐."

색스는 중얼거리며 천장의 전등불을 켰다. 총은 영화 〈에이리언〉에 나오는 무시무시한 괴물 포스터를 겨누고 있었다. 왼손으로 벽장문을 열어젖혔다. 비어 있었다.

"안전해요, 라임. 하지만 이 녀석 인테리어 취향은 영 마음에 들지 않네요."

그때 악취가 느껴졌다. 세탁하지 않은 옷가지, 체취. 그리고 뭔가

곤충 소년

다른 냄새….

"휴."

"색스? 뭐야?"

라임이 다급하게 물었다.

"냄새가 심하네요."

"좋아. 규칙을 잘 알고 있군."

"언제나 맨 먼저 현장의 냄새를 맡는다. 차라리 몰랐더라면 좋았을 텐데."

배비지 부인이 색스 뒤로 와 섰다.

"청소를 하려고 했어요. 오시기 전에 했어야 하는데. 무서워서 들어올 수가 없더라고요. 게다가 스컹크 냄새는 토마토 주스로 씻지 않고는 뺄 수가 없어요. 헬은 그걸 돈 낭비라고 생각하죠."

그거였구나. 지저분한 옷가지 냄새 뒤로 고무 탄 냄새 같은 스컹크 향이 풍겼다. 두 손을 필사적으로 마주 쥔 채 울 것 같은 얼굴로 개릿의 양모가 소곤거렸다.

"문을 부순 걸 알면 노발대발할 거예요."

"시간이 가고 있어, 색스."

라임이 쏘아붙였다.

"시작합니다."

색스는 대꾸하고 방을 둘러보았다. 얼룩진 회색 시트, 지저분한 옷가지 더미, 오래 된 음식이 말라붙은 접시, 감자칩과 콘칩 부스러기로 가득 찬 봉지에 비위가 상했다. 방 안 분위기가 어쩐지 색스의 신경을 긁었다. 그녀는 손가락을 머리카락 속에 집어넣고 강박적으로 긁었다. 잠시 멈췄다가 다시 긁었다. 왜 이렇게 화가 나는지 알 수 없었다. 후줄근한 방 안 풍경으로 미루어보건대 어쩌면 양부모가 소년에게 전혀 신경을 쓰지 않았고, 아이가 살인자이자 납치범이 된 데도 이런 방임이 하나의 이유가 아니었을까 하는 점 때문일 것이다.

얼른 방 안을 훑어보니 창틀에 수십 개의 얼룩과 지문, 발자국이 있었다. 소년은 문보다 창문을 더 많이 사용한 것 같았다. 밤에는 아이를 방에 가둬두었기 때문이 아닐까 하는 생각이 들었다.

침대 맞은편 벽으로 돌아선 색스는 눈을 가늘게 떴다. 오싹 한기가 스쳤다.

"대단한 수집가네요, 라임."

커다란 유리통이 수십 개 놓여 있었다─밑바닥에 물이 담겨 있고 곤충 무리가 한데 서식하는 사육장이었다. 라벨에는 비뚤비뚤한 필체로 종명(種名)이 적혀 있었다. 물장군… 물거미. 근처 테이블에는 흠집이 난 확대경이 놓여 있고, 그 옆에는 쓰레기장에서 주워온 듯한 낡은 사무용 의자가 놓여 있었다.

"왜 곤충 소년이라고 하는지 이제 알겠네요."

색스는 라임에게 곤충 병에 대해 설명했다. 한 곤충 병 안에서 작고 끈끈한 벌레 떼가 한 덩어리처럼 유리벽을 따라 기어가는 것을 보자 혐오감에 몸이 오싹 떨렸다.

"아, 잘됐군."

"왜죠?"

"드문 취미니까. 테니스나 동전 수집 같은 취미를 갖고 있다면, 특정 장소와 소년을 연관시키기가 더 힘들지. 자, 수색을 계속해."

라임은 어쩐지 쾌활하기까지 한 목소리로 부드럽게 말했다. 라임은 그녀를 자기 팔다리처럼 이용하여 직접 현장수색을 하듯 했고, 색스 또한 그 사실을 잘 알고 있었다. NYPD 감식 및 범죄현장팀의 수사·자원 본부장으로 있을 때 링컨 라임은 종종 살인사건 현장을 직접 수색했고 부하들보다 업무 시간이 길 때도 자주 있었다. 사고 이전의 삶에서 라임이 가장 그리워하는 것이 현장수색이라는 것을 색스는 알고 있었다.

"현장관찰 키트는 어떤가?"

라임이 물었다. 제시 콘이 보안관국 장비실을 뒤져 찾아낸 것이다. 색스는 먼지 낀 철제 가방을 열었다. 뉴욕에서 사용하던 장비의 10분의 1도 되지 않았지만, 기본적인 것은 갖추고 있었다. 핀셋, 손전등, 탐침, 라텍스 장갑, 증거물 봉투.

"약식이네요."

"이번 사건에서 우린 물을 벗어난 물고기야, 색스."

"동감이에요, 라임."

색스는 장갑을 끼며 방 안을 둘러보았다. 개릿의 침실은 이른바 2차 현장이라고 할 수 있었다. 즉 실제 범죄가 발생한 장소가 아니라, 범행을 계획했거나 범죄 후 도망쳐 숨어 있던 장소를 말한다. 범인은 이런 공간에서 조심성이 적어지는 경향이 많다고 라임이 오래전에 가르쳐준 적이 있다. 그래서 장갑이나 옷가지를 벗어놓고 무기 등의 기타 증거물을 남기기도 한다. 때문에 1차 현장보다 2차 현장이 더 가치 있는 경우가 많다.

색스는 격자형으로 방 안을 수색하기 시작했다. 이는 잔디를 깎듯이 바닥을 평행선으로 왔다갔다 하며 살핀 뒤, 직각 방향으로 돌아서서 한 번 더 훑는 것을 말한다.

"말하면서 해, 색스. 말하면서."

"으스스한 곳이네요, 라임."

"으스스해? '으스스하다'는 게 무슨 뜻이지?"

라임은 투덜댔다. 그는 가벼운 대화를 좋아하지 않는 사람이다. 딱딱한—의미가 명확한—형용사를 좋아했다. 차갑다, 진흙투성이다, 청색이다, 녹색이다, 날카롭다 등등. 무엇이 '크다' 혹은 '작다'는 표현조차 불평했다("인치나 밀리미터 단위로 말해줘, 색스. 아니면 아예 말을 말던가." 하지만 색스는 글록 10 권총과 라텍스 장갑, 그리고 설계용 스탠리 줄자로 무장하고 현장을 수색했다).

색스는 생각했다. 음, 난 빌어먹게 으스스한 기분이라고. 그게 아무 의미가 없단 말이야?

"포스터를 벽에 붙여놨어요. 〈에이리언〉 포스터. 〈스타십 트루퍼스〉도. 폭력적인 영화잖아요. 방도 지저분해요. 인스턴트 음식, 책들, 옷가지, 유리병엔 벌레. 그것들 외엔 별 거 없어요."

"옷가지가 더러운가?"

"네. 좋은 걸 찾았어요. 바진데, 얼룩이 잔뜩 묻었군요. 오래 입은 옷이에요. 미량증거물이 잔뜩 붙어 있겠죠. 그리고 바짓단이 있어요. 다행이죠. 이 나이 또래의 애들은 보통 청바지만 입는데."

색스는 바지를 비닐 증거물 봉투에 집어넣었다.

"셔츠는?"

"티셔츠뿐이에요. 주머니가 있는 건 없네요."

범죄학자들은 접은 옷단과 주머니를 좋아한다. 갖가지 유용한 단서가 그 안에 들어 있기 때문이다.

"공책 몇 권도 있어요, 라임. 하지만 짐 벨이나 다른 부보안관들이 벌써 살펴봤겠죠."

"우리 동료들의 현장수색 작업에 대해서는 아무것도 넘겨짚지 말자고."

라임은 삐딱하게 말했다.

"그러죠."

색스는 공책을 넘기기 시작했다.

"일기는 아니에요. 지도도 없고. 납치에 관한 것도 없어요…. 그냥 곤충 스케치네요…. 여기 사육장 안에 있는 것들."

"여자 그림은? 젊은 여자나 사디스틱한 그림."

"없어요."

"그것도 가져 와. 책은 어떤가?"

"백 권 정도예요. 교과서, 동물 책, 곤충 책…. 잠깐. 여기 뭔가 있네요. 태너스코너 고등학교 앨범이에요. 6년 전 거네요."

라임은 방 안에 있는 누군가에게 뭐라고 물었다. 그리고 다시 무전기에 대고 말했다.

"짐 말로는, 리디아가 스물여섯 살이라는군. 8년 전 고등학교를 졸업했을 거야. 하지만 매코넬이라는 이름이 있는지 한번 찾아봐."

색스는 M으로 시작하는 이름을 찾았다.

"네. 메리베스의 사진이 날카로운 칼날 같은 것으로 잘려나갔네요. 전형적인 스토커의 프로파일에 들어맞아요."

"프로파일엔 관심 없어. 증거물에만 관심이 있다고. 책꽂이에 있는 다른 책들 중에서 가장 많이 읽은 건 어떤 책이지?"

"내가 어떻게 그걸…."

라임은 갑갑한 듯 툭 던졌다.

"페이지에 먼지가 얼마나 묻었는지 봐. 침대에서 가장 가까운 곳에 꽂힌 책부터 살펴. 그중 네다섯 권만 가져와."

색스는 손때가 가장 많이 묻은 책 네 권을 골랐다.

《곤충학 핸드북》,《노스캐롤라이나의 곤충에 대한 현장 가이드》, 《북미의 물벌레》,《극미의 세계》.

"골랐어요, 표시가 되어 있는 페이지도 많네요. 별표도 있고."

"좋아. 갖고 와. 하지만 방 안에는 뭔가 그보다 좀 더 분명한 게 있을 거야."

"난 못 찾겠어요."

"계속 찾아봐, 색스. 열여섯 살 난 소년이야. 우리가 수사했던 미성년 사건들을 생각해. 10대들의 방은 그 애들 우주의 중심이라고. 열여섯 살짜리처럼 생각해 봐. 자네라면 물건을 어디다 숨기겠어?"

색스는 매트리스 아래, 책상 서랍 속과 아래, 벽장, 때 묻은 베개 밑을 살폈다. 벽과 침대 사이에도 전등을 비춰보았다.

"여기 뭐가 있네요, 라임…."

"뭐지?"

색스는 클리넥스 뭉치와 바세린 인텐시브 케어 로션 병을 찾아냈나. 클리넥스 한 장을 살펴보았나. 마른 정액 같은 것이 묻어 있었다.

"침대 밑에 티슈가 잔뜩 있어요. 오른손이 바쁜 청년인데요."

"열여섯이잖아. 안 그러면 이상하지. 하나를 봉투에 넣어. DNA가 필요할 수도 있으니까."

침대 밑에는 다른 게 더 있었다. 개릿이 거미와 말벌, 딱정벌레 등 곤충 그림을 그려 넣은 싸구려 액자였다. 안에는 앨범에서 오려낸 메리베스 매코넬의 사진이 들어 있었다. 메리베스의 다른 사진이 열 장 남짓 든 앨범도 있었다. 몰래 찍은 사진이었다. 대부분 메리베스가 대학 캠퍼스로 보이는 곳에 있거나 작은 마을의 길거리를 걸어가는 장면이었다. 호수에서 비키니 차림으로 찍힌 사진도 두 장 있었다. 두 사진 다 메리베스가 허리를 굽힌 상태에서 가슴골 부위에 초점을 맞춘 사진이었다. 색스는 라임에게 사진을 설명했다.

"공상 속의 여인이군. 계속해."

"이건 챙겨놓고 1차 현장으로 가는 게 좋을 것 같은데요."

"잠시 후에, 색스. 기억해. 자선사업 하자고 나선 건 자네 생각이었다고, 내 생각이 아니라."

분노가 치밀어 올랐다. 색스는 발끈해서 말했다.

"그래서 나보고 어쩌라고요? 지문 찾아봐요? 집진기로 머리카락도 훑어보고?"

"아니지. 우린 검사한테 제출할 재판용 증거물을 확보하려는 게 아니잖아. 자네도 알겠지만, 우리한테는 소년이 여자들을 어디로 데려갔는지 단서가 될 만한 물건이 필요해. 자기 집으로 데려가지는 않을 거고, 여자들을 가둬두기 위해 마련한 공간이 있을 거야. 그리고 사전 준비를 하기 위해 답사도 했을 거야. 어리고 엉뚱한 녀석이지만, 치밀한 범인 냄새가 풍겨. 여자들이 죽었다면 틀림없이 편안하고 멋진 묘지도 골라놨을걸."

오랫동안 함께 일했지만 색스는 아직도 라임의 냉정함이 거슬릴 때가 있다. 범죄학자란 어느 정도 그래야 한다는 걸 알고 있지만—범죄의 잔혹함과 거리를 두는 것—그래도 힘들었다. 아마 그녀 자신 속에도 그렇게 차가울 수 있는 능력이, 유능한 감식요원이 전등 스위치를 켜듯 필요에 따라 켰다 끌 수 있는 초연함이, 때로 이러다 내 감정이 돌이킬 수 없이 죽어버리는 건 아닐까 두려워지곤 하는 초연함이 있다는 걸 알고 있기 때문일지도 모른다.

편안하고 멋진 묘지라….

범죄현장을 상상할 때 말고는 유혹적인 목소리를 내는 일이 없는 링컨 라임이 말했다.

"계속해 봐, 색스. 그 애의 머릿속으로 들어가 보라고. 개릿 핸런이 돼 봐. 자넨 무슨 생각을 하지? 자네 삶은 어떻지? 그 작은 방 안에서 1분 1분 무슨 일을 하고 지내지? 자네의 가장 비밀스러운 생각은 뭐지?"

라임은 최고의 범죄학자는 자기 자신을 등장인물과 동화시켜 다른 사람의 세상 속으로 사라질 수 있는 재능 많은 소설가와 같다고 말한 적이 있다.

다시 한 번 방을 둘러보았다. 난 열여섯 살이야. 고민이 많은 소년. 고아, 학교에 가면 애들이 괴롭히는. 열여섯. 열여섯. 난….

한 가지 생각이 형체를 드러냈다. 색스는 그 생각이 날아가 버리기 전에 얼른 낚아챘다.

"라임, 뭐가 이상한지 알아요?"

"말해 봐, 색스."

라임은 부드럽게 독려했다.

"그 앤 10대예요, 그렇죠? 토미 브리스코가 기억났어요. 내가 열여섯일 때 데이트했던 남자애죠. 그 애 방 벽에 온통 뭐가 붙어 있었는지 알아요?"

"우리 때는 파라 포세트 포스터였지."

"바로 그거예요. 개릿은 여자 사진이나 〈플레이보이〉, 〈펜트하우스〉 포스터 같은 걸 단 한 장도 붙여놓지 않았어요. 마술 카드도 없고, 포케몬도 없고, 장난감도 없어요. 알라니스도, 셸린 디옹도. 록 가수 포스터도…. 그리고 그렇지, VCR이나 TV, 스테레오, 라디오노 없어요. 닌텐도 게임도. 맙소사, 열여섯 살짜리 방에 컴퓨터도 없네요."

색스가 대모를 서준 친구의 딸은 열두 살이었는데, 그 애 방은 마치 전자제품 전시관 같았다.

"돈 때문에 그럴지도 모르지. 양부모 밑에 있으니."

"하, 라임. 내가 그 나이고 음악을 듣고 싶다면 라디오를 조립해서라도 만들 거예요. 10대를 막을 수 있는 건 아무것도 없다고요. 한데 이 친구는 그런 데 관심이 없는 거예요."

"훌륭해, 색스."

그럴지도. 색스는 생각했다. 하지만 그게 어떤 의미가 있을까? 관찰한 것을 기록하는 것은 범죄학자가 해야 할 일의 절반에 지나지 않는다. 나머지 절반은, 그보다 훨씬 중요한 나머지 절반은 그 관찰에서 유용한 결론을 도출해 내는 것이다.

"색스…."

"엣."

색스는 실제의 자신을 한쪽으로 제쳐놓으려고 애썼다. 브루클린 출신 경찰, 단단한 GM 자동차 애호가, 전직 매디슨 애버뉴 샹텔 에이전시 소속 모델, 권총 명사수, 긴 빨강색 생머리, 머리 밑과 피부를 긁는 버릇 때문에 완벽한 살결에 긴장의 낙인 하나를 더 남기게 되지나 않을까 싶어 늘 짧게 깎고 다니는 손톱.

그 사람을 연기처럼 날려버리고, 정신적인 문제가 있는, 무서운 열여섯 소년으로 변신하려고 애썼다. 힘으로 여자를 가져야 하는, 혹은 가지고 싶어 하는 소년. 살인을 해야 하는, 혹은 하고 싶어 하는 소년. 내가 뭘 느끼고 있지?

"난 평범한 쾌락, 음악, 텔레비전, 컴퓨터 같은 것엔 관심이 없어요. 평범한 섹스에도 관심이 없고."

색스는 반쯤 혼잣말을 하듯 말했다.

"난 평범한 인간관계에는 관심이 없어요. 사람들은 곤충과 같은 존재죠. 우리 속에 넣어놓아야 하는. 아니, 사실 난 곤충밖에 관심이 없어요. 곤충은 내게 유일한 위안이고 유일한 즐거움이죠."

색스는 채집 상자 앞에서 걸음을 옮기며 이렇게 말하다 문득 바닥을 내려다보았다.

"의자 자국!"

"뭐?"

"개릿의 의자…. 바퀴 의자예요. 의자는 곤충 채집병을 마주보고 있어요. 개릿은 의자를 굴려 왔다갔다 하면서 곤충을 바라보고 스케치를 했어요. 음, 어쩌면 말을 걸어봤을지도 모르죠. 이 벌레들은 그 아이의 인생 전부예요."

하지만 나무 바닥 위에 난 자국은 맨 끝에 있는 병까지 이어지지 않고 중간에서 끊겼다. 맨 끝의 병은 가장 컸고 다른 병에서 약간 떨어져 있었다. 안에는 말벌이 들어 있다. 노랑색과 검정색의 초승달 모양을 가진 벌들이 방해꾼을 눈치채기라도 한 듯 윙윙거리며 세차게 날아다녔다.

색스는 유리병 쪽으로 다가가 주의 깊게 들여다보았다. 그리고 라임에게 말했다.

"말벌이 가득 찬 병이 있어요. 내 생각엔 이게 바로 그 애의 금고인 것 같아요."

"왜지?"

"다른 병과는 떨어져 있어요. 절대 이 병은 들여다보지도 않았고요. 의자 바퀴 자국을 보면 알 수 있어요. 게다가 다른 병에는 전부 물이 들어 있어요. 수생 곤충들이라. 날개가 있는 곤충이 들어 있는 건 이 병뿐이에요. 기발한 생각인데요, 라임. 누가 이런 병 안에 손을 집어넣겠어요? 바닥에 종잇조각이 30센티미터 정도 쌓여 있네요. 아마 이 안에 뭔가 넣어두었을 거예요."

"들여다봐."

색스는 문을 열고 배비지 부인에게 가죽 장갑 한 켤레를 갖다달라고 부탁했다. 상삽을 가져온 부인은 색스가 말벌 병을 들여다보고 있는 것을 발견했다.

"그걸 건드리려는 건 아니겠죠?"

부인은 다급하게 속삭였다.

"건드릴 건데요."

"오, 개릿이 성질을 부릴 텐데. 누가 말벌 병을 건드리면 고래고래 고함을 질러요."

"배비지 부인, 개릿은 도주한 범인이에요. 그가 누구한테 고함을 지르는가는 중요한 일이 아닙니다."

"하지만 다시 돌아와서 당신이 그걸 건드린 걸 보면…. 정말 갈 데까지 가고 말 거예요."

눈물의 애원이었다. 색스는 달래는 어조로 말했다.

"그가 돌아오기 전에 우리가 찾아내죠. 걱정 마세요."

색스는 장갑을 끼고 맨팔에 베개보를 둘렀다. 그리고 그물망 뚜껑을 천천히 밀고 안으로 손을 집어넣었다. 말벌 두 마리가 장갑에 앉았지만 잠시 후 날아갔다. 나머지는 방해꾼을 그냥 무시했다. 색스는 벌집을 건드리지 않으려고 조심했다.

137방 쏘였다….

종잇조각을 얼마 헤집지 않아 비닐봉투가 나왔다.

"찾았다."

색스는 봉투를 꺼냈다. 그물망을 다시 덮기 전에 말벌 한 마리가 탈출해서 집 밖으로 나갔다.

가죽 장갑을 벗고 라텍스 장갑을 꼈다. 색스는 봉투를 열고 내용물을 침대 위에 쏟아 부었다. 가느다란 낚싯줄 한 묶음. 돈 약간—현금으로 백 달러 정도, 아이젠하워 은화 4달러. 액자 하나—이번에는 신문에 났던, 자동차 사고로 부모님과 여동생이 죽기 전에 찍은 개릿과 그의 가족사진이 들어 있었다. 짧은 체인과 연결된 낡은 열쇠 하나—자동차 열쇠 같았지만 손잡이에는 로고가 찍혀 있지 않았다. 짧은 일련번호뿐이었다. 색스는 라임에게 보고했다.

"좋아, 색스. 훌륭해. 무슨 의미가 있는지는 아직 모르겠지만, 어쨌든 시작은 좋아. 이제 1차 현장으로 가. 블랙워터랜딩."

색스는 잠시 멈춰 서서 방을 둘러보았다. 병을 탈출한 말벌이 되돌아와 다시 병 안으로 들어가려 하고 있었다. 벌이 동료 곤충들에게 무슨 메시지를 전하고 있을까 문득 궁금해졌다.

"따라갈 수가 없어. 이렇게 빨리 갈 수는 없다고."

리디아는 숨을 헐떡이며 개릿에게 말했다. 땀이 얼굴을 타고 흘러내렸다. 제복은 푹 젖어 있었다.

개릿은 화난 목소리로 쏘아붙였다.

"조용히 해. 난 들어야 한단 말이야. 네가 계속 징징거리면 들을 수가 없잖아."

뭘 듣는다는 거지? 리디아는 궁금했다.

개릿은 다시 지도를 들여다보더니 리디아를 데리고 다른 길로 접어들었다. 아직 울창한 소나무 숲 속이고 햇빛도 직접 와 닿지 않았지만, 어질어질한 것이 초기 일사병 증세라는 걸 알 수 있었다. 개릿은 리디아를 흘끗 쳐다보며 다시 가슴에 시선을 주었다.

손톱을 튕기면서.

엄청난 열기.

리디아는 울며 애원했다.

"제발, 난 못 가! 제발!"

"조용히 해! 두 번 말 안 하게 해."

모기 떼가 구름처럼 얼굴 주위를 윙윙거렸다. 숨을 들이마시자 모기가 한두 마리 딸려 들어왔다. 리디아는 역겨워서 침을 뱉었다. 맙소사, 여기, 이 숲은 정말 싫었다. 리디아 조핸슨은 야외에서 지내는 걸 좋아하지 않았다. 대부분의 사람들이 숲이나 수영장, 뒷마당을 좋아한다. 하지만 리디아의 행복은 대부분 실내에서 이루어지는 나약한 만족감이었다. 업무, TGI 프라이데이에서 미혼인 여자 친구들과 마가리타를 마시며 수다 떨기, 공포소설과 텔레비전, 아웃렛 매장에 가서 쇼핑하는 일, 남자 친구와 가끔 같이 밤을 보내는 일. 모두 다, 실내에서 맛보는 즐거움이었다.

야외 활동이라고 하면, 결혼한 친구들이 여는 야외 요리 파티, 아이들이 물에 뜨는 장난감을 갖고 노는 풀장 가에 둘러앉은 가족들, 소풍, 스피도 수영복 차림의 탄탄한 여자들이 떠올랐다.

야외 활동이라고 하면, 원하고 있지만 갖고 있지는 못한 삶이, 외로움이 떠올랐다.

개릿은 리디아를 숲에서 빠져나가는 다른 길로 인도했다. 갑자기 나무가 사라지고 거대한 구덩이가 그들 앞에 입을 벌리고 있었다. 오래된 채석장이었다. 바닥에는 청록색 물이 차 있었다. 몇 년 전 파코 북쪽 지역에 늪지대가 확산되면서 위험해지기 전만 해도 아이들이 여기서 수영을 하곤 했던 일이 기억났다.

"가자고."

개릿은 구덩이 쪽으로 고갯짓을 했다.

"아니, 가고 싶지 않아. 무서워."

"가고 싶건 않건 상관없어. 이리 와!"

개릿은 리디아의 묶인 손을 잡고 가파른 길을 내려가 바위 턱으로 향했다. 그런 다음 셔츠를 벗고 허리를 굽혀 얼룩진 얼굴에 물을 적셨다. 개릿은 부어오른 얼굴을 긁고 잡아 뜯더니 손톱 새를 들여다보았다. 그리고 리디아를 올려다보았다.

"당신도 하고 싶지? 기분 좋다고. 하고 싶으면 옷 벗고 동참해. 수영하라고."

개릿 앞에서 옷을 벗는다는 생각만 해도 소름이 끼쳐, 리디아는 단호하게 고개를 저었다. 그리고 바위 턱 가까이 걸터앉아 얼굴과 팔에 물을 적셨다.

"마시지는 마. 여기 있으니까."

개릿은 먼지를 뒤집어쓴 마대 자루를 바위틈에서 꺼냈다. 최근에 거기다 찔러둔 모양이다. 그는 자루에서 물 한 병과 땅콩버터를 바른 치즈 크래커 봉지를 꺼냈다. 그리고 크래커를 먹고 물병 반을 마셨다. 나머지는 리디아에게 내밀었다.

리디아는 역겨워서 고개를 저었다.

"젠장, 난 에이즈 환자가 아냐. 당신도 뭘 마셔야 할 거 아냐."

리디아는 물병을 무시하고 구덩이 쪽으로 입을 갖다 댄 뒤 한 모금 마셨다. 짭짤하고 금속 냄새가 났다. 역겨웠다. 리디아는 숨이 막혀 캑캑거리다 토할 뻔했다.

"맙소사, 내가 말했잖아."

개릿은 리디아에게 물병을 다시 건넸다.

"그 안에는 온갖 더러운 게 다 있어. 멍청한 짓 좀 그만 해."

리디아는 테이프 묶인 두 손으로 그가 던진 물병을 서툴게 받아든 뒤 마셨다. 물을 마시니 곧 기운이 살아났다. 리디아는 잠시 휴식을 취하다 물었다.

"메리베스는 어디 있어? 그 여자한테 무슨 짓을 한 거야?"

"그 여자는 이 근처 바닷가에 있어. 오래 된 뱅커(banker) 집에."

뱅커라는 게 뭔지 리디아는 알고 있었다. 캐롤라이나 주에서 '뱅커' 란 대서양 연안의 보초(barrier islands : 해안에 수평으로 퇴적물이 쌓여 섬처럼 된 군도—옮긴이)인 아우터뱅크스(Outer Banks)에 사는 사람을 가리킨다. 그렇다면 메리베스가 있는 곳은 바로 거기다. 그제야 리디아는 왜 하필 동쪽, 집도 없고 숨을 곳도 마땅치 않은 늪지 쪽으로 가고 있는지 알 수 있었다. 아마 늪지를 지나 인트라코스탈 수로(水路)로 나간 다음 엘리자베스 시티와 올버말 해협을 통과해 뱅크스까지 가기 위해 보트를 어디다 숨겨놓은 모양이다.

개릿은 말을 이었다.

"난 거기가 좋아. 정말 멋있어. 당신 바다 좋아해?"

묘하게도 대화를 나누는 듯한 말투에, 순간 개릿이 평범한 소년처럼 보였다. 잠시 리디아의 두려움은 잦아들었다. 하지만 문득 꼼짝도 않고 조용히 하라는 뜻으로 입술에 손가락을 갖다 대더니 다시 위험한 존재로 되돌아와 화난 듯 얼굴을 찡그리며 귀를 기울였다. 마침내 개릿은 위협이 아니라고 판단했는지 고개를 저었다. 그리고 손등으로 얼굴을 문질러 부어오른 곳을 긁었다.

"가자고."

그는 구덩이 가장자리로 이어지는 가파른 길 쪽으로 고갯짓을 해 보였다.

"멀지 않아."

"아우터뱅크스는 하루 종일 가야 돼. 아니, 하루 넘게."

"아, 당연히 오늘은 못 가지."

개릿은 리디아가 또 백치 같은 질문을 했다는 듯 차갑게 비웃었다.

"우릴 찾는 놈들이 그냥 지나치도록 이 근처에 숨을 거야. 오늘 밤 은 여기서 보내야지."

개릿은 리디아를 외면한 채 말했다. 리디아는 망연자실해 속삭였다.

"밤을 보내?"

하지만 개릿은 더 이상 아무 말도 없었다. 그는 리디아를 끌고 가파 른 오르막을 올라 구덩이 가장자리로, 그 너머 소나무 숲으로 향했다.

06 현상금

죽음의 장소는 어째서 사람을 끌어당기는 것일까?

수많은 범죄현장을 수색하면서 아멜리아 색스는 종종 이런 질문을 자신에게 던졌다. 블랙워터랜딩 112번 국도 변에 서서 파케노크 강을 내려다보는 지금, 그녀는 다시 같은 질문을 떠올렸다.

이곳은 젊은 빌리 스테일이 피투성이로 죽어간 곳, 젊은 여자 두 명이 납치당한 곳, 성실한 보안관의 삶이 말벌 떼로 인해 영원히 변해버린, 어쩌면 끊어져버린 곳이었다.

색스는 그곳을 주의 깊게 관찰했다. 범죄현장은 112번 국도 변에서 진흙 강둑까지 이어진, 쓰레기가 흩어진 가파른 언덕이었다. 바닥이 평평한 강둑에는 버드나무와 사이프러스 나무, 키 큰 풀숲이 우거져 있었다. 썩어가는 낡은 교각이 강물 위로 10미터 정도 이어지다가 물 밑으로 사라졌다.

근처에는 집이 없지만, 강에서 멀지 않은 곳에 새로 지은 커다란 식민지풍 주택이 여러 채 있었다. 비싼 집 같았지만, 블랙워터랜딩의 이쪽 주거 구역 역시 카운티 중심가와 마찬가지로 음산하고 쓸쓸해 보였다. 잠시 뒤 색스는 이유를 깨달았다—여름방학인 데도 뜰에서 노는 아이들의 모습이 보이지 않았던 것이다. 공기 주입식 풀장도, 자전거도, 보행기도 없었다. 몇 시간 전에 지나쳤던 장례식과 아이용 관이 떠올랐다. 색스는 서글픈 기억을 애써 떨치며 다시 일에 착수했다.

현장을 관찰했다. 노란 테이프가 두 구역을 둘러싸고 있었다. 강물 가까운 곳에는 버드나무 한 그루가 서 있고, 그 앞에 꽃다발 몇 개가 놓여 있었다. 개릿이 리디아를 납치한 장소였다. 나머지 한 곳은 나무로 둘러싸인 먼지 날리는 공터로, 소년이 빌리 스테일을 살해하고 메리베스를 납치한 곳이었다. 한가운데에는 메리베스가 화살촉과 인디언 유물을 찾느라 파놓은 얕은 구덩이가 여러 군데 있었다. 중심에서 7미터가량 떨어진 지점에는 빌리의 시체가 놓여 있던 윤곽선이 페인트로 그려져 있었다.

스프레이 페인트? 색스는 낙심했다. 이쪽 보안관들은 정말 살인사건 수사에 익숙하지 않은 모양이다.

부보안관 자동차가 갓길에 서더니 루시 커가 차에서 내렸다. 드디어 오는군. 사공이 한 사람 더. 보안관은 색스에게 차갑게 고개를 끄덕해 보였다.

"집에서는 뭘 좀 찾았나요?"

"몇 가지요."

색스는 자세히 설명하지 않고 언덕 쪽으로 고개를 끄덕였다.

헤드세트에서 라임의 음성이 들렸다.

"현장이 사진에서 본 대로 심하게 훼손돼 있나?"

"소 떼가 밟고 지나간 것 같은데요. 발자국이 스무 개쯤 있어요."

"제장."

라임은 투덜거렸다. 루시는 색스의 말을 들었지만 아무 말 없이 운하와 강물이 만나는 어둑어둑한 지점을 굽어보고 있었다.

"저게 그가 타고 도망친 보트인가요?"

색스는 진흙 강둑에 놓여 있는 소형 보트를 바라보며 물었다. 제시 콘이 대답했다.

"저기 저거, 네. 개릿의 보트는 아닙니다. 강 상류 쪽 집에서 훔쳤지요. 저것도 수색하시겠습니까?"

"나중에요. 음, 개릿이 여기로 왔을 가능성이 없는 방향은 어디일까요? 어제 말예요. 빌리를 죽였을 때."

"왔을 가능성이 없는 방향?"

제시는 동쪽을 가리키며 말을 이었다.

"저쪽에는 아무것도 없습니다. 늪과 갈대숲이죠. 배를 댈 수도 없어요. 그러니 112번 국도를 따라 여기 강둑으로 내려왔을 수도 있죠. 하지만 제 생각엔 배가 있으니 그걸 타고 온 것 같습니다."

색스는 현장감식 키트를 열었다. 그리고 제시에게 말했다.

"이 근처의 흙 표본이 필요해요."

"표본?"

"견본. 샘플 말예요."

"여기 흙 말입니까?"

"네."

"그러죠."

잠시 뒤 그가 물었다.

"왜 필요합니까?"

"여기 원래 있던 것과 일치하지 않는 흙이 있다면, 개릿이 여자들을 데려간 장소에서 묻어온 것일 테니까요."

"리디아의 정원이나 메리베스네 뒷마당, 며칠 전 여기서 낚시질을 하던 애들 신발에서 묻어온 걸 수도 있죠."

루시가 말했다. 색스는 참을성 있게 설명했다.

"그럴 수도 있어요. 하지만 어쨌든 해봐야죠."

색스는 제시에게 비닐 봉투를 건넸다. 제시는 도움을 주게 되어 기쁜 듯 지쪽으로 걸어갔다. 색스는 언덕을 내려가기 시작했다. 그러다 잠시 멈춰 감식 키트를 다시 열었다. 고무 밴드가 없었다. 루시 커의 머리 매듭을 묶은 고무 밴드가 눈에 띄었다.

"그것 좀 쓸 수 있을까요? 고무 밴드?"

루시는 잠시 가만히 있다가 고무줄을 풀었다. 색스는 고무줄을 신발에 둘렀다. 그리고 설명했다.

"이렇게 하면 어느 게 내 발자국인지 알 수 있거든요."

이런 난장판이라 별 도움은 안 되겠지만.

색스는 범죄현장으로 들어섰다.

"색스, 뭘 찾았지?"

라임이 물었다. 수신 상태가 아까보다 더 나빴다.

"확실하게 보이지는 않는데요."

색스는 땅을 들여다보며 대답했다.

"발자국이 너무 많아요. 여덟, 열 명 정도가 지난 스물네 시간 동안 여길 지나다녔군요. 하지만 상황은 대충 이렇게 보여요. 메리베스는 무릎을 꿇고 있었어요. 한 남자 신발이 서쪽, 운하가 있는 쪽에서 접근했군요. 개릿의 발자국이에요. 제시가 발견한 신발 밑창 모양과 같네요. 메리베스가 서 있다가 뒤로 물러선 발자국도 있어요. 두 번째 남자의 신발은 남쪽에서 접근했어요. 빌리예요. 빌리는 둑으로 내려갔어요. 아주 빨리. 발끝으로. 뛰고 있었다는 얘기죠. 개릿이 빌리에게 다가갔어요. 몸싸움을 하고. 빌리는 버드나무 쪽으로 물러섰어요. 개릿이 다가갔어요. 다시 몸싸움."

색스는 빌리의 시체 윤곽선을 살폈다.

"개릿이 처음 삽으로 때린 건 빌리의 머리예요. 빌리는 넘어졌고. 하지만 죽진 않았어요. 쓰러져 있는데 목을 한 번 더 쳤군요. 이때 죽었어요."

제시는 똑같은 윤곽선을 바라보며 완전히 다른 생각이라도 하고 있었다는 듯 놀란 얼굴로 하, 하고 웃었다.

"어떻게 아십니까?"

색스는 별 생각 없이 대답했다.

"혈흔 패턴이죠. 여기 작은 핏방울이 몇 개 있잖아요."

그녀는 땅을 가리켰다.

"180센티미터 정도 높이에서 떨어진 혈흔과 일치해요. 빌리의 머리 높이죠. 한데 저기 큰 스프레이 형 패턴은 틀림없이 끊어진 경동맥이나 경정맥에서 뿌려진 건데, 빌리가 땅에 쓰러진 뒤에 시작됐어요…. 좋아요, 라임. 관찰 시작합니다."

격자형 현장 관찰. 한 발 한 발. 흙과 풀을, 참나무와 버드나무 둥치를, 그 위에 늘어진 가지들을 바라보았다.

'범죄현장은 3차원이야, 색스.' 라임이 자주 하는 말이었다.

"그 담배꽁초는 아직 거기 있나?"

라임이 물었다.

"찾았어요."

색스는 루시를 향해 돌아서며 땅바닥 쪽으로 고개를 끄덕였다.

"그 담배꽁초예요. 왜 줍지 않았죠?"

"아."

제시가 대신 대답했다.

"네이선이 피운 거라서요."

"누구요?"

"네이선 그루머. 부보안관 중 한 명입니다. 끊으려고 노력은 하고 있는데 잘 안 되는 모양이더군요."

색스는 한숨을 쉬었지만, 범죄현장에서 담배를 피우는 경찰은 정직감이라는 소리는 애써 참았다. 그녀는 꼼꼼하게 땅바닥을 살폈지만, 수색은 허사로 돌아갔다. 섬유도, 종잇조각도, 기타 어떤 증거물도 모두 제거되었거나 날아가 버린 모양이었다. 색스는 오늘 아침의 납치 현장으로 걸어가서 폴리스 라인 아래쪽으로 들어선 뒤 버드나무 주위를 관찰하기 시작했다. 앞뒤로, 더위로 인한 현기증을 참으며.

"라임, 여긴 별 게 없네요…. 한데…. 잠깐. 뭐가 있어요."

강에서 가까운 지점에 뭔가 흰 물체가 언뜻 보였다. 색스는 아래로 내려가서 클리넥스 뭉치를 조심스럽게 집어 들었다. 오랫동안 앓아 온 관절염 때문에 무릎이 비명을 질렀다. 무릎을 구부리고 앉으니 차라리 범인을 추적하는 게 낫지. 색스는 생각했다.

"클리넥스. 개릿의 집에 있던 것과 비슷해요, 라임. 한데 여기엔 피가 묻어 있네요. 약간."

루시가 물었다.

"개릿이 흘린 거라고 생각해요?"

"모르겠어요. 밤새 여기 있던 게 아니라는 것만은 분명해요. 습기 함량이 낮으니까. 아침 이슬을 맞았다면 녹아버렸을 텐데."

"훌륭해, 색스. 그건 어디서 배웠지? 내가 가르쳐준 건 아닌 것 같은데."

라임의 물음에 색스는 지나가는 말투로 대답했다.

"가르쳐줬어요. 당신이 쓴 교과서. 12장. 종이."

색스는 강으로 내려가서 작은 보트를 관찰했다. 안에는 아무것도 없었다. 그녀는 물었다.

"제시, 저쪽까지 건네줄래요?"

제시는 물론 기꺼이 그러겠다고 했다. 과연 언제쯤 커피나 한 잔 하자는 말이 나올까. 색스는 궁금했다. 같이 가자고 하지도 않았는데 루시 역시 보트에 올랐고 일행은 출발했다. 세 사람은 의외로 물살이 심한 강물을 따라 조용히 노를 젓기 시작했다.

반대편 강변에서 색스는 진흙에 난 발자국을 발견했다. 간호사 신발 특유의 촘촘한 밑창 무늬로 보아 리디아의 것이었다. 개릿의 발자국도 있었다. 한쪽은 맨발이고, 한쪽은 이미 눈에 익은 운동화 무늬였다. 색스는 발자국을 따라 숲 속으로 들어갔다. 발자국은 에드 새퍼가 말벌에 쏘인 움막으로 이어지고 있었다. 색스는 암담한 심정으로 멈춰 섰다. 대체 여기서 무슨 일이 벌어진 거지?

"맙소사, 라임. 누가 현장을 청소한 것 같은데요."

범인들은 범죄현장의 증거물을 파괴하거나 혼선을 초래하기 위해 빗자루나 심지어 낙엽 청소기 같은 것을 사용하기도 한다.

하지만 제시 콘이 말했다.

"아, 이건 헬리콥터 때문입니다."

"헬리콥터?"

색스는 멍하니 물었다.

"아, 네. 구급 헬기요. 에드 섀퍼를 실어내 가느라."

"하지만 회전날개의 하강 기류는 현장을 망치잖아요. 규정에는 부상자를 현장에서 떨어진 곳으로 옮긴 다음에 헬리콥터를 착륙시키도록 되어 있어요."

루시 커가 날이 선 음성으로 말했다.

"규정? 미안하지만, 우린 에드가 걱정됐어요. 그 사람 목숨을 건져야 해서 말예요."

색스는 대답하지 않았다. 그리고 망가진 벌집 주위를 날아다니는 말벌 수십 마리를 건드리지 않으려고 천천히 그늘 밑으로 들어갔다. 하지만 부보안관 섀퍼가 안에서 무슨 지도나 실마리를 보았는지 몰라도 그것들은 이미 없어졌고, 헬리콥터 바람이 표토를 흩어놓았기 때문에 흙 샘플을 채취한다는 것도 의미가 없었다.

"실험실로 돌아가죠."

색스는 루시와 제시에게 말했다.

강변으로 돌아오는데 등 뒤에서 뭔가 부서지는 소리가 나더니, 덩치 큰 남자가 검은 버드나무 몇 그루를 둘러싼 우거진 풀숲 속에서 걸어 나왔다.

제시 콘이 권총을 빼들었다. 하지만 그가 미처 총을 꺼내기도 전에 색스가 먼저 스미티를 총집에서 꺼내 격철을 더블액션으로 당기고 남자의 가슴을 겨누었다. 남자는 놀라서 눈을 껌뻑이며 두 손을 들어 올린 채 그 자리에 얼어붙었다. 턱수염을 기른 키 크고 덩치 큰 남자로 머리카락을 땋아 늘이고 있었다. 청바지, 회색 티셔츠, 청조끼, 부츠. 어쩐지 눈에 익은 모습이었다.

언제 봤더라?

제시가 이름을 부르는 것을 듣고서야 기억이 났다.

"리치."

아까 카운티 사무소 밖에서 본 세 남자 중 하나였다. 리치 컬보, 특이한 이름이라 기억이 났다. 그와 그의 친구가 자신의 몸에 말없이 추파를 던지고 톰을 향해 경멸의 시선을 보내던 것도 기억났다. 색스는 권총을 평소보다 약간 더 오래 겨눈 채 서 있었다. 그리고 천천히 총구를 땅으로 향하며 격철을 풀고 총집에 집어넣었다.

컬보가 말했다.

"미안합니다. 놀라게 할 마음은 없었소. 안녕, 제시."

"여긴 범죄현장이에요."

색스가 말했다. 이어폰에서 라임의 음성이 들렸다.

"누구지?"

색스는 돌아서서 마이크에 대고 작은 목소리로 말했다.

"오늘 아침에 만났던 〈딜리버런스(Deliverance : 존 부어만 감독, 버트 레이놀즈 주연의 스릴러─옮긴이)〉 캐릭터들 중 한 사람이에요."

남자는 숲 속으로 시선을 옮기며 말했다.

"방해할 생각은 없었어. 하지만 나도 다른 사람들처럼 천 달러에 도전할 자격은 있잖아. 찾아보는 걸 말릴 순 없어."

"무슨 천 달러?"

색스는 마이크에 대고 내뱉었다.

"젠장. 현상금이 붙은 모양이에요, 라임."

"아, 이런. 최악이군."

범죄현장을 오염시키고 수사에 혼선을 초래하는 주요 원인 중에서도 현상금과 유품 수집가가 최악이다.

컬보가 설명했다.

"메리베스의 어머니가 걸었어. 그 여자는 돈이 좀 있으니까, 오늘 해지도록 애가 돌아오지 않으면 틀림없이 2천 달러로 오를 거야. 더 걸지도 모르지."

그리고 색스를 향해 말했다.

"문제는 일으키지 않을 거요, 아가씨. 당신은 여기 사람이 아니라 날 그냥 쓸모없는 인간쯤으로 생각하는 모양인데, 그 멋진 무전기에다 대고 〈딜리버런스〉가 어쩌고 하는 소리도 들었소. 개인적으로는 영화보다 책이 더 낫더군. 읽어보셨소? 음, 어쨌거나. 외모만 보고 판단하지 말란 소리요. 제시, 작년에 그레이트 디즈멀에서 실종된 여자애를 누가 구했는지 말씀드려. 다들 뱀이나 악어 먹이가 됐을 거라 생각하고 카운티 전체가 슬픔에 잠겨 있을 때 말이야."

제시가 말했다.

"리치와 해리스 토멜이 여자애를 찾아냈지요. 늪에서 사흘째 길을 잃고 있던 애를 말입니다. 이 사람들 아니었으면 애는 죽었죠."

"주로 내 공이 컸어. 해리스는 신발에 흙 묻히는 걸 싫어하는 친구란 말이야."

컬보는 중얼거렸다. 색스는 뻣뻣하게 말했다.

"훌륭하시군요. 난 단지 당신이 여자들을 찾아낼 가능성을 망가뜨리지 않기만 바랄 뿐이에요."

"그런 일은 없을 거요. 당신이 나한테 그렇게 열 받을 이유는 없소."

컬보는 돌아서서 육중한 걸음걸이로 멀어졌다. 색스는 라임에게 상황 설명을 했다.

"동네 사람들 걱정할 시간 없어. 우린 추적을 해야 한다고. 그것도 빨리. 찾아낸 걸 가지고 돌아와."

운하를 건너는 길에 배 안에서 색스는 물었다.

"골치 아픈 사람인가요?"

루시가 대답했다.

"컬보요? 보통 그냥 빈둥거리죠. 마약을 하고 술이나 마시는 작자시만 사람들 턱에 수백실하는 것 말고는 나쁜 짓 안 해요. 틀림없이 어디서 밀주를 만들고 있을 텐데, 천 달러가 걸려 있다 해도 아마 거기서 아주 멀리 가지는 않을 거예요."

"그와 두 일당은 뭘 하죠?"

제시가 말했다.

"아, 두 사람도 보셨습니까? 음, 숀하고, 비쩍 마른 친구죠, 리치는 직업이 없습니다. 고물이나 줍고 막노동도 좀 하죠. 해리스 토멜은 대학을 나왔습니다. 몇 년 전에. 가게를 사기도 하고 무슨 계약을 하기도 했는데, 다 잘 안 된 모양입니다. 그런데도 셋 다 돈이 있는 걸 보면 밀주를 하는 게 틀림없죠."

"밀주? 왜 체포 안 하죠?"

제시가 잠시 후 대답했다.

"이쪽 동네에서는 말입니다, 골치 아픈 일을 만들 때도 있지만 피해갈 때도 있습니다."

이런 법집행 철학은 솔직히 남부에만 국한된 것은 아니라는 걸 색스는 알고 있었다. 일행은 남쪽 강변으로 돌아와 범죄현장 옆에서 배를 내렸다. 색스는 제시가 손을 내밀기 전에 혼자 뛰어내렸지만 그래도 그는 손을 내밀었다.

갑자기 커다랗고 검은 물체가 시야에 들어왔다. 길이 12미터의 검은 바지선이 운하를 따라 내려오더니 일행 앞을 지나 강으로 들어섰다. 옆구리에는 이렇게 씌어 있었다. '대빗 인더스트리스.'

"저게 뭐죠?"

루시가 대답했다.

"시 외곽에 있는 회사죠. 디즈멀 늪 운하를 지나 인트라코스탈 수로 상류 쪽 노픽까지 화물을 운반해요. 아스팔트, 타르 지(紙) 같은 제품을요."

라임이 무전기를 통해 들었는지 말했다.

"살인 시각 전후로 지나간 배가 있었는지 물어봐. 그래서 승무원 이름을 알아내."

색스가 루시에게 묻자 그녀는 툭툭 끊기는 음성으로 답했다.

"이미 알아봤어요. 짐과 내가 맨 처음 했던 일이 그건데. 없었어요. 궁금하신지 모르겠는데, 커널 로드에서 여기 112번 국도를 타고 출

퇴근하는 사람들을 모두 탐문까지 했습니다. 하지만 아무 도움이 안 됐어요."

"잘 하셨군요."

"규정인데요, 뭘."

루시는 차가운 목소리로 대꾸한 뒤, 치어리더 대장에게 겨우 뼈아 픈 일침 한마디를 날린 못생긴 여고생처럼 자기 차로 돌아갔다.

o7 추적대

"여기다 에어컨을 들여놓기 전까지는 아무 일도 못 하십니다."

"톰, 이럴 시간이 없어."

라임은 내뱉었다. 그리고 인부들에게 주 경찰에서 도착한 장비를 놓을 위치를 지시했다.

벨이 말했다.

"스티브가 찾아보고 있는 중입니다. 생각보다 쉽지가 않네요."

"에어컨은 필요없어."

톰은 참을성 있게 말했다.

"반사부전 때문에 그러는 겁니다."

"기온이 조금 높다고 혈압을 악화시켰다는 얘긴 들어본 적 없어, 톰. 자넨 어디서 읽었나? 난 읽은 적이 없는데. 어디서 읽었는지 한번 갖고 와봐."

"빈정거리지 마세요, 링컨."

"아, 내가 빈정거렸다고? 내가?"

톰은 벨에게 끈기 있게 설명했다.

"열기는 세포 조직을 팽창시킵니다. 세포가 팽창하면 압력과 자극이 높아지죠. 이는 반사부전으로 이어질 수 있습니다. 그러면 죽을 수도 있어요. 우린 에어컨이 있어야 합니다."

톰은 라임을 돌본 도우미 중에서 몇 달 이상을 버틴 유일한 인물이다. 나머지는 스스로 그만두거나 단호하게 해고당했다.

"전원을 연결해."

라임은 낡은 가스 크로마토그래피를 구석으로 끌고 가는 부보안관에게 명령했다.

"안 됩니다."

톰은 팔짱을 낀 채 전선 앞에 버티고 섰다. 고집 센 젊은이와 대결할 마음이 없는 부보안관은 톰의 표정을 보더니 주뼛거리며 멈춰 섰다.

"에어컨을 설치하고 작동시킨 다음… 그런 다음에 연결할 겁니다."

"맙소사."

라임은 얼굴을 찌푸렸다. 마비환자라서 가장 답답한 것 중 하나가 분노를 삭일 수 없다는 점이다. 라임은 걷거나 주먹을 꽉 쥐는 등─무거운 물건 한두 개를 던지는 것까지는 접어두더라도(라임의 전처 블레인이 가장 즐기던 취미 생활이었다)─의 단순한 행동이 노여움을 얼마나 많이 덜어주는지 사고 후 깨달을 수 있었다. 그는 쓸쓸하게 말했다.

"화를 내면 그것 역시 경련이나 근육구축을 일으킬 수 있어."

"그렇다고 죽진 않잖아요. 반사부전처럼."

짐짓 활기찬 톰의 말투가 라임의 분을 더더욱 부추겼다.

벨이 유쾌하게 말했다.

"5분만 기다리십시오."

벨은 밖으로 나갔고 경찰관들은 계속해서 장비를 들여왔다. 크로마토그래피는 당분간 전원을 연결하지 않은 채로 두었다.

링컨 라임은 기계들을 살펴보았다. 다시 한 번 손가락으로 물체를 감쌀 수 있게 된다면 어떤 기분이 들까? 왼쪽 약손가락으로 물건을 만지거나 희미한 감촉을 느낄 수는 있었다. 하지만 뭔가를 움켜쥔다는 것, 그 질감과 무게와 온도를 느낀다는 것…. 그런 것은 상상이 불가능했다.

라임을 사지마비로 만든 범죄현장에서의 사고 이후 깨어났을 때 침대 옆을 지키던 NYPD의 심리상담가 테리 도빈스가 비탄의 여러 단계를 모두 설명해 준 적이 있다. 라임은 자신이 그 모두를 겪었다고, 그리고 살아남았다고 확신했다. 하지만 그중 어떤 단계는 되돌아오기도 한다는 사실을, 도빈스는 말해주지 않았다. 잠복 상태의 바이러스처럼 늘 몸속에 도사리고 있으면서 언제든 다시 고개를 쳐들 수 있다는 사실을.

지난 몇 년간 라임은 절망과 거부를 반복해서 느껴야 했다.

지금 그는 분노에 휩싸여 있었다. 젊은 여자 두 명이 납치당했고 살인마는 도주했다. 범죄현장으로 달려가서 감식을 하고, 눈에 잘 띄지 않는 증거물들을 땅에서 집어 들고, 복합현미경의 값비싼 렌즈로 그것들을 관찰하고, 자신의 두뇌가 결론을 이끌어내는 것만큼 빠른 속도로 컴퓨터와 다른 기기들의 자판을 두드리고 싶은 마음이 얼마나 간절한지 몰랐다.

빌어먹을 더위에 죽을지도 모른다는 걱정 없이 일하고 싶었다. 라임은 위버 박사의 마법의 손길을, 수술을 다시 떠올렸다.

톰이 조심스럽게 말했다.

"조용하시네요. 무슨 흉계를 꾸미고 계십니까?"

"흉계 꾸미는 거 아냐. 가스 크로마토그래피 전선 연결하고 전원 좀 켜주겠나? 예열되려면 시간이 걸려."

톰은 망설이다 기계 쪽으로 다가가서 전원을 올렸다. 그리고 나머지 장비를 섬유판 테이블 위에 올려놓았다.

스티브 파가 커다란 캐리어 에어컨을 안고 사무실로 들어섰다. 키가 큰 만큼 힘도 센 모양인지, 돌출한 귓가에 핏기가 떠오른 것 말고는 힘든 기색이 없었다. 그는 숨을 몰아쉬며 말했다.

"토지기획실에서 훔쳐왔습니다. 그쪽하고 사이가 별로 안 좋거든요."

벨이 파를 도와 창가에 에어컨을 설치했다. 잠시 후 차가운 바람이

웅웅거리며 방 안으로 들어오기 시작했다.

누가 문간에 나타났다, 아니, 문간을 꽉 채웠다. 20대 남자였다. 두 툼한 어깨, 튀어나온 이마. 키는 2미터, 140킬로그램에 육박할 듯한 몸무게. 수사팀을 협박하러 온 개릿의 사촌쯤 되지 않을까 하는 생각이 잠시 스쳤다. 하지만 그는 높고 숫기 없는 음성으로 말했다.

"전 벤이라고 하는데요."

방 안에 있던 세 사람은 라임의 휠체어와 다리를 불편하게 쳐다보는 그에게 시선을 주었다.

벨이 말했다.

"무슨 일이지?"

"음, 벨 씨를 찾고 있는데요."

"내가 벨 보안관이야."

여전히 어색하게 라임의 다리를 살피는 시선. 그는 얼른 눈길을 비키더니 헛기침을 하고 침을 삼켰다.

"아, 네. 저기, 전 루시 커의 조카인데요."

평서문이라기보다 질문을 하는 듯한 어조였다. 라임이 말했다.

"아, 감식 조수로군! 좋아! 딱 맞게 왔어."

다시 다리와 휠체어를 흘끗 보며, 그가 말했다.

"루시 이모는 그런…"

무슨 소리를 하려는 거지? 라임은 생각했다. 우물거리는 말투라니.

"…감식 이야기는 안 하셨는데요. 전 그냥 학생입니다. 에이버리 노스캐롤라이나 대학원에 다니는. 저기, '딱 맞게 왔다'는 건 무슨 뜻입니까?"

라임에게 던지는 질문이지만, 벤의 시선은 보안관을 향하고 있었다.

"저기 테이블로 가라는 뜻이야. 샘플이 곧 올 텐데 자네가 분석 작업을 도와줘야 해."

"샘플이라…. 그렇군요. 무슨 종류의 물고기입니까?"

벤이 벨에게 물었다. 라임이 대꾸했다.

"물고기? 물고기라고?"

덩치 큰 남자는 여전히 벨을 쳐다본 채 조용조용 말했다.

"네. 기꺼이 도와드리고 싶지만, 아는 게 적어서요."

"물고기 이야기가 아니야. 범죄현장 샘플을 말하는 거라고! 무슨 소리야?"

"범죄현장? 아, 몰랐습니다."

벤이 여전히 보안관을 향해 말하자 라임은 엄격하게 말했다.

"나한테 직접 말하게."

남자의 얼굴에 홍조가 떠오르더니, 퍼뜩 정신을 차린 눈빛이 되었다. 억지로 라임을 보느라 고개가 약간 떨리는 것 같았다.

"전 그저… 저쪽이 보안관님이시라."

벨이 말했다.

"여기 계신 라임 씨가 수사를 지휘하신다네. 뉴욕에서 오신 감식 과학자일세. 우릴 돕고 계시지."

"그렇군요."

휠체어와 라임의 다리, 빨대 조종기를 번갈아 바라보던 눈길이 다시 안전한 바닥을 향했다. 라임은 자신이 세상에서 가장 희한한 구경거리라도 되는 양 행동하는 이 남자가 미웠다. 애초 이번 일을 하도록 유도하고 상어세포와 위버 박사의 손에서 그를 떼어놓은 아멜리아 색스 역시 미웠다.

"음, 선생님…."

"링컨이라고 불러."

"한데 문제는, 제 전공이 해양동물사회학입니다."

"그게 뭐지?"

라임은 참을성 없게 물었다.

"그러니까, 해양동물의 행태를 연구하는 거지요."

아, 훌륭하군. 라임은 생각했다. 장애인공포증 환자가 조수로 온 것도 모자라, 그 조수가 물고기 심리학자라니.

"음, 상관없어. 자넨 과학자잖아. 자연법칙은 자연법칙이고, 원칙은 원칙이지. 가스 크로마토그래피 써봤나?"

"네."

"복합현미경과 비교현미경은?"

고개를 끄덕였지만, 라임의 마음에 들 정도로 자신 있는 동작은 아니었다.

"하지만…."

벤은 벨을 쳐다보더니 아까 말이 기억났는지 다시 라임의 얼굴을 쳐다보았다.

"…루시 고모는 잠깐만 들르면 된다고 했는데요. 사건 수사를 돕게 될 거라고는…. 사실 제가… 수업이 있어서…."

"벤, 자넨 우릴 도와야 해."

라임은 짧게 던졌다. 보안관이 설명했다.

"개릿 핸슨 사건이야."

벤의 커다란 머리통 어딘가에서 그 이름이 떠오른 모양이다.

"아, 블랙워터랜딩의 그 애 말씀이군요."

보안관은 납치 사건과 에드 섀퍼가 말벌에 쏘인 사건에 대해 설명해 주었다.

"아, 저런. 에드가 정말 안됐군요. 루시 고모네 집에서 한 번 만난 적이 있는데…."

"그래서 자네가 필요하다는 거야."

라임은 대화의 방향을 바로잡기 위해 말했다. 보안관이 말을 이었다.

"리디아를 어디로 데려갔는지 알 수가 없네. 여자를 살리기엔 시간이 부족해. 그리고 자네도 봐서 알겠지만… 라임 씨는 도와줄 사람이 필요하고."

"음…."

벤은 라임 쪽으로 눈길을 주었지만, 정면으로 쳐다보지는 않았다.

"얼마 안 있으면 시험이라서요. 학교에 다니니까요. 말씀드렸듯이."

추적대

99

라임은 꾹 참고 말했다.

"선택의 여지가 없어, 벤. 개릿이 도주한 지 세 시간이 지났는데, 피해자들을 언제 죽일지 몰라. 벌써 죽였는지도 모르고."

벤은 구세주라도 있을까 싶은지 먼지투성이 사무실을 둘러보았지만 뾰족한 수가 없는 모양이었다.

"잠깐 시간을 낼 수는 있을 것 같습니다."

"고맙네."

링컨은 말했다. 그러곤 조종기에 대고 숨을 빨아들여 기구가 놓여 있는 테이블 쪽으로 돌았다. 그리고 멈춰 서 그것들을 살펴보다 벤을 올려다보았다.

"자, 자네가 내 카테터를 갈아준다면 당장 일을 시작하지."

덩치 큰 남자는 사색이 되었다. 들릴락말락한 목소리로 그가 말했다.

"저한테 그걸…."

"농담하신 겁니다."

톰이 옆에서 말했다. 하지만 벤은 웃지 않았다. 불편하게 고개를 끄덕이더니 들소만큼 우아하게 크로마토그래피로 다가가서 제어반을 살펴보기 시작했다.

색스는 카운티 사무실에 마련된 즉석 실험실로 달려들어 갔다. 제시 콘이 옆에서 보조를 맞추며 급히 따라왔고, 루시 커는 보다 유유한 걸음으로 잠시 후 합류했다. 그녀는 조카 벤에게 인사를 한 뒤 색스와 제시에게 조카를 소개했다. 색스는 봉투 한 다발을 들어올렸다.

"이건 개릿의 방에서 가져온 증거물이에요."

그런 다음 다른 봉투를 한 다발 들어올렸다.

"이건 블랙워터랜딩, 1차 현장에서."

라임은 약간 염려스러운 기분으로 봉투를 쳐다보았다. 증거물이 워낙 적기도 했지만, 아까 떠오른 생각이 다시 뇌리를 스쳤던 것이다. 주위 환경에 대한 직접적인 지식이라곤 전혀 없이 단서를 분석해야만 하는 상황이다.

물을 벗어난 물고기…. 한 가지 생각이 떠올랐다.

"벤, 자넨 여기서 얼마나 살았지?"

"여기서 태어났습니다."

"좋아. 이 주변 지방이 지형적으로 어디에 속하나?"

벤은 헛기침을 했다.

"아마 북부 해안 평야일 겁니다."

"혹시 친구 중에 이 지역을 전공한 지질학자가 있나? 지도 제작자나, 생태학자는?"

"아뇨. 다들 해양생물 전공입니다."

색스가 말했다.

"라임, 블랙워터랜딩에서 내가 봤던 바지선 있잖아요? 아스팔트나 타르 지를 이 근처 공장에서 실어가는 배였어요."

"헨리 대빗의 회사죠."

루시가 말했다. 색스가 물었다.

"그쪽 직원 중에 지질학자가 있지 않을까요?"

벨이 대답했다.

"모르겠습니다만, 대빗은 오랫동안 여기서 산 엔지니어입니다. 아마 지형이라면 누구보다 잘 알 겁니다."

"그 사람한테 연락 좀 해주시겠어요?"

"그러죠."

벨은 방에서 나갔다가 잠시 후 돌아왔다.

"대빗과 통화했습니다. 직원 중에 지질학자는 없지만, 자기가 돕겠다고 하는군요. 30분 뒤에 도착할 겁니다."

그러곤 라임에게 물었다.

"한데 링컨, 추적은 어떻게 할까요?"

"난 여기 있을 겁니다, 당신하고 벤도. 우리는 증거물을 분석할 겁니다. 블랙워터랜딩, 개릿과 리디아가 사라진 지역으로 작은 추적대를 보내야 합니다. 증거물에서 단서가 발견되는 대로 제가 최대한 인도하죠."

"추적대는 누구누구로 합니까?"

"색스가 지휘하고, 루시가 같이 갑니다."

벨은 고개를 끄덕였다. 라임은 명령 계통에 대한 이런 결정에 루시가 아무런 반응도 보이지 않는 것을 눈치챘다.

"저도 자원하겠습니다."

제시 콘이 얼른 말했다. 벨은 라임을 쳐다보았고, 라임은 고개를 끄덕였다. 그리고 말을 이었다.

"그리고 한 사람 더 할까."

벨은 이맛살을 찌푸리며 물었다.

"네 명? 그뿐입니까? 하, 자원할 사람은 수십 명도 더 모을 수 있는데요."

"아니, 이런 사건에는 인원이 적으면 적을수록 좋습니다."

"네 번째는 누구죠? 메이슨 저메인?"

루시가 물었다. 라임은 문 쪽을 바라보고, 밖에 아무도 없는 것을 확인한 뒤 음성을 낮췄다.

"메이슨은 어떤 사람이죠? 뭔가 사연이 있는 모양인데. 난 사연 있는 경찰을 좋아하지 않습니다. 경력이 깨끗한 사람이 좋아요."

벨은 어깨를 으쓱했다.

"힘들게 산 친굽니다. 파코 북쪽에서 자란 것부터 불우했죠. 아버지는 사업을 몇 개 하다가 밀주 제조를 시작했는데, 국세청 직원들한테 걸리자 자살했습니다. 메이슨 본인도 맨손으로 사회생활을 시작했죠. 남부식 표현 중에 '자존심이 세서 회칠도 못하고, 그렇다고 페인트칠을 하려니 돈이 없다'는 표현이 있는데, 메이슨이 딱 그런 친굽니다. 원하는 걸 가질 수 없다고 늘 불평이죠. 야망 같은 게 무용지물인 곳에서 태어난 야심만만한 사내라고 할까요."

"그리고 그가 개릿을 노리고 있다?"

"맞습니다."

"왜?"

"메이슨은 아까 말씀드린, 블랙워터에서 여자애가 벌에 쏘여 죽은 그 사건 수사를 지휘하게 해달라고 사정하다시피 했습니다. 메그 블랜처드 사건 말입니다. 솔직히 제 생각엔 피해자가 메이슨하고 무슨 관계가 있었던 것 같습니다. 사귀던 사이였을 수도 있고. 뭔가 다른 관계였을 수도 있고, 확실히는 모릅니다만. 어쨌든 어떻게 해서든 개릿을 잡아넣으려고 하더군요. 하지만 유죄를 입증할 수가 없었습니다. 전임 보안관이 은퇴할 때가 되자, 감독위원회에서 그 일을 트집 잡아 메이슨을 반대했습니다. 그래서 제가 보안관이 됐죠. 메이슨이 저보다 나이가 많고 경찰 일도 더 오래 했는데 말입니다."

라임은 고개를 저었다.

"이런 수사에서는 성질 급한 사람이 필요 없습니다. 다른 사람을 골라주십시오."

"네드 스포토?"

루시가 제안했다. 벨은 어깨를 으쓱했다.

"좋은 친구지. 총도 잘 쏘고. 하지만 꼭 쏴야 할 때가 아니면 쏘려고 하질 않지."

라임이 말했다.

"메이슨이 추적대 근처에 얼씬거리지 못하게만 해주십시오."

"그는 그렇게 하고 싶지 않을 겁니다."

"상관없습니다. 다른 일거리를 찾아주세요. 뭔가 중요해 보이는 일거리."

"최선을 다하죠."

벨은 확신이 없는 말투로 대답했다. 스티브 파가 문간에서 몸을 내밀었다.

"방금 병원에 전화해 봤는데요, 에드는 아직 위독하답니다."

"무슨 말 없었다던가? 자기가 본 지도에 대해서?"

"전혀요. 아직 의식이 없습니다."

라임은 색스를 향했다.

"좋아…. 출발해. 블랙워터랜딩에서 발자국이 끊기는 지점까지 간 다음 내 연락을 기다려."

루시는 미심쩍은 듯 증거물 봉투를 쳐다보며 물었다.

"정말 이게 여자들을 찾아내는 데 도움을 줄 거라고 생각하세요?"

"틀림없습니다."

라임은 짤막하게 대답했다. 루시는 회의적으로 말했다.

"제가 보기엔 마술에 가까워 보이는데요."

라임은 웃었다.

"아, 바로 그겁니다. 손짓 하나로 모자에서 토끼를 꺼내는 거죠. 하지만 그런 착각의 기초는… 기초는 뭘까, 벤?"

덩치 큰 청년은 헛기침을 하고 얼굴을 붉히더니 고개를 저었다.

"음, 무슨 말씀이신지 모르겠습니다만."

"착각의 기초는 '과학'이지. 내 말은 그거야."

라임은 색스에게 시선을 주었다.

"뭔가 찾아내면 곧장 연락하겠네."

여자 둘과 제시 콘은 실험실을 나섰다.

이제 소중한 증거물도 앞에 진열되어 있고, 익숙한 장비들은 예열을 마쳤으며, 내부 역학 관계도 해결된 상태에서 링컨 라임은 휠체어 머리 받침대에 머리를 기대고 색스가 갖다 준 봉투들을 바라보았다. 자기 다리로 걷지 못하는 곳을 거닐고 자기 손으로 만지지 못하는 것을 느낄 수 있도록 정신을 가다듬으며.

08 범죄학 교과서

부보안관들이 이야기를 나누고 있었다.

팔짱을 끼고 보안관국 부보안관실 문 옆 복도 벽에 기대 선 메이슨 저메인에게는 그들의 목소리밖에 들리지 않았다.

"왜 우리가 여기 앉아서 아무 일도 안 하고 있는 거야?"

"아니, 아니…. 못 들었어? 짐이 추적대를 파견했어."

"그래? 아니, 난 못 들었는데."

빌어먹을. 메이슨은 생각했다. 그 역시 듣지 못했던 것이다.

"루시, 네드, 제시. 그리고 워싱턴에서 온 그 여경찰."

"아니, 뉴욕이야. 그 여자 머리카락 봤어?"

"머리카락 따위는 관심 없어. 메리베스와 리디아를 찾는 게 중요하다고."

"나도 마찬가지야. 그냥…."

메이슨은 속이 더욱 뒤틀렸다. 곤충 소년을 잡는 데 겨우 네 사람을 보냈다고? 벨이 미쳤나?

복도를 쏜살같이 지나 보안관 사무실로 향하던 메이슨은 그 휠체어에 탄 괴상한 남자를 위해 마련해 준 창고에서 나오는 벨과 부딪힐 뻔했다. 벨은 상급 부보안관 메이슨을 바라보며 놀란 듯 눈을 깜빡였다.

"이봐, 메이슨⋯. 자넬 찾고 있었어."

하지만 그리 열심히 찾고 있었던 것 같지는 않다.

"리치 컬보네 집으로 좀 가주었으면 하는데."

"컬보? 뭣 때문에?"

"수 매코넬이 메리베스를 찾는 사람에게 보상금을 내걸었는데, 컬보가 그걸 노리고 있어. 혹시 그가 수색 작업에 방해가 되면 안 되잖아. 자네가 컬보를 지키고 있으면 좋겠어. 자기 집에 없으면 다시 나타날 때까지 그 집에서 기다려."

메이슨은 이 기괴한 요청에는 대꾸조차 하지 않았다.

"개릿을 찾는 데 루시를 보냈다면서. 나한테 이야기도 안 하고."

벨은 부보안관을 아래위로 훑어보았다.

"루시와 몇몇이 블랙워터랜딩으로 가고 있어. 개릿의 발자취를 찾으려고."

"내가 추적대에 참여하고 싶어 할 거라는 건 자네도 잘 알고 있을 텐데."

"모든 사람을 다 보낼 수는 없잖아. 컬보는 오늘 벌써 블랙워터랜딩에 갔었어. 그가 수색을 망치면 안 돼."

"이봐, 짐. 헛소리 하지 마."

벨은 한숨을 쉬었다.

"좋아. 솔직히 말해? 자네가 그 애한테 집착을 하고 있어서야, 메이슨. 그래서 자넬 보내지 않기로 결정을 내렸어. 어떤 실수도 있어서는 안 되니까. 사람의 목숨이 달려 있어. 무엇보다 그 애를 빨리 잡아야 한다고."

"나 역시 마찬가지야, 짐. 자네도 알다시피. 난 3년 동안 그 애 뒤를 쫓았어. 자네가 날 따돌리고 사건을 그 괴물 같은 사람한테⋯."

"이봐, 그만두자고."

"난 루시보다 블랙워터를 열 배는 더 잘 알아. 예전에 거기서 살았었다고. 기억 안 나?"

벨은 목소리를 낮췄다.

"자네가 개럿을 너무 간절히 원하는 게 탈이야, 메이슨. 그게 판단력에 영향을 끼칠 수도 있다고."

"그건 자네 생각이야, 아니면 그 사람 생각이야?"

메이슨은 휠체어 전동음이 음산하게 들려오는 방 쪽으로 고갯짓을 했다. 치과의사의 드릴처럼 신경이 곤두서는 소리였다. 벨이 저런 병신에게 도와달라고 했으니 생각하고 싶지도 않은 온갖 문제가 일어난 것이다.

"이봐, 사실은 사실이잖아. 자네가 개럿한테 어떤 감정을 갖고 있는지는 세상 사람이 다 알아."

"세상 사람 모두가 나 같은 심정일걸."

"어쨌든, 내가 말한 대로야. 받아들여 줘."

부보안관은 씁쓸하게 웃었다.

"그래서 나더러 건달 밀주업자 망이나 보라는 얘긴가."

벨은 메이슨의 어깨 너머를 쳐다보며 다른 부보안관에게 손짓을 했다.

"이봐, 프랭크…."

키가 크고 둥글둥글한 경찰이 두 사람 쪽으로 다가왔다.

"프랭크, 자네가 메이슨이랑 같이 가. 리치 컬보의 집으로."

"영장이 나왔나요? 이번엔 또 무슨 짓을 했습니까?"

"아니, 영장은 없어. 자세한 내용은 메이슨한테 듣게. 컬보가 자기 집에 없으면 그냥 거기서 기다려. 컬보와 그 일당이 추적대 근처에는 절대 못 가도록 해. 알겠지, 메이슨?"

부보안관은 대답하지 않았다. 그는 말없이 돌아서서 상관의 곁을 떠났다. 벨이 뒤에서 소리쳤다.

"모두를 위해 그러는 게 나아."

그렇지 않을걸. 메이슨은 생각했다.

"메이슨…."

하지만 메이슨은 아무 말도 하지 않고 부보안관실로 들어섰다. 프랭크가 잠시 후 따라 들어왔다. 메이슨은 한데 모여 곤충 소년과 어여쁜 메리베스, 그리고 빌리 스테일의 놀라운 92야드 런백(runback) 이야기를 하고 있는 제복 경찰들을 아는 체도 하지 않고 자기 사무실로 들어가 주머니에서 열쇠 하나를 꺼냈다. 그리고 책상 서랍의 자물쇠를 딴 뒤 357구경 탄환 여섯 발이 장착된 스피드로더(탄창에 총알을 끼울 때 사용하는 기구 – 옮긴이)를 꺼냈다. 그는 스피드로더를 가죽 총집에 집어넣은 뒤 총집을 벨트에 찼다. 그런 다음 사무실 문 쪽으로 다가갔다. 서른다섯 살 된 딸기색 금발머리 부보안관 네이선 그루머를 부르는 메이슨의 음성이 두런거리던 대화를 갈랐다.

"그루머, 컬보를 만나러 가야 해. 같이 가지."

"아."

프랭크가 자기 자리에서 가져온 모자를 든 채 천천히 말했다.

"짐이 저보고 가라고 하셨잖아요."

"난 네이선이랑 가겠어."

메이슨이 말했다. 네이선이 물었다.

"리치 컬보요? 그 자랑 난 물과 기름입니다. 나한테 음주운전으로 세 번 잡혔고, 지난 번 만났을 때는 얻어맞기도 했는 걸요. 프랭크를 데려가세요."

프랭크도 찬성이었다.

"네. 컬보의 사촌이 제 장인이랑 같이 일합니다. 날 친척으로 생각해요. 내 말은 들을 겁니다."

"난 자네랑 가겠다고 했어."

메이슨은 차갑게 네이선을 쳐다보았다. 프랭크가 다시 입을 열었다.

"하지만 짐 말로는….."

"당장 가자고."

네이선은 날카로운 음성으로 말했다.

"이봐요, 메이슨. 나한테 그렇게 함부로 할 건 없잖아요."

메이슨은 네이선의 책상 위에 놓인 정교하게 세공한 낚시용 미끼—청둥오리였다—를 바라보고 있었다. 가장 최근에 네이선이 조각한 것이다. 손재주가 있군. 메이슨은 생각했다. 그리고 네이선에게 말했다.

"준비 됐나?"

네이선은 한숨을 쉬며 일어섰다. 프랭크가 물었다.

"그럼, 짐에게는 뭐라고 할까요?"

메이슨은 아무 대답 없이 네이선을 이끌고 사무실 밖으로 나가 자신의 경찰차 쪽으로 향했다. 두 사람은 차에 올랐다. 열기가 주위에 훅 끼쳤다. 메이슨은 시동을 걸고, 에어컨을 최대로 올렸다.

책임 있는 시민이라면 모두 안전벨트를 매야 한다는 경찰차 옆면에 붙은 표어대로 벨트를 맨 뒤, 메이슨이 말했다.

"자, 들어봐. 난…."

"아, 이봐요, 메이슨. 그러지 마세요. 내가 틀린 말 한 게 없잖아요. 작년에 프랭크하고 컬보가…."

"입 다물고 들어."

"좋아, 듣죠. 하지만 그런 식으로 말할 건 없잖아요…. 좋아요. 듣습니다. 컬보가 이번엔 무슨 짓을 했죠?"

하지만 메이슨은 이 질문에는 대답하지 않고 물었다.

"자네 루거는 어디 있지?"

"사슴 사냥용 라이플 말입니까? M77?"

"그래."

"내 트럭 안에요. 집에."

"고성능 망원경도 장착돼 있지?"

"그럼요."

"그걸 가지러 가자고."

두 사람은 주차장을 빠져나왔다. 메인 스트리트로 접어들자마자 메이슨은 경찰차 지붕 위의 적색과 청색 비상등 스위치를 눌렀다. 사이렌은 켜지 않았다. 차는 시내를 빠져나왔다.

네이선은 아메리칸 인디언이 그러듯 뺨을 홀쭉하게 집어넣고 북치는 시늉을 했다. 짐이 있을 때는 못하는 짓이지만, 메이슨은 신경 쓰지 않았다.

"루거라⋯. 그것 때문에 나랑 가자고 한 거군요. 프랭크 말고."

"맞아."

네이선 그루머는 보안관국 최고의 명사수였고, 파케노크 카운티를 통틀어서도 가장 솜씨 좋은 축에 속했다. 메이슨은 그가 8백 미터 가까이 떨어진 곳에서 수사슴을 쏘아 맞추는 걸 본 적이 있다.

"그럼, 라이플을 가져온 다음 컬보네 집으로 가는 겁니까?"

"아니."

"그럼 어디로 가죠?"

"사냥하러 가는 거야."

"여긴 집들이 좋네요."

아멜리아 색스가 말했다.

색스와 루시 커는 도심에서 커널 로드를 따라 북쪽으로 차를 달려 블랙워터랜딩 쪽으로 향하고 있었다. 제시 콘과 30대 후반의 땅딸막한 부보안관 네드 스포토는 다른 경찰차를 타고 뒤따랐다.

루시는 운하를 굽어보는 저택들에 시선을 주었지만—색스가 아까 본 우아한 신축 식민지풍 저택들이다—아무 말도 하지 않았다.

이번에도 역시 색스는 저택과 정원에 아이들이 없어 썰렁하다는 느낌을 받았다. 태너스코너의 거리와 마찬가지로.

아이들이라. 색스는 다시 생각에 잠겼다. 그리고 다짐했다. 그 생각은 하지 말자.

루시는 112번 국도에서 오른쪽으로 꺾어 갓길에 차를 세웠다. 반시간 전에 왔던 바로 그곳, 범죄현장이 내려다보이는 언덕이었다. 제시 콘의 경찰차가 뒤에 멈췄다. 네 사람은 둑을 내려가서 보트에 올라

탔다. 제시가 노를 잡으며 중얼거렸다.

"휴, 파코 북쪽이라."

색스는 제시의 불길한 말투를 처음에는 농담으로 받아들였지만, 곧 아무도 얼굴에 웃음기가 없다는 것을 깨달았다. 강 반대편에 도착한 일행은 배에서 내려 에드 섀퍼가 벌에 쏘인 움막까지 개릿과 리디아의 발자국을 따라간 뒤, 발자국이 끊긴 곳까지 15미터가량 숲 속으로 들어갔다.

색스의 지시대로 일행은 흩어져서 점점 크게 원을 그리며 개릿이 어디로 사라졌는지 단서가 될 만한 것을 찾았다. 하지만 아무것도 발견하지 못하고, 다시 발자국이 사라진 지점으로 되돌아왔다.

루시가 제시에게 말했다.

"그 길 알아? 작년에 프랭크 스터지스한테 들었을 때 마약꾼들이 도망쳤던 그 길 말이야."

제시는 고개를 끄덕였다. 그리고 색스에게 말했다.

"50미터가량 북쪽입니다. 이쪽입니다."

제시는 방향을 가리키며 말을 이었다.

"개릿도 아마 알고 있을 텐데, 이곳 숲과 늪지대를 빠져나가는 가장 좋은 길입니다."

"그쪽을 살펴보지."

네드가 말했다.

색스는 지금부터 터질 갈등을 어떻게 해야 가장 잘 처리할 수 있을지 잠시 생각에 잠겼지만, 결국 한 가지 방법밖에 없다는 결론을 내렸다. 정공법이다. 저쪽 셋, 이쪽 하나인 상황에서 지나치게 신중한 태도는 먹히지 않는다(제시 콘이 이쪽에 기울어 있다 해도 그건 로맨틱한 감정일 뿐이니까).

"라임에게서 연락이 올 때까지 여기서 기다려야 해요."

제시는 어느 편에 서야 할지 모르겠다는 듯 얼굴에 희미한 미소를 띠었다.

루시는 고개를 저었다.

"개릿은 틀림없이 그 길로 갔을 거예요."

"확실한 건 아니잖아요."

"여긴 풀이 빽빽해요."

제시에 이어 네드가 말을 이었다.

"플룸 그래스(plume grass)랑 복령(tuckahoe), 호랑가시나무 좀 보세요. 벌레도 많고. 그 길로 안 가면 빠져나갈 수가 없어요."

"기다려야 해요."

색스는 링컨 라임의 범죄학 교과서에서 읽은 한 구절을 떠올리며 말했다.

> 증거물 : 용의자가 도주한 사건 수사는 빨리 움직여서 열심히 추적하겠다는 충동 때문에 망치는 경우가 많다. 대부분의 경우 증거물을 천천히 분석하는 것이 용의자가 있는 곳으로 가는 길을 더욱 정확히 가르쳐주며 보다 안전하고 효율적인 검거를 보장한다.

루시 커가 말했다.

"도시에서 온 사람들은 숲을 잘 몰라서 그래요. 저 길로 안 가면 시간이 두 배는 더 걸려요. 개릿은 계속 가고 있는데."

색스는 말했다.

"강변으로 돌아갔을지도 모르잖아요. 상류나 하류 쪽에 다른 보트를 숨겨놨을 수도 있어요."

"그렇군요."

제시가 말하자, 루시의 험악한 시선이 그를 향했다.

날벌레한테 쏘이고 사정없는 열기에 비 오듯 땀을 흘리면서, 네 사람은 한참 동안 꼼짝도 않은 채 침묵을 지켰다.

마침내 색스는 이렇게 말했다.

"기다려요."

곤충 소년

논쟁을 끝내겠다는 듯, 색스는 이 숲 전체를 통틀어 가장 불편할
게 분명한 바위에 걸터앉아 일행 앞의 키 큰 참나무를 열심히 쪼아대
는 딱따구리에만 정신이 팔린 척했다.

o9 미량증거물

"1차 현장부터. 블랙워터."

라임은 테이블 위에 놓인 증거물 봉투 쪽으로 고개를 끄덕이며 벤에게 지시했다.

"개릿의 운동화부터 하게. 리디아를 납치할 때 흘렸던 신발."

벤은 봉투를 집어 들고 지퍼를 연 다음 안으로 손을 넣으려 했다. 라임이 명령했다.

"장갑! 증거물을 다룰 때는 항상 라텍스 장갑을 끼게."

"지문 때문에요?"

동물학자 벤은 급히 장갑을 끼며 물었다.

"그것도 한 가지 이유고. 다른 하나는 오염 가능성 때문이야. 자네가 있던 장소와 범인이 있던 장소를 혼동하면 안 되잖아."

"그렇군요. 맞습니다."

벤은 이 법칙을 잊을까 봐 두려운 듯 거대한 상고머리를 열심히 끄덕였다. 그리고 신발을 흔든 뒤 안을 들여다보았다.

"자갈 같은 게 들어 있는 것 같은데요."

"참, 아멜리아한테 무균 관찰판을 구해달란 소릴 안 했군."

라임은 방을 둘러보았다.

"저기 저 잡지 보이나? 〈피플〉 지?"

벤은 잡지를 집었다. 그리고 고개를 저었다.

"3주 전 건데요."

"레오나르도 디카프리오의 애정 전선에 대한 최신 기사를 보려는 게 아냐. 안에서 정기구독 카드를 꺼내게…. 그런 거 귀찮지? 하지만 우리한테는 유용해. 인쇄기에서 무균 상태로 나오기 때문에 훌륭한 관찰판 대용품으로 쓸 수 있거든."

벤은 지시대로 한 뒤 흙과 돌을 카드 위에 부었다.

"샘플을 현미경 밑에 놓아줘. 내가 볼 테니."

라임은 테이블 쪽으로 휠체어를 끌고 갔지만, 대안렌즈 위치가 그의 눈높이보다 약간 높았다.

"젠장."

"제가 들어드릴까요?"

라임은 피식 웃었다.

"무게가 14킬로그램 가까이 나가는 현미경을? 아니, 그냥…."

하지만 벤은 우람한 팔로 현미경을 들더니 미동도 하지 않은 채 들고 있었다. 라임은 초점 손잡이를 돌릴 수는 없었지만, 증거물이 무엇인지 정도는 판단할 수 있었다.

"석회암 파편과 가루군. 블랙워터랜딩에서 나오는 암석인가?"

벤은 느릿느릿 말했다.

"음. 그렇지 않을 겁니다. 주로 진흙이니까요."

"샘플을 크로마토그래피에 돌려봐. 다른 물질이 뭐가 섞여 있는지 봐야겠어."

벤은 샘플을 안에 놓고 실험 버튼을 눌렀다.

크로마토그래피는 범죄학자에게 삶의 도구다. 20세기 초 러시아 식물학자에 의해 발명되었지만 1930년대까지 널리 쓰이지 않던 이 기기는 음식물, 약물, 혈액, 미량원소 등의 화합물을 그 물질의 구성 원소 별로 분석한다. 처리 과정에 따라 대여섯 종류가 있지만, 과학수사에 주로 사용되는 것은 증거물 샘플을 태워서 분석하는 가스 크로마토그래피이다. 샘플을 태울 때 나오는 증기를 분리하여 그 구성원소를 알아내는 것이다. 과학수사 연구소에서 크로마토그래피는 보통 여러 원소의 양을 알아내는 질량분석기와 연결되어 있다.

가스 크로마토그래피는 비교적 낮은 온도에서 기화시킬 수 있는, 즉 태울 수 있는 물질을 분석할 때만 사용할 수 있다. 석회암은 당연히 발화하지 않을 것이다. 하지만 라임은 돌에는 관심이 없었다. 흙과 돌에 붙어 있는 미량원소에 관심이 있을 뿐이다. 그것들이 개릿이 있던 장소의 범위를 좀 더 좁혀줄 것이다.

"시간이 약간 걸릴 거야. 그동안 개릿의 신발 밑창에 끼어 있던 흙을 보도록 하지. 벤, 나는 신발 밑창의 홈을 사랑해. 신발도 그렇고, 타이어도. 스펀지 같거든. 명심하게."

"알겠습니다."

"흙을 파내서 블랙워터랜딩이 아닌 다른 곳에서 묻어온 것인지 알아내자고."

벤은 다른 정기구독 카드에 흙을 떨어뜨리고 라임의 눈앞으로 들어올렸다. 라임은 꼼꼼하게 관찰했다. 법과학자로서 그는 흙의 중요성을 알고 있었다. 흙은 옷에 달라붙어 있다가 《헨젤과 그레텔》의 빵 부스러기처럼 범인이 집을 나왔다 들어갔다 할 때마다 발자취를 남기며 범죄자와 범죄현장을 한데 묶어놓은 것처럼 연결시킨다. 흙의 색깔은 약 1,100가지로 구분되며, 범죄현장에서 확보한 샘플이 범인의 뒷마당에 있던 흙 색깔과 동일하다면 범인이 범죄현장에 있었을 확률이 높다. 구성 성분의 유사성 역시 연결 고리 역할을 한다. 위대한 프랑스 범죄학자 로카르는 자기 이름을 딴 감식 법칙을 주창했는데, 이는 모든 범죄현장에서는 항상 범인과 피해자, 혹은 범죄현장 사이에 물질 교환이 일어난다는 주장이다. 라임은 가택에서 일어난 살인이나 폭행사건에서 혈액 다음으로 흙이 가장 자주 교환되는 물질이라는 걸 경험상 알고 있었다.

하지만 증거물로서의 흙의 문제점은 너무 흔하다는 것이다. 법과학적으로 흙이 어떤 의미를 지니려면, 범인에게서 떨어졌을 가능성이 있는 흙이 범죄현장에 원래 있던 흙과 다르다는 것을 입증해야 한다. 흙 분석의 첫 단계는 현장에 원래 있던 흙과 범인에게서 나왔다고 생각되는 흙을 대조하는 작업이다. 라임은 이를 벤에게 설명했고, 벤은 색스가 채취 날짜와 시간을 적고 '샘플-블랙워터랜딩'이라고 써둔 흙 봉지 하나를 집어 들었다. 색스의 필체가 아닌 기록도 있었다. '부보안관 J. 콘 채취.' 라임은 색스의 부탁을 받은 젊은 부보안관이 신이 나서 흙을 뜨러 달려가는 장면이 눈에 선했다. 벤은 이 흙을 세 번째 정기구독 카드 위에 쏟았다. 그리고 개릿의 신발 밑창에서 긁어낸 흙 옆에 놓았다.

"어떻게 비교하죠?"

"자네 눈으로."

"하지만…."

"그냥 봐. 출처를 모르는 샘플과 블랙워터의 샘플 색이 어떻게 다른지 보라고."

"어떻게 그걸 구별합니까?"

라임은 애써 침착하게 대답했다.

"그냥 보면 돼."

벤은 한쪽 흙을 들여다본 뒤 반대쪽을 보았다.

다시 이쪽. 다시 저쪽. 또 다시 번갈아 보았다.

제발, 제발…. 그렇게 까다로운 일이 아니야. 라임은 인내심을 총동원했다. 그에게는 세상에서 가장 힘든 일이다.

"뭐가 보이나? 양쪽의 흙이 달라 보이나?"

"음, 확실하게는 모르겠습니다. 한쪽은 색이 옅은 것 같은데요."

"비교현미경으로 관찰해."

벤은 샘플을 비교현미경에 올려놓고 렌즈를 들여다보았다.

"모르겠는데요. 뭐라 말하긴 힘들지만. 약간… 틀린 점이 있는 것 같습니다."

"어디 보자고."

이번에도 육중한 근육이 커다란 현미경을 미동도 없이 들어올렸고, 라임은 렌즈를 들여다보았다.

"확실히 다르군. 원래 흙 색깔이 옅어. 결정도 더 많고. 화강암과 점토가 더 많고 식물 성분도 달라. 그러니 밑창에 붙었던 흙은 블랙워터 랜딩에 있던 게 아니야… 재수가 좋다면 개릿의 소굴에서 묻어온 흙이겠지."

벤의 입술에 희미한 미소가 떠올랐다. 라임이 그에게서 보는 최초의 미소였다.

"뭐지?"

"음, 저희는 곰치가 자기 집으로 삼는 동굴을 소굴이라고 하는데 말이죠…."

지금은 한가한 잡담을 나눌 때도 장소도 아니라는 듯한 라임의 시선에, 벤의 미소가 사라졌다. 라임은 말했다.

"크로마토그래피 석회암 분석 결과가 나오면 신발에 묻어 있던 흙을 돌리게."

"알겠습니다."

잠시 후 크로마토그래피/질량분석기에 부착된 컴퓨터 화면이 깜빡이더니 산과 계곡 모양의 그래프가 나타났다. 그리고 창이 하나 떴다. 휠체어를 컴퓨터 가까이 끌고 가던 라임은 테이블에 부딪혔다. 스톰 애로가 왼쪽으로 기울어지면서 라임의 몸도 휘청했다.

"젠장."

벤의 눈이 놀라 둥그레졌다.

"괜찮으세요?"

"괜찮아, 괜찮아. 도대체 여기 테이블이 왜 있는 거야? 이건 필요 없어."

"제가 치우겠습니다."

벤은 얼른 대답하고 무거운 테이블이 물에 둥둥 뜨는 발사나무로 깎아 만든 것인 양 한 손에 쥐고 구석으로 밀어붙였다.

"죄송합니다, 제가 미리 생각했어야 하는데."

라임은 자기 탓이라는 벤의 말을 무시하고 스크린을 보았다.

"질산염, 인산염, 암모니아 함량이 높군."

골치 아픈 결과였지만, 라임은 아직 아무 말도 하지 않았다. 벤이 신발 밑창에서 긁어낸 흙에는 어떤 성분이 들어 있는지 궁금했다. 곧 이 결과도 스크린에 떴다. 라임은 한숨을 쉬었다.

"이번에도 질산염, 암모니아…. 아주 많군. 역시 함량이 높아. 인산염도 있고. 세제도. 그리고 또 한 가지…. 이건 뭐지?"

"뭐죠?"

벤은 스크린 쪽으로 허리를 굽혔다.

"맨 밑에. 데이터베이스는 '캄펜(camphene)'으로 인식하는데. 캄펜이라고 들어본 적 있나?"

"아니요."

"음, 뭔지는 몰라도 개릿은 캄펜이라는 걸 밟았어."

라임은 증거물 봉투를 쳐다보았다.

"자, 이제 또 뭐가 있지? 색스가 발견한 흰 티슈…."

벤은 봉투를 집어 들고 라임의 눈앞에 갖다댔다. 티슈에는 피가 많이 묻어 있었다. 라임은 다른 티슈 샘플 쪽을 보았다―색스가 개릿의 방에서 발견한 티슈였다.

"같은 건가?"

"그렇게 보입니다. 둘 다 흰색이고 크기도 같습니다."

"짐 벨에게 갖다줘. DNA 분석을 해달라고 해. 속성으로."

"어, 음… 그게 뭡니까?"

"DNA, 중합효소 연쇄반응. RFLP를 할 시간은 없어. 그건 60억 분의 1 확률이야. 일단 빌리 스테일의 피인지 다른 사람의 피인지만 알고 싶어. 사람을 보내서 빌리 스테일의 시체와 메리베스, 리디아의 샘플을 채취하라고 해."

"샘플요? 무슨 샘플?"

라임은 다시 한 번 인내심을 발휘했다.

"유전자 샘플. 빌리의 시체에서 세포를 채취하고. 여자들은 머리카락이 제일 쉽겠지. 모근이 붙은 걸로. 부보안관 한 명을 보내 메리베스와 리디아의 욕실 빗이나 솔 같은 데서 머리카락을 구해 클리넥스 분석 실험실로 보내라고 해."

벤은 봉투를 들고 사무실을 나섰다. 그는 잠시 후 돌아왔다.

"한두 시간쯤 걸린다고 합니다. 주 경찰 말고 에이버리의 메디컬 센터에 보낼 거라고 하네요. 벨 부보안관, 아니, 보안관님 말로는 그쪽이 쉬울 거랍니다."

"한 시간? 너무 길어."

그 한 시간 때문에 리디아와 메리베스를 죽이기 전에 곤충 소년을 찾아내지 못하는 건 아닐까 하는 생각이 들었다.

벤은 두툼한 팔을 양옆으로 내린 채 서 있었다.

"음, 제가 다시 전화할까요? 얼마나 중요한지 그쪽에 설명하면…. 그럴까요?"

"됐어, 벤. 여기 일이나 계속하자고. 톰, 차트를 그릴 시간이야."

톰은 라임이 불러주는 대로 칠판에 적었다.

✤ 곤충 소년 ✤

1차 범죄현장(블랙워터랜딩에서 발견한 것)

- 피 묻은 클리넥스
- 질산염
- 암모니아
- 캄펜
- 석회암 가루
- 인산염
- 세제

라임은 칠판을 응시했다. 해답보다 의문이 많았다….

물을 벗어난 물고기…. 라임의 시선은 벤이 신발에서 긁어낸 흙무더기를 향했다. 문득 한 가지 생각이 떠올랐다.

"짐!"

라임의 우렁찬 음성에 톰과 벤은 둘 다 놀랐다.

"짐! 대체 어디 있지? 짐!"

"뭡니까?"

보안관이 놀라서 뛰어 들어왔다.

"이 건물에서 일하는 사람이 몇 명입니까?"

"글쎄요. 스무 명 정도."

"모두 카운티 각지에 흩어져 살죠?"

"외곽에서도 옵니다. 파코탱크, 올버말, 차우언에서 출근하는 사람도 있죠."

"모두 여기로 모아주십시오. 건물 안에 있는 사람들 모두. 신발 밑창의 흙을 채취해야겠습니다…. 잠깐, 그 사람들 자동차 깔개도."

"흙을…."

"흙! 토양! 진흙! 지금 당장요!"

벨은 물러갔다. 라임은 벤에게 말했다.

"시료걸이. 저쪽 저거."

벤은 시험관 여러 개가 꽂혀 있는 테이블 쪽으로 다가갔다.

"그건 밀도구배 시험관이야. 흙 같은 특정 물질의 비중을 측정하는 거지."

"들어봤습니다. 직접 해본 적은 없지만."

"쉬워. 저기 저 병에다…."

라임은 검은 유리병 두 개 쪽으로 고갯짓을 했다. 하나는 테트라(tetra), 하나는 에탄올이라는 표시가 붙어 있었다.

"저걸 내가 시키는 대로 섞이시 시험관에다 꼭대기까지 채워."

"알겠습니다. 어떻게 하면 됩니까?"

"섞어. 다 되면 다 됐다고 할 테니까."

벤은 라임의 지시에 따라 약품을 섞은 다음 시험관 스무 개에다 각자 다른 색을 띤 액체를 채웠다—에탄올과 테트라브로모에탄.

"개릿의 신발에서 나온 흙을 약간 왼쪽 시험관에 넣어. 흙이 분리되면서 프로파일이 나올 거야. 좀 있다 카운티 안의 각기 다른 지역에 사는 여기 직원들한테서도 샘플을 채취해. 그중 개릿의 것과 일치하는 게 있다면, 그 인근에서 묻어온 흙이라는 뜻이지."

벨이 직원들을 데리고 들어왔고, 라임은 어떻게 할 것인지 설명했다. 보안관은 존경의 마음이 담긴 얼굴로 씩 웃었다.

"끝내주는 생각이군요, 링컨. 사촌 롤랜드가 당신 칭찬을 침이 마르게 한 이유가 있어요."

하지만 30분 동안의 노력은 수포로 돌아갔다. 직원들에게서 채취한 샘플 중 개릿의 신발에서 나온 흙과 일치하는 것은 없었다. 라임은 찡그린 얼굴로 마지막 직원의 샘플이 시험관 속에 가라앉는 것을 지켜보며 내뱉었다.

"젠장."

벨이 말했다.

"하지만 좋은 시도였습니다."

소중한 시간을 낭비한 거지.

벤이 물었다.

"샘플을 내다 버릴까요?"

"아니. 표본을 기록하지 않았으면 절대 버리지 마."

라임은 단호하게 대답했다. 문득 너무 고압적으로 지시하지 말자는 생각이 들었다. 이 젊은이는 오로지 가족간의 의리 때문에 여기 있는 거니까.

"톰, 좀 도와줘. 색스가 주 정부에 폴라로이드 카메라를 부탁했어. 여기 어디 있을 거야. 카메라를 찾아서 시험관을 하나하나 근접 촬영해 줘. 사진 뒷면에는 직원 이름을 쓰고."

톰은 카메라를 찾아 일에 착수했다.

"이제 색스가 개릿의 양부모 집에서 찾아낸 걸 분석하지. 그 봉투에 든 바지. 바짓단에 뭐가 걸려 있는지 봐."

벤은 비닐봉투를 조심스럽게 열어 바지를 관찰했다.

"네, 솔잎이 좀 있습니다."

"좋아. 가지에서 떨어진 건가, 아니면 잘려 나온 건가?"

"잘린 것 같은데요."

"훌륭해. 그건 개릿이 소나무로 뭔가를 했다는 이야기야. 의도적으
로. 그 의도는 범죄와 관련이 있을 수도 있어. 아직 뭔지는 모르지만,
내 생각에는 위장용일 것 같아."

"스컹크 냄새가 납니다."

벤이 냄새를 킁킁 맡으며 말했다.

"아멜리아도 같은 말을 했지. 하지만 아직은 어떤 의미가 있는지
알아내지 못했어."

"왜죠?"

"야생동물과 특정 위치를 연결시킬 방법은 없으니까. 한 곳에 가만
히 있는 스컹크라면 도움이 되겠지만, 움직이는 스컹크는 그렇지 않
아. 옷에 묻은 미량증거물을 살펴보지. 바지를 좀 잘라내서 크로마토
그래피에 넣게."

결과를 기다리는 동안 라임은 개릿의 방에서 가져온 나머지 증거
물을 살폈다.

"노트를 보여줘, 톰."

톰은 라임을 위해 페이지를 넘겼다. 서투른 곤충 그림밖에 없었다.
라임은 고개를 저었다. 별다른 도움이 되지 않았다.

"다른 책들은?"

라임은 색스가 방에서 찾아낸 하드커버 책 네 권 쪽으로 고갯짓을
했다 한 권은—《구끼의 세계》—너무 자주 읽어서 책등이 갈라져 나
갈 정도였다. 동그라미를 쳤거나 밑줄을 긋거나 별표로 표시를 해둔
대목들도 있었다. 하지만 개릿이 어디서 시간을 보내는지 알려줄 만
한 대목은 아니었다. 그냥 곤충에 관련된 잡학 상식들이었다. 라임은

톰에게 책을 치우라고 지시했다.

그런 다음 개릿이 말벌 통에 숨겨두었던 것을 살펴보았다. 돈. 메리베스의 사진과 소년의 가족사진. 낡은 열쇠. 낚싯줄.

돈은 꾸깃꾸깃한 5달러, 10달러짜리, 그리고 은화였다. 지폐 가장자리에 단서가 될 만한 낙서는 없었다(지폐 가장자리에 메시지나 계획을 적는 범인들이 많다—공범에게 보내는 지시문, 즉 결정적인 단서를 없애버리는 가장 빠른 방법은 물건을 사면서 그 지폐를 화폐 유통이라는 블랙홀 속으로 던져 넣는 것이다). 벤에게 돈을 폴리라이트(PoliLight)로 비추라고 해보니, 지폐와 은화 둘 다 각각 다른 부분지문이 백 개 이상 찍혀 있었다. 단서가 되기에는 너무 많다. 액자와 낚싯줄에는 가격표도 없기 때문에 개릿이 자주 가는 가게를 추적할 수도 없다. 라임은 스풀(spool)을 보며 말했다.

"3파운드짜리 낚싯줄이군. 강도가 약한 거지, 안 그런가, 벤?"

"그걸로는 송어 잡기도 어렵죠."

바지에서 나온 미량증거물 분석 결과가 스크린에 떴다. 라임은 소리 내어 읽었다.

"케로신(kerosene, 등유), 암모니아, 질산염, 이번에도 캄펜. 다른 표를 그려, 톰."

라임은 목록을 불러주었다.

✛ 곤충 소년 ✛

2차 범죄현장 (개릿의 방에서 발견한 것)

- 스컹크 향
- 곤충 그림
- 곤충 책들
- 돈
- 케로신
- 질산염
- 잘린 솔잎
- 메리베스와 가족사진
- 낚싯줄
- 알 수 없는 열쇠
- 암모니아
- 캄펜

라임은 도표를 응시했다. 마침내 그는 말했다.

"톰, 전화를 걸어. 멜 쿠퍼에게."

톰은 전화를 집어 들고 메모리에 저장된 번호를 눌렀다.

NYPD 감식반에 근무하는 쿠퍼는 몸무게가 벤의 절반 정도나 될까. 소심한 서기 같은 외모였지만, 미국 최고의 감식 과학자 중 한 사람이었다.

"스피커폰을 틀어주겠나, 톰?"

버튼을 누르자 잠시 후 쿠퍼의 부드러운 테너 음성이 들려왔다.

"안녕하세요, 링컨. 병원에 계신 것 같지 않은데요."

"어떻게 알았나, 멜?"

"대단한 추론도 필요 없습니다. 발신자 표시가 파케노크 카운티 정부청사로 되어 있군요. 수술이 연기됐습니까?"

"아니. 여기서 사건 하나를 돕고 있어. 들어봐, 멜. 시간이 별로 없는데, 캄펜이라는 물질에 대한 정보가 필요해. 들어봤나?"

"아뇨. 잠깐 기다리십시오. 데이터베이스를 검색해 보죠."

다급한 키보드 소리가 들렸다. 쿠퍼는 라임이 아는 사람 중 키보드 치는 속도가 가장 빨랐다.

"좋아, 여기 있네…. 재미있군…."

"재미는 필요 없어, 멜. 사실을 알려줘."

"이건 테르펜(terpene)입니다. 탄소와 수소로 이루어져 있죠. 식물에서 추출되는데, 예전에는 살충제 성분으로 사용되었지만 1980년대 초반에 사용 금지된 물질입니다. 1800년대 후반엔 램프 연료로 가장 많이 사용되었습니다. 당시에는 고래 기름을 대체한 최신 물질이었지요. 천연가스처럼 흔했습니다. 미확인범을 추적하시려고요?"

"미확인범은 아냐, 멜. 너무 잘 알려져 있어. 단지 소재를 파악하지 못하고 있을 뿐이지. 옛날 램프라고? 그럼 캄펜이 나왔다는 건 범인이 19세기에 지어진 곳에 숨어 있다는 뜻일 수도 있겠군."

"그럴 수도 있죠. 하지만 다른 가능성도 있네요. 여길 보니, 오늘날 캄펜은 인공 향에만 사용된답니다."

"어떤 향?"

"주로 향수, 애프터셰이브, 화장품."

라임은 잠시 생각에 잠겼다.

"그런 제품에서 캄펜의 함유량은 몇 퍼센트 정도지?"

"극미량입니다. 천 분의 몇 정도."

라임은 증거물을 분석할 때 대담한 추론을 두려워하지 말라고 부하 감식반원들에게 늘 말하곤 했다. 하지만 여자 둘이 목숨을 부지할 수 있는 시간이 너무 짧다. 지금은 둘 중 한 가지 가능성만을 추적할 여유밖에 없다는 생각이 들었다.

"운명에 맡겨야지. 캄펜은 향수가 아니라 오래 된 램프에서 나온 거라고 가정하고 그렇게 대처하자고. 자, 들어봐, 멜. 자네한테 열쇠 사진을 하나 보낼 테니 추적을 해줬으면 좋겠어."

"쉽죠. 차 열쇠입니까?"

"모르겠어."

"집?"

"몰라."

"최근 만든 겁니까?"

"모르지."

쿠퍼는 모호하게 말했다.

"그럼 생각만큼 쉽지 않겠군요. 어쨌든 보내주시죠. 알아서 해보겠습니다."

전화를 끊고, 라임은 벤에게 열쇠 양면을 복사해서 쿠퍼에게 팩스로 보내라고 지시했다. 그런 다음 무전기로 색스에게 연락했다. 연결이 되지 않았다. 휴대전화로 걸어보았다.

"여보세요?"

"색스, 나야."

"무전기는요?"

"신호가 가지 않아."

"어느 쪽으로 갈까요, 라임? 강을 건너긴 했는데 발자취가 끊겼어요. 한데…."

색스는 속삭이듯 말을 이었다.

"여기 분들이 난리네요. 루시는 날 구워 먹을 기세예요."

"기본적인 분석은 끝냈는데 아직 그 데이터로 별다른 결론을 내리지 못했어. 블랙워터랜딩의 공장에서 온다는 사람을 기다리는 중이야. 헨리 대빗. 아마 곧 올 텐데. 그런데 들어봐, 색스. 한 가지 더 말할게 있어. 개릿의 옷과 그가 잃어버린 신발 안에서 상당량의 암모니아와 질산염이 나왔어."

"폭탄?"

색스의 공허한 음성에서 절망감이 묻어났다.

"그렇게 보여. 게다가 자네가 발견한 낚싯줄도 낚시를 하기엔 너무약해. 아마 폭탄을 작동시키는 와이어로 사용한 것 같아. 천천히 가. 함정이 없는지 잘 살피면서. 뭔가 단서로 쓰일 만한 게 보여도 폭탄에 연결되었을 수 있다는 걸 명심해."

"그러죠, 라임."

"기다려봐. 빨리 방향을 알려주도록 노력하지."

개릿과 리디아는 5, 6킬로미터를 더 걸었다.

해는 이제 중천에 떠 있었다. 정오, 아니면 정오가 다 되어가는 것 같았고 날씨는 엔진처럼 무더웠다. 리디아가 구덩이에서 마신 물은 이미 체내를 빠져나가 버렸다. 더위와 갈증 때문에 정신이 오락가락했다. 개릿도 이를 느낀 듯 말했다.

"곧 도착할 거야. 그쪽은 좀 더 시원해. 물도 더 있고."

여기는 햇빛을 피할 곳이 없었다. 띄엄띄엄한 숲, 늪지. 집도, 길도 없었다. 추적대가 있다 해도 두 사람이 어느 쪽으로 갔는지 알아내기란 불가능할 것 같았다─길은 미로 같았다.

개릿은 이 좁은 길들 중에서 왼쪽으로 바위 절벽, 오른쪽으로 6미터 높이의 낭떠러지가 있는 길로 접어들었다. 8백 미터쯤 걷다가, 그는 멈춰 섰다. 그리고 돌아보았다.

근처에 사람이 아무도 없는 것을 확인한 개릿은 풀숲을 헤치고 들어가더니 나일론 줄―얇은 낚싯줄 같았다―을 들고 나왔다. 그러곤 바닥에 낮게 깔리도록 길을 가로질러 나일론 줄을 쳤다. 줄은 거의 눈에 띄지 않았다. 개릿은 우윳빛 액체가 가득 찬 3, 4갤런 들이 유리병에 끼운 막대기에다 이 줄을 연결했다. 병 표면에 액체가 약간 묻어 있었다. 암모니아 냄새가 풍겼다. 리디아는 겁에 질렸다. 폭탄인가? 리디아는 응급실에서 교대로 일할 때 사제 폭탄을 만들다 다쳐 실려온 10대 몇 명을 치료한 적이 있다. 폭발 때문에 갈가리 찢긴 시꺼먼 피부가 떠올랐다.

"그러면 안 돼."

리디아는 속삭이듯 말했다. 개릿은 손톱을 튕기며 쏘아붙였다.

"입 다물어. 이것만 마치고 집에 가는 거야."

집? 리디아는 얼어붙은 채 개릿이 커다란 병을 나뭇가지로 가리는 것을 지켜보았다.

개릿은 리디아를 끌고 다시 걷기 시작했다. 날은 점점 뜨거워지고, 개릿의 걸음은 리디아가 따라가기 힘들 정도로 빨라졌다. 개릿의 몸은 시간이 갈수록 흙과 낙엽 부스러기가 묻어 점점 더러워졌다. 마치 한 걸음 한 걸음 문명사회에서 멀어질 때마다 그 자신이 곤충으로 변해가는 듯한 모습이었다. 학교에서 읽으려다 끝까지 읽지 못한 무슨 소설 생각이 났다.

개릿은 언덕 쪽으로 고갯짓을 했다.

"저 위쪽에 우리가 지낼 집이 있어. 아침에는 바다로 갈 거야."

리디아의 제복은 땀에 흠뻑 젖어 있었다. 흰 제복 맨 윗 단추 두 개가 풀려 있고 흰 브래지어가 밖으로 보였다. 개릿은 리디아의 불룩한 가슴선을 자꾸 훔쳐보았다. 하지만 리디아는 신경 쓰지 않았다. 지금으로서는 오직 '바깥 세상'으로 탈출하고 싶은, 어디로 데려가는지는 몰라도 시원한 그늘로 들어가고 싶은 생각뿐이었다.

15분 뒤 두 사람은 숲을 벗어나 공터로 들어섰다. 눈앞에 갈대와 부들, 키 큰 풀에 둘러싸인 오래 된 제분소가 보였다. 제분소 옆에는 거의 늪이 돼버린 개울이 흘렀다. 제분소 한쪽은 불에 타서 내려앉고, 폐허 한가운데 그을린 굴뚝이 서 있었다—북군의 셔먼 장군이 바다로 진군하는 길에 저택과 건물 들을 불 지르고 검게 그을린 굴뚝만 남긴 뒤로 사람들은 그런 풍경을 '셔먼 기념탑'이라고 불렀다. 개릿은 리디아를 화재가 미치지 않은 제분소 앞쪽으로 데려갔다. 그리고 안으로 집어넣더니 육중한 참나무 문을 닫고 빗장을 질렀다. 한참 동안 개릿은 거기 서서 귀를 기울였다. 아무도 미행하지 않았다는 것을 확인한 그는 리디아에게 물병을 건넸다. 리디아는 한 병을 다 마셔버리고 싶은 충동을 억눌렀다. 일단 한 모금 마시고 바짝 마른 입술이 따끔거리는 것을 느끼며 물을 입에 머금고 있다가 천천히 삼켰다. 리디아가 물을 다 마시자 개릿은 병을 치우더니 리디아의 손에서 테이프를 풀고 손을 등 뒤로 돌려 다시 묶었다. 리디아는 화난 음성으로 말했다.

"꼭 그래야 돼?"

개릿은 무슨 어리석은 질문이냐는 듯 눈동자를 굴렸다. 그리고 리디아를 바닥에 앉혔다.

"거기 앉아서 입 다물고 있어."

개릿은 반대편 벽에 기대 앉아 눈을 감았다. 리디아는 고개를 창문 쪽으로 돌리고 헬리콥터나 보트 소리, 추적대의 개 짖는 소리를 기대하며 귀를 기울였다. 하지만 들리는 것은 개릿의 숨소리뿐이었다. 그것은 하느님이 정녕 그녀를 버렸다는 절망의 소리였다.

10 거미줄

문간에 짐 벨과 함께 낯선 사람이 나타났다.

숱이 적어지는 머리에 둥글고 눈에 띄는 얼굴을 한 50대 남자였다. 팔에는 청색 재킷을 걸쳤고, 완벽하게 다려서 풀을 잔뜩 먹인 흰 셔츠 겨드랑이 부위에는 땀이 배어 있었다. 줄무늬 넥타이는 핀으로 고정했다.

처음에는 헨리 대빗이 아닐까 하는 생각이 들었지만, 사고의 비극을 무사히 비켜 간 신체 부위 중 하나인 완벽한 시력으로, 라임은 3미터 떨어진 곳에서 남자의 넥타이 핀에 새겨진 글자를 읽을 수 있었다. WWJD.

윌리엄? 월터? 웨인? 누구인지 감을 잡을 수가 없었다.

남자는 라임을 파악하려는 듯 눈을 가늘게 뜨고 쳐다보더니 고개를 끄덕였다. 짐 벨이 말했다.

"헨리, 이쪽은 링컨 라임 씨야."

그럼 이니셜은 아니군. 이 사람이 대빗이었다. 라임은 아마 아버지가 쓰던 핀인 모양이라는 결론을 내리고 남자에게 고개를 끄덕여 보였다. 윌리엄 워드 조나단 대빗쯤 되는 모양이지.

대빗은 방으로 들어왔다. 그리고 민첩한 눈으로 장비를 둘러보았다.

대빗의 눈에 알고 있다는 빛이 떠오르는 것을 보고, 라임은 물었다.

"아, 크로마토그래피를 아십니까?"

"저희 회사 연구개발팀에 두 대 있습니다. 하지만 이 모델은….'"

대빗은 비판적으로 고개를 저었다.

"요즘은 생산되지도 않는 겁니다. 왜 이걸 쓰십니까?"

벨이 대답했다.

"주 예산 때문이야, 헨리."

"내가 한 대 보내주지."

"필요 없어."

그러자 대빗은 퉁명스럽게 말했다.

"이건 쓰레기야. 20분 내로 한 대 가져올 수 있어."

라임이 말했다.

"증거물을 얻어내는 건 별로 큰 문제가 아닙니다. 해석하는 게 문제죠. 그래서 당신 도움을 부탁드린 겁니다. 이쪽은 벤 커, 제 감식 조수입니다."

두 사람은 악수했다. 벤은 몸이 정상인 사람이 하나 더 들어와 마음이 놓이는 것 같았다.

"앉아, 헨리."

벨은 사무용 의자를 하나 밀어주며 말했다. 대빗은 앉더니 몸을 약간 앞으로 내민 자세로 넥타이를 신중하게 매만졌다. 그 손짓과 자세, 자신감 있는 작은 눈이 라임의 머릿속에서 한 가지 인상으로 합쳐졌다. 매력 있고 영리하고… 그리고 유능한 사업가로군.

다시 WWJD가 무슨 뜻인지 궁금했다. 자신의 추측이 옳은 것인지 알 수 없었다.

"여자들이 납치된 사건 때문인가?"

벨이 고개를 끄덕였다.

"아무도 내놓고 말하지는 않지만 솔직히 우린 내심….'"

그러곤 라임과 벤을 흘끗 보았다.

"개릿이 이미 메리베스를 강간한 뒤 죽이고 시체를 어딘가에 버린 게 아닌가 생각하고 있어."

스물네 시간….

보안관은 말을 이었다.

"하지만 리디아를 살릴 기회는 아직 있을 걸세. 그리고 다른 사람을 해치기 전에 개릿을 빨리 잡아야 해."

사업가는 화난 듯 말했다.

"그리고 빌리, 이게 말이나 되나, 시민 정신을 발휘해 메리베스를 살리려다가 죽었다면서."

"개릿이 삽으로 머리를 부쉈어. 끔찍했지."

"그럼 시간 싸움이군. 내가 뭘 하면 되지?"

대빗은 라임 쪽으로 돌아섰다.

"뭘 해석해야 한다고 하셨는데?"

"개릿이 어디에 있었고, 리디아를 어디로 데려가고 있는지 알려줄 수 있는 단서를 몇 가지 확보했습니다. 이곳 지형을 잘 아시니까 도움이 될 것 같아서 청했습니다."

대빗은 고개를 끄덕였다.

"이곳 지형은 잘 알지요. 지질학과 화공학 학위도 있습니다. 평생 태너스코너에 살았기 때문에 파케노크 카운티에 대해서도 잘 알고."

라임은 증거물 차트 쪽으로 고갯짓을 했다.

"저걸 보고 떠오르는 대로 말씀해 주시죠. 우린 이 단서들을 통해 특정 장소를 유추하려는 중입니다."

벨이 덧붙였다.

"아마 걸어서 갈 수 있는 곳일 거야. 개릿은 차를 좋아하지 않거든. 운전을 안 해."

대빗은 안경을 쓰고 고개를 뒤로 살짝 젖히더니 벽을 올려다보았다.

✦ 곤충 소년 ✦

1차 범죄현장 (블랙워터랜딩에서 발견한 것)

- 피 묻은 클리넥스
- 질산염
- 암모니아
- 캄펜
- 석회암 가루
- 인산염
- 세제

2차 범죄현장 (개릿의 방에서 발견한 것)

- 스컹크 향
- 곤충 그림
- 곤충 책들
- 돈
- 케로신
- 질산염
- 잘린 솔잎
- 메리베스와 가족사진
- 낚싯줄
- 알 수 없는 열쇠
- 암모니아
- 캄펜

대빗은 때때로 눈을 가늘게 떠가며 목록을 천천히 아래위로 훑어보았다. 희미한 찡그림.

"질산염과 암모니아? 이걸로 뭘 만들 수 있는지 아십니까?"

라임은 고개를 끄덕였다.

"추적대의 수색을 막기 위해 폭발물을 장치해 놓은 것 같습니다. 이미 말해뒀습니다."

대빗은 심각한 얼굴로 다시 차트를 보았다.

"캄펜…. 이건 옛날 램프에 쓰던 것 같은데. 등유 램프 같은 것 말입니다."

"맞습니다. 그래서 메리베스를 가둬놓은 집은 오래 된 곳일 거라고 생각됩니다. 19세기의 집."

"이 인근에는 옛날 집이나 헛간, 오두막 같은 게 수천 군데 됩니다…. 또 뭐시? 석회암 가루…. 이걸로는 범위를 별로 좁힐 수가 없군. 거대한 석회암 산맥이 파케노크 카운티를 가로지르고 있습니다. 옛날에는 석회암이 이곳의 주요 수입원이었지요."

대빗은 일어서더니 손가락으로 지도 위, 그레이트 디즈멀 늪에서 남서쪽까지, 즉 L-4 지점에서 C-14 지점까지 대각선 방향으로 선을 그었다.

"이 선상에서는 어디서든 석회암이 나옵니다. 그러니 별 도움은 안 되겠지만…."

대빗은 물러서며 팔짱을 끼었다.

"인산염은 단서가 되겠군. 노스캐롤라이나는 주요 인산염 생산지지만 이 근처에서는 안 나옵니다. 훨씬 남쪽이지. 어쨌거나 세제가 나왔다는 걸 감안하면, 오염된 물가에 있었던 것 같군요."

짐 벨이 말했다.

"뭐야, 그럼 그냥 파케노크 강물 속에 있었다는 얘기잖아."

"아니. 파코는 우물물처럼 깨끗해. 색은 검지만 디즈멀 늪과 드러몬드 호수에서 유입되는 물이거든."

"아, 그건 마법의 물이지."

벨이 말했다. 라임은 물었다.

"그게 뭐죠?"

대빗이 설명했다.

"이곳 어른들은 그레이트 디즈멀 늪의 물을 마법의 물이라고들 합니다. 썩은 사이프러스와 노간주나무에서 나온 타닌산이 풍부하거든요. 산은 박테리아를 죽이기 때문에 신선도가 오랫동안 유지되지요. 냉장고가 개발되기 전에는 식수로 배에 싣기도 했습니다. 그래서 마법을 띠고 있다고 생각하게 된 겁니다."

법과학적으로 도움이 되지 않는 이상 지방 신화 따위엔 별 관심이 없는 라임이 물었다.

"파케노크가 아니라면 인산염은 어디에 있을 수 있습니까?"

대빗은 벨을 쳐다보았다.

"개릿이 여자를 가장 최근에 납치했던 곳이 어디지?"

"메리베스와 같은 장소야. 블랙워터랜딩."

벨은 지도를 가리키더니 북쪽 방향에서 H-9 지점까지 손가락으로 죽 그었다.

"강을 건너서 여기 있는 사냥용 움막으로 간 다음 북쪽으로 8백 미터쯤 걸었어. 여기서 자취가 끊겼지. 추적대는 우리 지시를 기다리고 있어."

"아, 그렇다면 틀림없어."

대빗의 자신감 있는 음성에 희망이 솟았다. 그는 손가락을 동쪽으로 옮겼다.

"개릿은 스톤 수로를 건넌 걸세. 여기, 보이지? 이쪽 폭포 몇 군데는 물에 세제와 인산염이 워낙 많이 섞여 있어서 맥주 거품처럼 보이지. 북쪽 호베스 폭포 근처부터 시작되는데 유량이 아주 많아. 그쪽 사람들은 토지 관리에 대해서는 아무것도 몰라."

라임이 말했다.

"좋습니다. 자, 스톤 수로를 건넌 다음에는 어느 쪽으로 갔을까요?"

대빗은 다시 차트를 검토했다.

"솔잎이 나왔다면 아마 이쪽일 겁니다."

그는 I-5 지점과 J-8 지점을 두드렸다.

"노스캐롤라이나 주에는 어딜 가나 소나무가 있지만 이 근처의 숲은 대부분 참나무, 나이 든 삼목, 사이프러스, 고무나무죠. 제가 아는 큰 소나무 숲은 북동쪽뿐입니다. 그레이트 디즈멀로 가는 길에 있어요."

대빗은 잠시 더 차트를 응시하더니 고개를 저었다.

"그 외에는 생각나는 게 없군요. 추적대는 몇 팀이나 보냈습니까?"

"한 팀입니다."

"뭐라고요?"

대빗은 라임을 돌아보며 이맛살을 찌푸렸다.

"겨우 한 팀? 농담이겠죠."

"아냐."

대빗의 진지한 말투에 벨이 방어적으로 대꾸했다.

"몇 명이나 갔지?"

"부보안관 네 명."

"말도 안 돼."

대빗은 코웃음을 쳤다. 그리고 지도 쪽으로 손짓을 했다.

"수백 평방킬로미터야. 범인은 개릿 핸런, 곤충 소년이고. 그 녀석은 파코 북쪽에서 살다시피 한다고. 언제든 우리 예상을 뒤엎을 수 있어."

보안관은 헛기침을 했다.

"여기 라임 씨가 인원은 많지 않은 편이 좋다고 해서."

대빗이 라임에게 말했다.

"이런 상황에서는 인원을 아무리 많이 풀어도 모자랍니다. 50명쯤 라이플을 들고 가게 해서 그 아일 찾아낼 때까지 풀숲을 두드리고 다녀야 해요. 이건 완전히 잘못된 거요."

라임은 대빗의 강의에 벤이 대경실색하는 것을 눈치챘다. 아마 장애인과 말다툼을 할 때는 살살 해야 한다고 생각하는 모양이다. 하지만 라임은 침착하게 말했다.

"대대적인 수색을 펼치면 개릿은 리디아를 죽이고 잠적할 가능성이 큽니다."

대빗은 힘주어 말했다.

"그렇지 않습니다. 겁을 먹고 여자를 놓아주겠죠. 지금 공장에서 근무하는 직원이 45명쯤 됩니다. 아, 열 명 정도는 여자고. 여자들을 쓸 수는 없지. 하지만 남자들은… 그 사람들을 풀게 해주시오. 총도 찾아보면 있을 거요. 사람들을 스톤 수로 인근에 풀어놓는 겁니다."

3, 40명의 아마추어 보상금 사냥꾼들이 이런 수색 작업에 참여하면 어떤 꼴이 될지 눈에 선했다. 라임은 고개를 저었다.

"아니, 제 방식대로 하겠습니다."

두 사람의 시선이 마주쳤다. 방 안에 잠시 무거운 침묵이 감돌았다. 대빗은 어깨를 으쓱하고 먼저 시선을 돌렸다. 하지만 라임이 옳다는 것을 인정해서가 아니었다. 오히려 그 반대였다. 자신의 충고를 무시한 라임과 벨이 파멸을 향해 걸어가고 있다는 결연한 항의의 뜻이었다.

벨이 말했다.

"헨리, 내가 라임 씨에게 수사 책임을 맡겼어. 맡아주셔서 감사하고 있고."

보안관의 이 말은 부분적으로 라임을 향한 것이기도 했다. 대빗을 대신한 무언의 사과였다.

하지만 라임은 자신에 대한 대빗의 무뚝뚝한 태도가 오히려 반가웠다. 전조(前兆) 따위를 전혀 믿지 않는 라임으로서는 받아들이기 힘든 사실이었지만, 그에게 지금 이 남자의 존재는 수술이 잘 될 것이고 몸 상태도 좀 나아질 것이라는 징조로 느껴졌다. 이런 느낌이 든 것은 방금 있었던 짧은 부딪힘, 자기 눈을 똑바로 쳐다보고 라임이 완전히 잘못했다고 말한 사업가 때문이었다. 대빗은 라임의 상태를 전혀 의식하지 않았다. 그는 오로지 라임의 행동, 그의 판단, 그의 태도를 문제 삼았다. 망가진 라임의 육체는 대빗에게 전혀 중요하지 않았다. 위버 박사의 마술적인 손길이 모든 사람으로 하여금 라임을 이렇게 대할 수 있는 상태로 한 걸음 나아가게 해줄 것이다.

대빗은 말했다.

"난 여자들을 위해 기도하겠소."

그리고 라임을 돌아보았다.

"당신을 위해서도 기도하겠습니다."

대빗의 시선이 일반적인 작별 인사를 할 때보다 약간 더 오래 라임에게 머물렀다. 라임은 그의 마지막 말이 진심에서 우러난 것이라는 사실을 알 수 있었다. 대빗은 문을 나섰다.

"헨리는 자기주장이 좀 강합니다."

대빗이 나가자 벨이 말했다. 라임은 말했다.

"이번 사선에 대해 개인적인 감정도 혹시 있지 않습니까?"

"작년에 벌에 쏘여 죽은 여자, 메그 블랜처드 말입니다…"

137방을 쏘여 죽은 여자. 라임은 고개를 끄덕였다. 벨은 말을 이었다.

"헨리의 회사 직원이었습니다. 헨리의 가족과 같은 교회를 다녔고요. 그도 대다수의 이곳 사람들과 생각이 다르지 않습니다. 개릿 핸런이 없으면 마을이 훨씬 살기 좋아질 거라고 생각하지요. 그저 자기 생각이 최선이라고 생각하는 경향이 강할 뿐입니다."

교회… 기도…. 순간 라임은 깨달았다.

"대빗의 넥타이 핀 말입니다. J가 '예수(Jesus)'를 뜻하는 겁니까?"

벨은 웃었다.

"맞습니다. 헨리는 사업상의 경쟁자는 눈 하나 깜박 않고 몰아내는 사람이지만 교회에서는 집사지요. 일주일에 세 번 교회에 나갑니다. 그가 대규모 추적대를 보내자는 이유 가운데 하나는 개릿이 이단일 거라고 생각하기 때문입니다."

하지만 아직도 나머지 이니셜이 무슨 뜻인지 알 수 없었다.

"한데, 나머지 글자는 무슨 뜻이죠?"

"예수님이라면 어떻게 하실까?(What Would Jesus Do?)라는 뜻입니다. 이곳의 독실한 기독교 신자들은 중대한 결정을 앞두고 늘 그 질문을 던지지요. 저는 이런 사건에서 예수님이 어떻게 하실지 전혀 모르겠습니다만. 어쨌든 말씀하신 대로 하죠. 루시와 당신 동료 분한테 연락해서 개릿을 추적하라고 전하겠습니다."

"스톤 수로?"

색스가 추적대에게 라임의 지시를 전하자 제시 콘이 말했다.

"저쪽으로 8백 미터입니다."

제시는 풀숲을 헤치고 걸음을 옮기기 시작했고, 루시와 아멜리아가 뒤를 따랐다. 네드 스포토는 불안하게 주위를 두리번거리며 맨 뒤에 섰다.

5분을 걷자 우거진 덤불이 끝나고 사람의 왕래가 잦았던 길이 나타났다. 제시는 이 길을 따라 오른쪽, 즉 동쪽으로 향했다.

"이 길인가요? 개릿이 갔을 거라고 당신이 말했던 그 길이?"

색스는 루시에게 물었다. 루시는 대답했다.

"맞아요."

색스는 루시에게만 들리도록 조용히 말했다.

"당신 말이 맞았군요. 하지만 전 어쨌든 기다려야 했어요."

"아니, 지휘권이 누구한테 있는지 보여주고 싶었던 거겠죠."

루시는 퉁명스럽게 말했다.

아, 물론. 색스는 생각했다. 그리고 덧붙였다.

"하지만 이 길에 폭탄이 장치되어 있을지도 모른다는 걸 알아냈잖아요. 아까는 모르고 있었는데."

"그래도 어쨌든 함정이 있지 않은지 조심했을 거예요."

루시는 입을 다물고, 자신의 말을 증명하려는 듯 땅만 쳐다보며 길을 따라 걸었다.

10분 뒤 일행은 스톤 수로에 도착했다. 우윳빛 물은 비누 거품으로 부글거리고 있었다. 강변에는 발자국 두 쌍이 나 있었다―하나는 작은 사이즈의 스니커 자국으로, 깊이 팬 것으로 보아 몸무게가 꽤 나가는 여자 발 같았다. 틀림없이 리디아일 것이다. 그리고 다른 하나는 남자의 맨발이었다. 개릿이 남은 신발 한 짝을 벗어버린 모양이다.

제시가 말했다.

"여기서 건넙시다. 라임 씨가 말한 소나무 숲을 내가 압니다. 이 길이 가장 빠른 길이에요."

색스가 물 쪽으로 걸음을 옮기려는 순간, 제시가 갑자기 외쳤다.

"잠깐!"

색스는 얼른 권총으로 손을 뻗으며 몸을 웅크렸다.

"무슨 일이죠?"

루시와 네드는 색스의 반응을 비웃는 얼굴로 바위 위에 앉아 신발과 양말을 벗고 있었다. 부시가 말했다.

"양말이 젖은 채로 계속 걸으면 백 미터도 가기 전에 상처투성이가 돼요. 물집 때문에."

"하이킹은 잘 모르시죠?"

네드가 색스에게 물었다. 제시 콘은 동료 부보안관들에게 답답하다는 듯한 웃음을 보냈다.

"도시에 사는 사람이잖아, 네드. 자네가 지하철이나 마천루 같은 걸 잘 모르는 것과 마찬가지지."

색스는 냉소와 용감한 대응 양쪽 다 무시하고, 짧은 부츠와 발목까지 오는 검은 양말을 벗었다. 그리고 청바지 아랫단을 걷었다.

일행은 강을 건너기 시작했다. 물은 얼음처럼 차가워서 기분이 상쾌했다. 얼마 지나지 않아 강을 모두 건너자 아쉬운 기분마저 들었다.

일행은 반대편에서 잠시 발이 마를 때까지 기다렸다가 신발과 양말을 도로 신었다. 그런 다음 강변을 수색하여 발자국을 다시 찾아냈다. 추적대는 발자취를 따라 숲 속으로 들어갔지만, 땅이 마른 데다 풀숲이 우거져 있어 발자국이 다시 끊겼다.

"소나무 숲은 저쪽 방향입니다."

제시는 북동쪽을 가리키며 말을 이었다.

"아마 저쪽을 향해 일직선으로 갔겠지요."

제시가 가리킨 방향을 따라 일행은 한 줄로 늘어서서 덫이 있는지 땅을 잘 살피며 20분을 더 걸었다. 그러자 참나무와 호랑가시나무, 사초 대신 노간주나무와 솔송나무가 나타나기 시작했다. 4백 미터 전방에 거대한 소나무 숲이 펼쳐졌다. 하지만 범인이나 피해자의 발자국은 더 이상 찾아볼 수 없었다. 어디쯤에서 숲으로 들어갔는지 알 길이 없었다.

"너무 넓어. 저기서 어떻게 발자국을 찾지?"

루시가 중얼거렸다. 네드가 눈앞에 우거진 식물상을 보며 낙심한 얼굴로 말했다.

"흩어지죠. 여기에 폭탄을 숨겨놨다 해도 그걸 찾기란 하늘의 별따기야."

일행이 흩어지려는데 색스가 고개를 들었다.

"잠깐. 여기서 기다려요."

색스는 일행에게 지시한 뒤, 땅을 살피며 천천히 풀숲을 헤치고 들어가기 시작했다. 일행에게서 겨우 15미터 떨어진 지점, 썩어가는 꽃잎만 떨어져 있는 개화식물 숲 안에서 색스는 흙바닥 위에 남겨진 개릿과 리디아의 발자국을 발견했다. 발자국은 숲 속으로 이어진 뚜렷한 길을 따라 나 있었다.

"이쪽으로 갔어요! 내 발자국을 따라와요. 함정이 없는 걸 확인했으니까."

잠시 후 세 부보안관들은 색스와 합류했다. 제시 콘이 멍하니 물었다.

"어떻게 발견했습니까?"

"무슨 냄새 안 나요?"

색스가 대답했다. 네드가 말했다.

"스컹크네요."

"개릿의 집을 수색할 때 찾아낸 바지에서 스컹크 냄새가 났어요. 그래서 이쪽으로 왔을 거라고 생각했죠. 냄새를 따라왔어요."

제시는 웃음을 터뜨리더니 네드에게 말했다.

"도시 여자도 이 정도잖아."

네드는 눈동자를 굴렸고, 일행은 소나무 숲을 향해 천천히 길을 따라 걷기 시작했다.

길을 걷다보니 넓은 지역에 걸쳐 나무와 풀숲이 말라죽은 곳이 여러 번 나타났다. 이런 곳을 지날 때마다 색스는 불안했다. 추적대가 기습에 완전히 노출된 상황이었기 때문이다. 두 번째 공터를 절반쯤 지났을까, 짐승이나 새가 흙먼지를 날리며 풀숲에서 부스럭거릴 때마다 덜컥 가슴이 내려앉는 상황을 몇 번 겪은 뒤 색스는 마침내 휴대전화를 꺼냈다.

"라임, 거기 있어요?"

"무슨 일이지? 뭘 찾았나?"

"발자국을 찾아냈어요. 한데 혹시 개릿이 총을 사용할지도 모른다는 단서가 나온 게 있나요?"

"아니. 왜?"

"식물이 넓은 지역에 걸쳐 말라죽은 곳이 여러 군데 있어요. 산성비나 공해 물질 때문에 그런 것 같아요. 엄폐물이 전혀 없는 상황이에요. 기습하기 딱 좋아요."

"총기와 관련된 미량증거물은 전혀 나오지 않았어. 질산염이 있지만, 그게 만약 총알에서 나온 거라면 그것 말고도 화약 가루라든지 소제용 솔벤트(solvent), 그리스(grease), 무연 화약, 뇌산수은(mercury fulminate) 등도 같이 나왔을 거야. 하지만 그런 건 전혀 없었네."

"개릿이 최근 총기를 발사한 적이 없다는 얘기죠?"

"그렇지."

색스는 전화를 끊었다.

일행은 조심스럽게 주위를 둘러보며 송진 냄새가 나는 숲길을 몇 킬로미터 더 걸었다. 개릿과 리디아의 발자국은 더 이상 보이지 않았지만, 그들은 아직 두 사람이 지나간 길을 따라 걷고 있었다. 색스가 혹시 놓친 게 아닐까 하는 생각을 할 즈음….

"잠깐!"

루시 커가 외치면서 무릎을 꿇고 쭈그려 앉았다. 네드와 제시는 우뚝 멈춰 섰다. 색스는 눈 깜짝할 사이에 권총을 빼들었다. 색스는 문득 루시가 무엇 때문에 소리를 질렀는지 깨달았다―길을 가로질러 쳐놓은 줄이 반짝이고 있었다. 네드가 말했다.

"휴, 어떻게 봤어요? 정말 눈에 안 띄네."

루시는 대답하지 않았다. 그녀는 줄을 따라 길옆으로 기어갔다. 그리고 풀숲을 천천히 헤쳤다. 따뜻하고 바짝 마른 잎사귀를 한 잎 한 잎 제칠 때마다 바스락거리는 소리가 났다.

"엘리자베스 시티의 폭탄제거반을 부를까?"

제시가 물었다. 루시가 말했다.

"쉬이."

루시는 조심스럽게 잎사귀를 한 번에 1밀리미터씩 치웠다.

색스는 숨도 쉬지 않고 지켜보았다. 최근 한 사건에서 색스는 대인 폭탄에 당한 적이 있었다. 심한 부상은 입지 않았지만 눈 깜짝할 사이에 귀가 멀 것 같은 폭발음과 열기, 충격파, 파편이 주위를 완전히 감쌌던 기억이 생생했다. 그런 일은 두 번 다시 당하고 싶지 않았다. 사제 파이프 폭탄 중에는 살상용 파편이 튀도록 BB탄이나 볼베어링, 때로는 동전을 채운 것도 많다는 걸 색스는 잘 알고 있었다. 개릿도 그런 짓을 했을까? 그의 사진이 떠올랐다. 어둡고 움푹 들어간 눈매. 곤충 채집병도 떠올랐다. 블랙워터랜딩에 살던, 벌에 쏘여 죽은 여자도 떠올랐다. 말벌 독 때문에 무의식 상태에 빠진 에드 섀퍼도 떠올랐다. 그래, 개릿은 틀림없이 가능한 한 최고로 사악한 함정을 파놨을 것이다.

루시가 마지막 잎사귀를 떼내는 순간, 몸이 잔뜩 움츠러들었다. 그러더니 한숨을 쉬며 엉덩이를 땅에 대고 주저앉았다.

"거미야."

색스도 보았다. 그것은 낚싯줄이 아니었다. 긴 거미줄이었다.

일행은 일어섰다.

"거미."

네드는 웃으며 말했다. 제시도 킬킬거렸다.

하지만 그 웃음소리는 공허했다. 다시 걸음을 옮기기 시작했을 때, 색스는 그들이 하나같이 반짝이는 거미줄 위로 조심스럽게 발을 들어올려 넘어가는 것을 볼 수 있었다.

링컨 라임은 고개를 뒤로 젖히고 눈을 가늘게 뜬 채 칠판을 쳐다보았다.

✤ 곤충 소년 ✤

2차 범죄현장 (개릿의 방에서 발견한 것)

- 스컹크 향
- 잘린 솔잎

- 곤충 그림
- 곤충 책들
- 돈
- 케로신
- 질산염

- 메리베스와 가족사진
- 낚싯줄
- 알 수 없는 열쇠
- 암모니아
- 캄펜

라임은 화가 난 듯 한숨을 쉬었다. 무력감이 온 몸을 감쌌다. 이 증거물들은 해독 불가능이었다.

라임의 시선이 '곤충 책들'로 향했다. 문득 그는 벤을 보았다.

"그래, 자넨 학생이지?"

"그렇습니다."

"책도 많이 읽겠군."

"늘 책을 읽죠. 현장 답사를 나가지 않을 때는."

라임은 아멜리아가 개릿의 방에서 가져온 책들의 등을 바라보고 있었다. 그는 생각에 잠겨 말했다.

"어떤 사람이 가장 좋아하는 책을 통해, 그 사람에 대해서 뭘 알 수 있을까? 뻔한 것 말고. 그 사람이 그런 주제에 관심이 있다는 것 말고 말이야."

"왜 그러시죠?"

"음, 어떤 사람이 주로 자기계발에 관한 책을 읽는다면, 그 자체가 그 사람에 대해 뭔가를 알려주지. 소설을 주로 읽는 사람은 또 다를 테고. 개릿의 책은 모두 논픽션 가이드북이야. 그걸로 무슨 결론을 내릴 수 있을까?"

"모르겠는데요."

덩치 큰 젊은이는 라임의 다리를 흘끗 바라보더니—무의식중에 바라본 것 같았다—증거물 차트 쪽으로 시선을 돌렸다. 그리고 중얼거렸다.

"전 솔직히 사람들을 잘 모릅니다. 동물들이 훨씬 이해하기 쉽지요. 사람보다 더 사회적이고, 더 예측 가능하고, 더 일관성이 있습니다.

훨씬 영리하기도 하고요."

문득 벤은 자신이 쓸데없는 소리를 늘어놓고 있다는 것을 깨달았는지 얼굴을 붉히며 입을 다물었다. 라임은 다시 책을 보았다.

"톰, 페이지 넘기는 기계 좀 갖다주겠나?"

고무로 된 그 기계를 라임이 유일하게 움직일 수 있는 손가락으로도 조작이 가능한 ECU(환경제어장치)에 연결시키면 책 페이지를 넘길 수 있다.

"밴에 있지?"

"그럴 겁니다."

"틀림없이 갖고 왔겠지? 내가 챙기라고 했잖아."

톰은 평정하게 대꾸했다.

"그럴 거라고 했잖습니까. 있는지 가보겠습니다."

톰은 방을 나섰다.

훨씬 영리하기도 하고요….

톰은 잠시 후 기계를 갖고 돌아왔다.

"벤, 거기 맨 위의 책."

"저거요?"

벤은 책들을 쳐다보며 물었다. 그것은 《노스캐롤라이나의 곤충에 대한 현장 가이드》였다.

"그걸 이 틀 위에 올려놓게."

톰은 벤에게 책 올려놓는 시범을 보인 뒤, 라임의 왼손 아래 놓인 ECU 장치에 선을 연결했다.

라임은 첫 페이지를 읽었지만 쓸모 있는 정보는 없었다. 문득 두뇌에서 왼쪽 약지를 움직이라는 명령이 내려갔다. 두뇌에서 발사된 충동은 라임의 척수 안에 아직 살아 있는 미세한 축색돌기를 거쳐 수백만 개의 죽은 세포를 지나 팔과 손으로 전달되었다.

손가락이 살짝 움직였다.

기계에 붙은 손가락이 옆으로 미끄러졌다. 페이지가 넘어갔다.

II 함정

일행은 소나무 향, 방금 지나친 나무 한 그루에서 풍기는 달콤한 향에 둘러싸여 숲 속으로 난 길을 따라 걸었다. 루시 커가 맡아보니, 그것은 머루포도였다.

눈앞에 펼쳐진 길을 응시하며 함정이 없나 주의를 집중하던 루시는 개릿과 리디아의 발자국을 보지 못한 지 한참 되었다는 것을 깨달았다. 목에 벌레가 앉은 줄 알고 탁 쳐보니, 개울처럼 피부를 타고 흐르는 땀줄기였다. 오늘은 몸이 더러워졌다는 느낌까지 들었다. 보통 때는—저녁때나 휴일—자기 집 정원 같은 야외에 있는 것이 즐거웠다. 보안관국에서 퇴근해 집에 돌아오자마자 빛바랜 체크무늬 바지와 티셔츠, 실밥이 너덜너덜한 네이비블루 운동화로 갈아 신고, 버드가 이혼하면서 죄책감 때문에 기꺼이 루시 명의로 돌려준 연초록색의 식민지풍 저택을 둘러싼 정원에 가서 일하는 것이 일과였다. 거기서 루시는 꿀주머니가 긴 제비꽃, 노랑개불알꽃, 꽃잎이 톱니처럼 갈라진 난초, 오렌지색 산백합을 가꾸었다. 거기서 흙을 뜨고, 덩굴을 울타리 위로 올려놓고, 물을 주며, 버디와 그녀가 언젠가는 낳을 거라고 확신했던 아이들에게 말을 걸듯 격려의 말을 속삭이곤 했다.

때로 업무상 영장을 집행하거나 다른 사람의 도요타나 혼다가 왜 당신 차고에 있는지 물어보러 캐롤라이나의 오지에 들어갈 때, 갓 싹튼 식물이 눈에 띄면 업무를 끝낸 뒤 그것을 뽑아다가 길 잃은 아이처럼 집에 데려가곤 했다. 둥굴레도 이렇게 입양한 녀석이었다. 토란도 마찬가지였다. 루시가 정성껏 돌봐서 키가 2미터나 자라난 아름다운 쪽제비싸리도 마찬가지였다.

지금 이 초조한 추적을 진행하면서, 루시의 시선은 잠시 지나치는 식물로 향했다. 양딱총나무, 호랑가시나무, 플룸 그래스. 멋진 앵초, 부들도 있고, 추적대보다 키가 크고 잎이 칼처럼 날카로운 야생 벼도 있었다. 그리고 기생 약초인 스쿼루트(squaw root)도 있었다. 루시 커는 이 풀을 캔서루트(cancer root)라고 불렀다. 루시는 약초를 흘끗 보고 다시 길을 주시했다.

길은 가파른 언덕으로 이어졌다—6미터 높이로 돌이 쌓인 곳이었다. 루시는 언덕을 쉽게 올랐지만, 정상에서 우뚝 멈춰 섰다. 그리고 생각했다. 아니, 뭔가 잘못됐어.

옆에서 아멜리아 색스가 언덕을 올라 걸음을 멈췄다. 잠시 후 제시와 네드도 합류했다. 제시는 숨을 몰아쉬었지만, 수영과 야외 활동을 즐기는 네드는 단숨에 올라왔다.

"왜요?"

아멜리아가 루시의 찡그린 이맛살을 보고 물었다.

"말이 안 돼요. 개릿이 이쪽으로 왔다는 건."

루시의 말에 제시가 말했다.

"라임 씨가 말한 길을 따라왔잖아. 겨우 소나무 숲 하나를 지났어. 개릿의 발자국은 이쪽으로 이어지고 있었다고."

"아깐 그랬지. 하지만 한동안 발자국이 눈에 띄지 않았어."

"왜 이쪽으로 오지 않았을 거라고 생각해요?"

아멜리아가 묻자 루시가 대답했다.

"여기서 자라는 식물들을 봐요. 점점 늪지 식물이 많아지고 있어요. 여기 올라오니 주변이 더 잘 보이는데, 늪지가 멀지 않아요. 이봐, 제시, 생각해 봐. 이리로 가면 어디가 나오겠어? 우린 그레이트 디즈멀을 향해 가고 있다고."

아멜리아가 물었다.

"그게 뭐죠? 그레이트 디즈멀이라니?"

"동부 연안에서 가장 넓은 늪이죠."

네드가 대답했다. 루시가 말을 이었다.

"거긴 몸을 숨길 곳도 없고, 집도 없고, 길도 없어요. 개릿이 잘 해봤자 버지니아 주로 도망가는 것뿐인데, 그것도 며칠은 걸릴 거예요."

네드 스포토가 덧붙였다.

"게다가 요즘 같은 계절엔 벌레 쫓는 스프레이를 아무리 뿌려도 다 물어뜯길 걸요. 뱀은 말할 것도 없고."

"이 근처에 숨을 만한 곳은 없나요? 굴이나 집은?"

색스는 주위를 둘러보았다. 네드가 대답했다.

"굴은 없어요. 오래 된 집은 몇 군데 있을 텐데⋯. 하지만 수면 높이가 변했어요. 늪이 이쪽으로 확장되면서 옛날 집이나 오두막은 대부분 물에 잠겼을 걸요. 루시 말이 맞아요. 개릿이 이쪽으로 왔다면, 막다른 골목을 향해 가는 거나 같아요."

루시가 말했다.

"돌아가야 할 것 같아요."

루시는 아멜리아 색스가 이 제안에 틀림없이 신경질을 부릴 거라고 생각했지만, 색스는 아무 말 없이 휴대전화를 꺼내 번호를 눌렀다. 그리고 이렇게 말했다.

"지금 소나무 숲 안에 있어요, 라임. 길은 있는데, 개릿이 이쪽으로 왔다는 흔적은 찾을 수가 없어요. 루시 말로는 개릿이 이쪽으로 왔을리가 없대요. 갈 곳이 없다고."

루시가 옆에서 말했다.

"아마 서쪽으로 갔을 것 같아요. 강을 다시 건너 남쪽이나."

"그쪽으로 가면 밀러튼으로 빠져나갈 수 있지."

제시가 말했다. 루시는 고개를 끄덕였다.

"그 근처에는 기업들이 멕시코로 이전하면서 폐쇄된 큰 공장들이 좀 있지. 부동산은 은행한테 넘어갔어. 개릿이 숨을 만한 버려진 집들도 많이 있고."

제시가 말을 받았다.

"남동쪽으로 갔을 수도 있어. 나라면 그쪽으로 가겠어. 112번 국도나 철로를 따라가는 거야. 그쪽에도 오래 된 집이나 헛간이 많거든."

아멜리아는 이 말을 라임에게 전했다.

루시 커는 생각했다. 정말 특이한 사람이야. 그렇게 끔찍한 장애를 갖고 있으면서도 그토록 자신만만하다니. 뉴욕에서 온 여경찰이 귀를 기울이더니 전화를 끊었다.

"링컨은 계속 가라는군요. 다른 곳으로 갔다는 결론을 내릴 만한 증거가 없대요."

"서쪽과 남쪽에도 소나무는 있어요."

루시가 쏘아붙였다. 하지만 빨강머리는 고개를 저었다.

"그럴 가능성도 있지만, 증거물 분석 결과는 그렇지 않아요. 계속 가야 해요."

네드와 제시는 두 여자를 번갈아 쳐다보았다. 루시는 제시의 얼굴에서 우스꽝스러운 연모의 감정을 읽을 수 있었다. 이쪽에서는 전혀 지원을 받을 수가 없겠군. 루시는 자기주장을 조금도 포기하지 않았다.

"아니, 내 생각엔 돌아가서 개릿이 어디서 다른 길로 접어들었는지 찾아보는 게 나을 것 같아요."

색스는 고개를 약간 숙이고 루시의 눈을 똑바로 쳐다보았다.

"분명히 말하지만… 짐 벨에게 누구 말을 들어야 하는지 연락할 수도 있어요."

짐이 빌어먹을 링컨 라임에게 수사 책임을 넘겼고, 그 라임이 아멜리아에게 추적대 지휘권을 주었다는 사실을 일깨워주는 말이었다. 미친 짓이다─전에 단 한 번도 노스캐롤라이나에 와본 적이 없는 남자 한 사람과 여자 한 사람이, 이 동네 사람들이나 지형에 대해 아무것도 모르는 두 사람이 평생 여기서 살아온 주민들에게 이래라저래라 명령하고 있다니.

하지만 루시 커는 군대와 마찬가지로 명령 계통을 따라야 하는 직업에 종사하는 사람이었다. 그녀는 화난 듯 중얼거렸다.

"좋아요. 하지만 분명히 말해두는데, 난 이 길로 가는 데 반대예요. 말이 안 된다고."

루시는 돌아서서 가던 길을 걷기 시작했다. 길에는 솔잎 무더기가 두껍게 깔려 있었다. 발소리도 조용해졌다. 색스의 전화가 울렸고, 전화를 받느라 그녀의 발걸음이 느려졌다. 루시는 분노를 억누르려고 애쓰며 얼른 색스를 지나쳐 솔잎 무더기 위로 앞서 나갔다. 개릿 핸런이 이쪽으로 왔을 리가 없다. 이건 시간 낭비다. 개를 끌고 왔어야 했는데. 엘리자베스 시티에 전화해서 주 경찰 헬리콥터를 요청했어야 했는데. 그리고….

갑자기 시야가 흐려졌다. 루시는 비명을 지르며 앞으로 넘어졌다. 몸을 지탱하려고 두 손을 앞으로 내밀었다.

"맙소사!"

루시는 심하게 나동그라졌다.

숨이 턱 멎었고, 솔잎이 손바닥을 찔렀다.

"움직이지 말아요."

아멜리아 색스는 부보안관을 덮쳐 넘어뜨린 뒤 일어섰다.

"도대체 왜 이래요?"

루시는 숨을 몰아쉬며 말했다. 땅에 부딪힌 손바닥이 쑤셨다.

"움직이지 말아요! 네드, 제시, 당신들도."

네드와 제시는 권총에 손을 갖다대고 우뚝 서서 영문을 알 수 없다는 얼굴로 주위를 두리번거렸다.

아멜리아는 이맛살을 찌푸리고 솔잎을 조심스럽게 비켜가더니 숲속에서 긴 막대기를 찾아 집어 들었다. 그리고 막대기로 나뭇가지를 밀어젖히며 천천히 나아갔다.

루시 앞으로 60센티미터쯤 떨어진 곳에, 루시가 막 발을 내디디려던 위치에, 소나무 가지를 쌓아놓은 곳이 있었다.

"함정이에요."

"하지만 줄은 없었는데. 나도 보고 있었다고요."

아멜리아는 조심스럽게 나뭇가지와 솔잎을 들어올렸다. 솔잎은 얼기설기 엮어놓은 낚싯줄 위에 얹혀 있고, 그 아래로는 60센티미터 깊이의 구덩이가 있었다. 네드가 말했다.

"발을 걸기 위해 낚싯줄을 쓴 게 아니라, 함정을 만드는 데 썼군요. 루시, 당신이 밟을 뻔했어요."

"안에는? 폭탄이 있나?"

제시가 물었다. 아멜리아는 대답했다.

"손전등 좀 줘봐요."

제시는 전등을 건넸다. 색스는 구덩이에 불을 비춰 보더니 얼른 물러섰다. 루시가 물었다.

"뭐죠?"

"폭탄이 아니에요. 말벌집이에요."

아멜리아는 대답했다. 네드가 눈을 커다랗게 떴다.

"맙소사, 이 나쁜 놈."

아멜리아가 나머지 나뭇가지를 조심스럽게 들어내자 구덩이와 벌집이 드러났다. 벌집은 축구공만 했다.

"맙소사."

네드는 중얼거리며 눈을 감았다. 말벌 수백 마리가 허벅지와 허리를 쏴대는 느낌을 상상하는 게 틀림없었다.

루시는 국국 쑤시는 양손을 문질렀다. 그리고 일어섰다.

"어떻게 알았어요?"

"링컨이 전화로 알려줬어요. 개릿의 책을 읽다가 개미귀신이라는 곤충에 대한 구절에 밑줄이 그어진 걸 봤대요. 구덩이를 파고 적이 그 안에 떨어지면 쏘아 죽이는 곤충이라는군요. 개릿이 거기 동그라미를 쳐놨는데, 며칠 정도밖에 안 된 잉크 자국이었대요. 그걸 보니 잘린 솔잎과 낚싯줄이 생각났다는군요. 개릿이 함정을 파놓았을지도 모른다는 생각이 들어서, 나보고 길에 솔잎 무더기가 쌓여 있으면 조심하라고 일러줬어요."

"벌집을 태워버리죠."

제시가 말했다. 아멜리아는 고개를 저었다.

"안 돼요."

"하지만 위험합니다."

루시는 색스의 생각에 동조했다.

"불을 피우면 우리 위치가 드러나서 개릿이 알지도 몰라. 그냥 사람들 눈에 띄도록 이대로 두자고. 나중에 와서 치우면 되니까. 어쨌든 지나가는 사람도 없을 테고."

아멜리아는 고개를 끄덕였다. 그리고 전화를 걸었다.

"찾았어요, 라임. 다친 사람은 없어요. 폭탄이 아니라 말벌집이 들어 있었어요…. 네. 조심하죠…. 그 책 계속 읽어요. 다른 걸 발견하면 우리한테 알려주고."

일행은 다시 길을 따라 걸었다. 8백 미터쯤 갔을까, 루시가 문득 생각났다는 듯 입을 열었다.

"고마워요. 개릿이 이쪽으로 갔을 거라고 한 당신들 말이 맞았네요. 내 생각이 틀렸어요."

루시는 한참을 더 망설이다 덧붙였다.

"짐의 판단도 옳았어요. 당신들을 뉴욕에서 데려온 거 말예요. 처음엔 별로 탐탁지 않게 생각했는데, 결과적으로 저도 뭐랄 수가 없네요."

아멜리아는 눈살을 찌푸렸다.

"우릴 데려와요? 무슨 뜻이죠?"

"도움을 구하려고요."

"짐이 우릴 데려온 게 아닌데요."

"네?"

"아니, 아니. 우린 에이버리 메디컬 센터에 있었어요. 링컨이 어떤 수술을 받을 예정이라. 짐이 우리가 여기 왔다는 걸 듣고 오늘 아침에 들러서 증거물을 좀 봐달라고 한 것뿐이에요."

오랜 침묵. 루시는 그제야 마음이 놓이는지 픽 웃었다.

"난 어제 납치사건이 일어난 뒤, 짐이 카운티 자금을 긁어모아서 당신들을 여기까지 불러온 줄 알았죠."

아멜리아는 고개를 저었다.

"수술이 내일모레 예정이라 시간이 좀 남았어요. 그뿐이에요."

"그 친구, 짐 말예요. 그런 말은 전혀 안 하던데. 가끔 정말 입이 무거운 사람이라니까."

"짐이 당신한테 이번 사건을 맡길 수 없다고 판단한 게 아닐까 걱정한 건가요?"

"바로 그거예요."

"짐의 사촌이 뉴욕에서 우리와 같이 일해요. 그 사람이 짐한테 우리가 몇 주 여기 있을 거라고 말했나 봐요."

"잠깐, 롤랜드 말예요? 아, 나도 잘 알죠. 그 사람 부인도 알고 지냈어요, 죽기 전엔. 애들도 정말 귀엽고."

"얼마 전에 같이 바비큐를 했어요."

루시는 다시 웃었다.

"내가 쓸데없는 생각을 하고 있었네요…. 그래, 에이버리에 있다고요? 메디컬 센터?"

"네."

"리디아 조핸슨도 거기서 일하는데. 거기 간호사예요."

"그렇군요."

루시 커의 뇌리에 몇 가지 추억이 떠올랐다. 따뜻한 감동을 불러일으키는 추억들, 개릿의 덫에 빠져 건드릴 뻔한 말벌 떼처럼 피하고 싶은 추억들. 아멜리아 색스에게 이런 추억들을 털어놓을지 말지 루시는 망설였다. 그러다 결국 이렇게 말했다.

"내가 리디아를 꼭 살리고 싶은 것도 그 때문이죠. 몇 년 전 몸에 문제가 좀 있었는데, 그때 담당 간호사 중 한 명이 리디아였어요. 좋은 사람이죠. 최고였어요."

"우린 살려낼 거예요."

아멜리아의 말투는, 루시 자신이 가끔, 아주 자주는 아니지만 자신의 목소리에서 느끼곤 하는 그런 말투였다. 조금의 의혹도 남기지 않는 그런 말투. 그들은 아까보다 천천히 걸었다. 함정 때문에 모두 간이 덜컥 내려앉았기 때문이다. 더위도 살인적이었다.

루시는 아멜리아에게 물었다.

"당신 친구가 받을 수술은…. 그 몸 상태 때문인가요?"

"네."

"전망은 어떤가요?"

루시는 아멜리아의 얼굴에 어두운 기색이 스치는 것을 보았다.

"별 성과가 없을 확률이 높아요."

"그런데 왜 하는 거죠?"

"성과가 있을 가능성도 있어요. 아주 작죠. 실험적인 수술이에요. 그와 같은, 그 정도로 심각한 장애를 가진 사람 중에서 성과를 본 사람은 아무도 없어요."

"당신은 그가 수술을 받는 것이 싫군요?"

"그래요. 싫어요."

"왜?"

아멜리아는 잠시 망설였다.

"죽을 수도 있으니까요. 악화되거나."

"그 사람한테도 그렇게 이야기했어요?"

"네."

"한데 당신 말을 듣지 않았군요."

"전혀요."

루시는 고개를 끄덕였다.

"약간 고집이 센 남자 같네요."

"그것도 점잖은 표현이죠."

가까운 풀숲에서 쿵 하는 소리가 들렸다. 루시의 손이 권총에 가 닿는 순간, 아멜리아의 권총은 이미 야생 칠면조의 심장을 주의 깊게 겨누고 있었다. 추적 대원들의 얼굴에 미소가 떠올랐지만, 안도의 한 숨도 잠시, 아드레날린이 심장을 빠져나가면서 초조함이 그 자리를 대신했다.

총은 도로 집어넣고, 눈으로는 길을 잘 살피면서, 일행은 잠시 대화를 미루고 다시금 걷기 시작했다.

라임의 장애를 대하는 기준으로 볼 때, 인간은 몇 가지 부류로 나눌 수 있다. 어떤 사람은 조롱하듯 직접적인 접근법을 취한다. 신체장애와 관련된 유머, 눈곱만큼도 없는 자비심. 어떤 사람은, 헨리 대빗의 경우처럼 라임의 상태를 완전히 무시한다.

대다수는 벤과 비슷하다―라임이라는 사람이 존재하지 않는 듯한 태도를 취하면서, 되도록 빠른 시간 안에 그 자리를 탈출할 생각만 한다. 라임이 가장 싫어하는 게 이 마지막 반응이다―이는 자신이 다른 사람과 얼마나 다른지를 가장 노골적으로 일깨워주는 방식 중 하나다. 하지만 지금은 임시 조수의 태도를 생각하고 있을 여유가 없다. 개릿은 리디아를 점점 오지 깊숙한 곳으로 데려가고 있다. 그리고 메리베스 매코넬은 질식이나 탈수 증세, 혹은 부상 때문에 죽어가고 있을지도 모른다.

짐 벨이 방 안으로 들어왔다.

"병원에서 좋은 소식이 있을지도 모르겠습니다. 에드 셰퍼가 간호사 한 사람한테 이야기를 했답니다. 곧 다시 의식을 잃었지만, 그래도 좋은 징조 아닙니까."

"뭐라고 말했답니까? 지도에서 뭘 봤다, 이런 이야기?"

"간호사 말로는 '중요한' 어쩌고 한 다음에 바로 '올리브' 뭐라고 했답니다."

벨은 지도 쪽으로 다가가서 태너스코너 남동쪽의 한 지점을 가리켰다.

"여기가 개발 지구입니다. 식물이나 과일, 물건 이름을 따서 거리이름을 짓고 있는데, 그중 하나가 올리브 스트리트지요. 하지만 여기는 스톤 수로에서 한참 남쪽입니다. 루시와 아멜리아한테 그쪽으로 가보라고 할까요? 그래야 할 것 같습니다만."

아, 영원한 갈등이군. 증거물을 믿을 것이냐, 증인을 믿을 것이냐. 틀린 선택을 하면 리디아나 메리베스가 죽는다.

"추적대는 지금 거기 있어야 합니다. 강 북쪽 편에."

"정말요?"

벨은 의심스럽다는 듯 물었다.

"네."

"알겠습니다."

전화가 울렸다. 라임의 왼쪽 약손가락이 제어 장치를 꾹 눌러 전화를 받았다.

색스의 음성이 헤드세트를 통해 지지직거리며 들려왔다.

"막다른 골목이에요, 라임. 길이 네다섯 갈래로 갈라지는데 전부 다른 방향이에요. 개릿이 어디로 갔는지 단서는 전혀 없고요."

"알려줄 건 더 이상 없어, 색스. 지금은 증거물을 좀 더 분석해 보려는 중이야."

"책에는 더 없나요?"

"특별한 건 없어. 하지만 재미있는 게, 열여섯 살짜리가 읽기엔 상당히 수준 있는 책들이야. 내가 생각했던 것보다 영리한 녀석이 틀림없어. 지금 정확히 어디쯤 있지, 색스?"

라임은 벨을 쳐다보았다.

"벤, 지도 쪽으로 가주겠나?"

벤은 육중한 몸을 벽 쪽으로 향한 뒤 지도 옆에 자리를 잡았다.

색스가 추적대 중 누군가에게 묻고 나서 말했다.

"스톤 수로를 건넌 지점에서 북동쪽으로 6킬로미터 정도. 직선에 가깝게 왔어요."

라임은 이를 벤에게 전했다. 벤은 지도 위에 손을 짚었다. J-7지점이었다. 벤의 굵직한 집게손가락 근처에 L자 모양의 정체를 알 수 없는 표시가 보였다.

"벤, 그 표시가 뭔지 혹시 아나?"

"오래 된 채석장일 겁니다."

"아, 젠장."

라임은 고개를 설레설레 저으며 내뱉었다.

"왜 그러십니까?"

벤은 자기가 뭘 잘못했나 싶어 물었다.

"왜 아무도 그 근처에 채석장이 있다고 말해 주지 않은 거야?"

벤의 둥근 얼굴이 아까보다 더 부풀어 오른 것 같았다. 그는 자기가 하지 않아도 될 변명을 시작했다.

"전 사실…."

하지만 라임은 듣고 있지 않았다. 이는 다른 어느 누구도 아닌, 그 자신의 잘못이었다. 채석장 이야기를 한 사람이 있었다. 바로 헨리 대빗. 그는 한때 이 일대에서 석회암 채굴이 대규모로 이루어졌다고 말했다. 채석장 없이 석회암 채굴을 어떻게 해? 그 말을 들었을 때 곧장 채석장에 대해 물어봤어야 했다. 질산염은 폭탄에서 나온 게 아니라, 암석을 깨는 과정에서 나온 것이었다. 이런 잔여물은 수십 년 동안 남아 있는 법이다. 라임은 전화를 걸었다.

"밀시 않은 곳에 채석장이 있어. 남서쪽으로."

잠시 침묵. 들릴 듯 말 듯한 두런거림이 이어진 후에 색스가 말했다.

"제시가 알고 있대요."

"개릿은 거기 있어. 아직 있는지는 모르겠지만. 조심해. 그리고 개릿은 폭탄을 설치하지 않고 함정을 파놨을 거야. 뭐든 찾아내면 전화하게."

바깥 세상과 차단된 리디아는 더위와 피로감이 좀 잦아들자 이제 '내부'와 싸워야 할 때가 왔다는 것을 깨달았다. 하지만 이 역시 두렵기는 마찬가지였다.

납치범은 한동안 걸어 다니며 창밖을 내다보다 엉덩이를 땅에 대고 주저앉아 혼자 뭐라 중얼거리며 손톱을 튕기고 리디아를 쳐다보았다. 그리고 다시 일어나 주위를 돌아다니다 문득 제분소 바닥을 내려다보더니 뭔가를 주워들었다. 개릿은 그것을 입에 넣고 배고픈 듯 씹었다. 혹시 벌레가 아닐까 하는 생각이 들자 리디아는 역겨워서 토할 것 같았다.

두 사람이 있는 곳은 제분소 사무실로 쓰이던 공간인 듯했다. 절반쯤 불에 탄 복도는 다른 방들과 이어져 있었다. 아마 곡물 창고와 제분실일 것이다. 눈부신 오후의 햇살이 불에 탄 벽 틈과 복도 천장에서 흘러들었다.

뭔가 오렌지색을 띤 것이 리디아의 시선을 사로잡았다. 눈을 가늘게 뜨고 보니 도리토스 봉지였다. 케이프코드 감자칩 봉지. 리즈 땅콩버터 컵 봉지도 있었다. 채석장에서 개릿이 먹었던 플랜터스 땅콩버터와 치즈크래커 포장지도 보였다. 소다, 디어파크 생수. 여기 처음들어올 때는 눈에 띄지 않던 것들이다.

왜 이렇게 먹을 것을 쌓아놨을까? 얼마나 오래 있을 참이지? 개릿은 오늘 밤만이라고 말했지만, 여기 있는 음식은 한 달은 충분히 연명할 수 있는 양이었다. 아까 말한 것보다 더 오래 여기에 가둬둘 셈인가? 리디아는 물었다.

"메리베스는 괜찮아? 그 앨 해친 거야?"

개릿은 비꼬듯 말했다.

"아, 내가 그 여잘 해친다고? 걱정 마."

리디아는 고개를 돌리고 복도 벽 틈으로 새어들어 오는 빛줄기를 쳐다보았다. 그 너머에서 끼익끼익 하는 소리가 들려왔다—분쇄기 돌아가는 소리인 것 같았다. 개릿은 말을 이었다.

"내가 메리베스를 데려간 건 보호하기 위해서야. 메리베스는 태너스코너를 벗어나고 싶어 했어. 바닷가로 가고 싶어 했다고. 젠장, 누군들 안 그래? 너절한 태너스코너보다야 훨씬 낫지."

개릿은 손톱을 더 요란하게 튕겼다. 점점 초조해하는 듯했다. 그는 커다란 손으로 과자 봉투 하나를 뜯어 몇 주먹 입에 넣더니 입가로 부스러기를 흘리며 쩝쩝 씹었다. 그리고 콜라 캔 한 통을 한 번에 다 마신 다음 과자를 또 먹었다.

"여긴 2년 전에 불탔어. 누구 짓인지는 몰라. 저 소리 좋지 않아? 물레바퀴 소리? 멋지지. 바퀴가 돌고 돌고. 아버지가 집에서 늘 부르던 노래가 기억 나. '커다란 바퀴는 계속 돌고….'"

개릿은 과자를 한 주먹 더 입에 집어넣고 말했다. 무슨 말을 하는지 한동안 알아들을 수가 없었다. 개릿은 과자를 꿀꺽 삼켰다.

"…여긴 많아. 밤에 여기 앉아서 매미 소리, 두꺼비 소리를 듣는 거지. 지금처럼 바다로 갈 때는 항상 여기서 밤을 보냈어. 밤이 되면 분위기 좋아."

개릿은 말을 멈추고 갑자기 리디아 쪽으로 몸을 내밀었다. 무서워서 똑바로 쳐다볼 수가 없었다. 눈을 내리깔았지만 리디아는 그가 자신을 찬찬히 뜯어보고 있다는 게 느껴졌다. 순간, 개릿이 벌떡 일어서더니 리디아 가까이 쭈그리고 앉았다.

리디아는 개릿의 체취에 눈살을 찌푸렸다. 당장이라도 손이 그녀의 가슴 위로, 다리 사이로 들어올 것 같았다.

하지만 개릿은 리디아에게 관심이 없는 것 같았다. 그는 돌멩이 하나를 옆으로 치우더니 그 밑에서 뭔가를 집어 들었다.

"노래기네."

개릿은 미소를 지었다. 몸통이 길고 노란색과 녹색이 섞여 있는 벌레를 보자 리디아는 속이 메슥거렸다.

"이것들은 깨끗해 보여. 난 이놈들이 좋아."

개릿은 벌레가 손과 손목을 타고 올라가도록 놓아주었다.

"이것들은 곤충이 아니야. 사촌뻘이지. 누가 해치려 하면 위험할 수도 있어. 이빨에 독성이 강하거든. 이 근처 인디언들은 이걸 갈아서 독을 화살촉에 바르기도 했어. 노래기는 무서울 때 독을 내뿜고 도망치지. 공격하던 동물은 그 독가스 속으로 기어가다 죽는 거야. 대단하지?"

개릿은 입을 다물고 노래기를 열심히 관찰했다. 리디아가 조카들을 바라보던 그런 눈빛이었다―애정과 매혹, 사랑에 가까운 눈빛.

공포가 치밀어 올랐다. 리디아는 침착함을 잃지 않아야 한다는 것을, 개릿을 적으로 돌리지 말고 장단을 맞춰줘야 한다는 것을 알고 있었다. 하지만 이 역겨운 벌레가 그의 팔을 기어가는 것을 보고 있노라니, 손톱을 튕기는 소리를 듣고 있노라니, 얼룩덜룩한 피부와 축축하고 벌건 눈 그리고 턱에 묻은 음식 부스러기를 보고 있노라니 두려움에 몸이 부들부들 떨렸다. 점점 더해가는 역겨움과 두려움 속에서, 희미한 음성이 들려오는 것 같았다.

"그래, 그래, 그래!"

수호천사만이 낼 수 있는 목소리였다.

그래, 그래, 그래!

리디아는 몸을 굴려 등을 대고 누웠다. 개릿은 피부에 벌레가 기어가는 감각을 즐기는 듯 미소 띤 얼굴로 리디아가 뭘 하려는 건가 싶어 고개를 들었다. 순간, 리디아는 있는 힘껏 양발을 내질렀다. 병원에서 교대 근무 여덟 시간 동안 덩치 큰 몸뚱이를 지탱하느라 단련된 리디아의 다리는 튼튼했다. 개릿은 뒤로 벌렁 자빠지면서 머리를 벽에 둔탁하게 부딪히고 바닥을 굴렀다. 그리고 처절한 비명을 지르더니 자기 팔을 움켜잡았다. 노래기한테 물린 모양이다.

좋았어! 리디아는 의기양양하게 생각하며 몸을 다시 굴렸다. 그리고 비틀비틀 일어나 복도 끝 제분실 쪽으로 무작정 달리기 시작했다.

12 명사수

제시 콘의 계산에 따르면, 채석장에 거의 다 온 모양이었다.

"5분 정도만 가면 됩니다."

제시는 색스를 다시 흘끗 보더니 잠시 망설이다 말을 이었다.

"저기, 물어보고 싶었는데… 아까 권총을 뽑아들었을 때, 풀숲에서 칠면조가 나왔을 때 말입니다. 아, 그리고 블랙워터랜딩에서 리치 컬보 때문에 놀랐을 때… 그때도 그랬지만. 와, 대단하더군요. 못을 제대로 박으시나 봅니다."

롤랜드 벨이 자주 쓰는 표현이라 색스도 그 말이 '총을 쏜다'는 뜻이라는 걸 알고 있었다.

"취미 중 하나예요."

"설마!"

"달리기보다 쉽고, 헬스클럽보다 싸니까요."

"시합도 하십니까?"

색스는 고개를 끄덕였다.

"롱아일랜드 노스쇼어 권총 클럽이죠."

"NRA(전미총기협회 – 옮긴이) 불스아이(Bullseye) 대회?"

"맞아요."

"저도 좋아합니다! 스키트와 트랩(사격 경기 종목 - 옮긴이). 하지만 제 장기는 권총이죠."

나도 그래. 섹스는 생각했다. 하지만 연모의 마음에 불타는 제시 콘과 군이 공통점을 찾고 싶은 생각은 별로 없었다. 제시가 다시 물었다.

"탄환도 직접 준비하십니까?"

"네. 음, 38구경과 45구경만. 아, 물론 림파이어식 탄(rimfire : 뇌관이 따로 없고 탄피 바닥 둘레에 기폭제가 깔려 있는 탄 - 옮긴이)은 아니죠. 공기 방울을 빼내는 게 힘드니까요."

"앗, 탄환을 직접 만들어서 쓰신다는 말입니까?"

"그래요."

일요일 아침마다 다른 아파트에서는 와플과 베이컨 냄새가 구수하게 풍기는데, 자기 집에서만 녹인 납의 독특한 냄새가 퍼지곤 하던 일이 떠올랐다.

제시는 민망한 듯 말했다.

"난 그렇게까지는 안 하는데. 경기용 탄환을 사죠."

그들은 치명적인 함정을 찾느라 땅만 바라보며 말없이 몇 분 더 걸었다.

"저도 자랑할 게 있긴 한데…."

제시 콘은 수줍은 듯 미소를 보내며 땀이 송골송골한 이마에 흘러내린 금발 머리를 쓸어 올렸다. 섹스는 무슨 소리냐는 듯 그를 쳐다보았다.

"음, 최고 점수가 얼맙니까? 불스아이 대회에서?"

섹스가 망설이자 제시는 힘을 내라는 듯 말했다.

"아니, 말해도 돼요. 그냥 스포츠 아닙니까…. 그리고 난 10년 동안 시합을 한 사람입니다. 당신보단 유리하죠."

"2천7백이요."

섹스는 말했다. 제시는 고개를 끄덕였다.

"맞아요, 그 경기 말입니다, 3 - 피스톨 로테이션. 총 하나 당 최고

9백 점짜리. 당신 최고 점수가 얼마죠?"

"아니, 그게 내 점수라고요. 2천7백 점."

관절염 때문에 뻣뻣한 다리에서 통증이 욱신욱신 올라와 색스는 얼굴을 찌푸렸다. 제시가 설마 농담이겠지, 하는 표정으로 돌아보았다. 색스의 찡그린 얼굴을 보고 그는 픽, 웃음소리를 냈다.

"하지만 그건 최고 점수 아닙니까."

"경기 때마다 그 점수가 나온다는 건 아니에요. 최고 점수를 물어봤잖아요."

제시는 눈을 휘둥그렇게 떴다.

"2천7백 점을 쏜 사람은 한 번도 못 만나봤는데."

네드가 웃음을 터뜨리며 말했다.

"그럼 이제 만났네. 너무 기분 상하지 마, 제시. 그냥 스포츠잖아."

"2천7백이라."

젊은 부보안관은 고개를 설레설레 저었다.

차라리 거짓말을 할걸 하는 생각이 들었다. 총 솜씨가 대단하다는 이야기에 제시 콘의 연모의 감정이 더욱 깊어진 것 같았기 때문이다. 제시는 쑥스러운 듯 말했다.

"음, 수사가 끝나고 시간이 나면 같이 사격장에 가서 솜씨를 겨뤄보죠."

색스는 생각했다. 스타벅스 한 잔을 놓고 태너스코너에서 여자를 만나는 게 얼마나 힘든 일인지 하소연을 듣는 것보다야 윈체스터 38구경 스페셜이 낫겠지.

"일이 진행되는 걸 보고요."

"데이트하는 겁니다."

제시는 제빌 하시 말았으면 했던 단어를 입에 올렸다.

루시가 말했다.

"저길 봐요."

일행은 숲 가장자리에 멈춰 서서 눈앞에 펼쳐진 채석장을 바라보왔다. 색스는 몸을 낮추라는 신호를 했다. 빌어먹을, 아프군. 콘드로이틴과 글루코사민을 매일 복용하고 있지만 캐롤라이나의 이런 습기와 더위는… 시원치 못한 관절에는 쥐약이었다. 색스는 폭이 2백 미터, 깊이가 30미터는 족히 되는 거대한 구덩이를 바라보았다. 오래 된 뼈처럼 색이 누런 구덩이 둘레는 거의 수직처럼 깎여 있고, 녹색을 띤 소금물에서는 악취가 풍겼다. 구덩이에서 20미터 주위의 식물들은 말라죽어 있었다.

루시가 작은 음성으로 경고했다.

"가까이 가지 마세요. 고약한 물이니까. 예전에는 아이들이 수영도 하곤 했는데. 채석장이 폐쇄된 직후만 해도요. 우리 조카, 그러니까 벤의 동생도 한 번 왔었죠. 케빈 돕스라는 애가 여기 빠져 죽었는데, 일주일 뒤에 그 애를 건져냈지요, 그때 검시관이 찍은 시체 사진을 보여줬더니 두 번 다시 오지 않더군요."

"전문 아동심리학자들도 그런 교육 방식을 추천하죠."

루시는 웃었다. 다시 아이 생각이 났다. 지금은 안 돼, 지금은….

전화가 드르르 떨렸다. 목표물에 점점 가까워지면서 전화를 진동으로 바꿔놓은 터였다. 색스는 전화를 받았다. 라임의 음성이 지지직거렸다.

"색스, 어디 있지?"

"채석장 가장자리예요."

"개릿의 흔적은 없고?"

"방금 도착했어요. 아직은 없네요. 이제 수색을 시작할 거예요. 건물이 모두 헐려서 숨어 있을 만한 곳은 없어요. 하지만 함정을 설치해 놓을 만한 곳은 여러 군데 있네요."

"색스…"

라임의 엄숙한 말투에 퍼뜩 소름이 끼쳤다.

"뭐예요, 라임?"

"할 말이 있어. 방금 DNA와 혈청 테스트 검사가 도착했는데, 자네가 오늘 아침 현장에서 발견한 클리넥스 말이야."

"그런데요?"

"개릿의 정액이 맞아. 피는 메리베스의 것이고."

색스는 목소리를 낮췄다.

"메리베스를 강간했군요."

"조심해. 하지만 서둘러. 리디아도 시간이 별로 없으니까."

그녀는 오래전 곡물을 보관하는 데 사용했던 컴컴하고 지저분한 저장고 속에 숨어 있었다.

손을 뒤로 묶이고 더위와 탈수 현상 때문에 어질어질한 채로, 리디아 조핸슨은 개릿이 쓰러져 몸부림치는 곳을 빠져나왔다. 그리고 비틀거리며 밝은 복도를 지나 제분실 아래층에서 숨을 만한 곳을 찾아냈다. 안으로 들어가 문을 닫자 쥐들이 발 위를 스쳐 지나갔다. 비명이 나오려는 것을 의지력을 총동원해 겨우 참았다.

가까이에서 나지막한 제분기 바퀴 소리가 들렸다. 리디아는 그 소리를 뚫고 들리는 개릿의 움직임에 귀를 기울였다. 공포는 시시각각 커져갔다. 무모한 탈출이 후회되기 시작했다. 하지만 돌아갈 수는 없다. 개릿을 다치게 했으니, 발각되면 그쪽에서 복수를 할 것이다. 더한 짓을 할지도 모른다. 탈출을 시도하는 것밖에 길이 없다. 아니, 이런 식으로 생각해서는 안 된다. 언젠가 읽은 자기계발 책에는 '시도'라는 건 존재하지 않는다고 적혀 있었다. 행하거나, 행하지 않거나 둘 중 하나라고 했다. 탈출을 '시도'하는 것이 아니라, 어떻게든 탈출해야 한다. 확신을 가져야 한다.

리디아는 저장고 문 틈새로 내다보며 정신을 집중해 귀를 기울였다. 개릿이 가까운 어느 방에서 혼자 중얼거리며 온갖 통과 벽장 문을 벌컥벌컥 열어젖히는 소리가 났다. 제발 불에 탄 복도의 무너진 벽 틈을 이용해 건물 밖으로 달아났다고 생각해 주길 바랐다. 하지만 용의주도하게 수색하고 있는 것으로 보아 아직 그녀가 안에 있다는 걸 알고 있는 모양이다. 더 이상 저장고 안에 머물러 있을 수는 없었다. 곧 그가 찾아낼 것이다. 리디아는 문 틈새로 한 번 내다본 뒤, 저장고를 빠져나왔다. 그러곤 흰 스니커즈를 신은 발로 소리 없이 옆방으로 달려갔다. 여기서 도망치는 길은 2층으로 향하는 계단뿐이었다. 손이 묶여 있어 균형을 잡을 수가 없었다. 리디아는 벽과 철 난간 여기저기에 몸을 부딪혀가며 계단을 오르기 시작했다. 개릿의 음성이 복도에서 메아리쳤다.

"너 때문에 벌레한테 물렸어! 아파, 아프다고!"

눈이나 사타구니를 물렸으면 얼마나 좋을까. 리디아는 생각하며 비틀비틀 계단을 올랐다. 나쁜 놈! 나쁜 놈!

아래층 방에서 벽장 문 열어젖히는 소리가 들렸다. 처절한 신음소리도 들려왔다. 틱, 틱, 손톱 튕기는 소리도 들리는 것 같았다.

공포에 다시금 몸이 덜덜 떨려왔다. 구역질이 일었다.

계단 위층에는 넓은 방이 있고, 불에 탄 구역 쪽으로 창문이 여러 개 나 있었다. 잠기지 않은 문도 하나 있었다. 문을 밀고 들어가 보니 곡식을 직접 빻는 곳이었다―한가운데 커다란 분쇄기 두 대가 보였는데, 나무로 된 골격은 썩어 있었다. 아래층에서 들리던 소리는 맷돌이 아니라 흐르는 물로 돌리는 물방아 소리였다. 물방아는 아직도 천천히 돌고 있었다. 녹빛을 띤 물이 물방아에서 마치 폭포수처럼 떨어져 깊고 좁은 구덩이 속으로 흘러 들어갔다. 바닥은 보이지 않았다. 수면 아래쪽 어딘가에 떨어진 물이 다시 물길로 돌아가는 통로가 있을 것이다.

"거기 서!"

개릿이 소리쳤다. 분노의 고함소리에 리디아는 소스라쳤다. 개릿이 문간에 서 있었다. 휘둥그레 뜬 눈은 벌겋게 충혈되었고, 성한 손으로는 검고 누런 멍이 커다랗게 든 팔을 안고 있었다.

"너 때문에 물렸어!"

증오의 눈빛으로 리디아를 쏘아보며 중얼거렸다.

"벌레가 죽었어. 너 때문에 벌레를 죽였단 말이야! 죽이고 싶지 않았는데 너 때문에 그랬다고! 자, 아래층으로 내려가. 이번엔 다리도 묶어놓을 거야."

개릿은 한 걸음 앞으로 나섰다.

리디아는 뼈만 앙상한 얼굴과 양쪽으로 이어진 눈썹, 커다란 손, 화난 눈을 쳐다보았다. 온갖 영상이 스쳐 지나갔다. 그녀가 돌보는, 천천히 죽어가는 암 환자. 메리베스 매코넬이 어딘가 갇혀 있는 모습. 열심히 과자를 씹던 소년. 빠르게 기어가는 노래기. 손톱. 바깥 세상. 긴긴 밤, 혼자 외롭게 남자 친구와의 짧은 통화를 기다리던 자신. 솔직히 그러고 싶지 않았는데도 블랙워터랜딩으로 꽃을 가져온 일…. 모든 것이 너무나 힘들었다.

"기다려."

리디아는 평온하게 말했다.

개릿은 눈을 깜빡였다. 그리고 멈춰 섰다.

리디아는 말기 암 환자를 향해 그러듯 개릿을 향해 미소를 보낸 뒤, 남자 친구에게 작별의 기도를 올렸다. 그리고 양손이 뒤로 묶인 채, 머리를 아래로 하고 좁고 검은 물구덩이 속으로 떨어졌다.

하이테크 망원경의 십자선이 빨강머리 경찰의 어깨에 맞춰져 있었다. 대단한 머리카락이군. 메이슨 저메인은 생각했다.

메이슨과 네이선 그루머는 오래 된 '앤더슨 석재 공장'의 채석장을 내려다보는 언덕에 서 있었다. 추적대가 있는 곳에서 백 미터 정도 떨어진 장소였다.

네이선은 30분 전에 이미 깨달은 게 분명한 결론을 마침내 입 밖에 냈다.

"이건 리치 컬보하고는 아무 상관없잖아요."

"그래, 상관없어. 엄밀하게는."

"무슨 뜻이죠? 엄밀하게는 상관없다니."

"컬보는 여기 어디 있어. 손 오새리언하고…."

"개릿은 컬보 같은 놈 둘보다 더 무서운 애라고요."

"그 점은 동의해. 해리스 토멜도 같이 있겠지. 하지만 우리가 할 일은 그게 아냐."

네이선은 다시 한 번 부보안관들과 빨강머리를 내려다보았다.

"아닌 것 같은데요. 왜 내 총으로 루시를 겨냥하고 있는 겁니까?"

잠시 후 메이슨은 루거 M77을 돌려주고 말했다.

"내 망원경을 안 가져왔으니까 그렇지. 그리고 내가 본 건 루시가 아냐."

그들은 능선을 따라 걷기 시작했다. 메이슨은 빨강머리 생각을 했다. 예쁜 메리베스 매코넬과 리디아도 생각했다. 때로 인생은 자신이 원하지 않는 방향으로 가기도 한다. 한 예로, 메이슨 저메인은 지금쯤이면 자신이 상급 부보안관들보다 더 높이 진급했어야 한다는 걸 알고 있었다. 진급 요청을 할 때 다른 태도를 취했어야 한다는 것도 알고 있었다. 5년 전 켈리가 그 트럭 운전사 때문에 자신을 버리고 떠났을 때도 아니, 그녀가 떠나기 전부터 다른 태도로 결혼 생활을 했어야 한다는 것도 알고 있었다.

처음 개릿 핸런 사건이 났을 때도 다른 방식을 취했어야 했다. 낮잠에서 깨어난 메그 블랜처드의 가슴과 얼굴, 팔에 온통 밀벌이 달라붙어 있던 그 사건…. 137방을 쏘고 천천히 끔찍하게 죽어갔던 그 사건. 이제 메이슨은 그 모든 잘못된 선택에 대한 대가를 치르고 있었다. 그의 인생은 포치에 앉아 술이나 퍼마시며 근심에 시달리느라 파코에 보트를 띄우고 농어 낚시를 떠날 에너지조차 없을 정도로 정체된 날들의 연속이었다. 어쩌면 영원히 바꿀 수 없을지도 모를 것들을 어떻게 하면 바꿀 수 있을까 필사적으로 고민하는 나날들. 그는….

네이선이 물었다.

"그래서, 뭘 어떻게 하자는 거예요?"

"컬보를 찾는 거야."

"하지만 방금….'

네이선의 음성이 잦아들었다. 메이슨이 아무 대꾸도 않자 네이선은 요란하게 한숨을 쉬었다.

"지금 우리가 가 있어야 할 컬보의 집은 10킬로미터나 떨어져 있어요. 우린 지금 내 사슴 사냥총을 갖고 파코 북쪽에 와 있는데, 당신은 입을 꾹 다물고만 있잖아요."

"혹시 짐이 물어보면, 공식적으로 우린 컬보를 찾으러 여기 나와 있는 거야."

"그럼 비공식적으로는 뭘 하고 있는 건데요?"

네이선 그루머는 이 루거 총으로 5백 미터 떨어진 나뭇가지를 맞출수 있는 친구다. 혈중 알코올 농도 0.5짜리 음주 운전자를 3분 안에 설득해 차에서 끌어내는 능력도 있다. 본인이 굳이 할 마음이 없어서 그렇지, 수집가에게 하나에 5백 달러씩 받고 팔 수 있는 물건을 조각하는 재주도 있다. 하지만 그 외에는 다른 능력도 재치도 별로 없었다.

메이슨이 말했다.

"우린 그 소년을 잡아야 해."

"개릿 말이죠."

"그래, 개릿. 달리 누구겠어? 저 사람들이 개릿을 우리 쪽으로 몰아줄 거야."

메이슨은 빨강머리와 부보안관들 쪽으로 고갯짓을 했다.

"그러면 우리가 개릿을 얻는 거지."

"얻다니요?"

"자네가 그를 쏴, 네이선. 확실하게 죽여 없애라고."

"그를 쏴요?"

"그래."

"잠깐만. 당신이 그 애 때문에 몸이 달아 있는 건 알지만, 내 경력까지 끌고 들어가지는 마세요."

"자네한테 경력이 어디 있어? 그냥 밥줄이지. 밥줄을 지키고 싶다

169

면 내가 시키는 대로 해. 잘 들어. 난 그 애랑 이야기를 했어. 개릿이 랑. 지난 번 사건 수사 때, 그 애가 사람들을 죽였을 때 말이야."

"아, 그랬어요? 그랬겠죠. 당연히."

"그 애가 뭐라고 했는지 알아?"

"아뇨. 뭐라고 했는데요?"

메이슨은 자기 말이 그럴듯하게 들릴지 잠시 고민했다. 문득 소나무로 만든 오리 등 부위를 사포로 문지르느라 몇 시간이고 다른 것에는 전혀 신경 쓰지 않곤 하는 네이선의 개를 닮은 눈빛이 떠오르자, 그는 말을 이었다.

"자기를 막아서는 사람이라면 경찰이라도 죽일 거라고 했어."

"그런 말을 했어요? 그 애가?"

"그래. 내 눈을 똑바로 쳐다보면서 그랬다니까. 그때가 기대된다고 도 했어. 날 맨 먼저 죽이고 싶지만, 어쨌든 상황이 되면 쉬운 사람부터 죽일 거라고."

"저런 개자식. 짐한테 그 얘기 했어요?"

"그럼. 안 했을 것 같아? 한데 짐은 전혀 신경도 안 쓰더라고. 난 짐 벨을 좋아해. 자네도 알잖아. 하지만 솔직히 일을 제대로 하는 것보다 자리보전에 관심이 더 많은 사람이지."

네이선은 고개를 끄덕였다. 그가 자기 말에 이렇게 쉽게 넘어가는 것이, 자신이 '그 애 때문에 몸이 달아 있는' 다른 이유가 있을지도 모른다는 생각은 추호도 못한다는 것이 메이슨은 놀라웠다.

명사수 네이선은 잠시 생각에 잠겼다.

"개릿이 총을 갖고 있나요?"

"모르겠어, 하지만 자네도 알잖아. 노스캐롤라이나에서 총 하나 구하는 게 어려워? 들판에 호박처럼 굴러다니는 게 총이야."

"그건 그렇죠."

"봐, 루시와 제시는, 짐조차도 그 애에 대해 나만큼 인식을 못하고 있어."

"인식을 못해요?"

"그 애가 얼마나 위험한지 말이야. 개릿은 지금까지 모두 세 명을 죽였어. 토드 윌크스도 어쩌면 그 녀석이 목을 매달았을지 몰라. 그게 아니라면 자살할 만큼 겁을 줬을 수도 있고. 어쨌든 살인인 건 마찬가지잖아. 그리고 벌에 쏘여 죽은 그 여자애. 메그던가? 말벌이 휩쓸고 간 다음의 그 애 얼굴 사진 봤지? 에드 섀퍼도 생각해 봐. 지난주에 자네랑 나랑 그 친구랑 같이 술을 마셨잖아. 그런데 지금은 병원에 입원해서 다시는 깨어나지 못할 수도 있는 처지라고."

"제가 무슨 저격수 같은 건 아니잖아요, 메이슨."

하지만 메이슨 저메인은 물러서지 않았다.

"법원이 어떻게 할지 자네도 알 거야. 개릿은 열여섯이야. 분명 이렇게 말하겠지. '불쌍한 소년이다. 부모도 죽었고. 감화원 같은 데 집어넣어.' 6개월이나 1년 뒤면 다시 나와서 또 같은 짓을 저지르고 다닐 거야. 채플힐로 가려는 풋볼 선수, 벌레 하나 죽여본 적 없는 마을 소녀, 이런 애들을 죽이고 다닐 거라고."

"하지만…."

"걱정 마. 자넨 태너스코너를 위해 좋은 일을 하는 거니까."

"그 말이 아니라, 우리가 그를 죽이면 메리베스를 찾을 가능성도 없어지는 거잖아요. 메리베스가 어디 있는지 아는 사람은 개릿뿐이에요."

메이슨은 씁쓸하게 웃었다.

"메리베스? 그 애가 살아 있다고 생각해? 절대 아니야. 개릿이 이미 강간하고 죽여서 어느 구덩이에 묻었을 거야. 그 애 걱정은 안 해도 돼. 그런 일이 다른 사람에게 일어나지 못하도록 하는 게 지금 우리 임무야. 이때, 하겠어?"

네이선은 아무 말도 하지 않았다. 하지만 길쭉한 실탄을 라이플 탄창에 철컥, 밀어 넣는 소리만으로도 대답은 충분했다.

제2부

흰 암사슴의 전설

가장 특이한 증거물이야말로 최상의 증거다.

범죄현장에서 전혀 식별할 수 없는 뭔가를

찾아냈을 때 라임은 가장 기뻤다.

출처가 다양하지 않으므로 그것을 식별할 수만 있다면

곧 추적해 낼 수 있다는 뜻이기 때문이다.

13 탈출

창밖에는 커다란 말벌집이 있었다.

기력이 다한 메리베스 매코넬은 감금된 방의 기름때 묻은 유리창에 머리를 기대고 벌집을 응시했다.

이 끔찍한 공간에 있는 그 무엇보다도, 축축하고 역겨운 회색 벌집이 절망감을 불러일으켰다. 개릿이 창문 밖에 꼼꼼하게 못질해 둔 창살보다 더. 커다란 자물쇠 세 개로 잠겨 있는 두꺼운 참나무 문보다 더. '곤충 소년'과 함께 블랙워터랜딩에서 여기까지 온 끔찍한 여정의 기억보다 더.

원뿔 모양의 말벌집은 뾰족한 쪽이 아래를 향한 채 개릿이 창문 가까이 세워놓은, 두 갈래로 갈라진 나뭇가지 위에 얹혀 있었다. 그 안에는 바닥에 난 구멍으로 들락날락거리는 말벌 수백 마리가 들어 있을 것이다.

오늘 아침 깨어나 보니 개릿은 없었다. 메리베스는 한 시간 동안 침대에 누워 있다가—간밤에 머리를 심하게 맞아서 속이 메슥거리고 현기증이 났다—비틀비틀 일어나 창밖을 내다보았다. 맨 처음 눈에 들어온 것이 침실에서 가까운 뒤쪽 창문 밖에 자리 잡은 이 벌집이었다. 말벌이 원래 여기에다 집을 만든 것은 아니었다. 개릿이 일부러 창밖에 갖다 놓은 것이다. 처음에는 그 이유를 알 수 없었다. 하지만 잠시 후 절망감과 함께 깨달았다. 개릿은 이것을 일종의 승리의 깃발로 갖다 놓은 것이다.

메리베스 매코넬은 역사를 알고 있었다. 전쟁에 대해서, 군대가 다른 군대를 정복하는 행위에 대해서도 알고 있었다. 깃발과 기치가 필요한 것은 아군을 식별하기 위해서만은 아니다. 피정복자에게 정복자가 누구인지 깨닫게 하려는 뜻도 있다.

그리고 승리자는 개릿이었다. 어쨌든 전투에서 이긴 건 개릿이다. 전쟁의 승패는 아직 갈리지 않았지만 말이다.

메리베스는 머리에 난 상처를 눌렀다. 관자놀이를 워낙 세게 얻어맞았기 때문에 살갗이 벗겨져 있었다. 균에 감염되지 않을까 걱정스러웠다.

메리베스는 배낭을 뒤져 고무 밴드를 찾아낸 다음 긴 갈색머리를 뒤통수에서 하나로 묶었다. 땀이 목을 타고 흘러내렸다. 심한 갈증이 밀려왔다. 밀폐된 방 안은 숨이 막히도록 더웠다. 메리베스는 두꺼운 데님 셔츠를 벗어버리고 싶은 생각이 들었다─뱀이나 거미에 물릴까 봐 덤불이나 키 큰 풀밭 근처에서 발굴을 할 때는 항상 긴 소매를 입곤 했다. 하지만 지금은 아무리 더워도 셔츠를 벗지 않기로 했다. 개릿이 언제 돌아올지 모르기 때문이다. 셔츠 안에 입은 것은 분홍색 레이스가 달린 브래지어뿐이다. 개릿 핸런을 그쪽으로 자극하는 것은 좋지 않다는 생각이 들었다.

벌집을 마지막으로 흘끗 쳐다본 뒤, 메리베스는 창문에서 물러났다. 그리고 방 세 칸짜리 오두막집을 한 바퀴 돌면서 빠져나갈 구멍이 있는지 찾아보았지만 소용이 없었다. 견고하고 아주 오래 된 집이었다. 단단한 벽은 손으로 톱질한 통나무와 묵직한 판자를 못질해서 만들었다. 앞쪽 창문 밖에는 키 큰 풀밭이 백 미터쯤 펼쳐져 있고, 그 뒤로는 나무가 한 줄로 늘어서 있었다. 오두막 자체도 빽빽한 나무숲에 둘러싸여 있었다. 뒤쪽 창문─벌집이 달린 창문─으로는 어제 이곳으로 올 때 둘러왔던 연못의 반짝거리는 수면이 나무 둥치 사이로 보였다.

방은 작았지만 놀랍게도 깨끗했다. 거실에는 갈색과 금색으로 장식한 긴 소파가 있었다. 싸구려 식탁 주위에는 낡은 의자가 대여섯 개 놓여 있고, 또 다른 테이블 위에는 개릿이 수집한 곤충을 넣고 망을 씌운 주스 병이 열 개 남짓 놓여 있었다. 두 번째 방에는 매트리스와 옷장이 있었다. 세 번째 방은 구석에 절반쯤 찬 갈색 페인트 통 여남은 개가 있을 뿐 텅 비어 있었다. 아마 개릿이 최근에 오두막 바깥을 칠한 모양이다. 우중충한 색깔이라 왜 하필 이런 색을 골랐을까 싶었지만, 다시 생각해 보니 오두막을 둘러싼 나무들과 같은 빛깔이었다. 위장용이다. 어제 했던 생각이 다시 떠올랐다—그녀가 짐작했던 것보다 훨씬 더 빈틈없고 위험한 소년이라는 생각.

거실에는 먹을 것이 쌓여 있었다. 인스턴트 음식, 과일과 야채 통조림 등 모두 파머 존(Farmer John) 브랜드였다. 구닥다리 같은 상표에서 맹한 농부가 미소를 짓고 있었다. 물이나 소다수, 뭐든 마실 것이 없나 오두막을 미친 듯이 뒤졌지만 하나도 없었다. 과일과 야채 통조림 안에는 물이 있을 테지만 깡통 따개는 물론 그걸 대용할 만한 도구도 전혀 보이지 않았다. 배낭을 갖고는 있지만, 고고학 도구는 블랙워터랜딩에 두고 왔다. 캔을 따려고 테이블 모서리에 두드려보았다. 꿈쩍도 하지 않았다.

오두막 거실 바닥에는 아래층 지하 창고로 내려가는 문이 있었다. 창고도 한 번 둘러보았지만, 역겨워서 소름이 쫙 끼쳤다. 간밤에 메리베스는 개릿이 잠시 자리를 비운 틈을 타 삐걱거리는 계단을 내려가 천장이 낮은 지하실로 들어갔었다. 혹시 이 끔찍한 오두막에서 탈출할 길이 없나 싶어 용기를 낸 것이다. 하지만 출구는 없었다—오래된 박스와 유리병 그리고 자루들뿐이었다. 돌아오는 소리도 들리지 않았는데, 갑자기 개릿이 계단을 내려와 그녀를 덮쳤다. 메리베스는 비명을 지르고 도망치려 했다. 하지만 그 다음은…. 피가 가슴에 튀고

머리카락이 엉킨 채 흙바닥에 누워 있던 것과, 천천히 다가온 개릿이 그녀의 가슴에 시선을 못 박은 채 몸에 팔을 두르던 게 기억났다. 그리고 자신을 안아 든 개릿은 그녀가 반항하는 것도 아랑곳 않고 천천히 위층으로 데려갔었다. 딱딱한 페니스가 몸에 닿는 것이 느껴졌고….

안 돼! 생각하지 말자. 아픔에 대해서도. 두려움에 대해서도.

개릿은 지금 어디 있는 걸까?

어제 개릿과 함께 오두막을 돌아다닐 때도 무서웠지만, 지금은 그가 아예 자기를 잊어버린 게 아닐까 싶어 더욱 무서웠다. 아니면 사고가 나서 죽은 걸까? 나를 찾는 보안관들 총에 맞았나? 그러면 나는 아마 여기서 목이 말라 죽고 말 것이다. 예전에 교수와 함께 진행했던 프로젝트가 떠올랐다. 노스캐롤라이나 주립 역사학회가 주관한 19세기의 무덤 발굴 작업이었다. 시체를 발굴한 다음 DNA 테스트를 실시하여 그 시체가 소문처럼 프랜시스 드레이크 경의 후손이 맞는지를 확인하는 프로젝트였다. 그런데 관 뚜껑을 들어내 보니, 기막히게도 시체의 팔뼈가 위를 향하고 있고 뚜껑 안쪽에는 긁은 자국이 있었다. 그는 산 채로 묻혔던 것이다.

이 오두막이 내 관이 될 수도 있다. 그리고 아무도….

뭐지? 방금 저 멀리 숲 가장자리 안쪽에서 뭔가 움직인 듯했다. 메리베스는 얼른 앞쪽 창문을 내다보았다. 풀숲과 나뭇잎에 가려 잘 안 보였지만 남자 같았다. 복장과 챙이 넓은 모자는 검정색 같고 몸의 자세와 걸음걸이에 어쩐지 자신감이 있는 걸로 미루어 오지 선교사 같다는 생각이 들었다. 하지만 잠깐… 정말 사람이 있는 걸까? 그냥 나무에 햇빛이 반사된 건 아닐까? 알 수 없었다.

"이봐요!"

메리베스는 외쳤다. 하지만 창문은 닫혀 있고, 열려 있다 해도 말라터진 목구멍에서 약하게 흘러나오는 목소리를 그 정도 거리에서 들을 수 있을 것 같지는 않았다.

메리베스는 배낭을 움켜잡았다. 늘 노심초사하던 어머니가 신변

보호용으로 사준 호루라기를 갖고 있었더라면. 그때 메리베스는 태너스코너에서 호루라기를 들고 다니는 건 쓸데없는 짓이라고 웃어넘겼었다. 그랬던 그녀가 지금 미친 듯이 배낭을 뒤지고 있다.

하지만 호루라기는 없었다. 정신을 잃고 피투성이가 되어 매트리스에 쓰러져 있을 때 개릿이 찾아내 가져갔는지도 모른다. 어쨌든 고함을 질러봐야지―갈라진 목구멍으로 최대한 힘껏 소리를 질러봐야지. 메리베스는 유리창을 깨뜨릴 생각으로 곤충 채집병 하나를 집어들었다. 그리고 노히트 노런 게임의 마지막 공을 던지는 투수처럼 병을 머리 위로 잔뜩 들어올렸다. 하지만 손은 다시 내려왔다. 안 돼!

선교사는 가고 없었다. 그가 있던 곳에는 검정색 버드나무와 잡풀, 월계수 한 그루가 뜨거운 바람에 흔들리고 있을 뿐이었다.

어쩌면 아까 봤던 게 이것인지도 모른다.

애당초 선교사는 없었는지도 모른다. 더위와 공포, 목마름에 지친 메리베스 매코넬에게 진실과 허구가 한데 섞이기 시작했고, 이 음산한 노스캐롤라이나의 시골에 대해 공부한 모든 전설이 사실처럼 느껴지기 시작했다. 어쩌면 그 선교사 역시 드러먼드 호수의 아가씨처럼 상상 속의 캐릭터에 지나지 않을지 모른다. 그레이트 디즈멀 늪의 다른 유령들처럼. 메리베스 자신의 이야기가 되어가고 있는 인디언 전설 속의 흰 암사슴처럼.

머리가 욱신거리고 현기증이 났다. 메리베스는 곰팡내 나는 긴 의자에 누워 눈을 감았다. 말벌들이 윙윙거리며 날아오다 회색 벌집 속으로, 정복자의 승리의 상징과도 같은 벌집 속으로 들어갔다.

리디아는 발밑에 바닥이 닿는 것을 느끼고 힘껏 수면 위로 올라왔다. 컥컥거리며 물을 뱉은 뒤 정신을 차려보니, 제분소에서 15미터 정도 하류에 위치한 질척거리는 웅덩이였다. 두 손이 여전히 등 뒤로 묶인 채 바닥을 세게 차는 순간 얼굴을 찌푸렸다. 배수로로 떨어질 때 물방아의 나무 굴대에 부딪혀 발목이 삐었든지 부러진 모양이다. 하지만 이 웅덩이는 깊이가 2미터 정도 되기 때문에 발로 차 올라오지 않으면 물에 잠길 수밖에 없다.

발목의 통증은 아찔할 정도로 심했지만, 리디아는 죽을힘을 다해 수면으로 올라왔다. 멀쩡한 발로 기슭까지 발버둥을 쳤다. 공기를 들이마시고 등을 아래로 하자 몸을 물에 띄울 수 있었다.

2미터 정도 갔을까, 뒷덜미에 뭔가 차가운 것이 슥 미끄러지면서 머리와 귀를 휘감고 얼굴로 향하는 것이 느껴졌다. 뱀이다! 공포가 엄습했다. 작년에 물뱀한테 물려 팔이 거의 두 배로 부어오른 채 응급실에 실려 온 남자가 떠올랐다. 그 환자는 고통을 못 이겨 날뛰었다.

몸을 홱 돌리자 뱀이 입 위로 미끄러져 지나갔다. 리디아는 비명을 질렀다. 하지만 허파에서 공기가 빠져나가자 몸이 물 아래로 가라앉으며 숨이 막혔다. 뱀을 볼 수도 없었다. 어디 있지, 어디? 리디아는 미친 듯이 생각했다. 얼굴을 물리면 실명할 수도 있다. 경동맥이나 경정맥을 물리면 죽는다.

어디 있지? 위쪽에 있나? 물려는 걸까?

제발, 도와주세요, 그녀는 수호천사를 향해 간절히 기원했다.

천사가 기도를 들은 모양이다. 다시 물 위로 떠오르자 뱀은 사라지고 없었다. 스타킹을 신은 발에 다시금 바닥의 진흙이 느껴졌다. 떨어질 때 신발이 벗겨졌던 것이다. 리디아는 잠시 멈춰 숨을 가다듬으며 마음을 진정시켰다. 그리고 진흙과 미끈미끈한 나뭇가지, 썩어가는 낙엽들이 섞인 가파른 기슭 쪽으로 천천히 움직였다. 하지만 다가서려 할 때마다 조금씩 뒤로 미끄러졌다. 캐롤라이나 점토는 조심해야 해. 리디아는 다짐했다. 수렁처럼 빠져드니까.

물을 겨우 벗어났을 때 아주 가까운 곳에서 총소리가 공기를 갈랐다.

맙소사! 개릿이 총을 갖고 있었어! 지금 총을 쏘고 있는 거야!

리디아는 다시 물로 뛰어들어 수면 아래로 몸을 숨겼다. 최대한 오래 있었지만 더 이상 참을 수 없어 다시 올라와야 했다. 리디아가 헐떡거리며 물에서 튀어나오는 순간, 비버 한 마리가 두 번째로 요란한 소리를 내며 꼬리를 다시 한 번 내리쳤다. 비버는 제가 쌓은 둑 쪽으로 도망쳤다. 길이가 6미터 정도 되는 커다란 둑이었다. 리디아는 비버가 꼬리 내리치는 소리를 총 쏘는 소리로 착각한 자신이 한심스러워 절로 나오는 웃음을 꾹 참았다.

리디아는 사초와 진흙 위로 털썩 쓰러져 옆으로 비스듬히 누운 채 헐떡거리며 물을 뱉어냈다. 5분이 지나자 호흡이 조금 진정되었다. 그녀는 일어나 앉아 주위를 둘러보았다.

개릿은 보이지 않았다. 억지로 몸을 일으켜 세웠다. 두 손을 앞으로 잡아당겨 보았지만, 덕트 테이프는 물에 젖었는데도 꿈쩍도 하지 않았다. 제분소의 불탄 굴뚝이 여기서도 보였다. 리디아는 파코 남쪽으로, 집으로 이어지는 길을 찾으려면 어느 쪽으로 가야 하는지 생각을 집중했다. 그리 멀지 않았다. 개울에서 그리 멀리 떠내려 오지는 않았던 것이다.

하지만 리디아는 움직일 마음이 나지 않았다.

공포 때문에, 무기력 때문에 몸이 마비된 것 같았다.

문득 좋아하는 텔레비전 드라마 〈천사의 손길〉이 생각나면서, 마지막으로 그걸 봤던 기억이 떠올랐다. 드라마가 끝나고 광고가 시작되는 순간, 집 현관문이 열리며 남자 친구가 여섯 개들이 맥주를 들고 나타났었다. 연락도 없이 갑자기 들르는 일이 거의 없던 남자라 리디아는 반가워 어쩔 줄을 몰랐다. 그들은 함께 꿈같은 두 시간을 보냈다. 예기치 않은 순간에 희망이 나타난다는 징표로 수호천사가 이 기억을 되살려준 것이라는 생각이 들었다.

이런 생각을 마음속 깊이 다지며, 리디아는 비틀비틀 일어서서 수초를 헤치고 걷기 시작했다. 가까운 곳에서 짐승 소리가 들렸다. 희미하게 그르렁거리는 소리. 강 북쪽에 살쾡이가 산다는 것은 알고 있다. 곰과 멧돼지도. 하지만 고통스럽게 다리를 절면서도 리디아는 병동을 돌면서 약을 나눠주고 잡담을 하며 환자들을 격려해 줄 때처럼 자신감 있는 걸음걸이로 길을 향해 걷기 시작했다.

제시 콘이 자루를 발견했다.

"여기! 이걸 봐. 뭔가 있어. 사프란 자루야."

색스는 채석장 가장자리를 따라 돌투성이 비탈길을 내려갔다. 제시는 평평하게 깎인 석회암 암반 위에 놓인 뭔가를 가리키고 있었다. 다이너마이트를 장착하기 위해 단단한 돌에 드릴로 뚫은 자국이 보였다. 라임이 질산염을 그렇게 많이 찾아낸 것도 무리가 아니다. 여기는 거대한 폭파 구역이었던 것이다.

색스는 제시에게 다가갔다. 제시는 낡은 천으로 된 자루 앞에 서 있었다. 색스는 라임에게 전화를 걸었다.

"라임, 내 말 들려요?"

"계속해. 잡음은 많지만 들려."

"자루가 있어요."

색스는 제시에게 물었다.

"이걸 뭐라고 부른다고요?"

"사프란 자루. 우린 삼베 포대를 그렇게 부릅니다."

색스는 라임에게 말했다.

"낡은 삼베 자루예요. 안에 뭐가 들어 있는 것 같아요."

"개릿이 둔 건가?"

색스는 땅을 내려다보았다. 돌바닥과 벽이 만나는 지점을.

"개릿과 리디아의 발자국이 틀림없어요. 채석장 가장자리로 이어지는 비탈길로 올라갔네요."

"추적합시다."

제시가 말했다. 색스는 대답했다.

"아직 안 돼요. 우선 자루를 살펴보죠."

라임이 지시했다.

"묘사해 봐."

"삼베 자루. 오래 됐어요. 가로 60, 세로 90센티미터. 안에 뭐가 많이 들어 있지는 않네요. 주둥이는 닫혀 있어요. 끈으로 묶지 않고 그냥 꼬아놨네요."

"조심스럽게 열어. 함정을 조심하고."

색스는 자루 한쪽 귀퉁이를 풀어서 안을 들여다보았다.

"함정은 없어요, 라임."

루시와 네드도 이쪽으로 왔다. 네 사람은 채석장에서 건진 익사체라도 되는 듯 자루를 중심으로 빙 둘러섰다.

"안에 뭐가 들었지?"

색스는 햇빛 때문에 아주 부드러워진 라텍스 장갑을 꼈다. 장갑을 끼자마자 열기 때문에 손에서 땀이 나 축축해졌다.

"빈 물병. 상표는 디어파크. 가격표나 제품 스티커는 없어요. 플랜터스 땅콩버터와 치즈크래커 포장지 두 개. 역시 가격표는 없고. UPC 코드로 배송지를 추적해 볼래요?"

"일주일쯤 여유가 있으면 그러겠지만. 아냐, 됐어. 자루 자체는 어떻게 생겼지?"

"인쇄가 돼 있는데 닳아서 읽을 수가 없어요. 읽을 수 있는 사람?"

색스는 일행에게 물었다. 하지만 아무도 글자를 알아보지 못했다. 라임이 물었다.

"원래 안에 뭐가 들어 있었는지 알 수 있을까?"

색스는 자루를 집어 들고 냄새를 맡았다.

"곰팡내가 나네요. 어딘가 밀폐된 곳에 오래 있었나 봐요. 하지만 안에 뭐가 들어 있었는지는 모르겠어요."

색스는 자루를 뒤집어 손바닥으로 세게 두드렸다. 오래 돼서 쭈글쭈글한 옥수수 알갱이가 몇 알 떨어졌다.

"옥수수(corn)네요, 라임."

"내 이름이군."

제시 콘이 웃었다. 라임이 물었다.

"근처에 농가가 있나?"

색스는 추적대에게 이 질문을 전달했다.

"축산 농가는 있지만 옥수수 농장은 없어요."

루시가 네드와 제시를 보며 대답했고, 두 사람도 고개를 끄덕였다. 제시가 말했다.

"하지만 옥수수는 소 먹이죠."

네드도 맞장구를 쳤다.

"그렇지. 아마 사료 가게에서 나온 물건인 것 같습니다. 아니면 창고나."

"들었어요, 라임?"

"사료 가게. 좋아. 벤과 짐 벨에게 알아보라고 하지. 다른 건, 색스?"

색스는 자기 손을 쳐다보았다. 뭔가 검은 것이 묻어 있었다. 그녀는 자루를 다시 뒤집어보았다.

"자루에 재가 묻어 있었던 것 같아요. 자루 자체가 탄 건 아닌데, 어딘가 탄 곳에 있었던 것 같아요."

"뭔지 알겠나?"

"숯가루 같은 걸로 봐서 나무가 탄 것 같아요."

"좋아. 그것도 목록에 적어야겠군."

색스는 개릿과 리디아의 발자국을 쳐다보았다.

"이제 다시 추적을 시작할게요."

"해답이 나오면 나도 전화하지."

색스는 추적대에게 말했다.

"다시 위로 올라가죠."

무릎의 통증을 참으며 색스는 채석장 가장자리를 올려다보았다.

"내려올 때는 이렇게 높은 줄 몰랐는데."

"하하, 그건 일종의 법칙이죠. 산은 내려갈 때보다 올라갈 때 두 배 더 높아진다고."

제시 콘은 걸어 다니는 속담 사전처럼 말하고, 색스가 좁은 길을 앞서 올라가도록 점잖게 길을 비켜주었다.

링컨 라임은 근처를 날아다니는 검푸른 파리를 무시한 채 최신 증거물 차트를 응시했다.

✤ 곤충 소년 ✤

2차 범죄현장 (채석장에서 발견한 것)

- 낡은 삼베 자루—알아볼 수 없는 이름이 적혀 있다.
- 옥수수—곡물상?
- 디어파크 생수
- 자루에 묻은 재
- 플랜터스 치즈크래커

가장 특이한 증거물이야말로 최상의 증거다. 범죄현장에서 전혀 식별할 수 없는 뭔가를 찾아냈을 때 라임은 가장 기뻤다. 출처가 다양하지 않으므로 그것을 식별할 수만 있다면 곧 추적해 낼 수 있다는 뜻이기 때문이다.

하지만 여기 적힌 것—색스가 채석장에서 찾아낸 증거물들—은 모두 평범했다. 자루에 인쇄된 글자를 읽을 수 있다면 그 출처를 알아낼 수도 있을 것이다. 하지만 읽을 수가 없었다. 생수와 크래커에 가격표가 붙어 있다면 그것을 판 상점을 찾아내 개릿을 기억하는 점원에게 뭔가 단서를 이끌어낼 가능성도 있다. 하지만 가격표도 붙어 있지 않았다. 나무 탄 재는? 파케노크 카운티의 모든 바비큐 파티로 연결된다. 쓸모없는 정보인 셈이다.

하지만 옥수수는 유용할 수도 있다. 짐 벨과 스티브 파가 각지의 곡물상에 전화를 걸고 있지만 "네. 옥수수를 팝니다. 낡은 삼베 자루에 담아서요. 다른 곳도 마찬가지예요"라는 대답밖에 얻지 못할 가능성이 컸다. 젠장! 라임은 이곳에 대한 지식이 전혀 없었다. 이 지역을 좀 더 파악하려면 몇 주, 몇 달은 더 필요했다. 하지만 지금은 몇 주, 몇 달을 지체할 시간이 없다.

라임의 시선은 파리처럼 재빨리 차트에서 차트를 오갔다.

✛ 곤충 소년 ✛

1차 범죄현장(블랙워터랜딩에서 발견한 것)

- 피 묻은 클리넥스
- 질산염
- 암모니아
- 캄펜
- 석회암 가루
- 인산염
- 세제

여기서 추론할 수 있는 것은 더 이상 없다.

다시 곤충 책을 보자. 라임은 결정했다.

"벤, 저기 저 책.《극미의 세계》좀 주게. 봐야겠어."

"알겠습니다."

젊은이는 증거물 차트에 시선을 준 채 멍하니 대답했다. 그리고 책을 집어 라임에게 내밀었다.

잠시 동안 책은 라임의 가슴께 허공에 머물러 있었다. 라임은 벤에게 심술궂은 시선을 던졌고, 벤은 라임을 보더니 하늘에서 기적이 내려야 뭔가를 받을 수 있는 사람에게 책을 그냥 내밀었다는 것을 깨달았는지 퍼뜩 놀라며 몸을 곤추세웠다.

벤의 둥근 얼굴이 붉게 달아올랐다.

"아, 이런. 라임 씨… 저는…. 정말 죄송합니다. 아무 생각 없이 그냥. 멍청하게. 정말로….”

라임은 평정하게 말했다.

“벤, 입 다물어.”

덩치 큰 젊은이는 놀라 눈만 깜빡였다. 거대한 손에 비해 너무나 작아 보이는 책이 아래로 내려왔다.

“그냥 실수였습니다. 말씀드렸지만….”

“입, 다물라고.”

벤은 입을 다물었다. 도움의 손길을 찾듯 방 안을 둘러보았지만, 아무도 나서주지 않았다. 톰은 유엔평화유지군 노릇은 할 생각이 없는지 팔짱을 끼고 말없이 벽에 기대서 있을 뿐이었다.

라임은 낮게 으르렁거리듯 말했다.

“자넨 무슨 살얼음판이라도 걷고 있는 것 같군. 보고만 있어도 질리네. 굽실거리는 태도는 집어치워.”

“굽실거려요? 전 그냥 공손하게 하려고….”

“아니, 그렇지 않아. 자넨 필요 이상 날 쳐다보지 않고, 자네의 그 섬세한 신경을 괴롭히지 않기 위해 얼른 여기서 빠져나갈 길이 없나만 계속 궁리하고 있어.”

거대한 어깨가 뻣뻣해졌다.

“음, 그건, 솔직히 공정한 말씀이 아닌 것 같습니다.”

“헛소리. 이제 장갑 벗고 한번 제대로 붙어보지….”

라임은 사납게 웃음을 터뜨렸다.

“이 비유 어떤가? 내가 장갑을 벗는다는 말. 물론 내 처지에서는 신속하게 벗지 못하겠지만 말이야. 장애인이 하는 농담 치곤 어때?”

벤은 당장이라도 도망치고 싶은 표정을 지었지만, 육중한 두 다리는 참나무 둥치처럼 땅에 뿌리를 내리고 있었다.

라임은 말을 이었다.

“내 장애는 전염성이 없네. 왜, 자네한테 옮을 것 같나? 그렇진 않아. 자넨 이 방 공기만 들이마셔도 자네까지 휠체어를 타고 남들한테 끌려 다녀야 하는 것처럼 굴고 있어. 아니, 날 쳐다만 봐도 나처럼 될 것 같아서 두려운 거야!"

"그렇지 않습니다!"

"아니긴 뭐가 아냐. 그렇지…. 도대체 내가 어디가 무섭지?"

"무섭지 않습니다! 그렇지 않아요!"

벤은 고함쳤다. 라임도 목소리를 높였다.

"아니, 그래. 무서운 거야. 자넨 나랑 같은 방에 있기가 무서운 거야. 겁쟁이 같으니!"

덩치 큰 젊은이는 몸을 앞으로 내밀고 턱을 부들부들 떨면서 침을 튀겨가며 마주 고함쳤다.

"집어치워요, 라임!"

잠시 벤은 분노로 말을 잇지 못했다. 그러다 다시 입을 열었다.

"난 고모가 부탁해서 여기 왔습니다. 하루 일정도 완전히 틀어지고, 돈 한 푼 안 받는 일에 말입니다! 자기가 무슨 프리마돈나나 되는 것처럼 사람들한테 이거 해라 저거 해라 하는 당신 말도 잘 들었어요. 난 당신이 어찌되든 상관없…."

벤의 음성이 잦아들었다. 그는 라임을 쳐다보았다. 라임은 껄껄 웃고 있었다.

"뭐죠? 왜 웃어요?"

"봐, 얼마나 쉽나?"

라임은 킬킬거리며 물었다. 톰도 미소를 억누르지 못하는 얼굴이었다. 벤은 숨을 몰아쉬며 몸을 똑바로 세우고 입을 닦았다. 화도 나고 경계하는 눈빛이 역력했다. 벤은 고개를 저었다.

"무슨 뜻입니까? 뭐가 쉬워요?"

"내 눈을 똑바로 쳐다보며 재수 없는 놈이라고 하는 거 말이야."

라임은 평온한 음성으로 말을 이었다.

"벤, 나도 다른 사람들과 다르지 않아. 난 사람들이 날 무슨 도자기 취급하는 게 싫다고. 그쪽에서도 내가 깨질까 봐 걱정해야 하는 게 싫은 거 아닌가."

"사람을 갖고 노는군요. 사람 속을 뒤집으려고 일부러."

"이렇게 표현하세. 자네 속으로 들어가려 했다고."

벤이 언젠가 헨리 대빗 같은 사람, 한 인간의 핵심에만, 영혼에만 관심이 있고 포장은 무시해 버리는 사람이 될 수 있을 거라는 생각은 들지 않았다. 하지만 적어도 몇 걸음 깨달음에 가까이 다가가도록 밀어붙이는 데는 성공한 것 같았다.

"차라리 그냥 집어치우고 가는 편이 낫겠습니다."

"많은 사람들이 그렇게 하지, 벤. 하지만 난 자네가 필요해. 자넨 좋은 친구야. 감식에 재능이 있어. 이봐, 힘내. 서먹서먹한 게 풀어졌잖아. 다시 일을 시작하자고."

벤은《극미의 세계》를 책장 넘기는 기계에 올리고 물었다.

"정말 당신을 똑바로 쳐다보면서 재수 없는 놈이라고 하는 사람들이 많습니까?"

라임은 그 대답을 톰에게 미루고 책표지를 바라보았다. 톰이 대답했다.

"그럼요. 물론 라임을 잘 알게 된 다음에 하는 말이지만."

리디아는 아직 제분소에서 겨우 몇 십 미터 떨어진 곳에 있었다.

가능한 한 빠르게 자유의 길을 향해 걷고 있었지만, 발목이 욱신거려 걸음을 제대로 걸을 수가 없었다. 게다가 소리 없이 풀숲 사이를 헤치려면 손을 사용해야 했기 때문에 천천히 갈 수밖에 없었다. 그럼에도 병원에서 맡았던 몇몇 뇌손상 환자들과 마찬가지로, 그녀 역시 평형감각이 떨어져 있었기 때문에 생각 이상으로 많은 소음을 내고 있었다.

리디아는 크게 원을 그리며 제분소 앞쪽을 돌아가 잠시 쉬었다. 개 릿이 따라오는 낌새는 없었다. 제분소에서 흘러나온 물이 불그스름한 늪으로 흘러들어가는 소리만 들릴 뿐이었다.

1.5미터 전진. 3미터.

제발, 수호천사님. 리디아는 생각했다. 좀 더 곁에 계셔주세요. 이 난관을 헤치고 나갈 힘을 주세요. 제발… 몇 분만 더 가면 자유를 얻을 수 있어요.

아, 아파. 어딘지 모르지만 뼈가 한 군데 부러진 것 같았다. 발목은 퉁퉁 부어 있었다. 리디아는 이게 만약 골절된 거라면 보호대 없이 이렇게 돌아다니다가는 상태가 열 배는 더 악화될 수 있다는 걸 알고 있었다. 멍도 점점 검어지고 있었다. 핏줄이 터졌다는 뜻이다. 패혈증일 가능성도 있다. 괴저. 다리 절단. 그렇게 되면 남자 친구는 뭐라고 할까? 아마 날 떠날 거야. 두 사람의 관계는 깊지 않았다─적어도 남자 쪽에서는 그렇게 생각했다. 게다가 종양과에서 일할 때의 경험을 통해, 리디아는 신체 일부를 잃은 환자에게서 사람들이 하나 둘씩 멀어져 가는 걸 많이 보아온 터였다.

리디아는 잠시 멈춰 주위를 둘러보며 귀를 기울였다. 개릿은 도망쳤나? 날 포기하고 메리베스와 함께 아우터뱅크스로 간 걸까?

리디아는 채석장으로 돌아가는 길을 향해 걷기 시작했다. 길을 찾으면 좀 더 조심스럽게 움직여야 한다─암모니아 함정 때문이다. 개릿이 정확히 어디다 설치했는지 기억이 나지 않았다.

다시 9미터…. 그리고 나왔다, 집으로 돌아가는 길이.

리디아는 다시 멈춰서 귀를 기울였다. 아무 소리도 들리지 않았다. 껍질 거무죽죽한 뱀이 늙은 삼목 등치 위에서 평화롭게 햇빛을 쬐고 있었다. 잘 있어. 리디아는 인사를 건넸다. 난 집에 가.

리디아는 다시 걸음을 옮겼다.

바로 그때, 잎이 무성한 월계수 밑에서 곤충 소년의 손이 불쑥 튀어나오더니 리디아의 성한 발목을 붙잡았다. 손이 묶여 안 그래도 균형을 잡지 못하던 리디아는 기우뚱하며 엉덩방아를 찧고 말았다. 뱀은 리디아의 비명소리에 잠에서 깨어나 사라졌다.

개릿은 분노에 차 벌게진 얼굴로 리디아의 몸을 타고 앉아 땅에 밀어붙였다. 15분은 족히 여기서 기다리고 있었던 모양이다. 리디아가 사정거리 안에 들어오기까지 소리 없이, 꿈쩍도 하지 않은 채. 다음 먹잇감을 기다리는 거미처럼.

"제발."

리디아는 충격으로 숨을 헐떡였다. 수호천사가 자신을 배신했다는 걸 믿을 수가 없었다.

"제발 해치지 마…"

"조용히 해."

개릿은 속삭이는 음성으로 겁을 준 뒤 주위를 둘러보았다.

"이젠 너한테 지쳤어."

그러고는 리디아를 거칠게 일으켰다. 팔을 잡아당기거나 몸을 굴려 등을 땅에 대도록 한 뒤 천천히 일으킬 수도 있었다. 하지만 그렇게 하지 않았다. 개릿은 등 뒤에서 팔을 뻗어 리디아의 가슴 위를 붙잡았다. 개릿의 단단한 몸이 리디아의 등과 엉덩이에 와 닿았다. 영원처럼 느껴지던 그 순간이 지나고, 마침내 개릿은 리디아를 놓았다. 하지만 앙상한 손가락으로 팔을 붙잡고, 리디아의 흐느낌에도 아랑곳없이 그녀를 제분소 쪽으로 이끌었다. 도중에 멈춰 선 것은 단 한 번뿐이었다. 개릿은 한 줄로 길게 늘어서서 작은 알을 길 건너편으로 나르고 있는 개미들을 관찰했다.

"밟지 마."

개릿은 중얼거렸다. 그리고 혹시 밟지나 않는지 리디아의 발을 주의 깊게 쳐다보았다.

페이지 넘기는 기계는 언제 들어도 도축업자가 칼 가는 것 비슷한 소리를 냈다. 《극미의 세계》 한 페이지가 슥, 소리를 내며 넘어갔다. 너덜너덜한 정도로 보아, 개릿이 가장 좋아하는 책인 것 같았다.

곤충은 놀라울 만큼 생존에 능숙하다. 회색가지나방은 원래 흰색이지만 영국 맨체스터 공업지대 주변 지역에서는 흰 나무둥치에 낀 검댕에 잘 어울리고, 천적의 눈에 띄지 않기 위해 검정색으로 변했다.

라임은 페이지를 계속해서 넘겼다. 튼튼한 왼쪽 약손가락이 ECU 장치를 누를 때마다 슥, 슥, 칼 가는 소리를 내며 책장이 넘어갔다. 라임은 개릿이 표시해 둔 구절들을 읽었다. 개미귀신에 대한 구절은 이미 추적대가 함정에 빠지는 것을 막아주었다. 라임은 보다 많은 단서를 이끌어내고 싶었다. 물고기 심리학자 벤 커도 아까 말했지만, 동물의 행동은 때로 인간 행동의 훌륭한 모델이 되기도 한다. 특히 생존에 관한 문제에서는 더욱.

사마귀는 복부를 날개에 문질러 섬뜩한 소리를 냄으로써 천적의 주의를 다른 곳으로 돌린다. 또한 사마귀는 살아 있는 생물 중에서 자기보다 덩치가 작은 것은 뭐든지 다 먹는다. 새, 포유류 등….

고대인들은 쇠똥구리를 보고 바퀴를 착안했다고 알려져 있다….

1700년대에 박물학자 레오뮈르는 말벌이 나무 섬유와 타액으로 집을 만드는 걸 관찰했다. 여기서 그는 당시까지 종이를 만들던 천 대신 나무의 펄프로 종이를 만드는 방식을 착안했고….

하지만 이중에서 이번 사건에 대한 단서가 될 만한 것은 무엇일까? 넓이가 수천 평방미터에 달하는 숲과 늪지대 어딘가에 숨어 있는 사람 둘을 찾아내는 데 도움이 될 만한 것이 과연 있을까?

곤충은 후각을 다양한 방식으로 활용한다. 그들에게 후각은 다차원적인 감각기관이다. 곤충은 냄새를 '느끼고' 이를 여러 가지로 활용한다. 교육, 지능, 의사소통 등. 개미는 먹을 것을 발견하면 복부를 간헐적으로 땅에 대어 냄새로 자취를 남기면서 집으로 돌아간다. 다른 개미들은 이 자취를 발견하고 먹을 것이 있는 곳으로 간다. 이 냄새에는 '형태'가 있기 때문에 어느 방향인지도 알 수 있다. 냄새 입자의 양쪽 끝 가운데 좁은 쪽이 화살표처럼 먹을 것이 있는 쪽을 가리킨다. 곤충은 냄새를 적이 접근하고 있다는 경고로도 활용한다. 곤충은 몇 킬로미터 떨어진 곳에서도 냄새 분자를 감지할 수 있기 때문에 적이 와도 놀라지 않고….

짐 벨 보안관이 빠른 걸음으로 들어왔다. 얼굴에는 미소가 떠올라 있었다.

"방금 병원 간호사한테 소식을 들었습니다. 에드가 무의식 상태에서 깨어나 뭔가 말을 한 모양이더군요. 의사가 곧 연락을 줄 겁니다. '올리브'가 무슨 뜻인지, 사냥용 움막에 있었다는 지도에서 뭘 봤는지 알 수 있었으면 좋겠습니다."

인간의 증언에 대한 불신에도 불구하고, 이 순간만큼은 라임도 증인이 있다는 게 기뻤다. 육지로 나온 물고기 신세의 무력감과 혼란이 그를 무겁게 내리누르고 있었기 때문이다.

벨은 천천히 실험실 안을 서성거리며 발소리가 들릴 때마다 얼른 문 쪽을 돌아보곤 했다.

링컨 라임은 다시 고개를 쭉 뻗고 머리를 의자 등받이에 얹었다. 그리고 증거물 차트와 지도, 책을 번갈아 바라보았다. 그동안에도 검푸른 색 작은 파리 한 마리는 라임이 그렇듯 초점을 찾지 못한 채 필사적으로 윙윙거리며 방 안을 날아다니고 있었다.

짐승 한 마리가 길을 가로지르더니 사라졌다.

"뭐였죠?"

색스는 고갯짓을 하며 물었다. 그녀가 보기에는 개와 커다란 길고양이의 잡종쯤 돼 보이는 짐승이었다. 제시가 대답했다.

"회색여우입니다. 자주 보이지는 않는데. 하긴 파코 북쪽을 걸어 다닐 일은 자주 없으니까."

일행은 개릿의 희미한 발자취를 따라 천천히 걸음을 옮겼다. 그러면서도 내내 살인적인 함정이 있지 않을까, 주변 나무나 풀숲에서 기습을 하지는 않을까 신경이 쓰였다.

오늘 아침 소년의 장례식을 본 뒤로 끈질기게 뇌리를 떠나지 않는 예감이 다시금 엄습했다. 소나무 숲은 이미 지나 왔고 지금은 다른 숲이었다. 주변의 나무는 열대 정글에서나 볼 수 있는 것들이었다. 루시에게 무슨 나무냐고 물어보니 층층나무, 늙어서 잎이 다 떨어진 사이프러스, 삼목이라는 대답이 돌아왔다. 나무 사이로 얼기설기 엮인 이끼와 주렁주렁 매달린 덩굴이 짙은 안개처럼 소리를 흡수하고 있어 은근히 폐쇄공포를 자아냈다. 온통 버섯과 곰팡이 등의 균류이고, 부글거리는 늪지대가 주위에 널려 있었다. 공기 속에는 부패한 냄새가 떠돌았다.

색스는 길을 내려다보았다. 그리고 제시에게 물었다.

"시내에서 멀리 떨어져 있는 곳인데, 이런 길은 누가 만들죠?"

제시는 어깨를 으쓱했다.

"주로 배드 페이(bad pay)죠."

"그게 뭐예요?"

리치 컬보도 비슷한 표현을 썼던 기억이 났다.

"원래는 빚을 안 갚는 사람이라는 뜻인데, 그냥 쓰레기 같은 인간을 말하는 겁니다. 밀주범, 깡패, 늪지 사람들, PCP 제조업자."

네드 스포토가 물을 한 모금 마시고 말했다.

"가끔 신고가 들어오죠. 총격이 있었다, 비명소리가 들렸다, 도와달라, 정체불명의 불빛이 구조 신호를 보낸다. 그런 거요. 하지만 정작 출동해 보면 아무것도 없습니다…. 시체도 없고, 범인도 없고, 도와달라던 목격자도 없지요. 가끔 핏자국을 발견해서 따라가 봐도 흐지부지 끊기죠. 의무가 있으니까 수색은 합니다만, 이쪽으로는 경찰들도 절대 혼자 나오지 않습니다."

제시가 말했다.

"여기는 느낌 자체가 틀려요. 생명이라는 게 다르게, 훨씬 시시하게 느껴지죠. 여기로 출동하느니, 차라리 PCP에 취해 총을 들고 미니마트에서 절도 행각을 벌이는 애들을 체포하는 게 낫습니다. 적어도 거긴, 거긴 규칙이란 게 있거든요. 어떤 반응이 올지 미리 알 수 있는데. 여긴….'

제시는 어깨를 으쓱했다. 루시도 고개를 끄덕였다.

"맞아요. 파코 북쪽 사람들한테는 보편적인 법칙이 통하지가 않아요. 그쪽, 아니면 우리지요. 피의자의 권리 낭독 같은 것도 필요 없이 총부터 쏘게 되는데, 그렇게 해도 아무 문제가 없어요. 설명하긴 힘들지만."

색스는 초조한 기분으로 나누는 이 대화가 마음에 들지 않았다. 일행이 이렇게 음울하고 긴장한 분위기만 아니었어도, 도시에서 온 여자한테 겁을 주려고 일부러 그러는 걸로 생각했을 것이다.

마침내 그들은 세 갈래의 갈림길에서 멈추어 섰다. 세 길을 각각 15미터가량 가보았지만, 개릿과 리디아가 어느 쪽을 택했는지 알아낼 만한 실마리는 없었다. 그들은 다시 갈림길로 돌아왔다.

라임의 목소리가 머릿속에 떠올랐다. 조심해, 색스. 하지만 서둘러. 우리한텐 시간이 별로 없으니까.

서둘러….

하지만 어디로 가야 할지 단서는 전혀 없었다. 좁아지는 세 갈림길을 쳐다보고 있으려니, 제아무리 링컨 라임이라도 사냥감이 어디로 갔을지 알아내기란 불가능해 보였다.

그때 휴대전화가 울렸고, 루시와 제시 콘은 라임이 어느 길로 가야 할지 알려주지 않을까 하는 기대감에 가득 찬 눈빛으로 색스를 쳐다보았다. 색스는 전화를 받고 귀를 기울이다 고개를 끄덕였다. 그리고 전화를 끊었다. 색스는 숨을 한 번 들이쉬고 부보안관들을 바라보았다. 제시 콘이 물었다.

"뭡니까?"

"병원에서 에드 섀퍼 소식이 방금 왔대요. 잠시 깨어났다가 '아이들을 사랑한다고 전해줘.' 하고는 죽었다는군요…. 그 전에 '올리브' 비슷한 얘기를 했다는데, 아마 그냥 '아이 러브(I love)'라고 말한 거였나 봐요. 그뿐이에요. 유감이에요."

"오, 맙소사."

네드가 내뱉었다.

루시는 고개를 숙였다. 제시가 루시의 어깨에 팔을 두르고 물었다.

"이제 어떻게 하지?"

루시는 고개를 들었다. 눈에 눈물이 고여 있었다.

"그 아이를 잡아야지, 뭘 어떻게 해."

엄숙한 결의가 담긴 음성이었다.

"논리적으로 가능성이 가장 많은 길을 하나 골라서 개릿을 찾을 때까지 계속 가는 거야. 그리고 서둘러야 해. 동의하죠?"

루시는 색스에게 물었다. 이 순간만큼은 색스도 루시가 지휘권을 행사하는 데 아무 이의가 없었다.

"그럼요."

15 사냥꾼

남자들의 이런 눈빛은 백 번도 넘게 봐왔다.

요구. 욕망. 굶주림.

때로는 헛된 갈망. 때로는 부적절한 사랑의 표현.

뻣뻣한 머리카락에 10대 시절에는 여드름투성이었던, 그리고 지금은 흉터투성이인 얼굴을 한 덩치 큰 여자 리디아는 남자들이 자신에게 원하는 것이 거의 없다고 생각했다. 하지만 그런 그녀에게도 적어도 몇 년에 한 번씩은 뭔가를 원하는 남자가 나타났고, 리디아는 세상을 살아나가려면 자신이 가진 그 보잘것없는 매력을 최대한 활용해야 한다고 오래 전에 결심했었다. 그리고 지금 리디아 조핸슨은 아주 익숙한 무대에 올라 있었다.

두 사람은 제분소의 어두운 사무실로 다시 돌아왔다. 개릿은 듬성듬성한 상고머리 사이로 땀을 흘리며 리디아를 내려다보고 있었다. 바지 아래로 발기된 것이 뚜렷이 보였다.

개릿의 시선이 리디아의 가슴께를 미끄러져 내려갔다. 젖은 제복은 물구덩이에 빠질 때 단추가 뜯어져서 속이 훤히 들여다보였고(아니, 길에서 개릿이 리디아를 붙잡았을 때 그렇게 됐나?), 브래지어 끈도 끊어져 있었다(아니, 개릿이 뜯었던가?).

리디아는 발목의 통증 때문에 얼굴을 찌푸리며 개릿에게서 물러났다. 그리고 벽에 몸을 기대고 앉아 다리를 벌린 채, 소년의 눈빛을 관찰했다. 거미를 대하는 듯한, 차가운 혐오감을 느끼며.

하지만 속으로는 이렇게 생각했다. 하게 해줄까?

개릿은 젊다. 급히 끝낼 것이다. 끝낸 뒤에 잠이 들 수도 있고, 그러면 개릿의 칼을 찾아서 손을 묶은 테이프를 끊을 수 있다. 그런 다음 개릿을 쓰러뜨리고 테이프로 묶는다.

하지만 저 뼈만 앙상한 붉은 손과 여드름투성이인 저 얼굴이 내 얼굴에 맞닿고, 역겨운 숨결과 체취를 맡아야 한다…. 견딜 수 있을까? 리디아는 잠시 눈을 감았다. '블루선셋' 아이섀도처럼 공허한 기도문을 내뱉었다. 할까, 말까?

하지만 근처에 있는 천사들은 모두 이 선택에 대해 침묵을 지키고 있었다.

개릿을 향해 미소만 지으면 된다. 그는 곧장 몸 안에 들어올 것이다. 아니면 입으로 빨아주던가…. 어차피 그 모든 건 아무 의미 없는 일일 뿐이다.

빨리 한 번 하고 영화나 보자…. 남자 친구와 리디아가 자주 하는 농담이었다. 리디아는 시어스 백화점에서 우편 주문한 빨강색 속옷 차림으로 문간에서 남자 친구를 맞이하곤 했다. 그리고 그의 어깨에 팔을 두르고 그런 농담을 속삭이곤 했다.

그걸 하면 탈출할 수도 있어.

하지만 난 못 해!

개릿의 눈이 리디아의 눈과 마주쳤다. 그의 시선이 몸 아래로 미끄러져 내려갔다. 그의 충혈된 눈빛은 성기보다 더 속속들이 리디아의 몸을 더럽히고 있었다. 맙소사, 이 아이는 그냥 곤충이 아니야. 리디아가 즐겨 읽는 공포물에서 튀어나온 돌연변이, 딘 쿤츠나 스티븐 킹이 창조했을 법한 존재였다.

손톱 퉁기는 소리.

그는 이제 통통하고 매끄러운 다리, 리디아의 몸에서 가장 자신 있는 부위를 훑어보고 있었다.

개릿이 입을 열었다.

"왜 울어? 다친 건 당신 잘못이야. 뛰면 안 되는 건데. 어디 봐."

그러곤 부어오른 발목 쪽으로 고갯짓을 했다.

"괜찮아."

리디아는 얼른 말했지만, 거의 무의식적으로 그의 눈앞에다 발을 들어올렸다.

"학교 얼간이들 몇 명이 작년에 모빌 역 뒤쪽 언덕에서 날 미는 바람에 발목을 삔 적이 있어. 그때랑 비슷하군. 지독히 아프던데."

해치워버리자. 리디아는 생각했다. 그만큼 집에 가까워지는 거야.

빨리 한 번 하고….

안 돼!

하지만 리디아는 개릿이 자기 앞에 앉았을 때 물러서지 않았다. 그가 리디아의 발을 잡았다. 긴 손가락이─휴, 정말 큰 손이었다─종아리를 감싸더니 다시 발목을 잡았다. 손이 떨리고 있었다. 시선은 흰 스타킹 구멍 사이사이로 비집고 올라온 분홍색 살결을 보고 있었다. 개릿이 발을 살펴보며 말했다.

"베진 않았는데 시꺼멓군. 왜 이런 거지?"

"부러진 건지도 몰라."

대답도 없었고, 동정하는 기색도 없었다. 자신에게 리디아의 고통 따위 아무 의미도 없다는 투였다. 한 인간이 고통을 느낄 수도 있다는 걸 이해하지 못한다는 듯. 그가 관심을 보이는 것은 단지 몸을 만지기 위한 핑계에 불과했다.

리디아는 다리를 좀 더 길게 뻗었다. 다리를 들고 있느라 근육이 부들부들 떨렸다. 발이 개릿의 사타구니 근처를 건드렸다.

개릿이 눈꺼풀을 내리깔았다. 숨결이 빨라졌다.

리디아는 침을 삼켰다.

개릿이 리디아의 발을 옮겼다. 발이 축축한 옷 위로 그의 페니스를 스쳤다. 아까 리디아가 도망치려다 세게 부딪힌 물방아의 나무 바퀴 살처럼 딱딱했다.

개릿의 손이 위쪽으로 천천히 미끄러져 올라왔다. 스타킹에 손톱이 걸렸다.

하지 말자….

하자….

그때 그가 멈췄다.

고개를 뒤로 젖히면서 콧구멍이 벌어졌다. 개릿은 깊이 숨을 들이쉬었다. 두 번.

리디아도 냄새를 맡았다. 시큼한 냄새였다. 잠시 후 리디아는 냄새의 정체를 깨달았다. 암모니아.

개릿은 겁에 질려 눈을 커다랗게 뜨고 속삭였다.

"젠장. 어떻게 이렇게 빨리 왔지?"

"뭐?"

리디아가 물었다. 개릿은 일어섰다.

"함정! 함정을 건드린 거야. 10분 있으면 이리로 올 거야! 도대체 어떻게 이렇게 빨리 왔을까?"

개릿이 리디아의 얼굴 쪽으로 몸을 내밀었다. 리디아는 어떤 사람의 눈에서도 이만 한 분노와 미움을 본 적이 없었다.

"당신이 길에 뭘 남겼어? 메시지를 남긴 거야?"

날 죽이려는 거야. 리디아는 움츠렸다. 개릿은 완전히 통제 불능 상태였다.

"아냐! 맹세해! 약속해."

개릿은 리디아 쪽으로 다가왔다. 몸을 잔뜩 움츠렸지만, 그는 리디아를 얼른 지나쳤다. 그리고 셔츠와 바지, 속옷과 양말을 황급히 벗었다. 그 바람에 옷가지가 찢어졌다. 리디아는 개릿의 마른 몸을 응시했다. 단단하게 발기한 성기는 약간밖에 줄어들지 않았다. 개릿은 벌거

벗은 채 방 구석으로 달려갔다. 바닥에 개어놓은 다른 옷이 있었다. 그는 그 옷을 입었다. 신발도 신었다.

리디아는 고개를 들고 창밖을 내다보았다. 화학 약품 냄새가 강하게 풍겨왔다. 그렇다면 개릿의 함정은 폭탄이 아니다—암모니아 자체를 무기로 사용한 것이다. 머리 위로 암모니아가 쏟아져 추적대는 화상을 입고 눈이 멀었을 것이다.

개릿은 속삭이듯 말을 이었다.

"난 메리베스한테 가봐야 해."

리디아는 흐느끼며 말했다.

"난 못 걸어. 날 어떻게 할 거야?"

개릿은 바지 주머니에서 접는 칼을 꺼냈다. 그리고 요란한 소리를 내며 칼을 펼치고 리디아를 향해 돌아섰다.

"안 돼. 안 돼, 제발….."

"당신은 다쳤어. 그러니 나랑 같이 갈 수는 없지."

리디아는 칼날을 바라보았다. 녹이 슬고 이빨이 빠진 칼날이었다. 숨이 점점 가빠왔다.

개릿이 가까이 다가왔다. 리디아는 울기 시작했다.

어떻게 이렇게 빨리 왔을까? 개릿 핸런은 제분소 앞문에서 개울 쪽으로 뛰며 다시금 생각했다. 옻이 오른 피부가 따갑듯이, 공포감으로 심장이 쿡쿡 쑤셨다.

적들은 블랙워터랜딩에서 제분소까지 그 먼 길을 겨우 몇 시간만에 찾아왔다. 개릿은 아연실색했다. 자신의 자취를 찾아내려면 적어도 하루나 이틀은 걸릴 거라고 생각했었다. 개릿은 채석장으로 이어지는 길 쪽을 바라보았다. 추적대는 보이지 않았다. 개릿은 반대편으로 돌아서서 천천히 다른 길을 걷기 시작했다. 채석장에서 멀어지는, 제분소에서 하류 쪽으로 내려가는 길이었다.

개릿은 손톱을 튕기며 자문했다. 어떻게, 어떻게, 어떻게?

긴장을 풀자. 그는 생각했다. 시간은 많다. 그들은 암모니아 병이 바위 위에 떨어져 깨진 걸 보고 다른 함정이 있을까 봐 겁을 집어먹었을 것이다. 그리고 똥을 굴리는 쇠똥구리처럼 느릿느릿 다가오고 있을 것이다. 몇 분 후면 나는 늪에 도착할 테고, 그러면 저쪽은 절대 따라오지 못한다. 개를 끌고 오더라도. 여덟 시간 후면 메리베스와 같이 있을 것이다….

그러다 문득 멈춰 섰다.

길 한쪽 편에 빈 플라스틱 물병이 떨어져 있었다. 누군가 그냥 떨어뜨린 것 같았다. 개릿은 공기 냄새를 킁킁 맡고, 병을 집어 들어 입구에 코를 댔다. 암모니아였다!

하나의 영상이 뇌리를 스쳤다. 거미줄에 걸린 파리의 영상이. 젠장! 속았다!

여자 목소리가 들렸다.

"거기 서, 개릿!"

청바지와 검정 티셔츠 차림의 예쁜 빨강머리 여자가 풀숲에서 나왔다. 손에 든 권총은 개릿의 가슴을 똑바로 겨누고 있었다. 여자는 개릿이 들고 있는 칼에 눈길을 주더니 다시 얼굴을 보았다. 그리고 소리쳤다.

"여기 있어! 개릿을 잡았어요!"

그러곤 개릿의 눈을 똑바로 쳐다보며 목소리를 낮추었다.

"시키는 대로 하면 다치지 않아. 칼을 저쪽으로 던지고 땅에 엎드려. 얼굴부터."

하지만 소년은 엎드리지 않았다.

그냥 구부정한 자세로 꿈쩍도 않고 선 채 왼손 엄지손톱을 강박적으로 튕길 뿐이었다. 겁에 질린 나머지 필사적인 얼굴이었다.

아멜리아 색스는 소년이 단단히 쥐고 있는 녹슨 칼을 다시 한 번 보았다. 스미스 앤드 웨슨을 개릿의 가슴에 겨눈 채였다. 암모니아 냄새와 땀 때문에 눈이 따끔거렸다. 색스는 소매로 얼굴을 닦았다. 그리고 침착하게 말했다.

"개릿… 엎드려. 하라는 대로 하면 아무도 널 다치게 하지 않아."

멀리서 고함소리가 들려왔다. 네드 스포토의 목소리였다.

"리디아를 찾았어. 무사해요. 메리베스는 여기 없어요."

이번엔 루시의 음성이 들려왔다.

"어디 있어요, 아멜리아?"

"개울로 가는 길에!"

색스는 소리치고 다시 개릿에게 말했다.

"칼을 저쪽으로 던져, 개릿. 땅에. 그리고 엎드려."

개릿은 경계하는 눈빛으로 색스를 쳐다보았다. 살갗에는 붉게 부스럼이 나 있고 눈은 축축했다.

"얼른, 개릿. 추적대 네 명이 있어. 넌 도망 못 가."

"어떻게, 어떻게 날 찾았지?"

그저 아이 같은, 보통의 열여섯 살짜리보다 더 어리게 들리는 목소리였다.

색스는 링컨 라임 덕택에 암모니아 함정과 제분소를 찾았다는 사실은 물론 알려주지 않았다. 숲 속 세 갈림길에서 가운데 길을 바라보고 있는데, 링컨에게서 전화가 걸려왔다.

"짐 벨과 통화한 사료 가게 직원 중 한 사람이 이 근처에서는 옥수수를 사료로 사용하지 않는다고 말했어. 아마 방앗간에서 나온 것 같다던데, 짐이 마침 작년에 불에 탄 뒤 버려진 제분소 한 곳을 알고 있더군. 아마 그때 불에 그슬렸을 거야."

벨이 전화를 바꾸더니 제분소까지 가는 길을 알려주었다. 그런 다음 라임이 다시 전화를 넘겨받고 덧붙였다.

"암모니아에 대해서도 한 가지 생각이 떠올랐는데 말이야."

라임은 개릿의 책을 읽다가 곤충이 냄새로 위험 신호를 주고받는다는 구절에 밑줄이 그어져 있는 것을 보았다. 그는 채석장에서 쓰인 것처럼 일반적인 폭탄에는 암모니아가 사용되지 않으므로 개릿은 아마 암모니아를 낚싯줄로 된 덫과 함께 장치해 놓았을 것이라는 결론을 내렸다. 추적자들이 암모니아를 쏟으면 냄새로 가까이 다가왔다는 것을 눈치 채고 달아날 수 있도록 말이다.

함정을 찾고 나서 네드의 물병에 암모니아를 채워 소리 없이 제분소를 포위한 다음, 암모니아를 바깥에 뿌려서 개릿을 유인해 내자고 한 것은 색스의 아이디어였다.

그리고 유인 작전은 성공했다.

하지만 소년은 아직 색스의 명령을 따르지 않고 있었다. 주위를 둘러보다가 정말 자길 쏠 것인지 알아내려는 듯 색스의 얼굴만 쳐다보고 있을 뿐이다.

개릿은 얼굴에 난 여드름을 긁더니 땀을 닦고 절망과 공포가 가득한 눈으로 오른쪽 왼쪽을 쳐다보며 칼을 고쳐 쥐었다.

놀라게 하면 무턱대고 도망가거나 이쪽을 공격할지도 모른다는 생각에, 색스는 아이를 재우는 어머니 같은 음성으로 말하려고 애썼다.

"개릿, 내가 시키는 대로 해. 아무 문제 없을 거야. 그냥 내가 시키는 대로 하렴. 제발."

"조준했어? 쏴."

메이슨 저메인이 속삭였다.

뉴욕에서 온 빨강머리가 살인자와 대치하고 있는 곳에서 백 미터 떨어진 헐벗은 언덕 꼭대기. 그곳에 메이슨과 네이선 그루머가 자리 잡고 있었다.

메이슨은 서 있고, 네이선은 뜨거운 땅바닥에 엎드려 있었다. 그는 알맞게 약간 위로 솟은 바위에 루거를 받치고, 사슴이나 거위, 또는 인간을 쫓는 사냥꾼들이 총을 쏘기 전에 다들 그렇게 하듯이 호흡을 조절하는 데 집중했다.

메이슨이 재촉했다.

"쏴. 바람도 없어. 시야도 좋고. 쏘라고!"

"메이슨, 개릿이 아무 짓도 안 하고 있잖아요."

그들은 루시 커와 제시 콘이 개릿에게 총을 겨누며 공터로 들어와 빨강머리 곁으로 가는 것을 지켜보았다. 네이선은 말을 이었다.

"다들 빈틈없이 장악하고 있고, 개릿이 가진 건 칼뿐입니다. 조그마한 칼 한 자루라고요. 곧 항복할 것 같은데요."

메이슨 저메인은 갑갑한 듯 몸무게를 한쪽 발에서 다른 쪽 발로 실으며 내뱉었다.

"항복하지 않아. 말했잖아. 저건 위장이라고. 경계가 흐트러지는 순간 한 사람을 죽일 거야. 에드 섀퍼가 죽은 게 자네한텐 아무렇지도 않나?"

스티브 파가 30분 전에 이 슬픈 소식을 전해주었다.

"봐요, 메이슨. 나도 누구 못지않게 마음이 아파요. 하지만 그게 교전 수칙과 무슨 관계가 있습니까? 게다가 보세요. 좀 보라고요. 루시랑 제시가 개릿에게서 고작 2미터 정도밖에 떨어져 있지 않잖아요."

"그 사람들을 맞힐까 봐 걱정된단 말이야? 젠장, 자넨 저 정도 떨어진 동전도 맞출 수 있잖아, 네이선. 자네만큼 총 잘 쏘는 사람이 누가 있어? 쏴. 쏘라고."

"난…."

메이슨은 공터에서 벌어지는 묘한 상황을 지켜보고 있었다. 빨강머리가 총을 내리고 한 걸음 다가섰다. 개릿은 아직 칼을 쥐고 있었다. 머리가 앞뒤로 흔들거렸다. 빨강머리는 다시 천천히 한 걸음 다가섰다.

아, 대단히 고맙군. 나쁜 년.

"여자도 사격권에 들어왔나?"

"아니요. 하지만 우린 애초 여기 있으면 안 되는 거잖습니까."

"그게 어쨌다고. 어쨌든 우린 여기 있잖아. 내가 추적대를 엄호하는 임무를 허가했고, 이제 총을 쏘라고 명령을 내린 거야. 안전장치 해제

했나?"

"해제했어요."

"그럼 쏴."

네이선은 망원경을 통해 공터를 바라보았다.

메이슨은 네이선과 총이 흐트러짐 없는 하나가 되면서 루거의 총신이 미동도 없이 얼어붙는 것을 지켜보았다. 예전에도 본 적이 있는 광경이었다—자신보다 훨씬 운동 신경이 좋은 친구들과 사냥을 나갈 때. 그것은 메이슨으로서는 잘 이해할 수 없는 섬뜩한 모습이었다. 총이 쏘는 사람의 일부가 되면서, 다음 순간 거의 자동적으로 발사되는 듯한 모습.

메이슨은 총소리가 메아리치길 기다렸다.

바람 한 점 없는 날씨. 분명한 과녁. 깨끗한 배경.

쏴, 쏴, 쏴! 메이슨은 말없이 재촉했다.

하지만 땅, 하는 라이플 소리 대신 한숨소리가 들렸다. 네이선은 고개를 숙였다.

"못 하겠어요."

"총 이리 줘."

"안 돼요, 메이슨. 그만둬요."

하지만 상급 부보안관의 눈빛이 네이선의 말을 막았다. 그는 라이플을 넘겨주고 옆으로 몸을 굴려 물러났다.

"몇 발이나 들었지?"

"난…."

"몇 발이나 들었냐고?"

배를 깔고 엎드린 메이슨은 조금 전의 네이선과 똑같은 자세를 취하고 물었다.

"다섯 발. 아니, 기분 나쁘게 듣진 마세요, 메이슨. 당신이 세계 제일의 명사수는 아니잖아요. 죄 없는 사람 세 명이 사격권 안에 있는데 혹시 잘못…."

네이선의 음성이 기어들었다. 이 문장의 결론은 단 하나, 네이선은 차마 그 말을 입 밖에 내고 싶지 않았다.

맞아. 메이슨도 알고 있었다. 그는 세계 제일의 명사수는 아니다. 하지만 사슴은 백 마리도 더 죽여봤다. 그리고 롤리에 있는 주 경찰 사격장에서 고득점을 기록한 적도 있다. 게다가 잘 쏘건 못 쏘건, 곤충 소년은 지금 당장 죽어야만 한다.

메이슨은 숨을 고르며 방아쇠에 손가락을 걸었다. 그러고 보니 네이선의 말은 거짓이었다. 안전장치를 해제하지 않았던 것이다. 메이슨은 짜증스럽게 버튼을 누르고 다시 호흡을 가다듬었다.

들이쉬고, 내쉬고.

십자선을 소년의 얼굴에 맞췄다.

빨강머리가 개릿에게 다가섰다. 여자의 어깨가 잠시 사격권 안으로 들어왔다.

맙소사. 당신이 일을 어렵게 만들고 있어. 여자는 잠시 물러났다가 또다시 목덜미 부근이 망원경 정중앙에 들어왔다. 다음 순간 왼쪽으로 비켜났지만 그래도 십자선 중앙에 근접한 위치였다.

호흡, 호흡.

메이슨은 손이 필요 이상 떨리고 있다는 사실을 무시한 채 목표물의 얼굴에 집중했다.

십자선을 개릿의 가슴팍으로 낮췄다.

빨강머리 경찰이 다시 사격권 안으로 들어왔다. 다시 물러났다.

방아쇠를 가볍게 쥐듯이 당겨야 한다는 것을 알고 있었다. 하지만 그의 인생이 늘 그래 왔듯, 분노가 앞질러 결단을 내렸다. 메이슨은 툭, 하고 방아쇠를 당겼다.

16 전설

개릿의 등 뒤에서 흙먼지가 일었다. 개릿은 방금 총알이 쏜살같이 스쳐 지나간 귀 쪽에 손을 갖다 댔다.

바로 이어 총소리가 공터를 메아리쳤다.

색스는 휙 돌아섰다. 총알이 날아간 소리와 총구에서 울린 소리 사이의 시간차로 미루어볼 때, 루시나 제시가 아니라 등 뒤 백 미터 정도 떨어진 곳에서 쐈다는 것을 알 수 있었다. 부보안관들도 총을 들어올리고 뒤돌아서서 총격 위치를 찾고 있었다.

색스는 그 자리에 웅크리며 개릿의 얼굴을 보았다. 그의 눈빛은 공포와 혼란으로 가득했다. 한순간, 아주 짧은 한순간, 개릿은 한 소년의 두개골을 부숴놓은 살인자도, 메리베스 매코넬에게 상처를 주고 몸을 유린한 강간범도 아니었다. 그는 그저 겁을 집어먹고 "안 돼, 안 돼" 하며 중얼거리는 어린 소년일 뿐이었다.

"누구였지? 컬보?"

루시 커가 외쳤다. 추적대는 풀숲 속에 몸을 숨겼다. 잠시 후 제시가 말했다.

"몸을 낮춰요, 아멜리아. 누굴 목표로 쏜 건지 아직 모르잖아. 개릿의 친구가 우릴 겨냥하고 있는지도 몰라."

하지만 색스는 그렇게 생각하지 않았다. 총알은 개릿을 겨냥한 것이었다. 그녀는 저격수의 위치를 찾으려고 근처 언덕 꼭대기를 훑어보았다.

다시 한 번 총알이 휙 지나갔다. 이번에는 한참 비켜갔다.

"맙소사."

제시 콘이 욕지거리를 삼켰다.

"저기, 저 위를 봐. 메이슨이야! 네이선 그루머도 있어. 저기 저 언덕 위에."

"저메인이?"

루시는 씁쓸하게 물으며 눈을 가늘게 뜨고 쳐다보았다. 그러고는 황급히 무전기 전송 버튼을 누르고 고함쳤다.

"메이슨, 도대체 지금 뭐 하는 거야? 내 말 들려? 듣고 있어? 본부, 본부, 나와라. 빌어먹을. 신호가 안 가."

색스는 휴대전화를 꺼내 라임에게 전화를 걸었다. 잠시 후 라임이 응답했다. 스피커폰에 대고 말하는지 소리가 울렸다.

"색스, 찾았…"

"개릿을 잡았어요, 라임. 한데 그 부보안관, 메이슨 저메인이 근처 언덕에서 개릿을 향해 계속 총을 쏘고 있어요. 무전기로도 연락이 안 돼요."

"안 돼, 안 돼, 안 돼, 색스! 개릿이 죽으면 안 돼. 티슈에 묻은 혈액을 검사해 봤는데, 메리베스는 어젯밤까지 살아 있었어! 개릿이 죽으면 메리베스를 찾아내지 못해."

색스는 루시를 향해 이 말을 외쳤다. 하지만 아직 메이슨의 무전기로 연락이 닿지 않았다.

다시 총성이 울렸다. 바위가 튀며 돌가루가 그들을 덮쳤다.

개릿이 흐느꼈다.

"그만해! 하지 마…. 무섭단 말이야. 못하게 해줘!"

색스는 라임에게 말했다.

"벨에게 메이슨한테 휴대전화가 있는지 물어보고, 있으면 전화해서 총을 쏘지 말라고 해요."

"좋아, 색스."

라임은 전화를 끊었다.

개릿이 죽으면 메리베스를 찾아낼 수 없다….

아멜리아 색스는 순간적으로 판단했다. 그녀는 총을 등 뒤로 던지고 앞으로 나섰다. 그리고 개릿에게서 한 발짝 떨어진 곳, 메이슨의 총알이 날아온 방향과 소년 사이를 가로막았다. 순간 생각이 스쳤다. 이러다 메이슨이 방아쇠를 당기면 총알이 소리의 파동보다 앞서서 내 등에 곧장 와 박히겠지.

색스는 숨을 멈췄다. 당장이라도 총알이 몸에 박힐 것만 같았다.

잠시 시간이 흘렀다. 총성은 들리지 않았다.

"개릿, 네가 칼을 내려놔야 해."

"당신이 날 죽이려고 했어! 당신이 날 속였다고!"

분노나 공포 때문에 혹시 저 칼로 자신을 찌르지 않을까 싶은 생각이 들었다.

"아니, 그것과는 상관없는 일이야. 이것 봐. 내가 네 앞에 서 있잖아. 널 보호하고 있다고. 이제 총을 쏘지 않을 거야."

개릿은 불안한 눈으로 색스의 얼굴을 뜯어보았다.

색스가 물러나길 기다렸다 메이슨이 다시 개릿을 조준할지도 모른다. 사격 솜씨가 좋지 않은 모양이니, 어쩌면 총알이 그녀의 척추를 산산조각 낼지도 모른다.

아, 라임, 당신은 나랑 좀 더 비슷해지고 싶어서 수술을 받으려고 여기까지 왔는데…. 그런데 어쩌면 오늘 내가 당신하고 비슷한 처지가 될지도 모르겠군….

제시 콘이 두 팔을 흔들며 풀숲을 헤치고 언덕을 향해 달려갔다.

"메이슨, 총 쏘지 마! 쏘지 말라고!"

개릿은 계속해서 색스를 뜯어보고 있었다. 그러다 문득 칼을 옆으로 던지더니 발작적으로 손톱을 튕기기 시작했다.

루시가 뛰어나와 개릿에게 수갑을 채우는 동안, 색스는 메이슨이 있는 언덕 쪽으로 돌아섰다. 메이슨은 일어서서 전화를 받고 있었다. 색스 쪽을 똑바로 쳐다보는 것 같더니, 그가 전화기를 주머니에 집어넣고 언덕을 내려오기 시작했다.

"도대체 무슨 생각을 한 겁니까?"

색스는 메이슨을 향해 쏘아붙이며 곧장 그를 향해 다가갔다. 두 사람은 한 발짝 떨어져 마주섰다. 색스가 메이슨보다 키가 3센티미터는 더 컸다. 메이슨은 거칠게 대꾸했다.

"당신 목숨을 구해주려고 했던 거요. 개릿이 무기를 들고 있는 걸 못 보셨나?"

"메이슨."

제시가 두 사람 사이의 긴장을 누그러뜨리기 위해 끼어들었다.

"이분은 개릿을 달래려던 것뿐이야. 포기하게 만들려고 했다고."

하지만 아멜리아 색스는 중재자 따위는 필요 없었다.

"난 대치 상황을 수없이 겪어본 사람이에요. 개릿은 날 공격할 생각이 아니었어요. 유일한 위험은 당신이었다고요. 우리 둘 중 한 사람이 총에 맞을 수도 있었어요."

"아, 말도 안 되는 소리."

메이슨은 색스를 향해 얼굴을 잔뜩 내밀었다. 쏟아 부은 듯한 애프터셰이브 머스크 향이 풍겨왔다.

색스는 냄새를 피하려고 물러나며 말했다.

"당신이 개릿을 죽였다면 메리베스 역시 굶어죽거나 질식사했을지 몰라요."

"메리베스는 죽었소. 어딘가 땅속에 묻혀 있을 거요. 시체도 절대 찾을 수 없을걸."

"링컨이 혈액 검사 결과를 봤는데, 어젯밤까지 살아 있었대요."

이 말을 들은 메이슨은 잠시 멈칫했다. 그리고 중얼거렸다.

"어젯밤에 살아 있었다고 오늘까지 살아 있으란 법은 없지."

제시가 말했다.

"이봐, 메이슨. 다 잘됐잖아."

하지만 메이슨은 마음을 가라앉히지 못했다. 두 팔을 들더니 자기 다리를 철썩 때렸다. 그리고 색스의 눈을 똑바로 쳐다보았다.

"도대체 뭐 하러 당신들을 굳이 여기까지 끌어들인 건지 이해가 안 되는군."

루시 커가 끼어들었다.

"메이슨, 이제 끝났어. 라임 씨와 아멜리아가 아니었다면 리디아는 절대 찾을 수 없었을 거야. 이분들한테 감사해야지. 그만둬."

"지금 저쪽에서 그만 안 두고 있잖아."

색스는 평정하게 대꾸했다.

"엉뚱한 사람이 사격권 안에 들어 있는데도 총을 쐈다면 뭔가 대단한 이유가 있어야 해요. 한데 당신이 개릿을 잡아넣지 못했기 때문에 총으로 쏴버리려고 했다는 건 정당한 이유가 아니에요."

"당신이 내 업무에 대해 이러쿵저러쿵할 입장은 아니지. 난…."

루시가 끼어들었다.

"됐어. 그만 끝내고 사무실로 돌아가자고. 메리베스가 아직 죽지 않았다면 빨리 찾아내야 해."

제시 콘이 말했다.

"이봐, 헬리콥터가 오는군."

메디컬 센터의 헬리콥터가 제분소 근처 공터에 내려앉았다. 구급 요원들이 리디아를 들것에 싣고 나왔다. 리디아는 가벼운 열사병 증세에 발목을 심하게 삔 상태였다. 리디아는 발작 직전이었다. 개릿이 칼을 들고 다가온 것은 팔을 묶은 덕트 테이프를 잘라주기 위해서였지만, 그래도 아직 제정신이 아니었다. 겨우 조금 진정된 그녀는 메리베스가 제분소 근처에는 없다는 사실을 알려주었다. 개릿이 바다 가까운 곳, 아우터뱅크스에 숨겨놨다고 했다. 하지만 정확한 위치는 모르고 있었다. 루시와 메이슨은 개릿에게 말을 시켜보려 했지만, 그는 수갑을 등 뒤로 찬 채 입을 꾹 다물고 뚱한 얼굴로 땅만 쳐다볼 뿐이었다.

루시가 메이슨에게 말했다.

"당신과 네이선, 제시는 개릿을 데리고 이즈데일 로드로 가. 짐에게 그쪽으로 차를 보내라고 할 테니까. 포섬 수로 분기점. 아멜리아가 제분소를 수색한다고 하니까, 난 그쪽을 돕지. 30분쯤 뒤에 이즈데일로 차를 한 대 더 보내줘."

색스는 메이슨이 눈길을 돌릴 때까지 시선을 피하지 않았다. 이윽고 메이슨이 개릿에게 주의를 돌리더니 교도관이 사형수를 쳐다보는 눈빛으로 겁먹은 소년을 아래위로 훑어보았다. 그리고 네이선에게 고갯짓을 했다.

"가자고. 수갑은 잘 채웠지, 제시?"

"그럼."

메이슨이 허튼짓을 못하도록 제시가 함께 가게 되어 다행이었다. 이송 중 '도망갔다'는 핑계로 경찰들이 범인을 두들겨 팼다는 이야기를 들은 적이 있다. 때론 범인이 죽기도 한다.

메이슨이 개릿의 팔을 거칠게 잡고 일으켜 세웠다. 소년이 색스에게 암담한 눈빛을 보냈지만, 메이슨은 아랑곳하지 않고 그를 끌고 갔다. 색스가 제시 콘에게 말했다.

"메이슨을 잘 감시해요. 메리베스를 찾으려면 개릿의 적극적인 협조가 필요하니까요. 겁을 집어먹거나 화가 나면 아무것도 알아내지 못할 수도 있어요."

"걱정 마세요, 아멜리아."

제시는 그녀를 흘끗 보며 말을 이었다.

"용감했습니다. 아까 개릿 앞을 막아선 것 말예요. 나라면 그렇게 못했을 겁니다."

더 이상 연모의 대상이 되고 싶은 기분이 아니었다.

"때로 아무 생각 없이 행동이 앞설 때가 있죠."

제시는 그 말을 잘 기억해두겠다는 듯 밝은 표정으로 고개를 끄덕였다.

"아, 참, 물어보고 싶었는데, 혹시 별명 있습니까?"

"아뇨."

"좋아요. 나도 그냥 '아멜리아'가 좋습니다."

개릿을 잡은 걸 기념하는 의미로 키스라도 하려는 게 아닌가 싶은 생각이 스쳤다. 다음 순간 제시는 메이슨과 네이선, 개릿의 뒤를 따라 출발했다.

휴, 아멜리아 색스는 제시가 뒤를 돌아보며 기운차게 손을 흔드는 걸 보며 은근히 짜증이 났다. 부보안관 하나는 날 쏘려 하고, 하나는 교회를 예약하고 출장 요리사까지 준비하는군.

색스는 개릿이 리디아를 가둬뒀던 방을 중심으로 제분소 안을 꼼꼼히 관찰했다. 앞뒤로, 한 번에 한 걸음씩.

메리베스 매코넬이 어디 갇혀 있는지 알려줄 만한 단서가 틀림없이 여기 있을 것이다. 하지만 범인과 범행장소와의 연결고리는 때로 현미경으로 봐야 알아볼 수 있을 정도로 미약하다. 색스는 유용한 것을 아무것도 찾아내지 못했다. 흙, 공구 몇 점, 화재 때 무너진 벽에서 타다 남은 나뭇조각, 먹을 것, 물, 빈 봉투, 개릿이 가져온 덕트 테이프 정도였다(모두 가격표는 없었다). 불쌍한 에드 섀퍼가 봤다는 지도도 찾아냈다. 거기에는 개릿이 제분소까지 온 경로가 표시되어 있었지만, 그다음 목적지는 적혀 있지 않았다.

그래도 색스는 두 번을 관찰했다. 그리고 한 번 더. 이는 라임의 가르침 때문이기도 했고, 그녀 자신의 성격 때문이기도 했다. 그리고 시간 지연술도 약간은 포함된 건가? 색스는 생각했다. 위버 박사의 수술 일정을 가능한 한 미루기 위한 작전?

그때 루시의 목소리가 들렸다.

"여기 뭐가 있어요."

색스는 루시에게 물방아가 있는 방을 살펴보라고 했었다. 리디아 말로는 개릿에게서 도망치려 했던 방이고, 몸싸움이 있었다면 개릿의 주머니에서 뭔가 떨어졌을지도 모른다. 색스는 루시에게 현장관찰법을 간단히 가르쳐주었고, 뭘 찾아야 하는지, 증거물을 어떻게 다루어야 하는지도 알려주었다.

루시는 판지로 된 상자를 가져오며 열정적으로 말했다.

"이걸 봐요. 물방아 뒤에 숨겨져 있었어요."

안에는 낡은 신발, 방수 재킷, 컴퍼스, 나침반, 노스캐롤라이나 해안선 지도가 들어 있었다. 지도의 접힌 부분과 신발에 흰 모래가 묻어 있는 것이 눈에 띄었다.

루시는 지도를 펼치려고 했다. 색스는 말렸다.

"안 돼요. 안에 미량증거물이 있을지도 몰라요. 링컨한테 가져가서 열어보죠."

"하지만 개릿이 메리베스를 가둬놓은 곳에 표시를 해두었을지도 모르잖아요."

"그럴 수도 있죠. 하지만 실험실에 가져간다고 해서 표시가 지워지는 것도 아니잖아요. 미량증거물은 지금 잃어버리면 영영 찾을 수 없어요. 방 안을 계속 수색해 주세요. 우리한테 잡힐 때 개릿이 가려던 길을 찾아봐야겠어요. 개울 쪽으로 이어진 길 말예요. 어쩌면 거기에다 보트를 숨겨놨을지도 몰라요. 지도 같은 게 더 있을 수도 있고."

색스는 제분소를 떠나 개울 쪽으로 걸어갔다. 메이슨이 총을 쏘던 언덕을 지나 모퉁이를 돌자 그녀를 노려보고 있는 두 남자가 보였다. 손에는 라이플을 들고 있었다.

아, 안 돼. 저 사람들은.

"어."

리치 컬보가 입을 열었다. 그리고 볕에 그을린 이마에 내려앉은 파리를 손으로 쫓았다. 고개를 뒤로 젖히자 굵게 땋은 반질반질한 머리가 말총처럼 날렸다.

"감사합니다, 아가씨."

다른 남자가 가벼운 빈정거림을 섞어 말했다.

색스는 그의 이름을 기억하고 있었다. 해리스 토멜-컬보가 오토바이 폭주족을 닮았다면, 이쪽은 남부 사업가 타입이었다. 토멜이 말을 이었다.

"우린 보상금을 못 타게 됐군. 온종일 뙤약볕 밑을 쏘다녔는데."

컬보가 말했다.

"개릿이 메리베스가 어디 있는지 말했소?"

색스는 대꾸했다.

"그 점은 벨 보안관한테 물어보시죠."

"그냥 말했을지도 모르겠다 싶어서 물어본 거요."

문득 의문이 들었다. 어떻게 제분소까지 찾아왔을까? 추적대의 뒤를 밟았을 수도 있지만, 어쩌면 이들에게 귀띔해 준 사람이 있을지도 모른다—아마 암살 작전에 도움이 될까 싶어 메이슨 저메인이 알려 줬겠지.

"내 말이 옳았소."

컬보가 말을 이었다. 색스는 물었다.

"무슨 말이요?"

"수 매코넬이 보상금을 2천 달러로 올렸거든."

컬보는 어깨를 으쓱했다. 토멜이 덧붙였다.

"아슬아슬하게 놓쳤죠."

"실례합니다만, 할 일이 있어서요."

색스는 두 사람을 지나치며 생각했다. 일당 중 나머지 한 사람은 어디 있을까? 그 깡마른….

등 뒤에서 재빨리 움직이는 소리가 들리더니, 총집에서 권총이 빠져나가는 느낌이 들었다. 색스는 홱 돌아서서 몸을 웅크렸다. 하지만 권총은 이미 야위고 얼굴에 주근깨가 가득한 숀 오새리언의 손으로 사라졌다. 오새리언은 개구쟁이처럼 짓궂은 웃음을 흘리며 색스에게서 펄쩍펄쩍 멀어졌다. 컬보가 고개를 저었다.

"숀, 무슨 짓이야."

색스는 손을 내밀었다.

"돌려주시죠."

"그냥 보려고요. 좋네요. 해리스는 권총 수집을 합니다. 이거 좋은 거지, 안 그래, 해리스?"

토멜은 아무 말 없이 한숨만 쉬고 이마에서 땀을 닦았다.

"쓸데없는 짓 말아요."

색스가 말했다. 컬보가 숀에게 말했다.

"돌려줘, 숀. 장난칠 때가 아니잖아."

오새리언은 손잡이를 이쪽으로 해서 총을 돌려주는 척하다가 다시 씩 웃더니 손을 거둬들였다.

"이봐요, 아가씨. 한데 정확히 어디서 왔죠? 뉴욕이라고 하던데. 거긴 어떤가요? 거친 곳이죠?"

컬보가 내뱉었다.

"총 갖고 장난 그만 쳐. 보상금은 날아갔어. 포기하고 시내로 돌아가자고."

"지금 당장 총을 돌려줘요."

색스가 말했다. 하지만 오새리언은 경찰놀이를 하는 열 살짜리처럼 나무를 겨냥하며 주위를 맴돌 뿐이었다. 색스는 어깨를 으쓱했다.

"좋아, 그만 됐어요. 어차피 내 총도 아니니까. 갖고 논 다음에 당신이 직접 보안관국에 갖다 줘요."

색스는 돌아서서 오새리언 옆을 지나쳤다. 그는 같이 돌아서지 않는 것에 실망한 듯 얼굴을 찌푸렸다.

"이봐요, 당신…."

색스는 오새리언의 오른쪽으로 홱 돌아 허리를 굽히고 재빨리 그의 목을 한 팔로 휘감았다. 눈 깜박할 사이에 주머니에서 스위치블레이드가 튀어나왔다. 칼이 순식간에 펴졌고, 날이 오새리언의 목 아래를 겨누었다.

"아, 맙소사. 뭐예요?"

오새리언이 내뱉었다. 그제야 입을 열었다간 칼날이 목덜미를 파고들어갈 거라는 사실을 깨달은 모양이다. 그는 입을 다물었다.

컬보가 두 손을 들었다.

"좋아, 좋아. 우리 이러지 말고…."

"무기를 땅에 던져. 셋 다."

색스는 말했다. 컬보가 항의했다.

"난 아무 짓도 하지 않았소."

토멜이 설득해 보려는 듯 이성적인 말투로 말했다.

"이봐요, 아가씨. 문제를 일으키려고 했던 건 아닙니다. 이 친구는 그냥…."

칼끝이 수염이 거뭇거뭇한 턱 밑을 좀 더 깊숙이 겨눴다. 오새리언은 이를 악문 채 다급하게 말했다.

"아, 시키는 대로 해! 총 내려놓으라고."

컬보는 라이플을 땅에 내려놓았다. 토멜도 뒤를 따랐다.

색스는 역겨운 오새리언의 체취를 참고 손으로 그의 팔을 훑으며 자신의 총을 잡았다. 그는 총을 놓았다. 색스는 뒤로 물러서며 권총을 겨눈 채 오새리언을 밀쳤다. 그가 말했다.

"그냥 장난이었습니다. 항상 그래요. 아무 뜻도 없었어요. 말해줘. 그냥 장난이었다고…."

"무슨 일이야?"

루시 커가 권총을 든 채 걸어왔다. 컬보는 고개를 저었다.

"손이 쓸데없는 짓을 해서."

"언젠간 그놈의 장난 때문에 죽지."

루시가 말했다. 색스는 스위치블레이드를 한 손으로 접어서 주머니에 집어넣었다.

"이봐요, 찔렸어요. 이봐, 피!"

오새리언이 피 묻은 손가락을 들어 보였다.

"저런."

토멜이 말했다. 루시는 색스를 쳐다보았다.

"이 사람 어떻게 할 거예요?"

"샤워나 해요."

색스는 대꾸했다. 컬보가 웃었다. 색스는 덧붙였다.

"낭비할 시간이 없어요."

루시는 남자들에게 고개를 끄덕여 보였다.

"여긴 범죄현장이야. 보상금은 날아갔어."

그리고 라이플 쪽으로 고갯짓을 했다.

"사냥을 하려면 다른 데 가서 하라고."

"아, 사냥철도 아닌데."

오새리언은 루시가 말도 안 되는 소리를 했다는 듯 빈정댔다.

"그럼 시내로 돌아가. 안 그래도 꼬인 인생 더 꼬이기 전에."

남자들은 각자 총을 집어 들었다. 컬보는 오새리언의 귀 쪽으로 고개를 숙이고 화난 듯이 뭐라 속삭였다. 오새리언은 어깨를 으쓱하고 씩 웃었다. 순간 색스는 컬보가 그를 때리려는 게 아닌가 싶었다. 하지만 키 큰 컬보는 마음을 진정한 듯 루시 쪽으로 돌아섰다.

"메리베스는 찾았소?"

"아직. 하지만 개릿을 잡았으니 알아낼 수 있을 거야."

"보상금을 탔으면 좋았겠지만, 어쨌든 잡혔으니 다행이야. 그 앤 골칫덩어리야."

남자들이 가고 나서 색스가 물었다.

"제분소에서 뭘 좀 찾았어요?"

"아뇨. 당신이 보트 찾는 거나 도우려고 왔어요."

길을 걸으며 색스가 말했다.

"한 가지 잊은 게 있는데, 사람을 보내서 그 함정을 치워야 해요. 말벌집. 죽여서 묻어야죠."

"아, 짐이 부보안관 트레이 윌리엄스한테 살충제랑 삽을 들려 보냈어요. 한데 말벌은 없다는군요. 오래 된 벌집이었대요."

"빈 벌집이었다고요?"

"그래요."

그렇다면 벌집은 애초부터 함정이 아니라 추적대의 속도를 늦추기 위한 눈속임일 뿐이었다. 색스는 암모니아 병 역시 사람을 해치기 위한 것이 아니었다는 점을 떠올렸다. 추적대의 머리 위로 쏟아져서 눈이 멀도록 암모니아를 장치해 놓을 수도 있었지만, 개릿은 병을 그냥 낮은 절벽 옆에 기대놓았다. 낚싯줄을 발견하지 못하고 발이 걸렸다면 병은 3미터 아래 바위 위로 떨어졌을 것이다. 암모니아 냄새로 추적대의 위치를 알아차리기 위한 것이지, 사람을 해치기 위한 것은 아니라는 얘기다.

겁에 잔뜩 질려 있던 개릿의 눈이 떠올랐다.

무섭단 말이야. 못하게 해줘!

색스는 루시가 뭐라 말을 걸고 있다는 것을 깨달았다.

"뭐라고 했죠?"

"그 칼 쓰는 법은 어디서 배웠어요?"

"오지 훈련장에서요."

"오지? 어디?"

"브루클린이라는 곳이죠."

기다림.

메리베스 매코넬은 때 묻은 창문 옆에 서 있었다. 밀폐된 방의 더위와 목마름 때문에 초조하고 현기증이 났다. 집 안을 아무리 뒤져도 마실 물은 한 방울도 없었다. 오두막 뒤쪽 창문 밖, 말벌집 건너편을 쳐다보니 쓰레기 더미 속에 빈 생수병들이 굴러다니고 있었다. 비웃

듯 굴러다니는 병들을 보니 목이 더 말랐다. 그녀는 이런 더위에서 마실 것이 없으면 하루나 이틀 이상은 못 버틴다는 걸 알고 있었다.

당신은 어디 있지? 어디? 메리베스는 말없이 선교사를 향해 물었다. 정말 거기 남자가 있었다면. 절망적인 목마름이 일으킨 환각이 아니었다면.

메리베스는 뜨거운 오두막 벽에 몸을 기댔다. 정신을 잃을 것 같았다. 침을 삼키려고 했지만 입 안이 바싹 말라 있었다. 뜨거운 양털처럼 숨 막히는 공기가 얼굴을 감쌌다.

불쑥 분노가 치밀었다. 아, 개릿… 네가 무슨 짓을 저지를 줄 알았어. 오래 된 격언이 생각났다. 착한 일을 해도 벌을 받는다는.

개릿을 돕지 말았어야 했어…. 하지만 어떻게 안 도와? 그 고등학생들한테서 어떻게 구해주지 않을 수 있지? 작년, 메이플 스트리트에서 땅에 쓰러져 정신을 잃고 있는 개릿을 쳐다보던 남자 아이 네 명이 떠올랐다. 풋볼팀에서 빌리 스테일과 친구 사이였던 키 큰 남자애 하나는 얼굴에 비웃음을 띤 채 청바지 지퍼를 열고 페니스를 꺼내더니 개릿의 몸에 오줌을 싸려 했다. 메리베스는 쏜살같이 달려가서 잔뜩 욕을 해주고 한 아이의 휴대전화를 빼앗아 구급차를 불렀다.

해야 할 일이었어. 하지만 도와주고 나니 개릿은….

그 뒤로 처음에는 메리베스도 수줍게 그림자처럼 쫓아다니는 개릿이 재미있기만 했다. 집으로 전화를 걸어 뉴스에서 들은 이야기를 해주고, 선물을 남겨놓았다(하지만 선물이란 게 이랬다. 작은 우리 안에 든 반짝이는 녹색 말똥구리, 서투른 거미와 지네 그림, 실에 꿴 잠자리, 그것도 살아 있는!).

메리베스는 차츰 개릿이 지나치게 자주 근처를 맴돈다는 사실을 눈치챘다. 밤늦게 차에서 내려 집으로 들어갈 때 등 뒤에서 발소리가 들린다든지. 블랙워터랜딩에 있는 집 근처 나무 뒤에서 사람 그림자가 어른거린다든지. 높고 음산한 목소리로 알아들을 수 없는 말을 중얼거린다든지. 혼잣말을 하고 노래를 부른다든지. 메인 스트리트에서 만나면 쏜살같이 달려와 끊임없이 주절거리며 귀중한 시간을 뺏고 점점 사람을 불편하게 만든다든지. 가슴과 다리, 머리카락을 당혹스러운, 하지만 욕망에 가득 찬 눈으로 훔쳐본다든지.

"메리베스, 메리베스…. 거미줄을 지구 한 바퀴 두를 정도로 늘여도 무게는 1온스도 채 안 나간다는 거 알아? 참, 메리베스, 거미줄이 철사보다 다섯 배나 더 튼튼하다는 거 알고 있어? 나일론보다 더 잘 늘어난다는 것도? 정말 멋진 거미줄도 있어. 해먹 같아. 거기 누운 파리는 절대 깨어나지 못하지."

지금 생각하니 그때 눈치챘어야 했다. 개릿의 상식 대부분은 먹잇감을 유인하는 거미나 곤충에 대한 것이라는 사실을.

그래서 메리베스는 개릿과 마주치지 않도록 생활을 바꾸어야만 했다. 자주 가는 가게를 다른 곳으로 옮기고, 집에 갈 때도 다른 길로 가고, 산악자전거를 탈 때도 다른 길을 택했다.

그때 개릿 핸런에게서 거리를 두려던 모든 노력이 수포로 돌아가는 사건이 일어났다. 메리베스가 발견을 해낸 것이다. 하필이면 개릿이 자신의 영지로 삼고 있는 블랙워터랜딩 한가운데, 파케노크 강변에서. 하지만 워낙 중요한 발견이었기 때문에 곤충에 미친 깡마른 소년은 물론 밀주업자들이 떼로 몰려온다 해도 가지 않을 수 없었다.

메리베스는 왜 자신이 역사에 그토록 흥미를 느끼는지 알 수 없었다. 어렸을 때 콜로니얼 윌리엄스버그에 간 기억이 있다. 태너스코너에서 차로 두 시간 정도밖에 안 걸리기 때문에 가족과 함께 종종 놀러가곤 했다. 시내 근처의 길도 다 외울 정도였다. 목적지가 가까워지면 그녀는 눈을 감았다. 뷰익을 세운 아버지가 어머니 손을 잡고 공원 안에 들어간 다음 눈을 뜨면 정말 식민지 시대 미국에 와 있는 것 같은 느낌이 들었기 때문이다.

지난 주 블랙워터랜딩의 파케노크 강둑을 따라 걷다가 진흙 속에 뭔가 절반쯤 파묻혀 있는 것을 발견했을 때, 메리베스는 그 시절과 똑같은 흥분을 느꼈다. 그녀는 무릎을 꿇고 앉아 병에 걸린 심장을 들어내는 외과 의사의 신중한 손길로 흙을 옆으로 걷어내기 시작했다. 그랬다. 있었다. 유물이 있었다―스물세 살 난 메리베스 매코넬이 그렇게도 찾아 헤매던 증거물. 자신의 이론을 증명해 줄 수 있는 증거물. 미국 역사를 새로 써야 할 증거물.

모든 노스캐롤라이나 사람과 마찬가지로―그리고 미국의 모든 학교 학생과 마찬가지로―메리베스 매코넬도 역사 시간에 로어노크의 '사라진 식민지'에 대해 배웠다. 1500년대 후반 영국에서 온 한 무리의 정착민들은 노스캐롤라이나 본토와 아우터뱅크스 사이에 있는 로어노크 섬에 상륙했다. 정착민들과 토착 미국인들은 한동안 그런대로 사이좋게 지냈지만 그 관계는 점점 악화되어 갔다. 겨울이 다가오고 정착민들의 식량과 필수품이 점점 떨어져가자 식민지를 창설한 총독 존 화이트는 물자를 얻기 위해 영국으로 돌아갔다. 하지만 그가 로어노크로 돌아와 보니 백 명이 넘던 남자와 여자, 아이들이 모두 사라지고 없었다.

무슨 일이 있었는지 알려주는 유일한 실마리는 정착지 근처의 나무 둥치에 새겨져 있던 '크로아토안(Croatoan)'이라는 단어였다. 이는 로어노크 남쪽으로 80킬로미터 떨어진 해터러스(Hatteras)의 인디언식 이름이었다. 대부분의 역사가들은 정착민들이 바다를 건너 해터러스로 가다가 물에 빠져 죽었거나 도착한 뒤 살해당했다고 믿고 있지만, 그들이 그곳에 상륙했다는 기록은 남아 있지 않다.

메리베스는 로어노크 섬을 몇 번이나 찾아갔고, 그곳의 어느 작은 극장에서 상연되는 비극을 관람하기도 했다. 연극은 감동적이고, 무시무시했다. 하지만 그냥 그런 일도 있었으려니 하고 넘어갔던 메리베스는 이후 노스캐롤라이나 대학 에이버리 캠퍼스에서 '사라진 식민지'에 대해 깊이 있는 공부를 하게 되었다. 버지니아 데어라는 이름의 소녀와 화이트 도의 전설 이야기는 그 정착민들의 운명에 대한 수수께끼에 불을 당겼다.

외골수에 약간은 반항적인 성격이던 아이 시절의 메리베스가 충분히 이해할 수 있는 이야기였다. 버지니아 데어는 미국에서 태어난 최초의 영국인 아기로, 화이트 총독의 손녀딸이자 '사라진 정착민' 중한 사람이었다. 역사책에서는 버지니아 역시 다른 정착민들과 함께해터러스에서, 혹은 그리로 가는 도중에 죽었을 것으로 추정했다. 하지만 나름의 조사 끝에 메리베스는 정착민들이 사라지고 나서 얼마지나지 않아 더 많은 영국인들이 동부 해안에 정착할 때쯤 '사라진 정착민'들에 대한 갖가지 전설이 나돌기 시작했다는 것을 알게 되었다.

정착민들이 곧장 살해당하지 않고 생존해서 그 지역 부족과 함께살고 있다는 설도 있었다. 버지니아 데어는 금발에 흰 살결, 강한 자기주장과 독립심을 지닌 아름다운 처녀로 자라났다. 부족의 마법사는 버지니아와 사랑에 빠졌지만 버지니아는 그를 거부했고, 그로부터 얼마 뒤 실종됐다는 것이다. 마법사는 버지니아를 해치지 않고 대신 자신의 사랑을 거부했기 때문에 흰 사슴으로 변신시켰다고 주장했다.

물론 아무도 그의 말을 믿지 않았다. 하지만 얼마 뒤부터 인근에서숲 속의 모든 동물을 거느린 듯한 아름다운 흰 암사슴을 본 사람이하나 둘 생겨나기 시작했다. 암사슴의 권력에 겁을 집어먹은 부족민들은 암사슴 체포 대회를 열었다.

한 용감한 젊은이가 사슴을 추적하여 은화살촉이 달린 활로 기적적으로 사슴을 쏘아 맞췄다. 화살은 사슴의 가슴을 꿰뚫었다. 사슴은죽어가면서 서늘한 인간의 눈으로 사냥꾼을 올려다보았다. 사냥꾼은놀라 물었다.

"넌 누구냐?"

"버지니아 데어."

사슴은 이렇게 속삭인 뒤 죽었다.

메리베스는 흰 암사슴 전설을 깊이 연구하기로 마음먹었다. 노스캐롤라이나 대학 채플힐 캠퍼스와 듀크 대학 도서관에서 수많은 낮과 밤을 보내며 16세기와 17세기의 옛 일기와 기록들을 읽은 끝에,

메리베스는 노스캐롤라이나 북동부 지방에 출몰한 '흰 사슴'과 수수께끼의 '흰 짐승'을 언급한 여러 기록들을 찾아냈다. 하지만 이런 짐승이 목격된 것은 로어노크나 해터러스가 아니었다. '서펜타인 강이 그레이트 늪에서 출발하여 서쪽으로 흐르는 블랙워터 기슭'이었던 것이다.

메리베스는 전설의 힘을 알고 있었고, 황당무계한 설화의 내용에도 진실이 담겨 있을 수 있다는 걸 알고 있었다. 어쩌면 사라진 정착민들은 인디언 부족의 습격이 두려워 '크로아토안'이라는 말을 남기고, 남쪽이 아니라 서쪽으로 도망쳐서 바로 뱀 모양의 파케노크 강 기슭에, 즉 태너스코너 근처—지금의 블랙워터랜딩이라고 불리는 지역—에 자리 잡은 것이 아닌가 하는 결론을 내렸다. 사라진 정착민들은 여기서 조금씩 세력을 키워갔을 것이다. 그러자 이들의 위협을 두려워한 인디언들이 정착민들을 습격해서 몰살시킨 것이다. 흰 암사슴 전설을 분석한 결과, 메리베스는 버지니아 데어가 아마도 최후까지 싸웠던 이들 마지막 정착민 중 한 사람이었을 거라고 추론했다.

하지만 이것은 혼자만의 이론이었지, 이를 뒷받침해 줄 증거는 전혀 찾아내지 못했다. 메리베스는 옛 지도를 가지고 블랙워터랜딩 근처를 돌아다니며 정착민들이 정확히 어디쯤 상륙했고 어디에 마을을 세웠는지 찾아내려 했다. 그러다 마침내 지난 주 파코 강 기슭을 걷다가 이 '사라진 정착민'들의 증거물을 발견했던 것이다.

블랙워터랜딩에서 고고학 현장 탐사를 한다는 이야기를 듣고 어머니가 펄쩍 뛰던 일이 떠올랐다.

"거긴 안 된다."

어머니는 당신이 위험에 처하기라도 한 양 단호하게 말했다.

"시신 끈숭 소년이 사람들을 죽이는 곳이야. 거기서 그 애랑 만나면 널 죽일 거야."

메리베스는 대꾸했다.

"엄마, 엄마도 학교에서 그 앨 놀리는 새끼들이랑 똑같아."

"또 그런 말. 내가 하지 말라고 했지. 그 새끼라는 소리."

"엄마, 제발. 꼭 깐깐한 침례교도 신자 같잖아."

그건 예배당 맨 앞줄에 진을 치고 앉아 자기 자신의, 특히 다른 사람의 윤리관에 유독 관심이 많은 신도들을 가리키는 말이었다. 수 매코넬은 중얼거렸다.

"이름조차 기분 나빠. 블랙워터라니."

메리베스는 노스캐롤라이나 주에만 블랙워터라는 지명이 수십 군데라고 설명했다. 늪에서 흘러 들어오는 강물은 식물이 썩은 흙 때문에 검은색을 띈다. 그래서 모두 블랙워터 강이라고 불린다. 파케노크 강은 그레이트 디즈멀 늪과 그 주위의 수렁에서 흘러들어온다. 이렇게 설명해도 어머니는 전혀 마음을 놓지 않았다.

"제발, 가지 마라, 얘야."

죄책감이라는 은제 화살촉을 장착한 활을 불쑥 쏘기도 했다.

"네 아버지도 돌아가셨는데, 너마저 없으면 나한텐 아무도 없다…. 혼자야. 난 어떻게 하란 말이니. 그러면 되겠니, 응?"

하지만 동서고금의 탐험가와 과학자들 가슴에 불을 질렀던 아드레날린으로 가득 찬 메리베스는 어제 아침 솔과 채집병과 봉투, 부삽을 챙긴 다음 축축하고 누런 열기 속을 뚫고 고고학 탐사를 위해 출발했다.

그런데 어떻게 됐나? 바로 그 곤충 소년에게 납치를 당했다. 어머니 말이 옳았다.

이제 아픔과 목마름 때문에 반쯤 몽롱한 상태로 이 뜨겁고 지저분한 오두막 속에 앉아 있으려니, 어머니 생각이 간절했다. 남편을 암으로 잃은 뒤 어머니의 인생은 엉망이 됐다. 친구도, 병원 자원봉사도 포기했다. 평범한 일상과는 완전히 멀어졌다. 어머니가 대낮에도 텔레비전에만 매달리고 인스턴트 음식으로 끼니를 해결하게 되자, 메리베스는 부모 역할을 하게 되었다. 조그맣고, 무감각하고, 도움의 손길이 필요한 어머니는 불쌍한 어린아이에 지나지 않았다.

하지만 아버지—아버지의 인생과 죽음과의 끈질긴 사투—는 메리베스에게 운명이 정해준 길로 가라, 타인으로 인해 그 길을 벗어나지 말라는 교훈을 남겼다. 메리베스는 어머니가 애원을 했지만 학교를 그만두지 않고 집에서 가까운 직장을 얻었다. 어머니를 돌보는 일과 자기 자신을 돌보는 일—학위를 얻는 것—을 적절히 배분했고, 내년에 졸업을 하게 되면 미국 인류학 분야에서 깊이 있는 탐사 작업을 펼치는 것도 병행할 생각이었다. 그런 탐사 작업을 근처에서 할 수 있다면 더욱 좋을 것이다. 하지만 혹시 산타페에서 아메리칸 인디언 유물을 발굴하거나 알래스카에서 에스키모를 연구하고, 맨해튼에서 흑인 연구를 하게 된다 해도 어쩔 수 없는 일이다. 어머니가 필요로 한다면 언제든 곁에 있을 생각이지만, 그녀 자신의 인생을 내버릴 수는 없었다.

한데 블랙워터랜딩에서 더 많은 증거물을 발굴해 교수와 논의를 하고 논문을 쓰고 발굴한 유물에 대한 실험을 하고 있어야 할 지금, 메리베스는 어느 정신 나간 10대가 놓은 사랑의 덫에 걸려 있었다.

무기력감이 온 몸을 휩쓸었다. 눈물이 흘러내렸다.

하지만 메리베스는 눈물을 떨쳐냈다.

그만해! 마음을 단단히 먹자. 아버지의 딸답게, 하루 스물네 시간 쉬지 않고 병마와 싸운 아버지의 딸답게 굴어야지. 어머니를 본받지 말고.

사라진 정착민들을 이끌었던 버지니아 데어가 되자.

숲 속 모든 짐승들의 여왕, 흰 암사슴이 되자.

노스캐롤라이나 전설에 관한 책에서 본 당당한 사슴 스케치를 떠올리려는데, 숲 가장자리에서 다시 뭔가 움직이는 것이 보였다. 선교사가 어깨에 커다란 배낭을 메고 숲에서 길이 나왔다.

진짜였어!

메리베스는 공룡을 닮은 딱정벌레가 들어 있는 채집병 하나를 창문으로 집어던졌다. 병은 유리창을 깨고 바깥 철창에 부딪혀 산산조각 났다.

"도와주세요!"

메리베스는 사포처럼 까끌까끌한 목 때문에 거의 들리지 않는 목소리로 외쳤다.

"도와줘요!"

백 미터 떨어진 곳에서 남자가 우뚝 멈추더니 주위를 둘러보았다.

"제발! 도와주세요!"

긴 울부짖음.

남자는 뒤를 돌아보았다. 그리고 숲 속을 둘러보았다.

메리베스는 깊이 숨을 들이쉬고 다시 소리치려 했지만 목구멍이 꽉 막혔다. 그녀는 캑캑거리며 피를 토했다.

공터 저쪽에 있던 선교사는 다시 숲 속으로 향했다. 잠시 후 그의 모습이 시야에서 사라졌다.

메리베스는 소파에 털썩 주저앉았다. 그리고 절망감에 젖어 고개를 벽에 기댔다. 그러다 갑자기 위를 올려다보았다. 다시 뭔가 움직이는 것이 느껴졌다. 이번에는 가까운 곳, 오두막집 안이었다. 병에 들어 있던 딱정벌레가 제 집이 부서지는 비극에서도 꿋꿋이 살아남은 모양이다. 딱정벌레는 깨진 유리조각 위를 힘들게 넘어 한쪽 날개를 펼치고 다시 반대편 날개를 펼치더니 파르르 떨며 자유를 향해 창틀을 훌쩍 날아올랐다.

17 행운의 부적

"우리가 그를 잡았잖습니까."

라임은 짐 벨과 그의 처남인 부보안관 스티브 파에게 말했다.

"아멜리아와 내가. 그게 조건이었죠. 이제 우린 에이버리로 돌아가 야겠습니다."

벨은 미묘한 표정을 지으며 말했다.

"글쎄, 링컨. 개릿이 입을 열지 않고 있잖습니까. 메리베스가 어디 있는지 전혀 말을 해주지 않아요."

벤 커는 크로마토그래피와 연결된 컴퓨터 스크린에 뜬 산맥 모양 의 그래프 옆에 애매한 태도로 서 있었다. 처음의 주저하던 기색은 온 데간데없고, 이제는 일이 끝난 게 아쉽다는 표정이었다. 아멜리아 색 스도 실험실에 와 있었다. 메이슨 저메인은 없었다. 차라리 잘된 일이 다. 라임은 메이슨이 제분소에서 색스의 목숨을 위험에 빠뜨렸다는 말을 듣고 노발대발했었다. 벨은 메이슨에게 화난 음성으로 당분간 수사에 참여하지 말라고 명령했다.

라임은 좀 더 도와달라는 무언의 요청에 이렇게 대답했다.

"그건 압니다. 하지만 메리베스가 당장 위험에 처한 것도 아니잖습 니까."

리디아는 메리베스가 살아 있다고 보고했다. 그리고 대충 어디쯤 갇혀 있는지 알 것 같다고 말했다. 아우터뱅크스를 집중 수색하면 아마 며칠 내로 찾을 수 있을 것이다. 라임은 이제 수술을 받을 마음의 준비가 되어 있었다. 무엇보다 그는 기묘한 행운의 부적, 즉 헨리 대빗과의 퉁명스러운 언쟁과 그의 강철 같은 눈빛에 운명을 맡기고 있었다. 대빗에 대한 기억이 그로 하여금 병원으로 돌아가 테스트를 끝내고 메스 아래 누울 결심을 하게 해주었던 것이다. 라임은 감식 장비 싸는 법을 가르쳐주려고 벤을 쳐다보았다. 그때 색스가 벨의 논리를 이어받았다.

"제분소에서 찾은 증거물이 있어요, 라임. 루시가 찾았죠. 좋은 증거물이에요."

라임은 심술궂게 말했다.

"그게 정말 '좋은' 증거물이라면 다른 사람이 그걸 통해 단서를 얻을 수 있을 거야."

벨이 캐롤라이나 억양으로 설득하기 시작했다.

"링컨, 강요하고 싶지는 않지만, 이번처럼 큰 사건을 다룬 경험이 있는 사람이 여기서 당신뿐입니다. 우린 저런 그래프가 도대체 무슨 뜻인지…."

그러곤 크로마토그래피 쪽으로 고갯짓을 했다.

"이런 흙이나 발자국에 어떤 의미가 있는지 전혀 모릅니다."

스톰 애로의 푹신푹신한 머리 받침대에 뒤통수를 비비면서, 라임은 색스의 사정하는 듯한 얼굴을 흘끗 보았다. 마침내 그는 한숨을 쉬며 물었다.

"개릿이 아무 말도 안 한다고요?"

스티브 파가 깃발 같은 한쪽 귀를 잡아당기며 대답했다.

"말은 하고 있습니다만, 빌리를 죽인 것도 부인하고, 메리베스는 그녀 자신을 위해 블랙워터랜딩에서 멀리 떨어진 곳에 데려다놓았다고만 주장하고 있습니다. 그뿐이에요. 어디 있는지는 말을 안 합니다."

색스가 말했다.

"이런 더위라면, 라임, 갈증으로 죽을 수도 있어요."

파가 맞장구를 쳤다.

"굶어죽을 수도 있죠."

아, 맙소사….

라임은 툭 던졌다.

"톰, 위버 박사한테 전화해서 여기에 잠시만 더 있겠다고 전하게. '잠시만'을 강조해 줘."

벨의 주름진 얼굴에 안도의 기색이 떠올랐다.

"그 이상은 부탁드리지 않겠습니다. 한두 시간. 정말 감사합니다. 태너스코너의 명예시민 자격을 드리지요."

보안관이 농담을 계속했다.

"우리 마을 열쇠라도 드리겠습니다."

문을 따고 얼른 여기서 빠져나가는 데는 도움이 되겠군. 라임은 냉소적으로 생각했다. 그리고 벨에게 물었다.

"리디아는 어디 있지요?"

"병원에요."

"상태는 괜찮나요?"

"그다지 심각한 부상은 없습니다. 하루 동안 병원에서 지켜본다고 하더군요."

"리디아가 뭐라고 했지? 정확하게?"

색스가 대답했다.

"개릿이 여기서 동쪽, 바다 근처에 메리베스를 데려다놨다고 말했답니다. 아우터뱅크스에. 사실은 납치한 게 아니라 메리베스가 자진해서 따라갔다는군요. 자기는 그냥 메리베스를 돌본 것뿐이고, 메리베스도 거기에 좋아서 있는 거래요. 우리가 개릿의 허를 찔렀다는 이야기도 하더군요. 개릿은 우리가 제분소를 그렇게 빨리 찾아낼 줄은 몰랐대요. 암모니아 냄새를 맡자마자 기겁을 하더니 옷을 갈아입고 문밖으로 달아났다는군요."

"좋아…. 벤, 증거물을 살펴보지."

벤은 고개를 끄덕이고, 라임이 지시하지 않았는데도 라텍스 장갑을 다시 꼈다.

라임은 제분소에서 찾은 음식물과 물에 대해 물었다. 벤은 봉투를 들어올렸다. 라임은 중얼거렸다.

"특정 가게 표시는 없군. 다른 증거물과 마찬가지로. 아무 소용이 없겠어. 덕트 테이프의 접착 부위에 혹시 뭐가 붙어 있지 않나 보게."

색스와 벤은 테이프 위로 고개를 숙이고 10분 동안 확대경으로 관찰했다. 색스가 테이프 옆에 붙은 나무 부스러기를 떼어내자, 벤은 라임이 들여다볼 수 있도록 현미경을 들어올렸다. 하지만 현미경으로 보니 제분소의 나무와 동일했다.

"아무것도 없네요."

그런 다음 벤은 파케노크 카운티 지도를 들어올렸다. 개릿이 블랙워터랜딩에서 제분소까지 간 길이 X표와 화살표로 그려져 있었다. 지도에도 가격표는 없었다. 개릿이 제분소를 나와 어디로 가려고 했는지 역시 알 수 없었다.

라임은 벨에게 말했다.

"혹시 ESDA 있습니까?"

"그게 뭡니까?"

"정전기 감지 장치."

"그게 뭔지도 모릅니다."

"종이 위에 패여 있는 필적을 찾아내는 장칩니다. 개릿이 지도 위에 종이를 놓고 주소나 도시 이름을 썼다면 그걸 찾아낼 수 있죠."

"음, 그런 기계는 없는데. 주 경찰에 연락할까요?"

"아닙니다. 벤, 지도에다 비스듬히 전등불을 비춰봐. 패인 자국이 있는지 없는지."

벤은 손전등으로 단 1센티미터도 빼놓지 않고 지도를 샅샅이 살폈다. 하지만 뭔가를 썼거나 표시를 한 흔적은 없었다. 라임은 벤에게 두 번째 지도, 즉 루시가 제분소에서 찾아낸 지도를 관찰하라고 지시했다.

"접힌 부분에 미량증거물이 있는지 잘 봐. 잡지 정기구독 카드에 담기엔 너무 크니까 신문지 위에다 펼치게."

모래가 쏟아졌다. 라임은 이 모래가 아우터뱅크스에 있을 법한 바닷모래라는 것을 곧바로 알아보았다—알갱이가 내륙 지방의 모래와 달리 투명했다.

"크로마토그래피에 넣어봐. 도움이 될 만한 미량증거물이 있을지도 모르니까."

벤이 소음이 심한 기계를 돌리기 시작했다.

결과를 기다리는 동안 벤은 지도를 테이블 위에 펼쳤다. 벨과 벤, 라임은 지도를 꼼꼼하게 관찰했다. 버지니아 주 노퍽에서 사우스캐롤라이나에 이르는 동부 해안 지도였다. 1센티미터도 빼놓지 않고 살폈지만 동그라미나 특별한 표시가 된 지점은 없었다.

하긴 그럴 거야. 라임은 생각했다. 쉽게 풀리는 일은 없으니까. 두 번째 지도에도 손전등을 비춰보았다. 하지만 역시 필체는 나타나지 않았다.

얼마 지나지 않아 크로마토그래피 결과가 스크린에 떴다. 라임은 얼른 그것을 보았다.

"별 도움이 안 되는군. 염화나트륨, 즉 소금. 그리고 요오드. 유기물질. 모두 바닷물과 부합되는군. 다른 미량 요소는 거의 없어. 특정 지역을 유추해 내는 데는 도움이 안 돼."

라임은 지도와 함께 상자에 들어 있던 신발 쪽으로 고갯짓을 했다.

"그 안에는 미량증거물이 없나?"

벤은 신발 끈까지 풀어서 꼼꼼하게 관찰했다. 라임이 시키려던 대로였다. 이 친구, 범죄학자 소질이 다분한데. 라임은 생각했다. 이런 친구가 정신병 걸린 물고기에 재능을 낭비하고 있다니.

신발은 낡은 나이키였다─워낙 흔한 모델이라 어디서 샀는지 추적하기는 불가능했다.

"마른 나뭇잎 조각인 것 같습니다. 단풍나무와 참나무 같은데요."

라임은 고개를 끄덕였다.

"상자 안에 다른 건 없나?"

"없습니다."

라임은 증거물 차트를 올려다보았다. 시선이 캄펜에 머물렀다.

"색스, 그 제분소 벽에 혹시 옛날식 등이 걸려 있지 않던가? 랜턴이나?"

"아니. 없었어요."

"확실해? 자네 눈에 띄지 않은 게 아니고?"

라임은 무뚝뚝하게 재차 물었다. 색스는 팔짱을 끼고 평정하게 답했다.

"마루에는 폭 25센티미터의 밤나무 목재가 깔려 있고, 벽은 회반죽과 욋가지(lath)였어요. 벽에는 청색 스프레이 페인트로 낙서가 씌어 있고요. '조쉬와 브리타니, 우리 사랑 영원히.' '사랑'은 철자가 'l-u-v'였고요. 중간에 금이 가고 검게 칠한 셰이커 스타일 테이블이 하나 있었어요. 그리고 디어파크 생수병 세 개, 리즈 땅콩버터 컵 한 봉지, 도리토스 다섯 봉지, 케이프코드 감자칩 두 봉지, 펩시 여섯 캔, 코카콜라 네 캔, 플랜터스 땅콩버터와 치즈크래커 여덟 봉지. 방에는 창문이 두 군데 있는데, 하나는 판자로 막혔고, 판자로 막혀 있지 않은 다른 한 곳은 유리창이 다 깨지고 딱 한 장만 남아 있었어요. 문고리와 창문 걸쇠는 몽땅 도둑맞았고. 벽에는 옛날식 전기 스위치가 도드라져 있었어요. 옛날식 등 같은 건 분명 없었어요."

"이야, 실제로 거기에 간 것 같네요, 링컨."

벤이 웃으며 말했다.

이제 조직의 일원이 된 벤에게 라임은 험악한 눈빛으로 보답했다. 라임은 증거물을 한 번 더 훑어보더니 고개를 저으며 벨에게 말했다.

"미안합니다, 짐. 메리베스는 바다에서 멀지 않은 어느 집에 갇혀 있을 거라는 것밖에 말씀드릴 수가 없네요. 이 낙엽수들이 그 집 근처에 있던 거라면, 물가는 아니라는 것. 참나무와 단풍나무는 모래땅에서 자라지 않으니까요. 그리고 캄펜 램프로 미루어볼 때 오래 된 집이라는 것. 19세기. 이 정도가 최선입니다."

벨은 동부 해안 지도를 쳐다보며 고개를 저었다.

"음, 개릿이 협조를 해줄지 다시 얘기해 봐야겠군요. 협조하지 않으면 검사한테 연락해서 자백을 대가로 형을 가볍게 해주는 방안을 논의해 보겠습니다. 모두 허사로 돌아가면 아우터뱅크스 전역을 수색하는 수밖에 없지요. 하지만 링컨, 당신은 구원자예요. 뭐라 감사해야 할지 모르겠군요. 당분간 여기 계실 겁니까?"

"벤에게 장비 꾸리는 요령을 가르쳐주고 바로 돌아갈 겁니다."

다시금 행운의 부적, 헨리 대빗이 떠올랐다. 놀랍게도 일이 끝났다는 안도감보다 메리베스 매코넬의 행방에 대한 궁극적인 해답을 아직 얻지 못했다는 좌절감이 더 컸다. 하지만 새벽 한두 시에 현장감식을 위해 아파트 문을 나설 때 전처가 종종 했던 말처럼, 그 혼자 온 세상을 구할 수는 없는 노릇이다.

"행운을 빕니다, 짐."

색스는 벨에게 말했다.

"같이 가도 될까요? 개릿을 만나러?"

"그러십시오."

보안관이 대답했다. 그는 뭔가 덧붙이고 싶은 말이 있는 것 같았다—아마 소년에게서 정보를 이끌어내는 데 여성적인 매력이 도움이 될 거라는 이야기였을 것이다. 하지만 현명하게도, 그는 입을 다물었다.

"작업을 시작하지, 벤."

라임은 휠체어를 몰고 밀도구배 시험관이 놓여 있는 테이블로 다가갔다.

235 행운이 따직

"잘 듣게. 범죄학자의 도구는 전술 경찰의 무기와 같아. 제대로 포장해서 잘 보관해야 하네. 사람의 생명이 달린 일처럼. 그게 사실이니까. 듣고 있나, 벤?"

"듣고 있습니다."

18 취조

태너스코너 유치장은 보안관국에서 길게 두 블록 떨어진 건물이었다. 색스와 벨은 찌는 듯한 보도를 걸었다. 색스는 유령도시 같은 태너스코너의 적막함을 다시금 실감했다. 처음 도착했을 때 본 핼쑥한 주정뱅이들은 아직 시내 벤치에 말없이 앉아 있었다. 두건을 쓴 비쩍 마른 여자가 메르세데스를 빈 주차장에 세우고 차에서 내려 네일살롱으로 들어갔다. 번들거리는 자동차가 이 작은 마을과 전혀 어울리지 않았다. 거리에 다른 사람은 전혀 없었다. 가게 대여섯 군데가 문을 닫은 것이 눈에 띄었다. 하나는 장난감 가게였다. 햇볕에 색이 바랜 점퍼를 입은 아기 마네킹이 쇼윈도 안에 누워 있었다. 아이들은 다 어디 갔을까?

길 건너편을 보니 어둑한 에디스 바(bar) 구석에서 자신을 쳐다보는 얼굴이 눈에 띄었다. 색스는 눈을 가늘게 떴다.

"그 남자들 셋이죠?"

벨이 쳐다보았다.

"컬보랑 그 친구들?"

"네. 골치 아픈 사람들이더군요. 내 권총을 뺏었어요. 그중 하나가, 오새리언이라는 사람."

보안관은 이마에 주름을 잡았다.

"그래서요?"

"돌려받았죠."

"데려올까요?"

"아뇨. 그냥 알고 계셔야 할 것 같아서. 보상금을 못 받게 돼서 불만을 품고 있던데. 그런데 솔직히 뭔가 다른 게 있는 것 같아요. 저 사람들은 그 소년을 노리고 있어요."

"모든 마을 사람들이 다 그렇죠."

"하지만 다른 사람들은 장전된 총을 갖고 다니지 않잖아요."

벨은 킬킬 웃었다.

"아, 다 그런 건 아니죠."

"저 사람들이 제분소까지 어떻게 찾아왔는지도 의문이에요."

보안관은 잠시 생각에 잠겼다.

"메이슨이 알려준 거라고 생각하십니까?"

"네."

"녀석이 이번 주에 휴가나 좀 썼으면 좋겠는데. 물론 그럴 리는 없겠지만. 자, 다 왔습니다. 감옥이랄 건 없지만, 그럭저럭 쓸 만합니다."

두 사람은 1층짜리 콘크리트 건물로 들어섰다. 웅웅거리는 에어컨 때문에 실내는 무자비할 정도로 서늘했다. 벨이 금고에 총을 넣으라고 말했다. 그 역시 총을 집어넣었다. 두 사람은 취조실로 향했다. 벨이 문을 닫았다.

카운티에서 내준 청색 점프 수트 차림을 한 개릿 핸런은 테이블을 사이에 두고 제시 콘과 마주앉아 있었다. 제시가 색스에게 미소를 지었다. 색스도 약간 덜 밝은 미소로 응답했다. 그런 다음 색스는 개릿을 보았다. 슬픔과 절망에 빠진 모습이었다.

무섭단 말이야. 못하게 해줘!

얼굴과 팔에 아까까지 없던 반점이 보였다. 색스는 물었다.

"피부는 왜 그렇게 됐어?"

개릿은 팔을 내려다보더니 쑥스러운 듯 문지르며 중얼거렸다.

"옷 때문에."

벨은 친절하게 물었다.

"피의자의 권리는 들었지? 커 부보안관이 읽어줬지?"

"네."

"무슨 말인지 이해했고?"

"그런 것 같아요."

"변호사가 올 거야. 프레데릭스 씨. 엘리자베스 시티에서 회의가 끝나고 돌아오는 중인데 곧 도착할 거야. 그분이 여기 오기 전에는 말하지 않아도 돼. 알겠어?"

개릿은 고개를 끄덕였다.

색스는 투명 거울을 힐끗 보았다. 반대편에서 비디오카메라로 찍고 있는 사람이 누구인지 궁금했다. 벨은 말을 이었다.

"하지만 우린 네가 말을 해줬으면 좋겠다, 개릿. 정말 중요한 일을 물어보고 싶어. 우선, 사실이니? 메리베스가 살아 있다는 거?"

"그럼요."

"네가 메리베스를 강간했어?"

"난 그런 짓 안 해요."

순간 개릿의 얼굴에 분노가 스쳐 지나갔다.

"하지만 납치는 했잖아."

"그렇지 않아요."

"그렇지 않아?"

"메리베스는 블랙워터랜딩이 위험하다는 걸 몰랐어요. 다른 데로 데려가지 않았으면 안전하지 못했을 거예요. 그뿐이에요. 난 메리베스를 구한 거예요. 가끔은 본인이 원하지 않는 일이라도 해야 할 때가 있잖아요. 그 사람을 위해서. 결국엔 그 사람도 이해하죠."

"메리베스는 바닷가 근처에 있지? 아우터뱅크스에. 그렇지?"

이 말에 개릿은 놀란 듯 충혈된 눈을 가늘게 떴다. 경찰이 지도를

239 칩조

발견하고 리디아한테 이야기를 들었다는 것을 깨달은 모양이다. 개 릿은 테이블을 내려다보았다. 아무 말도 하지 않은 채.

"정확히 어디 있니, 개릿?"

"말할 수 없어요."

"이봐, 개릿. 넌 지금 심각한 상황에 처했어. 살인 혐의를 받고 있단 말이야."

"난 빌리를 죽이지 않았어요."

"그럼 내가 말한 게 빌리라는 건 어떻게 알았지?"

벨은 얼른 물었다. 제시 콘은 자기 윗사람의 취조 솜씨에 감동을 받았는지 색스를 향해 한쪽 눈썹을 치켜 올렸다.

개릿의 손톱이 맞부딪쳤다.

"빌리가 살해당했다는 건 누구나 알잖아요."

개릿의 시선이 빠르게 방 안을 훑었다. 그리고 아멜리아 색스에게 머물렀다. 색스는 개릿의 애원하는 듯한 눈길을 잠시 쳐다보다 애써 시선을 돌렸다.

"빌리를 죽인 삽에 네 지문이 남아 있었어."

"삽? 삽에 맞아 죽었다고요?"

"그래."

개릿은 당시 상황을 돌이켜보는 듯했다.

"빌리가 땅에 쓰러져 있는 걸 본 기억이 나요. 아마 그때 삽을 집어 들었나 봐요."

"왜?"

"모르겠어요. 아무 생각 없이. 빌리가 그렇게 피투성이가 되어 쓰러 져 있는 걸 보니, 기분이 너무 이상했어요."

"그럼 누가 빌리를 죽였는지 알고 있니?"

"그 남자요. 메리베스 말로는, 그 강가에서 학교 프로젝트를 하고 있는데 빌리가 멈춰 서서 말을 걸었대요. 이어서 그 남자가 다가왔고 요. 남자가 빌리 뒤를 따라와서는 둘이 말다툼을 하더니 싸우기 시작했대요. 그러다 남자가 삽을 들더니 빌리를 죽였대요. 그때 내가 도착했고, 남자는 달아났어요."

"너도 그 남자를 봤어?"

"네."

벨은 의심적다는 듯 물었다.

"무슨 일로 싸우고 있었지?"

"약물 문제였던 것 같다고 메리베스가 그랬어요. 아마 빌리는 학교 풋볼팀 애들한테 약을 팔고 있었나 봐요. 스테로이드 같은 거."

"맙소사."

제시 콘이 씁쓸하게 웃었다. 벨이 말을 이었다.

"개릿, 빌리는 약물을 할 애가 아니야. 내가 잘 알아. 고등학교에 스테로이드가 돈다는 신고도 들어온 적이 없고."

"빌리가 널 많이 괴롭혔다지. 풋볼팀 애들 몇 명이서."

제시가 말했다. 색스는 옳지 않다는 느낌이 들었다―어른 부보안관 둘이서 아이 하나를 협공하는 이 상황이.

"널 놀렸다던데. 벌레 소년이라 부르고. 한 번은 네가 빌리한테 한 방 먹이니까, 친구들이 합세해서 심하게 널 때렸다면서."

"기억 안 나요."

벨이 말했다.

"길모어 교장선생님이 그러던데. 그래서 경비를 불렀다고."

"어쨌든. 그래도 난 빌리를 죽이지 않았어요."

"에드 섀퍼도 죽었지. 사냥용 움막 안에 있던 말벌한테 쏘여서."

"유감이에요. 하지만 그건 내 잘못이 아니에요. 난 거기다 벌집을 넣지 않았어요."

"함정 아니었어?"

"아뇨. 그냥 거기, 움막 안에 있던 거예요. 난 그곳엘 자주 가고 거기서 자기도 하는데, 벌들은 신경 쓰지 않아요. 말벌은 자기 가족을 누가 해치려 할 때만 침으로 쏘죠."

"음, 빌리를 죽였다는 그 남자 이야기를 해봐. 이 근처에서 본 적이 있는 사람이니?"

"네. 지난 몇 년 동안 두세 번 봤어요. 블랙워터랜딩 근처 숲을 돌아다니는걸. 한 번은 학교 근처에서도 봤고요."

"백인이니, 흑인이니?"

"백인이요. 키가 컸어요. 배비지 씨 정도 나이를 먹었고."

"40대?"

"그 정도요. 금발에 갈색 오버롤 차림이었어요. 흰 셔츠에."

"하지만 삽엔 너와 빌리의 지문뿐이었어. 다른 지문은 없었고."

"아마 장갑을 끼고 있었던 것 같아요."

"이런 계절에 뭐 하러 장갑을 끼고 다녀?"

제시가 물었다. 개릿은 쏘아붙였다.

"지문을 남기지 않으려고 그랬겠죠."

색스는 삽에 찍혀 있던 지문을 떠올렸다. 지문 채취는 그녀와 라임이 직접 하지 않았다. 가죽장갑의 지문을 뜨는 것은 때로 가능하다. 면이나 모직으로 된 장갑은 도구 손잡이 같은 나무 표면의 미세한 결에 섬유가 걸리기 때문에 채취하기가 훨씬 힘들다.

벨이 말했다.

"음, 네 말이 옳을 수도 있겠지, 개릿. 하지만 우리가 듣기엔 별로 신빙성이 없어."

"빌리는 죽어 있었어요! 난 그냥 삽을 들고 한 번 봤을 뿐이라고요. 그러지 말았어야 하는데. 어쨌든 그랬어요. 그뿐이라고요. 메리베스가 위험하다는 걸 알고 있었기 때문에, 그래서 안전한 곳으로 데려간 거예요."

개릿은 애원하는 눈빛으로 색스를 바라보며 말했다.

벨이 말했다.

"메리베스 이야기를 다시 해보자. 왜 위험했다는 거지?"

"블랙워터랜딩에 있었으니까요."

개릿은 다시 손톱을 튕겼다. 내 습관과는 좀 다르군. 색스는 생각했다. 난 손톱으로 살을 쥐어뜯고, 개릿은 손톱과 손톱을 부딪히고. 어떤 게 더 나쁠까, 생각하다 결론을 내렸다. 내가 더 나쁘군. 더 파괴적이니까.

개릿은 축축하게 충혈된 눈을 다시 색스에게로 향했다.

그만해! 난 네 눈빛을 받아줄 수 없어! 색스는 시선을 피했다.

"그리고 토드 윌크스는? 목을 매단 아이 말이야. 네가 그 앨 협박한 거니?"

"아니에요!"

"그 애 동생이 지난 주에 네가 그 애한테 고함치는 걸 봤다던데."

"개미둑 위에 불붙은 성냥을 던지더라고요. 그건 비열하고 나쁜 짓이니 하지 말라고 그런 것뿐이에요."

"리디아는? 리디아는 왜 납치했지?"

"리디아도 걱정이 돼서요."

"블랙워터랜딩에 있어서?"

"맞아요."

"강간할 생각이 아니었고?"

"아니에요!"

개릿은 울기 시작했다.

"다치게 하려던 게 아니에요. 아무도요! 빌리도 죽이지 않았어요! 왜 다들 내가 하지도 않은 일을 했다고 하라는 거예요!"

벨은 클리넥스를 뽑아 소년에게 건넸다.

그때 문이 획 열리더니 메이슨 저메인이 들어왔다. 투명 거울 반대편에서 지켜보고 있었던 모양이다. 표정으로 미루어 인내가 다한 것이 뚜렷했다. 독한 향수 냄새가 풍겼다. 이제 향수 냄새는 넌더리가 났다. 벨이 입을 열었다.

"메이슨….

"잘 들어, 이 녀석아. 메리베스가 어디 있는지 지금 당장 말해! 말

안 하면 재판 때까지 랭카스터에 처박아놓을 테니까…. 랭카스터 들어봤지? 혹시 못 들어봤을지 모르니까 내가 설명해 주지….”

“됐어, 그만해.”

높은 음성이 명령했다.

몸집이 자그마한 사람이 방 안으로 들어왔다—메이슨보다도 더 작은 키에 깔끔하게 깎은 머리를 스프레이로 딱 붙인 사람이었다. 회색 양복, 베이비블루 셔츠, 줄무늬 넥타이. 신발 굽은 10센티미터가 약간 못 되어 보였다. 남자가 개릿에게 말했다.

“더 이상 말하지 마라.”

“안녕, 캘.”

벨은 남자가 여기 온 게 마땅치 않은 얼굴로 말했다. 그리고 개릿의 변호사 캘 프레데릭스를 색스에게 소개해 주었다.

“내가 없는데 왜 신문을 하고 있는 거지?”

변호사는 메이슨 쪽으로 고갯짓을 했다.

“그리고 랭카스터 운운하는 소린 또 뭐야? 이 애한테 그런 식으로 말했다는 이유로 당신을 거기 집어넣을 수도 있어.”

메이슨은 중얼거렸다.

“이 녀석은 메리베스가 어디 있는지 알고 있다니까, 캘. 그런데 말을 안 해. 피의자의 권리는 읽어줬어. 그는….”

“열여섯 살짜리 애를? 흠, 지금 당장 이 사건을 이겨서 일찌감치 저녁을 먹을 수 있겠군.”

변호사는 개릿을 돌아보았다.

“이봐, 젊은 친구. 좀 어떤가?”

“얼굴이 가려워요.”

“이 사람들이 최루가스를 뿌렸어?”

“아뇨. 그렇진 않아요.”

“좀 있다 봐주지. 크림 같은 걸 발라야겠군. 자, 내가 자네 변호사야. 주에서 날 지명했지. 돈은 내지 않아도 돼. 피의자의 권리는 읽어주던가? 아무 말 안 해도 된다는 얘기 들었어?"

"네. 하지만 벨 보안관님이 물어볼 게 있다고 해서."

변호사는 벨에게 말했다.

"아, 잘 하는 짓이야, 짐. 도대체 무슨 꿍꿍이야? 부보안관을 넷이나 데리고?"

메이슨이 말했다.

"메리베스 매코넬 때문에 그래. 개릿이 납치한."

"납치한 것으로 추정되는."

"강간도 했다고."

개릿이 외쳤다.

"하지 않았어요!"

"온통 이 녀석 정액이 묻어 있는 피 묻은 티슈도 확보했어."

"아니에요!"

소년의 얼굴이 놀랄 정도로 붉어졌다.

"메리베스가 다쳤어요. 그뿐이요. 머리를 부딪혀서 내가 주머니에 있던 클리넥스로 닦아준 것뿐이라고요. 그리고 그건… 그러니까, 가끔 나도, 그걸 하니까… 하지 말아야 되는 건 알아요. 잘못된 일이라는 건. 하지만 참을 수 없을 때가 있어서."

변호사가 말했다.

"쉿, 개릿. 사람들한테 일일이 설명하지 않아도 돼."

그리고 벨을 향했다.

"자, 취조는 끝났어. 유치장으로 데려가."

제시 콘을 따라 방을 나서던 개릿이 갑자기 멈춰 서더니 색스를 돌아보았다.

"제발, 어떻게 좀 해주세요. 제발! 내 방에… 병이 몇 개 있어요."

벨이 명령했다.

"가, 제시. 데려가."

하지만 색스는 자기도 모르게 소리쳤다.

"잠깐."

그리고 개릿에게 말했다.

"병? 곤충을 담아놓은 것?"

개릿은 고개를 끄덕였다.

"거기 물 좀 넣어주실래요? 아니면 그냥 놓아주던가. 밖으로요. 그럼 살 수도 있어요. 배비지 부부는 그 애들을 살리는 일엔 관심이 없어요. 제발…."

색스는 모두의 시선이 자신을 향하고 있는 걸 느끼고 망설였다. 그러다 고개를 끄덕였다.

"알았어. 약속해."

개릿은 희미한 미소를 보냈다.

벨은 수수께끼 같은 시선으로 색스를 보더니 문 쪽으로 고갯짓을 했다. 제시는 소년을 데리고 나갔다. 변호사가 뒤를 따르려는데, 벨이 그의 가슴을 손가락으로 쿡 찔렀다.

"자넨 아무 데도 못 가, 캘. 맥과이어가 나타날 때까지 기다려."

"내 몸에 손대지 마, 벨."

변호사는 중얼거렸다. 하지만 그는 나가지 않고 자리에 앉았다.

"휴, 도대체 무슨 짓들인지. 열여섯 살짜리를 변호사도 없이…."

"입 다물어, 캘. 난 자백을 얻어내려던 게 아니야. 자백하지도 않았고, 했다 해도 그걸 써먹을 생각도 없었어. 종신형을 얻어내기에 충분한 물증을 이미 확보했으니까. 내 관심사는 오로지 메리베스를 찾는 거야. 지금 아우터뱅크스 어딘가에 있는데, 단서 없이 거기서 누굴 찾기란 헛간에서 바늘 찾기라고."

"안 돼. 개릿한테 말 시키지 마."

"메리베스는 갈증 때문에 죽을 수도 있어, 캘. 굶어죽을 수도 있고. 아니면 열사병 때문에…."

변호사가 대답하지 않자 보안관은 말했다.

"캘, 저 앤 골칫덩어리야. 신고된 적도 한두 번이 아니고…."

"내 비서가 오는 길에 읽어주더군. 이봐, 대부분 무단결석이던데. 아, 그리고 훔쳐보기. 웃기더군. 신고자의 가택 침입도 아니고 그저 앞길에서 돌아다녔다는 걸로."

메이슨이 화난 목소리로 말했다.

"몇 년 전의 말벌집 사건도 있어. 메그 블랜처드."

변호사는 유유히 대답했다.

"자네가 놓아줬잖아. 기소도 못 하고."

벨이 말했다.

"이번 건은 달라, 캘. 목격자도 있고, 물증도 있고, 이제 에드 새퍼도 죽었어. 우리 하고 싶은 대로 그 앨 집어넣을 수 있다고."

그때 주름진 청색 마직 옷차림에 호리호리한 남자가 취조실로 들어왔다. 희끗희끗한 머리, 주름진 얼굴. 남자는 색스에게는 무심하게, 프레데릭스에게는 좀 더 어두운 얼굴로 고개를 끄덕였다.

"듣고 보니 근래 나한테 들어온 건 중에서 일급 살인 및 납치 성폭행 판결을 가장 쉽게 얻어낼 만한 사건 같은데."

벨은 검사 브라이언 맥과이어를 색스에게 소개했다.

"그 앤 열여섯이야."

프레데릭스가 말하자 검사는 침착한 음성으로 대답했다.

"이 주의 어떤 재판지에서도 그 앨 성인으로 취급해서 2백 년형을 먹일 걸세."

프레데릭스는 조급하게 말했다.

"본론으로 들어가세, 맥과이어. 협상을 하자는 거 아닌가. 말투가 그렇군."

맥과이어는 벨에게 고개를 끄덕였다. 이 문제에 대해 보안관과 지방검사가 이미 충분히 이야기를 나눈 것 같은 낌새였다.

벨이 말했다.

"물론 협상을 하자는 거지. 여자가 아직 살아 있을 가능성이 높으니 불행한 일이 일어나기 전에 빨리 찾고 싶어."

맥과이어가 벨의 말을 이었다.

"워낙 죄목이 많아서 말이야, 캘. 우린 자네가 놀랄 만큼 유연한 입장을 취할 수도 있어."

"놀라게 해봐."

"불법 감금과 폭행 두 건에 일급 우발적 살인 두 건, 하나는 빌리스테일, 하나는 죽은 부보안관이지. 이렇게 기소할 수도 있어. 그럼, 기꺼이 그렇게 해줄 수도 있지. 여자를 산 채로 찾아내느냐 마느냐에 따라서."

변호사가 반박했다.

"에드 섀퍼 건은 사고였어."

메이슨이 분통을 터뜨렸다.

"그건 그 애가 판 함정이었소."

그러자 맥과이어가 제안했다.

"빌리에 대해서는 일급 우발적 살인, 부보안관에 대해서는 과실치사로 해주지."

프레데릭스는 잠시 생각에 잠겼다.

"상의해 보고 오겠네."

굽소리를 요란하게 내며, 변호사는 고객과 의논하기 위해 유치장 쪽으로 사라졌다. 5분 후 나온 그의 얼굴은 밝지 않았다.

"어떻게 됐나?"

변호사의 표정을 읽고 낙심한 벨이 물었다.

"성과가 없군."

"범행을 부인하던가?"

"완전히."

벨은 중얼거렸다.

"혹시 자네가 우리한테 말하지 않은 게 있다면, 캘, 변호사와 고객 간의 특권 따위는 상관 말고…."

"아니, 아니, 짐. 정말이야. 자기가 여자를 보호하는 거라고 하더군.

여자는 지금 거기서 만족하고 있다며. 갈색 오버롤과 흰 셔츠 차림의 남자를 찾아보라고 했어."

"제대로 된 인상착의도 아니야. 상세해도 내일이면 말이 바뀔걸. 꾸며낸 얘기니까."

맥과이어는 이미 잘 쓸어 넘겨진 머리를 다시금 쓸어 넘겼다. 색스가 보기에 변호사는 아쿠아넷 스프레이이고, 이쪽 검사는 브릴크림이었다.

"캘, 이건 자네가 해결할 문제야. 난 이쪽에서 제시할 수 있는 선을 말했어. 자넨 여자가 어디 있는지, 살아 있는지 알아내. 그럼 죄목을 줄여줄 테니까. 안 그러면 재판으로 가서 끝을 보겠어. 저 앤 다시는 감옥 바깥세상을 구경 못하게 될 거야. 우린 둘 다 그렇게 되리라는 걸 알고 있어."

잠시 침묵이 흘렀다. 프레데릭스가 말했다.

"좋은 생각이 있네."

맥과이어는 의심스럽다는 듯 대답했다.

"그래?"

"들어봐…. 얼마 전 올버말에서 있었던 사건인데, 한 여자가 자기 아들이 가출을 했다고 신고했어. 한데 뭔가 좀 수상했지."

"윌리엄스 사건? 그 흑인 여자?"

"그래, 그 사건."

"들어봤어. 자네가 그 여자 변호를 맡았나?"

벨이 물었다.

"그래. 말이 횡설수설이고 정신병력도 있었어. 정신이상 소견을 얻어낼까 해서 에이버리의 심리학자에게 정신감정을 의뢰했지. 몇 가지 테스트를 했는데, 도중에 입을 열고 진상을 이야기하더군."

맥과이어가 물었다.

"최면. 그 기억회복술인지 뭔지 하는 엉터리 말이야?"

"아니, 다른 거야. 심리학자는 '빈 의자' 요법이라고 하더군. 정확한 방법은 모르지만, 어쨌든 그 요법 덕택에 여자가 입을 열었어. 아주 약한 자극에도. 내가 그 친구한테 연락해서 개릿과 이야기를 해봐 달라고 하겠네. 그 애도 마음을 열지 모르지. 한데…."

이번에는 변호사가 벨의 가슴을 손가락으로 찔렀다.

"의사와 상담하는 모든 내용은 피의자의 권리에 속하니까, 아이 보호자와 내가 허락하지 않는 이상 허튼짓은 말게."

벨은 맥과이어와 눈빛을 교환하더니 고개를 끄덕였다. 검사가 말했다.

"연락하게."

"좋아."

프레데릭스는 취조실 구석의 전화기로 향했다. 색스가 말했다.

"잠깐만요. 심리학자가 도왔다는 윌리엄스 사건 말인데요. 아이는 어떻게 됐나요? 가출한 거였어요?"

"아니, 어머니가 죽였습니다. 철망에 넣고 콘크리트 벽돌을 매달아 집 뒤의 연못에 빠뜨렸지요. 이봐, 짐. 외부 전화는 어떻게 연결하지?"

너무 크게 소리를 지르는 바람에 바싹 마른 목구멍이 불붙은 것처럼 뜨거웠다. 메리베스는 성대가 영구적인 손상을 입었다는 걸 알 수 있었다. 선교사는 숲 가상자리를 걷다가 멈췄다. 한쪽 어깨에는 배낭을 메고, 손에는 제초제 스프레이처럼 보이는 통을 들고 있었다.

제발, 제발, 제발. 메리베스는 생각했다. 통증을 무시하고 다시 외쳤다.

"여기요! 도와주세요!"

남자가 오두막 쪽을 바라보았다. 하지만 이내 다른 방향으로 걷기 시작했다. 메리베스는 깊이 숨을 들이쉬며 개릿 핸런의 손톱, 그의 젖은 눈과 딱딱하게 발기한 성기를, 아버지의 용감한 죽음을, 버지니아데어를 생각했다. 그리고 태어나서 가장 커다랗게 소리를 질렀다.

선교사가 멈추더니 다시 오두막을 바라보았다. 모자를 벗고 배낭과 통을 땅에 내려놓더니 이쪽으로 달려오기 시작했다.

감사합니다…. 메리베스는 울기 시작했다. 아, 감사합니다!

마르고 볕에 그을린 피부였다. 50대로 보였지만 젊은이 같은 몸이었다. 바깥 활동을 많이 하는 사람이다.

"무슨 일이오?"

남자는 숨을 몰아쉬며 소리치더니 15미터가량 떨어진 지점에서 걸음을 약간 늦췄다.

"괜찮아요?"

"제발!"

메리베스는 외쳤다. 목구멍의 통증이 너무 심했다. 그녀는 피를 뱉어냈다. 선교사는 땅에 떨어진 유리조각을 보며 깨진 창문 쪽으로 조심스럽게 다가왔다.

"도와드릴까요?"

"나갈 수가 없어요. 누가 날 납치했는데…."

"납치?"

메리베스는 안도의 눈물과 땀으로 얼룩진 얼굴을 닦았다.

"태너스코너의 고등학교 학생이요."

"잠깐… 나도 들었소. 뉴스에서. 당신이 그 납치당한 여자요?"

"그래요."

"그는 지금 어디 있소?"

말하려고 했지만 목구멍이 너무 아팠다. 메리베스는 숨을 깊이 들이쉬고 겨우 대답했다.

"모르겠어요. 어젯밤에 떠났어요. 제발… 물 있어요?"

"수통에 있소. 장비랑 같이. 가져오지."

"경찰에도 연락해 주세요. 전화 있어요?"

그는 고개를 저으며 얼굴을 찡그렸다.

"없소. 난 카운티에서 도급 일을 맡아 하는 사람이오."

그러곤 배낭과 통 쪽으로 고갯짓을 했다.

"마리화나를 죽이는 약이지. 애들이 여기서 재배를 한다오. 카운티에서 휴대전화를 주긴 하는데 귀찮아서 안 갖고 다니지. 많이 다친 거요?"

남자가 메리베스의 머리와 엉겨 붙은 피를 살펴보았다.

"괜찮아요. 하지만… 물, 물 좀 주세요."

남자가 숲으로 돌아가는 동안 메리베스는 혹시 그냥 가버리지 않을까 마음을 졸였다. 하지만 그는 올리브색 수통을 집어 들더니 다시 달려왔다. 메리베스는 떨리는 손으로 수통을 받아 들고 애써 천천히 마셨다. 물은 뜨겁고 곰팡이 냄새가 났지만, 이렇게 맛있는 물은 마셔본 적이 없었다.

"내가 꺼내보겠소."

남자는 이렇게 말하고 앞문으로 갔다. 잠시 후, 문을 차는지 어깨로 미는지 희미하게 쿵 소리가 들렸다. 다시 한 번. 두 번 더. 돌을 집어들고 나무문을 두드리는 모양이었다. 효과가 없었다. 남자는 창문으로 돌아왔다.

"꿈쩍도 안 하는군."

남자는 이마에 맺힌 땀을 닦으며 창살을 살펴보았다.

"휴, 아예 감옥을 만들어놨군. 쇠톱으로 잘라도 몇 시간은 걸리겠는걸. 내가 도움을 청해보겠소. 이름이 뭐요?"

"메리베스 매코넬."

"경찰에 전화한 다음 돌아와서 꺼내주겠소."

"제발, 서둘러주세요."

"가까운 데 친구 집이 있소. 911에 전화하고 친구랑 같이 오지. 그 소년… 총을 갖고 있소?"

"모르겠어요. 보진 못했어요. 하지만 난 몰라요."

"꼼짝 말고 있어요, 메리베스. 괜찮을 거요. 난 절대 뛰지 않는 사람이지만 오늘은 뛰어야겠군."

남자는 돌아서서 뛰기 시작했다.

"고마워요!"

하지만 그는 대꾸도 하지 않았다. 장비를 챙기지도 않은 채, 키 큰 풀을 헤치고 달리더니 이내 숲 속으로 사라졌다. 메리베스는 수통을 갓난아기처럼 소중하게 안고 창문 앞에 그대로 서 있었다.

19 두 여자

루시 커가 유치장 길 건너편 델리 앞 벤치에 앉아 애리조나 아이스티를 마시고 있었다. 색스는 길을 건넜다. 두 여자는 서로 고개를 끄덕여 인사했다.

델리 앞에는 '찬 맥주'라는 알림판이 붙어 있었다. 색스는 루시에게 물었다.

"태너스코너는 오픈 컨테이너 로(open-container law : 음주운전을 금지하기 위한 법으로, 자동차 조수석에서도 뚜껑 열린 술병을 소지하고 있으면 음주로 간주해 처벌하는 법―옮긴이)가 적용되나요?"

"그럼요. 꼼꼼하게 단속하죠. 용기에 든 술을 마시려면 뚜껑이 열려 있어야 한다는 법이지요."

농담을 이해하는 데 1초가량 걸렸다. 색스는 잠시 웃었다. 그리고 말했다.

"더 센 걸로 마실 생각 없어요?"

루시는 아이스티 쪽으로 고갯짓을 했다.

"이걸로 족해요."

잠시 후 색스는 커다란 스티로폼 컵에 거품이 지나치게 많이 나는 샘 애덤스 에일 맥주 한 잔을 들고 가게에서 나왔다. 그리고 부보안관

옆에 앉아 맥과이어와 프레데릭스 사이에 오간 이야기, 심리학자 이야기를 해주었다.

"잘됐으면 좋겠네요. 짐 말로는 아우터뱅크스에 오래 된 집이 수천 채는 될 거라는데. 수색 범위를 좁혀야 해요."

잠시 두 사람은 말이 없었다. 10대 한 명이 시끄러운 스케이트보드를 타고 덜덜거리며 지나쳤다. 색스는 도시에 아이들이 없다는 이야기를 했다. 루시가 말했다.

"맞아요. 별로 생각해 본 적은 없는데, 그러고 보니 여긴 아이들이 별로 없네요. 젊은 부부들이 고속도로 가까운 곳이나 더 큰 도시로 이사를 가서 그럴 거예요. 태너스코너는 자라나는 아이들이 살 만한 곳은 아니죠."

"애가 있으세요?"

"아뇨. 버디하고 난 애를 안 낳았어요. 그러다 이혼했고, 그 뒤로 아무도 안 만났죠. 정말 후회되는 일 중 하나예요. 아이가 없다는 것."

"이혼한 지는 얼마나?"

"3년."

색스는 루시가 다시 결혼하지 않았다는 데 놀랐다. 루시는 아주 매력적인 여자였다. 특히 눈이. 색스는 아버지 뒤를 따라 경찰계에 투신하기 전 뉴욕에서 직업 모델로 일할 때 멋진 사람들과 많이 어울렸다. 하지만 그들의 눈빛은 공허할 때가 많았다. 눈이 아름답지 않다면, 그 사람도 아름답지 않다. 색스는 그렇게 결론 내렸었다.

"언젠가는 좋은 사람을 만나서 가정을 꾸릴 수 있을 거예요."

루시는 얼른 대답했다.

"나한테는 일이 있잖아요. 살면서 모든 걸 다 누릴 수는 없는 법이지요."

뭔가 다른 사연이 있다. 말하고 싶지 않은 사연. 색스는 좀 더 물어볼까 생각하다 간접적인 접근 방식을 시도해 보기로 했다.

"당신과 데이트하고 싶은 남자가 파케노크 카운티에만 수천 명은 될 것 같은데요."

루시가 잠시 뜸을 들이다 말했다.

"사실, 난 데이트를 별로 하지 않아요."

"그래요?"

다시 침묵. 색스는 먼지 날리는 텅 빈 거리를 아래위로 살펴보았다. 스케이트보드를 타던 소년은 사라진 지 오래였다. 루시는 숨을 들이쉬고 무슨 말을 하려다 대신 아이스티를 한 모금 길게 마셨다. 그러곤 문득 입을 열었다.

"내 몸에 문제가 있다는 건 아시죠?"

색스는 고개를 끄덕였다.

"유방암이었어요. 많이 진전된 건 아니었지만, 의사가 양쪽 유방을 절제하는 게 좋을 것 같다고 하더군요. 그래서 그렇게 했어요."

"저런."

색스는 마음이 아파 얼굴을 찡그렸다.

"화학 요법도 받았나요?"

"네. 머리가 다 빠졌었죠."

루시는 아이스티를 한 모금 더 마셨다.

"3년 반 동안 재발이 안 됐어요. 지금까지는 괜찮아요."

잠시 침묵.

"나한테 그런 일이 일어났다는 게 정말, 충격이었어요. 가족 중에도 그런 병력이 없었는데. 할머니는 말처럼 건강하고, 엄마는 아직도 마타무스키트 국립야생보호구역에서 일주일에 닷새를 일하죠. 엄마와 아빠는 애팔래치아 산맥을 1년에 두세 번씩 타세요."

"방사능 때문에 아이를 못 갖는 건가요?"

"아뇨. 차단막을 사용했으니까. 그냥… 데이트할 기분이 별로 나지 않아요. 그렇잖아요, 처음으로 진지하게 키스를 나눌 때 남자 손이 그리로 올라가면…."

그 점은 색스도 반박할 수 없었다.

"괜찮은 남자를 만나 커피도 마시고 하다가 10분만 지나면, 이 사람이 그 사실을 알았을 때 어떻게 생각할지 걱정이 돼요. 그래서 결국 전화가 와도 받지 않게 되죠."

"그럼 가정을 이루는 건 포기했나요?"

"어쩌면, 나이가 더 들면, 애들을 다 키운 홀아비를 만날 수도 있겠죠. 그게 좋을 것 같아요."

루시는 아무렇지도 않게 말했다. 하지만 색스는 그 어투에서 혼자 자주 되풀이했던 말이라는 걸 느낄 수 있었다. 어쩌면 매일같이.

루시는 고개를 숙이고 한숨을 쉬었다.

"아이를 가질 수 있다면 당장이라도 배지를 반납할 텐데. 하지만 인생이 언제나 원하는 방향으로 가는 것만은 아니잖아요."

"전 남편은 수술 뒤에 바로 떠났나요? 이름이 뭐라고 했죠?"

"버드. 곧장 떠난 건 아니에요. 8개월 뒤에. 뭐, 그 사람을 탓할 순 없죠."

"왜 그런 말을 하죠?"

"무슨 말?"

"그 사람을 탓할 수 없다고."

"그냥, 그럴 순 없죠. 변하고 달라진 건 내 쪽이니까. 그가 애초 원했던 것이 아닌 다른 사람으로 변했으니까."

색스는 잠시 침묵을 지키다가 입을 열었다.

"링컨도 특이한 사람이죠. 그 누구보다 더."

루시는 약간 사이를 두었다가 말했다.

"그럼 당신 두 사람은, 뭐랄까, 동료 이상인가요?"

"그래요."

"그럴지도 모른다고 생각은 했는데."

루시가 문득 웃었다.

"참, 당신은 대도시에서 일하는 멋진 경찰인데, 아이에 대해서는 어떻게 생각해요?"

"갖고 싶어요. 아버지는 손자 손녀를 원하셨죠. 그분도 경찰이셨는데, 삼대가 모두 경찰이면 좋겠다고 했어요. 〈피플〉 지에서 취재 나올지도 모르겠다고. 〈피플〉 지를 참 좋아하셨죠."

"돌아가셨나요?"

"몇 년 전에."

"근무 중에?"

색스는 잠시 망설이다 대답했다.

"암으로요."

루시는 한동안 아무 말 없이 색스의 옆모습을 바라보다 유치장 쪽으로 시선을 옮겼다.

"그 사람, 아이를 가질 수 있어요? 링컨 말예요."

거품이 맥주 컵을 따라 흘러내렸다. 색스는 얼른 빨아 마셨다.

"이론적으로는 그래요."

색스는 오늘 아침 에이버리의 신경연구원에서 위버 박사를 따라 병실을 나갔던 게 혹시 이번 수술이 라임의 생식 능력에 영향을 미치지는 않는지 물어보기 위해서였다는 말은 하지 않았다. 의사는 영향이 없다면서, 임신을 가능하게 하는 조처에 대해 설명하기 시작했다. 하지만 바로 그때 짐 벨이 수사를 도와달라는 요청을 하기 위해 나타났다.

아이 이야기만 나오면 라임이 언제나 화제를 다른 곳으로 돌린다는 말도, 그럴 때마다 그가 왜 이 문제를 생각하기도 싫어하는지 궁금해 머리가 복잡하다는 이야기도 굳이 하지 않았다. 물론 여러 가지 이유가 있을 수 있다. 가족이 생기면 범죄학자로서의 활동에 방해를 받을 수 있다는 두려움. 혹은 통계적으로 볼 때 사지마비 환자는 정상인에 비해 수명이 짧다는 사실. 혹은 어느 날 잠에서 깨어나 이 정도면 됐다, 더 이상 살고 싶지 않다고 결단할 수 있는 자유를 갖고 싶어서. 어쩌면 이 모든 이유에다, 그와 색스는 정상적인 부모가 될 수 없을 거라는 믿음이 결합되었을지도 모른다(그러면 색스는 이렇게 반박할 것이다. 도대체 요즘 같은 세상에 '정상'이란 게 대체 무엇이냐고).

루시가 문득 말했다.

"난 아이를 가지면 일을 계속해야 하나 말아야 하나 고민이에요. 당신은?"

"난 무기를 갖고 다니지만 주로 감식 일을 해요. 위험한 일은 줄여야겠죠. 지금 브루클린의 내 차고에는 360마력짜리 카마로가 들어 있는데, 솔직히 그 안에 유아용 좌석을 설치한다는 건 상상할 수가 없네요."

색스는 웃음을 터트리고 말을 이었다.

"아마 볼보 스테이션왜건 자동 기어 모는 법을 배워야겠죠? 주행 교습도 받아야 할 거고요."

"당신이라면 푸드 라이언 주차장 바닥에 고무 탄 자국을 남기고도 남을 사람이에요."

침묵이 흘렀다. 복잡한 비밀을 공유하고 있지만 더 이상 털어놓을 수 없다는 걸 알고 있는 타인들 간의 묘한 침묵이었다.

루시는 시계를 보았다.

"사무실로 돌아가야겠어요. 짐이 아우터뱅크스 추적대를 조직하는 걸 도와야죠."

루시는 빈 병을 쓰레기통에 던졌다. 그리고 고개를 저었다.

"메리베스 생각이 계속 나요. 어디 있는지, 괜찮은지, 겁에 질려 있지는 않은지."

하지만 아멜리아 색스는 메리베스가 아닌, 개릿 핸런을 생각하고 있었다. 아이들 이야기를 하다 보니, 만약 자기 아들이 살인과 납치 혐의를 받는다면 어떤 기분일까 싶은 생각이 들었다. 감옥에서 오늘 밤을 보내야 하는 아들이 있다면. 아니, 어쩌면 백 날, 전 날을.

루시가 걸음을 멈췄다.

"당신도 돌아가요?"

"좀 있다가요."

"떠나기 전에 한 번 봤으면 좋겠네요."

루시는 길 저쪽으로 사라졌다.

몇 분 뒤 유치장 문이 열리고 메이슨 저메인이 나왔다. 색스는 그가 웃는 걸 한 번도 본 적이 없었다. 지금도 웃고 있지 않았다. 메이슨은 거리를 둘러보았지만, 색스를 보지는 못한 모양이다. 그는 깨진 보도를 지나 카운티 사무실 쪽으로 가다 말고 어느 건물 안으로 들어갔다―가게나 술집 같은 곳이었다.

그때 자동차 한 대가 길 건너편에 멈춰 서더니 두 사람이 내렸다. 개릿의 변호사 캘 프레데릭스와 40대로 보이는 뚱뚱한 남자였다. 못 보던 남자는 넥타이와 셔츠 차림인데, 셔츠 맨 위의 단추가 풀려 있고 줄무늬 넥타이도 목에서 몇 센티미터 아래로 느슨하게 풀어진 채였다. 소매는 걷어붙였고 네이비 스포츠 재킷을 팔에 걸쳤다. 갈색 바지는 심하게 구깃구깃했다. 얼굴은 초등학교 선생님처럼 인자해 보였다. 두 사람은 안으로 들어갔다.

색스는 컵을 델리 바깥의 기름통 안에 던져 넣었다. 그리고 텅 빈 거리를 건너 두 사람 뒤를 따라 유치장으로 들어갔다.

.

20 바이오필리아

캘 프레데릭스는 색스를 엘리엇 페니 박사에게 소개했다.

"아, 링컨 라임과 일하는 분?"

박사의 말에 색스는 놀랐다.

"맞아요."

"캘 말로는, 개릿을 잡은 게 거의 두 분 덕이라던데. 그분이 여기 계십니까? 링컨?"

"지금 카운티 사무소에 있어요. 오래 있진 않을 겁니다."

"그분을 아는 친구가 하나 있습니다. 인사라도 드리고 싶은데. 기회가 있으면 들르죠."

"아마 한 시간쯤 거기 있을 거예요."

색스는 캘 프레데릭스를 향해 말했다.

"물어볼 게 있는데요."

"네."

변호사는 신중하게 대답했다. 색스는, 이론상으로는 적을 위해 일하는 사람이니까.

"메이슨 저메인이 아까 유치장에서 개릿하고 말하면서 랭카스터 이야기를 하던데, 그게 뭐죠?"

"강력범 구치소죠. 기소인부절차(arraignment : 피고인에게 유죄인지 무죄인지를 물어 유죄를 인정하면 증거 조사 없이 곧장 판결을 내리고, 인정하지 않으면 증거 조사로 들어가는 제도 – 옮긴이) 뒤에 그리 이송될 겁니다. 재판 때까지 거기 있겠죠."

"미성년자 구치소인가요?"

"아니, 아닙니다. 성인용이죠."

"하지만 열여섯이잖아요."

"아, 맥과이어는 그를 성인범으로 다룰 겁니다. 유죄를 인정하지 않는 이상."

"얼마나 나쁜 곳인가요?"

"뭐, 랭카스터 말입니까?"

변호사는 좁은 어깨를 으쓱했다.

"아마 다칠 겁니다. 피할 수 없어요. 얼마나 나쁜 곳인지는 모르지만, 틀림없이 다칠 겁니다. 강력범 구치소에서 먹이사슬의 밑바닥에 있는 게 그런 소년범들이니까요."

"격리시킬 순 없나요?"

"거긴 안 됩니다. 전부 공동 수용이에요. 그냥 커다란 우리 같은 곳입니다. 경비원들이 잘 봐주기만 바랄 뿐이죠."

"보석 신청은요?"

프레데릭스는 웃었다.

"세상의 어떤 판사도 이런 사건에 보석을 허락해 주진 않습니다. 뛰어봐야 벼룩이죠."

"다른 교도소로 돌릴 방법이 없을까요? 링컨은 뉴욕에 친구들이 많은데."

프레데릭스는 색스에게 점잖으면서도 뻐딱한 남부인 특유의 미소를 보냈다.

"뉴욕? 메이슨-딕슨 선(line) 이남에서는 그쪽 연줄이 별로 소용없을 겁니다. 허드슨 강 서쪽도 마찬가지고."

그러곤 페니 박사에게 고개를 끄덕해 보였다.

"어떻게 해서든 개릿의 협조를 얻어 유죄 인정 감형을 받아내는 게 최선입니다."

"양부모도 출석해야 하나요?"

"그럼요. 연락했습니다만, 헬 말로는 소년이 혼자 하겠답니다. 내가 매기하고, 그 애 어머니죠, 이야기도 못하게 하더군요."

"하지만 개릿은 자기 혼자 판단을 내릴 수 없어요. 아직 소년이잖아요."

"아, 기소인부절차나 형량 조절에 대한 결정이 나기 전에 법정에서 보호자를 지정할 겁니다. 그건 걱정 마십시오. 돌봐줄 사람은 있을 테니까."

색스는 의사를 향했다.

"이제 뭘 하실 건가요? 그 '빈 의자' 테스트?"

페니 박사는 변호사에게 시선을 주었고, 변호사는 말을 해줘도 괜찮다는 뜻으로 고개를 끄덕였다.

"테스트가 아닙니다. 일종의 게슈탈트 치료지요. 행동 연구에 입각한 요법인데, 특정 종류의 행동을 이해하는 데 대단히 신속한 결과를 얻어내는 걸로 알려져 있습니다. 난 개릿에게 자기 앞의 의자에 메리베스가 앉아 있으며, 둘이 대화를 나눈다고 상상해 보라고 할 겁니다. 왜 납치했는지 메리베스에게 설명하도록 하는 거지요. 그녀가 겁에 질려 있다는 것을, 자신의 행동이 잘못됐다는 것을 이해하도록 할 겁니다. 메리베스가 어디 있는지 털어놓는 게 그녀를 위해 좋은 일이라는 걸 깨닫도록."

"잘 될까요?"

"원래 이런 상황에 적용하도록 고안된 요법은 아니지만, 결과를 얻어낼 수 있을 거라고 생각합니다."

변호사는 시계를 보았다.

"준비 됐습니까, 박사?"

박사는 고개를 끄덕였다.

"갑시다."

프레데릭스와 박사는 취조실로 사라졌다.

뒤에 남은 색스는 냉수기에서 물 한 컵을 따라 천천히 마셨다. 프런트 데스크에 있던 부보안관이 다시 신문을 읽기 시작하자, 색스는 비디오카메라로 용의자의 모습을 녹화하는 관찰실 안으로 들어갔다. 방은 비어 있었다. 색스는 문을 닫고 의자에 앉아 취조실을 바라보았다. 개릿은 방 한가운데 의자에 앉아 있고, 박사는 테이블에 앉아 있었다. 캘 프레데릭스는 구석에 앉아 무릎에 한쪽 발을 얹고 두툼한 신발 굽을 드러낸 채 팔짱을 끼고 있었다.

개릿과 마주한 세 번째 의자는 비어 있었다. 테이블에는 콜라가 놓여 있었다. 캔 표면에 물방울이 잔뜩 맺혀 있다.

거울 위에 붙은 지지직거리는 싸구려 스피커를 통해 목소리가 들려왔다.

"개릿, 난 페니 박사야. 기분은 괜찮나?"

대답이 없었다.

"여긴 좀 덥군, 안 그래?"

역시 개릿은 아무 말도 하지 않고 시선을 내리깔았다. 그리고 손톱을 툭툭 퉁겼다. 소리는 들리지 않았다. 색스의 엄지손톱도 집게손가락의 살점을 쥐어뜯고 있었다. 끈적거리는 물기가 느껴져 내려다보니 피가 배어나오고 있었다. 그만해, 그만해, 그만해. 색스는 애써 양손을 옆으로 내려놓았다.

"개릿, 난 널 도우러 왔단다. 여기 계신 네 변호사, 프레데릭스 씨랑 같이 노력해서 네 형을 감해주려는 거야. 네가 협조를 해야 우리도 널 도울 수가 있어."

프레데릭스가 말했다.

"박사님이 너한테 이야기를 할 거다. 우린 몇 가지 사실을 알아내려고 하는데, 네가 말하는 건 모두 우리만 알고 있을 거야. 네 허락 없이는 절대 다른 사람한테 말하지 않는다. 이해하겠니?"

개릿은 고개를 끄덕였다. 박사가 말했다.

"기억해라, 개릿. 우린 좋은 사람이야. 네 편이지…. 자, 지금부터 한 가지 실험을 해보자."

개릿이 얼굴을 긁더니 말했다.

"네."

"저기, 의자 보이지?"

페니 박사는 의자 쪽으로 고갯짓을 했고, 소년은 의자를 보았다.

"보여요."

"한 가지 게임 같은 걸 해보자. 저 의자에 정말 중요한 사람이 있다고 상상하는 거야."

"대통령 같은 사람?"

"아니, 그러니까 너한테 중요한 사람. 네가 실제로 알고 있는 사람. 그런 사람이 네 앞에 앉아 있다고 생각해 보렴. 그리고 그 사람한테 이야기를 하는 거야. 아주 정직하게. 뭐든지 하고 싶은 말을 하는 거야. 비밀 이야기도 하고. 그 사람한테 화가 났으면 화가 났다고 이야기하고. 사랑하면 사랑한다고 하고. 그 사람을 원한다면, 여자애를 원하듯이 말이야, 그럼 그렇게 이야기해. 무슨 말을 하든 상관없어. 아무도 너한테 화내지 않을 테니까."

"그냥 의자에다 대고 이야기를 해요? 왜요?"

"우선, 오늘 있었던 일 때문에 나빴던 기분을 달래는 데 도움이 되겠지."

"음, 잡혔던 일 같은 거요?"

색스는 미소를 지었다.

페니 박사는 웃음을 억지로 참으며 빈 의자를 개릿 쪽으로 좀 더 가까이 끌어당겼다.

"자, 중요한 사람이 저기 앉아 있다고 상상해 보렴. 메리베스 매코넬이라고 해보자. 그녀에게 하고 싶은 말이 있다면 지금이 바로 기회야. 너무 힘들어서 차마 못했던 말들. 정말 중요한 말들. 그냥 허튼소리 말고."

개릿은 초조하게 방 안을 둘러보더니 변호사에게 시선을 주었다. 프레데릭스는 해보라는 듯 고개를 끄덕였다. 개릿은 깊이 숨을 들이쉰 뒤 천천히 내뱉었다.

"좋아요. 준비됐어요."

"좋아. 자, 메리베스가 저 의자에…."

"하지만 메리베스한테는 아무 말도 하고 싶지 않아요."

개릿이 박사의 말을 끊었다.

"하고 싶지 않아?"

개릿은 고개를 끄덕였다.

"하고 싶은 말은 모두 다 했으니까요."

"할 말이 전혀 없어?"

개릿은 망설였다.

"글쎄요…. 어쩌면. 그냥… 난 다른 사람이 의자에 앉아 있는 걸로 상상하고 싶은데요. 그래도 되나요?"

"음, 일단은 메리베스 먼저 해보고. 어쩌면 메리베스한테 하고 싶은 말이 있을 수도 있다고 했잖아. 그게 뭐지? 그녀 때문에 실망했거나 마음 아팠던 일? 화났던 일? 복수해 주고 싶었던 일? 뭐든 좋아, 개릿. 무슨 말을 해도 돼. 괜찮아."

개릿은 어깨를 으쓱했다.

"음, 왜 다른 사람으로 하면 안 되죠?"

"일단은 꼭 메리베스로 해야만 해."

소년은 갑자기 투명 거울 쪽을 향하더니 색스가 앉아 있는 방향을 정면으로 쳐다보았다. 그녀를 볼 리 없지만 마치 거기 있다는 걸 알고 있기라도 한 것처럼. 색스는 자신도 모르게 물러앉았다.

"말해보렴."

의사가 독려했다. 개릿은 다시 페니 박사를 쳐다보았다.

"좋아요. 난 메리베스가 안전해서 기뻐요."

박사는 미소를 지었다.

"좋아, 개릿. 거기서 시작해 보자. 메리베스에게 네가 그녀를 구했다고 말하렴. 그 이유도 말해주고."

박사는 의자 쪽으로 고갯짓을 했다. 개릿은 빈 의자를 거북하게 바라보았다. 그리고 입을 열었다.

"그녀는 블랙워터랜딩에 있었고, 그래서…."

"아니, 메리베스에게 직접 말하는 거야. 그 의자에 앉아 있다고 생각하고."

개릿은 헛기침을 했다.

"당신은 블랙워터랜딩에 있었어. 거긴, 정말 정말 위험해. 블랙워터랜딩에서는 사람들이 다치고 죽어. 난 당신이 걱정됐어. 오버롤 차림의 남자가 당신을 해치는 것도 싫었고."

"오버롤 차림의 남자?"

"빌리를 죽인 사람요."

박사가 개릿의 어깨 너머로 변호사에게 시선을 주었다. 변호사는 고개를 저었다. 박사가 다시 물었다.

"개릿, 넌 메리베스를 구하려고 했을지 몰라도, 메리베스는 자기가 널 화나게 만들었다고 생각할 수도 있지 않겠니?"

"화나게 해요? 메리베스는 그런 짓 안 했는데요."

"음, 네가 메리베스를 가족한테서 떼어놓았잖니."

"난 메리베스의 안전을 위해서 데려간 거예요."

개릿은 문득 게임의 규칙을 기억한 듯 다시 의자를 쳐다보았다.

"난 당신의 안전을 위해서 당신을 데려간 거야."

박사는 부드럽게 말을 이었다.

"뭔가 할 말이 있는 거라고 생각하지 않을 수 없구나. 아까도 느꼈는데, 뭔가 상당히 중요한 게 있어. 그런데 넌 지금 말하고 싶지 않은 거야."

색스 역시 소년의 얼굴에서 그런 낌새를 읽었다. 개릿은 갈등하는 눈빛이 역력했다. 그럼에도 의사가 제시한 게임이 흥미로운 모양이다. 무슨 생각이 오가고 있을까? 뭔가 하고 싶은 말이 분명 있다. 그게 뭐지? 개릿은 길고 때 묻은 손톱을 내려다보았다.

"음, 한 가지 있어요."

"계속하렴."

"이건… 말하기 힘든데요."

캘 프레데릭스는 종이 위에 펜을 올려놓고 몸을 앞으로 내밀었다. 페니 박사는 부드럽게 말했다.

"이런 장면을 상상해 보자…. 메리베스가 바로 저기 있어. 기다리고 있단다. 네가 그 말을 해주길."

개릿이 물었다.

"메리베스가요? 그럴까요?"

"그럼. 메리베스가 어디 있는지 말해주고 싶지 않니? 어디로 데려 갔는지? 거기가 어떤 곳인지? 왜 하필 그곳에 데려갔는지?"

"아뇨. 그건 말하고 싶지 않아요."

"그럼 뭘 말해주고 싶지?"

"난….."

목소리가 기어들었다. 손톱이 부딪혔다.

"힘들다는 건 나도 알아."

색스 역시 의자에서 몸을 내밀었다. 힘 내, 힘을 내라고, 개릿. 우린 널 돕고 싶어. 서로 타협하는 거야.

페니 박사는 최면이라도 거는 듯한 음성으로 말을 이었다.

"말해봐, 개릿. 저 의자에 메리베스가 앉아 있어. 기다리고 있어. 네가 무슨 말을 할지 궁금해하고 있어. 이야기해 주렴."

박사는 탄산음료를 개릿 쪽으로 밀었다. 개릿이 양손으로 캔을 집자 수갑이 쨍그랑 소리를 냈다. 그는 몇 모금 길게 콜라를 마셨다. 잠시 시간을 준 후 박사가 말을 이었다.

"네가 메리베스에게 정말 하고 싶은 말은 뭘까? 그 중요한 말은? 네가 말하고 싶어 한다는 걸 난 알고 있어. 말해야 한다는걸. 메리베스도 그 말을 들어야 한다고 생각해."

박사는 빈 의자를 좀 더 가까이 밀었다.

"자, 개릿, 메리베스가 바로 네 앞에, 거기 앉아 있어. 널 쳐다보면서. 네가 하지 못한 그 말이 뭐지? 지금이 기회야. 말해보렴."

다시 콜라를 한 모금 마셨다. 소년의 손이 떨리고 있었다. 무슨 말일까? 색스는 궁금했다. 무슨 말이길래?

갑자기 개릿이 몸을 앞으로 내밀더니 의자를 향해 불쑥 말했다.

"난 정말, 정말 당신을 좋아해, 메리베스. 그리고… 당신을 사랑하는 것 같아."

방 안의 두 남자는 깜짝 놀랐다. 개릿은 심호흡을 여러 번 하고 손톱을 몇 번 튕기더니 의자 팔걸이를 초조하게 꽉 붙잡고 고개를 숙였다. 얼굴이 석양처럼 붉게 달아올랐다.

"네가 하고 싶었던 말이 그거니?"

개릿은 고개를 끄덕였다.

"다른 말은?"

"음, 없어요."

이번에는 박사가 변호사를 쳐다보더니 고개를 저었다.

개릿이 입을 열었다.

"선생님. 박사님… 저, 물어볼 게 있는데요?"

"물어보렴, 개릿."

"네… 내 책 중에 정말 집에서 가져오고 싶은 게 있는데요. 《극미의 세계》라는 책이에요. 괜찮을까요?"

"그래도 되는지 알아보자꾸나."

박사는 개릿의 등 뒤로 프레데릭스를 쳐다보았다. 변호사는 갑갑하다는 듯 눈동자를 굴렸다. 두 사람은 일어나서 재킷을 걸쳤다.

"오늘은 여기까지다, 개릿."

개릿은 고개를 끄덕였다.

색스는 얼른 일어나 유치장 사무실로 나갔다. 책상을 지키는 부보 안관은 색스가 엿들었다는 걸 눈치채지 못하고 있었다.

프레데릭스와 박사가 밖으로 나왔고, 개릿은 독방으로 다시 돌아갔다. 짐 벨이 문간에 나타났다. 프레데릭스는 박사를 벨에게 소개했다. 벨이 물었다.

"효과가 있던가?"

프레데릭스는 고개를 저었다.

"전혀."

벨은 엄숙하게 말했다.

"방금 판사와 이야기를 끝냈네. 6시에 기소인부절차를 마치고 오늘 밤 랭카스터로 이송할 거야."

색스가 물었다.

"오늘 밤에?"

"마을 밖으로 옮기는 게 좋습니다. 자기 손으로 문제를 해결하려는 사람들이 몇몇 있어서."

페니 박사가 말했다.

"다음에 다시 해보죠. 지금은 아주 초조한 상태입니다."

벨이 내뱉었다.

"당연히 초조하겠지. 살인과 납치 혐의로 체포됐으니 말입니다. 그래서 나도 초조합니다. 랭카스터로 간 뒤에 뭘 하든 내 알 바 아니지만, 검사가 기소를 할 테고, 우린 해지기 전에 그 애를 데려갈 겁니다. 참, 캘, 맥과이어는 일급 살인 혐의로 간다는군."

카운티 사무실 건물로 가보니 라임은 예상대로 성질을 있는 대로 부리고 있었다.

"색스, 저 불쌍한 벤 좀 어떻게 도와줘. 빨리 장비를 꾸리고 여기서 나가자고. 위버 박사한테는 올해 안으로 병원에 돌아갈 수 있다고 말해줬으니."

하지만 색스는 말없이 창가에 서서 밖을 내다보았다. 마침내 그녀가 입을 열었다.

"라임."

라임은 잘 식별할 수 없는 미량증거물을 관찰하듯 미간을 찌푸리고 색스를 쳐다보았다.

"마음에 들지 않아, 색스."

"뭐라고요?"

"마음에 들지 않는다고. 벤, 아니, 그 전기자(armature)를 떼어낸 다음에 싸야지."

"전기자요?"

벤은 네모난 ALS(alternative light source) 장비, 즉 육안으로 볼 수 없는 물질을 영상화하는 기계를 싸느라 땀을 뻘뻘 흘리고 있었다.

"막대기처럼 생긴 거 말예요."

색스가 설명하고 대신 짐을 싸주었다.

"고맙습니다."

벤은 컴퓨터 와이어를 둘둘 말기 시작했다.

"그 표정 말이야, 색스. 그 표정이 마음에 들지 않는다고. 자네 표정, 말투."

"벤, 잠깐 우리 둘만 있게 비켜줄래요?"

색스는 벤에게 말했다. 라임이 되받았다.

"아니, 그럴 필요 없어. 시간이 없다고. 빨리 짐 싸서 나가야 해."

"5분만요."

벤은 라임과 색스를 번갈아보았다. 화난 눈빛이 아니라 부탁하는 눈빛을 하고 있던 색스가 이겼다. 벤은 밖으로 나갔다.

라임이 선수를 쳤다.

"색스, 할 수 있는 일은 다 했어. 리디아의 목숨도 구했고, 범인도 잡았어. 유죄 인정 협상을 하면, 개릿도 메리베스가 어디 있는지 털어놓을 거야."

"아뇨. 털어놓지 않을 거예요."

"그건 우리 문제가 아니지. 더 이상 우리가 할 수 있는 일은…."

"난 개릿이 하지 않았다고 생각해요."

"메리베스를 죽인 거? 동의해. 혈액 테스트 결과 메리베스는 살아 있을 가능성이 있고…."

"빌리를 죽인 거 말예요."

라임은 고개를 뒤로 홱 젖혀 짜증스럽게 이마에 늘어져 있는 머리카락을 치웠다.

"짐이 말한 갈색 오버롤 차림의 남자 이야기를 믿는단 말이야?"

"네."

"색스, 지금은 그 애가 불쌍하고 안돼 보이겠지. 나 역시 마찬가지야. 하지만…."

"그것과는 상관없어요."

라임이 날카롭게 말했다.

"맞아. 상관없어. 상관있는 건 오로지 증거물뿐이야. 증거물은 오버롤 차림의 남자 따윈 없고, 개릿이 범인이라는 걸 보여주고 있어."

"증거물은 그럴 '가능성을 제시할' 뿐이죠, 라임. 그걸 증명해 주지는 않아요. 증거물은 여러 가지 방식으로 해석될 수 있다고요. 게다가 나한테도 나름대로 증거가 있어요."

"어떤 증거?"

"개릿이 나더러 자기 곤충들을 돌봐달라고 하더군요."

"그래서?"

"냉혹한 살인자가 그따위 곤충이 어떻게 될지 걱정한다는 게 좀 이상하지 않아요?"

"그건 증거가 아니야, 색스. 그의 전략이라고. 우리의 방어선을 무너뜨리려는 심리전. 그 앤 영리한 소년이야. IQ도 높고 성적도 좋아. 그 애가 읽는 책을 봐. 머리 아픈 책이야. 그 앤 곤충을 통해 많은 것을 배우고 있어. 곤충 세계에는 윤리가 없지. 곤충의 관심사는 오로지 생존이야. 그 애가 배운 게 그런 거라고. 어린 시절부터. 슬픈 일이지. 하지만 우리 문제는 아니야."

"그 애가 만든 함정 있잖아요, 소나무 가지 함정."

라임은 고개를 끄덕였다.

"깊이가 겨우 60센티미터였어요. 그 안에 들어 있던 말벌집이요? 그건 빈 것이었죠. 벌이 없었다고요. 암모니아 병도 사람을 다치게 하려고 장치한 게 아니었어요. 그냥 추적대가 제분소 가까이 왔을 때 경고가 될 수 있도록 놓아둔 것뿐이었어요."

"그건 피 묻은 티슈 같은 실증적인 증거가 아니야, 색스."

"그걸로 자위를 했다고 했잖아요. 메리베스가 머리를 다쳐서 그걸로 상처를 닦았다고요. 어쨌든, 그 애가 메리베스를 강간했다면 티슈는 뭐 하러 썼겠어요?"

"끝나고 나서 닦는 데 썼겠지."

"내가 아는 강간범들의 프로파일과는 맞지 않는군요."

라임은 자신이 쓴 범죄학 교과서의 서문을 인용했다.

"프로파일은 가이드야. 증거물은⋯."

"'하느님'이죠."

색스가 말을 가로챘다.

"좋아요. 그리고 현장에는 발자국이 많았어요. 짓밟혀 있었죠. 거기 오버롤 차림의 남자 발자국이 있을지도 몰라요."

"살인에 쓰인 무기에는 다른 사람의 지문이 없었어."

"개릿은 그 남자가 장갑을 꼈다고 했어요."

"장갑 문양도 없었지."

"전 상삽이었을 수도 있어요. 내가 베스트를 해보면⋯."

"이럴 수도 있다, 저럴 수도 있다⋯. 이봐, 색스, 그건 그냥 생각일 뿐이라고."

"당신도 메리베스에 대한 그의 얘기를 들어봤어야 해요. 개릿은 정말 메리베스를 걱정했다고요."

"연기를 한 거겠지. 내 규칙 제1번이 뭐지?"

"당신 규칙 제1번은 너무 많죠."

색스는 중얼거렸다. 라임은 동요하지 않고 말을 이었다.

"증인을 신뢰하지 말 것."

"개릿은 자신이 메리베스를 사랑하고 걱정한다고 생각해요. 자기가 메리베스를 정말 보호하는 거라고 생각한다고요."

그때 한 남자의 음성이 끼어들었다.

"맞습니다. 보호하고 있죠."

색스와 라임은 문가를 쳐다보았다. 엘리엇 페니 박사였다. 그가 덧붙였다.

"자신으로부터 보호하고 있는 겁니다."

색스는 두 사람에게 서로를 소개했다.

"만나 뵙고 싶었습니다, 링컨. 난 법의심리학 전공입니다. 작년 AALEO 회의에서 버트 마크햄과 제가 패널로 만났는데, 그분이 당신을 아주 높이 평가하시더군요."

"버트는 좋은 친구지요. 얼마 전 시카고 경찰 감식반장으로 임명됐습니다."

페니 박사는 복도 쪽으로 고갯짓을 했다.

"개릿의 변호사가 지금 검사랑 같이 있는데, 전망이 그리 밝아 보이지는 않습니다."

"개릿이 여자를 자신으로부터 보호하는 거라는 말이 무슨 뜻이죠? 다중인격 같은 얘긴가요?"

색스는 시니컬하게 물었다. 도발적인 말투에도 박사는 전혀 기분이 상한 것 같지 않았다.

"아뇨. 뭔가 정신적인, 혹은 감정적인 갈등은 분명 있는데, 다중인격 같은 특이한 현상은 전혀 아닙니다. 개릿은 자신이 메리베스와 빌리 스테일에게 무슨 짓을 했는지 정확히 알고 있습니다. 자신이 지난 몇 년 동안 사람들을 죽였던 블랙워터랜딩에 못 가도록 메리베스를 어딘가 숨겨놨을 거라는 것도 상당히 신빙성이 있습니다. 이름이 뭐였죠? 윌크스? 그 소년을 겁줘서 자살하게 만든 그 장소에 못 가게 하려고 말입니다. 개릿은 빌리를 죽일 때 메리베스도 같이 강간하고 죽일 계획이었을 겁니다. 하지만 메리베스를 '사랑'한다는 그 자신 속의 어느 부분 때문에 그러지 못했던 것이죠. 개릿은 그녀를 해치지 않기 위해 최대한 빨리 블랙워터랜딩에서 데리고 나갔습니다. 아마 강간을 했을 겁니다. 하지만 그에게 그건 강간이 아니라 두 사람 사이를 맺어준 것이죠. 남편과 아내가 신혼여행에서 성관계를 맺는 것과 마찬가지로 개릿에게는 극히 당연한 일이었을 겁니다. 하지만 여전히 메리베스를 죽이려는 충동은 남아 있었죠. 그래서 다음 날 블랙워터랜딩으로 돌아와 대체물, 즉 리디아 조핸슨을 납치한 겁니다. 틀림없이 메리베스 대신 그녀를 죽일 생각이었을 겁니다."

"재판에서 그런 증언을 할 생각이라면 변호인 측에 서지 않는 게 낫겠네요."

색스는 신랄하게 말했다. 페니 박사는 고개를 저었다.

"내가 들은 증거물 정도라면 전문가의 증언이 있건 없건 그 앤 감옥에 갈 겁니다."

"난 개릿이 빌리 스테일을 죽였다고 생각하지 않아요. 납치사건도 당신들이 몰아가는 것처럼 그렇게 흑백이 분명하지 않고."

페니 박사는 어깨를 으쓱했다.

"전문가로서 제 견해는, 그의 짓이라는 겁니다. 물론 모든 테스트를 다 해본 건 아니지만 개릿은 뚜렷한 반사회적, 사회병질적 행동을 보여주고 있습니다. 세 가지 주요 진단 기준 모두에 비춰보건대 그렇습니다. 국제질병분류기준, DSM IV, 반사회성향 체크리스트 개성판. 모든 테스트를 다 해봐야 할까요? 물론 그렇겠죠. 하지만 그는 분명 냉혹한 반사회적, 범죄적 인격을 보여주고 있습니다. 지능도 높고 전략적 사고 패턴과 조직적인 범인의 행동 양식을 그대로 보여주고 있습니다. 복수를 당연한 것으로 여기고 반성의 기색도 없습니다…. 그는 극히 위험한 인물입니다."

라임이 말했다.

"색스, 요점이 뭐야? 이건 더 이상 우리 영역이 아니라고."

색스는 라임의 찌르는 듯한 시선을 무시하고 말을 이었다.

"하지만 박사님…."

박사가 한 손을 들고 물었다.

"한 가지 질문을 해도 될까요?"

"뭐죠?"

"아이가 있으십니까?"

색스는 잠시 망설였다.

"없는데. 왜요?"

"당신이 그에게 동정심을 느끼는 건 이해할 수 있습니다. 우리 모두 그렇죠. 하지만 당신 경우는 모성 본능으로 인해 그걸 착각하고 있는 것 같습니다."

"무슨 뜻이죠?"

박사가 말했다.

"당신에게 아이를 갖고 싶은 욕구가 있다면, 열여섯 살 난 소년이 유죄냐 무죄냐 하는 문제에 대해 객관적인 입장을 취하기 어렵다는 뜻입니다. 특히 고아로 힘들게 살아온 소년에 대해서는."

"난 완벽하게 객관적인 입장을 취할 수 있어요. 단지 앞뒤가 맞지 않는 사실이 너무 많을 뿐이죠. 개릿의 동기도 전혀 말이 안 돼요. 그 애는…."

"동기는 증거라는 세 발 달린 의자의 약한 다리에 불과해, 색스. 자네도 알고 있잖아."

색스가 라임을 향해 쏘아붙였다.

"당신 격언은 이제 듣고 싶지 않아요, 라임."

라임은 갑갑하다는 듯 한숨을 쉬고 시계를 쳐다보았다.

페니 박사가 말했다.

"당신이 캘 프레데릭스에게 랭카스터에 대해 물어봤다고 들었습니다. 개릿한테 무슨 일이 닥칠지."

색스는 한쪽 눈썹을 치켜 올렸다.

"어쨌든 난 당신이 그 애를 도울 수 있을 거라고 생각합니다. 최상 책은 당신이 그 애와 함께 있어주는 겁니다."

박사가 말을 이었다.

"카운티에서도 법원이 지명한 후견인과 함께 일할 사회복지사를 임명하게 되는데, 당신은 그들의 승인을 받아야 하지만, 저는 충분히 가능하다고 확신합니다. 그러면 그 애가 메리베스에 관해 당신에게 털어놓을지도 모르죠."

이 말을 곰곰이 생각하고 있는데 톰이 문간에 나타났다.

"밴이 왔습니다, 링컨."

라임은 마지막으로 지도를 흘끗 보고 문 쪽으로 고개를 돌리며 중얼거렸다.

"'다시 한 번 돌진하세, 친구들이여(셰익스피어의 명언 - 옮긴이).'"

짐 벨이 안으로 들어오더니 라임의 무감각한 팔에 손을 얹었다.

"아우터뱅크스 추적대를 조직하고 있습니다. 운이 따라주면 며칠 내로 찾을 수 있겠죠. 정말 고맙습니다, 링컨."

라임은 고개를 한 번 까딱한 뒤 보안관에게 행운을 빌었다.

"병원으로 찾아뵙죠, 링컨. 스카치를 가져가겠습니다. 언제쯤 다시 술을 드셔도 됩니까?"

"그렇게 빨리는 안 될 겁니다."

색스가 라임에게 말했다.

"난 벨을 도와서 짐을 꾸릴게요."

벨이 색스에게 말했다.

"에이버리까지는 저희가 태워다 드리겠습니다."

색스는 고개를 끄덕였다.

"고마워요. 곧 갈게요, 라임."

하지만 마음은 이미 태너스코너를 떠나 있는지, 라임은 아무 말도 하지 않았다. 복도를 달리는 스톰 애로의 윙윙거리는 소리가 점점 멀어져갔다.

15분 뒤 대부분의 장비가 밖으로 나갔고, 색스는 고맙다는 인사와 함께 벤 커를 집으로 돌려보냈다.

벤이 나가자마자 제시 콘이 옆에 나타났다. 색스가 혼자 있을 때를 노리고 복도를 지키고 있었던 게 아닌가 싶은 생각이 들었다.

"대단한 분입니다. 그렇죠? 라임 씨 말예요."

제시는 그럴 필요도 없는 상자를 괜히 쌓기 시작했다. 색스는 애매하게 대꾸했다.

"그렇죠."

"그분이 말하는 수술 말입니다. 그걸 하면 고쳐질까요?"

그걸 하면 죽을 거야. 더 악화될 거야. 식물인간이 될 거야.

"아뇨."

그럼 왜 수술을 하느냐는 질문이 돌아올 거라고 생각했지만, 제시는 이번에도 특유의 격언으로 대답했다.

"때로 어떤 일을 해야만 할 때가 있죠. 희망이 없어 보이더라도."

색스는 어깨를 으쓱하며 생각했다. 그래, 때론 그냥 하는 거지.

색스는 현미경 케이스 걸쇠를 잠그고 마지막 와이어를 감았다. 테이블 위에 쌓여 있는 책이 눈에 띄었다. 양부모 집에 있는 개릿의 방에서 가져온 것이다. 색스는 개릿이 페니 박사에게 부탁한 《극미의 세계》를 찾아 들고 펼쳤다. 페이지를 넘기는데 이런 구절이 눈에 들어왔다.

지구상에 알려진 포유류는 4천5백 종이지만, 곤충은 분류된 것만 98만 종이고 아직 발견되지 않은 종만 해도 2백만에서 3백만에 달하는 것으로 추정된다. 곤충의 다양성과 놀라운 생명력은 경외감 이상의 감정을 불러일으킨다. 하버드에 재직 중인 생물학자이자 곤충학자 E. O. 윌슨은 인간이 다른 생명체에 대해 느끼는 감정적 연대감을 일컬어 '바이오필리아(biophilia)'라고 불렀다. 애완견이나 경주마, 혹은 다른 인간과의 연대 못지않게, 곤충과의 이러한 연대를 가질 수 있는 기회 역시 크다 할 것이다.

색스는 복도를 흘끗 보았다. 캘 프레데릭스와 브라이언 맥과이어는 아직도 복잡한 말싸움을 벌이고 있었다. 변호사의 패색이 역력했다.

색스는 책을 획 덮었다. 박사의 음성이 들리는 듯했다.

최상책은 당신이 그 애와 함께 있어주는 겁니다.

제시가 말했다.

"음, 사격장으로 나가는 건 너무 정신없죠? 커피 한 잔 어때요?"

색스는 속으로 웃었다. 결국 스타벅스 초대를 받은 셈이다.

"안 되겠는데요. 유치장에 이 책을 갖다 준 다음 에이버리의 병원으로 가야 해요. 커피는 다음에 하죠."

"그러시죠."

21 구치소

구치소에서 한 블록 떨어진 술집 에디스에서, 리치 컬보가 엄숙하게 말했다.

"이건 장난이 아니야."

숀 오새리언이 대답했다.

"장난이라는 게 아니야. 웃는 것도 안 되나? 저 광고를 보다가 그냥 웃었다고."

숀은 선반 위에 놓인 기름때 묻은 텔레비전 화면 쪽으로 고갯짓을 하며 말을 이었다.

"한 남자가 공항으로 가려는데 차가…."

"넌 늘 그래. 쓸데없는 농담만 늘어놓고. 집중하질 않아."

"좋아. 듣는다고. 뒤쪽으로 들어간다, 문은 열려 있을 것이다."

해리스 토멜이 물었다.

"물어보고 싶은 게 바로 그건데, 구치소 뒷문은 열어놓는 일이 없어. 항상 잠겨 있고 안쪽에서 빗장을 건다고."

"빗장은 내려져 있고, 문은 열려 있을 거야. 알았어?"

"그건 네 말이고."

토멜은 믿기지 않는다는 듯 말했다. 컬보가 말을 이었다.

"열려 있어. 우린 들어간다. 테이블에 감방 문 열쇠가 놓여 있을 거야. 그 작은 쇠 테이블에. 알지?"

다들 그 테이블을 알고 있었다. 태너스코너 구치소에서 하룻밤을 보낸 적이 있는 사람이라면, 특히 술이 취한 상태였다면 누구나 문 옆 바닥에 볼트로 고정되어 있는 테이블에 다리가 까진 경험이 있을 것이다.

"그럼. 계속해 봐."

오새리언도 이제 관심을 보이기 시작했다.

"감방 문을 따고 들어간다. 내가 그 애를 스프레이로 쏠 거야. 그런 다음 자루를 덮어씌운다. 내가 마대 자루를 가져갈 테니 그걸로 머릴 덮어씌우고 데려오는 거야. 소리쳐도 아무도 못 들을 거야. 해리스, 네가 트럭에서 기다려. 문 가까이 세워놔. 시동 건 채로."

"어디로 데려가지?"

오새리언이 물었다.

"우리들 집은 안 돼."

컬보는 오새리언이 혹시 납치한 죄수를 자기들 집 중 한 곳에 데려갈 생각을 하고 있는 게 아닌가 싶어 대답했다. 만약 그 뜻이라면 이건 컬보가 생각했던 것보다 훨씬 멍청한 녀석이라는 소리다.

"기찻길 근처 낡은 차고로."

컬보의 말에 오새리언이 고개를 끄덕였다.

"좋아."

"그 애를 그리로 데려가. 내가 프로판 토치를 가져왔어. 그걸로 지져주는 거야. 딱 5분만 그렇게 하면 메리베스가 어디 있는지 불겠지."

"그 다음에 우린…"

오새리언이 목소리가 기어들었다.

"우린 뭐?"

컬보가 말을 낚아챘다. 그리고 목소리를 낮췄다.

"사람들 있는 데서 큰 소리로 말하면 안 되는 얘기야?"

오새리언이 작은 목소리로 대답했다.

"프로판 토치를 쓴다고 했잖아. 그 이후엔 어떻게 할 거야?"

컬보도 이 말에는 동의하지 않을 수 없었다. 하지만 오새리언에게는 그렇게 말하지 않았다. 대신 이렇게 말했다.

"사고는 항상 생기게 마련이지."

토멜도 고개를 끄덕였다.

"맞아."

오새리언은 맥주병 뚜껑을 만지작거리며 손톱 밑의 때를 파내고 있었다. 우울한 표정이다. 컬보가 물었다.

"왜 그래?"

"더 위험해졌잖아. 숲 속에서 납치하는 게 쉬웠을 텐데. 방앗간에서 말이야."

"하지만 그 앤 이제 숲 속 제분소에 있지 않아."

토멜의 말에 오새리언은 어깨를 으쓱했다.

"그냥, 그 정도 돈이 이런 위험을 무릅쓸 가치가 있을까?"

컬보는 턱수염을 긁었다. 날이 더워서 수염을 깎는 게 좋지 않을까 싶었지만 삼중턱이 드러나는 게 싫었다.

"빠질 거야? 나도 돈을 셋이서 나누는 것보다 둘이서 나누는 게 훨씬 좋아."

"아니, 그렇지 않아. 아무 문제 없어."

오새리언의 시선이 다시 텔레비전을 향했다. 영화에 정신을 뺏긴 그는 눈을 크게 뜨고 고개를 저으며 여배우를 쳐다보았다.

"잠깐. 저길 봐."

토멜의 시선이 창밖으로 향했다. 그가 바깥쪽으로 고갯짓을 했다. 뉴욕에서 온 빨강머리 여자 경찰, 칼을 눈 깜박할 사이에 휘두르던 경찰이 책 한 권을 들고 길을 걷고 있었다.

토멜이 말했다.

"미인이잖아. 한 번 하면 안 될까."

하지만 컬보는 색스의 차가운 눈빛과 오새리언의 턱을 겨누던 예리한 칼날을 기억하고 있었다. 그는 말했다.

"오르지 못할 나무는 쳐다보지도 말아."

빨강머리는 구치소로 들어갔다.

오새리언도 그 모습을 쳐다보며 말했다.

"약간 골치 아파지겠는데."

컬보는 느릿느릿 말했다.

"그렇지 않아. 해리스, 트럭을 저쪽으로 몰고 와. 엔진은 끄지 말고 기다려."

"하지만 저 여자는?"

토멜이 물었다. 컬보가 대답했다.

"스프레이는 많아."

구치소 안. 네이선 그루머 보안관이 삐걱거리는 의자에 몸을 기댄 채 색스 쪽으로 고개를 끄덕였다. 색스는 치근거리는 제시 콘이 귀찮던 참이라 네이선의 업무적인 미소에 안도감이 일었다.

"안녕하십니까."

"네이선이죠?"

"맞습니다."

색스는 그의 책상을 내려다보며 말했다.

"괜찮은 미끼네요."

네이선이 겸손하게 물었다.

"아, 이 낡은 물건이요?"

"그게 뭐죠?"

"청둥오리 암컷입니다. 생후 1년쯤. 오리죠, 미끼기 이니고."

"직접 만드세요?"

"취미죠. 사무실 책상에도 이런 게 몇 개 있습니다. 가시는 줄 알았는데요."

"곧 갈 거예요. 지금 뭐 하고 있나요?"

"누구요? 벨 보안관?"

"아뇨. 개릿 말이에요."

"아, 모르겠습니다. 메이슨이 들어가 잠시 얘기를 나눴습니다. 여자가 어디 있는지 알아내려 했지만, 아무 말도 안 하더군요."

"메이슨은 아직 있나요?"

"아뇨. 갔습니다."

"벨 보안관하고 루시는요?"

"다 갔습니다. 카운티 사무실로요. 도와드릴 일이라도?"

색스는 책을 들어 보였다.

"개릿이 이 책을 원하더군요. 갖다 줘도 될까요?"

"그게 뭐죠? 성경인가요?"

"아뇨. 곤충 책이에요."

네이선은 책을 받아들고 꼼꼼히 살폈다. 무기가 숨겨져 있는지 확인하려는 것이리라. 그가 책을 돌려주며 말했다.

"으스스한 녀석이에요. 공포영화 주인공 같아요. 이왕이면 성경을 갖다 주셔야죠."

"그 애가 관심 있는 건 이것뿐이에요."

"그렇겠지요. 무기를 저 금고 안에 넣으면 들여보내 드리죠."

색스는 스미스 앤드 웨슨을 금고 안에 넣고 문으로 다가갔다. 하지만 네이선은 아직 용건이 남았다는 듯 그녀를 쳐다보고 있었다. 색스는 한쪽 눈썹을 치켜 올렸다.

"음, 칼도 갖고 계신 걸로 압니다만."

"아, 그렇죠. 잊었어요."

"규칙은 규칙이니까요."

색스는 접는 칼을 네이선에게 넘겼다. 보안관은 칼을 가지런히 총 옆에 놓았다.

"수갑도 드릴까요?"

색스는 수갑 넣는 주머니를 두드려 보였다.

"아니요. 그건 별 문제 될 일이 없죠. 아, 목사님 한 분이 있었군. 하지만 그건 부인이 일찍 집에 돌아와 보니 침대 기둥에 수갑으로 묶인 목사님 위에 샐리 앤 칼슨이 올라앉아 있던 경우니까요. 이리 오십시오, 들여보내 드리겠습니다."

안절부절못하는 손 오새리언을 옆에 두고, 리치 컬보는 구치소 뒤쪽, 말라 죽어가는 라일락 덤불 옆에 서 있었다.

구치소 뒷문은 잔디와 쓰레기, 낡은 자동차 부품과 기계류로 가득 찬 넓은 공터 앞에 있었다. 축 늘어진 콘돔도 여기저기 떨어져 있다.

해리스 토멜이 반짝이는 포드 F-250을 몰고 다가오더니 후진했다. 컬보가 생각하기에 남의 눈에 띄기 쉬우니 반대편으로 와야 하지 않을까 싶었지만, 어차피 길에는 아무도 없고 커스터드 판매대가 문을 닫은 뒤에는 누구든 여기까지 올 이유가 없었다. 어쨌든 트럭은 새것인 데다 머플러 성능도 좋아 소음이 없었다.

오새리언이 물었다.

"사무실에는 누가 있지?"

"네이선 그루머."

"그 여자 경찰도 같이 있을까?"

"몰라. 내가 어떻게 알겠어? 하지만 같이 있다 해도 널 찌른 칼과 총은 금고 안에 있을 거야."

"여자가 비명을 지르면 네이선한테 들리지 않을까?"

빨강머리의 눈과 번쩍이던 칼날을 떠올리며 컬보가 말했다.

"여자보다 개릿 쪽이 비명을 지를 가능성이 많아."

"그림, 그 애가 비명을 지르면 어떻게 해?"

"자루를 얼른 머리에 씌워. 여기."

컬보는 붉은색과 흰색이 칠해진 스프레이 통을 건네주었다.

"머리를 숙일 테니까 낮게 겨눠서 뿌려."

"그런데… 우리한테도 튀지 않을까? 스프레이 말이야."

"네 얼굴에 대고 뿌리지 않는 이상 안 튀어. 쏘면 한 줄로 나가. 뭉게뭉게 퍼지는 게 아니라."

"난 어느 쪽을 맡을까?"

"남자애."

"여자가 내 쪽 가까이 있으면?"

컬보가 내뱉었다.

"여자는 내 거야."

"하지만…."

"내 거라고."

"좋아."

오새리언이 동의했다.

그들은 고개를 숙인 채 구치소 뒤쪽 지저분한 창문 앞을 지나 철문 앞에 멈췄다. 문이 1센티미터 정도 열려 있었다.

컬보가 속삭였다.

"이봐, 안 잠겼어."

오새리언에게 한 수 이긴 것 같은 기분이었다. 문득 왜 굳이 이기고 싶은 걸까 하는 생각이 들었다.

"자, 내가 고개를 끄덕이면 재빨리 들어가서 두 사람한테 뿌리는 거야. 잔뜩 뿌려줘."

컬보는 이렇게 말하고 오새리언에게 두꺼운 자루를 건넸다.

"그리고 그걸 머리에 씌워."

오새리언은 스프레이 통을 단단히 붙잡고, 컬보가 꺼내 든 두 번째 자루 쪽으로 고갯짓을 했다.

"그럼 여자도 같이 데려가는 거네."

컬보는 한숨을 쉬고 답답하다는 듯 말했다.

"그래, 쏜. 데려가는 거야."

"아, 알았어. 그냥 궁금해서."

"쓰러지면 재빨리 끌어내는 거야. 절대 머뭇거리지 마."

"좋아…. 아, 참. 콜트를 가져왔어."

"뭐?"

"38구경 권총이 있다고. 가져왔어."

그러곤 주머니 쪽으로 고갯짓을 했다.

컬보는 잠시 멈추었다가 입을 열었다.

"좋아."

그리고 큼직한 손으로 문고리를 잡았다.

22 탈옥

이것이 내가 마지막으로 보는 풍경일까? 라임은 생각했다.

병원 침대에서는 에이버리 메디컬 센터 부지 안에 있는 공원이 바라보였다. 초록이 무성한 나무들, 풍성한 녹색 잔디를 가르며 구불구불 나 있는 보도, 간호사 한 사람이 채플힐 소재 노스캐롤라이나 대학의 어느 유명한 우물을 복제한 것이라고 말해준 석제 분수.

맨해튼 센트럴 파크 웨스트에 있는 라임의 타운하우스 침실에서는 하늘과 5번 애버뉴를 따라 우뚝 서 있는 빌딩을 볼 수 있다. 하지만 그쪽 창문은 높게 나 있기 때문에, 침대를 창틀 쪽으로 딱 붙이지 않으면 센트럴 파크 자체를 볼 수는 없다. 잔디와 나무 또한 마찬가지다. 하지만 여긴 척추 환자와 신경외과 환자들을 염두에 두고 지은 시설이라 그런지 창문이 아주 낮았다. 이곳은 경치조차 장애인 접근 가능이군. 라임은 씁쓸하게 생각했다.

문득 수술이 조금이라도 성공을 거둘 수 있을지 없을지 다시금 궁금해졌다. 자신이 과연 살아남을 수 있을지도.

링컨 라임은 단순한 일을 할 수 없다는 게 가장 갑갑하다는 것을 알고 있었다. 예를 들어 뉴욕에서 노스캐롤라이나까지 오는 것은 워낙 오랫동안 기대하고 면밀하게 계획을 세웠던 일이라, 여행 자체의 어려움에 대해서는 전혀 신경이 쓰이지 않았다. 하지만 장애가 가장 무겁고 위압적인 짐으로 다가오는 것은 건강한 사람들이 무의식적으로 행하는 사소한 일을 하려 할 때이다. 관자놀이가 간지러워서 긁는 일, 이를 닦는 일, 입술을 손으로 닦는 일, 병마개를 따는 일, 의자에 앉아 창밖을 내다보며 정원의 흙 위에서 참새가 햇볕 쬐는 걸 무심히 보는 일….

어리석은 짓을 하는 건 아닌가 하는 생각이 다시 들었다.

지금껏 미국 최고의 신경외과 의사들이 라임을 담당했고, 그 자신이 과학자이기도 하다. C4 척추손상 환자에게 신경조직의 회복은 불가능에 가깝다는 걸 관련 문헌을 읽어 잘 알고 있다. 그런데도 지금그는 셰릴 위버 박사의 수술을 받으려 하고 있다―낯선 도시, 낯선 병원 창밖의 목가적인 모습이 자신이 바라보는 마지막 자연 풍경이 될지 모르는데도.

물론 위험은 있다. 그런데 왜 하려고 하는가? 아, 거기엔 아주 타당한 이유가 있지.

하지만 그것은 라임 안에 존재하는 냉철한 범죄학자로서는 차마 받아들이기 힘든, 감히 입 밖에 내어 말할 수 없는 이유였다. 증거물을 찾아 범죄현장을 누비고 못 누비고와는 상관없는 이유였기 때문이다. 이를 닦고 침대에 일어나 앉는 그런 일과도 상관없는 이유. 아니, 아니, 그것은 오로지 아멜리아 색스 때문이었다.

마침내 라임은 진실을 인정할 수밖에 없었다. 색스를 잃어버릴지도 모른다는 것이 끔찍하게 두렵다는 사실을. 언젠가 색스는 몇 년 전 애인이었던 잘생긴 언더커버 경찰 닉과 같은 또 다른 애인을 만날 것이다. 자신이 지금처럼 움직이지 못하고 누워 있는 이상, 그것은 필연적인 일이다. 색스는 아이를 원했다. 평범한 삶을 원했다. 그렇기 때문에 라임은 상태가 호전될지도 모른다는 희망에 매달려 죽음을, 상태가 악화될 위험을 무릅쓰려는 것이었다.

물론 수술을 하더라도 색스와 팔짱을 끼고 5번 애버뉴를 걷는 못할 것이다. 라임이 바라는 것은 극히 사소한 차이였다. 평범한 인생에 약간만이라도 다가가는 것. 조금이라도 색스와 가까워지는 것. 하지만 상상력을 총동원해 보면, 색스의 손을 꽉 쥐고 그 살결의 희미한 압력을 느끼는 자신을 그려볼 수 있었다. 세상 모든 사람에게는 사소한 일, 하지만 라임에게는 기적과도 같은 일.

톰이 방 안으로 들어왔다. 잠시 후 그가 입을 열었다.

"한 가지 발견한 게 있는데요."

"필요 없어. 아멜리아는 어디 있지?"

"그래도 말할래요. 닷새 동안 술을 안 드셨어요."

"알아. 그래서 성질이 나."

"수술을 착착 준비하는 거겠죠."

"의사 명령이니까."

"언제부터 의사 명령을 고분고분 따르게 되셨죠?"

라임은 어깨를 으쓱했다.

"내 몸에 뭐가 뭔지도 모를 약을 잔뜩 집어넣을 거 아냐. 내 혈관 속에다 칵테일을 섞는 건 싫다고."

"그럼요. 맞는 말씀입니다. 하지만 의사의 말에 신경을 쓰셨다니. 자랑스러워요."

"아, 자랑스럽다. 내단히 유용한 감정이군."

하지만 톰은 라임에게 단련된 사람이었다. 톰이 말을 이었다.

"어쨌든 말씀드리고 싶은 게 있는데요."

"내가 뭐라 하던 자넨 어차피 얘기할 거 아냐."

"이번 일에 대해 책을 많이 뒤져봤습니다, 링컨. 수술 말예요."

"아, 그러셨나? 물론 자네 자유 시간에 하셨겠지."

"이번에 성공하지 못하더라도 다시 해보자는 말씀을 드리고 싶었어요. 내년. 내후년. 5년 뒤라도. 그때는 성공할 겁니다."

감정이 자신의 척추신경처럼 메말라 있음에도 라임은 대답했다.

"고마워, 톰. 한데 의사는 대체 어디 있는 거야? 이곳 사람들을 납치한 정신병자를 잡느라 뼈 빠지게 일했는데 말이야. 나한테 좀 더 잘해줘야 하는 거 아냐?"

"겨우 10분 늦는 거잖아요, 링컨. 그리고 오늘 약속 시간을 두 번이나 바꾼 건 우리 쪽이에요."

"20분이 다 돼가. 아, 이제 오시는군."

병실 문이 활짝 열렸다. 하지만 의사가 아니었다.

얼굴에 땀이 송골송골 맺힌 짐 벨 보안관이 들어섰다. 그 뒤 복도에는 그의 처남 스티브 파가 서 있었다. 둘 다 초조한 기색이 역력했다. 메리베스의 시체를 발견했구나, 하는 생각이 맨 처음 들었다. 소년이 여자를 정말 죽였구나. 소년에 대한 믿음이 산산조각 났으니 색스가 어떤 반응을 보일까, 하는 생각이 뒤를 이었다.

하지만 벨이 가져온 것은 다른 소식이었다.

"이런 말씀 드리게 돼서 송구스럽습니다만, 링컨."

라임은 개릿 핸런과 리디아 조핸슨보다 뭔가 개인적인 소식이라는 것을 직감했다. 보안관은 말을 이었다.

"전화를 드리려고 했습니다만. 직접 들으시는 게 나을 것 같아서, 제가 왔습니다."

"무슨 일이죠, 짐?"

"아멜리아 일입니다."

이번엔 톰이 물었다.

"무슨 일이에요?"

"아멜리아가 왜?"

라임은 자신의 심장 박동을 들을 수는 없었지만, 턱과 관자놀이로 피가 솟구쳐 오르는 걸 느낄 수 있었다.

"뭡니까? 빨리 말해요."

"리치 컬보와 그 일당이 구치소에…. 무슨 생각으로 갔는지는 모르겠지만, 별로 좋은 의도는 아니었겠지요. 어쨌든 가서 보니 부보안관 네이선은 수갑이 채워진 채였고, 감방이 비어 있었답니다."

"감방이?"

"개릿의 감방 말입니다."

벨은 이 말로 모든 것을 설명할 수 있다는 듯 말했다. 하지만 라임은 아직 무슨 뜻인지 이해할 수 없었다.

보안관은 무뚝뚝한 음성으로 말했다.

"네이선 말로는, 아멜리아가 총을 겨누면서 자기를 묶고 개릿을 유치장에서 꺼냈답니다. 중죄인 탈옥입니다. 무장 상태로 도주 중인데, 어디로 갔는지 알 길이 없습니다."

제3부

너클 타임

라임은 색스에게서 범죄학자의 재능을 이끌어냈고
이제 재능 있는 감식과학자로 성장했지만,
가슴 깊숙한 곳은 아직도 아버지와 똑같았다.
아멜리아 색스에게 인간의 가슴 속에서
발견한 증거물이야말로 최고의 증거였다.

23 오두막

달리고 또 달렸다.

최대한 빨리. 관절염에 걸린 무릎이 욱신욱신 아팠다. 온 몸은 땀으로 흠뻑 젖었고 더위와 갈증 때문에 벌써 현기증이 났다. 게다가 자신이 저지른 일에 아직도 충격이 가시지 않았다.

개릿은 색스 옆에서 태너스코너 외곽 숲 속을 조용히 뛰고 있었다. 《극미의 세계》를 주러 구치소에 들렀을 때, 색스는 책을 받아드는 개릿의 행복한 얼굴을 보았다. 잠시 후 마치 누군가 등을 떠민 것처럼, 그녀는 철창 사이로 손을 뻗어 개릿의 어깨를 잡았다. 소년은 당황해서 시선을 피했다.

"아니, 날 봐. 보라고."

마침내 개릿은 색스를 보았다. 색스는 그의 부스럼투성이 얼굴과 실룩거리는 입술, 움푹 들어간 검은 눈매, 두꺼운 눈썹을 찬찬히 쳐다보았다.

"개릿, 난 진실을 알아야겠어. 너랑 나, 둘만의 비밀이야. 말해줘. 네가 빌리 스테일을 죽였니?"

"맹세하지만 죽이지 않았어요. 맹세해요! 범인은 그 사람이에요. 갈색 오버롤을 입은 그 남자가 빌리를 죽였어요. 정말이에요!"

"정황을 보면 그런 것 같지 않아, 개릿."

개릿은 침착한 음성으로 대답했다.

"하지만 똑같은 걸 놓고도 사람들은 다르게 보잖아요. 예를 들어, 어떤 한 물체를 보더라도 파리와 인간이 자기 입장에 따라 다르게 인식하듯이."

"무슨 뜻이니?"

"움직이는 물체를 본다고 쳐요. 파리를 잡으려고 손이 휙 날아가는 것. 사람 눈에는 그 손이 뚜렷이 보이지 않잖아요. 하지만 파리의 눈은 그 손을 수백 번의 멈춤 동작으로 인식해요. 정지된 영상의 연속으로 보죠. 같은 손이고 같은 동작이지만, 파리와 사람은 그걸 다르게 본다고요. 색깔도… 사람 눈에 새빨갛게 보이는 물체를 어떤 곤충은 갖가지 다른 빛깔의 빨강색으로 인식해요."

증거물은 그가 범인일 '가능성을 제시할' 뿐이야, 라임. 절대로 그걸 증명해 주지는 않아. 증거물은 수많은 방식으로 해석될 수 있다고.

색스는 그렇게 생각하며 소년을 붙잡은 손에 더욱 힘을 주었다.

"그럼 리디아는? 리디아는 왜 납치했지?"

"벌써 다 이야기했잖아요. 리디아도 위험했으니까요. 블랙워터랜딩… 거기는 위험한 곳이에요. 사람들이 죽고 실종된다고요. 난 그냥 그녀를 보호한 것뿐이에요."

물론 위험한 곳이지. 하지만 너 때문에 위험한 것 아닐까?

색스는 다시 말했다.

"리디아는 네가 자기를 강간하려 했다고 말하고 있어."

"아니, 아니에요…. 리디아가 물에 뛰어들어서 옷이 젖고 찢어졌어요. 솔직히, 뭐, 그쪽을 보긴 했죠. 가슴을. 사실 약간… 흥분했고요. 하지만 그뿐이었어요."

"메리베스는. 네가 메리베스를 강간했니?"

"아니에요! 아니라고요! 말했잖아요! 머리를 다쳐서 티슈로 닦아준 것뿐이에요. 난 메리베스한테는 절대 그런 짓 안 해요."

곤충 소년

색스는 한참 동안 개릿을 응시했다.

블랙워터랜딩… 거기는 위험한 곳이에요.

마침내 색스는 물었다.

"내가 널 여기서 내보내주면, 날 메리베스한테 데려다줄래?"

개릿은 이맛살을 찌푸렸다.

"데려다주면 메리베스를 태너스코너로 데려올 거잖아요. 그러면 메리베스가 다칠 수도 있는데."

"그 방법밖에 없어, 개릿. 네가 날 그리로 데려다주면 여기서 빼내줄게. 메리베스의 안전은 우리가 보장할게. 링컨 라임과 내가."

"그럴 수 있어요?"

"그래. 그게 싫으면 넌 아주 오랫동안 감옥에 가 있어야 해. 그리고 메리베스가 너 때문에 죽으면, 그것 역시 총으로 쏜 것과 마찬가지로 살인이야. 그럼 넌 다시는 감옥에서 나오지 못해."

개릿은 창밖을 바라보았다. 시선이 허공을 나는 곤충을 쫓고 있는 것 같았다. 물론 색스의 눈에는 보이지 않았지만 말이다.

"좋아요."

"거긴 얼마나 멀지?"

"걸어가면 여덟 시간, 열 시간쯤. 상황에 따라서."

"어떤 상황?"

"몇 명이 우리 뒤를 쫓아오느냐, 얼마나 조심스럽게 도망치느냐에 따라서요."

개릿의 자신 있고 빠른 말투에 색스는 다시 갈등했다―마치 누군가가 자기를 꺼내주거나 스스로 탈출할 것을 예상하고 이미 추적을 따돌리기 위한 작전을 구상해 둔 듯한 말투였다.

"잠깐 기다려."

색스는 다시 사무실로 나갔다. 그리고 금고에서 총과 칼을 꺼낸 다음, 경찰로서 받은 모든 교육과 상식을 무시하고 네이선 그루머를 향해 스미스 앤드 웨슨을 겨누었다. 그리고 속삭이듯 말했다.

"이렇게 돼서 정말 미안한데, 독방 열쇠를 줘요. 그런 다음 돌아서서 두 손을 등 뒤로 올려요."

네이선은 커다랗게 뜬 눈으로 권총을 빼들까 말까 고민하는 듯 잠시 망설였다. 어쩌면 아무 생각이 없었는지도 모른다—지금 생각해보니 이쪽이 옳았다. 그렇지 않다면 본능적으로든, 반사적으로든, 그냥 분노 때문이든 총집에서 총을 뽑지 않을 수 없었을 것이다.

"이건 정말 어리석은 짓입니다, 아가씨."

"열쇠 줘요."

네이선은 서랍을 열고 열쇠를 책상 위에 던졌다. 그리고 등 뒤로 두 손을 돌렸다. 색스는 네이선의 수갑을 그의 손목에 채우고 벽에서 전화기를 뜯어냈다. 그런 다음 개릿을 풀어주고 수갑을 채웠다. 유치장 뒷문이 열려 있는 것 같았다. 하지만 밖에서 발소리와 자동차 엔진 소리가 들리는 것 같아 색스는 앞문으로 나가기로 했다. 아무 눈에도 띄지 않고 깔끔하게 빠져나갈 수 있었다.

도심에서 1킬로미터 정도 벗어나 풀숲과 나무에 둘러싸인 곳에 이르렀다. 개릿이 희미하게 난 길로 색스를 인도했다. 그가 방향을 가리키자 손목에 찬 수갑의 사슬이 찰랑거렸다.

색스는 생각했다. 라임, 내가 할 수 있는 일은 아무것도 없었어! 이해하겠어? 내겐 선택의 여지가 없었다고. 랭카스터 구치소가 색스가 생각하는 그런 곳이라면, 개릿은 도착 첫날 강간당하고 구타당한 뒤 일주일이 채 지나기 전에 죽을지 모른다. 또한 이것은 메리베스를 찾는 유일한 방법이기도 했다. 증거물로는 단서를 얻을 수 있는 데까지 이미 얻어냈고, 개릿의 단호한 눈빛을 보건대 절대 협조하지 않을 것이라는 사실도 분명했다.

난 모성 본능과 인간에 대한 걱정을 혼동하고 있지 않아, 페니 박사. 링컨과 내게 아들이 있다면, 그 애 역시 우리처럼 외골수에 고집불통일 테고, 그 애한테 무슨 일이 일어난다면 나 역시 지금 내가 개릿에게 신경을 쓰듯이 그 애한테 누군가가 신경 써주길 바랄 거야….

두 사람은 빠르게 움직였다.

색스는 수갑을 찬 상태에서도 개릿이 숲을 우아하게 헤집고 나아가는 것을 보고 놀랐다. 발을 어디에 디뎌야 하는지, 어떤 식물은 쉽게 헤칠 수 있고 어떤 식물은 잘 눕지 않는지 정확히 알고 있었다. 어떤 땅이 푹푹 꺼지는지도.

개릿은 엄격하게 말했다.

"거긴 밟지 말아요. 그건 캐롤라이나 베이에서 온 진흙이라 접착제처럼 찰싹 달라붙어요."

30분 동안 숲을 헤치고 나아가자 땅이 질척해지고 메탄가스와 부패하는 유기체의 냄새가 떠돌기 시작했다. 길은 깊은 수렁으로 변해 더 이상 뚫고 지나갈 수 없었다.

개릿은 2차선 아스팔트 도로로 색스를 인도했다. 두 사람은 갓길 옆의 풀숲 속을 걷기 시작했다.

차 몇 대가 유유히 지나쳤다. 운전자들은 자신이 중죄인 옆을 지나치고 있다는 걸 전혀 눈치채지 못했다.

색스는 부러운 눈으로 그들을 바라보았다. 도망자 신세가 된 지 고작 얼마나 됐다고 벌써 다른 이들의 평범한 생활과 자신이 선택한 어두운 길에 가슴이 찢어지도록 아팠다.

문득 네이선의 목소리가 떠올랐다.

이건 정말 어리석은 짓입니다, 아가씨.

"이봐요!"

메리베스 매코넬은 퍼뜩 잠에서 깨어났다.

오두막의 더위와 갑갑한 공기 속에서, 냄새 나는 긴 의자에 몸을 눕히고 잠시 잠이 들었던 모양이다.

가까운 곳에서 다시 목소리가 들려왔다.

"아가씨, 괜찮소? 이봐요! 메리베스?"

메리베스는 벌떡 일어나 얼른 깨진 창문으로 향했다. 현기증이 나서 잠깐 고개를 숙인 채 벽에 몸을 기댔다. 관자놀이에서 강렬한 두통이 고동치듯 밀려왔다.

그녀는 생각했다. 개릿, 이 나쁜 놈.

통증이 잦아들면서 눈앞이 밝아졌다. 메리베스는 다시 창문으로 향했다.

선교사였다. 그는 회색 바지에 작업복 셔츠 차림의 키 크고 머리가 벗겨진 친구와 함께 있었다. 선교사는 도끼를 손에 들고 있었다. 메리베스는 들릴락말락 중얼거렸다.

"고맙습니다, 고맙습니다!"

"괜찮소, 아가씨?"

"괜찮아요. 그놈은 아직 안 왔어요."

여전히 목이 아프고 뻑뻑했다. 남자가 새 수통을 건네주었고, 메리베스는 그걸 다 비웠다.

"경찰에 연락했소. 지금 오는 중일 거요. 15분에서 20분 정도 있으면 도착할 거요. 그래도 경찰만 기다리고 있을 수는 없지. 우리가 지금 빼내주겠소."

"뭐라 감사의 말씀을 드려야 할지."

"뒤로 좀 물러서요. 난 평생 나무를 쪼갠 사람이라 이런 문 정도는 눈 깜박할 사이에 불쏘시개로 만들 수 있소. 이쪽은 톰이오. 이 친구도 카운티 일을 해요."

"안녕하세요, 톰."

"머리는 괜찮소?"

톰은 미간을 찌푸리며 물었다. 그녀는 상처를 만지며 대답했다.

"보기보다는 괜찮아요."

쿵, 쿵.

도끼가 문에 박혔다. 도끼를 쳐들 때마다 햇빛에 반사되는 도끼날이 창문에서도 보였다. 날이 반짝거리는 걸로 봐서 아주 예리한 것 같았다. 메리베스는 아버지가 벽난로에 땔 장작을 패는 것을 돕곤 했다.

아버지가 작업을 마치고 숫돌에 도끼를 갈던 광경이 특히 재미있었
다―독립기념일 불꽃놀이처럼 허공에 튀던 오렌지색 불꽃.

톰이 물었다.

"당신을 납치한 자가 누구요? 변태 같은 녀석인가?"

쿵. 쿵.

"태너스코너의 고등학생이에요. 무서운 애예요. 이걸 보세요."

메리베스는 병에 든 곤충들을 가리켰다.

"저런!"

톰은 창가에 몸을 기대고 들여다보며 말했다.

쿵.

문에서 커다란 나무 조각이 떨어져 나왔다.

쿵.

메리베스는 문 쪽을 쳐다보았다. 개릿이 문 두 개를 덧대 튼튼하게
박아놓은 모양이다. 그녀는 톰에게 말했다.

"나까지 개릿의 수집용 곤충이 된 기분이에요. 그는…."

톰의 왼팔이 창살 사이로 쑥 들어오더니 메리베스의 셔츠 깃을 붙
잡았다. 그러곤 오른손으로 젖가슴을 움켜쥐고 창살 쪽으로 확 끌어
당기더니 맥주 냄새와 담배 냄새가 나는 축축한 입을 그녀의 입술에
갖다 댔다. 혀가 튀어나와 이빨에 세게 부딪혔다. 그의 왼손이 젖꼭지
를 찾느라 셔츠 밑으로 내려갔다. 그러는 동안에도 비명을 지르는 메
리베스의 가슴을 오른손으로 더듬고 꼬집었다.

"무슨 짓이야?"

선교사가 도끼를 내려놓고 외치며 창문 쪽으로 달려왔다.

그가 미처 톰을 떼어놓기 전에, 메리베스는 가슴을 움켜잡고 있는
손을 붙잡고 아래쪽으로 세게 잡아당겼다. 그리고 손목을 창틀에 석
순처럼 비죽비죽 솟아 있는 유리조각에 박았다. 톰은 비명을 지르며
메리베스를 놓고 뒤로 비틀비틀 물러섰다.

메리베스는 입술을 닦으며 창에서 방 한가운데로 물러났다.

선교사가 톰에게 소리쳤다.

"왜 그런 짓을 한 거야?"

때려줘요! 메리베스는 속으로 외쳤다. 도끼로 찍어버려. 미친 사람이야. 경찰에 넘겨.

톰은 아무 말도 들리지 않는지 피투성이가 된 손목을 붙잡고 상처를 들여다보았다.

"이런, 이런…."

선교사가 중얼거렸다.

"좀 참으라고 했잖아. 5분만 있으면 여자를 꺼내서 30분 내로 네집에 대자로 묶어놓을 수 있었는데. 이제 다 틀어졌어."

대자로 묶어….

그 말이 뇌리에 박히고, 잠시 후 메리베스는 깨달았다.

경찰 따윈 오지 않는다는 것을. 그녀를 구출하러 올 사람이 없다는 것을.

"이봐, 이걸 보라고!"

톰이 찢긴 손목을 들어올렸다. 피가 팔뚝을 타고 철철 흘렀다.

"젠장. 바늘로 꿰매야겠네. 멍청한 녀석. 왜 기다리질 못하는 거야? 상처부터 손을 봐야겠어."

메리베스는 톰이 비틀거리며 공터로 향하는 것을 창문으로 지켜보았다. 3미터쯤 가다 톰이 멈춰 섰다.

"이 나쁜 년! 준비하고 있어. 다시 올 테니까."

그러곤 아래를 내려다보니 문득 시야에서 사라졌다 다시 몸을 일으켰다. 멀쩡한 한쪽 손에 커다란 오렌지만 한 돌멩이를 쥐고 있었다. 그가 창살을 향해 돌을 던졌다. 메리베스는 뒤로 물러났고, 안으로 날아 들어온 돌멩이는 그녀를 겨우 비켜갔다. 메리베스는 의자에 주저앉아 흐느꼈다.

톰이 숲으로 향하며 외치는 소리가 다시 들려왔다.

"준비하고 있어!"

곤충 소년

그들은 해리스 토멜의 집에 있었다. 방 다섯 개짜리 멋진 식민지풍 저택으로 주변의 널찍한 잔디밭은 평소 전혀 손을 대지 않는 것 같았다. 정원을 꾸미기 위해 한 일이라고는 앞뜰에 세워놓은 F-250과 뒤뜰에 세워놓은 서버번이 전부였다.

셋 중에서 가장 대학생 티가 나고 티셔츠보다는 스웨터가 더 많기 때문에, 토멜은 시골뜨기처럼 보이려면 보다 신경을 써야 했다. 아, 물론 감옥살이를 하긴 했지만 그건은 롤리에서 존재하지도 않는 회사의 주식과 채권을 매매한 시시한 사기 사건이었다. 그는 저격수 못지않게 총 솜씨가 좋았다.

하지만 컬보는 토멜이 손발이 묶여 있지 않은 사람과 일대일로 싸우는 꼴은 본 적이 없었다. 그는 또한 지나치게 생각이 많았고, 옷에 시간을 많이 쏟았으며 에디스 술집에 가서도 유럽산 술을 마시는 사람이었다.

그래서 자기 집을 열심히 가꾸는 컬보나 자기 트레일러를 청소해줄 웨이트리스를 유혹하느라 열심인 오새리언과 달리, 해리스 토멜은 집과 정원을 그냥 내버려두었다. 그건 아마 건드리면 곤란한 사람이라는 인상을 주기 위해서일 거라고 컬보는 생각했다.

집을 어떻게 꾸미든 그건 토멜이 알아서 할 일이고, 지금 세 사람이 꾀죄죄한 마당에 디트로이트 정원 장식물을 배치해 놓은 이 집에 모인 것은 조경을 의논하려는 목적이 아니었다. 그들이 모인 것은 단한 가지 이유 때문이었다. 몇 년 전 아버지가 섣달 그믐날 밤에 얼음낚시를 하러 스파이비 연못에 갔다가 다음 납세일까지 나타나지 않은 뒤, 토멜은 끝내주는 총기 컬렉션을 상속받았다.

세 사람은 서재에 선 채 총기 진열장을 굽어보고 있었다. 20년 전 컬보와 오새리언이 메이플 스트리트 피터슨 구멍가게의 1센트짜리 사탕 진열대 앞에 서서 뭘 훔칠까 고민하던 때와 똑같은 눈빛이었다.

오새리언은 검정색 콜트 AR-15, 즉 M-16의 일반용 모델을 골랐다. 늘 베트남 전쟁 이야기를 떠들어대며 전쟁 영화란 영화는 모조리다 보는 전쟁광이었기 때문이다.

토멜은 상감무늬가 새겨진 아름다운 브라우닝 샷건을 골랐다. 컬보는 라이플을 선호했고 자잘한 오리 사냥보다는 3백 미터 전방에 있는 사슴의 심장에 구멍을 내는 것을 더 좋아하는 사람이었지만, 그래도 토멜이 고른 총만은 카운티의 어느 여자보다 더 탐이 났다. 하지만 오늘 그는 텍사스 주만 한 망원경이 달려 있는 멋진 윈체스터 .30-06을 골랐다.

그들은 넉넉한 탄약과 물, 컬보의 휴대전화와 먹을 것을 챙겼다. 물론 밀주도 넣었다.

침낭도. 하지만 아무도 이번 사냥이 오래 걸릴 거라고는 생각하지 않았다.

군중 소년

24 갈등

링컨 라임은 험상궂은 얼굴로 휠체어를 몰고 파케노크 카운티 사무소의 감식 연구실로 들어왔다. 하지만 감식 연구실은 이미 해체된 터였다.

루시 커와 메이슨 저메인은 현미경이 놓여 있던 테이블 옆에 서 있었다. 그들은 톰과 라임이 들어오자 팔짱을 낀 채 경멸과 의심이 섞인 시선을 보냈다.

메이슨이 물었다.

"도대체 어떻게 이런 짓을 할 수가 있소? 대체 무슨 생각으로?"

하지만 이것은 아멜리아 색스와 그녀가 저지른 이유를 알 수 없는 행동에 대한 수많은 질문 가운데 단 두 가지일 뿐이었다. 라임은 그냥 이렇게 물었다.

"다친 사람은 없습니까?"

루시가 대답했다.

"없어요. 하지만 네이션은 그녀가 스미스 앤드 웨슨을 사기한테 겨누는 걸 보고 충격을 받았어요. 총을 주다니, 우리도 미친 짓이었지."

라임은 침착한 표정을 유지하려고 애썼지만, 심장은 색스에 대한 걱정으로 터질 듯했다. 링컨 라임은 무엇보다 증거물을 신뢰하는 사

305

갈등

람이었다. 그리고 그 증거물은 개릿 핸런이 납치범이자 살인범이라고 말하고 있었다. 개릿의 계산된 속임수에 넘어간 색스는 이제 메리베스나 리디아와 마찬가지로 위험에 처해 있다.

짐 벨이 들어섰다. 라임은 말을 이었다.

"차를 가져갔습니까?"

"그런 것 같지는 않습니다. 알아봤는데, 도난 차량은 없습니다."

벨은 이렇게 대답하고 아직도 여전히 벽에 붙어 있는 지도를 올려다보았다.

"여기는 남의 눈에 띄지 않고 빠져나가기 어려운 곳입니다. 온통 늪지대에 길이 몇 군데 없으니…."

루시가 말했다.

"개를 풀어요, 짐. 어브 워너가 주 경찰용으로 사냥개를 몇 마리 키우잖아요. 엘리자베스 시티의 덱스터 반장한테 전화해서 어브의 연락처를 알아봐요. 그러면 추적할 수 있을 거예요."

"좋은 생각이야. 우린…."

"한 가지 제안이 있습니다."

라임이 말을 끊었다. 메이슨은 차갑게 웃었다.

벨이 물었다.

"뭡니까?"

"거래를 하고 싶습니다."

"거래는 없습니다. 그녀는 도주범입니다. 게다가 무기를 소지하고 있고."

"사람은 쏘지 않을 겁니다."

톰이 말했다. 라임이 말을 이었다.

"아멜리아는 다른 방법으로는 메리베스를 찾을 길이 없다고 생각한 겁니다. 그래서 이런 짓을 한 거죠. 두 사람은 메리베스가 갇혀 있는 곳으로 갈 겁니다."

"그건 중요하지 않아요. 그렇다고 살인범을 탈옥시키다니."

"주 경찰에 연락하기 전에 나한테 스물네 시간만 여유를 주십시오. 제가 찾아드리죠. 죄목에 대해서도 논의해 보고. 하지만 주 경찰과 개를 부르면, 그 사람들은 원칙대로 할 게 뻔하고, 그러면 사람들이 다칠 가능성이 높습니다."

벨이 말했다.

"엄청난 거래군요, 링컨. 당신 친구가 용의자를 탈옥시켰는데⋯."

"내가 아니었으면 애당초 잡아넣지도 못했을 것 아닙니까. 당신들 힘으로는 절대 그를 잡을 수 없었을 겁니다."

메이슨이 말했다.

"절대 안 돼. 이렇게 옥신각신 시간을 낭비하는 사이에 두 사람은 더 멀리 도망치고 있어. 지금 당장 마을 남자들을 모조리 풀어서 추적하게 하자고. 헨리 대빗이 말한 대로 말이야. 라이플을 나눠주고⋯."

벨이 메이슨의 말을 끊고 라임에게 물었다.

"스물네 시간을 주면 당신은 우리한테 어떻게 해줄 겁니까?"

"여기 남아서 메리베스를 찾아드리죠. 아무리 오래 걸리더라도 말입니다."

톰이 말했다.

"수술은요, 링컨."

"수술은 잊어버려."

라임은 절망감을 느끼며 내뱉었다. 그는 위버 박사의 스케줄이 워낙 빡빡하기 때문에 이번 수술 날짜를 놓치면 다시 대기자 명단에 올라야 한다는 것을 알고 있었다. 색스가 이런 짓을 한 이유 중 하나가 혹시 수술을 못 받게 하려는 게 아니었나 하는 생각이 스쳤다. 며칠 시간을 벌어서 생각을 바꿀 기회를 주려는 게 아닐까. 하지만 라임은 분노가 치밀어 올라 이런 생각을 접었다. 이렇게든 찾아야 한다, 구해야 한다. 색스까지 개릿의 희생자 명단에 오르기 전에.

벌에 137방을 쏘여 죽은 사건.

루시가 말했다.

"서로 걱정하는 방향이 약간 다른 것 같네요."

메이슨이 말했다.

"당신이 엉뚱한 곳으로 우릴 보내고, 그 여자를 빼돌리지 않는다는 보장은 어떻게 하지?"

라임은 참을성 있게 말했다.

"이건 아멜리아가 잘못한 겁니다. 개릿은 살인자고, 탈옥하는 데 색스를 이용했을 뿐입니다. 이용 가치가 없어지면 그녀를 죽이겠지요."

벨은 잠시 서성거리다 지도를 올려다보았다.

"좋습니다. 해보죠, 링컨. 스물네 시간을 드리겠습니다."

"저 황무지에서 두 사람을 도대체 어떻게 찾겠다는 거야?"

메이슨이 한숨을 쉬고 지도 쪽을 가리키며 말을 이었다.

"전화라도 걸어서 어디 있는지 물어볼 거요?"

"바로 그렇게 할 겁니다. 톰, 장비를 다시 설치해. 그리고 누가 벤커를 이리로 불러주십시오!"

루시 커는 작전실 옆 사무실에서 전화를 걸고 있었다.

힘찬 여자 목소리가 응답했다.

"엘리자베스 시티 노스캐롤라이나 주 경찰입니다. 무엇을 도와드릴까요?"

"그레그 형사 부탁합니다."

"잠시만요."

잠시 후 남자 목소리가 전화를 받았다.

"여보세요?"

"피트, 태너스코너의 루시 커예요."

"아, 루시. 어떻게 돼갑니까? 실종된 소녀들 건은?"

"그쪽은 진척이 있어요."

침착한 음성으로 말했지만, 링컨 라임이 지시한 대사를 그대로 읊어야 한다는 사실에 분통이 터졌다.

"한데 다른 문제가 약간 생겨서요."

다른 문제가 약간 생겼다….

"뭐가 필요합니까? 경찰 몇 명 보내줄까요?"

"아뇨, 휴대전화를 추적해 주세요."

"영장 있어요?"

"지금 판사 비서가 그쪽으로 팩스를 보내고 있을 거예요."

"전화번호하고 일련번호 불러봐요."

루시는 번호를 불러주었다.

"지역번호가 뭐라고요? 212?"

"뉴욕 번호예요. 당사자는 지금 이동 중인데."

"상관없습니다. 통화 녹음 기록도 필요합니까?"

"그냥 위치만요."

그리고 목표물에 대한 명확한 조준선….

"언제…. 잠깐, 팩스가 왔군요…."

팩스를 읽는지 잠시 침묵이 이어졌다.

"아, 그냥 실종자입니까?"

루시는 마지못해 말했다.

"그래요."

"이건 돈이 제법 듭니다. 나중에 그쪽으로 청구할 겁니다."

"알겠어요."

"좋아요. 잠깐 기다리세요. 기술진한테 연락할 테니."

희미하게 딸깍 소리가 들렸다.

루시는 책상에 앉아 어깨를 축 늘어뜨리고 왼손을 쥐었다 폈다 하면서, 오랫동안 정원 일을 하느라 상한 손가락과 모종을 덮는 짚 속에 들어 있던 쇳조각에 베인 오래 된 상처, 5년 동안 결혼반지를 끼던 약손가락에 움푹 팬 자국을 바라보았다.

루시는 계속해서 왼손을 쥐었다 폈다.

그리고 피부 안쪽의 핏줄과 근육을 지켜보다 문득 깨달았다. 아멜리아 색스의 범죄가 지금껏 느껴보지 못한 강렬한 분노에 불을 댕겼다는 사실을.

육체의 일부분이 떨어져 나갔을 때는 수치스러웠고, 이어 쓸쓸했다. 남편이 떠나갔을 때는 죄책감과 체념을 느꼈다. 그러다 마지막으로 터진 분노는 엄청난 열을 발산하면서도 불꽃으로 타오르지 않는 불씨 같았다.

왠지 모르게 이 뉴욕 출신 여자 경찰이 작열하는 분노를 이끌어냈다—벌집에서 나와 끔찍하게 에드 섀퍼를 죽인 말벌과 같은 기세로.

누구에게도 의도적으로 고통을 준 적이 없는 여자. 식물을 사랑하는 여자. 남편에게는 좋은 아내, 부모님에게는 좋은 딸, 그리고 좋은 누이, 좋은 경찰이었던 여자. 삶이 누구에게나 허락했으되 그녀에게만은 허락하지 않은, 오직 그런 순수한 쾌락만을 추구했던 여자. 그런 루시 커가 지금 배신에 치를 떨고 있었다.

더 이상은 부끄러움도, 죄책감도, 체념도, 슬픔도 없었다.

오직 분노, 지금껏 살아오면서 당해 온 모든 배신행위에 대한 분노가 있을 뿐이었다. 자신의 육체에게 당한, 남편에게 당한, 신에게 당한 배신.

그리고 이제 아멜리아 색스에게 당한 배신.

엘리자베스 시티의 피트가 다시 물었다.

"여보세요, 루시? 듣고 있습니까?"

"네, 말씀하세요."

"저기… 괜찮아요? 목소리가 좀 이상한데."

루시는 헛기침을 했다.

"괜찮아요. 준비 됐나요?"

"됐습니다. 언제 전화를 걸 겁니까?"

루시는 반대편 방을 들여다보며 물었다.

"준비 됐어요?"

라임은 고개를 끄덕였다.

루시는 수화기에 대고 말했다.

"곧 걸 거예요."

"전화 끊지 마십시오. 연결해 드리죠."

제발 찾아내야 할 텐데. 루시는 생각했다. 제발….

그리고 기도문에 주석 하나를 덧붙였다. 하느님, 저 유다 같은 인간에게 총 한 방만 쏘도록 허락해 주세요.

톰이 라임의 머리에 헤드세트를 씌워주고 전화번호를 눌렀다.

휴대전화 전원이 끊겨 있다면 신호가 세 번 울린 뒤에 여자가 상쾌하게 읊어대는 안내 녹음으로 넘어갈 것이다.

한 번… 두 번….

"여보세요?"

색스의 목소리를 듣고 이만큼 마음이 놓인 적은 없었다.

"색스, 괜찮나?"

잠시 침묵이 이어졌다.

"괜찮아요."

반대편 방에서 루시 커가 음울한 표정으로 고개를 끄덕였다.

"잘 들어, 색스. 내 말 잘 들으라고. 자네가 왜 그랬는지는 알지만, 포기해. 자넨… 듣고 있나?"

"듣고 있어요, 라임."

"상황은 알고 있어. 개릿이 메리베스한테 데려다준다고 했겠지?"

"맞아요."

"그를 믿어서는 안 돼."

라임은 말했다. 그리고 절망적으로 생각했다. 나도 믿지 마. 루시의 손가락이 동그라미를 그리는 게 보였다. 전화를 끊기 못하도록 잡아두라는 뜻이다.

"짐하고 약속을 했어. 개릿을 데려오면, 자네의 죄를 묻지 않기로. 아직은 주 경찰이 개입하지 않았으니까. 그리고 난 메리베스를 찾을 때까지 여기 있기로 했어. 수술은 미뤘고."

죄책감이 가슴을 찔러, 라임은 잠시 눈을 감았다. 하지만 선택의 여지가 없었다. 블랙워터랜딩에서 그 여자가 어떻게 죽었을지, 부보안관 에드 섀퍼의 죽음이 어떠했을지 그는 머릿속에 그려보았다. 말벌이 아멜리아의 몸을 뒤덮고 있는 광경을 상상했다. 색스를 구하기 위해, 그는 속이지 않을 수 없었다.

"개릿은 죄가 없어요, 라임. 난 알아요. 난 이 아이를 랭카스터에 보낼 수 없었어요. 거기 가면 이 앤 죽는다고요."

"그럼 다른 곳으로 데려가도록 조치하지. 증거물도 다시 살펴보고. 더 많은 증거물을 찾을 수 있을 거야. 같이 하자고. 자네하고 나하고. 늘 그랬잖아, 색스. 안 그래? 자네하고 나하고…. 항상 우리였어. 우리가 찾아낼 수 없는 건 없어."

또다시 침묵.

"누구도 개릿 편이 아니에요. 개릿은 혼자예요, 라임."

"우리가 그를 보호할 수 있다니까."

"온 마을 사람들이 그를 노리는데 어떻게 보호해요, 링컨."

"이름 부르지 마. 불운이 닥친다고. 몰라?"

"애당초 이번 일 자체가 불운이에요."

"제발, 색스…."

"경우에 따라서는 신념대로 밀고 나가야 할 때도 있어요."

"이번엔 자네가 격언을 들고 나오는군."

라임은 억지로 웃었다. 색스를 안심시키기 위해서, 그 자신을 안심시키기 위해서.

지지직거리는 소리.

돌아와, 색스. 라임은 생각했다. 제발! 아직은 기회가 남아 있다고. 자네 목숨은 아직 살아 있는 내 목의 가느다란 신경만큼이나 위험천만한 상태야.

그리고 자네 목숨은 나에게 너무 소중해.

"개릿 말로는, 오늘 밤이나 내일 아침쯤 메리베스가 있는 곳에 도착한대요. 메리베스를 찾으면 다시 연락하죠."

"색스, 끊지 마. 한 가지만, 한 가지만 말할게."

"뭐죠?"

"자네가 개릿을 어떻게 생각하는지 몰라도, 그를 믿지 마. 자넨 그가 무죄라고 생각하지만, 그렇지 않을 수도 있다는 걸 받아들여. 범죄 현장에 접근할 때는 어떤 마음가짐을 가지라고 했지?"

"열린 마음으로. 선입견 없이. 모든 것이 가능하다는 믿음을 가지고."

"맞아. 그걸 기억하겠다고 약속해 줘."

"개릿은 수갑을 찼어요, 라임."

"계속 채워둬. 총에는 절대 손 못 대게 하고."

"그러죠. 메리베스를 찾으면 전화할게요."

"색스…."

전화는 끊겼다.

"젠장."

라임은 눈을 감으며 고개를 세차게 흔들어 헤드세트를 벗으려 했다. 톰이 손을 내밀어 헤드세트를 벗기고, 빗으로 라임의 검은 머리를 빗겨주었다.

루시가 저쪽 방에서 전화를 끊고 이쪽으로 들어왔다. 라임은 그녀의 표정에서 추적이 실패했다는 것을 읽을 수 있었다.

루시가 말했다.

"피트 말로는 태너스코너 시내에서 5킬로미터 이내에 있대요."

메이슨이 중얼거렸다.

"더 정확히 알아낼 수 없나?"

루시가 대답했다.

"통화를 몇 분만 더 했으면 5미터 오차 범위 이내에서 정확한 위치를 알아낼 수 있었어."

벨이 지도를 살펴보며 말했다.

"좋아, 시내에서 5킬로미터 떨어진 곳이라."

"블랙워터랜딩으로 돌아가지는 않을까요?"

라임의 물음에 벨이 대답했다.

"아뇨. 블랙워터랜딩은 아우터뱅크스하고는 반대 방향이니까요."

"그럼 뱅크스로 가는 가장 좋은 길은 어딥니까?"

"걸어서는 못 갑니다."

벨은 지도 쪽으로 걸어갔다.

"차로 갈 수도 있고, 도중에 배로 갈아탈 수도 있습니다. 112번 국도를 타고 17번 국도까지 가면 엘리자베스 시티가 나오는데, 거기서 보트를 탈 수도, 17번 국도를 따라 158번 국도까지 계속 가서 바닷가로 차를 몰고 갈 수도 있단 얘깁니다. 아니면 하퍼 로드로 가도 되고…. 메이슨, 프랭크 스터지스와 트레이 윌리엄스를 데리고 112번 국도로 가봐. 벨몬트에서 길을 막아줘."

벨몬트는 지도상으로 M-10 지점이었다.

보안관은 말을 이었다.

"루시, 자네하고 제시는 하퍼 로드를 지나 밀러튼 로드에서 길을 막고."

여기는 H-14 지점이었다.

벨은 처남을 방으로 불렀다.

"스티브, 자넨 통신 담당이야. 핸디토키가 없는 사람한테 하나씩 나눠줘."

"알겠습니다, 짐."

벨은 루시와 메이슨에게 말했다.

"모든 사람한테 개릿이 우리 죄수복을 입고 있다고 알려줘. 청색이야. 당신 여자는 뭘 입고 있습니까? 기억이 안 나는군."

라임은 말했다.

"그 사람은 내 여자가 아닙니다."

"미안합니다."

"청바지에 검은색 티셔츠."

"모자도 있습니까?"

"없습니다."

루시와 메이슨은 문밖으로 나갔다.

잠시 후 방에는 벨과 라임, 톰만 남았다.

보안관은 주 경찰에 전화해서 위치 추적을 도왔던 형사에게 실종자가 나중에 전화할 수도 있으니 계속 사람 하나를 붙여놓으라고 부탁했다. 그러곤 무슨 말을 들었는지 잠시 망설이다 라임을 흘끗 쳐다보더니 수화기에 대고 말했다.

"제안은 고맙네, 피트. 하지만 아직은 그냥 실종 사건이야. 심각하지 않아."

벨은 전화를 끊으며 중얼거렸다.

"심각하지 않다니, 맙소사!"

15분 뒤, 벤 커가 사무실로 들어왔다. 겉으로는 자신을 다시 돌아오게끔 만든 상황이 걱정된다는 표정이지만, 사실은 돌아오게 된 게 기쁜 모양이었다.

벤과 톰은 함께 주 경찰 감식장비를 풀었고, 그동안 라임은 벽에 붙은 지도와 증거물 차트를 응시했다.

✤ 곤충 소년 ✤

1차 범죄현장(블랙워터랜딩에서 발견한 것)

- 피 묻은 클리넥스
- 질산염
- 암모니아
- 캄펜

- 석회암 가루
- 인산염
- 세제

2차 범죄현장(개릿의 방에서 발견한 것)

- 스컹크 향

- 잘린 솔잎

- 곤충 그림
- 곤충 책들
- 돈
- 케로신
- 질산염

- 메리베스와 가족사진
- 낚싯줄
- 알 수 없는 열쇠
- 암모니아
- 캄펜

2차 범죄현장 (채석장에서 발견한 것)
- 낡은 삼베 자루 — 알아볼 수 없는 이름이 적혀 있다.
- 옥수수 — 곡물상?
- 디어파크 생수

- 자루에 묻은 재
- 플랜터스 치즈크래커

2차 범죄현장 (제분소에서 발견한 것)
- 아우터뱅크스의 지도
- 참나무/단풍나무 잎 부스러기

- 바닷모래

　　마지막 차트를 응시하던 라임은 문득 색스가 제분소에서 찾아낸 증거물이 극히 적다는 것을 깨달았다. 이것은 현장에 눈에 잘 띄는 단서가 있을 때 항상 문제되는 현상이다. 심리학적으로 주의력이 그쪽으로 쏠리기 때문에 수색을 덜 꼼꼼하게 하게 되는 것이다. 여기서 증거물을 좀 더 찾았더라면 하는 생각이 들었다.

　　그때 뭔가가 기억났다. 리디아는 추적대가 다가오고 있는 걸 눈치챈 개릿이 제분소에서 옷을 갈아입었다고 했다. 왜지? 거기 숨겨놓은 옷이 메리베스가 있는 곳을 알려줄 수 있다는 걸 알고 있었기 때문이다. 라임은 벨을 보았다.

　　"개릿이 죄수복을 입고 있다고 했지요?"

　　"그렇습니다."

　　"체포 당시 입고 있던 옷을 갖고 계십니까?"

　　"유치장 안에 있을 겁니다."

　　"그걸 좀 가져오실 수 있겠습니까?"

　　"옷을? 그러죠."

　　"종이 봉투에 넣어서 가져오십시오. 접지 말고."

보안관은 유치장에 전화해서 부보안관에게 옷을 갖고 오라고 지시했다. 통화 내용으로 미루어보건대, 네이선은 자기를 묶고 치욕을 안겨준 여자를 찾는 일을 돕게 되어 무척 반가운 모양이었다.

라임은 동부해안 지도를 응시했다. 캄펜 램프 덕분에 낡은 집, 그리고 참나무와 단풍나무 부스러기 덕분에 바닷가에서 약간 떨어져 있는 집까지로 수색 범위를 좁힐 수 있었다. 하지만 그 구역 자체가 어마어마했다. 수백 킬로미터였다.

벨의 전화벨이 울렸다. 그는 잠시 통화하더니 전화를 끊고 지도 쪽으로 걸어갔다.

"바리케이드를 설치했답니다. 그걸 피하려면 개릿과 아멜리아는 아마 여기서 내륙 쪽으로 우회할 겁니다."

그러곤 M-10 지점을 두드렸다.

"하지만 메이슨과 프랭크가 있는 곳에서는 이 평지가 환히 내려다보이니까 아마 눈에 띌 겁니다."

"도시 남쪽 철도선은 어떻습니까?"

"일반 승객용 철도가 아닙니다. 화물선인데, 일정한 운행 시간은 없죠. 하지만 철도를 밟고 도망칠 수는 있습니다. 그래서 벨몬트에 바리케이드를 설치한 거죠. 제 생각에는 이쪽으로 올 것 같습니다. 어쩌면 마니토우 폭포 야생동물 보호구역에 한동안 숨어 있을 수 있다는 생각도 드는군요. 개릿이 곤충이나 자연 같은 데 관심이 많으니 거기서 오랜 시간을 보낼 수도 있죠."

벨은 T-10 지점을 두드렸다. 파가 물었다.

"공항은요?"

벨은 라임을 보았다.

"혹시 아멜리아가 비행기 조종을 할 줄 압니까?"

"아니, 못 합니다."

지도에 적힌 지명이 눈에 띄었다. 라임은 물었다.

"저 군사기지는 뭡니까?"

"60~70년대에 무기를 보관했던 곳이지만 오래 전에 폐쇄됐습니다. 하지만 인근에 터널과 벙커가 널려 있죠. 저기를 수색하려면 인력이 20명은 있어야 하는데, 어쩌면 저 어딘가에 숨을지도 모르겠군요."

"순찰을 돕니까?"

"요즘은 안 돕니다."

"저 사각 모양은 뭐지요? E-5와 E-6 지점에?"

"저거요? 아마 오래 된 놀이공원일 겁니다."

벨은 파와 벤 쪽을 돌아보며 말했다. 벤이 말했다.

"맞아요. 어릴 때 형하고 같이 놀러가곤 했지요. 이름이 뭐더라? 인디언 산맥인가 뭔가였을 겁니다."

벨이 고개를 끄덕였다.

"인디언 마을을 복원해 놓은 곳이지요. 몇 년 전에 문을 닫았습니다. 아무도 안 가서요. 윌리엄스버그와 식스플랙이 훨씬 더 인기가 있죠. 숨기는 좋겠지만 아우터뱅크스와는 반대 방향입니다. 개릿은 그리로 가지 않을 겁니다."

벨은 H-14 지점을 가리켰다.

"루시가 있는 곳이 여깁니다. 이 근처에서는 개릿과 아멜리아도 길밖으로는 못 나갈 겁니다. 길을 벗어나면 진흙이 차 있는 늪이거든요. 여길 빠져나가려면 며칠은 걸립니다. 살아 나온다면 말이죠. 못 살아 나올 가능성이 많습니다…. 이제 어떻게 되나 기다려보는 수밖에 없습니다."

라임은 민첩한 파리 같은 눈길로 파케노크 카운티 이쪽저쪽을 끊임없이 쳐다보며 멍하니 고개를 끄덕였다.

개릿 핸런은 폭이 넓은 아스팔트 도로로 아멜리아를 인도했다. 피곤하고 더워서 아까보다는 걸음이 느려졌다.

주변 풍경이 어쩐지 눈에 익은 것 같아 둘러보니 커널 로드였다—오늘 아침 카운티 사무소에서 블랙워터랜딩의 범죄현장까지 갈 때 지나친 길이었다. 눈앞으로는 검게 물결치는 파케노크 강이 펼쳐져 있었다. 운하 반대편에는 아까 루시와 얘기할 때 언급했던 아름다운 대저택들이 늘어서 있었다.

색스는 주위를 둘러보았다.

"이상하네. 이건 시내로 들어가는 큰 길이야. 왜 바리케이드를 안 세워놨을까?"

"우리가 다른 길로 갈 거라고 생각한 거예요. 이곳 남쪽과 동쪽에 세웠을 거예요."

"네가 그걸 어떻게 알아?"

"경찰은 널 미친놈이라고 생각하잖아요. 멍청하다고 생각하니까. 자기랑 다른 사람을 보면 사람들은 늘 그렇게 생각하죠. 하지만 난 그렇지 않아요."

"한데 우리 지금 메리베스한테 가는 거 아냐?"

"그럼요. 그 사람들이 생각하는 길로 안 갈 뿐이죠."

개릿의 자신감과 빈틈없는 계획이 마음에 걸렸지만, 색스는 다시금 걷는 데만 집중했다. 두 사람은 말없이 걸었다. 20분 뒤 그들은 커닐 로드가 112번 국도와 만나 끝나는 교차로에서 8백 미터쯤 떨어진 지점에 도착했다. 빌리 스테일이 살해당한 곳이다.

"들어봐요!"

개릿은 수갑을 찬 손으로 색스의 팔을 잡았다.

색스는 고개를 갸우뚱했지만 아무 소리도 들리지 않았다.

"풀숲으로 들어가요."

두 사람은 길에서 벗어나 까칠까칠한 호랑가시나무 덤불 속으로 몸을 숨겼다.

"뭐니?"

"쉬잇!"

잠시 후 대형 트레일러가 뒤쪽에서 나타났다.

개릿은 소곤거렸다.

"공장에서 나오는 차예요. 저 위에 있는."

트럭에 붙은 마크에는 '대빗 인더스트리스'라고 씌어 있었다. 증거물 분석을 도와주었던 남자의 이름이다. 트럭이 지나간 뒤 두 사람은 길로 나왔다.

"어떻게 그 소릴 들었어?"

"아, 항상 정신을 집중하고 있어야 해요. 나방처럼."

"나방? 무슨 소리니?"

"나방은 멋진 곤충이에요. 그놈들은 초음파를 감지하거든요. 레이더 감지기 같은 걸 갖고 있어요. 박쥐가 먹이를 찾으려고 음파를 쏘면, 나방은 날개를 접고 땅으로 떨어져서 몸을 숨기죠. 자기장과 전기장도 마찬가지예요. 곤충들은 그것도 감지해요. 우리가 전혀 느끼지 못하는 그런 걸. 전자파로 곤충을 끌어들일 수 있다는 거 아세요? 주파수에 따라서 곤충을 쫓아낼 수도 있어요."

개릿은 갑자기 입을 다물고 우뚝 서서 고개를 돌렸다. 그러곤 잠시 후 다시 색스를 바라보았다.

"항상 귀를 기울이고 있어야 해요. 안 그러면 저들이 우릴 덮칠지도 모르니까."

"누가?"

"모든 사람들이요."

개릿은 길 저쪽 편, 블랙워터랜딩과 파케노크 강 쪽으로 고갯짓을 했다.

"10분만 더 가면 우린 안전해요. 절대 발견하지 못할 거예요."

만약 메리베스를 찾아서 태너스코너로 돌아간다면, 개릿은 어떻게 될까 하는 생각이 들었다. 그에게 걸린 혐의는 아직 몇 가지 남아 있었다. 하지만 메리베스가 진짜 살인범—갈색 오버롤 차림의 남자— 에 대한 개릿의 말을 뒷받침해 준다면 검사도 개릿이 메리베스의 안전을 위해 그녀를 납치했다는 말을 믿어줄지도 모른다. 모든 형사법정에서는 다른 사람의 변호도 증언으로 인정하기 때문이다. 그렇게 되면 아마 무죄 판결을 받을지도 모른다.

한데 오버롤 차림의 남자는 대체 누굴까? 그는 왜 블랙워터랜딩의 숲 속을 배회하고 있었던 것일까? 지난 몇 년간 이곳 주민들을 죽이고 개릿에게 혐의를 뒤집어씌운 사람도 그일까? 왜 그는 어린 토드 윌크스에게 겁을 줘서 자살을 하게 만들었을까? 빌리 스테일은 마약 조직과 관계가 있었던 걸까? 색스는 소도시의 마약 문제도 대도시 못지않게 심각하다는 것을 알고 있었다.

문득 다른 생각이 떠올랐다. 개릿이 빌리 스테일을 죽인 진짜 살인범, 즉 오버롤 차림의 남자를 지목할 수 있는 상황이니, 지금쯤 그자가 탈옥 소식을 듣고 개릿과 그녀의 뒤를 쫓고 있을지도 모른다. 두 사람의 입을 막기 위해서. 어쩌면….

갑자기 개릿이 우뚝 멈춰 섰다. 얼굴에 경계하는 빛이 떠오르는가 싶더니 휙 돌아섰다.

"뭐지?"

"자동차. 빠른 속도로 오고 있어요."

"어디?"

"쉬잇!"

등 뒤에서 자동차 전조등 불빛이 환히 비쳤다.

항상 귀를 기울이고 있어야 해요. 안 그러면 저들이 우릴 덮칠지도 모르니까.

"안 돼!"

개릿은 절망적인 목소리로 외치며 사초 덤불 속으로 색스를 이끌었다.

파케노크 카운티 경찰차 두 대가 커널 로드를 따라 질주하고 있었다. 첫 번째 차의 운전자는 볼 수 없었지만, 조수석의 부보안관은 알아볼 수 있었다. 라임을 위해 칠판을 갖고 왔던 흑인 부보안관이다. 그는 눈을 가늘게 뜬 채 숲 속을 살펴보고 있었다. 손에는 샷건이 들려 있다. 두 번째 차를 모는 것은 루시 커였고, 옆에는 제시 콘이 앉아 있었다.

개릿과 색스는 금작화 덤불 옆에 몸을 숨기고 납작 엎드렸다.

나방은 날개를 접고 땅으로 떨어져서 몸을 숨기죠….

경찰차는 빠르게 지나치더니 커널 로드와 112번 국도가 만나는 지점에서 양쪽 차선을 가로질러 막으며 멈춰 섰다. 총을 든 부보안관들이 차에서 내렸다. 색스는 중얼거렸다.

"바리케이드군. 젠장."

개릿은 아연실색한 음성으로 중얼거렸다.

"안 돼, 안 돼. 우리가 동쪽 길로 가는 줄 알고 있을 텐데. 그렇게 생각해야 맞는 건데!"

승용차 한 대가 두 사람 앞을 지나치더니 길 끝에서 속도를 줄였다. 루시는 차를 세우고 운전자에게 뭔가를 물었다. 그리고 운전자를 차에서 내리게 한 다음 트렁크를 열고 안을 꼼꼼히 뒤졌다.

개릿은 풀숲 안에서 몸을 잔뜩 움츠렸다.

"어떻게 우리가 이쪽으로 온다는 걸 알아차렸을까? 어떻게?"

저쪽엔 링컨 라임이 있으니까. 색스는 속으로 대꾸했다.

"아직 아무것도 못 봤답니다, 링컨."

짐 벨이 말했다.

라임은 씁쓸하게 대답했다.

"아멜리아와 개릿은 커넬 로드 한복판으로 보란 듯이 가진 않을 겁니다. 풀숲에 숨어 있을 거예요. 몸을 낮추고."

"바리케이드를 치고 모든 차량을 수색하고 있습니다. 운전자가 아는 사람이라도 모두요."

라임은 다시 벽에 붙은 지도를 보았다.

"태너스코너에서 서쪽으로 가는 다른 길은 없습니까?"

"유치장에서 늪을 가로지르는 유일한 길은 커넬 로드에서 112번 국도로 가는 것뿐입니다."

미심쩍은 목소리였다. 벨은 말을 이었다.

"이건 큰 모험입니다, 링컨. 모든 인력을 블랙워터랜딩에 집중시키는 건. 그들이 정말 아우터뱅크스를 향해 동쪽으로 가고 있다면 지금쯤 포위망을 벗어났을 테고 절대 찾아내지 못할 겁니다. 이번에는 좀 무리수를 둔 게 아닐까요?"

하지만 라임은 자신의 판단이 옳다고 믿었다. 20분 전, 지도를 바라보면서 개릿이 리디아를 데려간 경로를 추적하던 그는 리디아 납치사건에 대해 의문을 갖게 되었다. 오늘 아침 개릿을 추적하느라 평지를 가로지를 때 색스가 했던 말이 떠올랐던 것이다.

루시 말로는 개릿이 이쪽으로 왔을 리가 없대요. 갈 곳이 없다고.

그 말은 이제껏 아무도 만족스러운 해답을 내놓지 못한 질문으로 이어졌다. 개릿은 왜 리디아 조핸슨을 납치했을까? 메리베스의 대용물로 죽이려 했다는 게 페니 박사의 대답이었다. 하지만 개릿은 죽일 시간이 충분했는데도 리디아를 죽이지 않았다. 강간하지도 않았다. 리디아를 납치한 동기는 전혀 없었다. 낯선 사람이고, 개릿을 조롱한 적도 없고, 개릿이 리디아에게 성적인 집착을 하고 있는 것도 아니며, 리디아가 빌리를 죽이는 현장을 목격한 것도 아니다. 도대체 개릿의 목적은 무엇이었을까?

이어 개릿이 자진해서 메리베스를 아우터뱅크스에 숨겨놨다고 리디아에게 이야기했다는 사실이 떠올랐다─메리베스는 행복하다고, 구조할 필요가 없다고. 왜 이 정보를 자진해서 내놓았을까? 그리고 제분소에서의 증거물─바닷모래, 아우터뱅크스 지도…. 색스는 루시가 이런 것들을 쉽게 찾았다고 했다. 너무 쉽게. 라임은 결국, 그 현장이 연출된 것이라는 결론을 내렸다. 수사를 따돌리기 위해 일부러 증거물을 심어놓은 것이다.

라임은 씁쓸했다.

우린 함정에 빠졌던 거야. 개릿이 우리를 속였던 거야.

열여섯 살 난 소년이 그들 모두를 속인 것이다. 처음부터. 개릿은 리디아를 가뒀던 현장에서 일부러 신발을 벗었다. 그리고 신발 속에 석회암 가루를 뿌려 인근 지형에 대한 지식을 갖고 있는 대빗 같은 사람이 채석장을 떠올리도록 했고, 채석장에는 또 다른 증거물, 즉 불에 탄 삼베 자루와 옥수수를 남겨놓아 추적대를 제분소로 이끌었다.

추적대는 애당초 리디아를 찾게끔 되어 있었다. 또한 제분소의 다른 증거물들은 메리베스가 아우터뱅크스에 있는 어느 집에 감금되어 있다는 결론을 내리도록 하기 위한 연출이었다. 즉, 메리베스는 현재 그 반대 방향, 태너스코너 서쪽 어딘가에 갇혀 있다는 얘기다.

훌륭한 계획이지만, 개릿은 한 가지 실수를 저질렀다. 리디아를 찾아내는 데 여러 날이 걸릴 거라고 생각했다(리디아가 먹을 식량을 그렇게 많이 남겨놓은 것도 그 때문이다). 그때쯤이면 자신과 메리베스는 진짜 아지트에 도착할 것이고, 추적대는 하릴없이 아우터뱅크스를 샅샅이 뒤지고 있을 거라고 생각했던 것이다.

그래서 라임은 벨에게 태너스코너 서쪽 방면으로 가는 제일 좋은 길이 어디냐고 물었다. 벨은 블랙워터랜딩, 112번 국도라고 대답했다.

이 말을 들은 즉시, 라임은 루시와 다른 부보안관들에게 최대한 빨리 그쪽으로 가라고 지시했던 것이다.

개릿과 색스가 이미 교차로를 지나 서쪽으로 가고 있을 가능성도 있다. 하지만 라임은 거리 계산을 해본 뒤, 몸을 숨긴 채 걸어서는 이렇게 짧은 시간에 그렇게 멀리까지 갔을 리 없다는 결론을 내렸다.

바리케이드에 있는 루시에게서 연락이 왔다. 톰이 스피커폰을 켰다. 도대체 라임이 어느 편인지 아직 의심의 눈초리를 거두지 못한 루시가 회의적인 목소리로 말했다.

"여긴 두 사람의 흔적이 전혀 없어요. 지나치는 차량은 모조리 검문하고 있고요. 정말 이 길이라고 확신하세요?"

"네, 확신합니다."

이 오만한 대꾸에 어떤 생각이 들었는지 몰라도, 루시는 그냥 이렇게 대답했다.

"당신 생각이 맞기를 바랄 뿐이에요. 그렇지 않으면 정말 절망적일 테니까!"

루시는 전화를 끊었다.

잠시 후 벨의 전화벨이 울렸다. 벨은 듣기만 했다. 그리고 라임을 쳐다보았다.

"부보안관 세 명이 추가로 112번 국도 남쪽 1.6킬로미터 지점 커넬 로드에 도착했습니다. 거기서부터 루시가 있는 지점까지 북쪽으로 걸어서 개릿과 색스가 있는지 인근을 훑을 예정입니다."

벨은 잠시 더 수화기에 귀를 기울였다. 그러곤 라임을 힐끗 보다 다시 눈길을 돌리고 말했다

"그래, 무기를 갖고 있어…. 음, 총 솜씨가 좋다는군."

색스와 개릿은 풀숲에 웅크린 채 바리케이드를 지나가기 위해 줄

을 서 있는 승용차들을 바라보았다.

문득 뒤쪽에서 나방의 민감한 청각 없이도 감지할 수 있는 소리가 들려왔다. 사이렌 소리였다. 경광등을 번쩍이며 순찰차 한 대가 커널 로드 반대편, 남쪽에서 달려왔다. 순찰차는 멈춰 섰고 역시 샷건으로 무장한 부보안관 세 명이 내렸다. 그들은 천천히 풀숲을 뒤지며 색스와 개릿 쪽으로 다가오기 시작했다. 10분만 있으면 그들이 숨은 사초덤불까지 도착할 것 같았다.

개릿은 어떻게든 해보라는 듯 색스를 보았다.

"왜?"

개릿의 눈빛이 색스의 총을 향했다.

"그거 안 써요?"

색스는 놀라서 그를 멍하니 쳐다보았다.

"무슨 소리야. 안 써."

개릿은 바리케이드 쪽으로 고갯짓을 했다.

"저쪽은 쓸 거예요."

"아무도 총질은 안 해!"

색스는 개릿이 이런 생각을 한다는 것에 놀라 작은 음성으로 격하게 말했다. 그리고 등 뒤 숲 속을 바라보았다. 땅은 늪이고 남의 눈에 띄지 않거나 발소리를 들키지 않고 지나간다는 것은 불가능해 보였다. 눈앞에는 대빗 인더스트리스의 철조망 울타리가 있었다. 울타리 너머로 주차장에 세워진 차들이 보였다.

아멜리아 색스는 1년 동안 순찰 보직으로 일한 적이 있다. 그때의 경험과 자동차에 대한 지식을 활용하면 30초 안에 철조망을 뚫고 자동차에 시동을 걸 수 있을 것이다.

하지만 시동을 걸더라도 공장 부지는 어떻게 빠져나가지? 공장에는 화물용 출구가 있지만, 이것 역시 커널 로드 쪽으로 나 있었다. 게다가 바리케이드도 뚫고 지나가야 한다. 아무도 모르게 4-4나 픽업 트럭을 훔친 다음 112번 국도로 나갈 수 있을까? 블랙워터 인근에는 가파른 언덕과 갑작스럽게 낮아지면서 늪으로 이어지는 지역이 많다. 트럭이 전복되면 죽을 텐데, 무사히 빠져나갈 수 있을까?

풀숲을 수색 중인 부보안관들은 이제 60미터 지점까지 다가와 있었다.

어쨌든 지금은 뭘 하든 행동할 때다. 색스는 선택의 여지가 없다는 결론을 내렸다.

"이리 와, 개릿. 저 울타리를 넘어가야 해."

두 사람은 몸을 낮춘 채 주차장 쪽으로 향했다.

"차를 훔치게요?"

어디로 가고 있는지 눈치챈 개릿이 물었다. 색스는 뒤를 돌아보았다. 부보안관들은 50미터까지 다가왔다.

개릿이 말을 이었다.

"난 차가 싫어요. 차는 무서워요."

하지만 색스는 듣지 않았다. 아까 개릿이 했던 말만 머릿속을 오갈 뿐이었다.

나방은 날개를 접고 땅으로 떨어져서 몸을 숨기죠.

"지금 어디 있습니까? 수색 중인 부보안관들 말입니다."

라임이 물었다.

벨은 전화기에 대고 라임의 질문을 반복한 다음 귀를 기울이다 지도의 G-10 구역을 가리켰다.

"여깁니다. 대빗 인더스트리스 입구 근처죠. 80미터, 1백 미터 정도, 북쪽으로 이동 중입니다."

"아멜리아와 개릿이 공장을 넘어 동쪽으로 갈 수 있습니까?"

"아뇨, 공장 부지엔 철조망이 쳐져 있습니다. 바깥쪽으로는 깊은 늪이고요. 서쪽으로 간다면 운하를 헤엄쳐 건너야 하는데, 아마 제방도 넘지 못할 겁니다. 그쪽은 몸을 숨길 데도 없거든요. 루시와 트레이 눈에 띌 겁니다."

기다림은 힘들었다.

라임은 색스가 자신의 능력과 재능의 어두운 부산물인 긴장을 해소하기 위해 피부를 긁고 쥐어뜯을 거라는 사실을 알고 있었다. 파괴적인 습관이지만, 지금 라임은 그런 그녀가 부러웠다. 사고 전 라임은 서성거리고 걸어 다니는 것으로 긴장을 해소하곤 했다. 하지만 지금은 지도를 쳐다보며 색스가 얼마나 위험에 처해 있을지 상상하는 것밖에 방법이 없었다.

사무관 한 사람이 문간에서 고개를 들이밀었다.

"벨 보안관님, 2번 전화에 주 경찰입니다."

짐 벨은 복도 건너편 사무실로 들어가 전화를 받았다. 잠시 통화를 한 그가 다시 이쪽으로 돌아오며 흥분한 목소리로 말했다.

"드디어 찾았습니다! 휴대전화 신호로 위치를 추적했다는군요. 현재 112번 국도를 타고 서쪽으로 이동 중입니다. 바리케이드를 이미 지났어요."

라임은 물었다.

"어떻게?"

"대빗의 주차장으로 들어가 트럭 같은 걸 한 대 훔친 다음 길을 벗어나 달리다 도로로 올라온 모양입니다. 휴, 운전이 상당히 어려웠을 텐데."

그게 나의 아멜리아지. 라임은 생각했다. 그 여자는 차를 몰고 벽을 올라갈 수도 있을걸….

벨은 말을 이었다.

"조금 있으면 트럭을 버리고 다른 차를 훔칠 겁니다."

"어떻게 아십니까?"

"그 여자가 호베스 폴스에 있는 렌터카 회사와 통화 중입니다. 루시와 다른 부보안관들이 조용히 뒤를 쫓고 있습니다. 대빗 회사 사람들에게 주차장에서 차를 도난당한 사람이 누군지 알아보고 있고요. 하지만 조금만 더 오래 통화를 해준다면 도난 차종을 알 필요도 없을 겁니다. 몇 분 후면 휴대전화 추적으로 정확한 위치를 알아낼 수 있을 테니까요."

링컨 라임은 이미 머릿속에 새겨져 있는 지도를 다시 응시했다. 잠시 후 그는 한숨을 쉬며 중얼거렸다.

"행운이 있기를."

하지만 쫓는 자를 향한 말인지, 쫓기는 자를 향한 말인지는 스스로도 알 수가 없었다.

루시는 크라운 빅토리아의 속도를 시속 130킬로미터까지 올렸다.

당신, 차를 잘 몰지, 아멜리아? 나도 그래.

그들은 112번 국도를 따라 질주하고 있었다. 지붕 위의 경광등이 맹렬하게 돌며 흰색과 빨강색, 파란색 불빛을 사방으로 발산했다. 사이렌은 꺼져 있었다. 제시 콘은 조수석에 앉아 엘리자베스 시티의 피트 그레그 형사와 통화 중이었다. 바로 뒤를 따르는 경찰차에는 트레이 윌리엄스와 네드 스포토가 타고 있었다. 메이슨 저메인과 프랭크 스터지스—말수가 직고 최근 힐아버지가 된 사람이다—는 세 번째 차를 타고 있었다.

루시가 물었다.

"지금 어디 있지?"

제시는 주 경찰에 루시의 질문을 반복한 뒤 대답을 들으며 고개를 끄덕였다.

"8킬로미터 전방이야. 도로를 벗어나서 남쪽으로 향하고 있어."

제발. 루시는 다시 한 번 기도를 올렸다. 제발 통화를 1분만, 1분만 더 해라.

루시는 액셀러레이터를 바닥까지 꾹 밟았다.

당신, 차를 빨리 몰지, 아멜리아? 나도 빨리 몰아.

당신, 총을 잘 쏘지? 하지만 나도 잘 쏴. 당신처럼 보란 듯이 총집에서 눈 깜박할 사이에 빼내는 재주는 못 피우지만, 그래도 평생 총이랑 같이 살아온 사람이라고.

버디가 떠났을 때, 집에 있던 실탄을 전부 블랙워터 운하의 음산한 물속에 던져버렸던 기억이 되살아났다. 어느 날 밤 잠에서 깨어 텅 빈 침대 옆자리를 쳐다보다가 자신도 모르게 경찰용 권총의 끈적끈적한 총구를 입에 물게 될까 봐, 그렇게 세상을 버리지나 않을까 싶은 두려움 때문이었다.

그 후로 석 달 반 동안 루시는 장전하지 않은 권총을 소지한 채 밀주범이나 무장범, 부탄가스를 맡고 해롱거리는 덩치 크고 건방진 10대 따위를 체포했다. 오로지 배짱으로만 그들을 제압했다.

그러던 어느 날 아침 잠에서 깨어난 뒤, 루시는 마치 열병을 앓다 일어난 사람처럼 메이플 스트리트의 셰이키 무기점에 가서 윈체스터 .357 실탄 한 박스를 샀다(주인은 이렇게 말했다. 이런, 루시, 카운티 재정이 생각보다 영 안 좋은 모양이지. 실탄을 당신이 직접 사다니). 그리고 집으로 가서 권총에 실탄을 장전한 뒤로는 죽 그대로 지냈다.

루시에게는 의미심장한 사건이었다. 장전한 총은 그녀에게 존재의 상징이었다.

아멜리아, 난 내 가장 아픈 과거를 당신에게 털어놓았어. 내 인생의 블랙홀인 수술도, 남자를 피하는 것도, 아이들에 대한 사랑도. 숀 오새리언이 당신 총을 빼앗았을 땐 당신을 도왔어. 당신이 옳고 내가 틀렸다고 사과까지 했어.

난 당신을 신뢰했어. 난….

문득 누군가의 손이 어깨를 두드렸다. 루시는 제시 콘을 쳐다보았다. 제시는 부드럽게 미소 짓고 있었다.

"앞에 커브길이 있잖아. 우리도 돌아야지."

루시는 천천히 숨을 내쉬고 뒤로 물러앉으며 어깨를 축 늘어뜨렸

다

다. 그리고 속도를 늦췄다.

그래도 제한 속도 60킬로미터인 커브길을 돌 때, 자동차 속도는 105킬로미터였다.

"30미터 전방."

제시 콘이 속삭였다.

부보안관들이 차에서 내려 메이슨 저메인과 루시 커 주위에 모여들었다.

주 경찰은 아멜리아의 휴대전화 신호를 놓쳤지만, 지금 그들이 모여 있는 장소에 5분 동안 멈춰 있었다고 알려주었다. 숲 속에 있는 주택에서 15미터 정도 떨어진 곳에 헛간이 보였다. 112번 국도에서 1.6킬로미터쯤 떨어진 지점으로 태너스코너의 서쪽 지역이었다. 라임이 예견한 대로였다.

노랗게 물든 콧수염을 어루만지며 프랭크 스터지스가 물었다.

"메리베스가 정말 저 안에 있을 거라고 생각해? 도심에서 겨우 10킬로미터 떨어져 있잖아. 그렇게 시내에서 가까운 데 숨겨놨다는 건 바보짓 아닐까."

메이슨이 말했다.

"아니, 우리가 지나가길 기다리는 거야. 우리가 이 앞을 지나가면 호베스 폴스에 가서 렌터카를 구할 작정이겠지."

제시가 말했다.

"어쨌든 누군가 이 집에 살겠지."

제시는 무전기로 집 주소를 불러주었다. 그리고 잠시 후, 일행을 둘러보며 말했다.

"주인 이름은 피트 홀버튼이래. 아는 사람 있나?"

트레이 윌리엄스가 대답했다.

"내가 알아. 결혼은 했고. 내가 아는 한 개릿과는 아무 상관이 없는 사람이야."

"아이도 있나?"

트레이는 어깨를 으쓱했다.

"그럴지도 모르지. 작년 축구 게임을 생각해 보면….'

프랭크가 중얼거렸다.

"지금은 여름이야. 애들이 집에 있을 수도 있어. 개릿이 안에서 인질로 잡고 있다면."

루시가 말했다.

"그럴 수도 있겠지. 하지만 아멜리아의 휴대전화 신호는 집 안이 아니라 헛간에서 나왔어. 안으로 들어갔을 수도 있겠지만, 글쎄, 인질을 잡고 있을 거라는 생각은 안 들어. 메이슨의 말이 맞는 것 같아. 그냥 안전해질 때까지 여기 있다가 렌터카를 빌리러 호베스로 갈 생각인 것 같아."

프랭크가 물었다.

"이제 어떻게 하지? 우리 차로 드라이브 웨이를 막을까?"

제시가 말했다.

"우리 차를 그렇게 세우면 저쪽에서 소리를 들을 거야."

루시는 고개를 끄덕였다.

"그냥 걸어 들어가 양쪽 방향에서 신속하게 헛간을 덮치는 게 나을 것 같아."

메이슨이 말했다.

"나한테 CS 가스가 있어."

CS-38은 자물쇠로 잠긴 보안관 사무실 금고 안에 보관되어 있는 강력한 군용 최루탄이다. 벨이 나눠준 적도 없는데 어떻게 메이슨이 가스를 갖고 있는지 루시는 의아스러웠다. 제시가 말했다.

"아니, 안 돼. 당황해서 무슨 짓을 할지 몰라."

루시가 생각할 때, 이건 제시의 진심이 아니었다. 새 여자 친구가 강력한 가스를 맡는 게 싫은 게 틀림없다. 하지만 부보안관들도 마스크가 없기 때문에 최루탄 가스에 이쪽이 오히려 당할지도 모른다는 생각이 들었다. 루시는 말했다.

"최루탄은 안 돼. 내가 앞문으로 들어가지. 트레이, 당신이….."

메이슨은 담담하게 말했다.

"아니, 내가 앞으로 갈 거야."

루시는 망설이다 대답했다.

"좋아. 내가 옆문으로 들어가지. 트레이와 프랭크, 당신들은 뒤쪽을 지켜."

그리고 제시를 향해 말했다.

"당신과 네드는 본채 앞문과 뒷문을 감시해 줘. 저기."

"알았어."

제시가 말했다. 메이슨은 네드에게 엄격하게 말했다.

"창문도. 집 안에서 우리 등 뒤를 노릴지도 모르니까."

루시가 말했다.

"차를 몰고 나오면 타이어를 터뜨려. 프랭크처럼 매그넘을 갖고 있으면 엔진 쪽을 쏘든가. 피치 못할 상황이 아니면 개릿이나 아멜리아를 직접 쏘진 말고. 교전수칙은 다들 알고 있겠지?"

루시는 제분소에서 개릿을 저격한 일이 떠올라 메이슨을 쳐다보며 말했다. 하지만 메이슨은 전혀 귀를 기울이지 않는 것 같았다. 루시는 핸디토키로 짐 벨에게 헛간을 덮치겠다고 보고했다. 짐이 말했다.

"앰뷸런스를 대기시켰어."

옆에서 짐의 말을 듣던 제시가 말했다.

"이건 SWAT 특수 작전이 아니야. 그냥 총을 쏠 때 조심하기만 하면 돼."

루시는 무전기를 껐다. 그런 다음 건물 쪽으로 고갯짓을 했다.

"가자고."

그들은 몸을 낮춘 채 참나무와 소나무 뒤에 숨어가며 달렸다. 루시의 시선은 어두운 헛간 창문에 고정되어 있었다. 두 번쯤 안에서 움직임이 있었던 것 같았다. 이쪽에서 달리는 동안 나무와 구름이 반사된 것일지도 모른다. 루시는 도중에 잠시 멈춰 권총을 왼손으로 바꿔 쥐고 손바닥을 닦았다. 그리고 다시 오른손으로 총을 바꿔 쥐었다.

부보안관들은 창문이 없는 헛간 뒤편에 모였다. 루시는 이런 일을 해본 적이 없었다.

이건 SWAT 특수 작전이 아니야.

당신이 틀렸어, 제시…. 이게 바로 특수 작전이라고.

하느님, 제발 저 유다 같은 인간에게 총 한 방만 쏘도록 허락해 주세요.

통통한 잠자리 한 마리가 주위를 날아다녔다. 루시는 왼손으로 잠자리를 물리쳤다. 잠자리는 되돌아와서 불길하게 근처를 떠돌아다녔다. 개릿이 주의를 흩뜨리기 위해 보내기라도 한 것 같았다. 어리석은 생각을 하다니. 그리고 다시 세차게 손을 흔들어 잠자리를 물리쳤다.

곤충 소년… 넌 이제 끝장이야. 루시는 생각했다. 도망자 두 사람 모두를 향한 말이었다.

메이슨이 말했다.

"따로 신호를 보내지 않고 그냥 들어갈 거야. 내가 문을 발로 차면, 루시, 당신도 옆에서 들어가."

루시는 고개를 끄덕였다. 메이슨이 너무 덤비는 것 같아 걱정이 들긴 했지만, 한편으로는 그녀 역시 아멜리아 색스를 너무나 잡고 싶었기에 이 힘든 임무의 한 부분을 담당한다는 것이 행복했다. 루시는 속삭였다.

"우선 옆문이 열려 있는지부터 확인하고."

그들은 맡은 위치로 흩어졌다. 루시는 창문 아래 몸을 숨기고 급히 옆문으로 향했다. 문은 잠겨 있지 않고 살짝 열려 있었다. 루시는 모퉁이에 서서 이쪽을 비껴보는 메이슨에게 고개를 끄덕여 보였다. 메이슨도 고갯짓으로 대답한 뒤 열 손가락을 들어 보이고 사라졌다. 열을 센 뒤 뛰어든다는 뜻인 모양이다.

십, 구, 팔….

루시는 문 쪽으로 돌아섰다. 달콤한 가솔린과 기름 냄새, 곰팡내 나는 장작 냄새가 헛간 안에서 흘러나왔다. 루시는 귀를 잔뜩 기울였다. 뭔가 톡톡 하는 소리가 들렸다. 아멜리아가 훔친 자동차 엔진에서 나는 소리 같았다.

오, 사, 삼….

루시는 숨을 깊이 들이쉬었다. 다시 한 번 더.

준비 됐어. 그녀는 스스로에게 말했다.

건물 앞쪽에서 요란한 소리와 함께 메이슨이 안으로 뛰어들었다. 그가 외쳤다.

"보안관국에서 나왔다! 모두 꼼짝 마!"

가자!

루시는 옆문을 발로 걷어 찼다. 하지만 문은 고작 몇 센티미터 밀리더니 바로 안쪽에 세워놓은 대형 잔디 깎기에 부딪혀 멈췄다. 더 이상 열 수가 없었다. 어깨로 두 번 세게 밀었지만 꿈쩍도 하지 않았다.

"젠장!"

루시는 중얼거리고 헛간 앞문 쪽으로 뛰어갔다.

중간도 채 못 가서 메이슨의 고함소리가 들렸다.

"이런, 맙소사!"

그리고 총성이 들렸다.

잠시 후, 두 번째 총성이 들렸다.

"어떻게 됐습니까?"

라임이 물었다.

"음."

벨은 수화기를 든 채 애매하게 말했다. 수화기를 귀에 바짝 대고, 주먹을 꽉 쥔 그의 태도에 라임은 긴장했다. 벨은 귀를 기울이며 고개를 끄덕였다. 그리고 라임을 돌아보았다.

"총격이 있었답니다."

"충격?"

"메이슨하고 루시가 헛간으로 들어갔습니다. 제시 말로는 총성 두 발이 들렸다는군요."

벨은 고개를 들고 반대쪽 방을 향해 소리쳤다.

"구급차를 홀버튼네 집으로 보내. 배저할로우 로드. 112번 국도변이야."

스티브 파가 소리쳤다.

"가는 중입니다."

라임은 고개를 머리받이에 기댔다. 톰에게 힐끗 시선을 보냈지만, 톰은 아무 말도 없었다.

누가 총을 쐈지? 누가 맞은 걸까?

아, 색스….

벨이 날카로운 음성으로 말했다.

"음, 알아봐, 제시! 다친 사람은? 도대체 어떻게 된 거야?"

"아멜리아는 괜찮습니까?"

라임이 소리쳤다. 벨이 대답했다.

"곧 알게 될 겁니다."

기다리는 시간이 며칠처럼 흘러갔다.

마침내 벨은 다시 몸을 꼿꼿이 세우며 귀를 기울였다. 그리고 고개를 끄덕였다.

"맙소사! 뭘 어쨌다고?"

벨은 한참 더 귀를 기울이다 라임의 긴장한 얼굴을 보았다.

"괜찮습니다. 다친 사람은 없어요. 헛간으로 들어간 메이슨이 벽에 오버롤이 걸려 있는 걸 봤답니다. 그 앞에는 갈퀴인지 삽인지 뭐 그런 게 놓여 있었고요. 칠흑같이 캄캄해서 개릿이 총을 들고 있는 걸로 착각한 모양입니다. 두 번 쐈다는군요. 그게 답니다."

"아멜리아는 괜찮은 겁니까?"

"거기 있지도 않았답니다. 안에 있던 건 훔친 트럭이었고요. 개릿하고 아멜리아가 그 집에 있었던 건 분명한데, 총소리를 듣고 숲으로 몸을 피한 모양입니다. 아직 멀리 가지 못했을 겁니다. 그 근처는 제가 잘 알아요. 주위가 온통 수렁입니다."

라임은 화난 음성으로 말했다.

"메이슨을 이 사건에서 손 떼게 해주십시오. 지금 그건 실수가 아닙니다. 일부러 쏜 거예요. 내가 말했잖습니까, 그 사람 성질이 너무 급하다고."

벨도 수긍이 가는 모양이었다. 그가 전화기에 대고 말했다.

"제시, 메이슨은…."

잠시 침묵.

"메이슨, 대체 무슨 짓이야? 왜 총을 쏜 거야? 아니, 피트 홀버튼이 거기 서 있었으면 어쩔 뻔했냐고? 그 사람 아내나 애들이었다면? …몰라. 당장 돌아와. 이건 명령이야. …글쎄, 수색은 맡겨두고, 경찰차 타고 당장 돌아와. …두 번 말하지 않겠어. 난…. 젠장!"

벨은 전화를 끊었다. 잠시 후 전화벨이 다시 울렸다.

"루시, 어떻게 된 거야?"

보안관은 미간을 찌푸리고 바닥에 시선을 둔 채 귀를 기울였다.

"아, 이런! 정말이야?"

벨은 고개를 끄덕이고 말했다.

"좋아. 거기 그냥 있어. 내가 다시 전화하지."

그가 전화를 끊었다.

"어떻게 된 겁니까?"

벨이 고개를 저었다.

"믿을 수가 없어. 속았습니다. 당신 친구가 우릴 완전히 바보로 만들었어요."

"뭐요?"

"거기 있던 사람은 피트 홀버튼이었습니다. 집주인이죠. 루시하고 제시가 방금 그 사람과 이야기를 했답니다. 아내가 대빗 인더스트리스에서 3시부터 11시까지 일하는데, 도시락을 잊고 출근하는 바람에 30분쯤 전에 차를 몰고 가서 갖다 주고 왔다는군요."

"그 사람이 차를 몰고 간 거라고요? 그럼 아멜리아와 개릿은 트렁크에 숨어 있었던 겁니까?"

벨은 지긋지긋하다는 듯 한숨을 쉬었다.

"그 사람 차는 픽업입니다. 숨을 곳이 없지요. 사람은. 하지만 휴대전화기 하나쯤 숨기는 건 쉽지요. 뒷좌석에 있는 쿨러(cooler : 휴대용 냉장 박스-옮긴이) 밑에 숨겨놨더랍니다."

라임도 쓸쓸하게 웃었다.

"그럼 아멜리아가 렌터카 회사에 전화를 걸어 통화대기 중으로 해놓은 다음 휴대전화기를 트럭 안에 숨긴 거로군."

"맞습니다."

톰이 끼어들었다.

"기억 안 나요, 링컨? 아멜리아가 오늘 아침 그 렌터카 회사에 전화를 걸었었잖아요. 통화대기 시간이 너무 길어서 신경질을 냈었죠."

벨이 말했다.

"우리가 전화를 추적할 거라는 걸 예측했던 겁니다. 경찰차가 커널 로드를 떠날 때까지 기다렸다가 유유히 제 갈 길을 간 거죠."

벨은 지도를 보았다.

"그쪽은 40분을 번 셈입니다. 이제 어느 쪽으로 갔는지 아무도 몰라요."

27 너클 타임

경찰차가 바리케이드를 떠나 112번 국도 서쪽으로 사라진 뒤, 개 릿과 색스는 커널 로드 끝까지 뛰어가 도로를 건넜다. 두 사람은 블랙 워터랜딩의 범죄현장을 우회한 다음, 왼쪽으로 돌아 파케노크 강을 끼고 풀숲과 참나무 숲 하나를 빠른 걸음으로 지났다.

숲 속을 8백 미터 정도 가자 파코 강의 지류가 나왔다. 에돌아 갈 길도 없었다. 색스는 곤충과 진흙탕, 쓰레기가 둥둥 떠다니는 시커먼 강물 속에서 헤엄치고 싶은 생각은 전혀 없었다.

하시만 개릿은 미리 준비해 둔 것이 있는 모양이다. 그가 수갑 찬 손으로 강기슭의 한 지점을 가리켰다.

"보트."

"보트? 어디?"

"저기, 저기요."

그가 다시 한 곳을 가리켰다.

눈을 가늘게 뜨고 보니 작은 배의 윤곽이 흐릿하게 보였다. 낙엽과 수풀로 가려져 있었다. 개릿은 그쪽으로 다가가서 수갑 찬 손으로 위 장용 풀잎들을 치우기 시작했다. 색스도 그를 도왔다. 개릿이 자랑스 럽게 말했다.

"위장술이죠. 곤충들한테 배웠어요. 프랑스에는 트룩살리스(truxalis)라는 귀뚜라미가 있는데, 진짜 멋진 놈이에요. 여름 동안 풀잎 색깔이 약간씩 다른 녹색으로 바뀌는 것에 맞춰서 자기 몸 색깔을 세 번이나 바꾸죠. 포식자들 눈에 거의 띄지 않아요."

색스 역시 개릿의 곤충 비법을 응용했다. 개릿의 나방 이야기를 듣고, 색스는 라임이 당연히 휴대전화 위치추적을 할 거라고 생각했다. 그리고 그날 아침 피드먼트—캐롤라이나 렌터카 회사에 전화를 했을 때 한참 동안 통화대기 상태였던 것을 떠올렸다. 색스는 대빗 인더스트리스 주차장으로 숨어 들어가 렌터카 회사에 전화를 건 다음 대기 음악이 끝도 없이 흘러나오는 전화기를 직원용 출입구 앞에 주차된, 시동은 걸려 있지만 사람이 없는 픽업트럭 안에 넣어두었다.

이 수법이 먹힌 모양이다. 트럭이 공장을 출발하자 부보안관들이 그 뒤를 쫓아갔으니 말이다.

보트 위에 덮인 풀잎을 치우며 색스는 개릿에게 물었다.

"암모니아는? 말벌집을 넣은 구덩이도 그렇고. 그런 것도 곤충한테 배웠니?"

"네."

"사람을 해칠 생각은 없었지?"

"그럼요. 개미귀신 구덩이는 그냥 겁만 줘서 추적 속도를 늦추려고 한 거였어요. 그래서 일부러 빈 집을 넣었어요. 암모니아는 그냥 사람들이 근처에 왔다는 걸 알려주는 경고용이었고요. 곤충들이 그렇게 하거든요. 곤충들한테 냄새는, 그러니까, 조기경보장치 같은 거예요."

개릿의 붉고 축축한 눈에는 금세 신비로움에 감탄하는 빛이 떠올랐다.

"제뷰수에서 절 찾아낸 건 정말 멋졌어요. 그렇게 빨리 따라오리라고는 상상도 못했거든요."

"그러니까 넌 제분소에 가짜 증거물을 놓아둔 거지. 우릴 엉뚱한 곳으로 보내려고."

"네, 벌써 말했지만 곤충은 정말 영리해요. 그래야 살아남을 수 있으니까."

두 사람은 낡은 보트를 덮은 풀잎을 모두 치웠다. 암회색으로 칠한 배는 길이 3미터 정도에 작은 모터가 달려 있었다. 안에는 플라스틱 생수병과 쿨러가 들어 있었다. 색스는 생수 한 병을 열고 꿀꺽꿀꺽 마셨다. 개릿에게 물병을 건네자 그도 마셨다. 개릿이 곧 쿨러를 열었다. 안에는 크래커와 칩이 잔뜩 들어 있었다. 개릿은 누가 손댄 흔적이나 손상된 곳이 없는지 꼼꼼하게 살피곤 고개를 끄덕이고 배에 올라탔다.

색스는 뱃머리 쪽으로 등을 돌린 채 개릿을 마주 보고 앉았다. 개릿은 자기를 믿지 않기 때문에 등을 보이지 않는 거라는 걸 알고 있다는 듯 미소를 보내더니 시동 거는 줄을 당겼다. 엔진에 푸르르, 시동이 걸렸다. 개릿은 강기슭에서 배를 힘차게 밀어냈다. 이윽고 두 사람은 허클베리 핀처럼 강을 따라 내려가기 시작했다.

색스는 생각했다. 이제 너클 타임이다.

아버지가 쓰시던 표현이다. 단단한 몸매에 머리가 벗겨진, 평생 브루클린과 맨해튼에서 순찰을 돌던 아버지는 색스가 모델 일을 그만두고 경찰이 되겠다고 하자 딸을 붙잡고 진지하게 대화를 시작했다. 아버지는 딸의 결정을 전적으로 지지했지만, 경찰 일에 대해 이렇게 말씀하셨다.

에이미, 이건 알고 있어야 한다. 경찰 일이란 게 숨 가쁘게 돌아갈 때도 있고, 네 힘으로 뭔가 바꿔놓을 수 있을 때도 있고, 지루할 때도 있지. 그리고 가끔, 아주 가끔은 너클 타임이 온다. 주먹 대 주먹으로 맞서야 할 때. 오직 너 혼자서, 도와줄 사람 하나 없이 말이다. 단순히 범인을 상대할 때만 말하는 게 아니야. 나의 보스와 맞서야 할 때도 있고, 그들의 보스와 맞서야 할 때도 있지. 친구들과 맞서야 할 때도 있다. 경찰이 되고 싶으면, 혼자 나설 마음의 준비가 되어 있어야 해. 피해 가지 말고.

할 수 있어요, 아빠.

색스가 대답하자 아빠는 이렇게 말씀하셨다.

역시 우리 딸이다. 드라이브나 하러 가자꾸나.

문제의 소년이 조종하는 삐걱거리는 보트에 앉아 있는 지금, 색스는 이 순간만큼 외롭다는 느낌이 든 적이 없었다.

너클 타임… 주먹 대 주먹.

"저길 봐요."

개릿이 무슨 곤충 같은 것을 가리키며 얼른 말했다.

"내가 제일 좋아하는 놈인 물장군이에요. 물속에서 날아다녀요."

개릿의 얼굴에 열의가 떠올랐다.

"정말이에요! 진짜 신날 것 같지 않아요? 물속에서 날다니. 난 물이 참 좋아요. 살갗에 닿는 기분도 좋고."

미소가 잦아들면서 개릿은 팔을 문질렀다.

"이놈의 옻… 늘 옻독이 오른다니까. 진짜 가려워서 못 참을 때가 있어요."

배는 좁은 여울목과 섬, 물에 반쯤 잠긴 채 지는 태양을 향해 회색 나무와 그 뿌리를 헤집고 나아가기 시작했다.

문득 아까 소년을 탈옥시키기 전 유치장에서 떠올랐던 생각이 다시 머리를 스쳤다. 배에 식료품과 연료를 가득 채워 숨겨놓았다면, 개릿은 자신이 탈옥할 거라는 걸 예측하고 있었던 건 아닐까. 그리고 내가 거기서 맡은 역할도 교묘하게 미리 계산된 시나리오의 일부가 아닐까.

자네가 개릿을 어떻게 생각하는지 몰라도, 그를 믿지 마. 자넨 그가 무죄라고 생각하지만, 그렇지 않을 수도 있다는 걸 받아들여. 범죄현장에 접근할 때는 어떤 마음가짐을 가지라고 했지?

열린 마음으로. 선입견 없이. 모든 것이 가능하다는 믿음을 가지고.

색스는 다시금 소년을 쳐다보았다. 밝은 눈빛으로 배를 몰면서 지나치는 모든 풍경을 행복하게 쳐다보는 개릿의 모습은 탈주범이라기보다 캠핑 여행길에 올라 잔뜩 들뜬 마음으로 다음 물굽이를 돌면 뭐가 나올까 가슴을 두근거리는 10대 소년으로밖에 보이지 않았다.

"그 여자분 솜씨가 좋군요, 링컨."

휴대전화기 건을 두고 벤이 말했다.

암, 솜씨 좋지. 라임은 생각했다. 그리고 속으로 덧붙였다. 나만큼 솜씨가 좋군. 라임도 이번만은 색스가 자신을 앞섰다는 걸 우울하게 인정하지 않을 수 없었다.

미리 이번 사태를 예측하지 못했다는 것에 대해 라임은 스스로에게 분노했다. 이건 장난이 아니다. 라임은 생각했다. 현장관찰을 하거나 뉴욕의 실험실에 돌아와 증거물을 분석할 때 색스에게 종종 어려운 문제를 내밀고 반응을 기다렸듯이, 이건 일종의 승부였다. 색스의 목숨이 달려 있는 문제였다. 몇 시간 안에, 어쩌면 개릿이 그녀를 성폭행하거나 죽일지도 모른다. 라임에게는 더 이상 실수할 여유가 없었다.

부보안관 한 명이 푸드 라이언 종이 봉투를 들고 나타났다. 안에는 유치장에서 가져온 개릿의 옷가지가 들어 있었다.

"좋아! 누가 차트를 그려주게. 톰, 벤… 차트를 만들어. 1차 범죄현상—제분소에서 발견한 것. 벤, 써. 쓰라고!"

"하지만 그 차트는 이미 있는데요."

벤이 칠판을 가리켰다.

"아니, 아니. 그건 지워. 그 단서는 가짜야. 수사 방향을 엇나가게 하려고 개릿이 일부러 심어놓은 거야. 리디아를 납치했을 때 석회암 가루가 든 신발 한 짝을 현장에 남겨놓았듯이. 저 옷가지에서 나온 증거물이…."

라임은 봉투 쪽으로 고갯짓을 했다.

"메리베스가 정말 어디 있는지 알려줄 거야."

벨이 말했다.

"운이 좋다면 말이죠."

아니. 우리 솜씨가 좋다면. 라임은 벤에게 말했다.

"바지 천을 조금 자르게. 거기 발목 쪽으로. 그걸 크로마토그래피에 넣어."

벨은 지금 실제로 어떤 일이 벌어지고 있는지 주 경찰에 알리지 않고 무전기 긴급 주파수 할당받는 방법을 스티브 파에게 알려주기 위해 밖으로 나갔다.

라임은 크로마토그래피 분석 결과를 기다리는 동안 옷가지 쪽으로 고갯짓을 하며 벤에게 물었다.

"그것 말고는 뭐가 있지?"

"바지에 갈색 페인트가 묻어 있습니다. 짙은 밤색이군요. 최근에 묻은 것 같은데요."

"갈색이라."

라임은 바지를 살펴보며 되풀이했다.

"개릿의 양부모 집 페인트 색깔이 뭐였지?"

"모르겠는데요."

라임은 투덜거렸다.

"내가 무슨 자네가 태너스코너 잡학상식 왕이라고 생각해서 물어봤겠나. 전화를 걸어봐."

"아."

벤은 사건 파일에서 번호를 찾아 전화를 걸었다. 그는 잠시 통화를 한 뒤 전화를 끊었다.

"굉장히 비협조적인데요. 개릿의 양아버지 말입니다. 어쨌든, 집은 흰색이고 집 안에 짙은 갈색으로 칠한 건 아무것도 없답니다."

"그럼 메리베스를 가둬둔 곳에서 묻은 페인트겠군."

벤이 물었다.

"이 페인트를 대조해 볼 만한 페인트 데이터베이스가 있겠습니까?"

"좋은 생각인데, 유감스럽게도 없어. 뉴욕에는 있지만 여기서는 소

345 나블 타임

용이 없지. 그리고 FBI 데이터베이스에 있는 건 자동차 도료뿐일세. 어쨌든 계속해 보게. 주머니에는 뭐가 있지? 장갑을….”

하지만 벤은 이미 라텍스 장갑을 끼고 있었다.

“이 말씀을 하시려던 거죠?”

“그래.”

라임은 중얼거렸다.

톰이 말했다.

“이분은 남들이 미리 넘겨짚는 걸 싫어하십니다.”

“그럼 계속 넘겨짚어야겠군요.”

이렇게 말하던 벤이 뭔가를 발견한 듯했다.

“아, 여기 뭐가 있네요.”

라임은 벤이 끄집어 낸 작은 흰색 물체 몇 개를 넘겨다보았다.

“그건 뭐지?”

벤은 냄새를 맡았다.

“치즈와 빵이군요.”

“또 식료품이군. 크래커와….”

벤이 웃었다.

라임은 미간을 찌푸렸다.

“뭐가 우습지?”

“식료품이긴 한데요. 개릿이 먹을 건 아닙니다.”

“무슨 뜻이지?”

“낚시 안 해보셨습니까?”

“한 번도 안 해봤어. 물고기가 먹고 싶으면 사다 구워 먹으면 되지. 치즈 샌드위치랑 낚시가 무슨 상관이라는 거야?”

“이건 샌드위치 가루가 아니고 떡밥입니다. 물고기 잡는 미끼죠. 빵과 치즈를 뭉쳐서 시큼해질 때까지 삭힌 겁니다. 물 밑바닥에 사는 물고기들이 아주 좋아하지요. 메기 같은 놈들. 냄새가 많이 날수록 좋습니다.”

라임은 한쪽 눈썹을 치켜 올렸다.

"아, 대단히 유용한 정보로군."

벤이 바지 밑단을 살펴보았다. 그런 다음 〈피플〉 정기구독 카드 위에 내용물을 털고 현미경으로 관찰했다.

"뭔지 잘 못 알아보겠는데요. 그냥 무슨 가루 같습니다. 흰색."

"어디 한 번 볼까."

벤이 커다란 바슈 & 롬 현미경을 들고 와서는 라임의 눈앞에 들이댔다.

라임은 렌즈를 들여다보았다.

"좋아. 종이 섬유질이군."

"그런가요?"

"딱 보면 종이잖아. 달리 뭐겠어? 흡수지야. 한데 어디서 온 건지는 모르겠군. 음, 이 흙도 재미있는데. 좀 더 떨어보겠나? 바짓단에서."

"해보죠."

벤은 바짓단의 실밥을 뜯은 다음 펼쳤다. 그리고 카드 위에 흙을 더 떨어냈다.

"현미경에 올려봐."

벤은 슬라이드를 준비해서 복합현미경 재물대 위에 올려놓았다. 그리고 다시금 현미경을 흔들림 없이 라임의 눈앞에 들고 섰다. 라임은 렌즈를 들여다보았다.

"점토가 많군. 아주 많아. 장석을 함유한 돌, 아마 화강암이겠지. 그리고… 저게 뭐지? 아, 초탄(草炭)이군."

벤이 감탄한 듯 물었다.

"어떻게 그걸 다 아십니까?"

"그냥 알아."

범죄학자는 범죄 못지않게 물질세계를 잘 알고 있어야 한다는 걸 구구절절 설명할 시간은 없었다. 라임이 물었다.

"바짓단 안에 딴 건 없었나? 저건 뭐지?"

라임이 정기구독 카드 위에 놓인 뭔가를 가리켰다.

"저기 저, 희끄무레하게 녹색 빛이 나는 거."

"식물에서 온 겁니다만, 제 전문 분야가 아니라서요. 해양식물학도 공부는 했지만, 별로 좋아한 과목은 아니었습니다. 전 제가 수집하는 동안 요리조리 도망가 버리는 생물을 좋아해서요. 식물보다 흥미진진하죠."

"보고 생김새를 말해봐."

벤은 확대경으로 물체를 들여다보았다.

"줄기는 붉은 빛이 돌고 끝에 물방울이 있습니다. 점성이 있는 것 같군요. 그리고 흰색 종 모양의 꽃이 달려 있습니다. 굳이 추측해 보라시면…."

"해봐. 빨리."

"끈끈이주걱 같은데요."

"그건 또 뭐야? 무슨 설거지 도구 이름 같군."

"벌레잡이 식물류입니다. 곤충을 잡아먹죠. 정말 신기한 생물이에요. 제가 어렸을 때 몇 시간이고 앉아서 쳐다보곤 했습니다. 잡아먹는 방법이…."

라임은 냉소적으로 말을 가로챘다.

"신기한 생물이라. 난 이 생물의 식사법 따위엔 관심 없어. 어디서 자라지? 나한테는 그거야말로 신기할 것 같은데."

"아, 이 근처에는 어디든지 있습니다."

라임은 얼굴을 찌푸렸다.

"쓸모없군. 빌어먹을! 좋아, 옷 분석이 끝나면 그 흙 샘플도 크로마토그래피에 넣어보게."

그런 다음 라임은 테이블 위에 펼쳐져 있는 개릿의 티셔츠를 쳐다보았다.

"저 얼룩은 뭐지?"

셔츠에 불그스레한 얼룩이 몇 군데 있었다. 벤은 얼룩을 자세히 관찰한 뒤 어깨를 으쓱하며 고개를 저었다.

라임의 얇은 입술에 짓궂은 미소가 떠올랐다.

"맛을 보겠나?"

벤은 망설이지 않고 셔츠를 들어올려 얼룩을 조금 핥았다. 라임이 말했다.

"용감한 사나이군."

벤이 한쪽 눈썹을 치켜 올렸다.

"이게 표준 절차인 줄 알았는데요."

"나라면 절대 못 그러지."

"그 말씀은 못 믿겠습니다."

벤은 다시 한 번 얼룩을 핥았다.

"과일 주스 같습니다. 무슨 맛인지는 모르겠는데요."

"좋아, 그걸 차트에 적어, 톰."

라임은 크로마토그래피 쪽으로 고갯짓을 했다.

"바지 조각 분석 결과를 읽은 다음 바짓단에서 나온 흙을 넣게."

기계는 곧 개릿의 옷에 끼어 있던 미량증거물이 무엇인지, 바짓단에서 발견된 흙은 무엇이었는지 결과를 내놓았다. 설탕, 이번에도 캄펜, 알코올, 등유, 이스트 등이 나왔다. 등유는 양이 상당히 많았다. 톰이 그것들을 목록에 적어 넣었고, 세 사람은 차트를 바라보았다.

✤ 곤충 소년 ✤

2차 범죄현장 (제분소에서 발견한 것)

• 바지에 묻은 갈색 페인트	• 끈끈이주걱
• 점토	• 초탄
• 과일 주스	• 종이 섬유질
• 떡밥	• 설탕
• 캄펜	• 알코올
• 등유	• 이스트

이것들이 무엇을 의미할까? 라임은 궁금했다. 단서가 너무 많았다.

하지만 상호간의 관계는 전혀 감이 오지 않았다. 설탕은 과일 주스에서 나온 것일까, 아니면 개릿이 있었던 다른 곳에서 온 것일까? 등유는 돈을 주고 샀을까, 아니면 그냥 주유소나 기름을 저장해 둔 헛간에 숨어 있다가 묻은 걸까? 알코올은 용제부터 애프터셰이브까지 3천 종에 달하는 가정 용품이나 공업 용품에 함유된 물질이다. 이스트는 틀림없이 곡물 알갱이를 빻아 가루로 만드는 제분소에서 묻었을 것이다.

잠시 후 링컨 라임의 시선이 다른 차트로 향했다.

✤ 곤충 소년 ✤

2차 범죄현장 (개릿의 방에서 발견한 것)

- 스컹크 향
- 곤충 그림
- 곤충 책들
- 돈
- 케로신
- 질산염
- 잘린 솔잎
- 메리베스와 가족사진
- 낚싯줄
- 알 수 없는 열쇠
- 암모니아
- 캄펜

색스가 개릿의 방을 수색할 때 했던 말이 문득 떠올랐다.

"벤, 저기 노트를 열어봐 주겠나. 개릿의 노트. 다시 보고 싶네."

"페이지 넘기는 틀에 올려놔 드릴까요?"

"아니. 자네가 넘겨줘."

개릿의 삐뚤삐뚤한 곤충 그림이 한 장씩 지나갔다. 물장군, 물거미, 소금쟁이.

색스가 개릿의 방에 있던 곤충 병 중에서 말벌 병을 빼고는 모두 물이 들어 있다고 했던 기억이 났다.

"모두 수생생물이군."

벤이 고개를 끄덕였다.

"그런 것 같습니다."

"개릿은 물을 좋아해."

라임은 생각에 잠겼다. 그리고 벤을 보았다.

"그리고 그 미끼는? 물 밑바닥에 사는 물고기를 잡는 거라면서?"

"떡밥이요? 맞습니다."

"바닷물, 아니면 민물?"

"음, 민물입니다."

"그리고 등유는… 보트 연료 아닌가?"

"무연휘발유… 작은 모터보트용입니다."

"혹시 이럴 가능성은 없을까? 보트를 타고 파케노크 강을 따라 서쪽으로 갈 가능성은?"

"그럴 수도 있겠네요, 링컨. 그렇다면 태너스코너와 메리베스를 숨겨놓은 곳 사이를 왔다 갔다 하느라 주유를 자주 했을 테고, 그러다 등유가 이렇게 많이 묻은 거겠지요. 미리 준비를 해놓느라 말입니다."

"좋은 생각이야. 짐 벨을 불러주겠나?"

잠시 후 벨이 돌아왔고, 라임은 그에게 이 가설을 설명했다.

벨이 말했다.

"물에 사는 벌레들을 보고 그런 생각을 했다고요?"

라임은 고개를 끄덕였다.

"곤충을 많이 알면, 개릿 핸런에 대해서도 많이 알게 됩니다."

"하긴, 오늘 들은 온갖 말도 안 되는 이야기들에 비하면 이 정도야 약과군요."

짐 벨이 말했다.

라임이 물었다.

"경찰 보트 있습니까?"

"아뇨. 하지만 있어도 별로 소용없어요. 당신은 파코 강을 모릅니다. 지도상으로는 그냥 다른 강과 다를 게 없죠. 두도 있고. 하지만 파코에는 늪지로 들고 나는 수많은 지류가 있습니다. 개릿이 강을 이용한다 해도 본류만 따라 가지는 않을 겁니다. 틀림없어요. 그 앨 찾는 건 불가능합니다."

라임의 시선이 파케노크 강을 따라 서쪽으로 향했다.

"개릿이 메리베스를 숨겨놓은 곳까지 식료품을 날랐다면, 아마 그 집은 강에서 그리 멀지 않은 곳에 있을 겁니다. 서쪽으로 얼마나 더 가야 사람이 살 만한 곳이 나오죠?"

"상당히 가야 합니다. 저길 보십시오."

벨은 G-7 지점 근처를 두드렸다.

"파코 북쪽이죠. 여긴 아무도 못 삽니다. 강 남쪽은 주거지가 상당히 발달해서 남들 눈에 띌 거고요."

"그럼 적어도 16킬로미터 정도는 서쪽으로 가야겠군요."

"맞습니다."

"저 다리는 뭡니까?"

라임은 E-8 지점 쪽으로 시선을 주며 고갯짓을 했다.

"호베스 다리 말입니까?"

"저 다리와 이어지는 길은 어떻습니까? 고속도로?"

"그냥 매립지인데, 양이 아주 많습니다. 다리 높이가 12미터 정도 되니까 다리까지 올라가는 경사로도 꽤 길죠. 아, 잠깐… 링컨, 개릿이 다리 밑을 통과하기 위해 수로로 나올 거라고 생각하시는군요."

"맞습니다. 다리를 놓을 때 양쪽 강기슭의 작은 수로를 메웠을 테니까요."

벨이 고개를 끄덕였다.

"네, 그럴 것 같군요."

"루시 일행을 지금 그리 보내십시오. 다리로. 그리고 벤, 그 사람한테 전화해. 헨리 대빗. 미안하지만 다시 도움이 필요하다고."

WWJD….

대빗을 떠올리며, 라임은 기도를 올렸다. 신적인 존재에게 드린 기도가 아니라, 아멜리아 색스를 향한 기도였다. 아, 색스, 제발 조심해. 개릿이 그럴듯한 구실로 자네한테서 수갑을 빼앗는 건 시간문제니까. 한적한 곳으로 데려가겠지. 그런 다음 총을 빼앗으려고 할 거야…. 제발 그에게 믿음을 주지 마, 색스. 경계심을 늦추지 말라고. 그 녀석은 사마귀 같은 인내심을 갖고 있어.

개릿은 전문 항해사 못지않게 물길을 잘 알고 있었다.

막다른 길처럼 보이는 곳으로 보트를 밀고 들어갔다가도 언제나 거미줄처럼 미세한 샛길을 찾아가며 미로를 뚫고 한결같이 서쪽으로 향해 갔다.

수달이나 사향쥐, 비버 같은 것이 눈에 띌 때마다 색스에게 손가락질을 해 보였다. 하지만 아마추어 박물학자라면 손에 땀을 쥘 만한 이런 광경에도 색스는 무감각하기만 했다. 그녀가 아는 야생동물이란 도시에 사는 쥐와 비둘기, 다람쥐가 고작이었고, 그조차 감식 작업에 도움이 되는 정도에만 국한된 지식이었다.

개릿이 외쳤다.

"저길 봐요!"

"뭐?"

개릿이 뭔가를 가리켰다. 그는 강변 가까운 한 지점에 시선을 못 박은 채 물 위에서 벌어지는 작은 드라마에 푹 빠져 있는 듯했다. 색스의 눈에 보이는 것이라고는 물 위를 미끄러지듯 지나가는 벌레뿐이었다.

"소금쟁이예요."

개릿은 다시 물러앉아 그 옆을 스쳐 지나갔다. 얼굴에 진지한 표정이 떠올랐다.

"곤충은 인간보다 훨씬 더 중요해요. 무슨 뜻이냐면, 그러니까… 이 지구가 계속 돌아가려면 말이에요. 어디서 읽었는데… 내일 지구상의 모든 사람이 사라진다 해도 세상은 아무 문제없이 돌아간대요. 하지만 벌레가 사라지면 생명체 전체가 빠른 속도로 사라질 거래요. 한 세대씩. 식물이 죽고, 그 다음 동물이 죽고, 결국 지구는 거대한 암석 덩어리로 되돌아가는 거죠."

비록 말투는 아이 같지만, 개릿은 대학교수 못지않은 자신감과 부흥회 집사 같은 열정을 담아 이야기했다.

"물론 골치 아픈 곤충도 있어요. 하지만 그건 극히 일부분일 뿐이죠, 1~2퍼센트."

그러곤 얼굴에 활기를 띠더니 뿌듯하게 말을 이었다.

"예를 들면 곡물 같은 걸 먹는 곤충인데요, 나한테 좋은 생각이 있어요. 끝내줘요. 살충제 대신 번식을 제한할 수 있도록 풀잠자리 종류를 사육하는 거예요. 착한 곤충이랑 다른 동물들이 죽지 않도록. 풀잠자리가 제일 좋을 거예요. 하지만 아직 아무도 그런 걸 한 사람이 없어요."

"넌 할 수 있을 것 같니, 개릿?"

"아직 방법은 정확히 모르지만. 배울 거예요."

색스는 개릿의 책에서 읽은 구절을 떠올렸다. E. O. 윌슨의 용어. 바이오필리아. 인간이 지구상의 다른 생명체들에 대해 갖는 애정. 자연과 배움에 대한 사랑이 배어 있는 개릿의 말을 듣노라니 가장 먼저 이런 게 떠올랐다. 살아 있는 생명체에 대해 이렇게까지 열정을 갖고, 나름의 기묘한 방식으로 사랑을 줄 수 있는 사람이 강간범이나 살인범일 리가 없다.

파케노크 강을 따라 루시 커 일행과 갈색 오버롤 차림의 수수께끼 남자로부터, 갈등에 시달리는 이 태너스코너라는 소박한 도시로부터 도망치는 길에 아멜리아 색스를 지탱해 준 것은 바로 이런 다짐이었다. 링컨 라임으로부터도. 그리고 임박한 그의 수술과 그 수술이 두 사람에게 가져올지도 모를 끔찍한 결과로부터도.

좁은 보트는 구불구불한 지류를 천천히 흘러갔다. 물은 이제 검은색이 아니라, 개릿이 프랑스산 귀뚜라미에 대해 말해준 것처럼 뉘엿뉘엿 지는 햇살을 받아 금빛 위장색을 띠고 있었다. 마침내 개릿은 이면(裏面) 수로에서 빠져나와 강기슭을 끼고 본류로 들어섰다. 색스는 경찰 보트가 따라오고 있지나 않은지 등 뒤, 동쪽을 바라보았다. 대빗 인더스트리스의 커다란 바지선 한 척이 상류로, 그들 반대편으로 향하는 모습만 보일 뿐이었다. 개릿은 속도를 줄이고 비좁은 보트 후미 쪽으로 왔다. 그리고 머리 위에 늘어진 버드나무 가지 사이로 파케노크 강을 동서로 가로지르는 다리를 쳐다보았다.

"저 아래로 지나가야 해요. 돌아가는 길이 없어서."

그러곤 다리를 끝에서 끝까지 훑었다.

"사람이 보여요?"

색스는 쳐다보았다. 손전등 불빛 몇 개가 보였다.

"그런 것 같지만, 모르겠어. 눈이 부셔서."

개릿은 불안하게 말했다.

"그 자식들이 저기서 기다리고 있을 거예요. 항상 이 다리 쪽에 오면 걱정이 된다니까. 날 찾는 사람들이 있을까 봐."

항상?

개릿은 보트를 강변에 대고 모터를 껐다. 그리고 배에서 내리더니 엔진을 고정시킨 나사를 뽑은 다음 엔진을 꺼내 연료통과 함께 풀숲에 숨겼다.

"뭐 하는 거지?"

"혹시라도 눈에 띄면 안 되니까요."

개릿은 쿨러와 물병을 보트에서 꺼낸 뒤 미끈거리는 밧줄 두 가닥으로 노를 좌석에 동여맸다. 그리고 물병 대여섯 개를 비우더니 뚜껑을 닫고 한 곳에 놓았다. 그가 물병 쪽으로 고갯짓을 하며 말했다.

"참 아깝네. 메리베스는 물이 없는데. 마시고 싶을 텐데. 하지만 오두막 근처 연못에서 길어올 수 있으니까."

개릿은 강물 속으로 들어가더니 보트 옆구리를 붙잡았다.

"도와주세요. 뒤집어야 돼요."

"가라앉히려고?"

"아뇨. 그냥 위아래를 뒤집어놓는 거예요. 물병은 그 밑에 놓고. 그러면 잘 뜰 거예요."

"뒤집어?"

"네."

그제야 개릿이 무슨 생각을 하는지 알아차릴 수 있었다. 보트 밑에 몸을 숨기고 다리 밑을 지나가려는 것이다. 다리 위에서 수면 위에 납작하게 붙은 시꺼먼 배 바닥을 보기란 거의 불가능할 것이다. 다리만 지나면 보트를 다시 뒤집어 메리베스가 있는 곳까지 노를 저어 가면 된다.

개릿은 쿨러를 열고 비닐 봉투를 꺼냈다.

"가진 물건이 젖지 않게 모두 여기 넣어요."

개릿은 《극미의 세계》를 안에 넣었다. 색스도 지갑과 총을 넣었다. 그리고 청바지 안에 티셔츠 자락을 집어넣고, 봉투를 셔츠 안쪽에 넣었다.

"수갑 좀 풀어줄래요?"

개릿이 두 손을 내밀었다.

색스는 망설였다. 개릿이 애원하는 눈길로 말했다.

"물에 빠질 거예요."

무섭단 말이야. 못 하게 해줘!

"나쁜 짓 안 할게요. 약속해요."

색스는 마지못해 주머니에서 열쇠를 꺼내 수갑을 풀어주었다.

오늘날 노스캐롤라이나 주가 있는 지역의 원주민이던 웨페메오크 (Weapemeoc) 인디언들은 언어학적으로 알곤퀸 부족에 속하며 미국 대서양 연안 중부 지역에 살던 포우하탄 족과 차우언 족, 팸리코 족과 혈연관계에 있다.

이들은 훌륭한 농사꾼이었으며 고기 잡는 솜씨가 탁월하여 다른 미국 원주민들의 부러움을 샀다. 또한 평화를 지극히 사랑했으며 무기에는 전혀 관심이 없었다. 3백 년 전 영국 과학자 토머스 해리엇은 이렇게 썼다.

"그들이 지닌 무기라고는 위치헤이즐 나무로 만든 활과 갈대로 만든 화살뿐이었다. 몸을 보호하기 위한 것이라고는 나뭇가지를 실로 엮은 갑옷뿐이었다."

이들을 전사로 만든 것은 영국인이었다. 영국인들은 기독교로 개종하지 않으면 하나님의 분노가 내릴 거라고 협박했으며, 독감과 홍역을 전파해 인구를 격감시켰고, 먹을 것과 지낼 곳을 요구했고, 신망 높은 부족장 윈지나가 영국인 정착지에 대한 공격을 모의하고 있다고 생각하여 그를 살해했다.

하지만 놀랍고도 괘씸하게, 인디언들은 하나님을 받아들이는 대신 '마니토우'라는 자기네 신에 대한 충성을 맹세하고 영국인들과 전쟁을 벌였다. 전쟁의 포문을 언 것이(메리베스 메코넬 나름의 역사 이론에 따르면) 바로 로어노크 섬에 대한 습격이었다.

정착민들이 도망친 뒤 영국인이 다시 공격해 올 거라고 생각한 인디언 부족은 무기를 점검하고 평소엔 장식용으로만 사용했던 구리로 무기를 만들기 시작했다. 금속 화살촉은 부싯돌보다 더 날카롭고 만들기도 쉽다. 하지만 영화와 달리, 그냥 화살은 피부를 깊숙이 꿰뚫지 못하기 때문에 치명적인 상처를 입히기 힘들다. 부상당한 적의 명을 끊어놓을 때, 인디언 전사들은 '타격봉'이라는 이름의 몽둥이로 머리를 때려 죽였다. 타격봉을 만드는 그들의 솜씨는 아주 탁월했다.

타격봉은 끝이 갈라진 막대기 사이에 커다랗고 둥근 돌 하나를 끼워 가죽끈으로 고정시킨 것에 불과했다. 하지만 아주 효율적인 무기였다. 아메리칸 인디언에 대한 고고학 지식을 동원하여 자신이 지금 만들고 있는 것 역시 이론상으로는 오늘날 블랙워터랜딩이라고 불리는 파케노크 강 기슭에서 마지막으로 싸웠던 로어노크 정착민들의 두개골을 깨부수고 등뼈를 부러뜨린 무기처럼 치명적일 거라고 메리베스는 믿었다.

재료는 오두막의 낡은 식탁 의자에서 떼어낸 구부러진 다리 두 개였다. 돌멩이는 선교사의 친구인 톰이라는 작자가 던진 것이었다. 막대기 사이에 돌을 끼우고 셔츠 깃에서 천을 길게 찢어내 묶었다. 무기는 3킬로그램 남짓 묵직했지만, 발굴 작업을 하느라 20킬로그램 가까운 무게의 돌을 종종 들곤 했던 메리베스에게는 그다지 무겁지 않았다.

침대에서 일어나 몽둥이를 몇 번 휘둘러보니 든든한 기분이 들었다. 문득 파닥거리는 소리가 들려왔다. 병 속의 벌레들이었다. 그 소리를 들으니 손톱을 튕기는 개릿의 역겨운 습관이 떠올랐다. 메리베스는 분노에 몸을 부르르 떨며 가까이 있는 채집병을 부숴버리려고 몽둥이를 들었다.

그러다 문득 멈췄다. 물론 벌레는 싫다. 하지만 화가 나는 건 벌레 때문이 아니다. 개릿 때문이다. 메리베스는 병을 그냥 놔두고 문으로 다가가 몽둥이로 손잡이 근처를 몇 번 쳤다. 문은 꿈쩍도 하지 않았다. 솔직히 꿈쩍할 거라고 생각하지도 않았다. 하지만 중요한 것은 몽둥이 끝에 아주 단단히 매어놓은 돌멩이다. 그렇게 쳤는데도 돌은 빠져나가지 않았다.

선교사와 톰이 총을 갖고 돌아오면 물론 몽둥이는 별 소용이 없을 것이다. 하지만 안으로 들어오면 등 뒤에 방망이를 숨겨놨다가 먼저 건드리는 놈부터 머리통을 부숴놓을 것이다. 나머지 하나가 그녀를 죽이더라도, 어쨌든 한 놈만은 같이 데려갈 수 있다(아마 버지니아 데어도 그렇게 죽지 않았을까).

메리베스는 의자에 앉아 창밖으로 시선을 던졌다. 그리고 아까 선교사를 처음 발견했던 나무 위로 지는 햇빛을 바라보았다.

온몸을 스치는 이 기분은 뭘까? 두려움이겠지.

하지만 메리베스는 두렵지 않다고 마음을 다잡았다. 그것은 조바심이었다. 그녀는 적이 다시 돌아오기를 바랐다.

메리베스는 몽둥이를 무릎 위에 올려놓았다.

준비하고 있어. 톰이 말했었다.

그래, 준비 됐어.

"저기 보트가 있어."

제시 콘이 말했다.

루시는 호베스 다리 인근 강변에서 향기가 코를 찌르는 월계수 잎 사이로 몸을 내밀었다. 손은 권총에 가 있었다.

"어디?"

"저기."

제시가 상류 쪽을 가리켰다. 8백 미터 정도 떨어진 강물 위에 뭔가 조그맣고 시꺼먼 것이 보였다. 물결을 따라 흘러 내려오고 있었다. 루시가 물었다.

"보트가 확실해? 난 잘 안 보이는데…."

"아니, 잘 봐. 뒤집어져 있어."

"난 잘 안 보여. 눈이 좋은 모양이군."

이번엔 트레이가 물었다.

"그들일까?"

루시가 다시 물었다.

"무슨 일이지? 전복된 거야?"

제시 콘이 말했다.

"아니, 저 밑에 몸을 숨기고 있는 거야."

루시는 눈을 가늘게 떴다.

"어떻게 알아?"

"그냥 기분이."

"저 밑에서도 숨을 쉴 수 있어?"

트레이가 묻자, 제시가 대답했다.

"그럼. 물 위로 상당히 높이 떠 있잖아. 우리도 뱀버트 호수에서 카누로 저렇게 했어. 어려서 잠수함 놀이를 할 때."

루시가 말했다.

"어떻게 하지? 저기까지 가려면 보트 같은 게 있어야 할 텐데."

그러곤 주위를 둘러보았다.

네드가 유틸리티 벨트를 잡아 빼 제시 콘에게 건넸다.

"내가 가서 강변까지 밀어넬게."

"저기까지 헤엄칠 수 있어?"

네드는 부츠를 벗었다.

"이 강을 수백 번도 더 왔다 갔다 했는데, 뭐."

제시가 말했다.

"물 밑에 있으니 누굴 쏘진 못할 거야."

트레이가 말했다.

"실탄에 기름칠만 약간 하면 물밑에서도 몇 주 동안은 멀쩡해."

"아멜리아는 쏘지 않을 거야."

배신자의 변호인인 제시 콘이 말하자 루시가 반박했다.

"모험을 할 수는 없어."

그러곤 네드를 향해 말했다.

"뒤집지는 마. 그냥 헤엄쳐서 이쪽으로 밀어내. 트레이, 당신은 산탄총을 갖고 저쪽 버드나무 옆에 가 있어. 제시하고 나는 저쪽 기슭으로 갈 테니까. 만약의 경우 양쪽에서 쏠 수 있게."

네드는 셔츠를 벗어던지고 맨발로 조심스럽게 돌투성이 둑을 타고 내려가 진흙이 쌓인 기슭으로 향했다. 그리고 뱀이 있는지 확인하려는 듯 주위를 조심스럽게 둘러보더니 물속으로 천천히 들어갔다. 그는 머리를 물 위로 내밀고 아주 조용히, 평영으로 보트에 접근했다.

루시는 스미스 앤드 웨슨을 총집에서 꺼내 공이를 당겼다. 제시 콘을 힐끗 보니, 루시의 권총을 불안한 눈으로 쳐다보고 있었다. 트레이는 산탄총의 총구를 위로 한 채 나무 밑에 서 있었다. 루시가 권총의 공이를 당기는 걸 보더니 그도 레밍턴에 실탄을 장전했다.

보트는 강 한복판쯤, 이쪽에서 10미터가량 떨어져 있었다.

수영 솜씨가 좋은 네드는 빠르게 보트에 접근했다. 그리고 거의 도착할 즈음….

갑자기 총성이 요란하게 울렸다. 네드 근처에서 물이 튀는 것을 보고 루시는 펄쩍 뛰었다.

"안 돼!"

루시는 부르짖으며 권총을 위로 올리고 총을 쏜 사람을 찾았다.

"어디야, 어디?"

트레이가 외치며 몸을 웅크리고 산탄총을 단단히 겨눴다.

네드는 물 밑으로 잠수했다.

다시 총성이 울리고, 물이 튀었다. 트레이는 총구를 아래로 한 채 보트를 향해 총을 쏘기 시작했다. 당황한 총질이었다. 트레이의 12구경 산탄총에는 모두 일곱 발이 장전되어 있었다. 트레이는 보트를 정통으로 맞추며 순식간에 탄창을 다 비웠다. 나뭇조각과 물방울이 사방으로 튀었다.

"안 돼! 그 밑에 사람이 있단 말이야!"

제시가 외쳤다. 루시가 말했다.

"어디서 쏘는 거야? 보트 안에서? 보트 반대편에서? 대체 어디 있는 거야?"

트레이가 물었다.

"네드는 어디 있어? 맞았나? 네드는?"

루시는 쉰 목소리로 외쳤다.

"모르겠어. 안 보여."

트레이는 산탄총을 다시 장전해 보트를 겨눴다.

루시가 명령했다.

"안 돼! 쏘지 마. 엄호해 줘!"

루시는 강둑을 달려 내려가 물속으로 첨벙 들어갔다. 그때 갑자기 기슭 가까이에서 꼬르륵거리는 소리가 들리더니 네드가 물 위로 떠올랐다.

"도와줘!"

겁에 질린 네드는 뒤를 돌아보며 미친 듯이 물 밖으로 나왔다.

제시와 트레이가 반대편 기슭을 겨누며 천천히 강둑을 내려왔다. 제시는 절망적인 눈빛으로 벌집이 된 배를 쳐다보고 있었다.

루시는 총을 총집에 넣고 네드의 팔을 잡아 기슭으로 끌어올렸다. 최대한 오래 숨을 참고 잠수하느라 산소 부족으로 창백하고 힘이 없었다. 네드가 숨을 몰아쉬며 물었다.

"놈들은 어디 있어?"

"모르겠어."

루시는 네드를 풀숲 위로 끌어올렸다. 네드는 옆으로 쓰러지더니 침을 뱉어내며 기침을 하기 시작했다. 루시는 그를 주의 깊게 바라보았다. 총에 맞지는 않았다.

트레이와 제시가 몸을 낮추고 강 건너편을 바라보며 다가왔다.

네드는 아직 컥컥거리고 있었다.

"빌어먹을 물. 냄새 한번 더럽네."

보트는 반쯤 물에 잠긴 채 천천히 이쪽을 향해 떠내려 오고 있었다. 제시 콘이 보트를 바라보며 중얼거렸다.

"죽었어. 죽었을 거야."

보트는 더욱 가까이 다가왔다. 제시는 유틸리티 벨트를 풀고 그쪽으로 다가가기 시작했다.

"아냐."

루시가 반대편 기슭을 바라보며 말했다.

"올 때까지 기다려."

29 복병

뒤집힌 보트는 뿌리가 뽑혀 강 쪽으로 비죽 튀어나온 삼목에 부딪혀 멈춰 섰다. 부보안관들은 잠시 더 기다렸다. 구멍이 숭숭 뚫린 보트가 삐걱거리는 것 외에는 아무런 움직임도 보이지 않았다. 물 색깔이 불그스름했는데, 피 때문인지 타는 듯한 석양 때문인지는 알 수 없었다.

제시 콘이 창백한 표정으로 루시에게 시선을 주었다. 루시는 고개를 끄덕였다. 제시가 물속으로 들어가 배를 뒤집는 동안 나머지 부보안관 셋은 보트를 향해 총을 거누었다.

총을 맞고 찢겨나간 물병 잔해가 물 위로 튀어 오르더니 하류 쪽으로 유유히 흘러가기 시작했다. 보트 아래에는 아무도 없었다.

"도대체 어떻게 된 거야? 영문을 모르겠군."

제시에 이어 네드가 씁쓸하게 중얼거렸다.

"젠장. 우릴 또 속였어. 기습 공격이었다고."

루시는 아까까지만 해도 최고로 화가 난 기분이었다. 하지만 지금은 분노가 온몸을 전류처럼 휩쓸고 지나가는 느낌이었다. 네드의 말이 맞았다. 아멜리아는 보트를 네이선 그루머가 조각한 미끼처럼 이용해 그들을 반대편 기슭에서 기습 공격했다.

제시가 말했다.

"아냐, 아멜리아가 그런 짓을 할 리 없어. 총을 쏜 건 우릴 겁주려고 그런 거야. 아멜리아는 명사수야. 마음만 먹으면 얼마든지 네드를 맞힐 수 있었다고."

루시가 쏘아붙였다.

"빌어먹을! 제시, 정신 좀 차려. 저렇게 먼 거리에서 쐈는데? 총 솜씨가 아무리 좋아도 빗나갈 수 있어. 게다가 물 위를 겨냥했잖아. 총알이 튈 수도 있었어. 네드가 당황해서 총알이 날아오는 쪽으로 움직일 수도 있었다고."

제시 콘은 아무 대답도 하지 않았다. 그는 손바닥으로 얼굴을 문지르며 반대편 기슭을 쳐다보았다. 루시는 낮은 목소리로 말했다.

"좋아, 이렇게 하자. 시간이 늦었어. 일단 햇빛이 남아 있는 동안은 최대한 멀리 가보자고. 그런 다음 짐한테 야간 수색에 필요한 물품을 갖다달라고 해야겠어. 우린 야영을 할 거야. 저쪽에서 우릴 노리고 있다는 가정하에 행동해야 해. 자, 다리를 건너가 발자취를 찾아보자고. 다들 총 쏠 준비는 됐어?"

네드와 트레이는 그렇다고 대답했다. 제시 콘은 갈기갈기 찢긴 보트를 잠시 바라보더니 천천히 고개를 끄덕였다.

"그럼 가자고."

부보안관 네 명은 은폐물이라곤 하나도 없는 50미터 길이의 다리를 건너기 시작했다. 물론 한데 모여 걷지는 않았다. 아멜리아 색스가 다시 총을 쏠 때를 대비해, 한 명이 총에 맞더라도 나머지가 대응 사격을 할 수 있을 만큼 길게 한 줄로 늘어섰다. 이는 트레이가 제2차 세계대전을 다룬 영화에서 얻은 아이디어였다. 그는 아이디어를 냈으니 사기가 신봉에 시겠다고 했지만, 루시 기는 끝까지 지신이 맨 앞에 서겠다고 주장했다.

"하마터면 맞힐 뻔했잖아."

컬보의 말에 해리스 토멜이 대답했다.

"절대로 그럴 일은 없어."

하지만 컬보는 계속해서 몰아세웠다.

"내가 말했잖아, 겁만 주라고. 네드가 총에 맞으면 일이 얼마나 골치 아프게 되는 줄 알아?"

"나도 잘 알아, 리치. 내 실력 좀 믿어봐, 응?"

재수 없는 먹물 같으니. 컬보는 생각했다.

세 사람은 파코 북쪽 기슭에서 강을 끼고 이어진 길을 따라 걷고 있었다.

토멜이 보트 쪽으로 헤엄쳐 오는 부보안관에게 너무 가까이 총을 쏘아 열을 받긴 했지만, 솔직히 컬보는 이번 저격 작전이 성공을 거두었다고 확신했다. 루시와 다른 부보안관들은 지금쯤 간이 콩알만 해져서 느릿느릿 조심조심 움직이고 있을 것이다.

이번 기습이 거둔 효과는 그것 말고도 하나 더 있다―숀 오새리언이 겁을 집어먹고 잠시 조용해졌다는 것이다.

20분 정도 말없이 걷다가 토멜이 컬보에게 물었다.

"개릿이 분명 이 방향으로 갔을 거라고?"

"그래."

"하지만 목적지가 어딘지는 모르잖아."

"당연히 모르지. 알면 곧장 그리로 갔게."

이봐, 먹물. 머릴 좀 쓰라고.

오새리언이 마침내 입을 열었다.

"물 좀 마셔도 돼?"

"물? 물 마시고 싶어?"

오새리언은 고분고분 말했다.

"응, 물 마시고 싶어."

컬보는 의심스럽다는 듯 그를 힐끗 쳐다보고 물병을 건넸다. 이 비쩍 마른 젊은 친구가 맥주나 위스키, 밀주 외에 다른 것을 마시는 걸 본 적이 없었던 것이다. 오새리언은 물을 마시고 주근깨투성이 입가를 닦더니 병을 옆으로 던졌다.

컬보는 한숨을 쉬고 비꼬듯 말했다.

"이봐, 숀. 길에 네 지문이 묻은 물건을 남기고 싶어?"

"아, 그렇지."

오새리언은 얼른 풀숲을 뒤져 물병을 집어 들었다.

"미안해."

미안하다고? 숀 오새리언이 사과를 해? 컬보는 믿기지 않는 눈빛으로 그를 쳐다보다 그만 출발하자는 듯 고갯짓을 했다.

이윽고 그들은 강이 꺾이는 지점에 도착했다. 그곳은 하류 쪽으로 몇 킬로미터를 내려다볼 수 있을 만큼 지대가 높았다.

토멜이 말했다.

"이봐, 저길 봐. 집이 있어. 개릿하고 빨강머리는 틀림없이 저 길로 갔을 거야."

컬보는 사슴 사냥용 라이플 망원경으로 살펴보았다. 계곡 저쪽 3킬로미터쯤 떨어진 강변에 A자 모양의 경사진 지붕을 얹은 산장이 있었다. 개릿과 여자 경찰이 숨기로 했다면 저기야말로 최적의 장소였다. 컬보는 고개를 끄덕였다.

"그렇겠군. 가자고."

호베스 다리 하류에서 파케노크 강은 북쪽으로 곧장 이어졌다.

기슭에서 가까운 이곳은 수심이 얕고, 진흙이 쌓인 곳에는 강물을 따라 흘러 내려온 나무와 풀, 쓰레기 등이 잔뜩 덮여 있었다.

보트처럼 둥둥 물 위를 떠내려가던 사람의 형체 두 개가 물결을 따라 이 쓰레기더미 위로 흘러왔다.

아멜리아 색스는 부표로 사용하던 플라스틱 물병을 버리고 오래 물속에 있느라 쭈글쭈글해진 손을 뻗어 나뭇가지를 잡았다. 하지만 몸을 가라앉게 하려고 주머니에 돌을 잔뜩 집어넣었기 때문에 별로 소용없는 일이라는 생각이 문득 들었다.

색스는 거무스름한 강물 속으로 몸이 자꾸 가라앉는 느낌이 들었다. 그러다 다리를 곧게 펴보니 수심이 겨우 120센티미터 정도밖에 안 되었다. 색스는 비틀거리며 몸을 세운 뒤 허우적허우적 걷기 시작했다. 잠시 후 옆으로 다가온 개릿이 진흙투성이 기슭으로 색스를 끌어올려 주었다.

두 사람은 무성하게 우거진 풀숲을 헤치고 완만한 경사를 기어 올라갔다. 그리고 잔디가 깔린 공터까지 가서 쓰러진 뒤 잠시 그대로 누워 숨을 골랐다. 색스는 셔츠 안에서 비닐 봉투를 꺼냈다. 물이 약간 들어갔지만 내용물은 별 손상을 입지 않았다. 색스는 개릿에게 책을 돌려주고, 탄창을 연 채 바삭거리는 누런 풀 위에다 권총을 말렸다.

색스는 개릿의 계획을 잘못 넘겨짚었다. 뒤집은 보트 아래 빈 물병을 넣어 띄우기는 했지만, 개릿은 그 밑에 숨지 않고 배를 강 복판 쪽으로 힘껏 밀었다. 그런 다음 색스에게 주머니에 돌멩이를 넣으라고 말하고 자신도 그렇게 했다. 두 사람은 보트를 지나 하류 쪽으로 15미터가량 전속력으로 달린 뒤 각자 물이 반쯤 담긴 병을 하나씩 들고 강물로 들어갔다. 개릿이 어떻게 해야 고개를 뒤로 젖힐 수 있는지 시범을 보여주었다. 몸을 가라앉히기 위해 넣은 돌멩이 때문에 수면 위로 떠오른 것은 얼굴뿐이었다. 두 사람은 보트보다 앞서 물결을 따라 하류로 흘러갔다.

물거미가 이렇게 해요. 스쿠버다이버같이. 공기를 몸에 지니고 다니죠.

개릿은 예전에도 '도망치기 위해' 몇 번 이렇게 한 적이 있다고 말했다. 하지만 아까처럼 누구한테서 왜 도망을 쳤는지는 굳이 설명하지 않았다. 경찰이 다리에 없다면 다시 보트를 붙잡고, 기슭으로 올라간 뒤 물을 빼고 노를 저어 계속 가면 된다. 반대로 다리에 와 있다면, 보트를 경계하느라 앞서 떠내려간 개릿과 아멜리아를 눈치채지 못할 것이라는 게 그의 생각이었다. 일단 다리를 지나면 기슭으로 올라가 계속 걸을 거라고 했다.

어쨌든 눈에 띄지 않고 다리를 지나긴 했다. 하지만 색스는 그 뒤에 벌어진 일에 충격을 삭이지 못했다. 아무런 공격도 없었는데 느닷없이 뒤집힌 보트에 집중 사격을 가하다니.

개릿 역시 총성 때문에 몹시 놀란 모양이다.

"우리가 그 밑에 있다고 생각한 거예요. 나쁜 놈들, 우릴 죽이려 했다고요."

색스는 아무 말도 하지 않았다.

개릿이 덧붙였다.

"난 나쁜 짓을 많이 했지만… 그래도 피마타(phymata) 같은 짓은 안 해요."

"그게 뭐니?"

"매복노린재(ambush bug). 가만히 기다리다 먹잇감을 죽이죠. 그 사람들이 우리한테 한 짓이 바로 그거잖아요. 그냥 쏘다니. 아무런 기회도 주지 않고."

아, 링컨, 완전히 꼬였군. 왜 내가 이런 짓을 했을까? 그냥 항복해버릴까. 여기서 부보안관들을 기다렸다가 포기해 버릴까. 태너스코너로 돌아가서 어떻게든 없었던 일로 해볼까.

하지만 색스는 겁에 질려 몸을 떨고 있는 개릿을 보았다. 여기서 되돌아갈 순 없다는 걸 그녀는 알고 있었다. 이 미친 게임이 끝날 때까지 계속 가야 한다.

너클 타임….

"이제 어디로 가지?"

"저기, 집 보여요?"

갈색 산장이었다.

"메리베스가 거기 있니?"

"아뇨. 저 집에 작은 낚싯배가 있는데, 그걸 빌리면 돼요. 그런 다음 몸을 말리고 뭘 좀 먹죠."

그래, 어차피 오늘 하루만 해도 많은 범죄를 저질렀는데, 가택침입죄 하나 더하는 것쯤이야.

그때 갑자기 개릿이 색스의 권총을 집어 들었다. 색스는 그 자리에 얼어붙은 채 개릿의 손에 들린 진한 남색 권총을 바라보았다. 개릿은 익숙한 눈빛으로 약실을 살펴보고 실탄이 여섯 발 들어 있는 걸 확인했다. 그런 다음 탄창을 찰칵 끼워 넣었다. 총을 다루는 익숙한 솜씨를 보자 색스는 와락 불안감이 몰려왔다.

자네가 개릿을 어떻게 생각하는지 몰라도, 그를 믿지 마….

색스를 힐끗 보더니 개릿이 씩 웃었다. 그런 다음 손잡이를 이쪽으로 해서 권총을 돌려주며 말했다.

"이쪽으로 가요."

색스는 권총을 총집에 집어넣었다. 놀란 심장이 두근거렸다.

두 사람은 집 쪽으로 걸어갔다. 색스가 턱짓으로 앞을 가리키며 물었다.

"빈 집이니?"

"지금은 아무도 없어요."

개릿이 문득 멈춰 서서 뒤를 돌아보더니 중얼거렸다.

"보안관들, 지금쯤 열이 잔뜩 받아서 우리 뒤를 쫓고 있을 거예요. 총이다 뭐다 잔뜩 무장을 하고. 젠장."

그러곤 돌아서서 조금 걷다 다시 입을 열었다.

"하나 가르쳐줄까요, 아멜리아?"

"뭐?"

"나방 생각이 나서요. 산누에나방."

"그게 왜?"

색스는 자신과 소년을 겨냥했던 끔찍한 산탄총 소리를 떠올리며 멍하니 물었다. 루시 커가 그들을 죽이려던 소리. 그 총성의 메아리 때문에 다른 모든 것이 흐릿하게 느껴졌다.

"날개 색깔 말예요. 날개를 펼치면 꼭 짐승의 눈 같아요. 진짜 멋있는데. 구석에는 눈동자에 빛이 반사된 것처럼 흰 반점까지 있다니까요. 새는 그걸 보고 여우나 살쾡이라고 생각해서 도망가죠."

"새는 나방과 동물 냄새를 구별할 수 없어?"

색스는 별로 집중하지 않은 채 무심히 물었다.

개릿은 웬 농담이냐는 듯 잠시 그녀를 쳐다보다 대답했다.

"새는 냄새를 못 맡아요."

그러곤 다시 강 상류 쪽을 돌아보았다.

"추적 속도를 늦춰야 하는데. 얼마나 가까이 왔을까요?"

"아주 가까이 왔겠지."

총이다 뭐다 잔뜩 무장하고.

"그들이야."

리치 컬보가 강기슭의 진흙 바닥에 난 발자국을 보며 말했다.

"겨우 10분, 15분 전에 지나갔어."

"그 집으로 가고 있겠군."

토멜이 말했다.

일행은 조심스럽게 길을 따라 갔다.

오새리언은 여전히 이상한 짓을 전혀 하지 않았다. 정말 이상한 일이다. 섬뜩할 만큼. 밀주를 몰래 꺼내 마시지도 않았고, 농담 따먹기도 하지 않았다. 아예 한 마디 말도 없었다. 태너스코너 제일의 수다쟁이가 말이다. 강변에서의 총격 때문에 정말 많이 놀란 모양이다. 숲 속을 걷는 동안에도 오새리언은 조그마한 소리만 들려도 퍼뜩 놀라며 검은 군용 라이플의 총구를 들이대곤 했다. 마침내 그가 입을 열었다.

"그 검둥이가 총 쏘는 거 봤어? 1분도 채 안 되는 동안 보트에다 총알을 열 발은 박았을 거야."

"총알이 아니라 산탄이야."

해리스 토멜이 잘난 척 바로잡았다.

그 말을 반박하고 자기가 총에 대해 얼마나 잘 알고 있는지 떠들어대는 대신, 오새리언은 그냥 이렇게 대답했다.

"아, 벅샷(buckshot : 알이 굵은 산탄의 일종—옮긴이)이었지, 맞아. 그 생각을 못했네."

그리고 학교에서 방금 뭔가 새롭고 신기한 것을 배운 아이처럼 고개를 끄덕였다.

일행은 산장에 좀 더 가까이 다가갔다. 좋은 집 같군. 컬보는 생각했다. 롤리나 윈스턴—세일렘에 사는 의사나 변호사 같은 사람의 휴가용 별장인 것 같았다. 바와 훌륭한 침실, 사냥으로 잡은 고기를 얼릴 수 있는 냉동고를 갖춘 훌륭한 사냥용 오두막이다.

"이봐, 해리스."

오새리언이 물었다. 컬보는 그가 다른 사람을 제대로 된 이름으로 부르는 걸 들어본 적이 없다.

"왜?"

"이 총, 탄도가 위로 솟는 건가?"

토멜 역시 오새리언이 도대체 왜 저러는가 싶어 컬보를 흘끗 쳐다보았다.

"그래, 다른 총보다 위로 더 솟는 경향이 있어. 쏠 때 조준을 낮춰서 해야 해."

오새리언이 또 물었다.

"개머리 부분이 플라스틱이라 나무보다 가벼워서 그런가?"

"그래."

오새리언은 아까보다 더 심각한 얼굴로 고개를 끄덕였다.

"고마워."

고맙다고?

숲이 끝나고 집 주위의 넓은 공터가 모습을 드러냈다—사방으로 50미터 이내에는 몸을 숨길 만한 어린 나무 하나 없었다. 접근하기가 쉽지 않을 듯했다.

"안에 있을까?"

토멜이 멋진 샷건을 만지작거리며 물었다.

"모르겠…. 잠깐, 몸을 낮춰!"

세 남자는 얼른 그 자리에서 몸을 웅크렸다.

"아래층에서 뭐가 보였어. 저기 왼쪽 창문에."

컬보는 라이플에 달린 망원경으로 안을 들여다보았다.

"누가 움직이고 있어. 1층에. 블라인드 때문에 잘 보이지는 않지만, 틀림없이 누군가 있어."

그리고 다른 창문을 살폈다.

"젠장!"

기겁을 한 듯한 속삭임. 컬보는 얼른 땅에 납작 엎드렸다.

"왜?"

오새리언이 놀라 총을 움켜쥐고 홱 돌아보았다.

"낮추라니까! 한 사람이 망원경 달린 라이플을 갖고 있어. 바로 우리 쪽을 쳐다보고 있다고. 위층 창문에. 젠장."

토멜이 말했다.

"빨강머리일 거야. 개릿은 간이 작아서 어느 방향으로 총알이 발사되는지도 모를걸."

"빌어먹을 계집 같으니."

컬보는 중얼거렸다. 오새리언은 베트남식 라이플을 뺨 가까이 대고 나무 뒤로 몸을 숨겼다.

"저쪽에서는 공터 전체를 내려다볼 수 있겠는데."

컬보가 말하자 토멜이 물었다.

"어두워질 때까지 기다릴까?"

"젖가슴 없는 여자 부보안관이 우리 뒤를 덮칠 때까지 기다리자고? 말도 안 되는 소리야, 해리스."

"그럼, 여기서 저 여자를 맞출 수 있겠어?"

토멜이 창문 쪽으로 고갯짓을 했다.

컬보는 한숨을 쉬며 대답했다.

"그럴 수도 있지만."

토멜에게 쏘아붙이려는데, 오새리언이 묘하게 정상적인 음성으로 말했다.

"하지만 리치가 총을 쏘면 루시와 다른 부보안관들이 들을 거야. 내 생각엔 뒤로 돌아가야 할 것 같아. 측면으로 돌아가서 안을 덮치는 거지. 안에서는 총소리도 크게 들리지 않을 거야."

그건 컬보가 막 하려던 말이었다.

"30분은 걸리겠군."

오새리언에게 선수를 뺏겨 짜증이 났는지 토멜이 툭 쏘았다.

오새리언은 지극히 정상적인 태도를 유지하고 있었다. 안전장치를 풀더니 그가 집 쪽으로 눈길을 주었다.

"30분 이내로 해봐야지. 자네 생각은 어때, 리치?"

3o 극미의 세계

　스티브 파가 헨리 대빗을 다시 실험실로 데려왔다. 대빗은 파에게 고맙다고 인사했고, 파가 나가자 라임 쪽으로 고개를 끄덕여 보였다. 라임은 말했다.

　"헨리, 와줘서 감사합니다."

　아까와 마찬가지로 대빗은 라임의 몸에 대해서는 전혀 신경을 쓰지 않았다. 하지만 이번에는 그런 그의 태도가 그다지 위안이 되지 않았다. 색스에 대한 걱정이 너무 컸던 것이다. 짐 벨의 음성이 계속해서 들리는 듯했다.

　"성적인 동기에 의한 납치 사건인 경우 보통 스물네 시간 안에 피해자를 찾아내야 한다고 되어 있더군요. 그 뒤에는 납치범의 눈에 피해자가 인간으로 보이지 않기 때문에 쉽게 죽이게 된다는 겁니다."

　리디아와 메리베스에게 적용한 이 규칙이 지금 아멜리아 색스의 운명까지 얽어매고 있었다. 차이점이라면 색스에게는 스물네 시간보다 훨씬 시간이 없다는 것뿐이었다.

　"소년을 잡은 줄 알았는데요. 그렇게 들었습니다만."

　벤이 대답했다.

　"도망쳤습니다."

"설마."

대빗은 미간을 찌푸렸다. 벤이 말했다.

"정말입니다. 전통적인 탈옥 수법이었죠."

라임이 말했다.

"증거물이 몇 가지 있는데, 어떻게 이해해야 할지 모르겠습니다. 다시 도움을 받을 수 있을까 해서."

대빗이 자리에 앉았다.

"할 수 있는 데까지 해보죠."

라임은 WWJD라는 이니셜이 새겨진 넥타이 핀에 다시 눈길을 주었다. 그리고 차트 쪽으로 고갯짓을 했다.

"저걸 좀 보시겠습니까? 오른쪽 차트."

"제분소…. 개릿이 거기 있었습니까? 동북쪽에 있는 옛날 제분소?"

"그렇습니다."

대빗은 화난 듯 얼굴을 찌푸렸다.

"나도 그곳을 잘 압니다. 그 생각을 했어야 했는데."

범죄학자들은 자기 사전에 '했어야 했다'라는 표현을 허락하지 않는다. 라임은 말했다.

"이런 일에서는 모든 걸 미리 생각해 낸다는 게 불가능합니다. 어쨌든 차트를 한 번 보시죠. 낯익은 것이 있습니까?"

대빗은 꼼꼼하게 차트를 읽었다.

✦ 곤충 소년 ✦

2차 범죄현장 (제분소에서 발견한 것)

- 바지에 묻은 갈색 페인트
- 점토
- 과일 주스
- 떡밥
- 캄펜
- 등유
- 끈끈이주걱
- 초탄
- 종이 섬유질
- 설탕
- 알코올
- 이스트

목록을 응시하며 대빗은 멍한 음성으로 말했다.

"퍼즐 같군."

"이 일이 원래 그런 겁니다."

"추측을 해봐도 되겠습니까?"

"마음껏 하십시오."

"좋습니다."

대빗은 한참 동안 생각에 잠기더니 말했다.

"캐롤라이나 베이(bay)로군요."

"그게 뭡니까? 말 이름?"

대빗은 웬 농담이냐는 듯 라임을 쳐다보더니 말했다.

"아니, 동부 연안 지역에 많이 발달한 지형 구조입니다. 주로 캐롤라이나 주에 많지요. 사우스캐롤라이나, 노스캐롤라이나 어디에나. 타원형으로 생긴 못인데 깊이는 1미터 안팎이고, 민물로 채워져 있습니다. 크기는 2천 평방미터에서부터 수십만 평방미터까지 다양하지요. 바닥에는 주로 점토와 토탄이 쌓여 있습니다. 차트에 있는 그대로죠."

"하지만 점토와 토탄은… 이 인근에서 흔한 것 아닙니까?"

벤의 말에 대빗도 동의했다.

"그렇지. 만약 그 두 가지만 나왔다면, 나 역시 뭐라고 단정할 수는 없을 텐데, 다른 것도 있군. 보시죠. 캐롤라이나 베이의 가장 재미있는 특징 중 하나는 식충식물이 주변에 많이 자란다는 겁니다. 수백 종의 끈끈이주걱, 파리잡이, 낭상엽 식물을 볼 수 있지요. 아마 못에 곤충이 많기 때문일 겁니다. 끈끈이주걱과 점토, 초탄이 같이 나왔다면, 개릿은 캐롤라이나 베이 인근을 돌아다닌 게 틀림없습니다."

"좋습니다."

라임은 지도를 바라보며 물었다.

"여기서 '베이'란 무슨 뜻입니까? 만(灣)?"

"아뇨. 월계수(bay tree)를 가리킵니다. 못 주위에서 자라지요. 여기에 얽힌 신화도 무수히 많습니다. 초기 정착민들은 바다 괴물이나 마녀가 주술로 땅을 깎아 만들었다고 생각했습니다. 운석이 떨어져서 생겼다는 설도 있지요. 하지만 사실은 바람과 물결에 의해 자연적으로 생겨난 구덩이에 지나지 않습니다."

"그런 지형이 이 근처 특정 지역에만 있다는 겁니까?"

라임은 수색 범위를 좁힐 수 있을까 싶어 물었다.

"어느 정도는."

대빗은 일어나서 지도 쪽으로 갔다. 그리고 태너스코너 서쪽의 넓은 범위를 손가락으로 짚었다. B-2에서 E-2, 그리고 F-13에서 B-12 지점이었다.

"주로 구릉 밑의 이 지역에 많습니다."

라임은 낙심했다. 대빗이 손가락으로 가리킨 구역은 70~80평방킬로미터에 이르는 넓은 지역이었다.

대빗이 라임의 반응을 보고 말했다.

"도움이 되었다면 좋을 텐데요."

"아니, 아니. 감사합니다. 도움이 될 겁니다. 이제부터 실마리를 분석해서 좀 더 좁혀봐야죠."

대빗은 다시 차트를 읽었다.

"설탕, 과일주스, 등유라…."

그러곤 딱딱한 얼굴로 고개를 저었다.

"당신 직업도 참 어렵겠군요, 라임 씨."

"실마리가 전혀 없어서 제 맘대로 추측해야 할 때는 힘들지요. 하지만 실마리가 많을 때는 상당히 신속하게 답을 얻어낼 수 있습니다. 한데 이번처럼 실마리가 달랑 몇 개일 때는…."

라임의 음성이 잦아들었다. 벤이 중얼거렸다.

"사실 관계에 발이 묶여버리죠."

"바로 그거야, 벤."

라임은 벤을 보며 맞장구를 쳤다. 대빗이 말했다.

"전 집에 가봐야 합니다. 가족들이 기다리고 있어서."

그러곤 명함에 전화번호를 적었다.

"언제든 전화 주십시오."

라임은 다시 감사의 말을 전한 뒤 증거물 차트를 응시했다.

사실 관계에 발이 묶여버린다….

리치 컬보는 가시나무에 깊숙이 긁힌 팔뚝에서 흐르는 피를 빨아 나무에다 뱉었다.

저격용 총을 들고 있는 빨강머리 여자 눈에 띄지 않게 겨우 풀숲을 뚫고 산장 옆쪽 포치까지 가는 데 20분이나 걸렸다. 언제나 사교 클럽에 갔다 막 나온 것처럼 말쑥한 해리스 토멜조차도 피투성이에 먼지투성이였다.

숀 오새리언은 말없이 생각에 잠겨 있었다. 마치 새롭게 탄생하기라도 한 듯 지극히 제정신이었다. 그는 루시와 다른 베트콩들이 접근할 때를 대비해 뒤에 남았다. 그들의 속도를 늦추기 위해 머리 위쪽으로 몇 방 쏴줄 마음의 준비를 한 채 검은 총을 가슴에 안고 해병대처럼 땅에 엎드려 있었다.

"준비됐어?"

컬보가 토멜에게 물었다. 토멜은 고개를 끄덕였다.

컬보는 사격 자세를 한 채 현관 손잡이를 천천히 돌리고 문을 안으로 밀었다. 토멜이 뒤를 따랐다. 둘 다 집 안 어디선가에서 기다리고 있을 빨강머리 경찰이 사냥총 정도는 틀림없이 손쉽게 제압할 거라는 사실을 알고 있었다. 그들은 살쾡이처럼 잔뜩 긴장했다.

컬보가 속삭였다.

"무슨 소리 안 들려?"

"음악 소리뿐인데,"

컨트리 음악을 싫어하는 컬보가 즐겨 듣는 소프트 록이었다.

두 사람은 장전한 총을 위로 세우고 어둑어둑한 복도를 천천히 움직이다 문득 속도를 늦췄다. 아까 컬보가 라이플 망원경을 통해 집을 정탐할 때 누군가—개릿 같았다—보이던 부엌이 나왔기 때문이다. 컬보는 부엌 쪽으로 고갯짓을 했다.

"우리 발소리는 못 들었을 거야."

토멜이 말했다. 음악 소리가 꽤 높았다.

"같이 들어가자고. 다리나 무릎을 쏴. 개릿을 죽이진 마. 메리베스가 어디 있는지 알아내야 하니까."

"여자도?"

컬보는 잠시 생각했다.

"그러지, 뭐. 당분간 살려두는 것도 좋지. 이유는 알잖아."

토멜은 고개를 끄덕였다.

"하나, 둘… 셋."

두 사람은 부엌을 향해 뛰어들었다. 하지만 그들이 겨눈 거라곤 대형 텔레비전에서 일기예보를 하는 기상 캐스터뿐이었다. 그들은 몸을 낮추며 개릿과 여자를 찾아 방 안을 휘둘러보았다. 보이지 않았다. 컬보의 시선이 텔레비전으로 향했다. 그건 원래 여기 있던 것이 아니다. 누군가 거실에 있던 텔레비전을 이리 밀고 와 창문 쪽을 바라보도록 난로 앞에 놓아둔 것이다.

컬보는 블라인드 사이로 밖을 내다보았다.

"젠장. 저 건너편 길 쪽에서 보이도록 일부러 텔레비전을 여기다 놓아뒀군. 집에 누가 있는 것처럼 보이려고."

그러곤 한 번에 두 단씩 계단을 뛰어 올라갔다. 토멜이 낮은 소리로 외쳤다.

"기다려! 여자가 거기 있잖아. 총을 갖고 있다고!"

하지만 빨강머리는 애당초 거기 없었다. 자신을 겨누던 라이플 총구와 망원경이 있던 침실 문을 발로 찬 다음 들어가 보니, 예상했던 광경이 펼쳐졌다. 가느다란 파이프 토막 위에 코로나 병 아랫부분을 테이프로 붙여두었다.

"저게 총과 망원경이라니. 빌어먹을! 우릴 속이려고 일부러 이렇게 해둔 거야. 이것 때문에 한 시간이나 걸렸잖아. 5분쯤 있으면 부보안 관들이 들이닥칠 거야. 빨리 나가야 해."

컬보는 토멜 옆을 휙 지나쳤다. 토멜이 말했다.

"상당히 영리한…."

하지만 컬보의 불타는 듯한 눈을 보고, 토멜은 입을 다무는 게 낫다는 결론을 내렸다.

배터리가 나가면서 작은 낚싯배의 엔진도 꺼졌다.

산장에서 훔친 좁은 배는 강을 뒤덮은 끈적끈적한 안개를 헤치고 강물을 따라 흘러가고 있었다. 땅거미가 내리기 시작하자 물은 이제 금빛이 아닌 우울한 회색빛을 띠었다.

개릿 핸런은 보트 밑바닥에서 노를 집어 들어 기슭을 향해 젓기 시작했다.

"내려야겠어요. 완전히 깜깜해지기 전에."

아멜리아 색스는 주위 풍경이 변한 것을 깨달았다. 숲이 듬성듬성해지고 커다란 늪이 강물과 이어졌다. 개릿의 말이 옳았다. 까딱 길을 잘못 들었다가는 빠져나올 수 없는 진구렁 속으로 들어가고 말 것이다.

"왜 그래요?"

개릿이 색스의 고민스러운 얼굴을 보고 물었다.

"정말 브루클린에서 먼 곳까지 왔구나."

"그게 뉴욕에 있는 곳이에요?"

"그래."

개릿이 손톱을 튕겼다.

"지금 거기가 아니라서 불안해요?"

"그래."

기슭 쪽을 바라보며 개릿이 말했다.

"곤충들이 가장 두려워하는 것도 그거예요."

"무슨 뜻이니?"

"이상하죠. 곤충들은 일하는 것도, 싸우는 것도 개의치 않아요. 하지만 낯선 곳에 가면 완전히 당황하죠. 아무리 안전한 곳이라도. 낯선 곳을 싫어하고, 어떻게 해야 할지 갈피를 잡지 못해요."

그래. 색스는 생각했다. 난 진짜 곤충이야. 하지만 링컨의 표현이 더 마음에 들었다. 물을 벗어난 물고기.

"곤충이 정말 당황했을 때는 표시가 나요. 더듬이를 자꾸 비비죠…. 더듬이를 보면 곤충의 기분을 바로 알 수 있어요. 인간의 얼굴처럼. 단지…."

개릿은 수수께끼처럼 덧붙였다.

"곤충은 가장하지 않아요. 우리처럼."

그러곤 묘하게 웃었다.

색스가 전에 들어보지 못한 웃음소리였다.

개릿은 물속에 들어간 뒤 보트를 기슭으로 끌어올렸다. 색스도 내렸다. 개릿은 앞장서서 숲을 헤치고 나가기 시작했다. 해가 져서 어두컴컴하고 길이 전혀 보이지 않았지만, 어디로 가야 하는지 정확히 알고 있는 것 같았다.

"넌 어디로 가야 하는지 어떻게 아니?"

"난 제왕나비랑 좀 닮은 것 같아요. 그냥 길을 잘 찾아내거든요."

"제왕나비?"

"제왕나비는 철마다 수천 킬로미터를 이동하는데, 어디로 가야 하는지 정확히 알아요. 진짜 멋있는 놈이죠. 태양의 위치에 따라 움직이는데, 해가 수평선 위 어디쯤에 있는지에 따라 자동적으로 방향을 바꿔요. 아, 흐리거나 어두울 때는 다른 감각을 이용하죠. 그놈들은 지구의 자기장을 느낄 수 있거든요."

박쥐가 먹이를 찾으려고 음파를 쏘면, 나방은 날개를 접고 땅으로 떨어져서 몸을 숨기죠.

개릿의 열정적인 강의에 미소를 짓던 색스가 갑자기 멈춰 서더니 몸을 낮췄다. 그리고 속삭였다.

"조심해. 저기! 불빛이 있어."

어둑어둑한 못 위로 희미한 불빛이 반사되고 있었다. 꺼져가는 랜턴 불빛처럼 음산한 노란 빛이었다.

개릿이 웃었다. 색스는 어리둥절해서 그를 보았다.

"저건 그냥 유령이에요."

"유령이라니?"

"늪의 아가씨(Lady of the Swamp)예요. 결혼식 전날 죽은 인디언 처녀가 있었는데요, 그 처녀의 유령이 아직도 결혼하기로 했던 남자를 찾아 디즈멀 늪을 떠돌아다니고 있대요. 여긴 그레이트 디즈멀 늪은 아니지만, 가까워요."

개릿은 불빛 쪽으로 고갯짓을 했다.

"사실은 그냥 도깨비불이에요. 빛을 발하는 균류죠."

색스는 그 빛이 마음에 들지 않았다. 아침에, 태너스코너로 들어설 때 어린 아이의 작은 관을 보며 느꼈던 불안감을 떠올리게 하는 빛이었다.

"난 늪이 싫어. 유령이 있든 없든."

"그래요? 좋아하게 될지도 모르죠. 언젠가는."

개릿은 길을 찾아 앞서갔고, 10분 뒤 풀이 웃자란 짧은 드라이브웨이로 접어들었다. 공터에는 낡은 트레일러 한 대가 서 있었다. 어둠 속이라 잘 보이지 않았지만, 한쪽으로 기울어져 당장이라도 넘어질 듯했다. 녹이 슨 데다 바람 빠진 타이어 주변에는 아이비(ivy : 두릅나무과의 상록 덩굴식물−옮긴이)와 이끼가 잔뜩 자라 있었다.

"네 거니?"

"몇 년 동안 아무도 살지 않았으니 뭐 이제 내 거라고 해도 상관없겠죠. 열쇠도 있는데 집에 두고 왔어요. 가져올 시간이 없어서."

개릿은 옆쪽으로 돌아가서 창문 하나를 억지로 열더니 획 뛰어올랐다. 잠시 후 문이 열렸다.

색스는 안으로 들어갔다. 개릿은 작은 주방에서 장 하나를 뒤지더니 성냥을 꺼내 프로판 랜턴에 불을 붙였다. 따뜻하고 노란 빛이 방 안을 가득 채웠다. 개릿은 다른 장을 열고 안을 들여다보았다.

"도리토스가 좀 있었는데 쥐가 먹었네."

개릿은 플라스틱 용기를 꺼내 안을 들여다보았다.

"다 갉아 먹었네요. 젠장. 그래도 파머 존 마카로니가 있어요. 그건 괜찮아요. 난 늘 먹죠. 콩도 좀 있고."

개릿이 깡통을 따는 동안 색스는 트레일러 안을 둘러보았다. 의자 몇 개, 테이블 하나. 침실에는 지저분한 매트리스가 깔려 있고, 거실 바닥에는 두꺼운 매트와 쿠션이 놓여 있었다. 트레일러는 빈곤의 냄새가 물씬 풍겼다. 부서진 문과 설비, 총알구멍이 난 벽, 깨진 유리창, 빨아봤자 소용이 없을 정도로 얼룩진 카펫. 뉴욕시경의 순찰경관 시절 색스는 이렇게 서글픈 트레일러를 여러 번 본 적이 있다. 하지만 그때는 바깥구경만 했을 뿐이다. 한데 이제 여기가 하룻밤을 보내야 할 집이었다.

오늘 아침 루시가 했던 말이 떠올랐다.

파코 북쪽 사람들한테는 보편적인 법칙이 통하지가 않아요. 그쪽, 아니면 우리지요. 피의자의 권리 낭독 같은 것도 필요 없이 총부터 쏘게 되는데, 그렇게 해도 아무 문제가 없어요.

그녀와 개릿을 노리던 귀가 먹을 듯한 샷건 소리.

개릿은 안의 불빛이 새어나가지 않도록 기름투성이 옷가지를 창문에 걸었다. 그리고 밖으로 나가더니 잠시 후 녹슨 컵에 빗물 같은 것을 받아 왔다. 그가 색스에게 컵을 내밀었다. 색스는 고개를 저었다.

"파케노크 강물 절반은 내가 다 마신 것 같아."

"이건 좀 나아요."

"그렇겠지. 그래도 됐어."

개릿은 컵의 물을 마신 뒤 작은 프로판 난로 위에 올려져 있던 음식 냄비를 흔들었다. 그리고 부드러운 음성으로 음산한 가락을 되풀

이해서 불렀다.

"파머 존, 파머 존, 파머 존에서 방금 나온 신선한 맛을 느껴보아
요…."

광고 음악의 한 토막일 뿐이지만 왠지 불안했다. 개릿이 노래를 그
만두자 반가운 기분이 들 정도였다.

음식 생각은 없었지만, 문득 맹렬한 허기가 일었다. 개릿은 음식을
두 접시에 나눠 담고 숟가락을 건넸다. 색스는 숟가락에 침을 뱉어 셔
츠로 닦았다. 두 사람은 잠시 동안 말없이 음식을 먹었다.

문득 밖에서 귀에 거슬리는 높은 소리가 들려왔다.

"뭐지? 매미?"

"네. 수컷만 저런 소리를 내요. 수컷만. 몸에 붙은 작은 판을 진동시
켜서 저런 소리를 내는 거예요."

개릿은 눈을 가늘게 뜨고 생각에 잠겼다.

"매미의 생활은 정말 희한해요…. 애벌레 때는 땅속에 기어들어가
한 20년쯤 있다가 성충이 되면 나와서 나무 위로 올라가죠. 허물이
등부터 갈라져서 성충이 나오죠. 숨어서 그렇게 오랜 시간을 보내다
가 땅 위로 나와 어른이 되다니."

"넌 곤충을 왜 그렇게 좋아하니, 개릿?"

색스가 물었다. 개릿은 망설였다.

"모르겠어요. 그냥 좋아해요."

"생각해 본 적 없어?"

개릿은 먹다 말고 옻이 오른 피부를 긁었다.

"부모님이 죽은 뒤로 관심을 갖게 된 것 같아요. 사고 이후 난 아주
불행했거든요. 머리가 이상해진 것 같았어요. 혼란스럽고, 모르겠어
요, 그냥 달라졌던 것 같아요. 학교 상담 선생님들은 그냥 아빠 엄마
여동생이 죽어서 그런 거라고 했는데, 극복하려면 공부를 더 열심히
해야 한다고 그랬어요. 하지만 그럴 수가 없었어요. 그냥 내가 진짜
인간이 아니라는 느낌이 들고. 아무것도에도 관심이 가지 않았거든요.

하루 종일 침대에 누워 있거나, 늪이나 숲으로 들어가거나, 책을 읽는
거 말고는 아무것도 안 했어요. 1년 동안 한 일이라고는 그것뿐이었
죠. 사람 구경도 거의 못하고. 그냥 이집 저집 옮겨 다니고…. 그러다
정말 멋진 말을 읽었어요. 저기 저 책."

　개릿은《극미의 세계》를 훌훌 넘겨 한쪽을 펴더니 색스에게 보여
주었다. '건강한 생명체의 특징'이라는 소제목이 달린 페이지에 동그
라미가 쳐져 있었다. 색스는 여덟아홉 가지의 특징 중에서 몇 개를 얼
른 훑어보았다.

　　　• 건강한 생명체는 성장하고 발전하려고 노력한다.

　　　• 건강한 생명체는 살아남으려고 노력한다.

　　　• 건강한 생명체는 주위 환경에 적응하려고 노력한다.

　"그걸 읽는데, 어떤 기분이었냐면, 이야, 나도 그렇게 될 수 있겠다,
나도 다시 건강하고 평범한 사람이 될 수 있겠다, 이런 생각이 들었어
요. 난 정말 거기 나온 법칙을 완전히 지키려고 노력했어요. 그랬더니
기분이 좋아지더군요. 아마 그래서 내가 그들, 곤충들과 친밀감을 느
끼는 것 같아요."

　모기 한 마리가 팔에 앉았다. 색스는 웃었다.

　"하지만 곤충은 우리 피를 먹잖아."

　그러곤 모기를 탁 때렸다.

　"이놈, 잡았다."

　"이년이에요."

　개릿이 색스의 표현을 바로잡았다.

　"피를 빠는 건 암컷이에요. 수컷은 과즙을 마시죠."

　"그래?"

　개릿은 고개를 끄덕이더니 잠시 말이 없었다. 색스의 팔에 난 핏자
국을 바라보며 그가 말했다.

"곤충은 절대 사라지지 않아요."

"무슨 뜻이니?"

개릿은 책에서 다른 구절을 찾아 소리 내어 읽었다.

"불멸의 생명체가 있다면, 그것은 포유류가 출현하기 수백만 년 전부터 지구상에 살았으며, 지적(知的) 생명체가 사라지고 나서도 오랫동안 지구상에 존재할 곤충일 것이다."

개릿은 책을 내려놓고 색스를 쳐다보았다.

"그러니까, 하나를 죽여도 언제나 다른 놈이 있는 거죠. 우리 엄마하고 아빠하고 동생이 만약 곤충이라면, 그들이 죽었다 해도 똑같이 생긴 생명체가 존재하니까 난 절대 외롭지 않아요."

"친구는 없니?"

개릿은 어깨를 으쓱했다.

"메리베스요. 유일하다고 할 수 있죠."

"넌 정말 메리베스를 좋아하는구나."

"그럼요. 메리베스는 나한테 나쁜 짓을 하려던 애들을 물리쳐줬어요. 그리고 나하고 말도 하고…."

개릿은 잠시 생각에 잠겼다.

"그래서 아마 내가 메리베스를 좋아하는 것 같아요. 말을 해줘서. 이런 생각도 했거든요, 몇 년 뒤 내가 더 크면 혹시 나랑 데이트를 해주지 않을까. 다른 사람들이 하는 그런 일을 우리도 할 수 있을 것이다. 그러니까, 영화도 보러가고, 소풍도 가고. 한 번은 메리베스가 소풍 가는 걸 본 적이 있어요. 엄마랑 친구들이랑 같이 가더라고요. 참즐거워 보였어요. 난 몇 시간이나 지켜봤죠. 물이랑 도리토스를 들고 호랑가시나무 그늘 밑에서 나도 함께 소풍 나온 거다, 생각하고 앉아 있었어요. 소풍 가본 적 있어요?"

"그럼."

"나도 가족이랑 많이 갔어요. 진짜 가족이랑요. 재미있었는데. 엄마랑 케이는 식탁을 차리고 케이마트에서 사온 작은 그릴에다 요리를 했죠. 아빠와 나는 신발이랑 양말을 벗어던지고 물속에 들어가 낚시를 했고요. 진흙과 차가운 물이 발에 닿던 감촉이 아직 생생하게 기억나요."

개릿이 물과 물벌레를 그렇게 좋아하는 게 이 때문일까?

"그럼, 언젠가 메리베스랑 같이 소풍을 갈 거라고 생각했니?"

"모르겠어요. 어쩌면."

개릿은 고개를 저으며 슬픈 미소를 지었다.

"아닐 거예요. 메리베스는 예쁘고, 똑똑하고, 나보다 훨씬 나이가 많잖아요. 잘생기고 똑똑한 남자랑 만나겠죠. 하지만 그래도 친구는 될 수 있을 거예요. 메리베스랑 나랑. 그렇게 못 된다 해도 메리베스가 무사하면 난 괜찮아요. 안전해질 때까지, 메리베스는 내가 데리고 있을 거예요. 아니면 당신이랑 당신 친구가, 다들 이야기하는 그 휠체어를 탄 남자 말예요, 메리베스를 안전한 곳으로 데려가 주든가."

개릿은 창밖을 내다보며 입을 다물었다.

"오버롤 차림의 남자한테서 안전한 곳으로?"

개릿은 한참 대답이 없더니 입을 열었다.

"네. 맞아요."

색스가 말했다.

"물을 좀 가져와야겠어."

"잠깐만."

개릿은 부엌 작업대 위에 놓인 작은 나뭇가지에서 마른 잎을 떼어내더니 맨팔과 목, 뺨에 문지르라고 했다. 강렬한 허브 냄새가 났다.

"시트로넬라 풀이에요. 이게 모기를 쫓아주죠. 손으로 쫓을 필요가 없어요."

색스는 컵을 집어 들었다. 그리고 밖으로 나가 빗물통을 들여다보았다. 통 위에 얇은 망이 덮여 있었다. 뚜껑을 열고 컵으로 물을 뜬 뒤마셨다. 꽤 신선한 것 같았다. 색스는 곤충들의 울음소리에 귀를 기울였다.

곤충 소년

아니면 당신이랑 당신 친구가, 다들 이야기하는 그 휠체어를 탄 남자 말예요, 메리베스를 안전한 곳으로 데려가 주든가.

이 말이 자꾸 머릿속을 맴돌았다. 휠체어를 탄 남자. 휠체어를 탄 남자.

색스는 트레일러 안으로 돌아가 컵을 내려놓고 좁은 거실을 둘러보았다.

"개릿, 부탁이 있는데."

"말씀하세요."

"날 믿니?"

"그런 것 같아요."

"저기 앉아봐."

개릿은 잠시 색스를 쳐다보더니 일어나서 그녀가 가리킨 낡은 안락의자로 걸어갔다. 색스는 좁은 방 반대편 구석에 놓인 등나무의자를 들고 와 개릿과 마주보도록 놓았다.

"개릿, 페니 박사가 유치장에서 너한테 시킨 거 기억나지? 빈 의자 말이야."

"의자에다 대고 말하는 거요?"

개릿은 빈 의자를 보며 물었다. 그리고 고개를 끄덕였다.

"그 게임."

"맞아. 그걸 지금 다시 해봤으면 좋겠어. 해볼래?"

개릿은 손바닥으로 의자 다리를 문지르며 망설였다. 그러곤 잠시 빈 의자를 쳐다보다 마침내 말했다.

"그러죠."

3ı 트라우마

아멜리아 색스는 아까 취조실에서 있었던 일과 심리학자가 했던 질문들을 떠올렸다.

그때는 유리한 위치에서 투명 거울을 통해 개릿을 찬찬히 관찰할 수 있었다. 박사는 메리베스가 빈 의자에 앉아 있는 걸 상상해 보라고 했지만, 개릿은 메리베스에게 말하고 싶은 게 없어 보였다, 다른 사람에게 말하고 싶다고 했다. 하지만 박사는 개릿의 뜻대로 하지 않았다. 그때 색스는 개릿의 얼굴에서 그리움과 실망, 그리고 분노를 보았다.

아, 라임, 당신이 견고하고 차가운 증거물을 좋아하는 건 나도 이해해. '무른' 것들, 즉 어떤 사람과 마주 앉아 이야기를 들을 때 그 언어, 표정, 눈물, 눈빛 같은 것들을 너무 믿어서는 안 된다는 것도…. 하지만 그렇다고 그 이야기들이 언제나 거짓인 건 아니잖아. 난 증거물이 말해주는 것 이상의 뭔가가 개릿 핸런에게 있다고 믿어.

"의자를 봐. 저기 누가 앉아 있다고 상상하고 싶니?"

개릿은 고개를 저었다.

"모르겠어요."

색스는 의자를 더욱 가까이 밀었다. 그리고 용기를 주기 위해 웃음을 지었다.

"말해봐. 괜찮으니까. 여자애? 학교 아이?"

개릿은 다시 고개를 저었다.

"말해봐."

"음, 글쎄요. 어쩌면…."

잠시 입을 다물고 있다가, 개릿이 불쑥 말했다.

"아버지요."

핼 배비지의 차가운 눈과 불친절한 태도가 짜증과 함께 떠올랐다. 아마 개릿은 그에게 할 말이 많을 것이다.

"아버지한테만? 아니면 배비지 부인도 같이?"

"아니, 아니. 그 사람 말고요. 우리 진짜 아빠."

"진짜 아빠?"

개릿은 고개를 끄덕였다. 초조하고 안절부절못하는 태도였다. 자꾸만 손톱을 튕겼다.

더듬이를 보면 곤충의 기분을 알 수 있어요.

개릿의 갈등하는 얼굴을 바라보던 색스는 문득 지금 하려는 일에 대해 자신이 아무것도 모르고 있다는 걱정스러운 생각이 들었다. 심리학자들에게는 치료를 행할 때 환자의 속마음을 끌어내고 인도하고 보호해 주는 기술이 틀림없이 있을 것이다. 혹시 이것이 개릿의 상태를 더욱 악화시키지는 않을까? 어떤 선 너머로 밀어붙여 폭력적인 행동을 하거나 자신이나 타인을 해치는 행동을 하게 하지는 않을까? 그럼에도 불구하고, 해볼 작정이었다. 뉴욕시경 내에서 색스의 별명은 PD(Policeman's Daughter), 즉 '경찰의 딸'이었고, 실제로 아버지를 쏙 빼닮은 면이 많았다. 자동차에 대한 사랑, 경찰 일에 대한 사랑, 부조리를 참지 못하는 것, 특히 치안 경찰이 갖추어야 할 인간 심리에 대한 통찰. 링컨 라임은 언젠가 색스를 일러 '사람을 다루는 경찰'이라며, 그 때문에 언젠가 크게 당할 거라고 경고한 적이 있다. 라임은 색스에게서 범죄학자의 재능을 이끌어냈고 이로서 재능 있는 감식과학자로 성장했지만, 가슴 깊숙한 곳은 아직도 아버지와 똑같았다. 아멜

리아 색스에게는 인간의 가슴 속에서 발견한 증거물이야말로 최고의
증거였다.

개릿의 시선이 창문을 향했다. 벌레들이 자살이라도 하려는 듯 녹
슨 방충망을 들이받고 있었다.

색스가 물었다.

"네 아버지 이름은 뭐니?"

"스튜어트. 스튜요."

"넌 아버질 뭐라고 불렀어?"

"주로 아빠. 가끔은 아버지."

개릿은 슬프게 웃었다.

"내가 뭘 잘못해서 착하게 굴어야겠다는 생각이 들 때만요."

"아버지랑은 잘 지냈니?"

"대부분의 다른 친구들보다는 나았어요. 그 애들은 가끔 회초리로
맞기도 하고, 아버지들은 늘 고함만 쳤죠. 알잖아요. '그 골을 왜 놓쳤
어!' '네 방은 왜 이렇게 지저분하냐?' '숙제 왜 안 했어!' 이런 거요.
하지만 우리 아빠는 나한테 잘해줬어요. 그런데….'"

목소리가 기어들었다.

"계속하렴."

"모르겠어요."

개릿은 어깨를 으쓱했다. 색스는 끈질기게 물었다.

"그런데 뭐?"

침묵.

"말해봐."

"말하고 싶지 않아요. 쑥스러워서."

"아니, 나한테 말하는 게 아니야. 네 아빠한테 말하는 거지."

색스는 의자 쪽으로 고갯짓을 했다.

"저 앞에 아버지가 앉아 계셔. 상상해 봐."

개릿은 몸을 앞으로 내밀고 겁에 질린 듯한 얼굴로 의자를 쳐다보

왔다.

"거기 스튜 핸런이 앉아 있어. 그 사람한테 말해봐."

짧은 순간, 소년의 눈에 스친 그리움을 보고 색스는 눈물을 흘릴 뻔했다. 뭔가 중요한 사건이 있었던 게 분명하다. 개릿이 저항할까 봐 두려웠다. 그녀는 전략을 약간 수정했다.

"나한테 말해봐. 아버지가 어떻게 생긴 분인지. 뭘 입었는지."

잠시 후, 개릿이 말했다.

"키가 크고 말랐어요. 검은 머리였는데, 자르고 나면 비죽비죽 솟았죠. 그래서 며칠 동안 좋은 냄새가 나는 크림 같은 걸 바르고 다녀야 했어요. 옷도 항상 잘 입었어요. 청바지는 하나도 없었을 거예요, 아마. 항상, 칼라가 달린 셔츠를 입었고요. 바지도 바짓단이 있는 것만."

개릿의 방을 수색할 때 청바지는 전혀 없고 바짓단이 접힌 바지만 있었던 게 기억났다. 희미한 미소가 개릿의 얼굴에 퍼졌다.

"바지 옆으로 동전을 하나 떨어뜨린 다음 바짓단으로 받아내면 동생이나 나한테 그걸 주시곤 했죠. 그냥 그런 놀이였어요. 크리스마스가 되면 은화를 갖고 와서 우리한테 줄 때까지 계속 바지에다 굴리곤 하셨죠."

말벌 병 속에 들어 있던 은화들이 떠올랐다.

"아버지 취미는 뭐였지? 스포츠는?"

"독서를 좋아하셨어요. 우릴 서점에 자주 데려가고 책도 많이 읽어주셨어요. 특히 역사책, 여행책. 그리고 자연에 관한 책. 아, 낚시도 좋아했어요. 거의 매 주말마다 하셨죠."

"음, 아버지가 저기 빈 의자에 앉아 있다고 상상해 봐. 그 좋은 바지와 칼라 있는 셔츠를 입고. 그리고 책을 읽고 계시는 거야. 알겠니?"

"네."

"아버지는 책을 내려놓고…."

"아뇨. 우선 읽던 곳에 표시부터 했어요. 아버진 책갈피가 아주 많았어요. 수집을 하셨죠. 사고가 일어나기 전, 크리스마스 날에 동생과 내가 책갈피를 하나 드리기도 했어요."

"좋아. 읽던 곳에 표시를 한 다음 책을 내려놓으셨어. 그리고 널 쳐다보고 있어. 이제 네가 아버지한테 하고 싶은 말을 할 기회야. 무슨 말을 하고 싶니?"

개릿은 어깨를 으쓱하고 고개를 저었다. 그리고 어둠침침한 트레일러 안을 초조하게 둘러보았다.

하지만 색스는 물러서지 않았다. 너클 타임….

"아버지한테 하고 싶은 이야기를 하나 생각해 보자. 예전에 있었던 일. 네가 불행했던 일. 그런 일이 있었니?"

하지만 우리 아빠는 나한테 잘 해줬어요. 그런데….

개릿은 두 손을 마주잡고 비비며 손톱을 튕겼다.

"말해봐, 개릿."

"좋아요. 한 가지 있어요."

"뭐지?"

"음, 그날 밤… 가족들이 죽은 날 밤."

오싹 한기가 들었다. 이야기가 정말 힘든 방향으로 흘러갈지도 모른다는 예감. 색스는 잠시 물러설까 생각해 보았다. 하지만 후퇴는 아멜리아 색스의 천성에 맞지 않았다. 그녀는 계속했다.

"그날 밤에 뭐? 아버지한테 그때 있었던 일에 대해 이야기하고 싶은 거야?"

개릿은 고개를 끄덕였다.

"저녁을 먹으러 가기 위해 차에 타고 있었어요. 수요일이었죠. 우린 수요일마다 베니건스에 갔거든요. 난 치킨 핑거를 좋아했어요. 난 주로 치킨 핑거랑 프라이, 콜라를 시켰어요. 여동생 케이가 양파링을 시키면 프라이랑 양파링을 반씩 갈라먹었고요. 빈 접시에 케첩을 짜서 그림을 그리기도 하고."

개릿의 일그러진 얼굴은 창백했다. 눈에는 슬픔이 가득 담겨 있었다. 색스는 감정이 북받치는 것을 억눌렀다.

"그날 밤에 대해 기억나는 게 뭐니?"

"집 밖이었어요. 드라이브 웨이에서. 엄마랑 아빠, 여동생은 차에 올라탔어요. 저녁을 먹으러 가려고. 그런데."

개릿은 침을 삼켰다.

"날 놔두고 자기들끼리만 가려고 했죠."

"그랬어?"

개릿은 고개를 끄덕였다.

"내가 늦었거든요. 블랙워터랜딩의 숲 속에 있다가. 시간 가는 줄 몰랐어요. 그래서 5백 미터 정도를 뛰어왔는데, 아버지가 차에 태워 주지 않는 거예요. 늦어서 화가 나셨나 봐요. 난 정말 같이 가고 싶었 어요. 날씨가 진짜 추웠어요. 나도 그렇고, 가족들도 덜덜 떨던 기억 이 나요. 창문에는 서리가 맺혀 있고. 그런데 결국 날 태워주지 않았 어요."

"어쩌면 아버지가 널 못 봤던 게 아닐까? 서리 때문에."

"아뇨. 봤어요. 아버지 좌석 바로 옆에 서 있었으니까. 창문을 두드 리는 소릴 듣고 날 보긴 했는데 문을 열어주지 않았어요. 찌푸린 얼굴 로 나한테 뭐라고 소리만 치고. 계속 이런 생각만 들었어요. 아빠가 나한테 화가 났다, 춥다, 이제 치킨 핑거랑 프렌치 프라이를 못 먹겠 구나. 가족들이랑 같이 저녁을 못 먹겠구나."

뺨을 타고 눈물이 흘러내렸다.

색스는 개릿의 어깨를 안아주고 싶은 충동을 억눌렀다. 그리고 의 자 쪽으로 고갯짓을 했다.

"계속해. 아버지한테 얘기해. 아버지한테 무슨 말을 하고 싶어?"

개릿이 색스를 쳐다보았지만, 그녀는 묵묵히 의자를 가리켰다. 마 침내 개릿이 의자 쪽으로 돌아앉았다.

"너무 추워요!"

개릿은 숨을 몰아쉬며 외쳤다.

"너무 춥고 차 안에 들어가고 싶어요. 왜 아버지는 날 안 태워주는 거예요?"

"아니, 아버지한테 말해. 아버지가 거기 있다고 생각하고."

범죄현장을 수색할 때, 라임이 그녀 스스로 범인이라고 생각하라고 했던 것과 같은 방식이었다. 그것은 극도로 괴로운 작업이었고, 색스는 소년의 두려움을 똑똑히 느낄 수 있었다. 하지만 그녀는 물러서지 않았다.

"말해. 아버지한테 말해봐."

개릿은 낡은 의자를 불편한 표정으로 바라보더니 몸을 앞으로 내밀었다.

"난…"

색스는 속삭였다.

"계속해, 개릿. 괜찮아. 아무 일도 없을 거야. 아버지한테 말해."

"난 그냥 아빠랑 같이 베니건스에 가고 싶었어!"

개릿은 흐느끼며 말했다.

"그뿐이야. 그냥 다 같이 저녁을 먹고 싶었어. 아빠랑 같이 가고 싶었단 말이야. 왜 날 차에 못 타게 한 거야? 내가 오는 걸 보고 차 문을 잠갔잖아. 그렇게 많이 늦지도 않았는데!"

개릿은 점점 분노하기 시작했다.

"날 밖에 두고 문을 잠그다니! 나한테 화를 내고, 너무했어. 내가 한 일이, 식사 시간에 늦은 게…. 그렇게 잘못한 건 아니잖아. 화낼 만한 다른 짓을 하지도 않았는데. 왜 못 타게 한 거야? 내가 무슨 짓을 했다고!"

목소리가 갈라졌다.

"돌아와서 말해봐. 돌아오란 말이야! 알고 싶어! 내가 무슨 짓을 했어? 말해줘. 말해달라고!"

개릿은 흐느끼며 벌떡 일어서더니 빈 의자를 발로 걷어찼다. 의자가 방 저쪽까지 날아가 나동그라졌다. 개릿은 자신이 앉았던 의자를 붙잡고 고함을 지르며 트레일러 바닥에 내동댕이쳤다. 색스는 자신이 이끌어낸 분노에 충격을 받아 뒤로 물러섰다. 개릿은 등나무 줄기가 다 풀리고 깨질 때까지 의자를 바닥에 두들겼다. 그러더니 마침내 바닥에 주저앉아 무릎을 그러모았다. 색스는 일어서서 몸을 부들부들 떨며 흐느끼는 개릿을 가만히 안아주었다.

5분 뒤, 개릿은 울음은 그치고 일어서서 소매로 얼굴을 닦았다.

"개릿."

색스는 속삭이듯 말을 걸었다. 개릿이 고개를 저었다.

"밖으로 나갈게요."

그러곤 일어나서 문을 밀었다.

색스는 어떻게 해야 할지 몰라 잠시 그대로 앉아 있었다. 완전히 녹초가 되었지만 개릿이 그녀를 위해 비워둔 매트에 누워 잠을 청하지는 않았다. 랜턴을 끄고 창문에서 옷가지를 거둔 후 눅눅한 안락의자에 앉았다. 몸을 앞으로 내밀고 코를 찌르는 시트로넬라 냄새를 맡으며, 색스는 바깥의 참나무 둥치에 걸터앉아 도깨비불이 주변 숲 속을 별자리처럼 수놓으며 날아다니는 모습을 열심히 지켜보는 개릿의 웅크린 몸의 윤곽을 가만히 바라보았다.

32 트레일러

링컨 라임은 중얼거렸다.

"난 믿지 않아."

방금 막 격분한 루시 커에게서 색스가 호베스 다리 아래 있는 부보안관에게 여러 번 총격을 가했다는 소식을 전해 들은 참이었다. 라임은 톰을 향해 속삭이듯 되풀이했다.

"믿지 않는다고."

톰은 망가진 몸과, 그 망가진 몸 때문에 망가진 영혼을 다루는 전문가였다. 하지만 이번 일은 성격이 달랐고, 훨씬 고약했다. 톰이 할 수 있는 최선의 말은 이 정도였다.

"혼전 상황이었겠죠. 틀림없이 그럴 겁니다. 아멜리아가 그럴 리가 없어요."

"그럴 리가 없어."

라임은 중얼거렸다. 이번에는 벤을 향해 호소했다.

"절대 그럴 리가 없어. 겁을 줘서 쫓아낼 의도였다 해도 그런 짓은 하지 않았을 거야."

라임은 색스가 겁을 줘서 쫓아낼 생각으로라도 절대 동료 경찰을 향해 총을 쏘지는 않을 거라고 스스로에게 되뇌었다. 하지만 한편으로, 막다른 골목에 몰린 사람들이 무슨 짓을 하는지도 알고 있었다. 그들이 저지르는 막무가내 식의 위험을. 아, 색스, 도대체 왜 그렇게 충동적이고 고집이 센 거야? 날 꼭 그렇게 많이 닮아야 해?

벨은 복도 건너편 방에 있었다. 수화기에 대고 가족에게 사랑의 말을 건네는 목소리가 들려왔다. 보안관의 아내와 가족들은 밤늦게까지 가장이 돌아오지 않는 상황에 익숙하지 않은 모양이었다. 태너스 코너 같은 소도시의 경찰 업무는 대부분 개릿 핸런 사건처럼 많은 시간을 요하지 않을 것이다.

벤 커는 현미경 옆에 앉아 가슴 위로 팔짱을 낀 채 지도를 응시하고 있었다. 보안관과 달리 집에 전화도 걸지 않았다. 아내나 여자 친구가 있는지, 이 수줍음 많은 청년이 자기 시간을 오로지 과학과 해양의 수수께끼에만 투자하고 있는 건지 라임은 궁금했다.

보안관이 전화를 끊고 실험실로 돌아왔다.

"새로 떠오른 생각은 없습니까, 라임?"

라임은 증거물 차트 쪽으로 고갯짓을 했다.

✦ 곤충 소년 ✦

2차 범죄현장(제분소에서 발견한 것)

- 바지에 묻은 갈색 페인트
- 점토
- 과일 주스
- 떡밥
- 캄펜
- 등유
- 끈끈이주걱
- 초탄
- 종이 섬유질
- 설탕
- 알코올
- 이스트

라임은 메리베스가 갇혀 있는 집에 대해 알아낸 사실들을 되풀이 했다.

"그 집으로 가는 길, 혹은 그 근처로 가는 길에 캐롤라이나 베이가 있습니다. 개릿의 곤충 책에 표시된 구절 중 절반 정도가 위장에 대한 것이고, 바지에 묻은 갈색 페인트가 나무둥치 색깔인 것으로 미루어볼 때, 그 집은 아마 숲 속, 혹은 숲 옆에 있을 겁니다. 캄펜 램프는 1800년대에 사용되었으니 오래 된 집, 아마 빅토리아 시대쯤 지어진 집이겠지요. 하지만 나머지 미량증거물은 별 도움이 되지 않는군요. 이스트는 제분소에서 묻었을 테고. 종이 섬유질은 어디서든 묻을 수 있습니다. 과일 주스와 설탕? 이건 개릿이 갖고 있는 음식물이나 음료수에서 나왔겠죠. 더 이상은….”

전화벨이 울렸다.

라임의 왼쪽 약손가락이 ECU 장치를 클릭했다. 그는 스피커폰에 대고 말했다.

“여보세요?”

“링컨.”

멜 쿠퍼의 차분하고 지친 듯한 음성이었다.

“뭘 좀 알아냈나, 멜? 좋은 소식이 필요한데.”

“좋은 소식이었으면 좋겠네요. 그 열쇠 있잖습니까? 밤새도록 도감과 데이터베이스를 검색해서 마침내 찾아냈습니다.”

“뭐지?”

“맥퍼슨 디럭스 이동주택회사에서 제조한 트레일러 열쇠입니다. 1946년부터 70년대 초반까지 생산된 모델이고요. 현재 회사는 문을 닫았지만, 가이드북에 따르면 이 열쇠의 고유번호는 69년에 생산된 트레일러 번호라는군요.”

“생김새는?”

“사진은 없었습니다.”

“빌어먹을! 말해봐. 트레일러 파크에 세워놓고 사는 건가? 아니면 몰고 다니는 건가?”

“아마 살겠지요. 크기가 1.8 곱하기 6미터입니다. 몰고 돌아다닐 정도의 크기는 아니지요. 어쨌든 엔진이 없습니다. 움직일 때는 견인을 해야 해요.”

“고마워, 멜. 이제 잠 좀 자게.”

라임은 전화를 껐다.

"어떻게 생각합니까, 짐? 이 근처에 트레일러 파크가 있습니까?"

보안관은 애매한 표정을 지었다.

"17번 국도와 158번 국도 변에 있습니다. 하지만 개릿과 아멜리아가 간 방향과는 가깝지 않아요. 사람도 많고. 그런 곳에서 숨어 지낼 수는 없습니다. 사람을 보내 확인해 보라고 할까요?"

"거리가 얼마나 됩니까?"

"110에서 130킬로미터 정도."

"아니. 개릿은 숲 속 어딘가에 버려진 트레일러를 사용하고 있을 겁니다."

라임은 지도를 바라보며 생각했다. 수백 평방킬로미터 넓이의 황야 어딘가에 있다는 얘기군.

의문이 들었다. 개릿은 수갑을 벗었을까? 색스의 총을 빼앗았을까? 바로 지금 이 순간, 색스가 경계심을 풀고 스르르 잠이 든 건 아닐까? 개릿은 그녀가 잠들기만 기다리고 있을 것이다. 가만히 일어나서 돌멩이나 말벌 집을 들고 다가가….

불안감이 온몸을 휩쓸었다. 고개를 뒤로 젖히자 뚝 하는 소리가 들렸다. 아직까지 살아남은 신경과 연결된 근육에 가끔 덮치는 고통스러운 구축(근육의 수축에 의해 사지의 운동이 제한된 상태-옮긴이) 현상이 또 온 게 아닌가 싶어 라임은 순간 얼어붙었다. 몸의 대부분을 마비시킨 바로 그 손상으로 인해 아직 감각을 느낄 수 있는 부위까지 고통스러운 경련에 시달려야 한다는 것은 정말 부당한 일이라는 생각이 들었다.

이번에는 통증이 없었다. 하지만 톰은 보스의 얼굴에 떠오른 긴장을 읽은 모양이다.

"링컨, 더는 안 됩니다…. 혈압을 잰 다음 주무십시오. 반론 금지입니다."

"좋아, 톰. 알았어. 일단 전화 한 통만 걸고."

"시간을 보세요…. 지금 누가 깨어 있겠습니까?"

라임은 지친 얼굴로 말했다.

"문제는 누가 깨어 있느냐가 아니라, 누굴 깨우느냐야."

한밤중, 늪 속.

벌레 소리. 빠르게 허공을 스치는 박쥐 그림자. 올빼미 한 마리, 아니 두 마리. 얼음 같은 달빛.

30번 국도를 따라 6킬로미터쯤 걷자 캠프용 트레일러 한 대가 기다리고 있었다. 벨이 손을 써서 프레드 피셔 위니바고에서 '징발'해 온 것이다. 추적대가 밤을 지낼 곳을 마련해 주기 위해, 스티브 파가 이 차를 몰고 와 추적대와 합류했다.

그들은 비좁은 트레일러 안으로 들어갔다. 제시, 트레이, 네드는 파가 가져온 로스트비프 샌드위치를 허겁지겁 먹었다. 루시는 물 한 병만 마시고 음식에는 손도 대지 않았다. 파와 벨은 고맙게도 추적대가 갈아입을 옷까지 준비해 주었다.

루시는 무전기로 짐 벨에게 산장까지 추적했다, 누군가 침입한 흔적이 있었다고 보고했다.

"텔레비전을 보고 있었던 것 같아요. 이게 말이 돼요?"

너무 어두워서 더 이상 발자취를 따라갈 수가 없기 때문에, 그들은 날이 밝을 때까지 기다렸다가 수색을 재개하기로 결정했다.

루시는 깨끗한 옷가지를 집어 들고 욕실로 들어갔다. 그리고 작은 샤워부스에서 찔찔 흘러나오는 물로 몸을 씻었다. 머리카락과 얼굴, 목을 쓸어내리다 잠시 밋밋한 가슴 위에 머물러 수술 자국을 가만히 매만지더니, 다시 배와 허벅지를 씻기 시작했다.

실리콘도 그렇고, 허벅지나 엉덩이 지방을 떼어내 가슴 모양을 만들어준다는 유방 재생 수술이 당시엔 왜 그렇게 혐오스러웠는지 궁금했다. 의사 말로는 젖꼭지까지 재생하거나 문신을 새길 수 있다고 들었는데.

왜냐하면 그런 건 가짜니까. 진짜가 아니니까. 루시는 생각했다.

그런 걸 뭐 하러?

하지만 이런 생각도 들었다. 링컨 라임을 봐. 그 사람은 일부만 진짜야. 그의 다리와 팔은 가짜라고—휠체어와 조수를 쓰잖아. 하지만 그 생각을 하니 아멜리아 색스가 다시 떠오르며 분노가 와락 솟아올랐다. 루시는 생각을 접어두고 몸을 닦은 후 자기 집 손님방 옷장 안에 있는 브래지어 서랍 생각을 하며 티셔츠를 입었다—2년 전에 모두 버리려 했지만 무슨 이유에선지 그러질 못했다. 루시는 제복 블라우스와 바지를 입었다. 그리고 욕실을 나왔다. 제시가 막 전화를 끊고 있었다.

"무슨 소식 있어?"

"아니. 아직 증거물 분석 중이래. 짐과 라임 씨가."

루시는 제시가 내미는 음식을 향해 고개를 젓고, 테이블 옆에 앉아 총집에서 권총을 꺼냈다.

"스티브?"

상고머리를 한 청년 스티브 파가 읽던 신문에서 고개를 들고 한쪽 눈썹을 치켜 올렸다.

"내가 부탁한 거 가져왔어?"

"아, 네."

그는 트레일러 도구함을 열고 노란색과 녹색 페인트가 칠해진 레밍턴 실탄 박스를 꺼냈다. 루시는 권총에서 라운드포인트 탄을 꺼내고 스피드로더를 이용해 새 탄환을 넣었다—충돌시 저지력(stopping power)이 더 크고 사람 몸에 맞았을 때 연조직에 더 많은 손상을 가할 수 있는 할로포인트 탄이었다.

제시 콘이 그런 루시를 바라보다 입을 열었다. 루시는 그가 무슨 말을 할지 알고 있었다.

"아멜리아는 위험하지 않아."

제시가 루시에게만 들리도록 낮은 음성으로 말했다.

루시는 총을 내려놓고 제시의 눈을 들여다보았다.

"제시, 모든 사람이 메리베스가 바다 쪽에 있을 거라고 했지만 결국 반대쪽에 있다는 게 밝혀졌어. 모든 사람이 개릿은 그냥 멍청한 애일 뿐이라고 했지만 결국 뱀처럼 교활한 애라는 게 밝혀졌고 우리를 벌써 몇 번이나 속였어. 확실한 건 이제 아무것도 없어. 개릿은 어딘가에 무기 저장고를 마련해 놓고 우리가 자기 덫으로 걸어 들어가면 한 사람씩 죽일 계획을 세워두고 있을지도 몰라."

"하지만 아멜리아가 같이 있잖아. 그런 일이 일어나지 않도록 해줄 거야."

"아멜리아는 배신자야. 조금도 믿을 수 없는. 들어봐, 제시. 아멜리아가 보트 밑에 없는 걸 보고 당신 표정이 어땠는지 나도 봤어. 마음을 놓았겠지. 당신이 그 여자를 좋아하고, 그 여자도 당신을 좋아해주길 바라는 건 알지만…. 아니, 아니, 끝까지 말할게. 아멜리아는 살인범을 탈옥시켰어. 네드 대신 당신이 물속에 있었다 해도 아멜리아는 그렇게 총을 발사했을 거야."

제시는 뭐라 반박하려 했지만 루시의 차가운 눈빛을 보고 입을 다물었다. 루시는 말을 이었다.

"그런 여자한테 반하는 거야 누가 이해 못 하겠어. 예쁘지, 다른 곳, 이국적인 곳에서 왔지…. 하지만 그 여자는 여기 생활을 이해하지 못해. 개릿도 이해 못 하고. 당신은 개릿을 알잖아. 정신이 이상한 애고, 재수가 좋아서 지금 종신형을 살고 있지 않을 뿐이야."

"개릿이 위험하다는 건 나도 알아. 그건 이의가 없어. 내가 말하는 건 아멜리아라고."

"아니. 내가 생각하는 건 우리들이고, 우리 손에서 빠져나갈 경우 개릿이 내일이나 다음 주나 내년에 죽이려 할지도 모를 다른 블랙워터랜딩 주민들이야. 그리고 아멜리아 때문에 그 앤 지금 우리 손에서 빠져나가려 하고 있어. 자, 제시, 내가 당신을 믿어도 좋은지 말해봐. 그렇지 않다면 집에 돌아가고, 짐이나 다른 사람들을 보내줘."

제시는 탄환 박스를 쳐다보았다. 그리고 다시 루시의 얼굴을 보며 말했다.

"믿어도 돼, 루시. 날 믿어도 돼."

"좋아. 진심이길 바라, 제시. 날이 새면 우린 그들을 뒤쫓아가 잡을 거야. 기왕이면 산 채로 잡았으면 좋겠지만, 이젠 그것도 선택 사항이 되어버렸어."

오두막에 홀로 있는 메리베스 매코넬은 녹초가 되었지만 잠드는 게 두려웠다.

사방에서 온갖 소음이 들려왔다.

메리베스는 긴 의자에서 일어났다. 거기 몸을 죽 뻗고 잠들었다가, 선교사와 톰이 창문으로 이쪽을 쳐다보며 안으로 들어오려는 모습을 못 볼까 겁이 났기 때문이다. 메리베스는 벽돌처럼 딱딱한 식탁 의자에 몸을 꼿꼿이 세우고 앉았다.

소음….

지붕 위에서, 포치에서, 숲 속에서.

몇 시쯤 되었는지 알 길이 없었다. 손목시계의 조명 버튼을 눌러 시계반을 보는 것조차 무서웠다. 그들이 빛을 보고 찾아오지나 않을까 두려웠다.

힘이 하나도 없었다.

왜 이런 일이 일어났는지, 이런 일을 당하지 않으려면 어떻게 했어야 하는지 다시 생각하기조차 피곤했다.

착한 일을 해도 벌을 받는다….

메리베스는 완전히 깜깜해진 오두막 앞쪽 공터를 내다보았다. 창틀이 마치 그녀의 운명을 결정짓는 화면처럼 보였다. 저 화면 속의 공터로 누가 다가올까?

살인범일까, 구조대일까?

메리베스는 귀를 기울였다.

저 소리는 뭐지? 나뭇가지 부러지는 소리? 성냥 긋는 소리?

숲 속의 저 불빛은 뭐지? 도깨비불? 모닥불?

저 움직임은? 살쾡이 냄새를 맡고 도망치는 사슴? 아니면 선교사와 톰이 모닥불 앞에 마주앉아 맥주를 마시고 음식을 먹은 다음 다른 욕구를 충족시키기 위해 숲을 뚫고 여기로 오는 건가?

메리베스 매코넬은 알 수가 없었다. 오늘 밤은, 삶의 수많은 것들이 그렇듯, 모든 게 모호하기만 했다.

오래전 죽은 이주민들의 유물을 찾아냈음에도 자신의 이론이 완전히 틀렸을지 모른다는 회의가 남아 있듯이.

부친께선 암입니다─의사들은 길고 힘겨운 죽음을 예견하지만, 그래도 어쩌면 안 그럴지 모른다는 한 조각 희망이 남아 있듯이.

나를 강간하고 죽이려는 두 남자가 저 숲에 있다.

어쩌면 아닐지도 모른다.

어쩌면 포기했을지도 모른다. 어쩌면 밀주를 마시고 곤드레가 되었을지도 모른다. 혹은 뒤따를 결과가 두려워서 뚱뚱한 아내나 못 박힌 손으로 욕구를 해결하는 게 그녀를 겁탈하는 것보다 더 안전하고 쉽다고 생각했을지도 모른다.

네 집에 대자로 묶어놓을 수 있었는데….

날카로운 소리가 밤하늘을 갈랐다. 메리베스는 자신도 모르게 펄쩍 뛰었다.

총성이었다.

불빛이 보인 쪽에서 울린 것 같다.

잠시 후 두 번째 총성이 울렸다. 더 가까운 곳이었다.

겁에 질려 숨을 몰아쉬며 몽둥이를 거머쥐었다. 깜깜한 창밖을 내다볼 수도, 안 내다볼 수도 없었다. 톰의 창백한 얼굴이 창틀 속에 천천히 나타날 것만 같았다.

다시 올 테니까….

바람이 일면서 나무와, 풀숲과, 잔디가 누웠다.

남자 웃음소리가 들리는 듯하더니 웨페메오크 인디언이 섬기던 마니토우의 부름처럼 공허한 바람소리에 묻혔다.

남자 목소리가 들린 것 같았다.

준비하고 있어. 준비하고 있어.

들리지 않은 것도 같았다.

"총성 들었어?"

리치 컬보가 해리스 토멜에게 물었다.

두 사람은 꺼져 가는 모닥불을 가운데 놓고 앉아 있었다. 둘 다 불안했고, 보통 사냥 여행을 할 때만큼은, 원하는 만큼은 많이 취해 있지 않았다. 밀주가 맛이 가서 그런지도 모른다.

토멜이 말했다.

"권총이군. 대구경. 10밀리나 44, 45구경. 자동식."

컬보가 대답했다.

"말도 안 돼. 자동인지 아닌지 어떻게 알아."

"알 수 있어. 탄창과 총열 사이의 간격 때문에 소리가 더 커."

"말도 안 돼."

컬보는 되풀이한 뒤 물었다.

"거리는 얼마나 되지?"

"습기가 있고 밤이니까… 6~7킬로미터쯤?"

토멜은 한숨을 쉬며 덧붙였다.

"빨리 좀 끝났으면 좋겠어. 이제 지겨워."

"태너스코너에 있을 때가 쉬웠는데. 일이 꼬여버렸어."

"빌어먹을 벌레들."

토멜은 모기 한 마리를 쫓았다.

"이런 밤중에 무슨 일로 총질을 하는 거지? 거의 1시가 다 되어가는데."

"너구리가 쓰레기통을 뒤졌던지, 텐트에 검은 곰이 나타났던지, 어떤 놈이 남의 여자를 덮쳤던지."

컬보는 고개를 끄덕였다.

"봐, 손이 잠들었어. 저 친구는 언제 어디서든 잘 자."

컬보는 불씨를 끄려고 발로 걷어찼다.

"저 친구 약 먹잖아."

"그래? 몰랐는데."

"그래서 언제 어디서든 이렇게 잘 자는 거야. 행동도 이상하잖아.
안 그래?"

토멜은 비쩍 마른 오새리언을 뱀 보듯이 쳐다보았다.

"차라리 속을 모를 때가 나았어. 잔뜩 진지한 얼굴로 돌아다니는
게 더 섬뜩하잖아. 총을 무슨 제 물건 잡듯이 붙들고 말이야."

"그 말은 맞아."

토멜은 중얼거리고 잠시 어둑어둑한 숲을 응시했다. 그리고 한숨
을 쉬었다.

"이봐, 리치, 6-12 갖고 있나? 난 좀 더 마셔야겠어. 갖고 있으면 나
한테 좀 줘."

아멜리아 색스는 권총 소리에 눈을 떴다.

트레일러 침실 쪽을 쳐다보니 개릿은 매트리스에 누워 잠들어 있
었다. 총소리를 듣지 못한 모양이다.

다시 총성.

이 시간에 누가 총을 쏘지?

강변에서의 일이 떠올랐다—루시와 다른 보안관들이 색스와 개릿
이 보트 밑에 숨어 있을 거라 생각하고 총을 쏘던 일. 엄청난 샷건의
충격으로 물이 하늘로 솟아오르던 모습이 떠올랐다.

귀를 잔뜩 기울였지만, 총성은 더 이상 들리지 않았다. 바람 소리뿐
이었다. 그리고 매미 소리.

매미의 생활은 정말 희한해요…. 애벌레 때는 땅속에 기어들어가

한 20년쯤 있다가 성충이 되면 나와서 나무 위로 올라가죠. 허물이 등부터 갈라져서 성충이 나오죠. 숨어서 그렇게 오랜 시간을 보내다 가 땅 위로 나와 어른이 되다니.

아멜리아 색스의 상념은 총소리가 들리기 전 하던 생각으로 되돌 아갔다.

그녀는 빈 의자에 대해 생각하고 있었다.

페니 박사의 치료 요법도, 아버지와의 그 끔찍한 5년 전 어느 날 밤 에 대해 개릿이 했던 이야기도 아니었다. 색스는 다른 의자에 대해 생 각하고 있었다—링컨 라임의 빨강색 스톰 애로 휠체어.

애당초 노스캐롤라이나까지 온 것도 그 때문이다. 라임은 그 의자 에서 조금이라도 더 내려오기 위해 자신의 생명, 그나마 남아 있는 건 강, 색스와 함께 하는 삶, 이 모든 것을 걸었다. 그 의자를 비우고 일 어서기 위해.

죄인의 신분으로 지저분한 트레일러에 누워 있으려니, 아멜리아 색스는 라임이 꼭 수술을 하겠다고 고집을 피우는 게 왜 그렇게 마음 에 들지 않았는지 그제야 정확히 깨달을 수 있었다. 물론 수술대 위에 서 죽을지 모른다는 걱정도 있었다. 수술 때문에 상태가 더 악화될지 도 모른다는 걱정. 아무런 효과도 얻지 못하고 라임이 우울증에 빠질 지 모른다는 걱정.

하지만 가장 큰 두려움은 그런 게 아니었다. 라임이 수술을 못 받 도록 온갖 짓을 다 한 이유는 그런 게 아니었다. 색스가 가장 두려워 한 것은 수술이 성공을 거둘지도 모른다는 사실이었다.

라임, 이해하겠어? 난 당신이 변하는 걸 바라지 않아. 난 지금 있는 그대로의 당신을 사랑해. 당신이 다른 사람들과 같아진다면 우린 어 떻게 될까?

당신은 이렇게 말했어.

자네와 나는 언제나 함께할 거야.

하지만 그 '자네와 나'란 지금 현재의 우리일 뿐이야. 손톱엔 피가 배어 있고, 항상 움직여야 한다는 강박에 시달리는 나…. 그리고 비록 망가진 몸일지라도 엔진을 개조한 내 카마로보다 더 빨리, 더 멀리 질주하는 우아한 두뇌를 지닌 당신.

그 어떤 열정적인 연인보다 우리를 더 단단히 묶어주는 그 두뇌.

한데 당신이 다시 '보통' 사람이 된다면? 당신의 팔과 다리로 직접 움직이게 된다면, 라임, 그렇게 된다면 당신에게 나란 사람이 필요가 있을까? 내가 왜 필요하지? 난 그냥 법과학에 재능이 있는 일개 경관에 지나지 않는데. 당신은 과거에 당신의 인생을 망쳐놓았던 그런 신뢰할 수 없는 여자를 만나서, 수술 뒤에 루시의 남편이 루시를 떠났듯이 내게서 멀어지겠지.

난 지금 그대로의 당신을 원해….

이것이 얼마나 끔찍하고 이기적인 생각인지 깨닫고, 색스는 몸을 와락 떨었다. 하지만 부정할 수는 없었다.

의자에 그대로 있어, 라임! 난 빈 의자를 원하지 않아…. 난 당신과 함께하는 삶을, 지금까지와 똑같은 삶을 원해. 당신의 아이를 원하고, 그 아이들이 지금 그 모습 그대로의 당신을 보며 자라기를 원해….

문득 정신을 차려보니 몸 위로 검은 천장이 보였다. 아멜리아 색스는 눈을 감았다. 하지만 한 시간이 지나서야 바람 소리와 단조로운 바이올린처럼 발음막을 울려대는 매미 소리에 스르르 잠이 들었다.

33 돌발상황

색스는 동이 틀 무렵 단조롭게 응웅거리는 소리에 잠에서 깼다—꿈속에서는 평화로운 매미 소리였는데, 알고 보니 카시오 손목시계의 알람 소리였다. 그녀는 알람을 껐다.

못이 박힌 금속 바닥 위에 얇은 깔개 한 장을 덮고 자서 그런지 온몸이 욱신거렸다. 관절염 때문이다.

하지만 기분은 묘하게 가벼웠다. 낮게 뜬 아침 햇살이 트레일러 창문으로 들어왔다. 좋은 징조 같았다. 오늘은 메리베스 매코넬을 찾아 태너스코너로 돌아갈 수 있을 것이다. 그리고 메리베스가 개릿의 주장이 사실이라고 말해주면 짐 벨과 루시 커는 진짜 살인범, 즉 갈색 오버롤 차림의 남자를 찾을 것이다.

색스는 침실 쪽을 보았다. 개릿 역시 잠에서 깨어 푹푹 꺼지는 매트리스 위에 일어나 앉아 있었다. 개릿이 긴 손가락으로 부스스한 머리카락을 빗어 넘겼다. 아침에 일어난 여느 10대 소년과 다르지 않은 모습이었다. 호리호리하고, 귀엽고, 잠에 취한 얼굴. 이제 옷을 입고, 통학 버스에서 친구들을 만나고, 수업 시간에 공부를 하고, 여자애들에게 치근덕대고, 풋볼을 하는 보통 10대 소년. 몽롱한 얼굴로 셔츠를 찾아 두리번거리는 모습이 너무 말라 보여서, 문득 좋은 음식—시리얼, 우유, 과일—을 먹이고 옷을 빨아주고 샤워를 시켜주고 싶다는 생각이 들었다.

자기 아이를 키운다는 게 이런 것이겠지.

색스의 대녀(代女)인 에이미의 딸처럼 친구 아이를 몇 시간 빌리는 것 말고. 매일같이 아이가 일어날 때 있어주는 것, 지저분한 방을 치우고 까다로운 사춘기 시절의 성격을 견뎌내는 것, 음식을 만들어주고 옷을 사주고 사소한 일로 다투며 돌봐주는 것. 아이 삶의 구심점이 되는 것.

"안녕."

색스는 미소 지었다.

개릿도 미소를 돌려주었다.

"가야 해요. 메리베스한테. 너무 오래 혼자 놔뒀어요. 정말 무섭고 목이 마를 텐데."

색스는 비틀거리며 일어섰다.

개릿은 가슴에 번진 옻독을 쳐다보고 당황스러운 표정을 짓더니 얼른 셔츠를 뒤집어썼다.

"밖에 나가 있을게요. 하실 일 있으면 하세요. 난 빈 말벌 집을 주변에 놔둬야겠어요. 혹시 이쪽으로 따라온다 해도 추적 속도를 늦출 수 있을 테니까요."

밖으로 나간 개릿은 잠시 후 되돌아와 색스 옆 테이블에 물 한 컵을 놓았다. 그리고 쑥스러운 음성으로 말했다.

"드세요."

그러곤 다시 나갔다.

색스는 물을 마셨다. 양치와 샤워를 하고 싶어….

그때 소곤거리는 남자 목소리가 들려왔다.

"그 녀석이야!"

색스는 그 자리에 우뚝 서서 창밖을 내다보았다. 아무것도 보이지 않았다. 하지만 트레일러 근처 키 큰 풀숲 속에서 잔뜩 억누른 목소리가 계속 들려왔다.

"지금 겨누고 있어. 시야가 아주 좋아."

귀에 익은 목소리였다. 컬보 친구인 오새리언의 음성 같았다. 비쩍 마른 남자. 3인조 건달이 두 사람을 찾아낸 것이다—그들은 개릿을 죽이든지, 고문을 해서 메리베스가 어디 있는지 알아낸 다음 보상금을 받으려 할 것이다.

개릿은 오새리언의 목소리를 듣지 못한 채, 10미터쯤 떨어진 길옆에 빈 말벌 집을 설치하고 있었다. 풀숲에서 개릿이 있는 공터 쪽으로 움직이는 발소리가 들려왔다.

색스는 스미스 앤드 웨슨을 집어 들고 조용히 밖으로 나갔다. 그리고 몸을 웅크린 채 필사적으로 개릿에게 손짓을 했다. 하지만 개릿은 그녀를 보지 못했다.

풀숲 속의 발소리가 점점 다가왔다.

"개릿!"

색스는 작은 목소리로 불렀다.

몸을 돌린 개릿이 이쪽으로 오라는 색스의 손짓과 다급한 눈빛을 봤는지 미간을 찌푸렸다. 문득 왼쪽 수풀 쪽으로 시선을 준 개릿의 얼굴에 공포가 떠올랐다. 순간, 개릿이 자신을 방어하려는 듯 두 손을 앞으로 내밀고 외치기 시작했다.

"쏘지 말아요! 쏘지 말아요!"

색스는 몸을 웅크린 채 방아쇠에 손가락을 감고 격철을 당긴 후 풀숲을 겨냥했다.

순식간의 일이었다….

개릿은 바닥에 몸을 던진 채 겁에 질려 외치고 있었다.

"하지 마! 하지 마!"

아멜리아는 두 손으로 권총을 들어 올리고 방아쇠를 가볍게 누르며 과녁이 나타나기만을 기다렸다….

풀숲 속의 남자가 개릿을 향해 총을 겨눈 채 공터로 튀어나왔다….

그리고 바로 그때, 부보안관 네드 스포토가 트레일러 모퉁이를 돌아 색스 바로 옆에 나타났다. 색스를 본 네드는 놀란 표정으로 두 팔을 뻗으며 달려들었다. 깜짝 놀란 색스는 비틀거리며 뒤로 물러섰다. 순간 손 안에서 총이 크게 흔들리며 불을 뿜었다.

총구에서 희미한 연기가 피어오르는 것과 동시에, 탄환이 10미터 떨어진 풀숲에 있던 남자의 이마를 맞췄다.

그것은 숀 오새리언이 아니라 제시 콘이었다. 젊은 부보안관의 눈 위에 검은 점이 나타나더니 고개가 뒤로 홱 젖혀지고 뒤통수에서 끔찍한 분홍색 피가 뿜어져 나오기 시작했다. 제시는 소리 없이 땅에 풀썩 쓰러졌다.

아연실색한 색스는 제시를 응시했다. 한 번 경련을 일으키더니 그의 몸은 더 이상 움직이지 않았다.

숨을 쉴 수가 없었다.

색스는 무릎을 꿇고 주저앉았다.

손에서 권총이 미끄러져 나갔다.

"아, 맙소사!"

네드가 경악한 얼굴로 시체를 바라보며 중얼거렸다. 네드가 제정신을 차리고 미처 총을 들기 전에 개릿이 그를 덮쳤다. 그러곤 땅에 떨어진 색스의 권총을 낚아채고 네드의 머리를 겨누며 무기를 빼앗아 풀숲으로 던졌다.

개릿이 외쳤다.

"엎드려! 엎드리라고!"

"당신이 그를 죽였어."

네드가 중얼거렸다.

"빨리!"

네드는 시키는 대로 엎드렸다. 그을린 뺨 위로 눈물이 흘러내리고 있었다.

가까운 곳에서 루시 커의 목소리가 들렸다.

"제시! 어디 있어? 누가 쏜 거야?"

"안 돼, 안 돼, 안 돼…."

색스는 흐느꼈다. 죽은 제시의 깨진 두개골에서 솟아나오는 엄청난 양의 피를 바라보며.

개릿 핸런도 제시의 시체를 흘끗 보았다. 그리고 발소리가 점점 가까워지는 그 너머로 시선을 주었다. 개릿이 색스의 몸에 팔을 두르며 말했다.

"가야 해요."

색스가 대답 없이 멍한 눈으로 꼼짝도 않은 채 눈앞에 펼쳐진 광경만 쳐다보고 있자─부보안관의 삶이 끝났다는 건 그녀 자신의 생명이 끝난 것과 같았다─개릿은 억지로 그녀를 일으킨 뒤 손을 잡고 끌어당겼다. 두 사람은 숲으로 사라졌다.

제4부

톡사펜

"부탁합니다. 짐. 나한테 두 사람을 찾아서
설득할 기회를 주십시오.
안 그러면 상황이 손을 쓸 수 없게
되어버릴 수도 있습니다. 아시잖습니까.
더 많은 사람이 죽게 될 겁니다."
"두 사람은 20분 앞서 있습니다. 찾을 수 있겠습니까?"
"네, 찾을 수 있습니다."

34 악몽

어떻게 됐지? 링컨 라임은 초조했다.

한 시간 전인 새벽 5시 30분, 마침내 노스캐롤라이나 국세청 부동산 과 직원이 짜증스럽고 단조로운 목소리로 전화를 걸어왔다. 새벽 1시 30분, 잠에서 깨어 주거지가 맥퍼슨 트레일러로 등록된 부동산에 대 해 세금 체납 기록이 있으면 찾아내라는 명령을 받았던 것이다. 라임 은 우선 개릿의 부모가 그런 트레일러를 갖고 있었는지 조사했지만 그런 기록이 없다고 나오자 버려진 트레일러를 개릿이 아지트로 사 용하고 있다는 결론을 내렸다. 버려진 트레일러라면 주인은 세금을 내지 않고 있을 것이다.

국세청 직원은 노스캐롤라이나 주에 그런 부동산이 두 군데 있다 고 말했다. 블루리지 서쪽 인근에 세금 체납으로 대지와 트레일러가 현재 그곳에 사는 부부에게 넘어간 곳이 하나 있었다. 또 하나는 파케 노크 카운티에 있는 넓이 1천 평방미터의 대지로 굳이 공매로 넘겨봤 자 시간과 돈만 아까운 땅이었다. 직원은 라임에게 주소와 파케노크 강에서 8백 미터쯤 떨어진 시골 우편배달 길을 가르쳐주었다. 지도로 보면 C-6 지점이었다.

라임은 루시와 다른 부보안관들을 그쪽으로 보냈다. 동이 트자마자 출발한 그들은 개릿과 아멜리아가 안에 있으면 일단 포위하고 항복을 권유하기로 했다.

라임이 마지막으로 들은 소식은 트레일러를 찾아서 천천히 접근하고 있다는 내용이었다.

보스가 사실상 잠을 전혀 자지 못했다는 사실이 영 못마땅한 톰은 벤을 밖으로 내보낸 뒤 아침 의례, 즉 4B를 를 꼼꼼하게 치렀다. 4B란 방광(bladder), 장(bowel), 양치(brushing teeth), 혈압(blood pressure)을 말한다.

"높습니다, 링컨."

톰이 혈압계를 치우며 중얼거렸다.

사지마비 환자에게 과도한 혈압은 반사부전 발작을 일으킬 수 있으며, 이는 뇌졸중으로 이어질 가능성이 있다. 하지만 라임은 전혀 신경 쓰지 않았다. 그는 강렬한 에너지에 넘쳐 있었다. 필사적으로 아멜리아를 찾고 싶었다. 그는….

라임은 고개를 들었다. 짐 벨이 긴장한 표정으로 문간을 들어섰다. 마찬가지로 잔뜩 동요한 벤 커가 뒤따라 들어왔다.

라임이 물었다.

"어떻게 됐습니까? 아멜리아는 괜찮습니까? 지금…."

벨이 속삭이듯 말했다.

"그녀가 제시를 죽였습니다. 머리를 쐈어요."

톰은 그 자리에 얼어붙었다. 그의 시선이 라임을 향했다. 보안관이 말을 이었다.

"개릿을 체포하려는 제시를 쐈습니다. 그리고 도망쳤어요."

라임은 들릴락말락 중얼거렸다.

"아니, 그럴 리가 없습니다. 착오가 있을 겁니다. 다른 사람이 한 짓이에요."

하지만 벨은 고개를 저었다.

"아니. 네드 스포토가 같이 있었습니다. 네드가 다 봤답니다…. 의도적으로 한 짓이라고는 생각하지 않습니다. 네드가 아멜리아를 발견하고 덤벼드는 찰나 하필이면 총이 발사됐다는군요. 하지만 어쨌든 살인입니다."

아, 하느님….

아멜리아… 대를 이은 경찰, 경관의 딸. 그런 그녀가 같은 경찰을 죽였다. 경찰이 저지를 수 있는 최악의 범죄다.

"더 이상은 우리가 감당 못합니다, 링컨. 주 경찰 병력을 불러야겠어요."

라임은 다급하게 말했다.

"잠깐, 짐. 제발… 아멜리아는 지금 겁에 질리고 절망적인 상태일 겁니다. 개릿도 마찬가지일 거고. 주 경찰을 부르면 더 많은 사람이 다칠 뿐이에요. 그들은 둘 다 사살하려고 들 겁니다."

벨이 쏘아붙였다.

"당연히 그래야죠. 처음부터 그래야 했습니다."

"내가 찾아드리죠. 이제 거의 다 됐습니다."

라임은 증거물 차트와 지도 쪽으로 고갯짓을 했다.

벨이 말했다.

"기회를 한 번 드렸는데 결과가 어떻게 됐습니까."

"내가 찾아서 항복하도록 설득하겠습니다. 난 반드시 할 수 있습니다. 찾아서…."

그때 갑자기 벨이 옆으로 홱 밀려나더니 한 남자가 방 안으로 뛰어들었다. 메이슨 저메인이었다.

"이 개 같은 자식!"

그가 고함을 지르며 라임에게 덤벼들었다. 톰이 막아섰지만 역부족이었다. 톰은 바닥에 나동그라졌다. 메이슨이 라임의 셔츠를 움켜잡았다.

"이 병신 같은 자식! 네놈이 뭐라고 여기 와서 우리한테 돼먹지 않은 장난을…."

"메이슨!"

벨이 앞으로 나섰다.

하지만 메이슨은 그를 다시 옆으로 밀어냈다.

"증거물 장난이나 치고, 퍼즐 놀이 하듯이 말이야. 당신 때문에 선량한 사람 하나가 죽었잖아!"

메이슨이 주먹을 뒤로 잔뜩 빼는 순간 엄청난 애프터셰이브 향이 풍겼다. 라임은 움찔하며 고개를 옆으로 돌렸다.

"네놈을 죽여버리겠어. 죽여버리겠…."

그때 육중한 팔뚝이 가슴을 휘감아 번쩍 들어올리는 바람에 메이슨은 말을 잇지 못했다. 벤 커였다. 벤 커는 메이슨을 라임에게서 떼어놓았다.

메이슨이 외쳤다.

"커, 빌어먹을, 이거 놔! 이 자식, 너 체포하겠어!"

"진정하세요, 부보안관님."

덩치 큰 벤이 느릿느릿 말했다.

메이슨은 권총으로 손을 뻗었다. 그러자 벤이 다른 한 손으로 메이슨의 손목을 세게 죄고 벨을 쳐다보았다. 벨은 두 사람을 잠시 쳐다보다 고개를 끄덕였다. 벤이 손을 놓자 메이슨은 이글거리는 눈으로 벨을 노려보며 물러섰다.

"내가 직접 나가서 그 여자를 찾겠어. 그리고…."

"안 돼, 메이슨. 보안관국에서 계속 일하고 싶으면 내가 시키는 대로 해. 지휘자는 나야. 당신은 여기 사무실을 지켜. 알겠나?"

"개자식, 짐, 그녀는…."

"알겠냐고!"

"그래, 빌어먹을, 알겠어."

메이슨은 바람을 일으키며 실험실을 빠져나갔다.

벨이 라임에게 물었다.

"괜찮습니까?"

라임은 고개를 끄덕였다.

벨이 톰 쪽으로 시선을 주었다.

"당신도?"

"괜찮습니다."

톰이 라임의 셔츠를 매만졌다. 그리고 라임이 싫다고 하는 것도 아랑곳없이 혈압을 다시 쟀다.

"같군요. 높지만 위험할 정도는 아닙니다."

보안관은 고개를 저었다.

"제시의 부모님한테 연락을 해야 합니다. 아, 정말 싫군."

그러곤 창가로 다가가서 밖을 내다보았다.

"처음에는 에드, 이제 제시. 악몽 같습니다."

라임이 말했다.

"부탁합니다, 짐. 나한테 두 사람을 찾아서 설득할 기회를 주십시오. 안 그러면 상황이 손을 쓸 수 없게 되어버릴 수도 있습니다. 아시잖습니까. 더 많은 사람이 죽게 될 겁니다."

벨은 한숨을 쉬었다. 그리고 지도를 보았다.

"두 사람은 20분 앞서 있습니다. 찾을 수 있겠습니까?"

"네, 찾을 수 있습니다."

숀 오새리언이 말했다.

"저 방향이야. 틀림없어."

리치 컬보는 오새리언이 가리키는 서쪽을 쳐다보았다. 15분 전, 총성과 고함소리가 들린 쪽이다.

컬보가 소나무 둥치에 대고 오줌을 눈 뒤 물었다.

"저쪽엔 뭐가 있지?"

"늪지야. 오래 된 집 몇 채."

사냥을 하느라 파케노크 카운티에서 안 가본 곳이 없는 해리스 토멜이 대답했다.

"다른 건 별로 없어. 한 달 전에 거기서 회색늑대를 봤지."

늑대는 멸종한 것으로 알려져 있지만 이따금 한두 마리씩 나타나곤 했다.

"농담이겠지."

리치 컬보는 늘 회색늑대를 보고 싶어 했지만 한 번도 만난 적이 없었다.

오새리언이 물었다.

"그래서 쐈어?"

토멜이 대답했다.

"그놈들은 쏘면 안 돼."

컬보가 덧붙였다.

"보호종이거든."

"그래서?"

컬보는 오새리언의 질문에 대답할 말이 없었다.

일행은 몇 분을 더 기다려보았지만 더 이상 총성도 고함소리도 들리지 않았다. 컬보가 총성이 들린 쪽을 가리키며 말했다.

"슬슬 출발하는 게 좋겠어."

오새리언이 물을 한 모금 마시며 대답했다.

"그래."

"오늘도 역시 덥겠군."

토멜이 낮게 떠 있는 붉은 태양을 바라보며 말했다.

"매일 덥잖아."

컬보가 중얼거렸다. 그리고 총을 집어 든 뒤 길을 따라 걷기 시작했다. 두 사람이 그 뒤를 따랐다.

쿵.

메리베스는 눈을 번쩍 떴다. 그렇게 애를 썼는데 어느새 깊이 잠이 들었던 모양이다.

쿵.

"이봐, 메리베스!"

활기찬 남자 음성이었다. 어른이 아이한테 하는 말투. 잠이 덜 깬 메리베스는 생각했다. 아빠다! 왜 병원에서 돌아오신 걸까? 아직 장작을 패선 안 될 텐데. 침대에 누우라고 말씀드려야겠다. 약은 드신 걸까?

잠깐!

메리베스는 일어나 앉았다. 머리가 욱신거리고 어지러웠다. 주방 의자에서 그대로 잠이 들었던 모양이다.

쿵.

잠깐. 아빠가 아냐. 아빠는 돌아가셨어…. 짐 벨….

쿵.

"메에에리베에에스…."

음흉한 얼굴이 창문을 들여다보고 있는 걸 보고 메리베스는 깜짝 놀랐다. 톰이었다.

선교사가 도끼로 문을 패는 소리가 다시 들렸다.

톰은 몸을 내밀고 어둑어둑한 방 안을 둘러보았다.

"어디 있니?"

메리베스는 꼼짝도 못하고 그를 바라보았다.

톰이 말을 이었다.

"아, 거기 있군. 이런, 아까 생각했던 것보다 훨씬 예쁜데."

그러곤 두껍게 붕대 감은 손목을 들어 보였다.

"너 때문에 피를 한 바가지나 흘렸어. 그쪽도 피가 좀 나야 공평해 지겠지."

쿵.

"간밤엔 네 가슴 만지는 생각을 하다가 잠이 들었어. 멋진 꿈을 꾸게 해줘서 고마워."

쿵.

이 소리와 함께 도끼가 문을 뚫었다. 톰은 창가에서 물러나 친구 쪽으로 갔다. 그리고 격려하듯 소리쳤다.

"힘 내. 얼마 안 남았어."

쿵.

35 통조림

이제 라임은 아멜리아가 자해를 할지도 모른다는 걱정뿐이었다.

아멜리아 색스와 알게 된 뒤, 손으로 두피를 긁고 나면 피가 묻어 나오는 모습을 봐왔다. 초조하게 손톱을 이로 질근질근 씹고 살점을 손톱으로 잡아 뜯는 모습도 봐왔다. 시속 240킬로미터로 질주하는 모습도 봐왔다. 정확히 무엇이 그녀의 등을 떠미는지는 알 수 없지만, 항상 절박한 긴장감에 젖어 살도록 하는 뭔가가 그녀의 마음속에 있었다.

이런 상황에서는, 자기 손으로 사람을 죽인 상황에서는, 그 긴장감이 그녀의 등을 떠밀어 한계를 넘어가버릴 수도 있다. 라임을 장애인으로 만든 사고 이후, 뉴욕시경 심리학자 테리 도빈스는 이렇게 말한 적이 있다.

그래, 자넨 자살하고 싶을 것이다. 하지만 우울증으로 인해 그런 행동을 하게 되지는 않을 것이다. 우울증은 사람의 에너지를 고갈시키는 병이니까. 자살의 주요 원인은 절망과 초조, 공황 상태의 치명적인 결합이다.

추적대에 쫓기고, 자기 자신에게 배신당한 아멜리아 색스도 지금 이 순간 정확히 그런 감정 상태에 놓여 있을 것이다.

찾자! 이 생각뿐이었다. 빨리 찾아야 해.

하지만 어디 있지?

이 질문에 대한 해답은 아직 찾아내지 못했다.

라임은 다시 차트를 쳐다보았다. 트레일러에는 증거물이 없었다. 루시와 다른 부보안관들은 트레일러를 신속하게, 아니, 지나치리만큼 신속하게 수색했다. 그들은 사냥 욕구에 사로잡혀—움직일 수 없는 라임조차 때로 이런 욕구를 느낀다—자기 친구를 죽인 적의 뒤를 어떻게든 빨리 쫓고 싶어 혈안이 되어 있었다.

메리베스가 있는 곳, 개릿과 아멜리아가 달아난 곳을 알려줄 만한 유일한 단서가 바로 지금 눈앞에 놓여 있었다.

하지만 그 단서는 지금껏 라임이 분석해 본 그 어떤 증거물보다 더 수수께끼 같았다.

✦ 곤충 소년 ✦

2차 범죄현장 (제분소에서 발견한 것)

- 바지에 묻은 갈색 페인트
- 점토
- 과일 주스
- 떡밥
- 캄펜
- 등유
- 끈끈이주걱
- 초탄
- 종이 섬유질
- 설탕
- 알코올
- 이스트

증거물이 더 필요해!

라임은 속으로 절규했다.

하지만 이것 말고는 확보하지 못했잖아.

사고 이후 '부정'의 수렁 속에서 허우적대고 있을 무렵, 라임은 초인적인 의지력을 발휘해 몸을 움직이려고 해본 적이 있다. 아이의 몸을 덮친 차를 들어올렸다거나 긴급 상황에서 도움의 손길을 찾기 위해 불가능한 속도로 달렸다거나 하는 사람들의 이야기도 떠올려보았다. 하지만 결국 그런 힘은 찾아오지 않는다는 사실을 인정하지 않을 수 없었다.

지금 그에게 남은 것은 단 한 가지 힘뿐이었다—정신력.

생각하자! 내가 가진 것은 이 정신과, 내 앞에 놓인 증거물뿐이다. 증거물은 변하지 않는다. 그렇다면 내 사고방식을 바꿔야 한다. 좋아, 시작하자고.

라임은 차트를 다시 한 번 훑었다. 트레일러 열쇠는 출처를 확보했다. 이스트는 제분소에서 묻었을 것이다. 설탕은 음식이나 주스에서. 캄펜은 낡은 램프에서. 페인트는 메리베스가 갇힌 건물에서. 등유는 보트에서. 알코올은 어디서든 나왔을 수 있고. 개릿의 바짓단에서 나온 흙은? 특별히 눈에 띄는 특징이 없으니….

잠깐… 흙.

신발에서 나온 흙과 어제 아침 카운티 공무원들의 자동차 매트에서 나온 흙에 대한 비중 실험을 했던 일이 떠올랐다. 시험관 사진을 찍어 사진 뒷면에 누구 차에서 나온 것인지 적어놓으라고 톰에게 시켰었다.

"벤?"

"네?"

"개릿의 바지에서 나온 흙의 비중을 측정해 봐. 제분소에서 찾은 바지 말이야."

흙이 시험관 속에 가라앉자 벤이 말했다.

"나왔습니다."

"그걸 어제 아침에 만든 샘플 사진과 비교해 봐."

"네, 네."

벤이 좋은 생각이라는 듯 고개를 끄덕였다. 그리고 폴라로이드 사진을 한 장씩 넘기다 문득 멈췄다.

"찾았습니다! 거의 동일한데요."

벤은 어느새 거리낌 없이 자기 의견을 이야기하고 있었다. 라임은 흡족했다. 애매한 태도도 없었다.

"누구 신발에서 나온 흙이지?"

벤은 폴라로이드 사진 뒷면을 보았다.

"프랭크 헬러. 공공사업부에 근무하는 사람입니다."

"아직 여기 있을까?"

"알아보겠습니다."

방을 나간 벤이 잠시 후 흰색 반팔 셔츠 차림의 뚱뚱한 남자를 데리고 왔다. 남자가 라임에게 불편한 시선을 주었다.

"어제 그분이군요. 신발의 흙을 떨어내라고 한."

웃었지만 그 소리가 약간 거북하게 들렸다.

"프랭크, 다시 도움이 필요해서 불렀습니다. 당신 신발의 흙이 용의자의 옷에서 나온 흙과 일치하는군요."

"여자들을 납치한 그 소년 말입니까?"

프랭크가 죄지은 사람처럼 얼굴을 붉히며 물었다.

"맞습니다. 아직 정확한 건 아니지만, 이건 개릿이 여자를 당신 집에서 4~5킬로미터 떨어진 곳에 가둬놨을 가능성도 있다는 뜻입니다. 사시는 곳이 어딘지 저 지도에서 짚어보시겠습니까?"

"내가 용의자나 뭐 그런 건 아니죠?"

"아니, 절대 아닙니다."

"내 알리바이를 증명해 줄 사람은 많아요. 난 밤마다 아내와 같이 있지요. 텔레비전을 봅니다. 〈제퍼디〉, 〈휠 오브 포춘〉. 시계처럼 정확하죠. WWF도 보고. 가끔 처남이 놀러오기도 합니다. 아, 그 친구 나한테 빚진 게 있긴 하지만, 빚이 없더라도 내 말이 맞다고 증언해 줄 겁니다."

벤이 그를 달랬다.

"괜찮습니다. 그냥 어디 사는지만 알면 됩니다. 저기 지도로 짚어주세요. 어디죠?"

"여기쯤입니다."

프랭크는 벽으로 다가가서 지도의 한 지점을 가리켰다. D-3. 파케노크 북쪽, 제시가 총에 맞은 트레일러 북쪽이었다. 인근에 작은 길이 여러 갈래 있지만, 마을 표시는 없었다.

"그 주변은 지형이 어떻습니까?"

"주로 숲과 들판입니다."

"납치한 사람을 가둬둘 만한 곳이 있을까요?"

프랭크는 열심히 생각하는 듯했다.

"아니, 모르겠습니다."

"한 가지 질문이 있는데요."

"지금 물어본 거 말고요?"

"네."

"하십시오."

"캐롤라이나 베이가 뭔지 아십니까?"

"그럼요. 다들 알지요. 유성이 떨어져서 패인 구덩이입니다. 옛날에. 공룡들이 죽던 시절에."

"집 근처에 그런 곳이 있습니까?"

"아, 그럼요."

라임이 희망하던 대답이었다. 프랭크는 말을 이었다.

"근처에 백 개는 될 겁니다."

이건 전혀 바라지 않던 대답이었다.

라임은 고개를 뒤로 기대고 눈은 감은 채 머릿속으로 증거물 차트를 분석했다.

톰하고 벤은 물론, 짐 벨과 메이슨 저메인이 실험실에 들어와 있었지만, 링컨 라임은 전혀 신경 쓰지 않았다. 그는 자기만의 세상, 과학과 증거물과 논리의 질서정연한 세상, 움직임이 필요하지 않은 세상, 그리고 다행히도 아멜리아와 아멜리아가 저지른 짓에 대한 감정이 출입 금지된 세상에 있었다. 그는 칠판을 쳐다보고 있을 때와 다름없이 증거물들을 똑똑히 볼 수 있었다. 아니, 눈을 감고 있을 때 오히려 더 잘 볼 수 있었다.

페인트, 설탕, 이스트, 흙, 캄펜, 페인트, 흙, 설탕… 이스트… 이스트….

문득 어떤 생각이 떠올랐다가 슬쩍 사라졌다. 다시 돌아와, 돌아와, 돌아와….

그래! 라임은 그 생각을 낚아챘다. 번쩍 눈을 떴다. 그리고 방 안의 빈 구석을 쳐다보았다. 벨이 그의 시선을 따랐다.

"뭡니까, 링컨?"

"커피 메이커 있습니까?"

톰이 탐탁찮은 듯 말했다.

"커피? 카페인은 안 됩니다. 지금 혈압으로는 도저히….

"아니, 커피를 달라는 게 아니야! 커피 필터가 필요해."

"필터요? 하나 찾아드리죠."

벨이 나갔다가 잠시 후 들어왔다. 라임이 말했다.

"벤한테 주십시오."

그러곤 벤에게 명령했다.

"필터의 종이 섬유질이 제분소에서 찾은 개릿의 옷에 붙어 있던 것과 같은지 확인해."

벤은 필터를 약간 비벼서 섬유를 슬라이드 위에 놓았다. 그리고 비교현미경 렌즈를 들여다보며 초점을 맞추더니 양쪽 샘플을 나란히 볼 수 있도록 재물대를 옮겼다.

"색깔은 약간씩 다릅니다만, 섬유의 구조와 크기는 상당히 비슷하네요."

"좋아."

라임의 시선이 얼룩 묻은 티셔츠로 향했다. 그가 벤에게 말했다.

"주스, 셔츠에 묻은 과일 주스. 다시 맛을 봐. 시큼하지 않나? 톡 쏘는 맛?"

벤이 맛을 보았다.

"약간 그런 것도 같고. 잘 모르겠습니다."

라임의 시선이 지도로 향했다. 루시와 부보안관 일행은 총을 발사할 만반의 준비를 한 채 저 푸른 황무지 어딘가에서 색스를 향해 접근하고 있을 것이다. 아니면, 개릿이 색스의 총을 빼앗아 그녀에게 총구를 겨누고 있던가. 아니면, 색스 자신이 자기 머리통에다 총을 겨누고 방아쇠를 당기고 있을지도.

"짐, 갖다 주실 게 있습니다. 대조 샘플용으로."

"그러죠. 어딥니까?"

벨이 주머니에서 열쇠를 꺼냈다.

"아, 차는 필요 없는 곳입니다."

루시 커의 머릿속으로 수많은 영상이 오갔다. 보안관국에 처음 출근하던 날의 제시 콘, 완벽하게 윤을 낸 관용 신발에 짝이 맞지 않던 양말…. 절대 지각하지 않으려고 해도 뜨기 전에 옷을 차려입느라 그랬다던가.

PCP 때문에 제정신이 아닌 바튼 스넬이 부보안관들을 향해 마구 총을 쏴댈 때, 경찰차 뒤쪽에 어깨를 마주대고 함께 웅크리고 있던 제시 콘. 그 덩치 큰 사내로 하여금 윈체스터를 내려놓게 한 것은 제시 콘 특유의 태평스러운 말장난이었다.

비번인 날, 새로 뽑은 체리색 포드 픽업을 몰고 자랑스럽게 카운티 사무실로 와서는 사람들을 짐칸에 태우고 주차장을 오락가락하던 제시 콘. 과속 방지턱을 넘을 때마다 다들 입을 모아 '야아아아!' 소리를 질렀었지.

네드, 트레이와 함께 넓은 참나무 숲을 걷는 동안, 루시의 머릿속에는 이런 생각들이 오갔다. 짐 벨은 교대조로 보낸 스티브 파와 프랭크, 메이슨이 도착할 때까지 트레일러에서 기다리라고 명령했다. 루시와 다른 부보안관 두 명은 사무실로 돌아오는 게 낫다고 판단한 것이다. 하지만 굳이 상의할 것도 없었다. 일행은 최대한 경건하게 제시의 시체를 트레일러로 옮기고 담요로 덮었다. 그런 다음 루시는 다시 도주자들을 체포하러 가겠다, 아무도 우리를 막을 수 없다는 말을 짐 벨에게 전하고 출발했다.

개릿과 아멜리아는 발자취를 숨기지도 않은 채 빠른 속도로 도망 치고 있었다. 늪지 가장자리에 나 있는 길을 따라 간 모양이다. 푹신 푹신한 땅에는 두 사람의 발자국이 뚜렷이 나 있었다. 루시는 아멜리 아가 블랙워터랜딩에서 현장 관찰을 할 때 발자국을 보면서 링컨 라 임에게 했던 말이 떠올랐다. 그때 아멜리아는 빌리 스테일의 몸무게 가 발가락 쪽으로 쏠려 있는 걸로 봐서 메리베스를 구하기 위해 개릿 쪽으로 달려간 게 틀림없다고 추정했다. 지금 추적하고 있는 두 사람 역시 마찬가지였다. 그들은 뛰고 있었다.

루시는 동료 부보안관들에게 말했다.

"뛰자."

더위와 피로에도 불구하고 일행은 함께 뛰었다.

2킬로미터쯤 달려가니 땅의 습기가 줄어들면서 발자국이 보이지 않았다. 길은 넓은 공터로 이어졌고, 개릿과 아멜리아가 어디로 갔는 지 더 이상 알 길이 없었다.

"젠장."

루시는 숨을 몰아쉬며 격분했다.

"빌어먹을!"

그들은 공터를 빠짐없이 살펴보았다. 하지만 이어지는 길도 없고, 개릿과 아멜리아가 어디로 갔는지 알려줄 만한 단서도 찾을 수 없었 다. 네드가 물었다.

"이제 어떻게 하지?"

"보고하고 기다려야지."

루시는 이렇게 중얼거리고 나무에 기대 트레이가 던져준 물병을 받아 마셨다.

다시 이런저런 생각이 들었다. NRA 사격대회 때 쓸 거라며 반짝이는 은색 권총을 수줍게 뽐내던 제시 콘, 부모님과 함께 로커스트 스트리트의 제일침례교회에 나가던 제시 콘….

이런 영상이 머릿속을 가득 채웠다. 떠올리면 떠올릴수록 가슴이 아프고 분노가 치밀었다. 하지만 루시는 굳이 추억을 몰아내지는 않았다. 처절한 분노를 간직한 채 아멜리아 색스와 대면하고 싶었다.

삐걱 하면서 오두막 문이 몇 센티미터 정도 열렸다. 톰이 노래하듯 말했다.

"메리베스, 이리 오렴. 이리 와서 같이 놀자."

톰은 선교사에게 소곤거리며 이야기를 나누더니 다시 말했다.

"이리 와, 이리 와. 어차피 도망갈 길은 없어. 아프게 하지 않을게. 어제는 그냥 장난친 거야."

메리베스는 앞문 뒤쪽 벽에 똑바로 기대서 있었다. 아무 말도 하지 않았다. 양손엔 몽둥이를 단단히 붙잡고 있었다.

끼익 소리가 나며 문이 조금 더 열렸다. 바닥에 그림자가 생겼다. 톰이 조심스럽게 안으로 들어섰다.

포치에서 선교사가 속삭였다.

"어디 있지?"

톰이 말했다.

"지하 창고가 있군. 틀림없이 저기 있을 거야."

"빨리 데려가자고. 여긴 영 마음에 안 들어."

톰이 한 발짝 더 들어왔다. 손에는 긴 칼이 들려 있었다.

인디언의 전투 철학엔 협상이 결렬되고 전쟁을 피할 수 없게 된 상황에서는 위협이나 허풍을 치지 않는다는 규칙이 있다. 그냥 있는 힘을 다해 공격한다. 전투란 적에게 항복을 권유하거나 말로 설명하거나 비난하는 게 아니다. 전투란 적을 섬멸하기 위해 하는 것이다.

메리베스는 소리 없이 다가가 마니토우 신처럼 고함을 지르며 놀란 눈을 커다랗게 뜬 채 이쪽으로 돌아서는 톰을 향해 몽둥이를 휘둘렀다. 선교사가 외쳤다.

"조심해!"

하지만 톰은 미처 피할 여유가 없었다. 몽둥이는 톰의 귀 앞쪽을 정통으로 내리치며 턱을 부수고 목줄을 반쯤 파고들었다. 톰은 칼을 떨어뜨리고 목을 부여잡으며 무릎을 꿇었다. 그러곤 캑캑거리며 밖으로 기어나갔다.

"도와… 도와줘."

그러나 도움의 손길은 오지 않았다. 선교사는 팔을 뻗어 톰의 옷깃을 잡아채더니 포치에서 땅바닥으로 밀어냈다. 톰은 엉망진창이 된 얼굴을 감싸 안고 땅에 쓰러졌다.

"이 멍청한 새끼."

선교사는 친구를 향해 중얼거리며 뒷주머니에서 총을 꺼냈다. 메리베스는 문을 쾅 닫고 다시 벽 뒤에 서서 손바닥의 땀을 닦은 후 몽둥이를 단단히 고쳐 잡았다. 찰칵 하고 격철 당기는 소리가 났다.

"메리베스, 난 총을 갖고 있어. 너도 짐작하겠지만 난 필요하면 쏴버리는 놈이야. 빨리 나와. 나오지 않으면 여기서 마구 쏠 거야. 그러면 맞을지도 몰라."

메리베스는 벽에 등을 댄 채 아래로 몸을 웅크렸다. 그리고 총성이 울리기만을 기다렸다.

하지만 선교사는 총을 쏘지 않았다. 함정이었다. 그가 문을 발로 찼다. 홱 열린 문이 메리베스의 몸에 부딪혔다. 문에 부딪혀 쓰러진 메리베스는 잠시 넋을 잃었지만 선교사가 들어오려는 순간, 문을 발로 세게 찼다. 반격을 예상 못 한 선교사는 어깨에 육중한 나무문이 부딪히자 비틀거렸다. 메리베스는 얼른 일어나 자신의 팔이 닿는 유일한 지점, 선교사의 팔꿈치를 향해 몽둥이를 휘둘렀다. 바로 그때 선교사는 돌멩이라도 맞은 듯 바닥에 푹 쓰러졌고 몽둥이는 허공을 갈랐다. 몸무게를 잔뜩 실어 휘두르는 바람에 땀이 찬 손에서 몽둥이가 빠져나갔다.

주울 시간이 없었다. 그냥 뛰자! 메리베스는 선교사가 총을 쏘기 전에 얼른 그 옆을 지나 문 쪽으로 달렸다.

드디어! 드디어 이 지옥에서 탈출한다!

메리베스는 왼편으로 돌아 이틀 전 개릿한테 끌려온 길 쪽으로 향했다. 길옆에는 넓은 캐롤라이나 베이가 자리 잡고 있었다. 오두막 모퉁이에서 연못 쪽으로 향하는 순간….

개릿 핸런이 우뚝 앞을 막아섰다.

"안 돼! 안 돼!"

메리베스는 외쳤다. 개릿은 눈을 번득이며 손에 총을 들고 있었다. 그가 메리베스의 팔목을 잡았다.

"어떻게 나온 거지? 어떻게?"

"가게 해줘!"

메리베스는 벗어나려 했지만, 개릿이 쇳덩이처럼 손목을 틀어잡고 있어 꿈쩍도 할 수 없었다.

개릿 옆에는 음울한 얼굴을 한 아름다운 빨강머리 여자가 서 있었다. 옷차림은 개릿과 마찬가지로 지저분했다. 여자는 멍한 눈빛에 말이 없었다. 갑자기 메리베스가 나타났는데도 전혀 놀란 기색이 없었다. 약에 취한 듯했다.

"빌어먹을, 이 나쁜 년!"

선교사의 목소리가 들렸다. 모퉁이를 돌아 온 그는 자기 얼굴에 권총을 겨누고 있는 개릿과 맞닥뜨렸다. 개릿이 소리쳤다.

"당신 누구야? 내 집에다 무슨 짓을 한 거야? 메리베스한테 무슨 짓을 했어?"

"저 여자가 우릴 공격했어! 내 친구를 봐. 저길…."

"그거 던져!"

개릿이 선교사가 든 권총을 향해 턱짓을 했다.

"던지지 않으면 죽여버리겠어! 쏜다고. 머리통을 날려버릴 거야!"

선교사는 개릿의 얼굴과 권총을 보았다. 개릿이 격철을 당겼다.

"맙소사!"

선교사는 풀밭에다 권총을 던졌다.

"이제 꺼져! 꺼지라고!"

선교사는 뒷걸음질 쳐서 톰을 일으키더니 함께 숲 쪽으로 비틀비틀 달아났다.

개릿은 메리베스를 끌고 오두막 현관 쪽으로 향했다.

"들어가! 들어가야 해. 그들이 쫓아오고 있어. 눈에 띄면 안 된다고. 지하 창고에 숨을 거야. 아니, 자물쇠를 이렇게 해놓다니! 문을 부쉈잖아!"

메리베스는 쉰 목소리로 말했다.

"싫어, 개릿! 난 거기 안 들어갈 거야."

하지만 개릿은 아무 말 없이 메리베스를 오두막 안으로 끌어당겼다. 빨강머리도 말없이 비틀비틀 안으로 들어갔다. 개릿은 문을 밀어 닫고, 부서진 나무 조각과 자물쇠를 절망적인 얼굴로 바라보았다.

"안 돼!"

개릿이 바닥에 흩어진 유리 조각을 보며 소리쳤다. 딱정벌레를 넣었던 유리병이 깨진 흔적이었다.

메리베스는 벌레가 도망친 걸 보고 격분하는 개릿이 기가 막혀 그의 얼굴을 세게 때렸다.

개릿은 놀라 눈을 깜빡이며 뒤로 물러섰다.

"이 나쁜 놈아! 그 사람들이 날 죽이려 했단 말이야!"

개릿은 당황해서 쉰 목소리로 말했다.

"미안해. 난 여기 사람이 있을 줄 몰랐어. 이 주위에는 아무도 없는 줄 알았거든. 이렇게 오래 혼자 놔둘 생각은 아니었어. 체포당하는 바람에."

개릿은 문이 열리지 않도록 나무 조각을 문 밑에 밀어 넣었다.

"체포당해? 그런데 여긴 어떻게 왔어?"

마침내 빨강머리가 입을 열었다. 웅얼거리는 목소리였다.

"내가 탈옥시켰어요. 당신을 찾아서 데려가려고. 그래야 당신이 오버롤 차림의 남자 이야기를 해줄 거고."

"무슨 남자요?"

메리베스는 어리둥절해서 물었다.

"블랙워터랜딩. 갈색 오버롤 차림의 남자, 빌리 스테일을 죽인."

메리베스는 고개를 저었다.

"하지만… 빌리를 죽인 건 개릿이었어요. 삽으로 쳤다고요. 내가 봤어요. 바로 내 눈앞에서 있었던 일이니까. 그런 다음 개릿이 날 납치했어요."

메리베스는 사람의 얼굴에 그런 표정이 떠오른 것을 본 적이 없었다. 더없는 충격과 절망. 빨강머리는 개릿을 향해 돌아서려다 문득 뭔가를 보았다. 파머 존 과일야채 통조림들이었다. 여자는 몽유병 환자처럼 천천히 테이블 쪽으로 걸어가더니 통조림을 하나 집어 들었다. 그리고 라벨의 그림을 응시했다―갈색 오버롤과 흰 셔츠를 입은 금발머리 농부.

"지어낸 이야기였니?"

여자는 통조림을 들어 보이며 개릿에게 속삭이듯 말했다.

"남자는 없었구나. 나한테 거짓말을 했어."

개릿은 메뚜기처럼 잽싼 동작으로 빨강머리의 벨트에서 수갑을 낚아챘다. 그리고 여자의 팔에 채웠다.

"미안해요, 아멜리아. 하지만 사실대로 이야기했으면 당신이 날 빼내주지 않았을 거잖아요. 이 방법밖에 없었어요. 난 여기로 와야 했다고요. 메리베스한테."

36 광란

✤ 곤충 소년 ✤

2차 범죄현장 (제분소에서 발견한 것)

- 바지에 묻은 갈색 페인트
- 점토
- 과일 주스
- 떡밥
- 캄펜
- 등유
- 끈끈이주걱
- 초탄
- 종이 섬유질
- 설탕
- 알코올
- 이스트

    링컨 라임의 시선은 강박적으로 증거물 차트를 훑고 있었다. 위에서 아래로, 아래에서 위로. 그리고 또다시.

    빌어먹을 크로마토그래피는 왜 이렇게 오래 걸리지?

    짐 벨과 메이슨 저메인은 말없이 앉아 있었다. 몇 분 전, 루시에게서 발자국을 놓쳤고 지금 트레일러 북쪽 C-5 지점에서 대기 중이라는 연락이 왔다.

    크로마토그래피가 윙윙거렸고 방 안의 모든 사람은 꼼짝도 않고 결과를 기다렸다.

    벤 커가 오랜 침묵을 깨뜨리며 나지막한 음성으로 라임에게 말했다.

"제가 예전에 별명이 있었는데요, 아마 짐작하시겠지만."

라임은 그를 쳐다보았다.

"빅 벤이었죠. 영국에 있는 그 유명한 시계 말입니다. 짐작하셨죠?"

"아니. 학교에서 말인가?"

벤은 고개를 끄덕였다.

"고등학교 때요. 열여섯 살 때 키가 벌써 188센티미터에 몸무게가 113킬로그램이었으니까요. 놀림을 많이 받았습니다. 빅 벤이라고. 다른 별명도 많았죠. 전 외모에 자신이 영 없었어요. 그래서 어쩌면 당신을 보고 안절부절못했던 건지도 모르겠습니다."

"애들 때문에 마음고생을 많이 했겠군."

라임은 사과를 받아들이면서 화제를 돌렸다.

"그랬죠. 저학년 레슬링 대회에서 대릴 테니슨을 3.2초 만에 쓰러뜨리기 전까지는요. 그 친구가 숨을 다시 쉬는 데는 그보다 시간이 더 걸렸습니다."

"난 체육 시간을 많이 빼먹었어. 의사, 부모님 핑계를 대고 실험실로 숨어들었지."

"그러셨습니까?"

"적어도 1주일에 두 번은."

"실험을 하셨어요?"

"책을 많이 읽고, 실험 기구 따윌 갖고 놀았지…. 몇 번은 소냐 메츠거랑 불장난도 쳤고."

톰과 벤이 웃었다.

하지만 첫 번째 여자 친구였던 소냐 이야기를 꺼내고 나니, 아멜리아 색스가 떠올라 라임은 더 이상 이야기하고 싶은 기분이 들지 않았다.

벤이 말했다.

"자, 나왔습니다."

컴퓨터 화면에 라임이 짐 벨에게 얻어달라고 부탁했던 샘플 분석 결과가 나왔다.

벤은 고개를 끄덕였다.

"55퍼센트 알코올 용액. 다량의 미네랄을 함유한 물."

"우물물이군."

"그렇겠지요. 그리고 미량의 포름알데히드, 페놀, 과당, 포도당, 섬유소가 나왔습니다."

"그 정도면 충분해."

라임은 생각했다. 아직은 물을 벗어난 물고기 신세지만, 점점 폐가 커져가고 있어. 그는 벨과 메이슨에게 선언했다.

"제가 실수를 했습니다. 아주 큰 실수를. 이스트를 보고 저는 그것이 개릿이 메리베스를 가둬둔 곳이 아니라 제분소에서 나왔을 거라고 생각했습니다. 한데 제분소에 이스트가 왜 있겠습니까? 이스트는 빵집이나… 아니면."

라임은 벨을 향해 한쪽 눈썹을 치켜 올렸다.

"술을 빚는 곳에 있겠지요."

라임은 테이블에 놓인 병 쪽으로 고갯짓을 했다. 병 속의 액체는 아까 라임이 벨에게 보안관국 지하실에서 가져다 달라고 한 표준강도(proof) 110의 밀주였다―증거물 보관실을 정리해 실험실로 만들 때 부보안관 한 사람이 내가던 주스 병에 들어 있던 것이다. 벤이 크로마토그래피로 분석한 샘플이 바로 이것이었다.

"설탕과 이스트라, 이건 술의 성분입니다. 그리고 그 밀주에 든 섬유소는…."

라임은 컴퓨터 화면을 처다보며 말을 이었다.

"종이 섬유에서 나왔을 겁니다. 밀주를 만들려면 필터로 걸러야 할 테니까요."

벨이 고개를 끄덕였다.

"맞습니다. 대부분의 밀주업자들은 술을 거를 때 일반 커피 필터를 사용하지요."

"개릿의 옷에서 발견한 섬유와 똑같습니다. 과당과 포도당은 과일에 있는 당분이지요. 그건 병에 남은 과일 주스에서 묻은 겁니다. 벤은 크랜베리 주스처럼 시큼하다고 했지요. 그리고 당신은 밀주에 흔히 쓰이는 용기라고 했습니다, 짐. 그렇죠?"

"오션 스프레이(Ocean Spray) 사에서 만든 거죠."

"그렇다면, 개릿은 메리베스를 밀주업자의 오두막에 가둬놓고 있는 겁니다. 아마 걸린 뒤로 버려진 곳이겠지요."

"걸리다니?"

메이슨이 물었다. 뻔한 대답을 놓고 구구절절 설명하는 걸 싫어하는 라임은 간략하게 답했다.

"트레일러와 같은 경우죠. 메리베스를 가둬놓을 데라면 버려진 곳이어야 합니다. 밀주 만드는 곳을 왜 버리겠습니까?"

벨이 대답했다.

"국세청 단속에 걸려서 그랬겠군요."

"맞습니다. 전화를 걸어서 지난 몇 년 동안 단속에 걸린 밀주장 위치를 알아내십시오. 숲 속에 지어진 19세기 건물로 갈색 페인트칠이 되어 있을 겁니다. 단속 당시엔 그렇지 않을 수도 있지만. 프랭크 헬러가 사는 곳에서 7~8킬로미터쯤 떨어진 장소입니다. 근처에 캐롤라이나 베이가 있을 거고요. 파코에서 그쪽으로 가려면 캐롤라이나 베이를 거쳐야 할 겁니다."

벨은 국세청에 전화를 걸러 갔다.

"훌륭하십니다, 링컨."

벤이 말했다.

메이슨 저메인조차 감탄한 것 같았다.

잠시 후 벨이 급히 들어왔다.

"찾았습니다!"

벨은 손에 든 종이를 들여다보고 지도를 더듬다 B-4 지점에서 멈췄다. 그리고 손가락으로 동그랗게 원을 그렸다.

"바로 여깁니다. 국세청 조사부장 말로는, 상당히 큰 밀주장이었다는군요. 1년 전에 덮쳐서 압수했답니다. 두세 달 전에도 한 번 가봤는데, 갈색으로 새로 페인트칠이 되어 있어서 다시 밀주를 만들고 있나 했다더군요. 하지만 텅 비어 있어 별 신경을 쓰지 않았답니다. 아, 그리고 20미터 떨어진 곳에 상당히 큰 캐롤라이나 베이가 있답니다."

"차로 갈 수 있습니까?"

라임의 물음에 벨이 대답했다.

"그럴 겁니다. 밀주장은 원래 길 가까이 있습니다. 재료를 실어 나르고 완성된 밀주를 내가야 하니까요."

라임은 고개를 끄덕이고 단호하게 말했다.

"색스와 단둘이 한 시간만 있게 해주십시오. 설득을 하겠습니다. 할 수 있습니다."

"위험합니다, 링컨."

"꼭 필요합니다."

라임은 벨의 눈을 똑바로 쳐다보며 말했다.

마침내 벨이 말했다.

"좋습니다. 하지만 이번에도 개릿이 달아나면 대대적인 수색이 벌어질 겁니다."

"알겠습니다. 제 밴도 거기까지 갈 수 있을까요?"

"길이 좋지는 않지만…."

톰이 끼어들었다.

"제가 데려다 드리죠, 라임. 무슨 수를 써서라도 꼭 데려다 드리겠습니다."

라임이 카운티 사무소에서 나가고 5분 뒤, 메이슨 저메인은 짐 벨이 자기 사무실로 돌아가는 것을 지켜보았다. 메이슨은 잠시 기다리다 아무도 안 보는 것을 확인하고 얼른 복도를 지나 건물 현관 쪽으로 향했다.

카운티 사무소에는 전화기가 열 대가 넘게 있었다. 하지만 메이슨은 더운 바깥으로 나가 얼른 앞뜰을 지났다. 그리고 보도에 있는 공중 전화로 향했다. 주머니를 뒤져 동전을 몇 개 꺼냈다. 주위를 둘러보고 거리에 아무도 없는 것을 확인한 메이슨은 종이에 적힌 전화번호를 확인한 뒤 번호를 눌렀다.

파머 존, 파머 존, 파머 존에서 방금 나온 신선한 맛을 느껴보아요….
파머 존, 파머 존, 파머 존에서 방금 나온 신선한 맛을 느껴보아요….
통조림 상표에 그려진 오버롤 차림의 농부 수십 명이 비웃는 듯한 미소를 띤 채 이쪽을 쳐다보고 있었다. 자신의 어리석음을 상징하는 것처럼 무의미한 광고 음악이 머릿속을 끝없이 흘러갔다.
그 어리석음 때문에 제시 콘이 생명을 잃었다. 그리고 그녀의 인생 또한 파멸했다.
자신의 인생을 걸고 구해낸 소년의 포로가 된 색스는 지금 자신이 있는 오두막집도 거의 의식하지 못했다. 개릿과 메리베스가 성난 목소리로 주고받는 대화도 귀에 들어오지 않았다. 제시의 이마를 꿰뚫은 작은 검정색 점만이 눈앞을 맴돌 뿐이었다. 귀에 들리는 것이라곤 끊임없이 반복되는 광고 음악뿐이었다.
파머 존… 파머 존….
그러다 문득 색스는 깨달았다. 종종 링컨 라임은 넋을 놓을 때가 있었다. 대화를 나누면서도 그의 말이 피상적으로 느껴질 때가, 미소도 거짓처럼 느껴질 때가, 귀를 기울이는 것 같으면서도 단 한마디도 듣고 있지 않을 때가 있었다. 색스는 이제야 깨달았다. 그런 순간, 라임은 죽음을 꿈꾸고 있었다는 사실을. 레테 협회 같은 안락사 운동 단체에서 일하는 사람을 찾아 도움을 받을까 하는 생각, 혹은 심각한 장애를 입은 사람들이 그러하듯 청부살인범을 고용할까 하는 생각(무수한 조직 범죄자를 감옥에 집어넣은 라임은 그쪽과 연줄을 갖고 있었다. 실제로, 공짜로라도 기꺼이 죽여주겠다는 범죄자들도 있을 것이다).
이제까지 색스는 라임의 그런 생각이 잘못된 거라고 여겼다. 하지만 지금, 라임의 인생 못지않게 그녀 자신의 삶이 망가져버린 지금, 아니, 더 망가져버린 지금은 그의 기분을 이해할 수 있었다.

"뭐지?"

개릿이 갑자기 펄쩍 뛰더니 창 쪽으로 귀를 기울였다.

항상 귀를 기울이고 있어야 해요. 안 그러면 저들이 우릴 덮칠지도 모르니까.

색스의 귀에도 소리가 들렸다. 자동차 한 대가 천천히 접근하고 있었다.

"우릴 찾아냈어!"

개릿이 외치며 권총을 집어 들고 창가로 달려가 밖을 내다보았다. 그의 얼굴에 혼란스러운 빛이 떠올랐다.

"저게 뭐지?"

자동차 문이 쾅 닫히고, 잠시 침묵이 이어졌다.

그때 누군가의 목소리가 들렸다.

"색스, 나야."

순간, 색스의 얼굴에 희미한 미소가 떠올랐다. 링컨 라임이 아니라면 이 우주의 어느 누구도 여기를 찾아내지 못할 것이다.

"색스, 거기 있나?"

개릿이 소곤거렸다.

"안 돼! 대답하지 말아요."

개릿의 말을 무시하고, 색스는 자리에서 일어나 깨진 창가로 다가갔다. 저만치, 오두막 앞 드라이브 웨이에 검정색 롤스 밴이 삐딱하게 서 있었다. 스톰 애로를 탄 라임이 오두막 가까이 다가왔다. 포치 가까이 다가온 휠체어는 바닥이 약간 솟아오른 지점에 멈춰 섰다. 라임 옆엔 톰이 서 있었다.

"안녕, 라임."

색스가 말했다.

개릿이 거칠게 속삭였다.

"조용히 하라니까!"

라임이 말했다.

"이야기 좀 할 수 있나?"

이 마당에 무슨 얘길 한단 말인가? 색스는 그렇게 생각하며 대답했다.

"그러죠."

색스는 문으로 향하며 개릿에게 말했다.

"문 열어. 밖으로 나갈 거야."

"안 돼. 속임수예요. 저들이 우릴 공격할…."

"문 열어, 개릿."

색스는 개릿의 눈을 뚫어지게 바라보며 단호하게 말했다. 개릿은 방 안을 둘러보았다. 그러더니 허리를 굽혀 문틈에 끼워둔 나무 조각을 꺼냈다. 색스는 뻣뻣한 손목에 찬 수갑을 썰매에 달린 벨처럼 짤랑거리며 문을 열었다.

"개릿이 한 짓이었어요."

색스는 포치 계단에 앉아 라임을 마주 보며 말했다.

"개릿이 빌리를 죽였어요…. 난 어리석은 짓을 했어요. 아주 어리석은 짓을."

라임은 눈을 감았다. 얼마나 끔찍한 기분일까. 라임은 색스의 창백한 얼굴과 돌처럼 딱딱한 눈을 찬찬히 들여다보았다.

"메리베스는 괜찮나?"

"괜찮아요. 겁을 먹었지만 무사해요."

"개릿이 범행을 저지르는 걸 메리베스가 봤대?"

색스는 고개를 끄덕였다.

"오버롤 차림의 남자는 없었고?"

"없었어요. 개릿이 꾸며낸 이야기였어요. 날 이용해서 탈옥하려고. 처음부터 모두 계획적이었어요. 아우터뱅크스 쪽으로 우릴 유인한 것도. 식료품을 실은 보트를 숨겨놨더군요. 부보안관들이 가까이 오면 어떻게 할 건지도 다 계획을 세워놨어요. 당신이 발견한 트레일러까지도. 열쇠, 그렇죠? 말벌 병에서 내가 찾아낸 그 열쇠. 그걸로 우릴 찾아냈죠?"

"맞아. 열쇠였어."

"그 생각을 했어야 하는데. 트레일러 말고 다른 곳으로 갔어야 했는데."

라임은 색스가 수갑을 찼고, 창가에서 권총을 든 개릿이 화난 얼굴로 이쪽을 훔쳐보고 있다는 걸 눈치챘다. 이건 인질 대치 상황이다. 개릿은 제 발로 걸어 나오지 않을 것이다. FBI를 불러야 할 때다. 라임의 친구 중 지금은 은퇴했지만 FBI 사상 최고의 협상가인 아서 포터가 있다. 워싱턴 D.C.에 살고 있으니 몇 시간이면 이리로 올 수 있을 것이다.

라임은 색스를 돌아보았다.

"제시 콘은?"

색스는 고개를 저었다.

"제시인 줄 몰랐어요, 라임. 컬보 일당 중 하나인 줄 알았어요. 부보안관 한 사람이 나한테 덤비는 바람에 나도 모르게 총이 발사됐어요. 하지만 내 잘못이에요. 안전장치를 해제한 총기를 신원도 확인되지 않은 사람한테 겨눴으니. 규칙 제1조를 깨뜨린 거죠."

"내가 미국 최고의 변호사를 구해줄게."

"상관없어요."

"상관있어, 색스. 상관있다고. 잘 해결할 수 있어."

색스는 고개를 저었다.

"뭘 해결해요, 라임? 이건 중범죄인데. 뻔한 얘기죠."

문득 라임의 어깨 너머로 시선을 던진 색스가 이맛살을 찌푸리고 일어서며 말했다.

"무슨⋯."

느닷없이 여자 목소리가 들렸다.

"움직이지 마! 아멜리아, 당신을 체포하겠어."

라임은 뒤를 돌아보려 했다. 하지만 그러기에는 고개가 충분히 돌아가지 않았다. 그는 조종간에 숨을 불어넣어 휠체어를 반쯤 돌렸다. 루시와 부보안관 두 명이 몸을 낮춘 채 숲에서 달려 나오고 있었다. 그들은 권총을 손에 든 채 오두막 창문에서 시선을 떼지 않았다. 남자 둘은 나무 뒤에 몸을 숨기며 달려 나왔다. 하지만 루시는 대담하게도 라임과 톰, 색스를 향해 곧장 걸어왔다. 권총으로 색스의 가슴을 겨냥한 채.

추적대가 어떻게 오두막을 찾은 거지? 밴 소리를 들었나? 개릿의 발자국을 찾은 건가? 혹시 벨이 약속을 깨고 가르쳐준 건가?

곧장 다가온 루시가 주먹으로 대뜸 색스의 턱을 세게 갈겼다. 색스는 희미하게 비명을 지르며 뒤로 물러섰다. 하지만 아무런 변명도 하지 않았다.

"안 돼!"

라임이 외쳤다.

톰이 앞으로 나섰지만 역부족이었다.

루시가 색스의 팔을 잡았다.

"메리베스가 저 안에 있어?"

"그래요."

턱에서 피가 흘러내렸다.

"무사해?"

색스는 고개를 끄덕였다.

루시가 오두막 창문에 시선을 주며 물었다.

"개릿이 당신 권총을 갖고 있어?"

"그래요."

"맙소사!"

루시가 다른 부보안관들에게 소리쳤다.

"네드, 트레이, 개릿이 안에 있어. 총을 갖고 있어."

그러고는 라임에게 한마디 던졌다.

"당신도 피하는 게 좋을 거예요."

루시가 색스를 거칠게 끌고 밴 뒤쪽으로 몸을 숨겼다.

라임도 두 사람을 따라갔다. 땅이 울퉁불퉁해 휠체어가 덜덜거렸다. 톰이 휠체어를 붙잡았다.

루시가 색스의 팔을 잡고 쳐다보았다.

"개릿 짓이지? 그렇지? 메리베스한테 듣지 않았어? 개릿이 빌리를 죽인 거지?"

색스는 땅을 내려다보았다. 마침내 그녀가 입을 열었다.

"맞아요…. 미안해요. 난…."

"이제 와서 미안하단 소리 해봤자 소용없어. 제시 콘은 이미 죽었으니까…. 저 안에 다른 무기도 있어?"

"모르겠어요. 보지 못했어요."

루시는 오두막 쪽으로 돌아서서 소리쳤다.

"개릿, 내 말 들려? 루시 커야. 지금 당장 총 내려놓고, 두 손을 머리 위에 올리고 밖으로 나와. 지금 즉시."

대답 대신 문이 쾅 닫혔다. 개릿이 문짝에 못을 박는지, 문틈에 나무 조각을 끼워 넣는지 쿵쿵거리는 소리가 희미하게 공터를 울렸다. 루시가 휴대전화를 꺼내 전화를 걸려고 하는데 남자 목소리가 들렸다.

"이봐, 부보안관. 도와줄까?"

루시는 뒤를 돌아보았다.

"아, 이런 젠장."

라임도 목소리가 들린 쪽을 돌아보았다. 키가 크고 머리를 한 갈래로 묶은 남자가 사냥용 라이플을 들고 수풀을 헤치며 이쪽으로 오고 있었다.

루시가 말했다.

"컬보, 지금은 당신까지 상대할 겨를이 없어. 그냥 저리 가."

저쪽 들판에서도 뭔가가 눈에 띄었다. 한 남자가 오두막을 향해 천천히 걸어오고 있었다. 검정색 군용 라이플을 든 채. 사내가 공터와 오두막을 조심스럽게 살폈다.

"숀이야?"

루시가 물었다.

컬보가 대답했다.

"그래, 해리스 토멜도 왔지. 저기."

토멜이 키가 큰 흑인 부보안관 쪽으로 다가갔다. 두 사람은 서로 아는 사이인 것처럼 이야기를 나누었다.

컬보가 말했다.

"개릿이 오두막 안에 있는 거라면 내가 돕는 편이 좋을 거요. 내가 어떻게 하면 되지?"

"이건 경찰이 할 일이야, 리치. 당신 세 사람은 당장 여기서 꺼져. 지금 당장. 트레이!"

루시가 흑인 부보안관에게 소리쳤다.

"이 사람들 끌어내!"

세 번째 부보안관 네드가 루시와 컬보 쪽으로 다가왔다.

"리치, 이제 보상금은 없어. 잊어버리고⋯."

컬보의 강력한 라이플이 네드의 가슴 한복판에 구멍을 뚫었다. 네드의 몸이 1미터 넘게 뒤로 날아갔다. 트레이가 해리스 토멜을 노려보았다. 두 사람은 겨우 3미터밖에 떨어져 있지 않았다. 두 사람은 넋이 나간 듯 잠시 꼼짝도 못했다.

그때 하이에나의 울음 같은 괴성을 지르며 숀 오새리언이 군용 권총을 들어올렸다. 그리고 트레이의 등을 향해 세 발을 쏘고 찢어지는 듯한 웃음소리를 날리며 풀숲 속으로 사라졌다.

"안 돼!"

루시가 소리치며 컬보를 향해 총을 겨누었다. 하지만 그녀가 총을 쏘았을 때, 그들은 이미 오두막을 둘러싼 키 큰 풀숲 속으로 자취를 감추고 없었다.

451

37 우정

땅에 엎드리고 싶은 본능적인 충동이 일었지만, 라임은 스톰 애로 휠체어에 그대로 꼿꼿이 앉아 있었다. 색스와 루시가 서 있던 밴에 탄환이 여러 발 꽂혔다. 두 사람은 이미 풀 위에 납작 엎드려 있었다. 톰은 무릎을 꿇은 채 움푹 팬 곳에 바퀴가 걸린 휠체어를 끌어내리려고 안간힘을 썼다.

색스가 외쳤다.

"링컨!"

"난 괜찮아. 도망쳐! 밴 반대편으로 가서 몸을 숨겨."

루시가 말했다.

"하지만 그쪽으로 가면 개릿의 표적이 될 수 있어요."

색스가 대꾸했다.

"하지만 지금 총질을 하는 건 개릿이 아니잖아요!"

다시 한 번 산탄이 두 사람을 아슬아슬하게 빗나가 포치에 박혔다. 톰은 휠체어 기어를 중립에 놓고 밴 반대편 오두막 쪽으로 밀었다.

"몸을 낮춰."

라임은 톰에게 말했다. 하지만 톰은 총알이 옆을 스쳐 밴의 창문을 박살내는 데도 아랑곳하지 않았다. 루시와 색스는 두 남자를 따라 오두막과 밴 사이의 그늘진 공간으로 몸을 숨겼다.

"도대체 저 사람들 왜 이러는 거야?"

루시가 외쳤다. 그녀가 권총을 몇 번 쏘자 오새리언과 토멜이 황급히 풀숲으로 숨었다. 라임은 컬보를 볼 수 없었지만, 그들 바로 앞쪽 어디쯤 있다는 걸 직감할 수 잇었다. 컬보의 라이플은 강력한 데다 대형 망원경까지 갖추고 있었다.

"수갑 풀어주고 나한테 총을 줘요."

색스가 외쳤다. 라임도 말했다.

"총을 주십시오. 색스가 당신보다 더 잘 쏩니다."

"절대 안 돼요!"

루시는 고개를 저었다. 다시 총알이 밴에 와 박히고 포치의 나무 조각이 튀었다. 색스는 고함을 질렀다.

"저쪽은 라이플이야! 당신 솜씨로는 상대가 안 돼요. 총을 나한테 줘요!"

루시는 밴 옆면에 머리를 기댄 채 풀 위에 쓰러져 있는 죽은 부보안관을 응시했다. 그녀는 흐느끼며 중얼거렸다.

"어떻게 된 거야? 왜 이런 일이 일어나는 거야?"

그들이 몸을 숨기고 있는 밴도 오래 버텨줄 것 같지 않았다. 컬보의 라이플을 피할 수는 있지만, 나머지 둘이 측면으로 우회하고 있었다. 잠시 후면 양쪽에서 십자포화를 퍼부을 것이다.

루시는 두 번 더 총을 쏘았다. 하지만 총알은 아까 산탄이 터진 풀숲으로 날아가 박혔다. 색스는 외쳤다.

"총알 낭비하지 말아요. 목표물이 잘 보일 때까지 기다려요. 안 그러면…"

"입 닥쳐!"

루시는 고함친 뒤 주머니를 더듬었다.

"빌어먹을, 휴대전화를 잃어버렸어."

톰이 말했다.

"링컨, 몸을 의자에서 내려놓겠습니다. 앉아 있으면 쉬운 타깃이 되니까."

라임은 고개를 끄덕였다. 톰은 안전벨트를 풀고 두 팔로 라임의 가슴을 안아 땅에 끌어내려 눕혔다. 라임은 고개를 들어 상황을 살펴보려고 했지만, 인정사정없는 경련이 목 근육을 덮쳤다. 통증이 지나갈 때까지 머리를 풀 위에 내려놓지 않을 수 없었다. 지금 이 순간만큼 무기력감에 사로잡힌 적도 없었다.

다시 총성. 좀 더 가까운 곳이다. 오새리언의 광기어린 웃음소리가 들렸다.

"이봐, 칼잡이 아가씨. 어디 있어?"

루시가 중얼거렸다.

"놈들이 거의 가까이 왔어."

색스가 물었다.

"총알은요?"

"총에 세 발 남았고, 스피드로더 하나."

"여섯 발짜리?"

"그래."

스톰 애로 뒤쪽에 총탄이 와 박혔다. 휠체어가 옆으로 쓰러지며 주위로 먼지가 구름처럼 날렸다.

루시는 오새리언을 향해 총을 쏘았다. 하지만 맞추지 못했는지 낄낄거리는 웃음소리와 콜트 권총 소리가 날아왔다. 총소리를 들어보니 몇 분 후면 완전히 포위될 것 같았다.

여기서, 찌그러진 밴과 오두막 사이의 이 어둑어둑한 공간에서 총에 맞아 죽다니. 총알이 몸을 파고드는 기분이 어떨지 라임은 궁금했다. 물론 무감각한 그의 몸은 아무런 고통도, 조금의 감각도 느끼지 못할 것이다. 색스가 절망적인 표정으로 라임을 바라보고 있었다.

자네와 내가, 색스….

라임은 문득 오두막 앞쪽을 쳐다보았다.

"저길 봐."

루시와 색스가 라임의 시선을 따랐다.

개릿이 앞문을 열어놓았다.

색스가 말했다.

"들어가죠."

루시가 말했다.

"미쳤어? 개릿은 저놈들 편이야. 모두 한통속이라고."

라임이 말했다.

"아니, 개릿은 창문으로 쏠 기회가 있었는데도 쏘지 않았어요."

총알이 두 발 더 날아왔다. 아주 가까웠다. 근처의 풀숲이 부스럭거렸다. 루시는 권총을 들어올렸다.

"낭비하지 말아요!"

색스가 외쳤다. 루시는 일어서서 소리 나는 곳을 향해 빠르게 두 발을 쏘았다. 하지만 그것은 루시를 유인하려고 저쪽에서 던진 돌이었다. 루시가 옆으로 펄쩍 물러섬과 동시에, 루시의 등을 겨냥한 토멜의 산탄이 휙 스쳐가며 밴의 옆면에 구멍을 뚫었다.

"젠장!"

루시가 외쳤다. 그리고 빈 탄창을 빼고 스피드로더를 끼웠다.

라임이 말했다.

"들어갑시다. 빨리."

루시는 고개를 끄덕였다.

"좋아요."

"소방수 운반법(Fireman's carry)."

라임이 말했다. 그건 사지마비 환자를 운반하는 데 적합하지 않은 방법이다. 압력에 익숙하지 않은 신체 부위에 손상이 갈 수 있다. 하지만 신속하게 운반할 수 있기 때문에 톰이 과녁으로 노출되는 시간을 최소한 줄일 수 있다. 라임 자신의 몸이 톰의 방패 역할을 할 수 있을 거라는 계산도 들어 있었다.

톰이 말했다.

"안 됩니다."

"빨리 해, 톰. 입씨름할 시간 없어."

루시가 말했다.

"내가 엄호하죠. 세 사람이 함께 들어가요. 준비됐어요?"

색스는 고개를 끄덕였다. 톰이 튼튼한 팔로 라임을 아이처럼 안아 들었다.

"톰⋯."

라임이 거부하자 톰이 말했다.

"조용히 해요, 링컨. 내가 알아서 합니다."

"가요!"

루시가 외쳤다.

요란한 총성이 몇 발 울렸다. 귀가 멍멍했다. 계단을 뛰어올라 오두 막으로 달려가는 동안, 라임은 시야가 온통 흔들려서 아무것도 볼 수 없었다. 안으로 들어선 순간 다시금 총알 몇 발이 오두막 나무 벽에 박혔다. 잠시 후, 루시가 안으로 몸을 굴려 들어오며 쿵 하고 문을 닫았다. 톰은 라임을 조심스럽게 소파 위에 내려놓았다.

사색이 된 젊은 여자가 의자에 앉아 라임을 바라보았다. 메리베스 매코넬이었다.

얼룩덜룩한 얼굴에 겁에 질린 눈을 커다랗게 뜬 개릿 핸런은 손톱을 미친 듯이 튕기며 반대쪽 손으로 권총을 어색하게 들고 있었다. 루시가 그의 얼굴에 대뜸 총을 들이댔다.

"총 내놔! 어서! 빨리 내놔!"

개릿은 흠칫 놀라 총을 얼른 건넸다. 루시가 총을 벨트에 꽂더니 뭐라고 외쳤지만 라임은 알아듣지 못했다. 그는 개릿의 어리둥절하고 겁에 질린 눈, 어린아이 같은 눈을 응시하고 있었다. 라임은 생각했다. 자네가 왜 그런 짓을 해야 했는지 이제 알겠어, 색스. 왜 개릿을 믿었는지. 왜 그를 구해야 했는지. 이제 알겠어⋯.

라임이 말했다.

"다들 무사한가?"

"괜찮아요."

색스가 대답했다. 루시도 고개를 끄덕였다.

톰이 미안하다는 듯한 목소리로 말했다.

"난… 안 괜찮은데요."

톰이 날씬한 배에서 손을 떼자 피투성이 총상이 드러났다. 오늘 아침 정성껏 다렸던 바지 자락이 죽 찢어지면서, 톰이 쿵, 무릎을 꿇고 쓰러졌다.

38 대결

상처를 찾아내서 출혈을 막는다. 가능하면 환자가 쇼크 상태에 빠지지 않았는지 확인한다.

뉴욕시경에서 응급처치술을 배운 아멜리아 색스가 톰 옆에 무릎을 꿇고 상처를 살폈다.

등을 바닥에 대고 누운 톰은 아직 의식이 있지만 얼굴이 창백하고 식은땀을 심하게 흘리고 있었다.

색스는 한 손으로 상처를 눌렀다.

"수갑 풀어줘요! 이 상태로는 처치를 못 해요."

루시가 대꾸했다.

"안 돼."

"젠장."

색스는 중얼거리며 수갑을 찬 채 최대한 톰의 배를 살폈다.

라임이 말했다.

"기분이 어떤가, 톰? 말해봐."

"감각이 없어요…. 그냥… 이상한 기분이네요…."

눈동자가 위로 돌아가더니 정신을 잃었다.

그때 머리 위에서 쩍, 하는 소리가 들렸다. 총알이 벽을 뚫고 들어왔다. 곧이어 산탄이 문을 때렸다. 개릿이 색스에게 냅킨 한 뭉치를 내밀었다. 색스는 냅킨으로 톰의 배를 눌렀다. 얼굴을 가볍게 때렸다. 반응이 없었다.

라임은 절망적으로 물었다.

"살아 있나?"

"숨은 쉬고 있어요. 약하게. 어쨌든 쉬고 있어요. 총알이 나간 상처는 심하지 않지만, 내부 손상이 어느 정도인지 모르겠어요."

루시는 창밖을 얼른 내다보고 다시 숙였다.

"저 사람들이 왜 이러는 거지?"

라임이 대답했다.

"짐한테 들었는데 밀주 제조를 하고 있다는군요. 어쩌면 이 오두막에 눈독을 들이고 남의 눈에 띄길 바라지 않았는지도 모르지요. 근처에 밀주장이 있다든가."

메리베스가 말했다.

"아까도 남자 둘이 들어오려고 했어요. 마리화나 밭에 제초제를 뿌린다고 했지만, 제 생각엔 아마 마리화나를 재배하는 사람들 같아요. 저 사람들도 모두 일당인지 모르죠."

루시가 물었다.

"벨은 어디 있죠? 메이슨은?"

"30분 뒤에 올 겁니다."

라임이 대답했다. 루시는 그 말에 낙심하며 고개를 저었다. 그러곤 시선을 창밖으로 향하더니 뭔가를 본 듯 얼굴이 굳어졌다. 루시가 권총을 꺼내 얼른 바깥을 겨냥했다.

그녀의 서두르는 기색에 색스가 먼저 외쳤다.

"아니, 내가 쏠게요!"

하지만 루시는 두 번 발포했다. 얼굴을 찡그리는 걸 보니 못 맞춘 것 같다. 그녀가 눈을 가늘게 뜨고 바깥을 쳐다보며 말했다.

"손이 방금 통을 하나 발견했어. 빨간 통. 저게 뭐지, 개릿? 가솔린

인가?"

겁에 질린 개릿은 굳은 채 바닥에 웅크리고 있었다.

"개릿, 말해!"

개릿이 루시를 돌아보았다.

"빨간 통 말이야. 그 안에 뭐가 들었어?"

"어, 등유요. 보트 연료."

루시가 중얼거렸다.

"빌어먹을, 우릴 태워버릴 생각이군."

"그건 안 돼!"

개릿이 외치며 무릎을 꿇더니 미친 듯한 눈빛으로 루시를 쳐다보았다. 그가 무슨 짓을 할지 알아차린 것은 색스뿐이었다.

"안 돼, 개릿, 그러지…."

개릿은 색스의 말을 무시하고 문을 활짝 열었다. 그러곤 반쯤은 기고 반쯤은 뛰어서 포치로 향했다. 총탄이 그의 뒤를 따라 나무에 박혔다. 맞았는지 어떤지 알 수 없었다.

잠시 정적이 흘렀다. 등유를 든 일당은 오두막을 향해 다가왔다.

색스는 총탄으로 인해 먼지가 자욱한 방 안을 둘러보았다.

자기 몸을 끌어안고 흐느끼는 메리베스.

악마 같은 증오심에 불타는 눈빛으로 권총을 점검하는 루시.

천천히 피를 흘리며 죽어가는 톰.

소파에 등을 대고 앉아 숨을 몰아쉬는 링컨 라임.

당신과 나….

색스는 침착한 목소리로 루시에게 말했다.

"나가죠. 우리가 저들을 막아야 해요. 우리 둘이."

"저쪽은 셋이고, 라이플을 갖고 있어."

"여길 불태울 거예요. 산 채로 불에 태워 죽이거나 밖으로 뛰어나오면 쏴죽일 심산이라고요. 선택의 여지가 없어요. 수갑 풀어요."

색스는 손목을 내밀었다.

"풀어야 해요."

루시가 속삭였다.

"당신을 어떻게 믿지? 강에 매복해 있다가 우릴 쐈는데."

"매복? 무슨 소리예요?"

루시가 얼굴을 찌푸렸다.

"무슨 소리냐고? 보트를 미끼로 이용해서 네드가 그쪽으로 다가가
니까 쐈잖아."

"말도 안 되는 소리! 우리가 배 밑에 있는 줄 알고 당신들이 먼저
쐈잖아요."

"당신이 쏴서 우리도…."

목소리가 잦아들더니 그제야 알겠다는 듯 루시가 고개를 끄덕였
다. 색스가 말했다.

"저들이었군요. 컬보와 일당들. 그중 한 놈이 먼저 쏜 거예요. 당신
들한테 겁을 줘서 추적 속도를 늦추려고."

"우린 당신인 줄 알았어."

색스가 손목을 내밀었다.

"선택의 여지가 없어요."

루시는 색스를 가만히 지켜보더니 천천히 주머니에 손을 넣어 열쇠
를 꺼냈다. 그리고 크롬 수갑을 풀었다. 색스가 손목을 비비며 말했다.

"실탄은 얼마나 남았죠?"

"네 발."

"내 총에는 다섯 발이 있을 거예요."

색스는 루시에게서 총열이 긴 스미스 앤드 웨슨을 받아들고 탄창
을 점검한 뒤 톰을 내려다보았다. 메리베스가 앞으로 나섰다.

"이 사람은 내가 돌볼게요."

"한 가지. 그 사람 동성애자예요. 검사는 받았지만 그래도…."

"상관없어요. 내가 조심하죠. 가보세요."

라임이 말했다.

"색스…."

"나중에, 라임. 지금은 시간이 없어요."

색스는 문 쪽으로 다가가 바깥 지형을 살폈다. 몸을 숨기고 총을 쏘기 좋은 지점이 어디쯤인지. 자유를 찾은 손으로 묵직한 총을 들고 있으니 자신감이 되돌아왔다. 이것이야말로 그녀의 세상이다. 총과 속도. 링컨 라임과 그가 받을 수술도, 제시 콘의 죽음도, 개릿 핸런의 배신도, 이 끔찍한 상황에서 벗어난 뒤 그녀를 기다리고 있을 운명도, 더 이상 아무것도 떠오르지 않았다.

움직이고 있을 때는 잡히지 않아….

색스는 루시에게 말했다.

"일단 문으로 나가요. 당신은 왼쪽. 밴 뒤쪽으로 가되 어떤 일이 있어도 멈춰서는 안 돼요. 풀밭에 도착할 때까지 계속 움직여야 해요. 난 오른쪽, 저쪽 나무 뒤로 갈게요. 키 큰 풀밭에 들어가면 몸을 낮추고 계속 앞으로, 숲 쪽으로 가서 저들을 우회하는 거예요."

"우리가 문밖으로 나가는 걸 저쪽에서 볼 텐데."

"그걸 보여주려는 거예요. 우리 두 사람이 풀밭 어딘가에 있다는 걸 의식하게 하는 거죠. 그러면 불안해서 자꾸 뒤쪽을 돌아볼 거예요. 타깃을 확실히 잡을 수 있을 때까지 쏘면 안 돼요. 알겠어요?"

"알았어."

색스는 왼손으로 문손잡이를 잡았다. 두 여자가 눈을 마주쳤다.

토멜 옆에 선 오새리언은 등유통을 오두막 쪽으로 나르느라 앞문엔 미처 신경을 쓰지 못하고 있었다. 바로 그때 여자 둘이 밖으로 뛰쳐나오더니 양쪽으로 갈라져서 숲을 향해 뛰기 시작했다. 토멜도, 오새리언도 미처 제대로 겨냥해서 쏠 겨를이 없었다.

오두막 앞쪽과 옆쪽의 시야를 모두 확보하느라 훨씬 뒤에 있던 컬보 역시 누가 뛰어나오리라고는 예상하지 못했던지, 얼결에 총을 한 방 쏘았을 때는 이미 색스도 루시도 오두막을 둘러싼 풀숲 속으로 사라진 뒤였다.

오새리언과 토멜도 풀숲으로 몸을 숨겼다. 컬보가 외쳤다.

"여자들이 나왔잖아! 도대체 뭘 하고 있었던 거야!"

컬보가 색스 쪽으로 한 발 더 쏘았다. 색스는 땅에 납작 엎드렸다. 다시 몸을 일으켜 컬보 쪽을 살펴보니 그도 풀숲으로 몸을 숨긴 뒤였다.

치명적인 독사 세 마리가 눈앞에 있다. 하지만 정확히 어디쯤인지 알 수가 없다.

컬보가 외쳤다.

"오른쪽으로 가!"

"어디로?"

둘 중 하나가 물었다. 토멜인 것 같다.

"그러니까… 잠깐만."

그리고 정적.

색스는 아까 토멜과 오새리언이 있던 쪽으로 기어가기 시작했다. 그러다 붉은색이 언뜻 비치는 것을 보고 그쪽으로 방향을 돌렸다. 뜨거운 바람결에 풀이 옆으로 누우면서 등유통이 보였다. 다시 몇 미터 접근했다. 바람이 풀을 살랑 눕히는 순간, 색스는 낮게 겨냥해서 통 바닥을 정확히 맞혔다. 등유통이 바르르 떨면서 맑은 액체를 쏟아내기 시작했다.

"젠장!"

한 남자가 외쳤다. 풀숲이 움직이는 것으로 보아 도망치는 것 같았다. 하지만 등유는 폭발하지 않았다.

다시 풀잎 움직이는 소리. 발소리.

어디지?

그때 벌판 15미터 전방에서 불빛이 반짝였다. 컬보가 있던 곳 근처인 것으로 보아, 라이플 망원경이나 리시버(총의 몸통─옮긴이)인 것 같았다. 색스는 고개를 조심스럽게 든 뒤 루시와 눈을 마주쳤다. 그러곤 손으로 자신과 불빛이 보인 곳 쪽을 번갈아 가리켰다. 루시는 고개를 끄덕이더니 동그랗게 측면 쪽을 가리켰다. 색스는 고개를 끄덕였다.

한데 루시가 몸을 낮추고 오두막 왼쪽에서 풀숲을 가로지르려는 순간, 오새리언이 일어서더니 미친 듯이 웃으며 콜트를 쏘아대기 시작했다. 날카로운 총성이 풀밭을 가득 채웠다. 루시의 몸이 순간적으로 완전히 노출되었으므로, 맞추지 못한 것은 오로지 오새리언이 성급하게 총질을 해댔기 때문이다. 루시는 먼지를 일으키며 땅에 몸을 던졌다가 다시 일어나 한 발 쏘았다. 총알은 아슬아슬하게 비껴갔다. 오새리언은 다시 엎드리며 야유를 보냈다.

"잘했어, 아가씨!"

색스는 컬보가 있는 곳을 향해 전진하기 시작했다. 총성이 다시 몇 발 들려왔다. 권총 소리, 군용 라이플의 찢어지는 듯한 연속음, 이어 귀가 멀 듯한 샷건 폭발음.

루시가 맞았나 걱정하고 있는데, 잠시 후 여자 목소리가 들렸다.

"아멜리아, 그가 당신 쪽으로 가고 있어."

풀숲에서 발소리가 들렸다.

잠시 정지. 그리고 풀잎 움직이는 소리.

누구지? 어디 있지? 색스는 겁에 질려 어지럽게 주위를 둘러보았다.

다시 정적. 뭐라고 외치는 남자 목소리.

발소리가 다시 물러났다.

바람에 풀이 옆으로 누우며 또 한 번 컬보의 망원경이 반짝 했다. 그는 색스 앞쪽으로 50미터 떨어진 곳, 지대가 약간 높은 곳에 자리 잡고 있었다. 총을 쏘기 좋은 위치였다. 풀 사이로 총구를 내밀고 공터 전체를 다 커버할 수 있는 곳이다. 그가 망원경으로 루시를 겨누거나 오두막에 있는 라임이나 메리베스를 겨냥하고 있을 거라 생각한 색스는 좀 더 빨리 기기 시작했다.

빨리, 더 빨리!

색스는 발을 딛고 일어서서 몸을 낮춘 채 뛰기 시작했다. 컬보는 아직 10미터 전방에 있었다.

하지만 숀 오새리언이 컬보보다 훨씬 가까이 있었다. 색스는 공터로 뛰어나가다가 숀에게 걸려 넘어졌다. 그녀는 얼른 숀의 몸을 넘어 등을 아래로 하고 땅에 굴렀다. 술 냄새와 땀 냄새가 풍겼다.

숀의 눈빛에는 광기가 어려 있었다. 정신분열증 환자 같은, 초점이 맞지 않는 눈빛.

눈 깜짝할 사이, 색스는 권총을 들어올렸고 숀도 콜트의 총구를 이쪽으로 향했다. 양쪽 총이 동시에 불을 뿜었고, 색스의 몸은 반동으로 뒤로 넘어갔다. 오새리언은 탄창에 남은 실탄 세 발을 모두 쏟아 부었다. 하지만 모두 비켜갔다. 색스가 쏜 한 발도 빗나갔다. 몸을 굴려 엎드린 뒤 타깃을 찾았지만, 오새리언은 이상한 고함소리를 내며 풀숲 속으로 달아났다.

기회가 오면 놓치지 말자. 색스는 컬보의 타깃이 될 위험을 무릅쓰고 몸을 일으켜 오새리언을 겨냥했다. 하지만 미처 발사하기 전, 루시커가 자기 쪽으로 곧장 달려오는 오새리언에게 한 발을 쏘았다. 고개를 덜컥 뒤로 젖히며, 오새리언이 가슴에 손을 갖다 댔다. 다시 웃음소리. 그러더니 몸을 한 바퀴 빙 돌며 풀숲에 쓰러졌다.

루시의 얼굴에 충격의 빛이 떠올랐다. 경찰이 되고 나서 사람을 죽인 게 처음인 모양이다. 그때 갑자기 루시가 풀숲 속으로 몸을 숨겼다. 잠시 후, 샷건의 총성이 몇 발 울리더니 루시가 있던 곳에서 풀잎이 튀었다.

색스는 빠른 속도로 컬보를 향해 다가갔다. 컬보가 루시의 위치를 알고 있을지도 모른다. 이번에 루시가 몸을 일으키면 제대로 맞힐 수도 있다.

6미터, 3미터.

망원경에 빛이 반짝 반사되는 것을 보고 색스는 얼른 몸을 웅크렸다. 그리고 총성을 기다렸다. 하지만 컬보는 그녀를 보지 못한 모양이다. 색스는 우회하려고 포복 자세로 오른쪽으로 돌았다. 땀이 줄줄 흘렀고 관절염으로 무릎이 욱신거렸다.

1.5미터.

준비.

총을 쏘기에는 좋지 않은 위치였다. 컬보는 언덕 위에 있었다. 때문에 시야를 분명하게 확보하려면 컬보 오른쪽에 있는 공터로 몸을 굴린 다음 일어서야 한다. 몸을 숨길 만한 곳이 없었다. 즉각 처치하지 못하면 이쪽이 오히려 표적이 된다. 명중시키더라도 토멜 쪽에서 산탄총으로 이쪽을 맞출 시간이 충분하다.

하지만 대안이 없었다.

움직이고 있을 때는….

권총을 들어올리고 방아쇠에 힘을 가했다.

깊이 숨을 들이쉬었다.

…잡히지 않는다.

가자! 색스는 앞으로 뛰어나가 공터로 몸을 굴렸다. 그리고 한쪽 무릎을 꿇고 앉아 겨냥했다.

순간 당황한 색스는 헉 하고 숨을 들이쉬었다.

컬보의 총이라고 생각한 것은 낡은 증류기에서 뽑아낸 파이프였고, 현미경처럼 보인 것은 그 위에 올려놓은 병 밑바닥이었다. 그녀와 개릿이 파케노크 강변의 산장에서 써먹은 수법이었다.

속았다….

가까이에서 풀이 사각거렸다. 발소리. 아멜리아 색스는 나방처럼 땅에 몸을 납작 붙였다.

발소리가 점점 오두막 쪽으로 다가오고 있었다. 힘 있는 발소리가 풀숲을 헤치고 맨땅을 지나 오두막 나무 계단을 올라왔다. 조금씩 천천히. 라임이 판단하기에 조심스럽다기보다 태평스러운 발소리였다. 즉, 자신감이 있다는 얘기다. 그건 위험하다는 뜻이기도 하다.

링컨 라임은 소파에서 고개를 들려고 애썼지만, 접근하는 사람이 누구인지는 볼 수가 없었다. 바닥 마루가 삐걱거리는 소리와 함께 리치 컬보가 긴 라이플을 손에 들고 안을 들여다보았다.

순간 공포감이 일었다. 색스는 괜찮을까? 아까 총소리가 수십 발 들릴 때 맞은 걸까? 아니면 부상을 입은 채 흙먼지 이는 들판에 쓰러져 있나? 죽었나?

컬보는 라임과 톰을 보더니 별 위협이 안 된다고 판단한 모양이다. 그가 문간에 선 채 라임에게 물었다.

"메리베스는 어디 있소?"

라임은 컬보의 눈을 바라보며 말했다.

"모르겠소. 도움을 청한다고 밖으로 나갔소. 5분 전에."

컬보의 시선이 방 안을 둘러보다 지하 창고로 통하는 문에 멈췄다. 라임은 얼른 말했다.

"당신들 왜 이러는 거요? 원하는 게 뭐지?"

"밖으로 뛰어나갔다고? 난 못 봤는데."

컬보는 지하 창고 문을 바라보며 오두막 안으로 깊숙이 들어왔다. 그러곤 들판 쪽으로 턱짓을 하며 말했다.

"당신 혼자 놓아둔 건 저 사람들 실수야."

컬보가 라임의 몸을 살폈다.

"몸은 왜 그런 거요?"

"사고를 당했소."

"당신이 다들 말하던 뉴욕에서 온 사람이군. 메리베스가 여기 있다는 것도 당신이 알아냈다지. 정말 못 움직이는 거요?"

"그렇소."

컬보는 이제껏 한 번도 보지 못한 물고기를 낚기라도 한 듯 재미있다는 얼굴로 희미하게 픽 웃었다.

라임의 시선이 지하 창고 쪽으로 갔다가 다시 컬보를 향했다.

컬보가 말했다.

"완전히 엉망진창이 됐군. 당신도 이런 생각은 미처 못했겠지."

라임은 대답하지 않았다. 마침내 컬보가 한 손으로 총을 겨누며 창고 문 쪽으로 향했다.

"메리베스가 나갔다고?"

"나갔소. 지금 어디로 가는 거요?"

"저기 있는 거 아냐?"

컬보는 문짝을 열고 재빨리 총을 쏜 다음, 노리쇠를 후퇴 전진시키고 다시 쏘았다. 그리고 한 발 더. 그런 뒤 다시 한 발을 장전하고 연기 자욱한 어둠 속을 들여다보았다.

바로 그 순간, 메리베스 매코넬이 몸을 숨기고 있던 현관문 뒤쪽에서 몽둥이를 휘두르며 튀어나왔다. 눈을 질끈 감고, 그녀는 몽둥이를 세게 내리쳤다. 몽둥이는 컬보의 머리 옆부분을 강타했다. 귀가 찢어졌다. 라이플이 손에서 떨어져 캄캄한 창고 계단 아래로 굴러 내려갔다. 하지만 컬보는 심하게 다치지 않았는지 거대한 주먹을 휘둘러 메리베스의 가슴을 정통으로 맞췄다. 메리베스는 헉 하며 바닥에 쓰러졌다. 그리고 신음소리를 내며 옆으로 굴렀다.

컬보는 귀를 만져보며 핏자국을 확인했다. 그런 다음 메리베스를 내려다보더니 허리춤에 매단 칼집에서 접는 칼을 꺼내 찰칵 하고 열었다. 그가 하얀 목덜미가 드러나도록 메리베스의 갈색 머리카락을 잡아챘다.

메리베스는 컬보의 손목을 잡고 벗어나려 기를 썼다. 하지만 거대한 팔뚝의 힘을 당하지는 못했다. 검은 칼날이 천천히 목덜미 위로 내려왔다.

"멈춰!"

문간에서 목소리가 들렸다. 개릿 핸런이 오두막 입구에 서 있었다. 손에 커다란 회색 돌멩이를 쥔 개릿이 컬보 쪽으로 다가갔다.

"메리베스를 놓고 여기서 썩 꺼져!"

컬보가 메리베스의 머리칼을 놓았다. 그 바람에 메리베스의 머리가 바닥에 쿵 하고 떨어졌다. 컬보가 뒤로 물러서며 다시 귀를 만지더니 눈살을 찌푸렸다.

"이봐, 꼬마, 감히 누구한테 함부로 입을 놀리는 거야?"

"빨리, 나가!"

컬보는 차갑게 웃었다.

"왜 돌아왔지? 난 너보다 몸무게가 50킬로그램은 더 나가. 벅 나이프도 있고. 네놈이 가진 건 그 돌멩이뿐이잖아. 자, 덤벼봐, 이놈아. 한판 붙어보자고."

개릿은 손톱을 두 번 튕기고 레슬링 선수처럼 상체를 숙이더니 천천히 앞으로 나아갔다. 섬뜩한 결기가 어린 표정이었다. 그가 몇 번돌 던지는 시늉을 할 때마다 컬보는 몸을 숙였다가 다시 일으켰다. 문득 컬보는 상대가 별 위협이 못 된다고 판단했는지 웃음을 터뜨렸다. 그리고 몸을 날려 개릿의 배를 향해 칼을 휘둘렀다. 개릿은 얼른 뒤로물러났고, 칼날은 빗나갔다. 하지만 거리 계산을 잘 못했는지 벽에 세게 부딪히는 바람에 무릎을 꿇고 넘어졌다.

컬보는 바지 자락에 손바닥을 닦더니 사슴의 배를 가를 때처럼 감정 없는 눈으로 개릿을 쳐다보며 칼을 다시 고쳐 쥐었다. 그리고 개릿에게로 다가갔다.

그때 바닥에서 뭔가가 휙 움직였다. 누워 있던 메리베스가 몽둥이를 움켜잡고 컬보의 발목을 향해 힘껏 휘둘렀던 것이다. 컬보는 비명을 지르고 메리베스 쪽으로 돌아서며 칼을 들어올렸다. 하지만 개릿이 펄쩍 뛰어 어깨를 세게 밀자 중심을 잃고 무릎을 꿇은 채 지하 창고 계단 아래로 미끄러졌다. 계단 중간쯤에서 간신히 일어선 컬보가으르렁거렸다.

"이 조그만 것들이."

라임은 컬보가 어두운 창고 계단에서 더듬더듬 뭔가를 찾는 걸 보았다.

"개릿! 총을 찾고 있어!"

개릿은 천천히 창고로 다가가 돌멩이를 들어올렸다. 하지만 던지지는 않았다. 어쩔 작정이지? 라임은 생각했다. 개릿은 돌멩이 끝에 있는 구멍에서 천 뭉치를 빼냈다. 그리고 컬보를 내려다보며 말했다.

"이건 돌이 아니야."

노란 말벌 몇 마리가 구멍에서 빠져나오는 순간, 개릿은 그걸 컬보의 얼굴을 향해 던지고 창고 문을 쾅 닫은 다음 빗장을 지르고 물러섰다. 총알 두 방이 지하 창고의 나무 문짝을 꿰뚫고 천장에 박혔다. 하지만 더 이상 총성은 들리지 않았다. 라임은 컬보가 최소한 두 번은 넘게 쏠 거라고 생각했었다. 어쨌든 총성보다 비명소리가 더 오래 들릴 거라는 건 분명했다.

해리스 토멜은 이제 태너스코너로 돌아가야 할 때라고 생각했다. 오새리언은 죽었고—뭐, 이건 별로 큰 손실도 아니다—컬보는 나머지를 해치우기 위해 오두막으로 들어갔다. 그러니 루시를 찾는 것은 토멜의 몫이 되었다. 하지만 상관없었다. 트레이 윌리엄스를 맞닥뜨렸을 때 그만 얼어버리는 바람에 사이코 같은 오새리언의 도움으로 목숨을 구했다는 게 아직 치욕스러울 뿐이었다.

빌어먹을, 다시는 얼지 않을 거야.

그때 약간 떨어진 나무 옆으로 뭔가 갈색을 띤 것이 언뜻 스쳤다. 토멜은 그쪽을 쳐다보았다. 옳지. 그는 나무 사이로 루시 커의 제복 블라우스를 알아볼 수 있었다.

토멜은 2천 달러짜리 샷건을 단단히 움켜쥐고 조금씩 다가갔다. 시야가 좋지는 않았다. 타깃이 확실하게 노출된 건 아니다. 가슴 일부가 나무 사이로 보일 뿐이었다. 라이플로는 명중시키기 힘든 타깃이다. 하지만 샷건으로는 해볼 만하다. 그는 산탄이 더 넓은 범위로 퍼지도록 초크(choke : 산탄의 퍼짐을 조절하는 부품－옮긴이)를 총구 쪽으로 조절했다. 그리고 재빨리 일어서서 블라우스 앞섶을 겨누고 방아쇠를 당겼다.

엄청난 반동. 토멜은 눈을 가늘게 뜨고 명중했는지 확인했다.

아, 젠장…. 블라우스가 산탄의 충격으로 하늘을 날고 있었다. 루시가 그를 유인하기 위해 블라우스를 나무에 걸어놓은 것이다.

"거기 서, 해리스!"

등 뒤에서 루시의 목소리가 들렸다.

"다 끝났어."

"훌륭한 솜씨군. 완전히 속았어."

토멜은 허리 높이에서 풀숲에 숨긴 브라우닝으로 루시를 겨누며 돌아섰다. 루시는 흰 티셔츠 차림이었다.

"총 버려."

"버렸어."

토멜은 움직이지 않았다.

"손을 보여줘. 높이 들어. 빨리, 해리스. 마지막 경고야."

"이봐, 루시…."

풀의 높이는 1미터가 넘었다. 납작 엎드려서 무릎을 쏘자. 그런 다음 근접 사격으로 끝장을 보는 거야. 좀 위험하긴 하지만 말이야. 루시도 아직 한두 발은 더 남았을 테니까.

문득 토멜은 눈치를 챘다. 루시의 눈빛에서, 불안한 느낌을. 게다가 총을 쥔 자세에 지나치게 겁을 주려는 의도가 드러나 있었다.

허풍이었군.

"실탄 다 떨어졌지?"

토멜은 미소 지으며 말했다.

잠시 침묵. 루시의 표정을 보니 짐작이 옳았다는 걸 알 수 있었다. 토멜은 양손으로 샷건을 들어올려 루시를 겨냥했다. 그녀가 절망적인 눈빛으로 이쪽을 응시했다.

"난 아직 안 떨어졌어."

가까이에서 목소리가 들렸다. 빨강머리였다! 토멜은 그쪽을 쳐다보았다. 본능적으로 이런 생각이 스쳤다. 여자잖아. 분명 우물쭈물할 거야. 내가 먼저 쏠 수 있어. 토멜은 색스를 향해 홱 돌아섰다. 순간, 권총이 불을 뿜었다. 토멜이 마지막으로 느낀 것은 머리 옆쪽을 가볍게 때리는 충격이었다.

메리베스가 포치로 비틀비틀 걸어 나와 컬보는 죽었고, 라임과 개릿은 무사하다고 알렸다.

아멜리아 색스는 고개를 끄덕이고 숀 오새리언의 시체 쪽으로 다가갔다. 루시의 시선은 해리스 토멜에게로 향했다. 루시는 허리를 굽히고 덜덜 떨리는 손으로 브라우닝 샷건을 집어 들었다. 죽은 사람의 손에서 이 우아한 무기를 빼앗는다는 게 끔찍했지만 정작 루시의 관심은 온통 총 자체에 쏠려 있었다. 아직 실탄이 들어 있는지 궁금했다. 슬라이드를 철컥 당겨보니, 탄피가 하나 떨어졌다. 하지만 약실엔 아직 한 발이 남아 있었다.

색스는 15미터 저쪽에서 몸을 굽힌 채 한 손으론 권총을 겨누고, 한 손으론 오새리언의 시체를 더듬고 있었다. 왜 굳이 저럴까. 그러다 문득 그게 기본 절차인 모양이라고 루시는 생각했다.

루시는 블라우스를 찾아 다시 입었다. 산탄에 맞아 찢어졌지만, 몸에 꽉 끼는 티셔츠만 입고 있으려니 신경이 많이 쓰였기 때문이다. 블라우스를 입은 루시는 나무에 기댄 채 더위에 숨을 몰아쉬며 색스의 등을 바라보았다.

다시금 분노가 일었다. 지금껏 살아오면서 당한 모든 배신행위에 대한 분노. 자신의 육체에게, 남편에게, 신에게 당한 배신. 그리고 아멜리아 색스에게 당한 배신.

루시는 해리스 토멜이 쓰러진 곳을 흘끗 돌아보았다. 아멜리아의 등과 아까 토멜이 서 있던 곳은 일직선상이다. 문득 그럴듯한 시나리오가 떠올랐다. 토멜이 풀숲에 숨어 있다 샷건으로 색스의 등을 쏜다. 이걸 본 루시가 색스의 총을 들고 토멜을 죽인다. 아무도 이상하다고 생각하지 않을 것이다. 루시 자신과, 어쩌면 제시 콘의 영혼만 빼면 아무도.

루시는 샷건을 집어 들었다. 참제비고깔을 손에 쥔 것처럼 무게가 느껴지지 않았다. 미끈하고 향기로운 개머리판을 뺨에 대자, 유방절제수술 뒤 병원 침대의 크롬 보호대에 얼굴을 대고 있던 일이 떠올랐다. 그녀는 아멜리아의 검정색 티셔츠를 향해 매끄러운 총신을 들이댄 뒤 등뼈를 겨누었다. 고통 없이 죽을 것이다. 빨리.

제시 콘이 죽었던 것처럼.

결백한 영혼 대신 죄지은 목숨 하나를 바꾸는 일이다.

하느님, 저 유다 같은 인간에게 총 한 발만 쏘도록 허락해 주세요.

루시는 주위를 둘러보았다. 목격자는 없다.

손가락이 방아쇠를 감았다. 힘이 들어갔다.

루시는 눈을 가늘게 뜨고 오랜 세월 정원 일과 집 안 가꾸기로 단련된 팔로 가늠쇠가 움직이지 않도록 총을 단단히 받쳤다. 그리고 아멜리아 색스의 등 한복판을 겨눴다.

주위 풀숲 사이로 뜨거운 바람이 불었다. 버디와, 외과 의사와, 집과, 정원이 생각났다.

루시는 스르르 총을 내렸다.

그러곤 탄창을 완전히 비운 뒤 총구를 위로 올리고 개머리판을 엉덩이에 댄 채 오두막 앞의 밴으로 향했다. 바닥에서 휴대전화를 찾은 그녀는 총을 땅에 내려놓고 주 경찰에 전화를 걸었다.

처음 도착한 것은 구조 헬기였다. 응급요원들이 톰을 급히 들것에 실어 메디컬 센터로 날아갔다. 한 사람이 뒤에 남아 혈압이 위험 수위로 치솟은 링컨 라임을 돌보기로 했다.

몇 분 뒤, 두 번째 헬리콥터를 타고 도착한 주 경찰은 우선 아멜리아 색스의 두 손을 등 뒤로 묶어 오두막 바깥의 뜨거운 맨땅 위에 버려둔 다음, 안으로 들어가 개릿 핸런에게 피의자의 권리를 알려주었다.

39 유물

톰은 목숨을 건졌다.

에이버리 대학 부속 메디컬 센터 응급의학과 의사는 간결하게 말했다.

"총알? 들어갔다 나갔습니다. 중요 장기를 비켜서."

하지만 한두 달 정도는 요양을 해야 한다고 했다.

벤 커는 수업을 빼먹고 며칠 동안 태너스코너에 머무르면서 라임을 돕겠다고 했다. 그러면서 덩치 큰 청년은 이렇게 웅얼거렸다.

"솔직히 내 도움을 받을 자격도 없는 분이지만요. 자기 뒷정리도 제대로 못하는 주제잖아요."

아직도 장애를 빗댄 농담에 익숙하지 않은 벤은 이런 말을 해도 되는지 확인하려는 듯 얼른 라임의 눈치를 살폈다. 험악하게 찡그린 얼굴은 해도 된다는 반어적인 표현이다. 하지만 라임은 고맙지만 사지 마비 환자를 돌보고 먹이는 건 하루 종일 붙어 있어야 하는 까다로운 일이라는 이유로 거절했다. 게다가 환자가 링컨 라임이라면 고생한 보람조차 없을 것이다. 그래서 셰릴 위버 박사가 병원에서 일하는 전문 도우미를 붙여주기로 했다.

"그래도 당분간은 여기 있게, 벤. 아직 자네 도움이 필요할지 모르니까. 대부분의 도우미들이 며칠을 못 견디거든."

아멜리아 색스에게 적용된 혐의는 심각했다. 탄도 분석 결과 제시 콘을 죽인 탄환이 그녀의 총에서 발사된 것으로 확인됐고, 당시 상황을 목격한 네드 스포토는 죽었지만 루시가 그에게서 들은 내용을 증언했다. 브라이언 맥과이어 검사는 벌써부터 사형 선고를 받아내겠다고 공언했다. 사람 좋은 제시 콘은 이 마을에서 널리 사랑받는 인물이었다. 게다가 곤충 소년을 체포하려다 죽었다는 이유로 일반 여론도 사형을 내리라는 쪽으로 들끓고 있었다.

짐 벨과 주 경찰은 컬보와 그 일당이 왜 라임과 부보안관들을 공격했는지 수사 중이었다. 롤리에서 온 수사관 하나가 일당의 집에서 수만 달러의 현금을 발견했다.

"밀주로 벌 수 있는 돈이 아닙니다."

형사는 이렇게 단언하고, 메리베스와 같은 의견을 내놓았다.

"아마 마리화나 농장이 그 오두막집 가까이 있을 겁니다. 메리베스를 공격한 사람들과 함께 마리화나를 재배했을 가능성이 높아요. 한데 개릿이 우연히 자기들 밭에 굴러 들어온 겁니다."

오두막에서의 끔찍한 사건 다음 날, 라임은 임시 연구실에서 총구멍이 숭숭 뚫렸어도 제대로 작동되는 스톰 애로에 앉아 새로운 도우미를 기다리고 있었다. 침울한 얼굴로 색스의 운명에 대해 생각하고 있는데, 문간에 사람 그림자가 나타났다.

고개를 들어보니 메리베스 매코넬이었다. 그녀가 방 안으로 들어섰다.

"라임 씨."

메리베스는 미인인 데다 자신감 있는 눈빛에 보기 좋은 미소의 소유자였다. 개릿이 왜 그녀한테 빠져들었는지 이해할 수 있을 것 같았다. 라임은 그녀의 관자놀이에 두른 붕대를 가리켰다.

"머리는 어떻습니까?"

"흉터가 크게 남을 거예요. 이제 머리를 뒤로 묶지 못하겠죠. 하지만 심각한 문제는 없어요."

　다른 사람과 마찬가지로 라임 역시 개릿이 메리베스를 강간하지 않았다는 데 마음을 놓았다. 피 묻은 티슈에 대해서 개릿이 한 말은 사실이었다. 오두막 지하 저장고에서 개릿 때문에 놀란 메리베스가 급히 일어나면서 낮은 대들보에 머리를 부딪혔던 것이다. 눈에 띄게 흥분한 것은 사실이지만 그것은 열여섯 살 난 소년의 호르몬 때문이었지, 메리베스를 위층으로 조심스럽게 데려가 상처를 씻고 붕대를 감아준 것 외에는 몸에 손 한 번 대지 않았다. 다치게 해서 미안하다고 몇 번이나 사과도 했단다.

　"그냥 감사 인사를 드리러 왔어요. 당신이 아니었다면 전 어떻게 되었을지 몰라요. 그리고 친구 분, 그 여자 경찰 일은 정말 유감이에요. 하지만 그분이 아니었다면 전 지금쯤 죽었을 거예요. 틀림없어요. 당신도 짐작하시겠지만 그 남자들이 절… 아무튼, 저 대신 고맙다고 전해주세요."

　"그러죠. 한데 한 가지 물어볼 게 있습니다."

　"뭐죠?"

　"짐 벨한테 이미 증언하신 건 알고 있습니다만, 난 블랙워터랜딩에서 있었던 일을 증거물을 통해서밖에 알지 못합니다. 아직 몇 가지 확실하지 않은 점도 있고 해서. 직접 듣고 싶습니다."

　"그러죠…. 전 강가에서 찾아낸 유물의 흙을 털고 있었어요. 그런데 작업을 하다 문득 올려다보니까 개릿이 서 있었어요. 화가 났죠. 방해받고 싶지 않았거든요. 개릿은 절 보기만 하면 곧장 다가와서 세상에서 제일 친한 친구라도 되는 것처럼 말을 걸곤 했으니까요. 그날 아침, 개릿은 무슨 일 때문인지 흥분해 있었어요. 그가 이렇게 말하더군요. '여긴 혼자 오면 안 돼. 여긴 위험해. 블랙워터랜딩에서는 사람들이 죽어.' 그런 이야기였어요. 정말 겁을 줬어요. 그래서 혼자 있고 싶다고 말했죠. 할 일이 있었으니까요. 그랬더니 내 손을 잡더니 끌어당기는 거예요. 그때 빌리 스테일이 숲에서 나와 대뜸 '이 개자식!' 어쩌고 욕을 하면서 삽으로 개릿을 치려고 했어요. 그런데 개릿이 빌리한 테서 삽을 빼앗아 그를 죽였어요. 그러고는 절 보트에 태우고 그 오두막으로 데려간 거예요."

"개릿이 당신을 스토킹한 건 얼마나 됐습니까?"

메리베스가 웃었다.

"스토킹요? 아뇨, 아니에요. 우리 어머니한테 들으셨나 보군요. 6개월 전, 시내에 있는데 고등학교 애들이 개릿을 괴롭히길래 혼을 내서 쫓아버렸어요. 그것 때문에 저한테 좋은 감정을 갖게 된 모양이에요. 졸졸 따라다니긴 했지만 그뿐이었어요. 멀리서 동경하는 눈빛으로 바라보는, 그런 거였죠. 절 해칠 생각은 전혀 없었다고 확신해요."

미소가 흐려졌다.

"적어도 그때까지는요."

그러곤 시계를 보며 말을 이었다.

"그만 가봐야 하는데, 한 가지 물어볼 게 있어요. 실은 그것 때문에 왔는데, 혹시 증거물이 필요 없으시면 이제 그 뼈를 제가 가져가도 될까요?"

아멜리아 색스 생각을 하며 창밖을 내다보던 라임은 천천히 메리베스를 돌아보았다.

"무슨 뼈?"

"블랙워터랜딩에 있던 뼈요. 개릿이 절 납치했던 곳."

라임은 고개를 저었다.

"무슨 소립니까?"

메리베스의 얼굴에 이상하다는 듯 주름이 잡혔다.

"뼈요. 제가 발견한 유물. 개릿이 납치할 때 나머지 뼈를 발굴하고 있었거든요. 아주 중요한 건데 혹시 잃어버린 건 아니겠죠?"

"현장에서 뼈를 발견했다는 이야기는 들은 적이 없습니다. 증거물 보고서에도 없었고."

메리베스는 고개를 저었다.

"안 돼, 안 돼…. 그럴 리가 없는데!"

"어떤 뼈입니까?"

"저는 로어노크의 사라진 정착민들 유해를 발굴했어요. 15세기 말경의."

역사에 대한 라임의 지식은 거의 뉴욕 시에만 한정되어 있었다.

"제가 잘 모르는 이야깁니다."

메리베스가 로어노크 섬의 정착민들이 사라진 이야기를 해주자 라임은 고개를 끄덕였다.

"학교에서 배운 기억이 나는군요. 왜 그게 그들의 유해라고 생각합니까?"

"뼈가 아주 오래 돼서 분해되었고, 알공퀸 유적지나 식민지 시대 공동묘지 같은 데 있지 않았어요. 그냥 아무 표시도 없이 땅에 묻혀 있었죠. 그건 인디언들이 적의 시체를 처리하는 전형적인 방식이에요. 여기…."

메리베스가 배낭을 열었다.

"개릿이 날 데려가기 전에 싸뒀던 게 몇 개 있어요."

그녀는 랩에 싼 뼈를 들어 보였다. 검게 풍화된 뼈였다. 요골, 견갑골 일부, 좌골, 대퇴골 몇 센티미터 정도를 알아볼 수 있었다.

"열 개 정도가 더 있었어요. 이건 미국 고고학 사상 최대의 발견이에요. 아주 가치 있는 유물이라고요. 찾아내야 해요."

라임은 요골을 바라보았다. 아래팔뼈 두 개 중 하나였다. 잠시 후 라임이 시선을 들었다.

"복도 저쪽 보안관실로 가주시겠습니까? 루시 커에게 잠시 이리 와달라고 전해주십시오."

"뼈 때문인가요?"

"그럴 수도 있습니다."

아멜리아 색스의 아버지가 즐겨 쓰던 표현이 있다.

움직이고 있을 때는 잡히지 않는다.

이 표현에는 여러 가지 의미가 있지만, 이는 대체로 아버지와 딸이 공유한 인생철학이었다. 둘 다 빠른 자동차를 좋아했고, 거리의 경찰 활동을 사랑했으며, 폐쇄된 공간이나 정체된 삶을 두려워했다. 한데 지금 그녀는 '잡혀' 있었다.

영원히.

소중한 자동차도, 경찰로서의 소중한 인생도, 링컨 라임과 함께 하는 삶도, 아이들을 기르는 미래도⋯. 그 모든 것이 영영 망가져버렸다.

유치장 독방에 갇힌 색스는 따돌림을 당하고 있었다. 음식과 커피를 가져다 주는 부보안관들도 아무 말 없이 차가운 시선으로 쏘아보기만 할 뿐이었다. 라임이 뉴욕에 있는 변호사를 불러서 오는 중이지만, 대부분의 경찰이 그렇듯 색스 역시 변호사 못지않게 형법을 잘 알고 있었다. 맨해튼에서 온 용병과 파케노크 카운티 검사 사이에 어떤 줄다리기가 오갈지는 몰라도, 지금까지의 인생이 끝장난 건 분명했다. 색스의 심장은 링컨 라임의 육체처럼 감각이 없었다.

벌레 한 마리가 열심히 바닥 한쪽 벽에서 다른 쪽 벽으로 기어가고 있었다. 저 벌레의 임무는 대체 뭘까? 먹는 것? 교미하는 것? 쉴 곳을 찾는 것?

내일 지구상의 모든 사람이 사라진다 해도 세상은 아무 문제없이 돌아간대요. 하지만 벌레가 사라지면 생명체 전체가 빠른 속도로 사라질 거래요. 한 세대씩. 식물이 죽고, 그다음 동물이 죽고, 결국 지구는 거대한 암석 덩어리로 되돌아가는 거죠.

사무실 문이 열렸다. 처음 보는 부보안관 한 사람이 서 있었다.

"전화가 왔습니다."

보안관이 감방 문을 열고 색스에게 쇠고랑을 채운 뒤 전화가 놓인 작은 철제 테이블로 데려갔다. 어머니겠지. 라임이 연락해서 소식을 전했나 보다. 아니면, 뉴욕의 가장 친한 친구 에이미던가.

하지만 아니었다. 무거운 체인을 절걱거리며 수화기를 귀에 대자 링컨 라임의 목소리가 들려왔다.

"거긴 어떤가, 색스? 좋아?"

"괜찮아요."

"오늘 밤 변호사가 도착할 거야. 실력 있는 사람이야. 20년 동안 형사사건을 담당했어. 내가 잡아넣은 강도 용의자 한 사람을 빼내기도 했다고. 실력이 안 좋으면 그렇게 못하지."

"이봐요, 라임. 뭐 하러 그래요? 난 살인자를 탈옥시키고, 여기 경찰 한 사람을 죽인 외지 사람이에요. 이보다 더 암담한 경우가 어디 있겠어요."

"사건 이야기는 나중에 하지. 다른 걸 물어보려고 전화했어. 자넨 개릿하고 이틀을 같이 보냈잖아. 무슨 이야기 안 했나?"

"했죠."

"무슨 이야기?"

"글쎄요. 곤충 이야기. 숲, 늪 이야기."

왜 이런 걸 묻지?

"기억 안 나요."

"기억해야 해. 그가 이야기한 걸 전부 나한테 말해줘."

"뭣 때문에요, 라임?"

"이봐, 색스. 장애인 좀 기분 좋게 해주지."

4o 톡사펜

링컨 라임은 임시 실험실에 혼자 앉아 증거물 차트를 응시하고 있었다.

✤ 곤충 소년 ✤

1차 범죄현장(블랙워터랜딩에서 발견한 것)

- 피 묻은 클리넥스
- 질산염
- 암모니아
- 캄펜
- 석회암 가루
- 인산염
- 세제

2차 범죄현장(개릿의 방에서 발견한 것)

- 스컹크 향
- 곤충 그림
- 곤충 책들
- 돈
- 케로신
- 질산염
- 잘린 솔잎
- 메리베스와 가족사진
- 낚싯줄
- 알 수 없는 열쇠
- 암모니아
- 캄펜

2차 범죄현장(채석장에서 발견한 것)

- 낡은 삼베 자루―알아볼 수 없는 이름이 적혀 있다

- 옥수수 — 곡물상?
- 디어파크 생수
- 자루에 묻은 재
- 플랜터스 치즈크래커

2차 범죄현장(제분소에서 발견한 것)

- 바지에 묻은 갈색 페인트
- 점토
- 과일 주스
- 떡밥
- 캄펜
- 등유
- 끈끈이주걱
- 초탄
- 종이 섬유질
- 설탕
- 알코올
- 이스트

그리고 지도로 눈을 돌려 그레이트 디즈멀 늪에서 블랙워터랜딩을 지나 서쪽으로 구불구불 이어지는 파케노크 강을 죽 따라갔다.

빳빳한 지도에는 접힌 자국이 있었다—손으로 펴주고 싶은 충동을 일으키는 주름.

지난 몇 년 동안 내 인생이 저랬지. 링컨 라임은 생각했다. 긁을 수 없는 가려움증.

어쩌면 곧 가능하게 될지도 모르지. 위버 박사가 내 몸을 갈라 마법의 약물과 싱싱한 상어세포를 집어넣은 뒤 다시 꿰매면… 어쩌면 저런 지도를 내 손으로 문질러 작은 주름을 펼 수 있을지도 모르지.

쓸데없는 동작, 정말 불필요한 행위. 하지만 그 얼마나 빛나는 승리일까.

발소리가 들렸다. 부츠군. 라임은 판단했다. 딱딱한 가죽 굽. 발소리의 간격으로 미루어볼 때 키가 꽤 큰 사람이다. 짐 벨이었으면. 맞았다.

라임은 빨대에 숨을 불어넣어 휠체어를 문 쪽으로 돌렸다.

"링컨, 무슨 일입니까? 네이선이 급하다고 하던데."

"들어오십시오. 문 닫고. 잠깐, 복도에 누가 있습니까?"

벨이 희미한 미소를 짓고 밖을 내다보았다.

"없습니다."

벨의 사촌 롤랜드라면 이런 상황에서 남부식 표현 하나쯤 덧붙였을 것이다. 롤랜드가 가끔 쓰던 표현 중에 '월급날 교회마냥 조용하다'는 게 있었지.

벨은 문을 닫고 테이블로 다가와 팔짱을 끼고 몸을 기댔다. 라임은 방향을 약간 틀어 지도를 다시 검토하기 시작했다.

"이 지도는 북쪽과 동쪽이 잘려서 디즈멀 늪 운하가 안 나와 있군요. 그렇죠?"

"운하요? 그렇습니다."

"운하에 대해 잘 아십니까?"

"잘 모릅니다."

벨은 공손하게 말했다. 라임을 알게 된 지는 얼마 되지 않았지만, 나서지 말아야 할 때가 언제인지는 눈치챈 모양이다. 라임은 전화기 쪽으로 고갯짓을 하며 말했다.

"제가 자료 조사를 약간 해보았습니다만, 디즈멀 늪 운하는 인트라코스탈 수로의 일부더군요. 이 물길을 타면 바다를 항해하지 않고도 버지니아 주 노퍽에서 보트를 타고 마이애미까지 갈 수 있잖습니까."

"그렇죠. 캐롤라이나 사람이라면 누구나 인트라코스탈을 알고 있습니다. 전 개인적으로 가본 적은 없습니다만. 보트를 별로 좋아하지 않아서요. 타이타닉을 보면서도 멀미가 나더라고요."

"운하를 완성하는 데 12년이 걸렸답니다. 길이는 35킬로미터. 오로지 인부들의 손으로 판 거죠. 놀랍지 않습니까? 그런데… 짐, 이제부터가 본론입니다. 저기, 저 선을 보십시오. 태너스코너와 파케노크 강 사이의 선. G-11에서 G-10 지점까지 말입니다."

"우리 동네 운하 말입니까? 블랙워터 운하?"

"그렇죠. 자, 보트를 타고 저 운하를 지나 파코 강으로 나간 다음, 그레이트 디즈멀로…."

그때 발소리가 다가왔다. 문이 닫혀 있어서 벨의 발소리보다 훨씬 조용했다. 문이 확 열리기 직전에 라임은 입을 다물었다.

메이슨 저메인이 문간에 서 있었다. 그가 라임과 자기 보스를 번갈아 바라보더니 말했다.

"한참 찾았네, 짐. 엘리자베스 시티로 전화해야 해. 덱스터 반장이 밀주장에서 있었던 일에 대해 물어볼 게 있다고 하더군."

"링컨과 잠시 이야기 좀 하고. 우린…."

라임이 얼른 끼어들었다.

"메이슨, 우리 둘이서만 잠깐 할 이야기가 있습니다만."

메이슨은 두 사람을 번갈아보았다. 그리고 천천히 고개를 끄덕였다.

"빨리 통화하고 싶대, 짐."

벨이 미처 대답을 하기도 전에 그는 방을 나갔다.

라임이 물었다.

"갔습니까?"

벨이 복도를 내다보고 고개를 끄덕였다.

"왜 그러는 겁니까, 링컨?"

"창문도 확인해 주시겠습니까? 메이슨이 갔는지? 아, 그리고 문도 다시 닫아주십시오."

벨은 그렇게 했다. 그리고 창가로 다가가 밖을 내다보았다.

"네. 저쪽으로 가고 있습니다. 왜 이렇게…?"

벨은 의아하다는 듯 두 손을 들어 보였다.

"메이슨을 얼마나 잘 아십니까?"

"다른 부보안관들을 아는 만큼은 알지요. 왜 그러십니까?"

"그가 개릿 핸런의 가족을 죽였습니다."

"뭐요?"

벨의 얼굴에 살짝 미소가 떠오르다 곧 사라졌다.

"메이슨이?"

"메이슨입니다."

"대체 왜?"

"헨리 대빗이 돈을 주고 시켰으니까요."

"잠깐만. 이거 무슨 말인지 잘."

"아직 입증은 못했습니다만, 확신합니다."

"헨리가? 그 사람이 왜요?"

"모두 블랙워터 운하와 관계된 일입니다."

라임은 시선을 지도 쪽으로 향한 채 강의 투로 말하기 시작했다.

"18세기에 운하를 뚫은 것은 육로가 좋지 않아 안정적인 운송 수단을 확보하려는 것이었습니다. 하지만 도로와 철도가 점점 발달하면서 점점 물길을 사용하지 않게 됐지요."

"그런 걸 어디서 알아냈습니까?"

"롤리에 있는 역사학회로 연락을 했습니다. 줄리 드비어라는 매력적인 여자 분이 말해주더군요. 그 사람 말에 따르면, 블랙워터 운하는 남북전쟁 직후에 폐쇄됐답니다. 그리고 130년 동안 사용되지 않았지요. 헨리 대빗이 이 물길에 바지선을 띄우기 전까지 말입니다."

벨은 고개를 끄덕였다.

"그게 5년 전쯤입니다."

"대빗이 왜 물길을 이용하게 됐는지 생각해 본 적 있습니까?"

보안관은 고개를 저었다.

"애들이 바지선까지 헤엄치려다 다쳐서 물에 빠질지도 모른다고 사람들이 걱정한 기억은 납니다. 실제로 그런 일은 일어나지 않았지만요. 그 이상은 별로 생각해 보지 않았습니다. 그러고 보니 왜 하필 운하를 이용하게 됐는지 모르겠군요. 트럭들도 들락날락하는데 말입니다. 노퍽까지 트럭으로 가는 건 어렵지 않거든요."

라임은 증거물 차트 쪽으로 고갯짓을 했다.

"그 해답이 바로 저기 있습니다. 어디서 나왔는지 마지막까지 알아내지 못한 증거물, 바로 캄펜입니다."

"랜턴에 쓰는 것 말입니까?"

라임은 미간을 찌푸리며 고개를 저었다.

"아니, 거기서 제가 실수를 했지요. 맞습니다, 캄펜은 랜턴에 사용되지요. 하지만 또 다른 데도 쓰입니다. 이걸 가공해서 톡사펜을 만들지요."

"그게 뭡니까?"

"가장 위험한 살충제 중 하납니다. 주로 남부에서 사용되었는데, 80년대에 환경보호국에서 대부분의 경우 사용을 금지했습니다."

라임은 화난 듯 고개를 설레설레 저었다.

"톡사펜은 불법이기 때문에 캄펜의 출처를 고려 대상에 넣을 이유가 없다고 생각했죠. 그래서 그냥 오래 된 랜턴에서 나왔을 거라고 가정한 겁니다. 한데 오래 된 랜턴은 아디서도 나오지 않았습니다. 생각이 한 가지 틀에 고정되어 있었던 거죠. 오래 된 램프가 없다? 그랬으면 당연히 목록을 다시 살펴보고 살충제를 찾아봤어야지요. 그런데 오늘 아침에서야 그렇게 한 겁니다. 그리고 캄펜의 출처를 찾아냈죠."

벨은 감탄한 듯 고개를 끄덕였다.

"그게 어딥니까?"

"널려 있습니다. 루시한테 태너스코너 근처의 물과 흙 샘플을 갖다달라고 부탁했습니다. 톡사펜이 온갖 곳에 널려 있더군요. 물에도, 땅에도. 색스가 개릿을 찾으면서 했던 말을 잘 들었어야 하는데. 넓은 지역에 걸쳐 식물이 말라죽은 곳이 많다고 했죠. 색스는 산성비 때문인 것 같다고 했지만, 그렇지 않았습니다. 톡사펜 때문이었죠. 대빗의 공장 인근 몇 킬로미터 이내, 즉 블랙워터랜딩과 운하가 최고 농도를 기록했습니다. 대빗은 톡사펜 제조를 숨기기 위해 아스팔트와 타르지를 생산해 온 겁니다."

"하지만 금지된 살충제라고 하셨잖습니까?"

"아는 FBI 요원에게 전화를 걸어서 환경보호국에 알아봐달라고 했습니다. 전면 금지된 것은 아니고, 긴급 상황에 농부들이 사용할 수 있도록 되어 있더군요. 한데 대빗이 엄청난 돈을 번 건 그 때문이 아닙니다. 환경보호국 요원은 '독성 순환'이라는 말로 설명하더군요."

"별로 좋은 말로는 안 들립니다만."

"맞습니다. 톡사펜은 미국에서 금지되었지만, 그건 오직 '사용'에만

적용되는 경우지요. 생산해서 외국에 수출하는 건 가능하다는 얘깁
니다."

"그럼 외국에서는 사용할 수 있다는 겁니까?"

"대부분의 제3세계와 라틴아메리카 국가에서는 합법입니다. 그래
서 순환이지요. 그쪽 나라에서 살충제를 뿌린 곡물을 미국에 다시 수
출하는 겁니다. 미 식품의약국에서 검역하는 건 수입 과일과 야채의
극히 일부분이기 때문에, 톡사펜이 금지되었음에도 불구하고 수많은
미국인이 아직도 그 독을 접하고 있는 셈이죠."

벨은 한심하다는 듯 픽 웃었다.

"그렇다면 많은 카운티와 도시가 독극물을 수송할 수 없도록 금지
하고 있기 때문에 도로 운송을 할 수 없었던 거군요. 도로 운송을 하
면 통상위원회 기록도 작성해야 하니까 트럭 안에 실린 짐이 무엇인
지 알려질 테고. 무엇을 제조하는지 말이 새어나가면 회사 이미지도
나빠지고."

라임은 고개를 끄덕였다.

"바로 그겁니다. 그래서 대빗은 인트라코스탈 수로를 통해 노퍽까
지 톡사펜을 운반하기 위해 운하를 다시 열었던 겁니다. 노퍽에서는
외국 함선에 옮겨 실으면 되죠. 한데 문제가 있었습니다. 18세기에
운하를 닦을 때 그 주변 부동산의 상당 부분이 개인들에게 팔렸죠. 운
하 변에 집을 지은 사람들이 운하 이용을 제한할 권리를 갖게 된 겁
니다."

"대빗이 그 사람들한테 돈을 주고 운하 임대권을 사들였다는 얘기
군요."

벨은 그제야 이해가 되는 듯 고개를 끄덕였다.

"돈을 아주 많이 썼겠군요. 블랙워터랜딩에 있는 대저택들을 보면
말입니다. 차도 전부 좋은 트럭에 메르세데스, 렉서스, 이런 것들뿐이
니까요. 한데 이 일이 메이슨과 개릿의 가족하고 무슨 상관이 있다는
거죠?"

"개릿의 아버지는 운하 변에 땅을 갖고 있었습니다. 하지만 그는 사용권을 팔지 않으려고 했지요. 그래서 대빗이나 그 회사 내의 누군 가가 메이슨에게 개릿의 아버지를 설득해 보라고 시켰는데, 말을 듣 지 않자 메이슨이 건달들을 시켜 가족을 죽이게 한 겁니다. 그 건달이 바로 컬보와 토멜, 오새리언이죠. 아마 대빗은 유언 집행관에게도 뇌 물을 줘서 자기한테 땅을 팔도록 했을 겁니다."

"하지만 개릿의 가족은 사고로 죽었습니다. 자동차 사고. 보고서를 제 눈으로 직접 봤는데요."

"메이슨이 그 보고서를 작성하지 않았습니까?"

"기억은 안 나는데, 그랬을 수도 있겠군요."

벨은 존경스럽다는 미소를 지으며 라임을 바라보았다.

"도대체 어떻게 알아내셨습니까?"

"아, 쉽습니다. 7월에는 서리가 끼지 않으니까요. 적어도 노스캐롤 라이나에는요."

"서리?"

"아멜리아한테 들었습니다. 가족이 죽던 날 밤, 자동차 창문에 서리 가 끼어 있고 부모와 여동생이 떨고 있었다고 하더군요. 하지만 차 사 고는 7월이었습니다. 기록에서 신문 기사를 본 기억이 납니다—개릿 과 그의 가족사진이었죠. 개릿은 티셔츠 차림이었고, 독립기념일 파 티를 하는 사진이었습니다. 기사에는 부모가 죽기 1주일 전에 찍은 사진이라고 되어 있었습니다."

"그럼 개릿이 한 말은 대체 뭡니까? 서리가 끼었고 떨고 있었다는 얘기는?"

"메이슨과 컬보는 개릿의 가족을 죽이는 데 대빗의 톡사펜을 이용 했습니다. 메디컬 센터의 의사한테 물어봤는데, 신경독에 심하게 중 독되면 몸에 경련이 일어난다고 하더군요. 개릿이 본 건 바로 그 경련 이었습니다. 서리는 아마 자동차 안에 톡사펜 증기나 잔여물이 남아 있었던 거겠지요."

"그걸 봤다면 왜 아무한테도 이야기하지 않았을까요?"

"의사한테 개릿 이야기를 해줬습니다. 그랬더니 그 애도 아마 그날 밤 같이 중독된 것 같다고 하더군요. 그 때문에 개릿이 MCS 증상을 보이는 겁니다. 화학물질 과민증이죠. 기억력 저하, 뇌손상, 공기와 물에 함유된 화학물질에 대한 과민 반응. 개릿의 피부에 난 두드러기 기억하십니까?"

"네."

"개릿은 옻독이라고 생각하지만, 그렇지 않습니다. 의사 말로는, 피부 발진이 MCS의 대표적인 증상이라고 하더군요. 다른 사람은 아무 영향을 받지 않는 미량의 화학물질에도 반응이 나타납니다. 비누나 향수를 써도 두드러기가 나죠."

"그렇군요."

벨은 잠시 이맛살을 찌푸리고 덧붙였다.

"하지만 실제 증거가 없다면 모두 심증에 지나지 않습니다."

"아, 한 가지 빠뜨렸군요."

라임은 희미한 미소를 억누를 수 없었다. 겸손을 떠는 것은 영 체질에 맞지 않았다.

"실질적인 증거가 있습니다. 개릿 가족의 유해를 찾았거든요."

41 추리

파케노크 카운티 유치장에서 한 블록 떨어진 올버말 매너 호텔. 메이슨 저메인은 엘리베이터를 기다리지 않고 너덜너덜한 갈색 카펫이 깔린 계단을 올라가 201호실 앞에서 노크를 했다.

"들어오시오."

목소리가 들렸다

천천히 문을 열자 오후의 오렌지색 햇빛이 가득 찬 분홍색 방이 나타났다. 안은 고통스러울 정도로 더웠다. 이런 더위를 좋아하는 건 아닐 테니, 테이블에 앉은 남자가 게을러서 에어컨을 켜지 않았거나 에어컨 켜는 방법을 모를 정도로 멍청이라고밖에는 생각할 수 없었다. 더욱더 수상한 생각이 들었다.

유난히 피부가 검고 날씬한 흑인은 테너스코너와는 전혀 어울리지 않는 구깃구깃한 검은 양복 차림이었다. 시선을 끌려고? 메이슨은 경멸적으로 생각했다. 말콤 엑스 같은 놈.

"당신이 저메인이오?"

"그렇소."

남자는 발을 한쪽 의자 위에 올려놓은 채 〈샬럿 옵저버〉 지를 들어 올렸다. 손엔 총신이 긴 자동권총을 쥐고 있었다. 손가락이 유난히 길었다. 메이슨이 말했다.

"안 그래도 묻고 싶었던 질문 두 가지 중 하나였소. 총이 있는지 없는지."

"나머지 한 가지 질문은?"

흑인이 물었다.

"그 총을 쓸 줄 아는지 모르는지."

남자는 말이 없었지만, 짤막한 연필로 읽던 기사에 꼼꼼하게 표시를 해두었다. 맞춤법 때문에 끙끙대는 3학년 아이 같은 모습이었다.

묵묵히 흑인을 관찰하고 있는데, 분통터지게도 땀이 얼굴에 흘러내리는 것이 느껴졌다. 메이슨은 양해도 구하지 않고 욕실로 갔다. 그러곤 수건으로 얼굴을 닦은 뒤 욕실 바닥에 내던졌다.

흑인이 피식 웃었다. 그 웃음이 땀방울처럼 분노를 일으켰다.

"당신은 우리 종족을 상당히 안 좋아하는 것 같구먼."

"그런 것 같소. 하지만 내가 뭘 좋아하고 안 좋아하느냐는 중요한 문제가 아니지."

흑인은 냉정하게 대답했다.

"그건 맞는 말이오. 자, 말해보시오. 필요 이상 오래 여기 있고 싶지 않으니."

"라임은 지금 카운티 사무소에서 짐 벨과 이야기를 하고 있소. 아멜리아 색스는 유치장에 있고."

"먼저 어디부터 갈까?"

메이슨은 망설이지 않고 답했다.

"여자 쪽부터."

"그럼 그렇게 하지."

자신의 생각인 양 대답한 흑인이 총을 치우고 신문을 옷장 위에 올려놓더니 조롱하듯 공손한 태도로 말했다.

"먼저 가시죠."

그러곤 문 쪽을 가리켜 보였다.

짐 벨이 라임에게 물었다.

"핸런 가족의 유해? 어디 있습니까?"

"저기 있습니다."

라임은 메리베스의 배낭에 들어 있던 뼈 무더기를 가리켰다.

"블랙워터랜딩에서 메리베스가 발견한 겁니다. 메리베스는 저게 사라진 정착민 중에서 살아남았던 사람들의 뼈라고 생각했지요. 하지만 오래 되지 않은 거라고 제가 알려줬습니다. 언뜻 보기엔 오래 돼서 썩은 것 같아도 사실은 불에 타서 그런 겁니다. 난 법의인류학 일을 많이 해왔습니다. 단번에 한 5년 정도 땅에 묻혀 있던 거라는 걸 알겠더군요. 개릿의 가족이 죽은 게 그쯤이지요. 이건 30대 후반의 남자, 아이를 낳은 적이 있는 비슷한 연령의 여자, 열 살 남짓한 여자애의 뼈입니다. 개릿의 가족 상황과 정확히 들어맞지요."

벨은 뼈를 쳐다보았다.

"도대체 왜."

"개릿의 가족이 소유한 땅은 블랙워터랜딩의 112번 국도 바로 건너편에 있었습니다. 메이슨과 컬보는 가족을 독살한 뒤 시체를 불태워 땅에 묻고 차를 강물에 밀어 넣었지요. 대빗은 검시관에게 뇌물을 써서 사망진단서를 조작하고, 장의사한테도 돈을 줘서 유해를 화장하도록 했습니다. 무덤은 틀림없이 텅 비어 있을 겁니다. 그런데 메리베스가 뼈를 찾았다는 이야기를 누군가에게 했고, 이 말이 메이슨의 귀에도 들어갔습니다. 메이슨은 빌리 스테일을 시켜 블랙워터랜딩으로 가서 메리베스를 죽이고 증거물, 즉 뼈를 훔쳐오도록 했지요."

"뭐요? 빌리한테?"

"한데 그때 마침 개릿이 그곳에 있었던 겁니다. 개릿의 말이 옳았습니다. 블랙워터랜딩은 위험한 곳이지요. 사람들이 죽었습니다. 지난 몇 년 동안 말입니다. 하지만 범인은 개릿이 아니었습니다. 메이슨과 컬보였지요. 톡사펜 때문에 몸에 이상이 생기자 왜 그런지 물어보고 다닌 사람들을 살해한 겁니다. 마을 사람들은 모두 곤충 소년에 대해 알고 있었죠. 그래서 메이슨은, 어쩌면 컬보가 그랬을지도 모르지만, 개릿의 짓처럼 보이기 위해 말벌 집으로 메그 블랜처드를 죽였던 겁니다. 다른 사람들은 머리를 때려서 운하에 빠뜨려 죽였고요. 몸이 아파도 이상하다고 생각하지 않는 사람들, 메리베스의 아버지나 루시 커 같은 사람들은 신경 쓸 필요가 없었지요."

"하지만 삽에는 개릿의 지문이 묻어 있었습니다. 살인 도구에 말입니다."

"아, 삽. 삽도 상당히 흥미로운데, 거기서 제가 또 실수를 했지요…. 거기에는 단 두 사람의 지문만 있었습니다."

"맞습니다, 빌리와 개릿."

"그렇다면 메리베스의 지문은 어디 있죠?"

라임의 물음에 벨의 눈이 가늘어졌다. 그가 고개를 끄덕였다.

"그렇군요. 메리베스의 지문은 없었습니다."

"메리베스의 삽이 아니었기 때문입니다. 메이슨은 빌리에게 삽을 줘서 블랙워터랜딩으로 보냈습니다. 물론 자기 지문은 싹 닦은 뒤에 말이죠. 제가 메리베스한테 물어봤습니다. 빌리가 삽을 들고 수풀 속에서 나타났다고 하더군요. 메이슨은 고고학 발굴을 하는 메리베스한테 삽이 있을 테니, 완벽한 살인 무기라고 생각했던 겁니다. 어쨌든 빌리는 블랙워터랜딩으로 가서 개릿과 메리베스를 발견합니다. 곤충 소년도 같이 죽여야겠다고 생각했겠지요. 하지만 개릿이 삽을 빼앗아 빌리를 때렸습니다. 자기가 빌리를 죽였다고 생각했지요. 하지만 개릿은 그를 죽이지 않았습니다."

"개릿이 빌리를 죽이지 않았다고요?"

"그렇습니다. 개릿은 빌리를 한두 번 때렸을 뿐입니다. 땅에 쓰러지긴 했지만 그렇게 심한 부상을 입지는 않았죠. 개릿이 메리베스를 데리고 밀주장으로 간 뒤, 맨 처음 현장에 도착한 사람은 메이슨이었습니다. 그가 인정한 대로."

"맞습니다. 메이슨이 신고를 했지요."

"하필이면 그때 그가 근처에 있었다는 게 대단한 우연 아닙니까?"

"그렇군요. 저는 미처 생각을 못 했습니다."

"메이슨은 빌리를 발견했습니다. 그리고 삽을 들어, 라텍스 장갑을 끼고요, 빌리를 때려죽인 겁니다."

"어떻게 아셨죠?"

"라텍스 장갑 지문의 위치 때문이죠. 한 시간 전, 벤한테 대체광원으로 삽자루를 다시 살펴보라고 했습니다. 메이슨은 야구 방망이 잡듯이 삽을 쥐었더군요. 현장에서 증거물을 집어 드는 사람은 그러지 않죠. 그리고 삽을 보다 단단히 쥐기 위해 손을 여러 번 바꿔 잡았더군요. 색스는 현장감식 때, 혈흔으로 미루어 빌리가 맨 처음 쓰러진 건 머리에 가격을 당한 뒤라고 했습니다. 그때 빌리는 살아 있었습니다. 메이슨이 삽으로 목을 가격하기까지는."

벨은 멍한 얼굴로 창밖을 내다보았다.

"메이슨이 왜 빌리를 죽였을까요?"

"아마 빌리가 겁을 먹고 사실대로 실토할지 모른다고 생각했겠지요. 아니면 메이슨이 도착했을 때 의식을 되찾은 빌리가 더 이상 안 하겠다고 말했거나."

"그래서 저더러 메이슨이 갔는지 확인해 보라고 하셨군요. 아까는 도대체 왜 그러시나 했습니다. 그런데 이걸 다 어떻게 입증하실 겁니까, 라임?"

"삽자루에 묻은 라텍스 장갑 지문이 있습니다. 톡사펜이 고농도로 검출된 뼈도 있고요. 파케노크 강으로 다이버를 보내서 핸런의 자동차를 찾게 하십시오. 5년이 지났지만 아직 변질되지 않은 증거물이 있을 겁니다. 빌리의 집을 수색해서 메이슨에게서 받은 현금이 있는지도 확인해 보고. 메이슨의 집도 수색해야지요. 힘든 일이지만."

라임은 희미하게 웃음을 지었다.

"내 솜씨도 쓸 만합니다, 짐. 할 수 있어요."

그러곤 웃음을 거둔 뒤 덧붙였다.

"하지만 메이슨이 헨리 대빗과 공범 관계였다는 증언을 하지 않는다면, 대빗의 유죄를 입증하기는 어려울 겁니다. 제가 가지고 있는 건 저것뿐이니까요."

라임은 플라스틱 샘플 병 쪽으로 고개를 끄덕였다. 안에는 희끄무레한 액체가 2백 그램쯤 들어 있었다.

"뭡니까?"

"톡사펜 원액입니다. 루시가 30분 전 대빗의 창고에서 가져왔죠. 그곳에 보관된 양이 1만 갤런은 된다더군요. 개릿의 가족을 죽인 화학약품과 저 병에 든 약품 성분이 동일하다는 걸 입증할 수만 있다면 검사를 설득해서 대빗을 기소할 수 있을 겁니다."

"하지만 대빗은 개릿 찾는 일을 도왔잖습니까."

"그랬지요. 최대한 빨리 개릿과 메리베스를 찾아내는 것이 그의 목적이었습니다. 메리베스가 죽기를 누구보다 바랐던 사람이 바로 대빗입니다."

벨은 고개를 저으며 중얼거렸다.

"메이슨… 오랫동안 알고 지낸 사람인데…. 혹시 눈치채지는 않을까요?"

"이 이야기는 당신 말고 아무한테도 하지 않았습니다. 루시한테도 말하지 않았습니다. 그냥 몇 가지 알아봐 달라고 부탁만 했지요. 누가 엿듣고 메이슨이나 대빗의 귀에까지 들어갈까 봐. 짐, 이 마을은 말벌집 같습니다. 누굴 믿어야 할지 모르겠어요."

벨은 한숨을 쉬었다.

"메이슨 짓이라고 어떻게 확신하십니까?"

"우리가 밀주장 위치를 알아낸 직후 컬보 일당이 그 오두막에 들이닥쳤으니까요. 그걸 알고 있던 사람은 메이슨뿐이었습니다. 당신과 나, 벤을 제외하면. 그가 컬보에게 연락해서 오두막 위치를 가르쳐준 게 틀림없습니다. 이제, 주 경찰에 연락해서 블랙워터랜딩을 수색하게 하십시오. 빌리와 메이슨의 집을 수색하려면 영장도 청구해야 합니다."

벨은 고개를 끄덕였다. 하지만 전화기를 집어 드는 대신 창가로 걸어가 창을 닫았다. 그런 다음 문 쪽으로 가서 문을 열고 밖을 내다보더니 다시 닫았다. 그리고 걸쇠를 걸었다.

"짐, 뭐 하는 겁니까?"

벨은 잠시 망설이다 라임 쪽으로 한 걸음 다가왔다.

라임은 벨의 눈을 한 번 보고 얼른 이로 빨대 조종간을 물었다. 숨을 불어넣자 휠체어가 앞으로 나아갔다. 하지만 벨이 뒤로 돌아가 배터리 케이블을 빼자 스톰 애로는 몇 센티미터도 못 가 멈추고 말았다. 라임은 속삭이듯 말했다.

"짐, 당신도?"

"맞습니다."

라임은 눈을 감았다.

"안 돼."

라임은 머리를 숙였다. 하지만 그것은 겨우 몇 밀리미터에 불과했다. 대부분의 위대한 사람이 그렇듯, 링컨 라임은 패배의 몸짓 또한 극히 미세했다.

제5부

아이들 없는 마을

보통 사람들은 범죄학자의 임무가 증거물을 찾아내

분석하는 것에서 끝난다고 생각한다.

하지만 뉴욕시경 감식반을 총지휘할 때 링컨 라임은 실험실에서

보내는 것 못지않게 오랜 시간을 법정에서 보냈다.

그는 훌륭한 전문가 증인이었다.

42 유인

메이슨 저메인과 무뚝뚝한 표정의 흑인은 태너스코너 카운티 유치장 옆 골목으로 천천히 들어섰다.

흑인은 땀을 흘리며 짜증스럽게 모기를 손으로 쫓았다. 입 속으로 뭐라 중얼거리더니 긴 손가락으로 짤막한 곱슬머리를 쓸었다.

메이슨은 뭐라 한마디 해주고 싶은 충동을 억지로 참았다.

흑인은 까치발을 하면 유치장 창문을 들여다볼 수 있을 만큼 키가 컸다. 그가 신은 반질반질하고 목이 짧은 검정색 가죽 부츠를 보자 메이슨은 왠지 이 외지인에 대한 경멸감이 한층 더해지는 것을 느꼈다. 그가 얼마나 많은 사람을 쏘아 죽였는지 궁금했다. 흑인이 말했다.

"안에 있군. 혼자 있어."

"개릿은 반대편에 가둬놨소."

"당신이 앞문으로 들어가시오. 뒤쪽으로도 들어갈 수 있나?"

"내가 부보안관이잖소. 나한테 열쇠가 있소. 열면 되지."

메이슨은 깔보는 듯한 투로 말했다. 조금이라도 머리가 있는 친구인가, 하는 생각이 다시금 들었다.

흑인도 깔보는 듯한 투로 대꾸했다.

"난 단지 뒤에도 문이 있는지 물었을 뿐이오. 이놈의 진구렁 같은 마을엔 처음이니까 당연히 모르지."

"아, 있소. 문이 있소"

"그럼, 들어갑시다."

메이슨이 미처 깨닫지 못한 사이, 흑인은 어느새 손에 총을 쥐고 있었다.

독방에 갇힌 색스는 의자에 앉아 파리의 움직임에 정신이 팔려 있었다.

무슨 종류일까? 개릿은 척 보면 알 것이다. 걸어 다니는 지식 창고 같은 아이니까. 한 가지 생각이 떠올랐다. 어떤 분야에 대해 아이의 지식이 부모의 지식을 넘어서는 순간, 나를 넘어선 존재를 자신이 생산해 냈다는 것을 깨닫는 그 순간은 정말 기적적이고 유쾌할 것이다. 사람을 겸허하게 만들 것이다.

하지만 이제 내가 절대 느껴볼 수 없을 경험이다.

다시금 아버지 생각이 났다. 범죄를 그냥 '무력화시켰던' 아버지. 경찰 일을 하면서 단 한 번도 총을 쏴본 적이 없는 남자. 딸을 자랑스럽게 생각하면서도 총기에 대한 색스의 열정을 걱정했던 아버지.

총은 마지막에 쏘는 것이란다.

아버지는 종종 이렇게 말씀하셨다.

아, 제시… 당신한테 내가 무슨 말을 할 수 있을까?

아무 말도 할 수 없다. 단 한마디도. 그는 이미 세상에 없으니까.

창밖으로 사람 그림자가 언뜻 스쳤다. 하지만 색스는 무시하고 라임을 생각했다.

당신과 나. 그녀는 생각했다. 당신과 나.

몇 달 전, 맨해튼 타운하우스의 푹신한 클리니트론 침대에 함께 누워 바즈 루어만이 마이애미를 무대로 각색한 스타일리시한 영화 〈로미오와 줄리엣〉을 보던 기억이 났다. 라임과 함께 있을 때는 언제나 죽음이 가까이 맴돈다. 마지막 장면을 보면서 아멜리아 색스는 셰익

스피어의 등장인물들처럼 그녀와 라임 역시 어떤 면에서는 불행한 연인이라는 사실을 깨달았다. 그러자 또 다른 생각이 불현듯 머리를 스쳤다. 어쩌면 둘이 함께 죽을지도 모른다는.

두뇌 속에 감상 세포라고는 단 하나도 들어 있지 않은 이성주의자 링컨 라임에게는 감히 털어놓지 못한 생각이었다. 일단 싹이 트자 그런 생각은 그녀의 의식 속에 굳게 뿌리를 내렸고, 무슨 이유에선지 너무나 마음이 편안해졌다. 한데 지금은 이 엉뚱한 생각에서조차 평화를 찾을 수가 없었다. 이제, 나 때문에, 우리 둘은 따로 떨어져, 따로 죽어야 한다. 그들은….

유치장 문이 열리더니 젊은 부보안관 한 사람이 들어왔다. 아는 사람이다. 짐 벨의 처남 스티브 파.

"이봐요."

파의 말에 색스는 고개를 끄덕였다. 문득 두 가지가 눈에 들어왔다. 하나는 파가 노스캐롤라이나 주 경찰 연봉의 절반은 줘야 하는 롤렉스 시계를 차고 있다는 것. 다른 하나는 권총을 차고, 총집이 풀려 있다는 것. 독방 문밖에 '유치장에 들어가기 전 모든 무기는 금고에 넣을 것'이라는 주의사항이 걸려 있는데도.

"기분은 어때요?"

스티브 파가 물었다. 색스는 묵묵히 그를 지켜보았다.

"오늘은 말이 없네요? 음, 좋은 소식이 있습니다. 이제 나가셔도 됩니다."

그러곤 앞으로 툭 튀어나온 한쪽 귀를 어루만졌다.

"나가도 된다고요?"

파가 열쇠를 찾았다.

"네. 총격이 사고였다는 결론이 났습니다. 이제 나가도 됩니다."

색스는 그의 얼굴을 가만히 쳐다보았다. 파는 색스와 눈을 마주치지 않으려 했다.

"출감 명령서는 어디 있죠?"

"그게 뭡니까?"

"범죄 행위로 체포된 사람은 기소를 취하한다는 검사의 출감 명령서 없이는 감옥에서 내보낼 수 없어요."

파는 독방 문을 따고 뒤로 물러섰다. 손이 권총 손잡이 근처를 맴돌고 있었다.

"아, 대도시에서는 그렇게 하나 보군요. 하지만 여기서는 절차가 훨씬 간단합니다. 남부 사람들은 느릿느릿하다고들 하잖습니까. 한데 그렇지도 않습니다. 아니죠, 우린 훨씬 효율적으로 일을 처리합니다."

색스는 그대로 앉아 있었다.

"유치장에 왜 무기를 들고 왔는지 물어봐도 될까요?"

"아, 이거요?"

파는 권총을 툭 건드렸다.

"이런 일에 우린 그렇게 깐깐하지 않습니다. 자, 나오십시오. 이제 자유입니다. 이런 소식을 들으면 보통은 펄쩍펄쩍 뛰는데."

그러곤 유치장 뒤쪽으로 턱짓을 했다.

"뒷문으로 나가라고요?"

"네."

"도주하는 죄인이라도 등을 쏘지는 못해요. 그건 살인이니까."

파는 천천히 고개를 끄덕였다.

무슨 짓을 꾸미는 거지? 문밖에서 누가 날 쏘려고 기다리는 걸까? 그럴지도 모른다. 파가 자기 머리를 한 대 치고 도움을 요청한다. 그리고 천장에 대고 한 방을 쏜다. 바깥에서 누군가가, 어쩌면 '용감한' 시민이겠지, 총소리를 듣고 달려왔다가 무장한 색스를 본다. 그리고 쏜다.

색스는 움직이지 않았다.

"자, 일어나서 밖으로 나가."

파는 총집에서 권총을 꺼냈다.

천천히, 색스는 일어섰다.

당신과 나, 라임….

"상당히 비슷했소, 링컨."

짐 벨이 말했다. 잠시 후, 그가 덧붙였다.

"90퍼센트는 맞췄소. 경찰 일을 한 내 경험상, 정말 대단한 수치요. 당신이 놓친 그 10퍼센트에 내가 들어 있다는 게 안타깝지만."

벨은 에어컨을 껐다. 창문이 닫혀 있기 때문에 방은 곧 뜨거워졌다. 이마에 땀이 맺혔다. 숨결이 가빠졌다.

보안관은 말을 이었다.

"블랙워터 운하 변에서 딱 두 집이 대빗 씨의 운하 수송에 협조하지 않더군."

존경스럽게, 대빗 씨라. 라임은 생각했다.

"회사 보안팀장이 우리보고 처리해 달라고 했소. 한참 설득을 했더니 콩클린 집안은 부지 이용권을 넘겨주더군. 하지만 개릿의 아버지는 끝까지 버텼소. 그래서 자동차 사고처럼 보이게 하려고 그 약품 한 병을 구했지."

그러곤 테이블 위의 병을 가리켰다.

"수요일마다 가족이 외식을 한다는 걸 알고 있었소. 자동차 송풍구에 약을 붓고 숲 속에 숨었지. 가족이 차에 타더니 에어컨을 켜더군. 약이 실내에 퍼졌소. 하지만 너무 많이 사용해서….."

벨은 다시 약병 쪽을 바라보았다.

"사람을 두 번도 더 죽일 만한 양이었지."

그리고 미간을 찌푸리며 기억을 더듬었다.

"그들은 몸을 뒤틀며 경련을 일으키기 시작했소…. 보기에도 끔찍하더군. 개릿이 달려와서 그걸 봤지. 차에 타려고 했는데 못 탔소. 하지만 그 녀석도 약품을 상당히 들이마셔서 좀비처럼 비틀거리더군. 우리가 잡기도 선에 비틀비틀 숲 속으로 들어가고 말았소. 몇 주가 지나 나타났을 때는 그때 일을 전혀 기억하지 못했지. 당신이 말한 MCS인가 뭔가, 그 때문이었을 거요. 그래서 당분간 그냥 두기로 했소. 가족이 죽었는데 그 애까지 곧장 죽으면 너무 수상하니까. 그다음에는 당신 추측대로요. 시체에 불을 지르고 블랙워터랜딩에 묻었지. 자동차는 커넬 로드 쪽 물속에 밀어 넣었고. 검시관에게 10만 달러를 줘서 가짜 사망진단서도 만들었소. 누군가 이상한 암 같은 게 걸렸는데 왜 그런지 묻고 다닌다는 말이 들릴 때마다 컬보 일당이 그들을 처리했지."

"마을로 들어오는 길에 봤던 장례식. 그 애도 역시 당신들이 죽인 겁니까?"

"토드 윌크스? 아니, 그 애는 자살했소."

"하지만 독사펜 때문에 병을 앓고 있었지요? 무슨 병이었습니까, 암? 간손상? 뇌손상?"

"그럴지도. 모르겠소."

하지만 보안관의 표정으로 미루어보건대 그 이유를 잘 알고 있는 것 같았다.

"어쨌든 개릿하고는 전혀 관계없는 일이었지요?"

"그렇소."

"그럼 밀주장 오두막에 있던 그 남자들은? 메리베스를 공격한 남자들…"

벨은 다시 엄숙하게 고개를 끄덕였다.

"톰 보스턴과 로트 쿠퍼. 그들도 관련이 돼 있소. 대빗의 약물을 사람 없는 산에 뿌려서 실험하는 일을 맡고 있지. 우리가 메리베스를 찾는다는 건 그들도 알고 있었소. 하지만 메리베스를 찾아냈을 때, 로트가 잠시 재미 좀 보다가 나한테 알려야겠다고 생각한 것 같소. 아, 그리고 우리가 빌리 스테일한테 메리베스를 죽이라고 했는데, 개릿이 그전에 그 여자를 빼돌린 거요."

"그래서 나더러 메리베스를 찾아달라고 한 거군. 구하기 위해서가 아니라, 그녀를 죽이고 혹시 발견했을지도 모를 다른 증거물까지 없애려고."

"개릿을 찾아내 제분소에서 데려온 뒤, 난 컬보 일당이 개릿에게

'잘 말해서' 메리베스가 어디 있는지 알아낼 수 있도록 유치장 뒷문을 열어놨소. 하지만 우리가 손을 쓰기 전에 당신 친구가 먼저 들어가 개 릿을 빼돌렸지."

"내가 오두막을 발견했을 때 컬보 일당한테 알린 것도 당신이었군. 우리 모두를 죽이라고."

"미안하오…. 모두 끔찍한 악몽처럼 돼버렸소. 솔직히 그러고 싶진 않았지만."

"말벌 집…."

"아, 그렇소. 이 마을에는 말벌이 몇 마리 있지."

라임은 고개를 저었다.

"말해보시오. 멋진 자동차, 큰 집, 돈… 이런 것들이 마을 전체를 파 괴할 만한 가치가 있습니까? 주위를 돌아봐요, 벨. 얼마 전 아이의 장 례식을 봤는데, 주위에 아이들이 없었소. 아멜리아도 마을 전체에 애 들이 전혀 없는 것 같다더군. 이유를 아시오? 사람들의 생식 능력이 없어진 거요."

"악마와 거래하는 건 위험한 법이지."

벨은 짧게 답했다.

"내게 인생은 하나의 큰 거래에 지나지 않아."

벨은 한참 동안 라임을 지켜보다 테이블 쪽으로 다가갔다. 라텍스 장갑을 끼고 톡사펜 병을 집어 들었다. 그리고 라임에게 다가오더니 천천히 뚜껑을 돌려 열기 시작했다.

스티브 파는 권총을 들이댄 채 아멜리아 색스를 거칠게 이끌고 유 치장 뒷문으로 향했다. 그는 총구를 피해자의 몸 뒤에 갖다 대는 흔한 실수를 저지르고 있었다. 색스 입장에서는 유리했다. 권총의 위치를 정확히 알고 있으므로 바깥에 나가자마자 팔꿈치로 쳐낼 수 있을 것 이다. 운이 좋다면 총을 떨어뜨릴 테고, 최대한 빨리 도망치면 된다. 메인 스트리트까지 갈 수 있다면 목격자가 있을 테니 감히 총을 쏘지 못할 것이다.

파는 뒷문을 열었다.

뜨거운 햇빛이 먼지투성이 유치장 안으로 쏟아져 들어왔다. 색스는 눈을 깜빡였다. 머리 주위에서 파리 한 마리가 윙윙거렸다. 파가 총구를 등에 대고 바짝 붙어 있는 한 기회는 있다….

"이제 어떻게 해요?"

"마음대로 가."

파는 어깨를 으쓱하며 유쾌하게 말했다. 색스는 팔꿈치 날리는 동작을 하나하나 계산하며 잔뜩 긴장했다. 하지만 그때 갑자기 파가 뒤로 물러서며 색스를 유치장 뒤쪽 지저분한 공터로 밀었다. 파는 색스의 손이 닿지 않을 만큼 거리를 유지했다.

문득 근처 풀숲 뒤에서 무슨 소리가 들렸다. 권총의 격철을 당기는 소리 같았다.

파가 말했다.

"빨리 가. 가라고."

로미오와 줄리엣 생각이 났다.

이곳으로 오면서, 태너스코너를 굽어보는 언덕 위의 아름다운 공동묘지를 봤던 일도 몇 만 년 전의 일처럼 느껴졌다.

아, 라임….

파리가 얼굴을 휙 스쳤다. 색스는 반사적으로 파리를 쫓아내고 낮은 풀숲 쪽으로 걷기 시작했다.

라임은 벨에게 말했다.

"내가 이렇게 죽으면 의심하는 사람이 있지 않겠습니까? 난 혼자 병뚜껑 하나 열지 못하는 사람인데."

"당신은 테이블에 부딪힌 거요. 뚜껑은 꽉 닫혀 있지 않았고. 약물이 당신 위로 쏟아진 거지. 난 도움을 청하러 가봤지만, 제때 당신을 구하지 못한 거요."

"아멜리아가 그냥 있지 않을 겁니다. 루시도 마찬가지고."

"당신 여자 친구는 이제 조금만 있으면 골치 썩힐 일도 없을 거요. 루시? 뭐, 다시 병을 앓겠지…. 이번에는 목숨을 살리기 위해 더 잘라 낼 것도 없을 텐데."

벨은 잠시 망설이다 라임의 입과 코에 액체를 부었다. 나머지는 셔츠 앞에 뿌렸다. 그리고 라임의 무릎에 병을 던지더니 얼른 물러나 손수건으로 자기 입을 가렸다.

라임의 고개가 뒤로 홱 젖혀지면서 입술이 저절로 벌어졌다. 액체가 입 속으로 약간 들어갔다. 라임은 컥컥거리기 시작했다.

벨은 장갑을 벗어 바지 속에 쑤셔 넣었다. 그리고 침착하게 라임을 바라보다 천천히 문으로 다가가 걸쇠를 벗겼다. 그가 문을 열고 외쳤다.

"사고가 났어! 누가 좀 와줘. 도움이 필요해!"

그러곤 복도로 나가며 다시 소리쳤다.

"도움이…."

한 발을 내딛는 순간, 루시 커의 권총이 벨의 가슴을 똑바로 겨누었다.

"맙소사, 루시!"

"이제 끝이야, 짐. 꼼짝하지 마."

보안관은 뒤로 물러났다. 명사수 네이선이 방 안으로 들어오며 벨의 총집에서 권총을 빼앗았다. 또 한 사람이 들어왔다. 갈색 양복에 흰 셔츠 차림을 한 덩치 큰 남자였다. 그리고 벤도 나타났다. 벤이 황급히 달려가 휴지로 라임의 얼굴을 닦아주었다.

보안관은 루시와 다른 사람들을 멍하니 바라보았다.

"아니, 이건 미니야! 사고였어! 저 독약이 쏟아져서…."

라임은 독한 액체와 증기에 숨을 헐떡이며 바닥에 침을 뱉었다. 그리고 벤에게 말했다.

"뺨 위쪽도 닦아주겠나? 눈에 들어갈까 봐. 고맙네."

"천만에요, 링컨."

벨이 말했다.

"도움을 청하러 갈 생각이었어! 저 약이 쏟아진 거라고! 난….

정장 차림의 남자가 벨트에서 수갑을 꺼내 당황한 보안관의 손목에 채웠다.

"제임스 벨, 난 노스캐롤라이나 주 경찰의 휴고 브랜치 형사요. 당신을 체포하겠소."

브랜치는 라임을 못마땅한 눈으로 쳐다보았다.

"틀림없이 당신 셔츠에 부을 거라고 내가 그랬잖습니까. 송신기를 다른 데다 설치했어야 하는데."

"그래도 녹음은 충분히 했겠지요?"

"아, 충분합니다. 하지만 그게 중요한 게 아니에요. 이 송신기는 비싼 거란 말입니다."

"청구하세요."

라임은 떫은 목소리로 대꾸했다. 브랜치 형사는 라임의 셔츠를 풀더니 테이프로 붙여놓은 마이크와 송신기를 뜯어냈다. 벨이 들릴락 말락 중얼거렸다.

"함정이었군."

맞아.

"하지만 독은….

"아, 이건 톡사펜이 아니오. 그냥 밀주지. 아까 실험했던 그 병에서 꺼낸 거요. 그건 그렇고, 벤. 남은 게 있으면 지금 한 모금 마시고 싶군. 그리고 제장, 누가 에어컨 좀 켜주겠나?"

왼쪽으로 꺾어서 미친 듯이 달리자. 맞을지도 모르지만, 운이 좋다면 그래도 달릴 수 있어.

움직이고 있으면 잡히지 않아….

아멜리아 색스는 풀숲 쪽으로 세 발을 내딛었다.

하나…. 둘….

그때 등 뒤 유치장 안에서 남자의 목소리가 들려왔다.

"멈춰, 움직이지 마, 스티브! 무기를 땅에 던져. 당장! 두 번 말하지 않겠어!"

홱 돌아보니 메이슨 저메인이 놀라서 귀가 새빨개진 스티브 파의 머리통에 총을 겨누고 있었다. 파는 땅에 웅크리며 바닥에 총을 던졌다. 메이슨이 얼른 나서서 파에게 수갑을 채웠다.

숲 쪽에서 발소리가 들렸다. 풀잎이 사각거렸다. 더위와 아드레날린으로 어질어질한 채 돌아보니, 날씬한 흑인 한 사람이 풀숲을 빠져나오며 커다란 브라우닝 자동권총을 총집에 넣고 있었다.

"프레드!"

색스는 외쳤다.

검은 정장 차림의 FBI 요원 프레드 델레이가 땀을 비오듯 흘리며 짜증스럽게 소매를 털었다.

"이봐, 아멜리아. 아이고, 여긴 정말, 정말, 정말 덥군. 이 마을 정말 마음에 안 들어. 그리고 이 옷 좀 봐. 온통 먼지투성이잖아. 도대체 이게 다 뭐야? 꽃가루? 맨해튼에는 이런 거 없는데. 이 소매 좀 보라고!"

색스는 어안이 벙벙해서 물었다.

"여기서 뭐 하는 거예요?"

"뭐 하냐고? 링컨이 누굴 믿어야 할지 모르겠다며 나보고 내려와서 저기 있는 저메인 부보안관이랑 당신을 잘 지켜보라고 했지. 도움이 필요한데, 짐 벨이나 그 친척은 믿을 수가 없다고."

"벨?"

"링컨 말로는, 벨이 모든 일을 꾸민 것 같대. 지금쯤 확실해졌겠지. 맞는 것 같아. 이 친구가 그 사람 처남이라며?"

델레이는 스티브 파 쪽으로 고갯짓을 했다. 색스가 말했다.

"거의 죽을 뻔했어요."

델레이는 킬킬거렸다.

"자넨 전혀, 손톱만큼도 위험하지 않았어. 뒷문이 열린 순간부터 내가 저 친구 머리를 겨누고 있었으니까. 자넬 쏘려 했다간 저 친구가 먼저 갔을 거야."

그러다 메이슨이 수상쩍다는 듯 자신을 관찰하고 있다는 걸 느낀 모양이다. 델레이는 웃으며 색스에게 말했다.

"여기 있는 경찰계 동지께서는 우리 종족을 별로 좋아하지 않나 봐. 나한테 그렇게 말했어."

"잠깐. 내 말은 그게 아니라…."

"연방 요원을 싫어한다는 말씀 아니었나?"

델레이의 말에 메이슨은 고개를 저으며 퉁명스럽게 말했다.

"북부 사람을 싫어한다는 말이었소."

색스가 끼어들었다.

"맞아요. 저분, 북부 사람을 정말 싫어해요."

색스와 델레이는 웃음을 터뜨렸다. 하지만 메이슨은 우울한 얼굴이었다. 그가 그런 얼굴을 한 게 문화적인 차이 때문은 아닌 듯했다. 메이슨이 색스에게 말했다.

"미안하지만 다시 유치장에 데려가야겠소. 아직 당신은 구금 중이니까."

색스의 미소가 사라졌다. 그녀는 지저분한 누런 풀 위로 춤추는 햇살에 다시금 시선을 주었다. 야외의 뜨거운 공기를 한 번 들이마시고, 다시 들이마셨다. 마침내 색스는 돌아서서 어둠침침한 유치장으로 들어갔다.

43 고독

"당신이 빌리를 죽였지요?"

라임이 짐 벨에게 물었다.

하지만 보안관은 대답이 없었다.

라임이 말을 이었다.

"범죄현장은 한 시간 반 동안 방치되어 있었습니다. 그리고 맞아요, 메이슨이 가장 먼저 도착했지요. 하지만 그전에 당신이 갔었소. 빌리에게서 메리베스를 죽였다는 연락이 오지 않자 걱정이 되어 직접 블랙워터랜딩으로 가서 보니 메리베스는 없고 빌리는 다친 채였습니다. 빌리가 개릿이 여자를 데려갔다는 이야기를 했겠지요. 당신이 라텍스 장갑을 끼고 삽을 집어 들어 빌리를 죽인 겁니다."

마침내 보안관의 얼굴에서 무표정이 깨지고 분노가 떠올랐다.

"왜 날 의심한 거요?"

"처음엔 메이슨 짓이라고 생각했습니다. 밀주장 오두막에 대해 알고 있던 사람은 우리 셋과 벤뿐이었으니까 그가 컬보한테 연락한 거라고 생각했지요. 한데 루시한테 물어보니, 메이슨의 연락을 받고 오두막으로 갔다더군요. 아멜리아와 개릿이 다시 도망치지 못하게 하려고 말입니다. 그래서 다시 생각을 해보니, 메이슨이 제분소에서 개릿을 쏘려 했다는 기억이 나더군요. 이 음모에 가담한 사람이라면, 개릿을 살려놔야 메리베스를 찾아낼 수 있다고 생각할 텐데 말입니다. 메이슨의 재산을 확인해 봤죠. 싸구려 집에 마스터카드와 비자카드 빚이 잔뜩 있더군요. 뒷돈을 받고 있지 않았습니다, 당신이나 당신 처남처럼 말입니다. 당신은 40만 달러짜리 집에다 은행 잔고가 잔뜩 있더군. 스티브 파는 39만 달러짜리 집에다 18만 달러짜리 보트도 있고. 당신 금고를 열어볼 수 있는 법원 영장을 청구했소. 거기서 얼마가 더 나올지 궁금하군."

라임은 말을 이었다.

"메이슨이 왜 그렇게 개릿을 잡아넣지 못해 안달이었는지 약간 궁금했는데, 그것도 나름대로 이유가 있더군. 당신이 보안관 직을 맡게 됐을 때, 메이슨은 상당히 열을 받았소. 근무 기록도 좋고 경력도 더 오래 됐는데, 이해할 수 없었지. 그래서 곤충 소년을 잡으면 당신 임기가 끝났을 때 인사위원회에서 자기를 보안관으로 임명할 거라고 생각했던 거요."

벨이 중얼거렸다.

"그런 연기를 하다니. 난 당신이 증거물만 믿는 줄 알았는데."

라임은 자신의 먹잇감과 입씨름하는 일이 거의 없었다. 말장난은 영혼에 위안을 주는 것 외엔 쓸모가 없고, 라임은 아직 영혼의 존재와 그 본질에 대한 실질적인 증거물을 찾아내지 못했다. 하지만 그는 벨에게 이렇게 말했다.

"증거물 쪽이 더 좋습니다. 하지만 때로는 임시변통도 필요한 법이지요. 난 솔직히 사람들이 생각하는 것만큼 독불장군이 아니랍니다."

스톰 애로는 아멜리아 색스의 독방에 잘 들어가지 않았다.

라임은 투덜거렸다.

"장애인 접근 불가야? 이건 장애인복지법 위반이라고."

색스는 라임이 자신을 위해, 그리고 낯익은 분위기를 조성해 주려고 일부러 투덜거린다는 걸 알고 있었다. 하지만 그녀는 아무 말도 하지 않았다.

휠체어 문제 때문에, 메이슨 저메인은 취조실을 권했다. 색스는 메이슨의 고집대로 손과 발에 족쇄를 찬 채 취조실로 들어섰다(이미 이곳에서 한 번 탈옥을 한 적이 있는 사람이니까).

뉴욕에서 온 변호사도 도착해 있었다. 머리칼이 희끗희끗한 솔로몬 지버스였다. 뉴욕, 매사추세츠, 워싱턴 변호사협회 회원인 그는 이번 색스 사건에 한해서만 노스캐롤라이나에서 활동을 허가받았다. 묘하게 매끈하고 잘생긴 얼굴과 그보다 더 매끈한 매너 때문에, 그는 불독 같은 맨해튼 변호사라기보다 존 그리샴 소설에 나오는 신사적인 남부 변호사에 더 가까워 보였다. 머리는 스프레이로 단정하게 정돈되어 있고, 이탈리아제 정장은 태너스코너의 끔찍한 습도에도 불구하고 주름이 잡히지 않았다.

링컨 라임은 색스와 변호사 사이에 앉았다. 색스는 망가진 휠체어 팔걸이에 손을 올려놓았다.

"롤리에서 특별 검사가 파견되었습니다."

지버스는 설명하기 시작했다.

"보안관과 검시관이 뇌물을 먹은 상황이라 맥과이어도 신뢰할 수 없다고 생각한 모양입니다. 어쨌든 검사는 증거물을 검토하고 개릿에 대한 기소를 취하하기로 결정했습니다."

색스는 이 말에 약간 놀랐다.

"그래요?"

"개릿은 빌리를 때린 것을 인정했고, 자기가 그를 죽였다고 생각했습니다. 하지만 링컨 말이 맞았어요. 소년을 죽인 것은 벨이었습니다. 폭행 혐의로 기소한나 해도 개릿이 정당방위를 한 상황이니까요. 그다른 부보안관, 에드 섀퍼라고 했나요? 그의 죽음은 사고사로 처리되었습니다."

"리디아 조핸슨을 납치한 건은?"

라임이 물었다.

"리디아도 개릿이 자길 해칠 마음이 없었다는 걸 알고 고소를 취하하기로 했습니다. 메리베스도 마찬가지고요. 어머니가 고소를 하려했지만 메리베스가 격렬하게 반대했지요. 휴, 뜨거운 한판 싸움이었습니다. 불꽃이 튀더군요."

색스는 바닥을 내려다보며 물었다.

"그럼 풀려났나요? 개릿은?"

"얼마 안 있으면 풀려날 겁니다."

지버스는 이렇게 대답하고 말을 이었다.

"좋습니다. 정리를 하죠, 아멜리아. 개릿이 중죄인이 아니라는 게 입증되었다 해도, 당신은 정당한 이유로 체포된 범인의 탈옥을 도왔고 그 범죄를 행하는 과정에서 경찰 한 사람을 죽였다는 게 검사의 입장입니다. 검사는 일급 살인으로 기소하겠답니다."

라임이 얼른 대꾸했다.

"일급 살인? 의도된 것도 아닌데? 그건 사고였어!"

"나도 법정에서 바로 그 점을 밝히려고 노력할 걸세. 아멜리아, 당신을 붙잡은 부보안관이 총을 발사하게 된 주요 원인이었다는 걸 말입니다. 하지만 최소한 과실치사 판결은 날 겁니다. 사실을 토대로 판단해 볼 때 그건 의문의 여지가 없어요."

라임이 물었다.

"무죄 판결이 날 확률은?"

"극히 적어. 잘해야 10에서 15퍼센트 정도. 유감입니다만, 유죄 인정을 하는 게 좋을 것 같습니다."

그 말이 심장을 쿡 찌르는 것 같았다. 색스는 가만히 눈을 감았다. 숨을 내쉬는 순간, 영혼이 몸에서 빠져나갈 것 같았다. 라임이 중얼거렸다.

"맙소사!"

색스는 예전 남자 친구 닉이 생각났다. 물건을 빼돌리고 뒷돈을 받아 체포되었을 때, 그는 유죄 인정을 거부하고 배심원 판결을 받았다. 그때 닉은 그녀에게 이렇게 말했다.

당신 아버지 말씀대로야. 움직이고 있으면 붙잡히지 않아. 이거 아니면 저거라고.

배심원은 18분 만에 선고를 내렸다. 그리고 닉은 아직 뉴욕 교도소에 있다.

색스는 지버스의 매끈한 얼굴을 쳐다보며 물었다.

"유죄를 인정하는 조건으로 검사가 뭘 제시했나요?"

"아직은. 최악의 경우 미필적고의에 의한 살인을 인정할 수도 있지요. 그러면 아마 8에서 10년 형쯤. 한데 노스캐롤라이나 교도소는 힘든 곳입니다. 시설도 별로 안 좋아요."

라임이 불퉁거렸다.

"무죄 가능성은 15퍼센트?"

지버스가 말했다.

"맞아."

그리고 덧붙였다.

"기적을 기대해서는 안 된다는 걸 이해하셔야 합니다, 아멜리아. 재판으로 가게 되면 검사는 당신이 법집행 기관에 몸담은 사람이고, 명사수라는 점을 들고 나올 텐데, 그러면 배심원한테 사고로 인한 총격이라는 걸 납득시키기가 힘들 겁니다."

파코 북쪽 사람들한테는 보편적인 법칙이 통하지가 않아요. 그쪽, 아니면 우리지요. 피의자의 권리 낭독 같은 것도 필요 없이 총부터 쏘게 되는데, 그렇게 해도 괜찮아요.

변호사가 말했다.

"그렇게 되면 일급 살인죄로 기소되고 25년 형은 받을 겁니다."

"사형을 받을 수도 있겠죠."

"그럴 가능성도 있습니다. 전혀 없다고는 말 못합니다."

순간 무슨 이유에선지 맨해튼에 있는 라임의 타운하우스 침실 창밖에 둥지를 튼 송골매가 떠올랐다. 암컷과 수컷, 그리고 새끼. 색스는 말했다.

"과실치사를 인정하면 몇 년쯤 살게 될까요?"

"아마 6~7년 정도. 가석방 없이."

당신과 나, 라임.

색스는 숨을 깊이 들이쉬었다.

"유죄 인정을 하겠어요."

"색스."

라임이 입을 열었다. 하지만 색스는 지버스를 향해 되풀이했다.

"하겠어요."

변호사는 일어나며 고개를 끄덕였다.

"검사한테 연락해서 받아들일지 알아보겠습니다. 결론이 나면 곧 알려드리죠."

변호사는 라임에게 한 번 고개를 끄덕여 보이고 방을 나섰다.

메이슨이 색스의 얼굴을 힐끗 보았다. 그러더니 일어나 부츠 소리를 요란하게 내며 문으로 향했다.

"잠시 둘만의 시간을 드리겠소. 몸수색은 안 해도 되겠지요, 링컨?"

라임은 힘없이 미소 지었다.

"난 무기가 없습니다, 메이슨."

문이 닫혔다.

"정신이 없군요, 라임."

"음, 색스, 이름은 안 돼."

"왜죠?"

색스는 쓸쓸하게 웃으며 들릴 듯 말 듯 말했다.

"재수가 없어서?"

"그럴지도 모르지."

"당신은 미신을 안 믿잖아요. 늘 나한테 그렇게 말했으면서."

"보통은 안 믿지. 하지만 여긴 워낙 <u>으스스한</u> 곳이라."

태너스코너… 아이들이 없는 마을.

"자네 말을 들었어야 했어. 개릿에 대해서는 자네가 옳았으니까. 내가 틀렸어. 난 증거물만 보고 완전히 잘못 짚었어."

"하지만 내가 옳다는 걸 나도 몰랐잖아요. 알고 한 일은 아무것도 없어요. 그냥 육감에 따라 행동한 거지."

"무슨 일이 있든, 색스, 난 아무 데도 가지 않아."

라임은 스톰 애로를 내려다보고 웃었다.

"가고 싶어도 아주 멀리는 못 가는 인간이잖아. 자네가 형을 살고 나온 뒤에도 난 그대로 있을 거야."

"말은 그렇게 할 수 있죠. 말은…. 우리 아버지도 아무 데도 안 간다고 그랬어요. 암으로 죽기 1주일 전에도."

"난 성질이 더러워서 죽지도 않아."

하지만 아무리 성질이 더러워도 다른 사람을 만날 수는 있잖아. 날 뒤에 두고 앞으로 나아갈 수는 있어.

취조실 문이 열렸다. 개릿이 문간에 서 있고, 그 뒤에 메이슨이 있었다. 개릿은 수갑을 차지 않은 손을 얌전히 모으고 있었다.

"안녕, 제가 찾아낸 것 보세요. 감옥 안에 있더라고요."

개릿이 모은 두 손을 펼치자 작은 곤충 한 마리가 날아올랐다.

"스핑크스나방이에요. 쥐오줌풀을 좋아하죠. 감옥 안에서는 못 보는 거예요. 멋있어요."

색스는 소년의 눈에 담긴 열정을 보고 희미하게 미소 지었다.

"개릿, 한 가지 궁금한 게 있어."

개릿은 그녀를 내려다보며 가까이 다가왔다.

"트레일러에서 했던 말 기억하니? 빈 의자에 아버지가 있다고 상상하고 했던 말."

개릿은 쭈뼛거리며 고개를 끄덕였다.

"그날 밤 차에 태워주지 않아서 얼마나 기분이 상했는지 이야기했잖아."

"기억나요."

"이제 아버지가 왜 안 태워주셨는지 알겠지…. 아버지는 네 목숨을 구하고 싶었던 거야. 차 안에 독극물이 있고, 가족들이 다 죽어간다는 걸 알고 계셨어. 네가 차에 탔다면 너까지 죽었겠지. 아버지는 그걸 막고 싶었던 거야."

"알 것 같아요."

하지만 여전히 미덥지 못한 목소리였다. 자신의 역사를 새로 쓴다는 것은 힘든 작업이다.

"꼭 기억하렴."

"그럴게요."

색스는 작은 베이지색 나방이 취조실 안을 날아다니는 걸 지켜보았다.

"감옥 안에 넣어놨어? 나하고 친구하라고?"

"네. 레이디버드(ladybird, 무당벌레) 몇 마리랑, 진짜 이름은 레이디버드 비틀(ladybird beetle)이에요, 매미충(leafhopper)이랑 좀넓적꽃등에(syrphus fly)도요. 날아다니는 모습이 멋져요. 몇 시간을 쳐다봐도 질리지가 않아요."

개릿은 잠시 입을 다물었다.

"저기, 거짓말해서 미안해요. 그러지 않았다면 감옥에서 못 나왔을 테고, 메리베스도 살릴 수 없었을 거예요."

"괜찮아, 개릿."

개릿은 메이슨을 쳐다보았다.

"가도 되나요?"

"가도 돼."

개릿은 문으로 걸어가다 돌아서서 색스에게 말했다.

"종종 그냥, 놀러 올게요. 그래도 되죠?"

"그래."

개릿은 밖으로 나갔다. 열린 문틈으로 그가 밴 쪽으로 걸어가는 것이 보였다. 루시 커의 차였다. 루시가 나와서 문을 열어주는 모습이 보였다. 축구 연습이 끝난 뒤 아들을 데려가는 엄마 같은 모습. 유치장 문이 닫히면서 이 가정적인 풍경도 사라졌다.

"색스."

라임이 입을 열었다. 하지만 색스는 고개를 젓고 터덜터덜 독방 쪽으로 걸어가기 시작했다. 라임에게서도, 곤충 소년에게서도, 아이들이 없는 마을로부터도 멀어지고만 싶었다. 어두운 고독 속에 있고만 싶었다.

그리고 고독은 곧 찾아왔다.

태너스코너 외곽, 2차선인 112번 국도가 파케노크 강 근처에서 꺾어지는 지점. 도로변에는 플룸 그래스, 사초, 쪽풀, 매발톱꽃이 저마다 붉은 꽃을 깃발처럼 뽐내고 있었다.

이 도로변 뒤쪽에는 파케노크 카운티 부보안관들이 경찰차를 세워놓은 채 라디오를 들으며 아이스티를 마시고, 속도측정기가 시속 86킬로미터 이상을 가리키기만 기다리는 은신처가 있었다. 과속 차량이 나타나면 부보안관들은 놀란 운전자를 뒤쫓아 카운티 재정을 1백 달러 정도 불려준다.

오늘은 일요일. 검정색 렉서스 SUV가 지나가는 순간, 루시 커의 속도측정기는 시속 70킬로미터를 가리켰다. 합법적인 속도다.

하지만 루시는 시동을 걸고 경광등을 켠 뒤 그 차를 쫓아가기 시작했다.

루시는 렉서스 쪽으로 다가가 조심스럽게 차량 안을 살펴보았다. 차를 세울 때는 상대방의 룸미러를 잘 들여다봐야 한다. 운전자의 눈을 보면 그가 혹시 과속이나 미등이 깨진 것 말고 다른 범죄를 저지른 사람인지 아닌지 느낌이 오기 때문이다. 마약이나 무기 절도, 음주 등. 얼마나 위험한 사람인지 느낌이 온다는 얘기다.

룸미러로 루시의 얼굴을 흘끗 쳐다보는 남자의 눈에는 꺼림칙한

죄의식이나 걱정 한 점 없었다.

확고부동한 눈….

그 눈빛을 보니 분노가 더욱 끓어올랐다. 루시는 화를 가라앉히기 위해 심호흡을 했다.

SUV가 맨땅인 갓길에 정차하자 루시는 그 뒤에 차를 세웠다. 규정대로라면 자동차등록증, 세금납부증 등을 요구해야 하지만 루시는 그렇게 하지 않았다. 차량등록국(DMV)에서 흥미로운 정보를 보내 올 확률은 전혀 없었다. 루시는 덜덜 떨리는 손으로 문을 열고 차에서 내렸다.

운전자는 사이드미러로 루시를 냉정하게 관찰하고 있었다.

엉덩이에 권총을 걸치고 있지만 정복 차림이 아닌 것을 보고—루시는 청바지에 작업용 셔츠 차림이었다—약간 놀란 것 같았다. 비번인 경찰이 과속도 아닌 차를 왜 세웠을까? 이런 생각을 하는 모양이다.

헨리 대빗이 차창을 내렸다.

루시 커는 대빗의 어깨 너머로 안을 들여다보았다. 조수석에는 미용실에서 자주 샴푸를 하는지 머릿결이 상쾌한 50대 초반의 금발 여자가 앉아 있었다. 손목과 귀, 가슴에서 다이아몬드가 반짝였다. 뒷자리에서는 10대 소녀가 시디 박스를 뒤적이고 있었다. 아버지가 안식일이라 못 듣게 하는 음악을 마음속으로 즐기고 있는 듯했다.

대빗이 말했다.

"커 경관, 무슨 일이요?"

룸미러를 통해 볼 때와 달리 대빗은 무슨 문제인지 정확히 알고 있는 듯했다. 하지만 루시의 크라운 빅토리아 지붕에서 어지럽게 돌아가는 경광등을 바라보는 대빗의 눈빛은 여전히 죄책감이라곤 전혀 없이 당당했다.

분노를 더 이상 주체할 수 없어, 루시는 말했다.

"차에서 내려, 대빗."

"여보, 당신이 무슨 짓을 했다고요?"

"경관, 왜 이러는 거요?"

대빗이 한숨을 쉬며 물었다.

"내려. 빨리."

루시는 손을 안으로 집어넣어 잠금 장치를 열었다.

"왜 저러는 거죠, 여보? 저러면…."

"입 다물어, 에드나."

"알았어요. 미안해요."

루시가 문을 열자 대빗이 안전벨트를 풀고 먼지가 풀풀 이는 갓길로 내려섰다.

트럭 한 대가 흙먼지를 일으키며 옆을 지나쳤다. 대빗이 파란 양복 위에 회색 캐롤라이나 점토가 내려앉는 걸 짜증스럽게 쳐다보았다.

"교회에 가는 길인데, 시간이 늦어서…."

루시는 대빗의 팔을 잡고 갓길에서 끌어낸 다음, 야생 벼와 부들개 수풀 속으로 들어갔다. 길옆엔 파케노크 강으로 흘러 들어가는 작은 개울이 있었다.

대빗이 갑갑한 듯 되풀이했다.

"왜 이러는 거요?"

"난 다 알고 있어."

"커 경관, 다 알고 있다니? 뭘 다 알고 있다는 거요?"

"독극물, 살인, 운하."

대빗이 거침없이 말했다.

"난 짐 벨이나 태너스코너의 다른 어느 누구와도 직접 접촉한 적이 없소. 우리 직원 중 어느 미친놈이 다른 미친놈들을 고용해서 불법적인 일을 시켰다 해도, 그건 내 잘못이 아니오. 만약 그런 일이 있다면 당국의 수사에 백 퍼센트 협조하겠소."

막힘없는 대답에도 굴하지 않고 루시는 으르렁거렸다.

"당신은 벨과 그 처남이랑 함께 파멸할 거야."

"천만에. 난 어떤 범죄와도 연관이 없소. 증인도 없고, 불법 계좌도,

송금 기록도, 어떤 범법 행위에 대한 기록도 없소. 나는 화공약품을 원료로 하는 물품을 제조하는 사람이오. 세제, 아스팔트, 그리고 몇몇 살충제."

"불법 살충제겠지."

"아니오. 환경보호국은 특정한 경우 미국 내에서도 톡사펜을 사용할 수 있도록 허락하고 있소. 제3세계에서는 대부분 불법이 아니고. 신문 좀 읽으시오, 부보안관. 살충제가 없으면 말라리아나 뇌염, 기근으로 1년에 수십만 명이 죽을 거고….."

"…그 약품에 노출된 사람은 암이나 기형아 출산, 간손상 등을 입겠지."

대빗이 어깨를 으쓱했다.

"증거를 보여주시오, 커 부보안관. 그런 내용을 입증할 수 있는 연구 자료를 보여달란 말이오."

"그게 아무런 해가 없다면 왜 트럭으로 운송하지 않았지? 왜 바지선을 이용했냐고?"

"다른 방법으로는 항구까지 운송할 수 없었소. 꽉 막힌 몇몇 카운티와 도시가 잘 알지도 못하는 물질의 운송을 금지했기 때문에. 법을 개정하도록 로비스트를 고용할 시간이 없었소."

"당신이 여기서 무슨 짓을 하고 있는지 환경보호국이 안다면 관심을 아주 많이 가질 텐데."

"아, 제발 덕분에. 환경보호국? 그 사람들을 보내라고 해. 전화번호 줄 테니. 그쪽에서 공장을 찾아온다 해도, 태너스코너 어디에서든 톡사펜 오염이 기준치 이하라는 걸 알게 될 거요."

"물 자체, 공기 자체, 이 지역 농작물 자체에 들어 있는 양은 기준치 이하겠지…. 하지만 그걸 다 합하면? 집 안 우물에서 물 한 잔을 마시고 풀밭에서 놀다 동네 과수원에서 생산한 과일을 먹는 아이는 어떻게 되지?"

대빗이 어깨를 으쓱했다.

"법은 명확하오, 커 부보안관. 법이 마음에 안 들면 국회의원한테 편지를 쓰시오."

루시는 대빗의 멱살을 잡고 고함쳤다.

"도무지 이해를 못하는군. 난 당신을 감옥에 보내고 말 거야."

대빗이 루시의 손을 떼어내고 사악하게 속삭였다.

"아니, 당신이 이해를 못 하는 거요. 당신은 아무것도 몰라. 나는 내 일에 대해 아주 명확한 사람이오. 실수 따윈 안 해."

그러곤 시계를 쳐다보았다.

"이제 가야 하오."

대빗은 머리숱이 적은 머리를 두드리며 SUV로 돌아갔다. 땀에 젖은 머리카락이 검게 뭉쳐 있었다.

차에 탄 대빗이 문을 닫고 시동을 걸었다. 루시는 운전석 쪽으로 다가갔다.

"잠깐!"

대빗이 그녀를 쳐다보았다. 하지만 루시는 그를 무시하고 가족들을 쳐다보았다.

"헨리가 무슨 짓을 했는지 보여주지."

루시는 강인한 손으로 자기 셔츠를 뜯어 열었다. 차 안의 여자들은 가슴이 있던 자리에 나 있는 분홍색 흉터를 보고 기겁을 했다.

"아, 이런 젠장."

대빗이 중얼거리며 시선을 돌렸다.

"아빠."

딸이 놀라 소곤거렸다. 아내는 놀라 입을 열지 못했다.

루시는 말했다.

"당신은 실수를 안 한다고, 대빗? …틀렸어, 이건 당신 실수야."

대빗은 기어를 넣고 깜빡이를 켠 다음, 사각 지대를 확인하며 천천히 도로로 빠져나갔다.

루시는 한참 동안 그 자리에 서서 렉서스가 사라지는 걸 지켜보았다. 그러곤 주머니를 뒤져 핀 몇 개를 꺼낸 다음 셔츠를 고정시켰다. 루시는 아주 오랫동안 눈물을 참으며 차에 기댄 채 서 있었다. 그러다 문득 아래를 내려다보니 길가에 작고 불그스레한 꽃이 피어 있었다. 난초과에 속하는 분홍 개불알꽃이었다. 모양이 작은 슬리퍼를 닮은, 파케노크 카운티에서는 드문 꽃이다. 이렇게 사랑스러운 꽃은 본 기억이 없었다. 5분 뒤, 루시는 자동차 앞 유리의 얼음제거기로 꽃을 뿌리까지 통째로 떠 커다란 세븐일레븐 종이컵에 조심스럽게 넣었다. 정원의 아름다움을 위해 컵 안에 들어 있던 루트비어를 포기하고.

44 재판

법원 벽에 걸린 장식판에는 노스캐롤라이나라는 이름이 라틴어 '카롤루스(Carolus)', 즉 찰스(Charles)에서 유래했다고 적혀 있었다. 여기에 식민지를 건설할 수 있는 허가를 부여한 사람이 찰스 1세였다.

캐롤라이나….

아멜리아 색스는 그냥 무슨 왕비나 공주 이름인 캐롤라인을 따서 지어진 이름이라고 생각했었다. 브루클린에서 나고 자란 그녀는 왕족에 대해서는 별 관심도 지식도 없었다.

여전히 수갑을 찬 채 색스는 경위 두 명을 양쪽에 두고 법정 벤치에 앉아 있었다. 법원은 빨간 벽돌로 지은 오래 된 건물로 바닥이 온통 검은 마호가니와 대리석이었다. 검은 정장을 입은 엄숙한 남자들의 초상화—역대 판사나 주지사이리라—가 마치 그녀가 유죄라는 것을 아는 듯한 눈빛으로 내려다보고 있었다. 에어컨은 없는 것 같은데, 18세기의 효율적인 건축 기술 덕택에 통풍이 잘 되고 컴컴해서 실내는 시원했다.

프레드 델레이가 다가왔다.

"아멜리아, 커피나 마실 것 좀 갖다 줄까?"

왼쪽에 앉은 경위가 "피고인에게 말을 걸지…"라고 하는 순간, 델레이는 법무부 신분증을 꺼내 말을 막았다.

"됐어요, 프레드. 링컨은 어디 있죠?"

9시 30분이 다 되어가고 있었다.

"모르겠어. 자네도 알잖아. 그냥 갑자기 툭 나타나는 거. 걷지도 못하는 사람이 내가 아는 누구보다 더 많이 돌아다닌다니까."

루시와 개릿도 오지 않았다.

솔로몬 지버스가 비싸 보이는 회색 정장 차림으로 다가왔다. 오른쪽에 있던 경위가 자리를 내주기 위해 얼른 색스 쪽으로 당겨 앉았다. 변호사가 자리에 앉으며 델레이에게 말했다.

"안녕, 프레드."

델레이가 차갑게 고개를 끄덕이는 것으로 보아, 라임의 경우와 마찬가지로 자기가 잡아넣은 용의자에게 무죄 판결을 얻어낸 적이 있는 것 같았다.

지버스가 색스에게 말했다.

"협상 결과는 이렇습니다. 검사하고 과실치사에 합의했어요. 다른 죄목 없이. 5년 형. 가석방 없음."

5년이라….

변호사가 말을 이었다.

"어제는 미처 생각하지 못했던 점이 있더군요."

"뭐죠?"

색스는 이번엔 또 무슨 골칫거리가 등장한 건가 싶어 변호사의 표정을 살폈다.

"당신이 경찰이라는 점입니다."

"그게 무슨 관계가 있다는 거죠?"

변호사가 뭐라 대답하기 전에 델레이가 말했다.

"아멜리아, 자넨 법집행 요원이잖아. 격리."

그래도 색스가 이해하지 못하자 델레이가 말을 이었다.

"격리 수용 말이야. 안 그러면 자넨 1주일도 못 버텨. 힘들 거야, 아멜리아. 아주 힘들 거라고."

"하지만 내가 경찰이란 걸 아무도 모르잖아요."

델레이가 피식 웃었다.

"자네한테 죄수복이 발급될 때쯤이면 교도소 내에서는 벌써 자네에 대한 모든 것을 다 알고 있을걸."

"난 여기서 아무도 체포한 적이 없어요. 그런데 내가 경찰인 게 무슨 상관이라는 거죠?"

"어디 출신인지는 전혀 상관없어."

델레이가 지버스를 보며 말했다. 지버스도 동의한다는 듯 고개를 끄덕였다.

"자넬 절대 일반 감호동에 집어넣지는 않을 거야."

"그럼 격리 수용 5년이군요."

지버스가 대답했다.

"그렇습니다."

색스는 눈을 감았다. 구역질이 치밀어 올랐다.

5년이라는 세월 동안 움직이지도 못하고, 폐쇄공포증과 악몽에 시달려야 한다….

전과자가 되면 아이를 갖겠다는 건 꿈도 못 꾸겠지? 절망감에 숨이 막혔다.

변호사가 물었다.

"어떻게 할 겁니까?"

색스는 눈을 떴다.

"유죄 인정을 하겠어요."

법정은 붐볐다. 메이슨 저메인이 다른 부보안관 몇 명과 같이 와 있었다. 제시 콘의 부모인 듯한 부부가 음울하고 충혈된 눈으로 앞줄에 앉아 있었다. 그들에게 무슨 말이든 해주고 싶은 생각이 간절했지만, 경멸로 가득 찬 눈빛 때문에 아무 말도 할 수 없었다. 우호적인 얼굴은 두 사람밖에 없었다. 메리베스 매코넬과 그녀의 어머니인 듯한 뚱뚱한 여자. 루시 커는 보이지 않았다. 링컨 라임도. 사슬에 묶여 끌려 나가는 꼴을 차마 볼 수 없어 못 온 듯했다.

음, 괜찮아. 색스 역시 라임이 이런 상황에 처한 모습은 보고 싶지 않았다.

정리가 그녀를 피고석으로 데려갔다. 족쇄는 그대로 채운 채였다. 솔로몬 지버스가 옆에 앉았다.

판사가 들어오자 일동은 자리에서 일어났다. 검은 법복 차림의 꼿꼿한 판사가 키 큰 의자에 앉았다. 판사는 잠시 서류를 훑어보고 사무관과 이야기를 나누었다. 이윽고 판사가 고개를 끄덕이자 사무관이 선언했다.

"노스캐롤라이나 주민 대 아멜리아 색스 사건."

판사가 롤리에서 온 검사에게 고개를 끄덕였다. 키가 크고 은색 머리칼을 한 검사가 일어섰다.

"판사님, 피고는 부보안관 제시 랜돌프 콘에 대한 2급 과실치사를 인정하기로 합의했습니다. 이에 주는 피고의 다른 모든 혐의를 기각하고 보석이나 감형의 여지가 없는 징역 5년 형을 권고하는 바입니다."

"색스 양, 이 합의에 대해서 변호사와 의논했습니까?"

"그렇습니다, 판사님."

"변호사에게서 이를 거부하고 재판을 받을 수도 있다는 말을 들었습니까?"

"네."

"이 합의를 받아들이면 살인에 대해 유죄를 인정하게 된다는 것도 이해하고 있습니까?"

"네."

"이는 본인 자신의 결정에 따른 것입니까?"

색스는 아버지에 대해, 닉에 대해 생각했다. 그리고 링컨 라임을 생각했다.

"그렇습니다."

"알겠소. 2급 과실치사에 대해 죄상을 인정합니까?"

"인정합니다."

"주의 권고에 따른 형량을 감안하여, 이에 징역…."

복도와 이어진 붉은 가죽 문이 열리더니 날카롭게 윙윙거리는 소리가 들리며 링컨 라임의 휠체어가 안으로 들어왔다. 정리가 문을 활짝 열어주려고 일어섰지만, 라임은 급한 듯 그냥 밀고 들어왔다. 한쪽 문짝이 벽에 쿵 부딪혔다. 루시 커가 뒤에서 따라왔다.

판사는 재판을 방해한 사람을 꾸짖으려는 듯 그쪽을 쳐다보았다. 하지만 휠체어를 보더니 이내 라임이 경멸하는 정치적 공정성을 떠올렸는지 아무 말도 하지 않았다.

판사가 다시 색스에게 말했다.

"나는 이에 징역 5년 형을 선고하는 바…."

그때 라임이 말했다.

"죄송합니다, 판사님. 잠시 피고와 그의 변호사와 상의를 해야겠습니다."

"음, 지금은 재판 중이오. 이야기는 차후에 하시오."

"죄송합니다만, 판사님, 지금 이야기를 해야겠습니다."

라임의 목소리는 판사보다 훨씬 컸다.

옛날 그 시절처럼, 라임은 다시 법정에 서 있었다.

보통 사람들은 범죄학자의 임무가 증거물을 찾아내 분석하는 것에서 끝난다고 생각한다. 하지만 뉴욕시경 감식반을 총지휘할 때 링컨 라임은 실험실에서 보내는 것 못지않게 오랜 시간을 법정에서 보냈다. 그는 훌륭한 전문가 증인이었다(라임의 전처 블레인은 그가 사람들과 '대화'하기보다는 사람들 앞에서 '연기'하는 것을 더 좋아한다고 말한 적이 있다).

라임은 파케노크 카운티 법정의 객석과 증인석을 갈라놓은 난간 쪽으로 조심스럽게 휠체어를 몰았다. 아멜리아 색스를 힐끗 보는 순간, 가슴이 무너지는 것 같았다. 감옥에 사흘 갇혀 있는 동안 살이 죽 빠졌고 혈색도 좋지 않았다. 지저분한 빨강머리는 단단하게 하나로 틀어 올렸다— 현장조사를 할 때 머릿결이 증거물에 쓸릴까 봐 자주 하는 스타일이다. 이 머리를 하고 있으면 그녀의 아름다운 얼굴도 딱 딱하고 엄숙해 보인다.

지버스는 라임에게 다가가 허리를 굽혔다. 라임은 그와 잠시 이야 기를 나누었다. 마침내 지버스가 고개를 끄덕이고 일어섰다.

"판사님, 이 자리가 유죄 인정 협의 공판이라는 건 알고 있습니다 만, 흔치 않은 제의를 할까 합니다. 새로운 증거가 나타나서….'

판사가 말을 끊었다.

"새로운 증거가 있다면 유죄 인정을 거부하고 재판 때 제시하면 되 지 않겠소.'

"법정에 제시하려는 게 아닙니다. 주에서 이 증거를 인지하고, 검사 께서도 이를 고려해 주셨으면 합니다.'

"무슨 이유로?'

"피고인에 대한 기소 내용을 변경시키기 위해서입니다. 어쩌면 판 사님의 일정이 한결 가뿐해질지도 모르겠습니다.'

판사는 남부에선 북부인의 번드르한 말솜씨도 아무 소용없다는 걸 보여주려는 듯 눈동자를 빙글 굴리더니 검사에게 물었다.

"어떻게 하시겠소?'

검사가 지버스에게 물었다.

"무슨 증거입니까? 새로운 증인입니까?'

라임은 더 이상 입을 다물고 있을 수가 없었다.

"아닙니다. 물리적인 증거물입니다.'

"당신이 소문으로만 듣던 그 링컨 라임이오?'

판사가 물었다.

요즘 노스캐롤라이나 주를 돌아다니는 장애인 범죄학자가 두 사람 쯤 되는 것처럼.

"그렇습니다."

검사가 물었다.

"그 증거물은 어디 있습니까?"

루시 커가 대답했다.

"파케노크 카운티 보안관국에 제가 보관하고 있습니다."

판사가 라임에게 물었다.

"선서를 하시겠소?"

"그러지요."

판사가 검사에게 물었다.

"괜찮겠소?"

"좋습니다만, 이것이 재판상의 전략에 불과하거나 증거물이 의미 없는 것으로 밝혀질 경우 라임 씨를 재판방해죄로 기소하겠습니다."

판사가 잠시 생각하다 말했다.

"이는 기록에 남기지 마시오. 기소인부절차 전에 양측이 선서 증언을 하는 것으로 간주하겠소. 심리는 노스캐롤라이나 형사법 절차에 따라 진행될 것이오. 증인은 선서를 하시오."

라임은 의자 앞에 자리 잡았다. 성경을 든 사무관이 다가오자 라임이 말했다.

"아니, 난 오른손을 들 수 없습니다."

그리고 읊었다.

"지금부터 사실만을 증언하겠다고 엄숙하게 선서합니다."

라임은 색스와 눈을 마주치려 했지만, 그녀는 법정 바닥의 빛바랜 모자이크 타일만 쳐다보고 있었다.

지버스가 법정 앞쪽으로 걸어 나갔다.

"라임 씨, 이름과 주소, 직업을 말씀해 주십시오."

"링컨 라임, 뉴욕 시 센트럴 파크 웨스트 345번지. 직업은 범죄학자입니다."

"그게 법과학자를 말하는 게 맞습니까?"

"약간 더 넓은 개념이긴 하지만, 제가 하는 일의 상당 부분이 법과
학입니다."

"피고 아멜리아 색스와는 어떤 관계입니까?"

"많은 형사 사건 수사에서 제 조수이자 파트너로 일했습니다."

"태너스코너에는 어떻게 오게 됐습니까?"

"우리는 짐 벨 보안관과 파케노크 카운티 보안관국을 도왔습니다.
빌리 스테일 살해사건과 리디아 조핸슨 및 메리베스 매코널 납치사
건 수사를 같이 진행했지요."

"라임 씨, 이 사건과 관련해서 새로운 증거를 찾아내셨다면서요?"

"그렇습니다."

"그 증거가 무엇입니까?"

"빌리 스테일이 메리베스 매코널을 죽이기 위해 블랙워터랜딩으로
갔다는 사실을 밝혀낸 뒤, 나는 그가 왜 그런 짓을 했을까 생각했습니
다. 그리고 죽이는 대가로 그에 상응하는 돈을 받았다는 결론을 내렸
습니다. 또한…"

"왜 그가 돈을 받았다고 생각했습니까?"

"뻔한 일 아닙니까."

라임은 불만스럽게 말했다. 쓸데없는 질문에 대한 참을성이 별로
없는 라임은 지버스가 각본에서 벗어난 얘기를 묻는다고 생각했다.

"설명해 주십시오."

"빌리는 메리베스와 어떤 이성 관계도 없었습니다. 개릿 핸런의 가
족을 살해하는 데도 가담하지 않았고. 메리베스를 알지도 못하는 사
이였습니다. 그렇다면 경제적 이득 외에는 메리베스를 살해할 동기
가 없는 셈입니다."

"계속하십시오."

"당연히 수표가 아니라 현금으로 받았겠죠. 커 부보안관이 빌리 스
테일의 부모에게 빌리의 방을 수색해도 좋다는 허가를 받았는데, 매
트리스 밑에서 1만 달러가 나왔습니다."

"거기에는….."

"제가 이야기를 마쳐도 될까요?"

라임은 변호사의 말을 끊었다. 판사가 말했다.

"좋은 생각이오, 라임 씨. 배경 설명은 잘 된 것 같소."

"나는 커 부보안관의 도움을 받아 현금 뭉치 맨 위와 아래의 지문을 채취했습니다. 모두 예순한 개가 검출되었는데, 그중 빌리 말고 이번 사건에 관련된 인물 두 명의 지문도 함께 검출되었습니다. 커 부보안관은 그 둘의 가택에 대한 수색영장도 발부받았습니다."

"그래서 당신이 수색을 했소?"

판사가 물었다. 라임은 인내심을 총동원했다.

"아니, 못했습니다. 저는 갈 수가 없는 사람이니까요. 하지만 제 지휘 아래 커 부보안관이 수색을 했습니다. 집 안에서는 살인 무기로 사용된 것과 동일한 종류의 삽을 구매한 영수증이 나왔으며, 빌리 스테일의 집에서 발견된 돈다발을 싼 것과 똑같은 끈으로 묶인 현금 8만 3천 달러가 나왔습니다."

최상의 효과를 노리기 위해 라임은 가장 극적인 정보를 마지막으로 남겨놓았다.

"커 부보안관은 그 집 뒤뜰에서 뼛조각을 발견했습니다. 그건 개릿 핸런의 가족의 뼈와 일치했습니다."

"그게 누구 집이었소?"

"제시 콘 부보안관의 집이었습니다."

객석에서 수군거리는 소리가 일었다. 검사는 여전히 무표정한 얼굴이었다. 하지만 허리를 약간 펴고 이 사실이 재판에 어떤 영향을 미칠지 옆 동료와 상의하기 시작했다. 객석에 앉아 있던 제시 콘의 부모가 경악한 얼굴로 서로를 마주보더니 어머니가 고개를 저으며 울기 시작했다.

"그래서 결론이 뭡니까, 라임 씨?"

판사가 물었다.

라임은 판사에게 뻔한 일 아니냐고 말하고 싶은 충동을 참았다.

"판사님, 제시 콘은 짐 벨, 스티브 파와 공모하여 5년 전 개릿 핸런의 가족을 죽였으며, 며칠 전 메리베스 매코넬을 살해하려 했던 일당 중 하나입니다."

아, 그렇소. 이 마을에는 말벌이 몇 마리 있지.

판사가 의자 등받이에 몸을 기댔다.

"이 사실은 나와 상관없는 일이오. 둘이 알아서 상의하시오."

판사가 변호사와 검사를 향해 턱짓을 했다.

"5분 뒤 피고가 유죄를 인정할지, 보석금을 결정하고 재판 날짜를 정할지 결정하겠소."

검사가 지버스 변호사에게 말했다.

"어쨌든 피고가 제시를 죽인 사실에는 변함이 없습니다. 콘이 공범이었다 해도 살인 피해자라는 점은 분명합니다."

하지만 북부에서 온 변호사는 머리 나쁜 학생 대하듯 검사를 향해 눈동자를 굴렸다.

"아, 이봐요, 콘은 자기 관할 구역 밖에 있었고, 개릿과 맞닥뜨렸을 때 무기를 소지한 중범죄자로서 위험인물이었습니다. 짐 벨도 메리베스의 소재를 찾기 위해 개릿을 고문하려 했다는 점을 인정했어요. 메리베스를 찾아낸 다음에는 제시 콘도 컬보 일당과 힘을 합쳐 루시 커와 다른 부보안관들을 죽였을 겁니다."

판사는 오른쪽 왼쪽으로 시선을 돌려가며 이 예기치 않은 입씨름을 지켜보고 있었다.

검사가 말했다.

"나는 오직 이 사건 자체에만 집중하자는 겁니다. 제시 콘이 사람을 죽일 작정이었는지 아닌지는 중요하지 않아요."

지버스는 천천히 고개를 저으며 법정 서기에게 말했다.

"잠시 증언을 중단하겠소. 이건 기록하지 말아주시오."

그리고 다시 검사를 향했다.

"이 사건을 굳이 끌고 갈 이유가 뭡니까? 콘은 살인자였습니다."

라임이 끼어들어 검사를 향해 말했다.

"재판까지 갔을 때, 피해자가 젊은 여자 한 사람을 찾아내서 죽일 생각으로 죄 없는 소년을 고문하려고 한 부패 경찰이었다는 사실이 밝혀지면 배심원들이 과연 어떻게 생각할까요?"

지버스가 말을 이었다.

"당신에게 좋을 게 없습니다. 이미 벨과 그의 처남을 확보했고 검시관도 있는데…."

검사가 다시 뭐라 반박하기 전에 라임은 얼른 부드러운 음성으로 말했다.

"제가 돕겠습니다."

"뭐요?"

"이 모든 일의 배후가 누군지 당신도 알잖습니까? 태너스코너 주민 절반을 죽인 사람이 누군지."

"헨리 대빗이죠. 나도 서류를 다 검토했습니다."

라임이 물었다.

"대빗을 기소할 만한 상황은 됩니까?"

"좋지 않습니다. 증거가 없어요. 그와 벨, 혹은 다른 사람과의 연관을 입증할 수 있는 물증이 없잖습니까. 대빗은 항상 하수인을 중간에 끼워서 거래했고, 그들은 모두 진술을 거부하고 있거나 우리 관할권 밖에 있습니다."

"하지만 그를 잡고 싶지 않습니까? 더 많은 사람들이 암으로 죽기 전에? 더 많은 아이들이 아파서 자살하기 전에? 더 많은 아기들이 기형아로 태어나기 전에?"

"물론 잡고 싶지요."

"그럼, 내가 필요할 겁니다. 대빗을 잡아넣을 수 있는 범죄학자는 이 주 어디에도 없을 겁니다. 난 할 수 있습니다."

라임은 색스를 쳐다보았다. 그녀의 눈에 눈물이 그렁그렁 고여 있었다. 라임은 그녀가 지금 자신이 감옥에 가느냐 마느냐가 아니라, 자신이 죄 없는 사람을 죽인 건 아니라는 생각으로 눈물을 흘린다는 걸 알고 있었다.

검사가 한숨을 깊이 쉬더니 고개를 끄덕이고 얼른 말했다. 자기 마음이 변하기라도 할까 봐.

"좋습니다."

그러곤 판사석을 바라보았다.

"판사님, 노스캐롤라이나 주민 대 색스 사건에서, 주는 모든 기소 내용을 철회합니다."

판사가 지루한 음성으로 말했다.

"그렇게 하시오. 피고는 자유의 몸이오. 다음 사건."

판사는 의사봉조차 두드리지 않았다.

45 간호사

"자네가 올 줄은 몰랐는데."

링컨 라임은 말했다.

그가 놀란 건 사실이었다. 색스가 대꾸했다.

"나도 내가 올 줄은 몰랐어요."

두 사람은 라임이 입원한 에이버리 메디컬 센터 병실에 있었다.

"방금 5층에 있는 톰한테 다녀왔어. 묘하더군. 그보다 내가 더 잘
움직이다니."

"톰은 어때요?"

"괜찮을 거야. 하루 이틀 지나면 퇴원한다고 했어. 앞으로 물리치료
에 대해 완전히 새로운 시각을 갖게 될 거라고 말해줬지. 웃지 않던데."

임시 도우미인 발랄한 과테말라 여자가 구석에 앉아 노란색과 빨
간색 실로 숄을 짜고 있었다. 자신의 성깔을 잘 견디고 있는 것은 아
마 그 지독한 냉소와 모욕을 이해할 만큼 영어를 잘 알아듣지 못해서
일 거라고 라임은 생각했다.

"색스, 자네가 개릿을 탈옥시켰다는 소식을 들었을 때, 나한테 수술
에 대해 다시 생각해 볼 기회를 주려고 그런 짓을 한 게 아닐까 하는
생각을 얼핏 했었어."

줄리아 로버츠를 닮은 입술 위로 미소가 떠올랐다.

"어쩌면 그런 이유도 약간은 있었을지 몰라요."

"그래서… 수술하지 말라는 말을 하러 온 건가?"

색스는 의자에서 일어나 창가로 갔다.

"멋진 경치네요."

"평화롭지? 분수와 정원. 식물들. 무슨 종류인지는 모르겠지만."

"루시한테 물어봐요. 루시는 개릿이 벌레를 아는 만큼 식물에 대해 잘 아니까. 아니, 곤충이지. 벌레는 곤충의 한 종류에 지나지 않죠…. 아니, 라임. 수술하지 말라고 설득하러 온 건 아니에요. 그냥 같이 있고 싶어, 회복실에서 깨어날 때 같이 있고 싶어 온 거예요."

"마음이 변했나?"

색스는 그를 돌아보았다.

"같이 도망치고 있을 때 개릿이 그 책에서 읽은 이야기를 해줬어요.《극미의 세계》."

라임이 대꾸했다.

"난 그걸 읽고 말똥구리를 새삼 존경하게 됐어."

"그 책 한 구절을 보여주더군요. 살아 있는 생명체의 특성 목록이었는데, 이런 구절이 있더군요. 건강한 생명체는 성장하고 환경에 적응하려고 노력한다는. 당신이 해야 할 일이 그거라는 것을 깨달았어요, 라임. 수술을 받는 것. 내가 그걸 방해할 수는 없죠."

잠시 후 라임이 말했다.

"수술을 받아도 내가 완치되지 않는다는 건 알아, 색스. 하지만 우리 일의 본질이 뭐지? 작은 승리의 연속 아닌가? 여기서 섬유 하나, 저기서 부분지문 하나를 찾아내고, 범인이 사는 곳을 알려줄 수 있을지도 모르는 모래 알갱이 몇 알 찾아내고. 여기서 내가 원하는 것도 그게 전부야. 작은 한 가지 발전. 난 이 의자를 벗어날 수 없어. 나도 알고 있어. 하지만 조그마한 승리 하나는 필요해."

어쩌면 당신의 손을 진짜로 잡게 될지도 모를 가능성.

색스는 허리를 굽혀 라임에게 뜨겁게 키스하고 침대에 앉았다.

"그건 무슨 표정이지, 색스? 수줍은 것 같은데."

"개릿의 책에 나온 그 구절 말예요."

"그래."

"살아 있는 생명체의 특성 중에서 말해주고 싶은 게 또 있어요."

"뭐지?"

"모든 살아 있는 생명체는 자기 종을 지속시키려고 노력한다."

라임은 투덜거렸다.

"아, 또 유죄 인정 협상인가? 어쩐지 거래 냄새가 나는데."

"뉴욕에 돌아가서 이야기하죠."

간호사가 문간에 나타났다.

"수술 대기실로 가셔야 합니다, 라임 씨. 준비되셨어요?"

"아, 그럼요."

라임은 색스를 돌아보았다.

"그래, 이야기해 보지."

색스는 라임에게 다시 키스하고 그의 왼손을 꼭 잡았다. 라임은 약손가락 쪽으로 희미한, 아주 희미한 감각을 느낄 수 있었다.

두 여자는 눈부신 햇살 아래 나란히 앉았다.

병원에서 흡연이 허락되던 시절 그을린 자국이 군데군데 나 있는 오렌지색 테이블 위에 고약한 자판기 커피 종이컵 두 잔이 놓여 있었다.

아멜리아 색스는 루시 커에게 시선을 주었다. 루시는 몸을 앞으로 내밀고 앉아 두 손으로 울적한 얼굴을 감쌌다.

"무슨 일 있어요? 괜찮아요?"

루시는 망설이다 말했다,

"요 옆이 암병동이야. 내가 몇 달을 보낸 곳이지. 수술 전, 수술 뒤."

루시는 고개를 저었다.

"아무한테도 이야기하지 않았는데, 버디가 떠나고 난 뒤 추수감사절에 여기 왔었어. 그냥 있었지. 간호사들하고 커피랑 참치 샌드위치를 먹으면서. 우습지 않아? 롤리에 있는 부모님과 사촌들을 찾아가서 칠면조 요리를 먹을 수도 있었는데. 마틴스빌에 사는 동생네 집이나. 벤의 부모님 집 말이야. 그런데 그냥 편안한 곳에 있고 싶었어. 우리 집은 분명 아니고."

색스는 말했다.

"아버지가 투병 중일 때 어머니와 나는 병원에서 명절을 세 번 보냈어요. 추수감사절, 크리스마스, 설날. 아빠가 농담을 하셨죠. 부활절 예약도 빨리 해야 한다고. 하지만 그때까지 못 사셨어요."

"어머니는 살아계시고?"

"그럼요. 나보다 더 잘 돌아다니죠. 난 아버지한테 관절염을 물려받았거든요."

범인을 잡으러 쫓아가기 싫어서 총을 잘 쏘게 되었다는 농담이 입 끝까지 나왔지만, 제시 콘의 이마를 꿰뚫은 검은 점이 문득 떠올라 색스는 입을 다물었다.

루시는 말했다.

"괜찮을 거야, 링컨 씨 말이야."

"아니, 모르겠어요."

"예감이 있어. 나처럼 병원 신세를 많이 지다보면 느낌이 온다고."

"고마워요."

"얼마나 오래 걸릴까?"

영원히….

"네 시간. 위버 박사 말로는."

멀리서 연속극의 부자연스러운 대화가 조그맣게 들려왔다. 의사 호출기 소리. 딸랑딸랑 종소리. 웃음소리.

누군가가 지나치다 멈춰 섰다.

"안녕하세요?"

"리디아."

루시가 웃으며 대답했다.

리디아 조핸슨. 녹색 간호복에 모자를 쓰고 있어서 색스는 첫눈에 알아보지 못했다. 여기 간호사였다는 게 기억났다.

루시가 말했다.

"들었어? 짐하고 스티브가 체포될 줄 누가 생각이나 했겠어?"

리디아가 대답했다.

"꿈에도 상상을 못 했죠. 온 마을이 시끌시끌해요. 그런데 종양과에 진찰받으러 오신 거예요?"

"아니. 라임 씨가 오늘 수술을 받아. 척추. 응원하러 왔어."

"아, 잘되길 빌어요."

리디아가 색스에게 말했다.

"고마워요."

덩치 큰 리디아가 손을 흔들며 복도 저쪽으로 멀어지더니 어느 문 안으로 들어갔다.

"좋은 여자예요."

"암병동 간호사로 있는 게 보통 일이 아니야. 내가 수술을 받을 때 리디아가 매일같이 병동에 있었어. 항상 활발하고 명랑하지. 나보다 더 강한 사람이야."

색스는 시계를 보았다.

오전 11시.

이제 곧 수술이 시작될 것이다.

라임은 애써 고분고분한 태도로 있었다.

간호사가 수술 과정을 설명해 주는 동안 고개를 끄덕였지만 이미 발륨을 투입한 상태였기 때문에 제대로 듣지는 못했다. 라임은 여자 한테 조용히 하고 빨리 수술이나 하라고 말하고 싶었다. 그러나 지금 부터 자기 목을 딸 사람들한테는 극도로 공손해야 하는 법이다.

잠시 간호사가 입을 다물었을 때 라임이 말했다.

"그래요? 재미있군요."

하지만 간호사가 방금 무슨 말을 했는지도 몰랐다.

그때 수술실 간호사가 오더니 라임을 대기실에서 수술실로 옮겼다. 간호사 두 명이 라임의 몸을 들것에서 수술대로 옮기고, 한 사람은 방 끝으로 가 소독기에서 수술 도구를 꺼내기 시작했다.

수술실은 생각보다 덜 딱딱했다. 녹색 타일, 스테인리스스틸 장비들, 도구들, 튜브. 하지만 마분지 상자도 많고 카세트도 있었다. 무슨 음악을 틀 거냐고 물으려다 그때쯤이면 사운드트랙 따윈 상관없이 의식을 잃고 뻗어 있을 거라는 생각이 들어 라임은 입을 다물었다.

"재미있군요."

라임은 몽롱한 목소리로 옆에 서 있는 간호사에게 말했다. 간호사는 얼굴에 마스크를 쓰고 있어서 눈밖에 보이지 않았다.

"뭐가요?"

"내 몸에서 마취제가 필요한 유일한 부위에 수술을 하게 됐으니까요. 맹장 수술을 할 거면 마취 안 하고 바로 갈라도 되는데."

"재미있네요, 라임 씨."

라임은 짧게 웃으며 생각했다. 날 알고 있군.

몽롱하게 생각에 잠겨 천장을 올려다보았다. 링컨 라임은 사람을 두 종류로 나누었다. 여행형 인간과 도착형 인간. 어떤 사람은 목적지보다 여행 자체를 더 좋아한다. 하지만 라임은 천성이 도착형 인간이었다—법과학적 문제에 대한 해답을 얻는 것이 그의 목표였고, 해답을 구하는 과정보다 해답을 찾아내는 것이 더 즐거웠다. 하지만 지금 이렇게 누워서 수술용 램프의 크롬 후드를 쳐다보고 있으려니 그 반대의 느낌이 들었다. 희망이 있는 이 상태에서 계속 붕 뜬 기대감을 즐기고 싶었다.

인도계 여자 마취의가 들어와 라임의 팔에 바늘을 꽂고 주사약을 바늘과 연결된 튜브에 꽂았다. 손놀림이 매우 정교했다. 마취의가 경쾌하게 물었다.

"한숨 주무실 준비 됐나요?"

"그럼요."

"이걸 주사하고 백부터 거꾸로 세라고 할 거예요. 언젠지도 모르게 잠이 드실 겁니다."

라임은 농담을 던졌다.

"최고 기록이 얼맙니까?"

"카운트다운요? 당신보다 훨씬 덩치 큰 남자 한 사람이 칠십구까지 세고 잠들더군요."

"그럼 난 칠십오로 하죠."

"그렇게 하면 이 수술실에 당신 이름을 붙여줄게요."

마취의가 무표정한 얼굴로 대꾸했다.

라임은 그녀가 투명한 액체를 관에 주사하는 걸 바라보았다. 의사가 고개를 돌려 모니터를 바라보았다. 라임은 세기 시작했다.

"백, 구십구, 구십팔, 구십칠…."

라임의 이름을 불렀던 아까 그 간호사가 몸을 구부리고 낮은 목소리로 말했다.

"안녕."

목소리에서 묘한 느낌이 묻어났다.

라임은 그녀를 쳐다보았다.

"난 리디아 조핸슨이야. 기억나?"

라임이 기억난다고 대답하기 전, 그녀가 음산하게 소곤거렸다.

"짐 벨이 작별인사를 부탁했어."

"안 돼!"

라임이 외쳤다.

마취의가 모니터를 바라보며 말했다.

"괜찮습니다. 긴장 푸세요. 잘 되고 있으니까요."

리디아가 라임의 귀에 입을 바짝 대고 속삭였다.

"짐하고 스티브 파가 암환자들을 어떻게 알아냈게?"

"안 돼! 멈춰!"

"내가 짐한테 환자 이름을 알려주면, 컬보가 그 사람들을 처리했지. 짐 벨은 내 친구거든. 오래전부터 사귄 사이야. 메리베스가 납치당한 뒤 블랙워터랜딩으로 날 보낸 것도 그였어. 그날 아침, 꽃을 놓으러 갔다가 혹시 개릿이 나타날까 싶어 시간을 보내고 있었지. 개릿에게 말을 걸어, 제시와 에드 섀퍼가 그를 잡게 하려고. 에드도 우리 편이었거든. 개릿을 잡으면 메리베스가 어디 있는지 알아낼 생각이었어. 한데 나까지 납치할 줄은 몰랐지."

아, 그렇소. 이 마을에는 말벌이 몇 마리 있지.

"멈춰!"

라임은 외쳤다. 하지만 웅얼거리는 목소리만 나올 뿐이었다.

마취의가 말했다.

"15초 지났습니다. 정말로 기록을 깰 모양이네요. 세고 계세요? 세는 소리가 안 들리는데."

"난 여기 있을 거야."

리디아가 라임의 이마를 쓰다듬으며 말했다.

"수술 중에 일이 잘못되는 수도 많잖아? 산소 튜브가 꼬인다든지, 엉뚱한 약을 넣는다든지. 누가 알아? 죽을 수도 있고, 뇌사 상태에 빠질 수도 있지. 하지만 더 이상 법정에서 증언은 못 하게 될 거야."

"잠깐. 잠깐만!"

라임은 헐떡였다.

"오호."

마취의가 여전히 모니터에 시선을 준 채 웃으며 말했다.

"20초야. 당신이 이겼어요, 라임 씨."

"아니, 그렇지 않을걸."

이렇게 속삭이며 리디아가 천천히 일어섰다. 수술실이 회색으로 희미해지더니 어느덧 깜깜해졌다.

46 피크닉

여긴 정말 세상에서 가장 아름다운 곳 중 하나일 거야. 아멜리아 색스는 생각했다.

공동묘지로는.

구불구불한 언덕 꼭대기에 자리 잡은 태너스코너 메모리얼 가든스는 몇 킬로미터 저쪽으로 파케노크 강을 굽어보고 있었다. 처음 이 마을로 들어오던 날 길에서 볼 때보다 안에 들어오니 훨씬 더 아름다웠다.

햇빛에 눈을 찡그리며, 색스는 블랙워터 운하가 강과 만나는 지점을 바라보았다. 여기서 보니 수많은 사람에게 그토록 큰 슬픔을 안겨 준 검게 오염된 강물도 온화하고 평화로웠다.

색스는 묘지 구덩이 주위를 둘러싼 사람들 사이에 있었다. 장의사에서 나온 사람이 유골함을 무덤 안에 내려놓았다. 색스 곁엔 루시 커와 개릿 핸런이 서·있고, 건너편에는 메이슨 저메인과 흠잡을 데 없는 바지와 셔츠 차림으로 지팡이를 짚은 톰이 있었다. 톰은 선명한 빨간색 무늬가 들어간 대담한 넥타이를 맸지만, 엄숙한 순간인데도 왠지 어울려 보였다.

검은 정장 차림의 프레드 델레이도 한쪽에 떨어져서 즐겨 읽는 철학책의 경구라도 떠올리는 듯 생각에 잠겨 있었다. 노랑 땡땡이 무늬 녹색 대신 흰 셔츠를 입었다면 NOI(Nation of Islam : 흑인 이슬람교도 단체-옮긴이) 성직자처럼 보였을 것이다.

성경을 신봉하는 동네이고 부르면 언제라도 달려올 성직자가 열 명도 넘을 테지만, 장례를 집전하는 목사는 없었다. 장의사는 주위를 둘러보며 작별인사를 하고 싶은 사람이 있는지 물어보았다. 다들 누가 먼저 나설까 돌아보고 있는데, 개릿이 펑퍼짐한 바지 주머니에서 낡은《극미의 세계》를 꺼냈다.

개릿이 쭈뼛거리는 목소리로 읽기 시작했다.

"하느님의 힘이 존재하지 않는다고 생각하는 사람들도 있지만, 놀라운 특징들로 가득 찬 곤충의 세계를 들여다볼 때 그들의 냉소는 힘을 잃는다. 살아 있는 물질로 만들어졌다고 생각하기에는 너무나 얇은 날개, 불필요한 무게는 단 1밀리그램도 붙어 있지 않은 몸, 시속 몇 분의 1킬로미터까지 정확하게 감지해 내는 풍속 감지기, 기계공학자들이 로봇을 설계할 때 모델이 된 효율적인 동선, 그리고 그 무엇보다 인간과 포식자와 자연 환경이라는 압도적인 역경 속에서도 살아남는 놀라운 능력. 절망의 순간, 우리는 이 기적적인 생명체가 가진 능력과 끈기 속에서 위안을 얻고 잃어버린 믿음을 되찾는다."

개릿은 고개를 들고 책을 덮었다. 그러곤 손톱을 초조하게 튕기며 색스에게 물었다.

"뭐, 말씀하실 거 있어요?"

색스는 말없이 고개를 저었다.

아무도 입을 열지 않았다. 이윽고 무덤 주위에 모였던 사람들이 구불구불한 길을 따라 언덕을 올라가기 시작했다. 작은 휴식 공간으로 이어지는 능선에 올라서기도 전, 묘지 인부들이 무덤에 흙을 퍼 넣기 시작했다.

문득 링컨 라임의 목소리가 떠올랐다.

나쁜 묘지는 아니군. 이런 곳에 묻히는 것도 나쁘지 않을 것 같아.

언덕에 오른 색스는 잠시 멈춰 서서 얼굴의 땀을 닦고 숨을 골랐다. 노스캐롤라이나의 더위는 여전히 인정사정없었다. 하지만 개릿은 더위를 전혀 의식하지 못하는 듯했다.

색스 옆을 지나 달려간 개릿이 루시의 브롱코 트렁크에서 식료품 봉투를 꺼내기 시작했다.

야유회를 벌이기에는 적절한 시간도 공간도 아니지만, 치킨 샐러드와 수박도 죽은 사람을 기억하는 데 나쁘지 않은 방법인 것 같았다. 물론 스카치도 빼놓을 수 없었다.

색스는 쇼핑 봉투 몇 개를 뒤져 겨우 18년산 매캘런 한 병을 찾아냈다. 그녀는 뻥 소리를 내며 코르크 마개를 열었다.

"아, 내가 제일 좋아하는 소리군."

링컨 라임이 말했다.

라임은 울퉁불퉁한 잔디밭 위에서 조심스럽게 휠체어를 조종하며 색스 옆으로 다가왔다. 스톰 애로가 내려가기에는 언덕이 워낙 가팔랐기 때문에, 라임은 주차장에서 기다려야 했다. 그는 메리베스가 블랙워터랜딩에서 발견한 유골, 개릿 가족의 유해를 파묻는 광경을 언덕 꼭대기에서 지켜보았다.

색스는 라임의 잔에 스카치를 따르고 긴 빨대를 꽂아준 뒤 자기 잔에도 따랐다. 다른 사람은 모두 맥주를 마셨다.

라임이 말했다.

"밀주는 정말 고약하더군, 색스. 무슨 일이 있어도 마시지 마. 이게 훨씬 나아."

색스는 주위를 둘러보았다.

"병원에서 나온 여자는 어디 있죠? 도우미 말예요."

"루이스 부인?"

라임이 투덜거렸다.

"한심해. 그만뒀어. 날 이런 꼴로 남겨두고 말이야."

톰이 말했다.

"그만둬요? 당신이 못살게 굴었잖습니까. 거의 해고한 거나 마찬가지지요."

"난 성자처럼 굴었어."

톰이 물었다.

"체온은 어때요?"

"좋아. 자네 체온은 어떤가?"

"약간 높은 것 같긴 하지만 누구처럼 혈압 문제는 없습니다."

"아, 대신 몸에 총구멍이 있으시겠지."

"이제 좀…."

"난 괜찮다니까."

"그늘 쪽으로 좀 더 들어가세요."

라임은 울퉁불퉁한 땅을 보고 툴툴거리면서 약간 더 그늘진 곳으로 휠체어를 몰았다.

개릿이 나무 밑 벤치에 먹을 것과 마실 것, 냅킨을 깔끔하게 늘어놓고 있었다.

색스는 작은 목소리로 라임에게 물었다.

"기분 어때요? 아니, 나한테까지 툴툴거리지 말고. 더위 이야기가 아니니까."

라임은 어깨를 으쓱했다. 이것은 말없는 툴툴거림으로, 이런 의미를 담고 있다. 난 괜찮다고.

하지만 실은 괜찮지 않았다. 횡격막 신경자극기가 그의 몸으로 전류를 흘려 허파가 숨을 들이쉬고 내쉬는 걸 돕고 있었다. 라임은 이 장치를 싫어했지만—몇 년 전에 졸업한 장비였다—당장은 쓰지 않을 수 없었다. 이틀 전 수술대 위에서 리디아 조핸슨 때문에 호흡이 영원히 멈출 뻔했기 때문이다.

병원 대기실에서 리디아와 헤어진 색스는 리디아가 '신경외과 수술실'이라고 씌어 있는 문으로 들어가는 걸 보았다. 색스는 루시에게

곤충 소년

물었다.

"리디아가 암병동에서 일한다고 하지 않았어요?"

"그랬어."

"한데 왜 저리 가는 거죠?"

"링컨한테 인사를 하러 가는 거겠지."

하지만 수술대 위에 오른 환자에게 간호사가 인사차 찾아간다는 건 말이 안 되는 소리다.

그때 이런 생각이 들었다. 리디아는 태너스코너의 주민들 가운데 새로 암 진단을 받은 사람이 누구인지 알고 있을 것이다. 문득 누군가 짐 벨에게 암환자, 즉 컬보 일당이 블랙워터랜딩에서 죽인 세 사람에 대한 정보를 주었다는 이야기가 떠올랐다. 암병동 간호사보다 더 적합한 사람이 어디 있을까? 지나치게 앞선 생각이지만 색스는 루시에게 그 얘길 털어놓았다. 루시는 휴대전화로 전화국에 긴급 연락해 짐 벨의 통화기록을 일일이 확인해 보도록 했다. 리디아와 연락을 주고받은 기록이 수백 건이나 있었다.

"라임을 죽이려는 거예요!"

색스는 외쳤다. 그리고 두 여자는 위버 박사가 막 절개를 하려던 찰나 드라마 〈ER〉의 한 장면처럼 수술실로 들이닥쳤다.

기겁을 해서 달아나려다 그랬는지, 아니면 벨의 명령을 충실히 따르느라 그랬는지 리디아가 라임의 입에 달린 산소마스크를 뜯어냈다. 이 충격과 마취제 때문에 라임은 호흡 정지 상태에 빠졌다. 위버 박사가 살려내기는 했지만, 이후 호흡이 정상으로 돌아오지 않아 다시 자극기를 달아야 했다.

이것만으로도 고약한데, 위버 박사는 호흡이 완전히 정상으로 돌아올 때까지 수술을 적어도 6개월은 연기해야 한다고 선언했다. 라임이 고집을 부려봤지만, 외과 의사는 라임만큼이나 더 고집 센 사람이었다.

색스는 스카치를 한 모금 마셨다.

"롤랜드 벨한테 사촌 이야기는 전했나?"

라임이 물었다. 색스는 고개를 끄덕였다.

"힘들어 하더군요. 예전부터 말썽꾸러기이긴 했지만, 이런 짓까지 벌일 줄은 몰랐대요. 충격을 많이 받았어요."

색스는 북동쪽을 바라보았다.

"저기, 저것 좀 봐요. 뭔지 알아요?"

색스의 시선을 따라가려고 애쓰며 라임이 말했다.

"뭘 보라는 거야? 지평선? 비행기? 구름? 확실히 말해줘, 색스."

"그레이트 디즈멀 늪. 드러몬드 호수가 있는 곳."

"오, 멋진데."

라임은 비꼬듯 말했다. 색스는 여행 가이드처럼 덧붙였다.

"저긴 귀신이 바글거리죠."

루시가 다가와 종이컵에 스카치를 따르고 한 모금 마시더니 얼굴을 찌푸렸다.

"맛이 뭐 이래. 비누 맛 같네."

라임이 말했다.

"한 병에 80달러짜립니다."

"그럼 비싼 비누 맛이라고 해두죠."

색스는 콘칩을 입에 한 주먹 집어넣은 채 잔디밭으로 달려가는 개 릿을 쳐다보고 나서 루시에게 물었다.

"카운티에서는 소식 없었어요?"

"개릿의 양부모 건?"

루시는 고개를 저으며 대답했다.

"거절당했어. 혼자 사는 건 문제가 아닌데, 직업이 문제라는군. 경찰. 업무 시간이 길어서."

"자기들이 뭘 안다고?"

라임은 얼굴을 찡그렸다. 루시가 말했다.

"그들이 뭘 아는지는 중요하지 않아요. 그래서 어떻게 하느냐가 중요하죠. 개릿은 호베스에 있는 어느 집으로 들어가게 됐어요. 좋은 사람들이죠. 내가 잘 알아봤어요."

루시라면 틀림없이 아주 잘 알아봤을 것이다.

"다음 주말에는 소풍을 가기로 했어요."

개릿은 저쪽에서 곤충의 뒤를 쫓아 풀밭을 누비고 있었다. 문득 시선을 돌리는 순간, 색스는 라임이 개릿을 바라보는 자신을 물끄러미 쳐다보고 있었다는 걸 깨달았다. 라임이 주저하는 기색인 걸 알아채고 색스는 미간을 찌푸리며 물었다.

"뭐예요?"

"지금 빈 의자를 향해 뭔가 말하라고 한다면, 자넨 무슨 이야기를 하겠어?"

색스는 잠시 망설였다.

"당분간 그건 비밀로 하고 싶네요, 라임."

갑자기 개릿이 커다랗게 웃음을 터뜨리며 달려가기 시작했다. 개릿은 먼지 낀 공기를 가르며 뒤에서 누가 쫓아오든 상관없이 유유히 날아가는 벌레 한 마리를 뒤쫓고 있었다. 개릿은 거의 다 쫓아가서 두 손을 내밀다 땅에 넘어졌다. 잠시 후, 일어선 그가 한데 모은 손 안을 들여다보며 천천히 피크닉 벤치 쪽으로 돌아왔다.

"내가 뭘 잡았게요?"

"이리 와서 보여줘, 개릿."

아멜리아 색스는 대답했다.

"보고 싶어."

물을 벗어난 물고기, 곤충 소년을 만나다

책 속에 여러 번 등장하는 인상적인 표현 중에 '물을 벗어난 물고기'라는 말이 있다. 이 소설을 번역하며 여러 번 이 같은 기분을 느꼈다. 소설의 배경은 미국 남부 노스캐롤라이나 주의 파케노크 카운티. 험준한 산맥과 길고 어둑한 늪지대의 오지를 품고 있는 이곳은 강 하나를 사이에 두고 인디언 신화와 유령의 땅이 맞붙어 있다. 아멜리아 색스의 눈에 비친 이곳은 끈끈하게 달라붙는 공기와 아이라고는 보이지 않는 무기력한 중심가, 총을 소지한 채 경찰 일에 참견하는 동네 패거리들과 외지인에게 유독 배타적인 사람들이 존재하는 곳이다.

대도시인 뉴욕과 천양지차인 이곳의 묘사는 《바람과 함께 사라지다》나 《욕망이라는 이름의 전차》, 《앨라배마 이야기》 등에 등장하는, 폐쇄적이고 퇴락한 낯선 미국 남부의 모습 그대로다. 그리고 제프리 디버는 이런 남부의 늪지대를 배경으로 전작들과는 완벽히 다른, 그리고 어디에서도 보기 힘든 독특한 분위기의 작품을 창조해 냈다.

이번에 링컨과 아멜리아가 상대해야 하는 적은 귀신같은 사격 솜씨를 지닌 청부살인업자도 아니고 뉴욕을 공포에 떨게 하는 연쇄 살인범도 아니다. 곤충에 관한 해박한 지식으로 무장한 소년 하나. 그리고 '물을 벗어난 물고기'라는 표현이 잘 설명해 주듯이 도시인들은 잘 알지 못하는 남부의 자연이다.

잘하면 상태가 약간 호전되고, 잘못되면 영영 깨어나지 못할 수도 있는 위험천만한 수술에 몸을 맡기기 위해 멀리 파케노크 카운티까지 온 링컨 라임. 그러나 납치된 소녀를 찾아달라는 지역 경찰의 민원에 어쩔 수 없이 사건을 맡게 된다. 범인으로 지목된 사람은 '곤충 소년'이라는 별명이 붙어 있는 10대 소년 개릿 핸런. 말벌, 말똥구리, 소금쟁이 등 온갖 곤충의 생태 지식을 활용해 경찰의 추적을 따돌리는 '곤충 소년'은 어리다고 얕볼 상대가 아니다.

게다가 이곳은 링컨이 모래 한 알, 진흙 하나까지 세세히 알고 있는 뉴욕이 아니지 않은가. 음습한 늪지대와 숲으로 이뤄진 이 낯선 마을에서는 링컨도 별 수 없이 '물을 벗어난 물고기'일 뿐이다. 이런 상황에서 아멜리아까지 등을 돌려버린다. 몸이 불편한 그를 대신해 항상 눈과 손과 발이 되어주었던 파트너가 '곤충 소년'이 무죄라고 믿고 감옥에서 탈출시켜 버린 것이다. 목적이 무엇이었던 간에 결과적으로 링컨 라임과 대척 지점에 서게 된 아멜리아. 소설의 진정한 재미는 여기서부터 출발한다. 누구보다 링컨의 사고 방식과 배경 지식을 잘 아는 아멜리아와 늪지대 지형지물과 곤충의 습성을 완벽하게 터득한 '곤충 소년' 콤비는 환상적인 호흡을 자랑하며, 지금껏 만났던 그 어떤 연쇄 살인범보다도 더 잽싸게 포위망을 빠져나간 것이다. 때문에 링컨은 든든한 데이터베이스나 첨단 기계, 유능한 조수도 없이 평소 그토록 신뢰하지 않았던 '인간'의 증언과 정보에 기대어 추리를 해야만 한다. 본인이야 답답해 환장할 노릇이지만, 그런 링컨을 보는 재미도 쏠쏠하다. 그리고 역시나 링컨은 우리의 기대를 배반하지 않는다.

디버의 팬들이라면 누구나 동의하겠지만, 그의 소설적 재미는 무엇보다 '반전'에 있다고 해도 과언이 아니다. 전작《코핀 댄서》가 커다란 '한 방' 반전으로 독자들을 기함시켰다면, 이 작품은 마지막까지 작은 반전들이 폭죽처럼 이어져 아기자기한 맛이 있다고 말하고 싶다. 처음 도입부는 약간 지루한 감이 있지만 막상 본 궤도에 올라서면 마치 롤러코스터에라도 오른 양 수십 번씩 꼬이고 뒤틀리며 사람을 놀래키는 충격의 반전을 맛볼 수 있으니 그 기다림은 충분히 참을 만할 것이다.

반전도 멋졌지만 역자로서는 또한 전작에서 계속 연기만 매캐하게 피우던 아멜리아와 링컨의 로맨스가 눈에 뜨게 진도가 나간 점이 특히 인상 깊었다. 수술을 통해 링컨이 자유로운 몸이 되면, 더 이상 관계의 진전을 바랄 수 없을까 봐 두려워하면서도, 두 사람의 아이를 가지고 싶은 아멜리아의 이율배반적인 감정은 독자로서, 또 같은 여자로서 공감이 갈 수밖에 없다. 그 마음이 '곤충 소년'에게 모성애처럼 발현된 것인지도 모르겠다. 또한 아멜리아를 위해 가능성 0.0001%의 수술이라도 수술대 위에 오르고 싶은 링컨의 본심이 드러날 때는 가슴까지 찡해졌다. 앞으로 링컨의 상태가 어떻게 변화될지는 작자인 디버만이 알겠지만 링컨 라임-아멜리아 색스라는 최강 콤비가 굳건한 유대와 사랑으로 이어지기를 바란다.

한편, 이번 작품에서 디버는 전작에서는 볼 수 없었던 다양하고 생생한 캐릭터를 대거 등장시켜 이야기를 더욱 풍성하게 얽어놓았다. 사람 좋기만 한 보안관 짐 벨, 유독 '곤충 소년'에게 적대감을 보이는 부보안관 메이슨, 아멜리아의 배신에 누구보다 큰 분노를 터뜨리는 유일한 여자 부보안관 루시, 아멜리아를 짝사랑만 하다 비명에 가는 젊은 부보안관 제시 콘, '행동파 두목'과 '두뇌파 넘버 2', '미치광이 넘버 3'로 구성된 덜 떨어진 마을 깡패 3인조. 세련되기 짝이 없는 라임의 조수 톰을 대신해 조수 역할을 톡톡히 해내는 물고기 심리학자 벤 커 그리고 전신마비 환자인 링컨 라임을 처음 보고도 눈 하나 깜박하지 않는 '철의 사업가' 헨리 대빗….

모든 인물들은 플롯에 끼어들어 나름의 원칙과 욕망으로 수사 방향을 흔들어놓고 있다. 그리고 진정한 말벌의 독침은 그들 중에 있었다.

현재 디버는 그의 대표작인 '링컨 라임 시리즈'와 새로운 시리즈인 '캐스린 댄스 시리즈'를 1년에 한 편씩 번갈아 발표하고 있다. 2009년 댄스 시리즈 2편에 이어 2010년에 링컨 라임 제9편을 발표할 예정인데 그전에 국내 독자들께 최신작《The Broken Window》를 선보여 드릴 수 있길 바란다.

역자 유소영

링컨 라임 시리즈 Vol.3

곤충 소년

1판 1쇄 발행 2009년 10월 1일
1판 5쇄 발행 2016년 9월 12일

지은이 제프리 디버
옮긴이 유소영

발행인 양원석
편집장 김지연
해외저작권 황지현
제작 문태일
영업마케팅 이영인, 양근모, 박민범, 이주형, 장현기, 이선미

펴낸 곳 ㈜알에이치코리아
주소 서울시 금천구 가산디지털2로 53, 20층 (가산동, 한라시그마밸리)
편집문의 02-6443-8847   **구입문의** 02-6443-8838
홈페이지 http://rhk.co.kr
등록 2004년 1월 15일 제2-3726호

ISBN 978-89-255-3441-1 (03840)